Jürgen Kratzenberg

1. Buch

PETER und die geheimnisvolle Muschel

Eine märchenhaft realistische Fantasy-Story

AAVAA Verlag UG (haftungsbeschränkt)
Quickborner Str. 78 – 80, 13439 Berlin

www.aavaa-verlag.de
2. Auflage 2012
Illustration: *Daniela Pohl* www.daniela-pohl.de
Lektoriert: *Mandy, Viola, Sofia und Rico*
Umschlaggestaltung: *Tatjana Meletzky*
IMPRINT DESIGN www.imprintdesign.de
Satz: *Jürgen Kratzenberg*
Hörbeispiele der Songs unter: www.reverbnation.com/naofirstbook
Druck: *Alinea Digitaldruck GmbH Dresden*

Printed in Germany
ISBN 978-3-86254-393-9

Personen und Namen sind frei erfunden.
Ähnlichkeiten mit lebenden Personen
sind rein zufällig.

AAVAA
VERLAG

INHALTSVERZEICHNIS Seite

NAOs Fotoalbum

NAO

Peter

ROMA

SALI

Gu Lap

Schneewittchen

Till der Hofnarr

Igor und Maxim die Zauberer

Specky

Franse

Tarantella auch als Drachen

Rumpelstilzchen alias Prinz Genius

Drachulus auch als Drachulustig

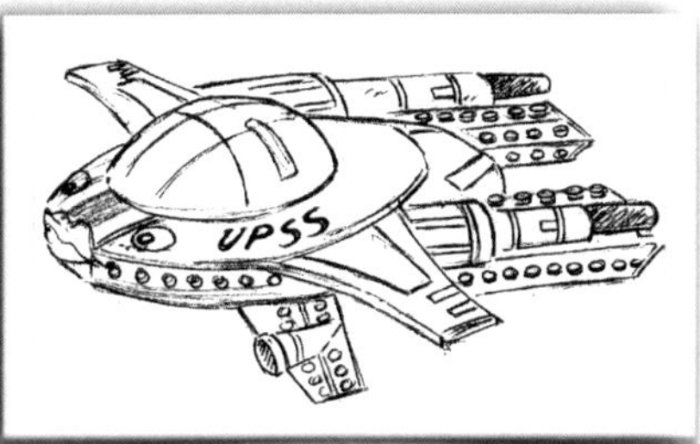

Alix der Pygole

UPSS das Ufo der Pygolen

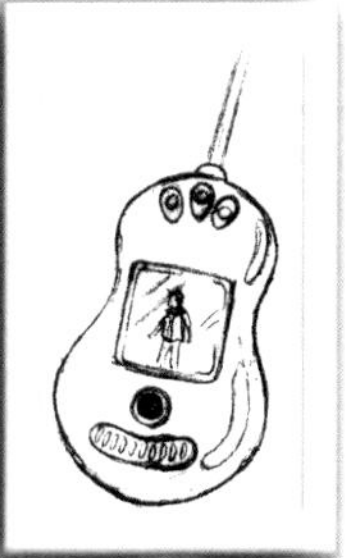

Der SPIT

DER MAMAAT

Das Sklavenschiff

Sindbads Schiff

>GENIEMANIEN<
die Welt der
GEISTER

›GENIEMANIEN‹ die Welt der GEISTER

»Hallo, ihr da unten in der Menschenwelt auf der Erde. Habt ihr Lust mich in die Welt Geniemanien zu begleiten?« NAO atmet kurz durch.

*»Liebe Leserinnen und Leser. Am Anfang des Buches werde ich euch etwas über Geniemanien - der Welt der Geister erzählen. Eigentlich hat diese Welt nur bedingt etwas mit der Story zu tun. Für den einen oder anderen ist es vielleicht sogar ein bisschen verwirrend oder kompliziert. Da jedoch bis heute noch keiner von dieser Welt gehört hat, möchte ich für die, die es interessiert, doch etwas näher darauf eingehen. Schon unsere Namen sind sehr eigenwillig. Das ist aber für die Story nicht so wichtig und ihr braucht euch eigentlich nur unseren, also NAO und SALI merken. Wir sind zwei der Geister von den Geschichtenschreibern. Und da wäre noch ROMA, die sich eigentlich mit Musik beschäftigt, euch aber erst einmal etwas über unsere Geisterwelt erzählen möchte. Wenn aber jemand meint, Geniemanien interessiert mich erst mal nicht, der kann sich über mich und meine Geisterburg ein Bild im Kapitel **„NAOs Reich“**, auf Seite 18 machen.*

*Wer aber denkt, ach - ich lese lieber als erstes einmal die Geschichte von **„Peter und die geheimnisvolle Muschel“**, der kann auch auf Seite 31 beginnen und sich später über Geniemanien informieren.*

Also, viel Spaß beim lesen, euer ***NAO****.«*

☆ ☆ ☆

Wie so oft saß ROMA, an ihrer gewaltigen Kirchenorgel inmitten einer riesigen Kathedrale, die ganz aus Licht zu bestehen schien. Sie liebte diesen gewölbeartigen, weitläufigen Raum mit seiner zehn Meter hohen Decke, der ihrer Musik eine ganz besondere Akustik verlieh. Hier hatte sie schon ganze Opern komponiert, Sinfonien geschrieben, aber auch so manches Musical erfunden. Mit jedem Ton, den sie auf der Orgel spielte, veränderten sich Form und Farbe der Kathedrale ein wenig - je nachdem, welche Stimmung ROMA mit ihrer Musik gerade auslöste. Bis eben hatte sie wieder einmal an ihrer neuen Komposition herumgebastelt, die sie *„Ave Maria For Children“* nannte.

Dafür hatte sie zwar noch keinen Text, aber darum würde sich ihre Freundin LYRA kümmern, die schon viele Texte für ihre Werke geschrieben hatte. Da war ihr plötzlich die Idee gekommen, den Menschen auf der Erde einmal etwas von Geniemanien und ihrem guten Freund NAO zu erzählen. Und gleichzeitig wollte sie das Ganze auch noch auf ihrem Computer aufzeichnen, um es sich später immer wieder aufs Neue anhören zu können - und bei Bedarf zu korrigieren. Doch das war gar kein so leichtes Unterfangen, wie sie geglaubt hatte. Sie war ein wenig nervös - Geschichten erzählen war eigentlich NAOs Sache.

ROMA rückte ihr Mikrophon zurecht, runzelte die Stirn und fragte sich, wie sie nun beginnen sollte. Sie überlegte noch kurz, drückte auf die Record-Taste ihres Computers und begann einfach so vor sich hin zu orgeln. Endlich fasste sie sich ein Herz und fing schmunzelnd an zu erzählen:

»Ich sehe schon wie ihr eure Stirn runzelt, etwas grübelt und euch fragt: ›Was oder wo ist denn Geniemanien?‹ Ich erkläre es euch einfach mal. Also: Geniemanien ist eine eigenwillige, mystische Welt. Eine, die überall in WAS-WEISS-ICH-WO im gesamten Universum existiert. Aber niemand weiß, wo sie sich ganz genau befindet. Geschweige denn, dass sie jemals jemand zu Gesicht bekommen hätte. Dort leben supergeniale Geister, so wie ich. Wir sind jedoch keine Gespenster, Monster, Feen, Hexen oder andere Wesen, die irgendwann einmal von Menschen erfunden wurden. Und auf keinen Fall sind wir irgendwelche merkwürdigen Götter, die von weltfremden oder abergläubischen Spinnern angebetet oder verehrt werden. Nein, wir sind die Geister, die manchmal extrem lange Zeit herumgrübeln und völlig verbissen an einer Sache herum experimentieren, um etwas ganz Neues zu erfinden. Und wenn wir wieder einmal eine neue Vision haben, suchen wir uns ein Menschenkind aus, dem wir das alles anvertrauen. Wir nisten uns dann zeitweilig in dessen Kopf ein und bepflastern pausenlos seine kleinen grauen Zellen, bis es Gefallen an der Idee hat und daran arbeiten will. Meistens geschieht das nachts, wenn es schläft, oder auch tagsüber, wenn es an nichts Bestimmtes denkt und einfach nur so vor sich hin döst. Erwacht das Menschenkind dann aus dem Schlaf oder seiner Tagesträumerei, so hofft der Geniemanier, dass der oder die Auserkorene von seiner Idee total fasziniert ist und sich so lange keine Ruhe gönnt, bis sein neues Werk vollendet ist.

Selbst auf die Gefahr hin, dass manche Menschen - meistens sind es jene, die keine Phantasie haben - anfangs zweifeln, ob diese Vision total genial oder extrem sinnlos ist. Das stecken wir Geniemanier aber gelassen mit dem Zitat ›Kein Risiko - kein Erfolg!‹ weg. Deshalb sind wir auch nie entmutigt, immer wieder und wieder über neue geniale oder verrückte Sachen nachzudenken. Es gibt hier übrigens eine Vielzahl von Geistern.

Ich bin zum Beispiel einer - oder besser gesagt, eine, denn ich bin ein weiblicher Geist - der an Musik herumbastelt, damit die Menschen, die besinnliche Musik lieben, sich entspannen können. Man nennt mich ROMA. Mein Freund ROCCO, dagegen erfindet Musik, bei der die Menschen ausgelassen abfeiern und sich total austoben können. Oder er schreibt Songs, in denen er sich über Missstände oder bescheuerte Leute so richtig auslässt. Das hört sich dann etwa so an.« ROMA schaltete den CD-Player an, hörte einen Augenblick dem Refrain von ROCCOs Song ›Talkin´‹ zu und klatschte in die Hände. »Das ist ein abgefahrener Song! Er meckert über Politiker, die nur reden und nichts tun. Vor allem die Zeile »Why don´t you just shut up« - zu Deutsch sinngemäß »Haltet endlich die Klappe und tut lieber was« -

ist ganz schön krass. Und ihr müsstet erst mal sein Zuhause sehen! Alle naselang stolpert man dort über irgendwelche Kabel oder alte und auch völlig defekte Instrumente. Schlimmer als bei so manchem Musikfreak auf der Erde!

Andere Geniemanier wiederum beschäftigen sich damit, interessante, spannende oder lustige Geschichten zu erfinden. So auch mein Freund NAO, den ihr bald genauer kennenlernen werdet. Wieder andere, zum Beispiel COLO, haben wunderbare Ideen, wie man aus Farben irre Bilder entstehen lassen kann. Dann gibt es da noch ganz verrückte Typen, die sich mit allem möglichen technischen Krimskrams herumschlagen. Einer davon ist TECCO.

Diese Geister hoffen immer etwas zu erfinden, wodurch das Leben der Menschen schöner, interessanter oder vielfältiger wird. Vor allen Dingen soll es viel bequemer werden. Und glaubt mir, die Geisterwelt Geniemanien gibt es wirklich! Würde sie nämlich nicht existieren, dann wäre das gesamte Universum noch so wie nach dem Urknall. Stockdunkel und nur aus super-super-superkleinen unsichtbaren Energieteilchen bestehend. Die Erde und die Menschen würde es nicht geben und auch keine der genialen Erfindungen, wie zum Beispiel: Flugzeuge, Brücken, Autos, Filme, Musik, Gemälde, Computer und..und..und. Unvorstellbar, oder?

Übrigens, wer mehr darüber wissen möchte, wie das heutige Universum entstanden ist, der muss sich noch etwas gedulden. Das steht in dem geheimnisvollen Buch von Atlantis, über das ihr im Laufe der Geschichte mehr erfahrt.«

ROMA machte eine Pause, so, als wollte sie auf eine Antwort der Menschen warten. Sie drückte auf ein paar Tasten ihrer Orgel und meinte dazu: *»Na? Wollt ihr mich denn jetzt in unsere Welt begleiten? Okay - Ich denke, ihr wollt. Also dann - Willkommen in Geniemanien. Nun werde ich euch noch ein bisschen mehr über die Gewohnheiten von uns Geniemaniern erzählen. Wir Geister müssen weder essen noch trinken, auch nicht baden oder duschen, und schlafen oder gar rauchen müssen wir überhaupt nicht. Das heißt aber nicht, dass wir diese menschlichen Bedürfnisse nicht gründlich studiert hätten! Und im Grunde genommen sind wir sogar ein wenig neidisch auf diese Genüsse und gönnen sie uns selbst gerne hin und wieder - wenn auch nur in Gedanken. Manche Geister nehmen so zum Beispiel ausgedehnte Wolken-Schaumbäder, obwohl wir weder schwitzen noch jemals schmutzig werden. Andere wiederum schätzen den Geschmack eines guten Weins und lieben den Geruch von frisch gebackenem Kuchen oder einem gerade aufgebrühten Kaffee. Schade nur, dass Getränke in unseren Körpern sofort zu Rauchwolken verdampfen. Und Essen, egal wie lecker es auch ist, fällt … nun ja … fällt einfach durch uns hindurch. Manchmal tun wir Geister sogar so, als ob wir uns ›schlafen legen‹. In Wirklichkeit denken wir uns zwar auch dann neue Lieder, Geschichten oder andere Dinge für die Menschen aus, aber der besseren Konzentration wegen tun wir das eine Zeit lang mit geschlossenen Augen. ›Was könnte ich euch denn noch über uns und unsere Welt erzählen‹,* dachte ROMA im Stillen.

»Ach ja, ich weiß: Bei uns gibt es keine Konkurrenz und keinen Erfolgsneid. Jeder freut sich über den Erfolg des anderen. Doch wenn wir uns einen Menschen aussuchen, wissen wir leider vorher nicht, was dieses Menschenkind aus unserer Vision macht. Dummerweise gibt es eine ganze Menge Idioten, die unsere eigentlich genialen Ideen für absolut bescheuerte Sachen genutzt haben. Allen voran die Leute, die unsere bahnbrechenden technischen Erfindungen nur zur Herstellung von Kriegszeug verwendet haben. Leider können wir Geniemanier daran nichts ändern. Schade eigentlich, denn sonst hätten wir diese Leute schon längst nicht nur auf den Mond oder auf den extrem hässlichen Planeten Katastrinius, sondern bis an den Rand des Universums geschossen. Aber ich will jetzt keine Moralpredigerin sein.«

Zufrieden mit dem bisher Erzählten lehnte sich ROMA zurück. Nun wurde es aber langsam Zeit, auf NAO zu sprechen zu kommen. Sie überlegte kurz und erzählte weiter:

»Jetzt wollen wir uns einmal NAO zuwenden, der ein sehr guter alter Freund von mir ist und sich damit beschäftigt, Geschichten zu schreiben. Schon oft habe ich die Musik für Musicals seiner Storys komponiert.« Und nun betonte sie sehr gefühlvoll: *»Er bevorzugt Märchen für Kinder und Fantasystorys für junge Leute, aber auch realistische Erzählungen ...,«*

sie hob den Zeigefinger:

»...und hat sie alle sorgfältig in sein großes Geschichtenbuch geschrieben. Eines möchte ich vorweg noch sagen: Da wir Geister ja eigentlich keine Gestalt haben und auch in keinem Gebäude wohnen, bleibt es eurer Phantasie überlassen, wie ihr euch das alles ausmalt. Ich werde euch alles so beschreiben, wie ich mir das vorstelle, okay? Also, dann viel Spaß in Geniemanien,

Eure ROMA.

Äh - stopp! Etwas möchte ich doch noch über NAO erzählen: Er und sein junger Gehilfe SALADIN, den er kurz SALI nennt, wohnen in einer uralten Geisterburg. Diese befindet sich am Rand von Geniemanien und müsste eigentlich ganz in der Nähe der Erde sein. Allerdings hat NAOs Geisterburg schon bessere Tage gesehen. Verwittert und reparaturbedürftig wie sie ist, sieht sie eher wie eine Ruine aus. Viele Zimmer sind längst unbewohnbar geworden. Doch NAO und SALI haben keine Lust, und auch nicht das Geschick, um die Burg zu reparieren oder wenigstens das Gerümpel wegzuräumen. Deshalb bewohnen sie dort mittlerweile nur noch sehr wenige Räume, so zum Beispiel NAOs Arbeitszimmer, das sich im höchsten Turm der Geisterburg befindet.

Wie schon gesagt, haben Geister eigentlich keine Gestalt. Aber genauso wie sich die Menschen auf die verschiedensten Arten den Schöpfer des gesamten Universums vorstellen, kann jeder auch uns Geistern in seiner Phantasie eine ganz individuelle Gestalt geben. - Gott sei Dank haben sich die Entdecker von Geniemanien entschlossen, uns Geistern einmal eine ganz normale menschliche Gestalt zu geben. So wird zum Beispiel NAO dargestellt, da könnte man sagen: ›Donnerwetter, der sieht ja fast wie Albert Einstein aus!‹ Er hat wohl nie die Zeit, sich seine wuscheligen graugelockten Haare einmal ordentlich zu kämmen. Seine Klamotten sind zwar sauber und frisch gewaschen, sehen aber stets aus, als würde er sie völlig zerknautscht in einer uralten Buchpresse aufbewahren.

Vom Wesen her ist er wie ein hektisch herumwirbelnder und zerstreuter Professor, der tausend Sachen auf einmal machen will. Man könnte NAO aber auch als einen sehr klugen, gutmütigen Opa beschreiben, der endlich einmal genügend Zeit hat, um sich mit seinen Enkelkindern oder überhaupt mit jungen Menschen zu beschäftigen. Seine Schusseligkeit ist allerdings absolut einmalig und nicht zu übertreffen. Am liebsten denkt er sich Geschichten für junge Leute aus. Dann ist er total entspannt und die Ruhe in Person.

Trotz seines hohen Alters??? - etwa um die 2.904 Geisterjahre - ist er im Herzen jung geblieben. Absolut begeistert ist er von jungen Leuten, die mit seiner Hilfe Geschichten mit positiven Visionen über die Zukunft schreiben. Er ist immer völlig aus dem Häuschen, wenn sich jemand Gedanken darüber macht, wie man das Leben sinnvoller und vor allem friedlicher gestalten kann. Natürlich sollen die Storys aber auch spannend, besinnlich und lustig sein. Egal liebe Leser, besucht uns einfach hier in Geniemanien und wenn ihr es interessant findet, erzählt es einfach weiter!

Nebenbei bemerkt, sieht SALI dem Aladdin aus ›1001 Nacht‹ sehr ähnlich. Groß, schwarzhaarig, mit olivfarbener Haut und braunen Augen. Kein Wunder. Er stammt ja auch von den Geistern des Orients ab. Übrigens, mich, also ROMA, könnt ihr euch gerne als eine junggebliebene, moderne aber etwas extravagante Oma vorstellen.« Sie schmunzelt und sagt dann mit einem gewissen Augenzwinkern: *»Wenn mich nicht alles täuscht, habt ihr bestimmt schon bemerkt, dass es bei uns Geistern ähnlich wie bei den Menschen ist. Wenn wir Frauen einmal am erzählen sind, finden wir ganz schwer ein Ende.*

Doch jetzt wollen wir uns der Geschichte widmen und mal sehen, womit NAO und SALI gerade beschäftigt sind.«

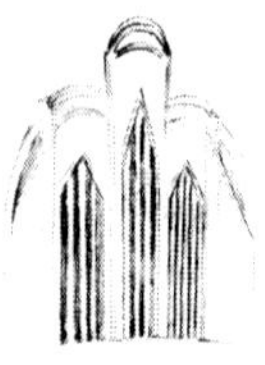

NAOs REICH

NAOs REICH

SALI saß am Computer in NAOs Arbeitszimmer und schaute unkonzentriert auf den Monitor.
Anstatt aufmerksam zu verfolgen, welche neuen Geschichten heute in den Büchern, Zeitungen und Zeitschriften der Menschen erschienen waren, schweiften seine Gedanken ab und seine Blicke immer wieder im Zimmer umher. Das Burgzimmer, in dem er und NAO sich meistens aufhielten, war im Großen und Ganzen wie eine Bibliothek eingerichtet. Bis unter die Decke reichten die Bücherregale, die sich unter der Last von unzähligen neuen und uralten Büchern bogen. Selbst auf dem Fußboden, auf den Stühlen und an jedem

anderen freien Platz stapelten sich Dutzende Bücherberge.
Ein absolutes Durcheinander aus dicken, dünnen, druckfrischen und teilweise auch völlig zerfledderten Exemplaren. Viele davon waren ziemlich verstaubt und manche sogar schon komplett von Spinnweben umhüllt. *Ja, hier muss dringend mal wieder aufgeräumt werden,* dachte SALI seufzend.

Als NAOs Assistent war das eigentlich seine Aufgabe. Große Lust hatte er allerdings nicht dazu. Und so tröstete er sich mit dem Gedanken, dass ihm das Chaos ja nicht weglief und er genauso gut in der nächsten Woche damit beginnen konnte, es zu beseitigen. Oder in der Woche danach…, oder..., naja.

Ein anderer Teil des Zimmers - dort, wo SALI gerade saß - war hingegen wie das neuste Hi-Tech-Center einer Raumfahrtbehörde ausgestattet. Allerdings mit einer von TECCO entwickelten, absolut supermodernen Computertechnik, für die Menschenwelt kaum vorstellbar und deren Zeit weit voraus.

NAO bewunderte zwar den Computer, konnte sich mit ihm jedoch nicht so richtig anfreunden. Darüber musste SALI immer schmunzeln. Sein Meister war wirklich ein Phänomen. Er liebte den Schein von bunten Kerzen, den Geruch von Räucherstäbchen, romantisch antike Möbel und anderen alten Plunder. Wenn er das Treiben auf der Erde beobachten wollte, setzte er sich am liebsten ans Fenster und schaute durch sein uraltes Fernrohr. Auf dem Computermonitor würde er die Erde zwar viel besser sehen können, aber diesbezüglich war er eben etwas eigen. Für den modernen Kram in der Geisterburg war ausschließlich SALI zuständig. Über 500 Geisterjahre war er nun schon NAOs Gehilfe, und er fühlte sich sehr wohl bei dem zerstreuten, aber liebenswerten Geschichtenerfinder. Mitten im Zimmer stand außerdem noch ein großer, altertümlicher Schreibtisch. Auch darauf türmten sich Bücher über Bücher, nur in der Mitte gab es eine kleine freie Fläche. Die brauchte NAO auch, denn schließlich musste er ja irgendwo Platz haben, um etwas aufschreiben zu können.
Momentan hatte sich Kater Hemingway dort gemütlich zusammengerollt und hielt ein kleines Schläfchen.

In dem alten, stark abgewetzten Ohrensessel hinter dem Schreibtisch saß NAO oft tagelang - total in sich versunken - und dachte über neue Geschichten nach. Doch zur Zeit war er ziemlich lustlos und hatte keinen Bock, den Menschen neue Geschichten zu erzählen. *›Übrigens der Spruch, **„Seid ihr denn von allen guten Geistern verlassen?“**, kommt daher, wenn die Geister sich darüber ärgern, was die Menschen aus ihren Ideen gemacht haben, dann verlieren sie oft die Lust ihnen etwas Neues zu vermitteln. Dann behalten sie ihre Ideen eben eine Weile für sich und warten ab, was passiert.‹*

Dass sich NAO in so einer Krise befand, darüber war SALI sehr besorgt. Doch er musste diesen Zustand akzeptieren und durfte seinen Meister diesbezüglich nicht drängen. Er wusste ganz genau, wenn NAO nicht wollte, brachten ihn auch keine zehn Geisterpferde dazu, sich über neue Geschichten für die Menschen Gedanken zu machen. Also wollte er erst einmal abwarten, wie sich die Dinge entwickeln würden. Während SALI noch vor sich hin grübelte, stürzte plötzlich NAO ins Arbeitszimmer.

In der Mitte des Zimmers, vor dem riesigen alten Kronleuchter, blieb er ruckartig stehen. Genau auf der Höhe seines Gesichtes baumelte eine große, golden glänzende Kugel unten am Kronleuchter. Missmutig starrte NAO die Kugel einen Augenblick lang an und betrachtete sein verzerrtes Spiegelbild darin. Dann schob er die Kugel samt Leuchter mit Schwung weg, drehte sich um und wollte wieder gehen, als der Kronleuchter auch schon zurückkam und ihn mit einem dumpfen »Boing« genau am Hinterkopf traf. Es war nur noch ein klägliches - »Ohhh!« - zu hören, und NAO fiel um wie ein Brett. Benommen und mit grimmigem Gesicht zog er sich kurz darauf am Schreibtischrand hoch, setzte sich in seinen Ohrensessel und tastete leise fluchend seinen Hinterkopf ab.

»Mann oh Mann, ich werde das olle Ding eines Tages abreißen und zum Fenster rausschmeißen!«, murmelte er genervt. Dann sprang er wieder auf, riss dabei fast eine brennende Kerze vom Tisch, scheuchte Hemingway auf, der daraufhin beleidigt aus dem Zimmer stolzierte. Schließlich begann er hektisch in den Büchern auf dem Schreibtisch herumzuwühlen. Plötzlich hielt er inne und ging nachdenklich hinüber zum Bücherregal. Nachdem er eine Weile in die Höhe geschaut hatte, versuchte er ein Buch aus einer der oberen Reihen herauszuziehen. Doch er kam nicht richtig heran.

Obwohl in der Nähe eine Leiter stand, stellte er sich auf einen Stapel Bücher und griff erneut nach dem Buch. Der Bücherstapel begann bedrohlich zu schwanken. SALI sah schon das Unheil nahen und hielt sich lieber die Augen zu. Wild mit den Händen in der Luft herumfuchtelnd, suchte NAO verzweifelt nach Halt und fluchte:

»Teufelsbraten noch mal, ist denn heute Freitag der dreizehn... Oooooh!« Mit lautem Getöse stürzte er zu Boden. Das gesuchte Buch plumpste mitten auf seinen Kopf und landete dann neben ihm.

Generervt grummelte NAO: »Mann oh Mann! Da rafft man sich endlich wieder einmal auf, denkt bei sich, äh, vielleicht sollte man doch wieder mal über eine neue Story nachdenken und dann? Aber was soll´s! Wenn´s nicht sein soll, soll´s eben nicht sein!«

»Kommt, Meister. Bitte setzt Euch in Euren Sessel«, sagte SALI. »Ich bringe Euch das Buch.« Eilig kam er herbei gesprungen.

Aber NAO ist nur prustend aufgestanden, schob SALI ärgerlich zur Seite und wischte sich mit einem unwirschen: ***»Ist ja schon gut!«*** den Staub aus dem Gesicht. Dann hob er selbst das Buch vom Boden auf und ging hinüber zu seinem Schreibtisch. Es waren die

»Kinder- und Hausmärchen«

der Gebrüder Grimm. Neugierig und verwundert zugleich schaute SALI ihm hinterher.

»Was wollt Ihr denn mit diesem alten Buch, Meister? Die Geschichten darin kennen die Menschen doch längst.«

»Ja, ja. Aber wer meinst du, kennt diese Geschichten so, wie ich sie damals den Menschen erzählt habe, die dann die Gebrüder Grimm später aufgeschrieben haben, hä?« Lächelnd und mit erhobenem Zeigefinger trommelte er auf der Titelseite des Buches herum. SALI schmunzelte.

»Bis jetzt wohl niemand.«

»Genau!«, stöhnte NAO. »Niemand weiß bis heute, dass ich die Geschichten damals den Menschen teilweise ganz anders erzählt habe! Und was haben die Grimmigbrüder daraus gemacht? - Hä? - Na? - Ich höre!« Er hielt seine Hand ans Ohr, als wäre er schwerhörig.

SALI zuckte nur mit den Schultern. NAO nickte nachdenklich und verzog seine Mundwinkel.

»Aha, kein Kommentar! Hab ich geahnt.« Schwungvoll klappte er das Buch auf und schlug mit der flachen Hand auf die erste Seite.

Dabei wirbelte er eine kleine Staubwolke auf und musste furchtbar niesen. Brummelnd kramte er in seiner Hosentasche herum, zog umständlich ein riesengroßes geblümtes Taschentuch heraus, putzte sich lautstark die Nase und wandte sich wieder SALI zu. Der hielt sich vor Lachen die Hand vor den Mund.

»Lach du nur«, meinte NAO verschmitzt. »Aber vielleicht erzähle ich dir und den Menschen irgendwann einmal, wie ich! ...«, und dabei klopfte er sich mit der Hand auf die Brust, »die sogenannten Grimms-Märchen wirklich erzählt habe. Hier, nehmen wir zum Beispiel mal die Geschichte ›Hänsel und Gretel‹.« Hektisch blätterte er in dem alten Buch herum, bis er das gesuchte Märchen gefunden hatte, wobei er jede Menge weiteren Staub aufwirbelte und husten musste. »Wenn ich den Menschen die Geschichte damals so erzählt hätte, wie sie die beiden ›Grimmigbrüder‹ dann aufgeschrieben haben, hätte man mich für den Rest meines Geister-Lebens in den Knast gesteckt! Ich dürfte nie wieder eine Geschichte schreiben.« Unruhig sprang NAO auf und begann im Zimmer auf und ab zu laufen.

SALI schaute seinem Treiben etwas ratlos zu. Er ahnte, dass sich sein Meister gleich fürchterlich in Rage reden würde.

Doch NAO brummelte weiter: »Wie kann man nur auf die Idee kommen, dass Eltern ihre Kinder einfach dem Schicksal überlassen, nur weil sie arm sind und angeblich nicht genug Essen und Trinken haben?« Er schüttelte wütend den Kopf. »Nein, sie setzen diese Kinder in einem finsteren Wald aus.« Er steigerte sich in seiner Wut:

»Dann geraten sie auch noch an eine Hexe, die Hänsel braten und verspeisen will. Das ist doch wirklich total pervers! Und dafür, dass die Kinder furchtbaren Ängsten ausgesetzt sind, sich jedoch befreien können und die Schätze der Hexe mit nach Hause bringen, werden die Eltern am Ende für ihre Herzlosigkeit auch noch reichlich belohnt.

So etwas Furchtbares habe ich mir nie ausgedacht! Ich werde mich auch hüten, mir nur annähernd solche grausigen Geschichten auszudenken. Außerdem sollte man gerade den Kindern schon klar machen, dass es wahrlich keine Hexen gibt. Auch Teufel oder andere finstere Phantasiegestalten existieren nicht wirklich. Doch Kinder können Tatsachen und Phantasie oft nicht voneinander trennen.«

Er stellte das Buch zurück ins Regal, setzte sich wieder an seinen Schreibtisch und murmelte vor sich hin: »Naja, eigentlich stammen diese Geschichten gar nicht von den Gebrüdern Grimm. Ich habe sie irgendwelchen Menschen ganz anders erzählt. Ob nun die Gebrüder Grimm oder andere das daraus gemacht haben, wie man sie heute kennt - wer weiß?« Etwas unwirsch fuhr er fort: »Und was passiert heute! So viele Menschen, vor allem junge, beschäftigen sich immer öfter mit absolut sinnlosen Computerspielen, Action Storys oder anderem niveaulosem Zeug. Da kann ich nur sagen: ›Ohne mich‹. Eigentlich schade. Oder liege ich da falsch und habe was verpasst?«

NAO schaute zu SALI hinüber, der wieder damit begonnen hatte, am Computer im Internet der Menschen herumzusurfen. Neugierig beobachtete er ihn eine Weile und fragte dann spöttisch: »Na, was gibt es Neues in der lehrreichen Literaturwelt des Spezies Mensch?«

»Ach, wisst Ihr Meister«, meinte SALI sichtlich enttäuscht, »es gibt schon eine Menge gute Literatur. Aber leider auch zu viel, wo ich denke: ›Wie kann man sich nur mit so einem sinnlosen Zeug beschäftigen!‹« Verächtlich verzog er sein Gesicht. »Viel zu viele Geschichten und Spiele handeln von sogenannten Superhelden, die zwar Muskeln haben, aber kein Gehirn. Da findet man es sogar cool, mit welcher Lässigkeit die, ohne Rücksicht auf Verluste, unzählige Menschen umlegen. Naja, der übliche Schwachsinn eben.«

Vorsichtig, weil er nicht wusste, wie NAO auf diese Anspielung reagieren würde, setzte er noch hinzu: »Das kann dann dabei herauskommen, wenn sich Menschen ohne Sinn und Verstand und ohne Eure Hilfe Geschichten ausdenken, Meister. Viele von ihnen haben leider absolut kein Gespür dafür und schreiben Storys, die sich gerade bei jungen Menschen sehr negativ auswirken. Sie würden dringend Eure Unterstützung benötigen.«

NAO schien den Vorwurf jedoch überhört zu haben, trat ans Fenster und brüllte sarkastisch hinaus:

»Wenn ihr Menschen derartig bescheuerte und brutale Storys unbedingt braucht, bitteschön. Mit mir nicht. - Punkt - Aus!«
Trotzig nahm er sein großes Taschentuch heraus, bedeckte damit sein Fernrohr und brummelte: »Ich will mir das gar nicht mehr ansehen.«
Und zu SALI gewandt, sagte er:

»Komm, schalte den Scheißkasten für heute am besten aus!«
Enttäuscht drehte sich NAO um und ging in Richtung Tür.
Dort drehte er sich noch mal um und sagte: »Vielleicht komme ich später wieder.«
Gerade, als SALI den Computer ausschalten wollte, erschien auf dem Monitor in großen Leuchtbuchstaben die Schrift:

!!! A NEW MESSAGE !!!

»Stopp Meister, hier erscheint eine Nachricht für uns«, rief SALI ihm hinterher. NAO kam zurück und blickte neugierig auf den Monitor. Als SALI auf die Schrift klickte, hörte man plötzlich ein seltsames Zwitschern, ähnlich wie bei Wellensittichen. Dann war eine Stimme mit einem leicht synthetischen Sound zu vernehmen. NAO und SALI hörten gespannt zu, während sie die Worte gleichzeitig auf dem Bildschirm mitlesen konnten.

»Hallo lieber NAO, hallo lieber SALI. Mein Name ist Alix. Wie ich von euch weiß, habt ihr eine ganze Zeit lang den Menschen keine neuen Ideen für Geschichten mehr zukommen lassen. Das soll sich jetzt ändern. Aber Achtung! Diesmal ist alles ein wenig anders als sonst. Diesmal sucht nicht NAO einen Menschen aus, dem er seine Idee mitteilt, sondern einzig und allein das Schicksal wird den Betreffenden bestimmen. Ihr beiden sollt diesem Menschen jedoch im Notfall ein wenig unter die Arme greifen. Der Auserwählte wird dann auf ungewöhnliche Art und Weise ein sehr geheimnisvolles Buch finden.
Dies stammt aus der Zeit von Atlantis. Doch davon später. Das ist auf alle Fälle eine neue, aber nicht ganz einfache Aufgabe für euch.« Wieder ein kurzes Zwitschern. »Denkt einmal darüber nach, okay?«

»Halt, halt, halt!«, unterbrach NAO die geheimnisvolle Stimme ungehalten.

»Kannst du dich nicht erst einmal richtig vorstellen? Wer bist du und woher kommst du eigentlich?« Er wartete einen kurzen Augenblick, doch es kam keine Antwort. Sauer brummelte er: »Außerdem, wenn du schon weißt, dass ich seit einiger Zeit nichts mehr geschrieben habe, dann such dir doch gleich jemand anderen dazu aus.«

- Stille. -

»Ich habe einfach keine Lust mehr dazu«, fügte er hinzu, »denn die meisten Menschen haben ja im Endeffekt aus meinen Ideen ganz andere Geschichten gemacht, als ich beabsichtigt hatte. Das ärgert mich heute noch! Zum Beispiel die Story von ...? - Ach Quatsch, was soll das alles!«

»Na, na, na! Sei doch nicht gleich beleidigt«, war die Stimme von Alix zu vernehmen. »Ich kann dich ja diesbezüglich verstehen und werde gleich mit meinen Freunden darüber sprechen. Okay?«

»Ja, gut! Und wie kann man euch erreichen?«, fragte NAO ganz aufgeregt. Doch man hörte nur noch das Zwitschern und es erschien die Schrift auf dem Monitor:

WIR MELDEN UNS WIEDER - VIEL GLÜCK!!!

Einen Moment lang starrte NAO wie versteinert auf den Monitor. Dann stammelte er völlig entgeistert: »Nein, nein, nein! Das kann doch nicht wahr sein! Das ist ja eine bodenlose Unverschämtheit!«

Hochrot im Gesicht fluchte er:

»Was bildet sich denn dieser Komiker eigentlich ein? Wenn er sich schon irgendeinen x-beliebigen Menschen aussucht, der eine Geschichte schreiben soll, dann kann er ihm gefälligst auch selbst dabei helfen! Ende!« Gereizt ging er zu seinem Schreibtisch hinüber und wühlte darauf herum. Bücher fielen auf den Boden, und eine Tasse mit kaltem Kaffee, die dort noch vom Frühstück herumstand, kippte um und hinterließ einen großen feuchten Fleck auf seinem Jackett. Wutschnaubend zog er sein großes geblümtes Taschentuch aus der Hosentasche und machte fast alles mehr schlecht als recht sauber. Schließlich fand er, was er gesucht hatte: sein großes altes, in Leder gebundenes Geschichtenbuch. Er starrte es einen Moment wehmütig an und blätterte wahllos darin herum.

»Hier drin stehen alle meine Geschichten originalgetreu, so wie ich sie mir ausgedacht habe«, sagte NAO verbittert.

»Aber leider muss ich dazu sagen: Es war einmal ...«

SALI sagte kein Wort und fummelte an seinem Computer rum.

Plötzlich runzelte NAO die Stirn, schaute SALI fragend an und meinte: »Sag mal, wieso weiß dieser komische Typ eigentlich, was wir gemacht haben oder was wir machen? Werden wir etwa überwacht und wussten bis jetzt nichts davon? Das ist ja ungeheuerlich! Ich dachte, so etwas gibt es nur bei den Menschen.«

SALI zuckte nur fragend mit den Schultern.

NAO schaute wieder nachdenklich auf eine Seite in seinem Buch. Sie war noch leer, denn hier hatte er seine nächste Geschichte schreiben wollen. Wütend knallte er das Buch so heftig zu, dass Hemingway, der es sich erneut auf dem Schreibtisch gemütlich gemacht hatte, blitzartig aufsprang und fauchend durch den Raum flitzte. Schnaufend und heftig niesend verließ NAO das Zimmer, nicht ohne mit finsterer Miene die alte wackelige Tür mit Getöse so zuzuknallen, dass ein Bild von der Wand fiel und das Glas klirrend zerbrach. Danach herrschte eine beängstigende Stille.

SALI saß zusammengekauert da und hielt sich mit verzerrtem Gesicht die Ohren zu. Vorsichtig öffnete er die Augen. NAO war weg. Langsam nahm er die Hände von den Ohren, wandte sich wieder dem Computer zu und las noch einmal die soeben erhaltene Botschaft.

›Oh, oh, das gibt Probleme‹, dachte er. *›Obwohl sich NAO jedesmal maßlos darüber geärgert hatte, dass die Menschen seine Storys nicht ganz genau so aufschrieben wie er sie sich ausgedacht hatte, war er doch in einem gewissen Sinne damit zufrieden gewesen, dass sich die Schreiberlinge überhaupt mit seinen Geschichten beschäftigt hatten. Weshalb reagierte er nur in letzter Zeit so sauer? Es war doch nur eine Bitte dieser unbekannten Wesen, einem Menschen beim Schreiben einer Geschichte zu helfen.‹* Irritiert schüttelte er den Kopf.

Im gleichen Augenblick flog die Tür krachend auf und NAO stürzte herein. Wieder rannte er quer durch das Zimmer, genau auf die Kugel am Kronleuchter zu. Doch diesmal blieb er im letzten Moment hämisch lächelnd davor stehen und sagte nur:

»Nein, nein - diesmal nicht!«

Während er zu seinem Schreibtisch ging, murmelte er halblaut vor sich hin: »Und nun sollen wir also zusehen, wie ein vielleicht völlig unfähiger Typ eine Geschichte schreibt und dürfen nur im Notfall ein paar Vorschläge machen! Wie lange sollen wir uns denn dann mit diesem Kunstwerk herumschlagen? Nicht mit mir!« Hochrot im Gesicht schlug er mit der Faust auf den Schreibtisch. »Was will dieser komische Achfix, Achnix, Alix oder wie er sich auch immer schimpft, aus WAS-WEISS-ICH-WOHER bloß von mir? Aber naja, was soll´s. Ich habe ihm ja deutlich genug gesagt, dass ich im Moment nichts schreibe.«

SALI saß etwas hilflos am Computer und hob beschwichtigend die Hände. »Ach Meister, seid doch nicht so verzagt!« Tröstend winkte er ihn zu sich und zeigte auf den Monitor.

»Schaut doch mal«, meinte SALI aufmunternd zu NAO. »Hier steht es ganz deutlich. ***›Nicht IHR werdet beauftragt, sondern man bittet euch, einen Menschen, der eine Geschichte schreiben soll, dabei zu unterstützen. Man will den Menschen die Möglichkeit geben, die Angelegenheit diesmal in die eigenen Hände zu nehmen. Dadurch könnte man erkennen, welchen geistigen Anspruch sie haben und womit sie ihren Horizont erweitern. Trotzdem brauchen sie dabei eure Hilfe.‹*** Und hier steht noch: ***›Es handelt sich um den Versuch, junge Menschen zu motivieren, ihre eigenen Ideen über das Leben und ihre Ideale aufzuschreiben. Ob in einer realistischen Geschichte oder Fantasystory, ist ganz egal.‹***«

Etwas beruhigt und gleichzeitig nachdenklich geworden ging NAO hinüber zu seinem alten Fernrohr, holte tief Luft und murmelte:

»Na gut. Wenn du meinst. Dann wollen wir doch mal sehen, welchen Genius sich das Schicksal dazu aussucht.«

Nachdem er die Erde eine Weile durch das Fernrohr betrachtet hatte, drehte er sich schließlich wieder zu SALI um.

»Naja. Von denen, die mir bekannt sind und die es meiner Meinung nach auch könnten, wüsste ich schon ein paar geeignete Kandidaten. Aber diesmal sollen wir uns ja raushalten. Vielleicht geschehen trotzdem noch Zeichen und Wunder, und der Zufall sucht sich den richtigen ›Hans Dampf in allen Gassen‹ aus. Übrigens wäre es nicht schlecht, wenn sich der geheimnisvolle Alix bald mal wieder melden würde.«

Plötzlich ertönte aus dem Computer eine schöne, geheimnisvolle Melodie und allmählich entstand ein Bild auf dem Monitor. Es zeigte ein Raumschiff namens

UPSS »Utopia-Peace-Space-Shuttle«,

das quer durch das Universum flog. Teilweise sah es aus wie aus Legosteinen zusammengesetzt, teilweise wie ein hypermodernes Raumschiff aus einer anderen Galaxie. NAO und SALI mussten bei seinem Anblick unwillkürlich schmunzeln. Es flog im Weltall an völlig fremden Sonnen, Planeten und anderen unbekannten Himmelskörpern vorbei, bevor es in unser Sonnensystem eintauchte.

Pluto, Neptun, Uranus, Saturn, Jupiter und Mars lagen bereits hinter ihm, dann näherte sich das *UPSS* dem blauen Planeten, unserer Erde. Es flog am Mond vorbei und kurze Zeit später an einer Raumstation, die von den Menschen gebaut worden war. Dort waren gerade zwei Astronauten damit beschäftigt, außen an der Station zu arbeiten. Plötzlich tauchte es in eine leicht bläulich vernebelte Welt ein, die eine geisterhaft romantische Vollmondnacht widerspiegelte. Vor dem *UPSS* erschien in mystischen Nebelschwaden NAOs Burg. Es näherte sich einem schwach erleuchteten Fenster im höchsten Turm der Burg und man konnte den Raum sehen, in dem NAO und SALI ganz gespannt am Computer saßen und auf den Monitor schauten.

NAO sprang auf und hastete zum Fenster. Er wollte unbedingt das Raumschiff sehen. Draußen war - NICHTS. -

Verwundert blieb er stehen. Schließlich hatten er und SALI doch genau gesehen, dass das Raumschiff ganz in der Nähe sein musste! Doch plötzlich hörte man wieder das seltsame Zwitschern und die Stimme von Alix meldete sich:

»Hallo, ihr Lieben. Ich bin es wieder - Alix. Und gerade eben habt ihr das Raumschiff gesehen, mit dem ich und meine Freunde von Planeten Pygmion hierher gereist sind. Doch dazu später. Unser Personal-Zufalls-Generator hat einen Jungen ausfindig gemacht. Seht ihn euch mal an.«

NAO ging sehr gedankenversunken zu SALI und setzte sich neben ihn. SALI sah, dass NAO über etwas grübelte.

»Meister, was ist los? Sie wirken so nachdenklich.«

NAO kratzte sich am Kopf: »Ach weißt du mein Lieber, ich habe gerade darüber nachgedacht, weshalb ich eigentlich so sauer auf die Gebrüder Grimm war. Vielleicht tue ich ihnen Unrecht. Schließlich haben sie in einer anderen Zeit gelebt und wie schon gesagt, sie haben sich die Geschichten ja nicht selbst ausgedacht. Vergiss einfach, dass ich über sie gemeckert habe.«

SALI nickte verständnisvoll: »Auch wir Geniemanier sind eben nicht unfehlbar.«

Jetzt schauten beide ganz gebannt auf den Computermonitor und zoomten das Bild zur Erde auf den Schulhof eines Gymnasiums in Berlin.

PETERs WELT

PETERs Welt

Auf dem Schulhof des Gymnasiums war gerade die Pause. Wie immer ging es laut und hektisch zu. Einige Schüler standen in den Raucherecken und versuchten, ihr Paffen vor den Lehrern zu verbergen, indem sie sich möglichst weit in die Büsche verzogen. Andere - darunter die Streber - standen in Gruppen zusammen und paukten Vokabeln für die nächste Unterrichtsstunde. Manche brüllten und johlten, rannten wild über den Schulhof und schubsten die schwächeren Mitschüler herum. Die Lehrer hatten es längst aufgegeben, für Ordnung zu sorgen. Einige saßen stattdessen im Lehrerzimmer und machten Kaffeepause.

Unter einem Baum, etwas abseits von den anderen, hatten sich einige Schüler im Alter zwischen 16 und 20 versammelt. Sie alle trugen das gleiche T- Shirt, auf dem der Name

»PLUCK & VICTORY«

in Großbuchstaben prangte. Dies war der Name der Schulband, die von Specky angeführt wurde. Der war 26 Jahre alt und hieß mit richtigem Namen eigentlich Sven Patzke.

Weshalb er Specky genannt wurde? Nun, um möglichst brutal auszusehen hatte er sich seinen Kopf kahl geschoren, einen grimmig schauenden Adler auf seine Stirn tätowiert, immer seine Glatze mit Babyöl - damit sie richtig glänzt - eingerieben und dann lief er ständig in speckigen Kampfklamotten herum. Dass er allerdings im Moment als Hausmeister der Schule jobben musste - eine Bewährungsauflage, weil er in seiner Vergangenheit schon ziemlich viel Scheiße gebaut hatte - ließ ihn in den Augen vieler Schüler jedoch schon wieder ziemlich lächerlich wirken.

Seine Großkotzigkeit hatte darunter allerdings nicht gelitten. Breitbeinig baute sich Specky vor der Gruppe auf, zog genüsslich an einer Zigarette und prahlte in seinem extremen Berliner Dialekt:

»Na ihr Hinterwäldler, wat haltet ihr von meinem neuen Song?« Er klatschte Franse, die neben ihm stand, unsanft auf ihren Hintern.

Sie war die Sängerin der Band und trug meistens Lederklamotten mit Fransen. Deshalb auch der Spitzname ›***Franse***‹.

»Eh, eh, eh«, geiferte die nur und rieb sich ihren Hintern.

Hämisch verzog Specky sein Gesicht. »Na wat denn nun? Ich spreche von meinen Song über die Lehrergilde!« Er steckte seine Zunge heraus und gaffte Franse mit weit aufgerissenen Augen an.

»Find ick voll krass«, meinte Franse, indem sie ihren Kaugummi schmatzend aus dem Mund zog und sich um den Finger wickelte. »Det spricht mir höllenmäßig aus de´ tiefsten Seele. Schon alleene die Zeile:

Die Pauker sind doch eh nur Knechte und pochen auf die Statusrechte ... Find´ ick voll genial.«

Specky glotzte überheblich in die Runde. Dann wandte er sich direkt an Peter, der wie meistens ein wenig abseits neben seinem Freund Till, dem Tontechniker der Schulband und Haustechniker der Schule, stand und so tat, als ginge ihn das alles nichts an. Herablassend fragte er:

»Na Ludwig, wat hältst de von dem abgfahr´nen Teil?« Peter wurde von seinen Mitschülern oft spöttisch mit ›***Ludwig***‹ angesprochen, da er auch gerne mal Musik von Beethoven hörte. Er stöhnte gelangweilt, strich sich die blonden Haare aus der Stirn und sagte: »Ist nicht schlecht. Hauptsache, danach darf die Band weitermachen und wird nicht von den Lehrern aufgelöst.« Speckys Angeberei nervte ihn, und am liebsten wäre er gegangen.

Specky plusterte sich auf und äffte Peter mit verzerrter Stimme nach: »Nicht schlecht, nicht schlecht!« Man sah ihm an, dass er auf 180 war. Plötzlich rastete er aus, packte Peter und hielt seine Zigarette an dessen Arm, bis die glühende Asche nur noch ein paar Millimeter von Peters Haut entfernt war. Peter wollte sich losreißen, doch gegen Speckys harten Griff kam er nicht an. Einige Brocken heißer Asche fielen auf seinen Arm, und er zuckte merklich zusammen.

Höhnisch krächzte Specky: »Was soll´n das? Wow, du bist heute wieder ´n ganz cooler Typ, ey! Aber so´n Scheißkommentar kann ja ooch nur von dir kommen. Ich mach meine Musik auch ohne die großzügige Genehmigung der Paukersippschaft weiter. Wart´s ab, wenn wir erst mal beim Wettbewerb die Nase vorne haben. Wirst schon sehn.«

Er schubste Peter weg und verzog verächtlich sein Gesicht. »Naja, von dir hab ick sowieso nicht erwartet, dass du of meine Musik stehst. Du bist ja eh mit deinen weicheiermäßigen Sentimentalschnulzen bis in alle Ewigkeit verheiratet. Alter, denkste immer noch, du kannst damit die Welt verbessern? Ludwig, wach of! Die Welt ist nu mal beschissen und das muss man ooch sagen dürfen!«

»Ist okay, ist okay!«, verteidigte sich Peter, während er seinen schmerzenden Arm massierte. »Bleib mal locker Atze. Du schreibst deine Songs und ich meine. Lass uns nach dem Unterricht proben. Ehrlich, ich habe keinen Bock, mit dir groß darüber zu diskutieren, was Top oder Flop ist.«

Die Pause war vorbei. Specky zeigte Peter den Stinkefinger und ging mit den Anderen in Richtung Schulgebäude. Auf dem Weg dort hin kamen sie an einer Gruppe Mädchen vorbei. Unter ihnen befand sich auch eine zierliche Asiatin, die Peter vorher noch nie aufgefallen war. Sie musste wohl neu in der Schule sein. Neugierig schaute er sich nach ihr um, denn irgendetwas an ihr faszinierte ihn total.

Specky winkte den Mädchen lässig zu. »Na Girls, seh´n wir uns auf der Abschlussfete?« Großkotzig fügte er hinzu: »Da könnt ihr mal hören, was wir von der sogenannten höheren Schuleinbildung hier halten! Ehrlich gesagt fänd ich´s total geil, wenn ich dieses bekloppte Intelligenzpresswerk - äh, auch Gymnasium genannt - nach unsrem Sieg beim Wettbewerb nicht mehr betreten muss.« Und nur ein paar abgewrackte Typen spendeten grölend Beifall. Die meisten verdrehten jedoch gelangweilt die Augen und ließen ihn links liegen.

NAO, der das alles aufmerksam durch sein Fernrohr beobachtet hatte, drehte sich zu SALI um.

»Hast du´s auch auf dem Monitor verfolgt?«

»Klar, hab ich«, antwortete SALI nur knapp und nickte.

NAO schimpfte hingegen laut los: »Mann oh Mann, was ist denn dieser Sven Patzke für ein geiferndes Ekelpaket? Der bildet sich wohl ein mit seinem Gesabber zu imponieren?! Genau solche Typen fahren natürlich voll auf diese ganze Brutalo-Szene ab. Na gut, das ist nicht mein Problem.«
Plötzlich erschien auf dem Computermonitor erneut die Nachricht:

A NEW MESSAGE

Wieder war erst das seltsame Zwitschern zu hören und dann meldete sich auch schon Alix: »Hallo lieber NAO, hallo lieber SALI. Wie geht´s euch?«

NAO schaute blinzelnd auf den Monitor: »Donnerwetter noch mal! Du schon wieder. Was hast du denn diesmal auf dem Herzen?«

»Ach, nichts Besonderes«, meinte Alix. »Ich wollte nur fragen, wie ihr das fandet, was ihr gerade auf eurem Monitor gesehen habt.«

»Na schau mal einer an«, wunderte sich NAO. »Werden wir jetzt auch noch von euch ausspioniert?«

»Nein, nein, keine Angst«, lachte Alix. »Aber wie das Schicksal oft so spielt, hat unser Zufallsgenerator den Musiker von der Schulband für die neue Story ausgewählt.«

Völlig entsetzt sprang NAO auf und schrie: »WAS??!! Den Hausmeister? Diese aufgeblasene Comic-Figur im Kampfanzug, die noch nicht einmal einen gescheiten Satz aussprechen kann, soll eine Story schreiben? Ohne mich!«

Einen Moment lang konnte Alix vor lauter Lachen nicht mehr sprechen. Als er sich ein wenig beruhigt hatte, ergriff er erneut das Wort: »Nein, keine Sorge! Ich meine doch Peter. Also, ich wollte euch nur bitten - beobachtet diesen Jungen ein wenig. Er braucht bestimmt irgendwann einmal eure Hilfe. Viel Glück und bis bald!«

Gerade wollte NAO noch etwas hinzufügen, da war Alix auch schon wieder verschwunden. Etwas verwirrt schaute er zu SALI:

»Peter? Welcher Peter denn? SALI, sei bitte so lieb und zeige mir noch mal die letzten Szenen vom Schulhof.« SALI tat dies. Noch einmal sah man auf dem Monitor die Schüler auf dem Schulhof.

Er zoomte Peter heran. »Aha, das ist also der Auserwählte?« Skeptisch schüttelte NAO den Kopf. »Der sieht ja aus wie Einer, der nicht bis drei zählen kann. Und seine Klamotten kann man auch absolut verg ... «

SALI unterbrach ihn jedoch energisch:

»Moment mal, Meister. Lästert nicht über Peters Kleidung!«

NAO schaute ihn verwundert an: »Wieso? Ich lästere doch nicht! Ich meine doch nur, ich wäre von allein nie auf die Idee gekommen, diesen Jungen für eine eigene Story zu bestimmen.«

»Wenn Ihr meint, Meister.« Schmunzelnd fügte SALI noch hinzu: »Vom Outfit her passt ihr jedenfalls optimal zusammen.«

»Wie soll ich denn das verstehen?«, fragte NAO überrascht und betrachtete sich prüfend in der Glastür eines Bücherschrankes. An seiner Kleidung war nichts Außergewöhnliches zu entdecken. Er sah genauso aus wie immer. Unsicher zuckte er mit den Schultern und lächelte verlegen. »Darüber habe ich mir ehrlich gesagt noch nie richtig Gedanken gemacht. Aber bitteschön, wenn du meinst, dann werde ich ab jetzt ein bisschen mehr auf mein Äußeres achten.« Noch einmal beäugte er sich in der Schranktür, versuchte unbeholfen seine Hose zu glätten und stellte sich fragend vor SALI.

»Na, besser so?« Dabei lachte er, als wollte er sagen: *»Und? - Ist das nun so wichtig?«* Dann fügte er etwas nachdenklicher hinzu:

»Nichts desto trotz; irgendwie kommt es mir so vor, als wäre mir Peter schon einmal über den Weg gelaufen - äh Quatsch, das geht ja nicht - ich meine natürlich, als wäre er mir schon einmal aufgefallen. Naja, wie auch immer.«

Er setzte sich wieder vor sein Fernrohr und beobachtete, was so weiter auf der Erde geschah. Erst schaute er allgemein in der Gegend herum. Dann visierte er wieder Peter an und fand ihn in der Schule.

Peter saß im Proberaum der Schule an seinem Keyboard und feilte gedankenverloren an seinem neuen Lied herum. Als die Tür aufging und Till den Raum betrat, schaute er nur ganz kurz auf, um gleich darauf wieder in seine Noten zu versinken.

»Hi Peter, alles klar bei dir?«, begrüßte Till seinen Freund.

»Geht so«, murmelte Peter und verzog das Gesicht.

»Hey, was´n los?«

»Ach, alles Mist«, brach es aus Peter heraus, »am liebsten würde ich meinen Kram einpacken und verschwinden. Ich hab echt keinen Bock mehr auf Speckys One-Men-Show! Du hast doch gesehen, was dieser Idiot vorhin auf dem Schulhof mit mir gemacht hat. Mein Arm tut mir jetzt noch weh! Wenn das so weitergeht, hau ich ab und pfeif´ auf die Band!«

»Ey Peter, bleib mal ruhig.« Till ging zum Keyboard hinüber und legte ihm die Hand beruhigend auf dem Arm. »Vergiss Specky! Der ist krass drauf, das wissen wir doch alle. Mach einfach weiter dein Ding und lass dich von ihm nicht unterkriegen! Du weißt doch - nur wenn du in der Schulband bist, darfst du den Raum hier nutzen, und zwar so oft und wann du willst. Willst du dir das etwa von Specky versauen lassen?«

Einen Moment lang zögerte Peter, doch dann schüttelte er den Kopf. »Nee, natürlich nicht.«

»Na siehste, also reiß dich zusammen. *The show must go on, the show must go on …*«

Tills spontane Gesangseinlage á la Freddy Mercury entlockte Peter schließlich wieder ein Grinsen. Niemand konnte ihn so gut aufmuntern wie sein bester Freund.

Nach und nach trafen auch die anderen Musiker ein, um gemeinsam den Song von Specky zu proben. Specky selbst kam als Letzter in den Raum. Abfällig grinsend ging er sofort zu Peter hinüber und fegte mit Schwung dessen Notenblätter vom Keyboard.

»Na Ludwig, was hast de vor? Willste etwa de zehnte Sümfonie schreiben? Oder schreibst du wieder so ´n weltverbesserndes Lied?«

Lachend beobachtete er, wie Peter die Notenblätter nacheinander vom Boden zusammenklaubte und versuchte, sie wieder in die richtige Reihenfolge zu bringen. Genervt packte er die Notizen ein.

Etwas zynisch meinte er nur noch: »Das heißt ›*Sinfonie*‹. Ich schreibe einfach einen Song über ... - ach, das ist ja eigentlich völlig egal.«

»Aha«, höhnte Specky. »Na, ich hab´ den Titel ja auf deinem Zettel gelesen. ›Kinder dieser Welt‹. Ist wohl wieder so ´n Jammersong für die sogenannte Dritte Welt, wa? Meinste, dadurch kannste den Hinterwäldlern ... Ach, Scheiß drauf. Denen ist doch sowieso nicht zu helfen. Die rennen doch noch in hundert Jahren auf Futtersuche mit ´ner Keule durch die Gegend.«

Peter schaute ihn verständnislos an. Er konnte es einfach nicht verstehen, dass jemand so abfällig über Menschen redete.

»Wenn du meinst.« Er schaute Specky dabei von oben bis unten verächtlich an. »Das ist deine Meinung. Wenn du damit klarkommst, bitte.«

»Hör mal! Setz´ deinen Grips gefälligst für unseren Song ein!«, mischte sich Franse sarkastisch ein. »Am Wochenende woll´n wir hier auf der Party mal richtig die Sau rauslassen und dem hochgebildeten Jungvolk Feuer unterm Arsch machen und ...«

»Ey Alte, texte uns nicht so abartig zu«, unterbrach Specky sie barsch und drehte sich zum Schlagzeuger um. »Los Taktknüppel, gib´ mal ´n ordentliches Tempo vor - Und ...«

Der Schlagzeuger zählte ein und mit einer ohrenbetäubenden Lautstärke begann der Song. Ein schrecklicher Lärm ertönte und Peter schlug dermaßen aggressiv auf die Tasten des Keyboards ein, dass man meinen konnte, Punk, Heavy Metall und Hardrock sollten alle auf einmal neu erfunden werden. Nach zwei Minuten brach Specky ab und fauchte Peter an:

»Ludwig du Penner, wat is los? Ich glaub, mein Schwein pfeift!«

»Wieso, was ist denn?«, fragte Peter verwundert zurück.

Specky stierte ihn an, als wollte er ihm gleich eine reinhauen. »Ey, du Jazzgurke, begreif´s endlich! Ich hab´ doch gesagt, dass wir mit ´nem ganz simplen E-Dur enden. Und nicht mit deinem abgefuckten E7/9-was-weiß-ich-Scheiß aus der voll ätzenden Jazzpampe. Geht das nicht in deine weiche Birne? Einfach zum Kotzen! Für heut´ hab ich die Schnauze voll. Also - Feierabend!«

Eine unangenehme Stille breitete sich im Proberaum aus. Die anderen Musiker versuchten Specky noch umzustimmen, aber der blieb stur. Ratlos sahen sie sich an und schüttelten die Köpfe.

Dann packten sie ihre Instrumente ein und machten sich mürrisch auf den Heimweg. Nur Peter blieb am Keyboard sitzen, kramte in seiner Tasche herum und holte erneut die Notenskizzen für seinen eigenen Song heraus. Da erschien Specky noch einmal an der Tür.

»Und morgen spielste allet so, wie ich det will. Verstanden?!« Drohend schüttelte er seine Faust und spukte auf den Boden.

»Ja, ja, bleib mal locker«, antwortete Peter genervt und fügte sarkastisch hinzu: »War ja ´ne kurze Vorstellung heute.«

Wütend brüllte Specky: »Ey Mann, Schnauze! Bei meinen Songs wird allet so jemacht wie ich det will. Ist det jetzt endlich klar?!«

Mit einem Knall schlug er die Tür hinter sich zu. Kopfschüttelnd begann Peter wieder seinen eigenen Song zu basteln.

Eine Stunde später machte auch er sich auf den Weg nach Hause.

Peter wohnte zusammen mit seiner Mutter Marie-Luis in einer kleinen bescheidenen Mietwohnung im Berliner Stadtteil Wedding. Mit ihrem Gehalt als Kinderkrankenschwester im Virchow-Klinikum kamen sie zwar über die Runden, aber Luxus war einfach nicht drin. Im Flur der Wohnung blieb Peter jedoch verwundert stehen. Aus dem Wohnzimmer drangen Stimmen, seine Mutter hatte also offensichtlich Besuch. Er stutzte. War das nicht eine Männerstimme, die er da hörte? Vorsichtig schob er die nur angelehnte Wohnzimmertür auf und spähte ins Zimmer. Der Tisch war festlich dekoriert. Kerzen, Blumen, Konfekt, Wein und kleine Snacks waren darauf verteilt. Auf einem Stuhl saß ein ihm unbekannter Mann. Verunsichert wollte sich Peter zurückziehen, doch seine Mutter hatte ihn schon entdeckt.

»Hallo Peter, komm ruhig herein«, sagte Marie-Luis freundlich.

»Störe ich nicht?«, fragte Peter total überrascht und völlig verwirrt. Marie-Luis schüttelte den Kopf und zeigte auf den Mann neben sich. Nein, du störst nie. Darf ich dir ...«

Der Mann winkte jedoch ab, stand schnell auf und ging auf Peter zu. Er reichte ihm die Hand und stellte sich vor:

»Hallo! Ich bin Stephan Fercher. Deine Mutter war so freundlich und hat mich zu euch eingeladen. Wir haben uns vor einiger Zeit auf einer Veranstaltung von ›Mercy Ships‹ kennengelernt, für die ich selbst ehrenamtlich als Arzt arbeite. Heute habe ich mich mit Marie-Luis getroffen, um ...«

»Entschuldige bitte«, unterbrach ihn Marie-Luis, »aber lass mich das selbst erzählen. Also, wie Stephan schon sagte, haben wir uns auf dieser Veranstaltung kennen gelernt. Sein Einsatz für ›Mercy Ships‹ hat mich von Anfang an sehr neugierig gemacht. Diese Organisation betreibt die größten privaten Krankenhausschiffe der Welt und bringt kostenlose medizinische Hilfe zu den Patienten in den ärmsten Hafenstädten der Welt. Nun hat es sich ergeben, dass Stephan in acht Tagen wieder zu einem Einsatz aufbricht, und zwar für vier Wochen auf der MS Anastasis nach Sri Lanka. Er hat mir das Angebot gemacht, ihn dorthin zu begleiten und in dieser Zeit dort ehrenamtlich mitzuarbeiten. Das würde ich unheimlich gerne machen, auch wenn es mich meinen ganzen Jahresurlaub kostet. Aber ich könnte eine ganze Menge dazulernen, um irgendwann einmal mein eigenes Kinderhilfsprojekt auf die Beine zu stellen. Du weißt ja selbst, dass das mein großer Traum ist. Ein Kinderland, in dem Kinder und Jugendliche, die durch negative Erziehung, irrsinnigen Fanatismus oder aus welchen Gründen auch immer in eine ausweglose Situation geraten sind, ungeachtet ihrer Nationalität und Religion friedlich und sorgenfrei zusammenleben können ... und von der Zeit her wäre es auch günstig, da du ja dann Schulferien hast.«

Sie stand auf, ging zu Peter hinüber und strich ihm sanft über das Haar. Peter schob ihre Hand jedoch weg. Marie-Luis war irritiert.

»Aber natürlich möchte ich dich zuerst fragen, ob du damit klarkommst. Ich habe auch schon mit deinem Vater gesprochen.«

Peter runzelte verärgert die Stirn. Doch dann verschlug es ihm vollends die Sprache, als seine Mutter hinzufügte: »Er hat mir zugesagt, dass du in dieser Zeit bei ihm wohnen und sogar für ein paar Tage mit Cindy und ihm irgendwohin in Urlaub fahren könntest. Was hältst du davon?«

Herr Fercher fragte unsicher: »Ich hoffe, es gibt keine Probleme?«

Ungläubig ließ Peter seinen Blick von einem zum anderen schweifen. Hatte er das gerade richtig verstanden? Ausgerechnet zu seinem Herrn Erzeuger sollte er abgeschoben werden? Zu diesem oberflächlichen, unzuverlässigen Typen, der seine Mutter und ihn verlassen hatte und mit der erstbesten reichen Tussi durchgebrannt war? Na, das waren ja heitere Aussichten! Aber für nichts in der Welt wollte er sich seine Enttäuschung anmerken lassen.

»Nein, nein, ist schon okay«, antwortete er daher so cool wie möglich. Dann drehte er sich brüsk um und ging in sein Zimmer. Aus Wut knallte er dabei die Tür laut hinter sich zu. Verlegen kam er noch einmal zurück ins Wohnzimmer.

»Muss das sein?«, fragte Marie-Luis verärgert.

»Sorry, war nicht meine Absicht«, nuschelte Peter entschuldigend und startete einen neuen Versuch. Sehr viel leiser schloss er die Tür aber auch diesmal nicht. Marie-Luis und Stephan schauten sich nur ratlos an und zuckten mit den Schultern.

Peter war froh, sich endlich in sein Zimmer zurückziehen und diesen ganzen ätzenden Tag vergessen zu können. Sein Zimmer war sein eigenes Reich, in dem er so sein konnte wie er wollte, ohne deswegen gleich ausgelacht oder blöde angemacht zu werden. An den Wänden hingen Musikinstrumente, Poster aus der Musikszene und Plakate von Hilfsorganisationen für Kinder. Auf seinem Schreibtisch standen sein Computer, ein Fernseher und daneben ein Keyboard. Alles ein bisschen chaotisch, aber gemütlich. Wütend feuerte er seine Schultasche in die Zimmerecke und warf sich mit Schwung auf seine Schlafliege. Dort hockte immer noch sein Lieblingsstofftier aus seiner Kindheit, ein Stinktier namens ›***Skunk***‹. Doch dafür hatte er gerade absolut keinen Nerv, weshalb dieser in hohem Bogen der Tasche hinterher flog. Nach ein paar Minuten stand Peter jedoch schon wieder auf, lief unruhig im Raum auf und ab und setzte sich schließlich an seinen Schreibtisch. Ärgerlich riss er ein paar dort liegende Notenblätter in Stücke und ließ die Schnipsel auf den Boden rieseln. Die ganze Zeit über ging ihm das Gespräch mit seiner Mutter nicht mehr aus dem Kopf. ›*Endlich weiß ich, weshalb meine Mutter in letzter Zeit kaum noch Zeit für mich hatte*‹, dachte er enttäuscht. ›*Ein neuer Lover. Auch gut. Hätte sie ja auch schon früher sagen können. Aber, dass sie mich in den Ferien zu meinem Vater abschieben will, hätte ich nie geglaubt. Vor allem geht mir seine Neue so was von auf die Nerven ... Aber was soll´s. Da muss ich wohl durch.*‹ Frustriert startete er den Computer, um ein bisschen an seinen Songs zu arbeiten. Doch er konnte sich aber nicht darauf konzentrieren und surfte stattdessen nur ziellos im Internet herum. Da klopfte es an der Tür.

»Ja«, sagte Peter lakonisch. Marie-Luis steckte vorsichtig ihren Kopf ins Zimmer.

»Peter, kann ich dich noch einmal kurz sprechen?« Peter stöhnte leise und vergrub sein Gesicht in den Händen.

»Morgen, Mom. Bitte, bitte erst morgen.«

»Okay«, sagte Marie-Luis traurig. »Aber lass uns bitte vernünftig darüber reden.« Peter sagte keinen Ton mehr. Ohne seine Mutter anzusehen winkte er ab. Enttäuscht schloss sie die Tür.

Ein paar Tage später, am letzten Freitag vor den Sommerferien, fand endlich das lang ersehnte Schulabschlussfest statt. Dazu war sogar ein Fernsehteam von einem niegel-nagel-neuem TV-Sender

Young Creators Television

angereist, um für dem europäischen Songwriting Competition

›The Best Songwriters From Europe‹

den Auftritt der Schulband aufzuzeichnen. Überall an der großen Bühne waren Kameras mit dem Logo **YC TV** postiert.

Specky, von dessen Großkotzigkeit nicht mehr viel zu spüren war, rannte kreidebleich durch die Gegend und hatte sich vor Nervosität schon zweimal geräuschvoll in eine Ecke des Pausenhofes übergeben. Die Instrumente und das Equipment waren bereits aufgebaut.

Till, der als Techniker der Band den ganzen Nachmittag alle Hände voll zu tun gehabt hatte, stellte als letztes noch das Solistenmikro auf. Theatralisch verbeugte er sich vor der bereits versammelten Schülerschaft, lachte und sagte in seiner abgedrehten Art:

»Uno, dwa, three, vier. Na cool. Erste Sahne, das Mikrophon versteht tatsächlich jede Sprache - oder?« Die Schüler klatschen unter spöttischem Gelächter. Till verbeugt sich erneut übertrieben tief und grinste. In der Rolle des Hofnarren fühlte er sich einfach zu wohl.

Dann kam die Direktorin, eine aufgedonnerte, ältliche und korpulente Dame auf die Bühne, um ihre obligatorische Eröffnungsrede zu halten. Dabei hatte sie alle Mühe, gleichzeitig das Mikrophon und ihren Hut, der die Größe eines Wagenrades hatte und über und über mit rosafarbenen Zierblumen beladen war, festzuhalten.

Sofort ging ein Raunen durch die Reihen der Schüler, viele lachten und so manche Schimpfwörter wurden mehr oder weniger lauthals getuschelt, wie zum Beispiel: *»Miss Old Barbie Queen«, »Hallo ballo - Lady Hochwohlverboten«, »Cool, The Scarecrow Makeup!«*

Das waren noch die harmlosesten Namen. Die Direktorin schien die zynischen Bemerkungen jedoch nicht zu hören und begann mit schriller Stimme ins Mikrophon zu sprechen.

»Liebe Schülerinnen und Schüler«, begrüßte sie diese mit wichtiger Miene. »Heute ist der Tag, an dem wir uns von den Schülern verabschieden wollen, die diese heiligen Hallen verlassen ...«

Peter saß hinter der Bühne auf einer Kiste, hatte sich Kopfhörer aufgesetzt und murmelte gelangweilt »Blah, blah, blah« vor sich hin. *Hoffentlich macht sie es kurz,* dachte er nur bei sich. *Ich kann dieses scheinheilige Getue nicht ertragen. Jedes Jahr die gleiche Heuchelei. Einfach zum ... na, ja, Schwamm drüber.* Da ihm die Rede der Direktorin zuwider war, stellte er die Lautstärke der Musik so ein, dass er ihr Gelaber nicht mit anhören musste. Erst als er merkte, dass die Rede langsam zu Ende ging, setzte er die Kopfhörer ab und hörte nur noch die letzten Worte der Direktorin: »... und trotz mancher Probleme kann ich sagen, es war ein erfolgreiches Schuljahr und daran werden wir auch in Zukunft anknüpfen. Doch nun wünsche ich uns allen erst einmal erholsame Ferien.«

Als das Johlen und Klatschen der Schüler allmählich zu verebben begann, machte sich die Band für ihren Auftritt fertig. Zwischenrufe wie »Gib Vollgas, Alter« und »Rock the house, Mann« wurden laut, als Specky die Bühne betrat und ans Mikro ging. Er war zwar noch etwas blass um die Nase, hatte seine alte Überheblichkeit aber bereits zurückgewonnen. Breitbeinig und übertrieben lässig stellte er sich in die Mitte der Bühne, hob gebieterisch die Hand, um das Publikum zur Ruhe zu bringen und krächzte er ins Mikrophon:

»Ey, bleibt cremig, Leute ... bleibt cool«,. Dann drehte er sich zur Band um und fragte: »Ready?«

Die Musiker hielten ihre Daumen nach oben. Specky zeigte daraufhin mit dem Finger auf das Publikum und blökte. »Hey! - Ihr Typen da inne unteren Etage. Ich habe extra für dieses Weltereignis hier ´nen Song geschrieben, der euch klar macht, wat wir von der ganzen Geschichte hier und heute halten. Dieser Megasong heißt schlicht und ergreifend: ›*Ich will raus aus dieser überkandidelten Welt*‹.
Oder auf neudeutsch: ›*I want out - out of this eccentric world*‹. Und dazu begrüße ich unsere Rocksirene Franse.« Er zeigte auf die rechte Bühnenseite. Franse kam im John-Wayne-Stil auf die Bühne gestelzt.

Sie hatte die Daumen locker im Gürtel eingehakt, als wolle sie jeden Augenblick den Colt ziehen. Breitbeinig blieb sie vor dem Mikrophon stehen, drehte sich zum Schlagzeuger um, zog einen imaginären Revolver und tat so, als würde sie ganz lässig auf ihn schießen. Der gab mit wilden Gesten den Takt vor und mit einem ohrenbetäubenden Gitarrensolo begann der Song.

NAO und SALI saßen gespannt vor ihrem Monitor. Doch als Speckys Song begann, hielt sich NAO mit schmerzverzerrtem Gesicht die Ohren zu und stöhnte:

»Mach bloß den Ton weg! Dieser Lärm ist ja nicht auszuhalten! Ist das etwa moderne Musik? Mein Gott!«

SALI tat dies auch sofort. Auch er schüttelte sich befremdet. Jetzt verfolgten sie das Geschehen ohne Ton.

Auch diesmal tobten die abgewrackten Typen von letztens wie eine wild gewordene Pavianherde vor der Bühne herum. Irrsinnig laut schreiend schwenkten sie ihre Getränkebüchsen und schnitten furchterregende Grimassen dabei. Andere Schüler, unter anderem auch das asiatische Mädchen, verzogen ihre Gesichter. Manche hielten sich die Ohren zu und schüttelten nur die Köpfe. Das schien Specky jedoch nicht zu bemerken. Als der Song zu Ende war und ihn seine begasten Fans bejubelt hatten, ging er überheblich grinsend auf die Suche nach den Leuten von **YC TV.** Er wollte unbedingt im TV seinen Song als geilsten Top-Hit ankündigen.

Inzwischen war es dunkel geworden und Spotlights erleuchteten die Bühne. Der DJ legte los und die Schüler tanzten ausgelassen zu den neuesten Hits aus den Charts. Dabei schwenkten sie blinkende Leuchtstäbe und Knicklichter in allen möglichen Farben herum. Währenddessen wurden auf der Bühne die Instrumente der Schulband abgebaut, nur die Mikrophone blieben stehen. Dann betrat die Musiklehrerin die Bühne und bat um Ruhe.

»Ich glaube, wir haben heute eine wunderbare Abschlussparty erlebt. Lustig und ausgelassen. Ich wünsche allen, die uns nun verlassen viel Erfolg für ihre Zukunft und denen, die uns nach den Ferien wieder beehren, gute Erholung und ein fröhliches Wiedersehen.«

Sie drehte sich um, sah wie Till das letzte Mikrophon einrichtete und fuhr fort: »Wir Lehrer haben uns für den Schluss der heutigen Veranstaltung etwas Ungewöhnliches ausgedacht. Sie soll diesmal nicht wie gewohnt mit Pauken und Trompeten enden, sondern eher etwas besinnlich. Dazu möchte ich euch eine Schülerin vorstellen, die erst seit Ende vorigen Jahres bei uns ist. Sie kommt aus Asien.« In feierlichem Ton fügte sie hinzu: »Heute möchte sie euch einen Song vortragen, dessen Text sie schon in ihrer Heimatstadt, Rayong in Thailand, geschrieben hat. Die Musik dazu komponierte unser Chorleiter, Herr Melah.« Sie zeigte auf ihn und alle applaudierten.

Das Mädchen betrat die Bühne und mit ihr der Schulchor, in dem auch einige Eltern und Lehrer mitsangen. Die Musiklehrerin wartete, bis alle ihre Plätzen eingenommen hatten und erklärte weiter:

»In ihrer Freizeit besucht sie die Musikschule und wird euch heute erstmals ihren Song vorstellen, an dem alle Beteiligten fleißig geprobt haben.« Sie führte sie an das Mikrophon.

»Hier ist Gu Lap mit ihrem Song ›*I´ve Got A Question*‹. Begrüßt ganz herzlich unsere neue Schülerin. - Übrigens, Gu Lap heißt sinngemäß übersetzt ›Weiße Rose‹.«

Gu Lap zog eine Kerze aus der Tasche und zündete sie mit einem Feuerzeug an. Sie stellte sie auf den Boden in einen Kerzenständer neben ihrem Mikro.

Ihre Kleidung war typisch asiatisch und sie trug an ihrem linken Handgelenk ein bunt geflochtenes Lederarmband. Und auch die Chorsänger hatten mittlerweile brennende Kerzen in den Händen. Rings herum wurde es still und alle lauschten gespannt.

Gu Lap setzte sich auf einen Barhocker und sprach ins Mikrophon:

»Dieser Song beginnt mit einer ganz einfachen Frage eines Kindes. *Weshalb gibt es eigentlich Kriege?* Und da dies ein internationales Problem ist, singen wir diesen Song in englisch. Naja, das verstehen doch mittlerweile die meisten von euch, oder?«

Ein Mädchen aus der vierten Klasse kam ans Mikrophon, zupfte den Chorleiter an der Jacke und fragte: *»I need an answer to a question. - What is war good for?«* Der Chorleiter antwortete: *»I´ve got no idea!«* ...

(Die Texte aller Songs sind am Ende des Buches ab Seite 383)

Nach dem Dialog sangen Gu Lap und der Chor den Song. Peter stand ein wenig abseits unter einem Baum, war völlig fasziniert und hörte mit geschlossenen Augen zu. In seiner Phantasie öffnete sich sogar einen Moment lang der Himmel und ein Chor von Engeln fiel in den Gesang ein. Ein wenig erschrocken öffnete Peter die Augen. Ein Engelschor? So eine kitschige Idee hatte er ja im ganzen Leben noch nie gehabt! Und trotzdem, irgendwie passte es. Selten hatte er einen so engelsgleichen Gesang, einen so nachdenklichen Text und so eine einfühlsame Musik gehört.

Als der Song zu Ende war, herrschte ein paar Sekunden lang absolute Stille. Gu Lap ging an den Rand der Bühne und verbeugte sich. Erst jetzt klatschten die Schüler überraschend begeistert Beifall.

Nur von Speckys Gleichgesinnten hörte man abfälliges Lästern wie: »Fidschi-Tussi, Schlitzauge, Bananenflüsterin oder Reisfresserin«. Doch das ging im Applaus mehr oder weniger unter. Peter war hin und her gerissen. Er fand den Song und die Stimme hammermäßig. Gerne hätte er sich mit Gu Lap unterhalten und ging hinter die Bühne, um sie abzupassen. Doch Gu Lap wurde bereits von den Leuten von **YC TV** umringt und interviewt.

Viel zu schüchtern, um sie jetzt anzusprechen, drehte sich Peter um und verließ traurig und allein den Schulhof.

Peters Ferien

Endlich hatten die Ferien begonnen. Doch bevor Peter mit seinem Vater den Urlaub verbringen würde, fuhr er noch ein paar Tage in seinen Heimatort Ummerstadt in Thüringen, wo er auch seine Kindheit verbracht hatte. Seine Tante Hannelore, die jüngere Schwester seiner Mutter, freute sich schon darauf, ihren Neffen nach Strich und Faden zu verwöhnen. Und wie immer genoss Peter die Ruhe in Thüringen, weit weg von der Berliner Hektik und den Hänseleien seiner Mitschüler. Außerdem gab es dort einen ganz besonderen Ort - eine Quelle im Wald -, an die er oft gegangen war, wenn er ungestört seinen Gedanken nachhängen wollte. Vor allem erinnerte ihn dieser Ort an seine erste große Liebe.

Auch diesmal fuhr er, die Gitarre auf dem Rücken, dorthin. Er stellte sein Fahrrad in der Nähe ab, ging an die Quelle, trank etwas von dem klaren eiskalten Wasser und setzte sich anschließend in den kleinen Pavillon, der nebenan stand. Außer ihm war weit und breit keine Menschenseele zu sehen. Ein paar Sonnenstrahlen schimmerten durch die Bäume. Mit geschlossenen Augen saß er da, ließ sein Gesicht von der Sonne wärmen und dachte über sein Leben in Berlin nach.

›*Was mache ich nur falsch? Manchmal verstehe ich die Welt nicht mehr. Von meinen Klassenkameraden will kaum einer etwas mit mir zu tun haben. Selbst bei den Lehrern habe ich das Gefühl, sie beachten mich kaum. Wieso ist das bloß so?*‹ Er packte seine Gitarre aus und grübelte weiter. ›*Till, dieser unkomplizierte Typ, ist eigentlich der Einzige, den ich als Freund habe. Der ist eben total cool und immer gut drauf. Aber ansonsten ...*‹ Dabei schlug er völlig sinnlos auf die Saiten seiner Gitarre. ›*In der Schulband werde ich nur recht und schlecht akzeptiert und meine Musik interessiert auch kein Schwein. Und zu allem Überfluss hat meine Mutter, die mich eigentlich nimmt wie ich bin, mit ihrem neuen Lover jetzt auch kaum noch Zeit für mich.*‹

Peter blinzelte mit heruntergezogenen Mundwinkeln in die Sonne und grübelte weiter.

›Und seit mein Vater mit dieser aufgedonnerten und schrägen Cindy zusammen ist, habe ich auch keinen großen Draht mehr zu ihm. Die beiden haben zwar ´ne Menge Kohle, aber dieses aufgesetzte, selbstherrliche Glitzerleben geht mir so was von auf die Ketten!‹ Er sprang auf und brüllte laut in den Wald:

»Igitt!«

Dann etwas ruhiger:

»Naja,
vielleicht geschieht doch
noch irgendein Wunder.«

Plötzlich war er über seinen Weltschmerz selbst erschrocken:

›Verdammt noch mal, weshalb verfalle ich immer in so ein bescheuertes Selbstmitleid? Wenn ich daran denke, wie schlecht es vielen Kindern in anderen Ländern geht, lebe ich doch wie Gott in Frankreich‹, dachte er. Er packte seine Gitarre, lief zurück zu seinem Fahrrad und schwang sich in den Sattel. Wütend klopfte er mit der Faust auf den Lenker: *›Blödsinniges Herumgejammere! Mann, Peter, reiß dich zusammen. Irgendwann musst du doch die Kurve kriegen und zeigen, dass du was auf dem Kasten hast. Na gut. Noch ein paar Tage hier richtig erholen und dann zu meinem abgedrehten Dad und seiner aufgepimpten Partyschleuder »Cindy« - äh, - eigentlich ist ihr richtiger Name ja Gertrude Kuschenot.‹* Befreit lachte er auf, trat kräftig in die Pedale und sang den ganzen Heimweg über wie ein Möchtegerntenor die Zeile:

»Ich weiß, es wird einmal ein Wunder gescheh´n ...«

Als er zu Hause seine Tante begrüßte und umarmte, sang er immer noch diese eine Zeile. Verwundert lachend schaute sie ihn an und fragte: »Was ist denn mit dir passiert? Ist dir eine Waldfee begegnet? Oder hast du einen vergrabenen Schatz gefunden?«

Peter machte eine geheimnisvolle Miene.

»Genau. So etwas ist mir passiert.«

»Na, du bist wohl immer noch so ein Träumer wie damals«, lachte sie. »Als du noch hier gewohnt hast und an deiner geliebten Quelle warst, hast du mir jedesmal Geschichten wie aus einer anderen Welt erzählt. Aber immer so, als wären sie tatsächlich geschehen.«

Peter nickte. »Stimmt, ich erinnere mich. Und das geht mir immer noch so. Nur - mit zwölf oder dreizehn Jahren habe ich von ganz anderen Sachen geträumt als heute.«

»So? Wovon denn? Erzähl mal.«

»Naja, damals war ich das erste Mal so richtig verliebt.«

»Aha!« Sie grinste. »Das hat man dir auch angesehen.«

Peter schaute sie erstaunt an: »Donnerwetter. Und ich habe mir eingebildet, das war mein Geheimnis! Wer war denn deiner Meinung nach meine Angebetete?«

Hannelore überlegt kurz. »Die Cousine von deinem Freund Gernot.«

Peter nickte. »Genau! Die süße Ursel von nebenan. Sie hat zwar ein bisschen geschielt. Aber sie war und ist für mich ein wunderschönes und liebes Mädchen.«

Hannelore stimmte lächelnd zu: »Da muss ich dir Recht geben. Aber komm erst mal in die Küche. Ich habe uns ein hoffentlich ›romantisches‹ Abendbrot bereitet.«

Lachend stellte Peter seine Gitarre ab und erzählte ihr dann ausführlich von der Abschlussparty seiner Schule. Seine Augen glänzten richtig, als er über die Sängerin Gu Lap berichtete. Tante Hannelore zog erstaunt die Augenbrauen hoch.

»Aha, wieder verliebt? Du möchtest sie wohl auch an deine Quelle einladen?« Verlegen entgegnete Peter:

»Nein. Ich kenne sie doch erst ein paar Tage.«

Wie immer ging die Zeit in Thüringen viel zu schnell vorbei. Drei Tage später schon stand Peter sehr traurig an der Bushaltestelle und verabschiedete sich von seiner Tante. Am liebsten wäre er die ganzen Ferien über hier geblieben, denn Hanna war eine verständnisvolle Zuhörerin und Gesprächspartnerin, mit der man gleichzeitig eine Menge Spaß haben konnte. Aber er musste ja wieder zurück nach Berlin, denn er hat seinem Vater schon zugesagt, mit ihm die restlichen Ferien zu verbringen. Wenig begeistert stieg Peter in den Bus.

Zwei Tage später, an einem besonders heißen Julimorgen, standen Peter und Marie-Luis mit einem gepackten Koffer vor ihrem Wohnhaus in der Badstraße und warteten auf Peters Vater. Adam, ein typischer Macho, hatte sich vor ein paar Jahren scheiden lassen und war dann ausgezogen, um mit seiner Geliebten »Cinderella« - oder kurz Cindy - wie sie sich nannte, zusammenzuleben. Seitdem war er Sänger und DJ in ihrer Disco ***»Cinderellas Sinful Nights«***.

»Peter«, sagte Marie-Luis, und man konnte ihrer Stimme anhören, dass sie ein schlechtes Gewissen hatte, »ich hoffe, du bist nicht allzu sauer auf mich. Aber diese Reise nach Sri Lanka kann mir bestimmt in meiner Arbeit behilflich sein. Außerdem sind vier Wochen auch keine Ewigkeit.«

Mit quietschenden Reifen, eine Staubwolke aufwirbelnd, hielt ein knallroter Ferrari vor den beiden an. Die Hi-Fi-Anlage des Wagens war so laut aufgedreht, dass man sie wahrscheinlich im Umkreis von einem Kilometer hören konnte. Adam drückte auf die Hupe, stieg aus und baute sich breitbeinig vor Peter und Marie-Luis auf. Groß, blond, blauäugig und vom Solarium gebräunt, war er der Traum vieler Frauen und noch mehr Schwiegermütter.

»Hi Mary, hi Pedro«, meinte er lässig zur Begrüßung und grinste. »Ich hoffe, bei euch ist alles in Butter. Ey Peter, komm und lass uns was Abgefahrenes erleben. Schwing dich auf den Sitz und mach jetzt kein Abschiedsdrama. Zeit ist Geld - also los.«

Peter nuschelte nur undeutlich: »Ja, ja, bleib cool, ich komme schon.«

Marie-Luis hingegen verdrehte die Augen und ermahnte ihren Ex-Mann: »Du immer mit deiner Hektik, Adam. Man könnte denken du verpasst etwas. Nutze lieber deine Zeit mit Peter und mache was Sinnvolles!«

»Das Einzige, was man in seiner knappen freien Zeit machen soll«, erwiderte Adam, »ist, das Leben in vollen Zügen zu genießen. Also los, we need a holiday.«

Peter umarmte seine Mutter zum Abschied und stieg - nicht gerade begeistert - in den Ferrari. Adam gab Gas und mit qualmenden Reifen brausten sie davon. Peter verdrehte nur die Augen.

»Hör mal Dad, eigentlich wollte ich Urlaub machen und kein Formel-1-Rennen gewinnen. Hast du´s denn so eilig?«

Adam schnaufte verächtlich und stichelte: »Ist ja gut. Wenn du in deinem Alter schon einen Reha-Urlaub brauchst, bitteschön.«

Genervt blickte Peter aus dem Fenster und schwieg.

Cindy saß im Garten ihrer Zehlendorfer Villa am Swimmingpool und trank ein Glas Champagner nach dem anderen. Mit ihren Silikonbrüsten, den aufgespritzten Lippen und platinblonden Haaren war die Vierzigjährige so ziemlich das genaue Gegenteil der natürlichen, dunkelhaarigen Marie-Luis. Als Peter und Adam den Garten betraten, begrüßte sie beide mit einem huldvollen Lächeln, doch ihre Augen blieben dabei kalt und hart. Das angebotene Glas Champagner stürzte Adam sofort hinunter, Peter lehnte jedoch ab.

»Nein danke, bei der Hitze trinke ich keinen Alkohol. Und wenn, dann nur Rotweinschorle. Ein Glas Fruchtsaft mit viel Eis wäre mir lieber. Außerdem würde ich gerne erst einmal duschen und etwas anderes anziehen.«

Adam tippte Peter auf die Schulter: »Na los, Peter, ich bring´ dich auf dein Zimmer. Dort hast du dein eignes Bad. Na, du warst ja schon mal hier. Aber mein aufgemotztes Studio kennst du noch nicht, ... oder?«

Peter schüttelte den Kopf, nahm seinen Koffer und ging mit seinem Vater ins Haus. In seinem Zimmer konnte er kaum glauben, was er sah. Von einem Poster direkt über seinem Bett blickte ihm die nur knapp bekleidete, lasziv lächelnde Cindy entgegen. Die Aufnahme zeigte sie als Sängerin auf der Bühne ihrer Disco. Bei diesem Anblick schlug Adam seinem Sohn auf die Schulter und tönte:

»Heiße Schnecke, das Girl, was? Okay, bis später dann.«

Peter begann seinen Koffer auszupacken, aber das Poster zog immer wieder seine Blicke an. Warum sich Gertrude Kuschenot wohl ausgerechnet den Künstlernamen ***»Cinderella«*** verpasst hat, überlegte er. Natürlich ist ihr richtiger Name eher ´ne Lachnummer und für eine Bühnenkarriere völlig daneben. Aber von einem armen, bescheidenen Aschenputtel hatte dieser aufgepimpte Barbie-Verschnitt ja nun überhaupt nichts an sich. Nachdem er den Kofferinhalt im Schrank verstaut hatte, griff er sich eines seiner Hemden und hängte es ausgebreitet über das Poster. Seinen Skunk legte er auf das Bett und ging unter die Dusche. Adam schwamm derweil eine Runde im Pool und Cindy vergnügte sich mit einer weiteren Flasche Champagner.

»Ey, Mighty Queen, komm rüber und gönn´ deinem Luxuskörper eine Erfrischung hier im Pool!«, rief er ihr zu.

Cindy winkte jedoch ab. »Lass mal gut sein. Ich erfrische mich lieber von innen - cheers.« Wütend stellte sie ihr Glas auf den Tisch.

»Hör mal, Big Adam! Du weißt doch, dass wir nächste Woche in Urlaub fahren wollten. Willst du etwa dein kleines, zerbrechliches Söhnchen mitnehmen?«

Adam horchte auf. »Big Adam« nannte sie ihn nur, wenn sie sauer war - und sie war oft sauer. Missmutig antwortete er:

»Ich weiß, du magst Peter nicht so besonders. Aber ich kann mich erinnern, dass ich früher so ähnlich war wie er. Ich glaube, aus ihm wird mal ein cooler Typ. Also? Wäre es denn so schlimm wenn er mitkommt?«

»Wäre das schlimm, wäre das schlimm!«, äffte Cindy ihn nach. »Deinen Sarkasmus kannst du dir sparen. Ich habe keinen Bock, in meinen Urlaub ein Riesenbaby am Rockzipfel hängen zu haben.«

Beschwichtigend antwortete Adam: »Komm, lass uns später mal darüber quatschen, ich glaube Peter kommt.«

Tatsächlich betrat Peter in diesem Augenblick den Garten durch die große gläserne Terrassentür. Er setzte sich an den Tisch und schenkte sich ein Glas Orangensaft ein. Adam stieg aus dem Pool, rubbelte sich mit einem Badehandtuch trocken und setzte sich dazu. Er hatte eine knallenge, neongelbe Latexbadehose an.

»Na Pedro, hast du dich frisch gemacht?« Peter nickte nur und trank einen kräftigen Schluck.

Verlegen druckste Adam herum: »Hör mal zu, eigentlich hätte ich dir das gleich zu Hause sagen sollen, aber ...«

»Stopp mein Lieber. Es ist einfach so!«, unterbrach ihn Cindy. »Dein Vater und ich wollen nächste Woche ein paar Tage im Süden Urlaub machen. Wir wissen zwar noch nicht, wo. Aber ...«

»Ich hab schon verstanden«, fiel Peter ihr ins Wort. »Mom hat mir das schon erzählt. Aber ihr braucht euch keine großen Gedanken zu machen. Schließlich bin ich kein Kind mehr und komme allein zurecht. Ich kann auch einfach wieder nach Hause gehen.«

Adam versuchte die Diskussion zu entschärfen. »Na, na, na, so war das nicht gemeint. Aber ich weiß doch, dass du dich in unseren Kreisen nicht sehr wohl fühlst.« Etwas verlegen fügte er dann hinzu:

»Aber ich denke mal, wir haben uns einen Urlaub verdient und wir laden dich gerne dazu ein.« Er schaute hinüber zu Cindy, die empört die Augen verdrehte.

Da Peter aber in diesem Moment aufstand und zum Pool ging, konnte er das nicht sehen. Möglichst lässig meinte er nur: »Ich werde darüber nachdenken. Jetzt möchte ich erst einmal ein paar Runden schwimmen - okay?« Adam zeigte mit Daumen nach oben und grinste aufmunternd.

Als Peter kopfüber ins Wasser eintauchte, fauchte Cindy Adam bösartig, aber leise an: »Bilde dir nicht ein, dass ich mich in MEINEM Urlaub mit diesem Milchreisbubi beschäftige und ihn vielleicht noch als meinen Stiefsohn vorstelle. Das kannst du voll vergessen!«

Sauer erwiderte Adam: »Du brauchst nicht gleich wie von der Tarantel gestochen die Wände hochzugehen. Schließlich ist er mein Sohn und ich habe mich wahrlich in der Vergangenheit nicht sonderlich um ihn gekümmert. Wenn dir die paar Kröten, die es uns kosten würde, ihn mitzunehmen, zu viel sind, dann musst du eben allein fahren. Ich hab´s meiner Ex versprochen, mich in der Zeit ihrer Asienreise um ihn zu kümmern. Und das halte ich auch!«

»Hör mir mal gut zu, mein lieber Big Adam!«, erwiderte Cindy arrogant. »Erstens hast du die ›paar Kröten‹ mir zu verdanken, denn ich war es, die dich aus deinem erbärmlich tristen Musikantenleben herausgeholt hat. Und zweitens habe ich einfach keine Lust, mich in den paar freien Tagen mit deinem Weichei von Sohn abzugeben.«

Beleidigt stand Adam auf, ging zu ihr hinüber und zischelte ihr sauer ins Ohr: »Pass mal auf, verehrte Frau Kuschenot. Bei aller Liebe, aber beleidigen kann ich mich selbst. Du hättest dich doch lieber im Pool abkühlen sollen anstatt hier sinnlos rumzugackern. Wenn Peter fragt, ich bin im Studio.« Im Gehen drehte er sich nochmals um: »Ich! - der armselige Musikant - werde mich auf meine Art beschäftigen!«

Cindy nahm einen großen Schluck Champagner, zuckte mit den Schultern und schnaubte wütend durch die Nase. Dann legte sie sich ein kühles Tuch übers Gesicht.

Als Peter sah, dass sein Vater ins Haus ging, stieg er aus dem Pool, trocknete sich ab und sagte zu Cindy: »Das hat richtig gut getan. Warum ist Dad ins Haus gegangen?«

Ohne das Tuch vom Gesicht zu nehmen, erwiderte sie nur kühl:

»Er ist im Keller in seinem Studio. Du sollst zu ihm kommen. Du weißt ja, wo es ist.«

»Danke. Ja, ja, ich kenne mich aus«, meinte Peter, trank den letzen Rest Saft aus und ging die Treppen hinunter ins Musikstudio seines Vaters. Dort saß Adam an seinem Computer und programmierte gerade seinen neuen Song ›*Wild ist der Westen und schwer ist der Beruf*‹. Einen Augenblick lang blieb Peter leise in der Tür stehen.

Adam schaute kurz vom Mischpult hoch, erblickte ihn und fragte freundlich: »Na, hat dir das Bad gut getan?«

»Na klar«, antwortete Peter, »sehr gut, danke. Was machst du denn gerade? Den Song kenne ich doch irgendwoher.«

Adam zuckte schmunzelnd mit den Schultern. »Ja, ja, das ist eine ganz olle Kamelle. Ich versuche den Song ein bisschen aufzupäppeln und dachte mir einen neuen Text dazu aus. Hör´ mal zu.«

Er tippte auf das Blatt Papier vor sich, startete die Musik vom Computer und wollte gerade anfangen zu singen. Da drückte Peter auf die Stopptaste und sagte:

»Halt mal Dad. Das ist ja ein Groove aus Großmutters Zeiten. Gib´ mir 10 Minuten und ich programmiere dir etwas modernes, okay?«

»Okay. Da bin ick aber gespannt«, brummelte Adam neugierig.

Tatsächlich hat es nicht lange gedauert und Peter war fertig. Adam staunte nicht schlecht.

»Mann, Keule, das hätte ich dir gar nicht zugetraut. Ich dachte du schreibst nur so softe Songs.«

»Da kannst du mal sehen, wie gut du mich kennst. So - nun sing jetzt mal dazu.«

Adam tat es auch und krächzte los.

Ich sah sie - die Marie - einsam steh´n - kurz nach zehn
und sie war - wunderbar - doch allein - muss nicht sein.
Da sprach ich trocken - willst du mit mir rocken
nachts in der Disco - weil, - dort ist es cool und geil.
Sie war cool - wonderful - hat geschickt - nur genickt
und es war - sonnenklar - null Problem - angenehm.
Denn sie sprach trocken - ich will mit dir rocken
nachts in der Disco - weil, - dort ist es cool und geil.

Adam schaute Peter an, der sich ein Lachen nicht verkneifen konnte.

Er musste selbst etwas schmunzeln: »Na, wat hältst du von der hochintelligenten Neudichtung? Ist doch cool oder wie oder was?«

Peter kratzte sich an der Stirn. »Naja, das ist typisch für dich. Hauptsache, die Leute grölen mit.«

»Ach weißt du«, erwiderte Adam, »in der Disco möchten die Leute einfach nur abfeiern. Denkste ich weiß nicht, was so alles in der Welt passiert? Aber wenn die Leute ausgeh´n, woll´n sie keine Probleme hör´n und seh´n, sondern mal so richtig abschalten. Meinst du, mir gefällt es jeden Abend zu erleben, wie sich irgendwelche schmierigen Typen gegenseitig beweihräuchern und mit Kohle rumschmeißen, als gehöre ihnen die ganze Welt?« Ein bisschen nachdenklich fügte er hinzu: »Und ich will dir ehrlich sagen, als ich so alt war wie du jetzt und deine Mutter kennenlernte, habe ich auch viel lieber Musik von Bob Dylan oder Jimi Hendrix gehört und gespielt.«

Erstaunt verzog Peter sein Gesicht und schaute Adam prüfend an. »Das klingt ja fast so, als würdest du dich nach der Zeit mit meiner Mutter sehnen?«

Nachdenklich erwiderte der: »Auf eine Art ja. Auf der anderen Seite …?« Wütend schlug er mit der Faust auf die Tastatur seines Keyboards, so dass es ein paar laute gequälte Töne von sich gab. Doch sogleich hatte er sich wieder in der Gewalt und sagte in ruhigem Ton: »Lass es gut sein, darüber quatschen wir später mal.« Peter nickte nur.

Am nächsten Morgen frühstückten Cindy und Adam im Garten neben dem Pool. Beide trugen, im Partnerlook, seidene Morgenmäntel mit Leopardenmuster und waren in Hotelprospekte vertieft.

»Hör mal, Darling«, sagte Cindy erstaunlicherweise ganz freundlich, als sie für einen Moment von ihrem Dubai-Katalog hochblickte, »sei wegen gestern nicht sauer. Ich wollte eben nur mal ein paar Tage fern der Heimat mit dir allein sein. Aber wenn Peter mitkommen will, ist das auch okay.« Sie reichte ihm den Brötchenkorb. »Und in Bezug auf deine Musik? - Ich weiß, dass du ein guter Pianist und Bandleiter warst und bist, aber verkaufen konntest du dich noch nie! Künstler verdienen eben nur in wenigen Fällen richtig Kohle. Und wenn die Leute ihre Freizeit genießen wollen, möchten sie nichts über Probleme hören und sehen oder großartig nachdenken müssen.«

»Das weiß ich inzwischen auch schon«, sagte Adam, der sichtlich erleichtert über Cindys gute Laune war.

»Und wegen Peter brauchst du dir keinen Kopf machen. Der ist doch mehr oder weniger ein Naturfreak und wird bestimmt ständig am Strand oder irgendwo im Grünen sein.«

Cindy atmete tief ein und grinste: »Also schön.«

Wenig später kam auch Peter in den Garten und setzte sich mit einem freundlichen »Guten Morgen« an den Frühstückstisch. Er konnte es kaum glauben, dass es neben dem obligatorischen Champagner sogar Räucherlachs, Austern und Kaviarhäppchen gab. Gott sei Dank stand aber auch ein Glas Nutella in seiner Reichweite, das er sich sofort schnappte.

»Hi«, sagte Cindy und lächelte gekünstelt.

Auch Adam schmunzelte: »Ich wünsche einen göttlichen Tagesbeginn! Na mein Lieber, hast du ausgiebig geschlummert und dir überlegt, ob du mitkommst?«

»Danke, ausgezeichnet«, lächelte Peter. »Und äh - ich würde schon gerne mal mit in den Süden fahren. Aber nur, wenn es euch wirklich nicht stört. Ich komme sonst auch allein zurecht.«

Adam klopfte ihm freundschaftlich auf die Schulter. »Nee, nee, lass mal. Das ist schon okay. Hier, schau mal, es gibt auf Teneriffa ein ganz neues Hotel mit einem tollen Sonderangebot. Meine Lady und ich haben gedacht, das sollten wir mal ins Auge fassen.« Er reichte Peter den Prospekt.

»Donnerwetter!« meinte der erstaunt. »Das ist ja bestimmt ein Zwanzigsternehotel und extrem teuer, oder?«

Cindy erwiderte übertrieben freundlich: »Nein, nein, nein. Zur Eröffnung nicht. Wir müssen nur schnell buchen. Adam, ruf´ doch gleich mal dort an.«

Adam griff zu seinem iPhone. »Guten Tag, hier ist Manong. Ich hätte gerne ihr Angebot auf Teneriffa gebucht. Nächste Woche von Freitag bis übernächsten Sonntag. Ein Doppelzimmer und ein Einzel.« -Kurze Pause.- »Okay. Vielen Dank. Bye.« Er schaute zu Peter hinüber.

»Na siehst du, ist gebongt!« Da Peter sich gerade ein Nutellatoast in den Mund schob, hob er nur den Daumen.

»Sag mal, willst du nicht heute Abend mit in unsre Disco gehen?«, fragte Adam weiter. Doch Peter schüttelte den Kopf.

»Nee, nee, ich würde lieber in deinem Studio ein bisschen rumwerkeln. Wenn ich darf.«

Adam zuckte nur mit den Schultern. »Klar. Wenn´s was bringt.«

Acht Tage später saßen Cindy, Adam und Peter im Flugzeug nach Nürnberg, wo sie in die Maschine nach Teneriffa umsteigen würden. Gerade wurde ein kleiner Imbiss serviert, als plötzlich eine Durchsage erschallte:

»Sehr verehrte Fluggäste. Es sind Turbolenzen zu erwarten, bitte schnallen Sie sich an.« Das Zeichen zum Anschnallen blinkte auf und die Fluggäste folgten der Anweisung.

»Das fängt ja gut an!«, meinte Cindy noch kauend. »Da werde ich wohl meinen Snack in die Tüte zurückgurgeln. Meine Tabletten gegen Reiseübelkeit liegen ja Gott sei Dank wohlbehütet zu Hause im Bad. Prost Mahlzeit.«

Sie wandte sich an die Stewardess: »Hallo Sie, bringen Sie mir doch bitte einen Underberg.«

»Sofort, junge Frau.«

Als die Stewardess mit dem Underberg kam, ertönt eine weitere Durchsage:

»Sehr verehrte Fluggäste. Hier spricht noch mal der Flugkapitän. Über Nürnberg ist zurzeit ein schweres Gewitter. Wir bekommen keine Landeerlaubnis und müssen auf den Flughafen München ausweichen. Diesen erreichen wir in ungefähr 20 Minuten. Wir bedauern diese Änderung und bitten um Ihr Verständnis.«

Cindy war außer sich. »Das ist ja wohl nicht zu glauben.« Erneut wandte sie sich an die Stewardess: »Können die nicht einfach nach Berlin zurückfliegen? Mir ist schon jetzt die Lust am Urlaub vergangen.« Auch andere Fluggäste murrten herum.

Die Stewardess hob beruhigend die Hände. »Bitte behalten Sie Ruhe. Wir werden alles versuchen damit Sie ihr Reiseziel ohne große Probleme erreichen können. Es lässt sich leider nicht ändern. Danke für Ihr Verständnis.«

Stunden später saßen sie endlich in einem Flugzeug, dass sie nach Teneriffa brachte. Während Cindy ständig mehr oder weniger leise über die Verspätung schimpfte und Adam so tat, als schliefe er, saß Peter teilnahmslos da und hatte seine Kopfhörer auf. Er hörte Musik von Brahms und war mit sich und der Welt zufrieden.

Anstatt - wie geplant - um 15.30 Uhr landete das Flugzeug schließlich kurz vor Mitternacht auf dem Flughafen Reine Sofia. Es regnete in Strömen. Am Gepäckförderband gab es schon die nächste Überraschung. Fast alle Passagiere hatten längst ihre Koffer und waren auf dem Weg in ihre Hotels. Nur Cindy, Adam und Peter warteten dort immer noch, denn ein Koffer von Cindy wollte und wollte einfach nicht auftauchen. Ungeduldig lief Cindy auf und ab und kochte innerlich.

»Ich habe das komische Gefühl, dass da etwas schief gelaufen ist«, brachte Adam schließlich sichtlich nervös heraus.

»Etwas ist schief gelaufen?«, kreischte Cindy außer sich vor Wut. »Alles trifft es wohl eher zu. Um drei Uhr heute Nachmittag sollten wir schon hier sein und jetzt ist es Mitternacht. Und nicht nur, dass mir kotzübel von dem Scheißflug ist, jetzt ist auch noch mein wichtigster Koffer weg. Ich gehe zur Flugabfertigung.«

Sie schnappte sich ihre Handtasche und stakste auf ihren hohen Absätzen los. Im Gehen drehte sie sich noch mal um und brüllte: »Wenn das so weitergeht, gehört der nächste Flug nach Berlin mir. Ihr könnt von mir aus hierbleiben und bis in alle Ewigkeit auf den Koffer warten.«

Mit gebührendem Sicherheitsabstand schlich Adam ihr hinterher, drehte sich jedoch noch einmal kurz zu Peter um und hob beschwichtigend die Hand.

»Nimm´s nicht so tragisch. In solchen Situationen geht sie immer hoch wie ´ne V2.« Spöttisch zwinkernd deutete er auf Cindys Rücken und lachte. »Ich hole sie schon wieder auf´n Teppich. Bleib du noch´n Augenblick hier, vielleicht geschieht ja doch noch ein Wunder.«

»Alles klar und bleib´ cool, Dad«, sagte Peter gelassen und hielt sich die Hand vor den Mund, als müsste er gähnen. Als die beiden außer Sichtweite waren, konnte er sich nicht mehr beherrschen. Er bekam einen derartigen Lachkrampf, dass ihm die Tränen nur so aus den Augen kullerten.

An der Flugabfertigung ließ Cindy derweil ihrer Wut freien Lauf. Mit Schwung knallte sie die Gepäckscheine auf den Tresen, ließ dabei jedoch dummerweise ihre Handtasche fallen. Die Tasche platzte auf und der gesamte Inhalt ergoss sich über den Boden. Fluchend bückte sie sich und sammelte Schminksachen, benutzte Taschentücher, Bonbonpapiere und allen anderen Kram wieder ein. Adam wollte ihr helfen, doch sie stieß ihn missmutig zur Seite. Dann wandte sie sich ohne Gruß an die junge Frau an der Flugabfertigung, knallte ihren Flugschein hin und krächzte: »So! Und wo ist mein Koffer?«

»Entschuldigung, wie kann ich Ihnen helfen?«, fragte diese in gut verständlichem Deutsch zurück.

Cindy winkte ab: »Mir kann hier wahrscheinlich keiner helfen. Mein Koffer ist weg und ich will mit der nächsten Maschine zurück nach Deutschland!«

»Beruhigen Sie sich bitte«, sagte die junge Frau, »ich werde die Sache prüfen. Geben Sie mir bitte den Gepäckschein.«

Mit einer abfälligen Handbewegung wies Cindy auf das bereits auf dem Tresen liegende Dokument. Die junge Frau nahm den Schein gelassen an sich und gab die Daten in den Computer ein. Nach einer Weile schaute sie auf.

»Senora, wir haben diesbezüglich bereits eine Nachricht aus Paris bekommen.«

»Paris?«, fragte Cindy verblüfft. »Habe ich richtig verstanden - Paris?«

»Si«, antwortete die Frau. »Ihr Koffer ist versehentlich in Paris gelandet.«

»Ehrlich, ich würde jetzt liebend gerne mit meinem Koffer tauschen«, nörgelte Cindy halblaut vor sich hin. »Im Pariser Nachtleben meinen ganzen Frust mit Schampus runterzuspülen, käme mir jetzt sehr gelegen.«

Sanft schob Adam seine Lebensgefährtin zur Seite und wandte sich höflich an die junge Frau: »Entschuldigung, aber was geschieht denn jetzt?«

Diese antwortete ruhig: »Paris hat uns mitgeteilt, dass der Koffer mit der nächsten Maschine hier landen. Schreiben Sie mir bitte die Adresse ihres Hotels hier auf. Wir werden Ihnen Ihren Koffer selbstverständlich umgehend zukommen lassen.«

»Mit der nächsten Maschine?«, fauchte Cindy sauer. »Und wann ist das - vielleicht in vierzehn Tagen?«

»No no«, versuchte die junge Frau sie zu beruhigen. »Das ist schon morgen Mittag.« Sie schaute auf die Uhr. Es war bereits nach Mitternacht. »No, besser gesagt schon heute Mittag.«

»Na siehste«, meinte Adam erleichtert, »das ist doch alles nicht so tragisch. Ich gehe jetzt Peter holen.« Er klopfte Cindy liebevoll auf die Schulter. »Naja, dieser Tag war schon ganz schön stressig.« Cindy schrieb die Adresse des Hotels auf einen Zettel und schob ihn der Mitarbeiterin der Flugabfertigung zu. Zwar hatte sie sich mittlerweile etwas beruhigt, aber trotzdem nahm sie sich insgeheim vor, das nächste Flugzeug nach Hause zu nehmen, falls weiterhin so viel schiefgehen sollte. Sie wandte sich noch ein letztes Mal an die junge Frau am Schalter: »Wo ist denn hier ein Taxistand?« Diese zeigte in Richtung Ausgang.

Endlich waren sie im Hotel in Playa de las Americas angekommen - müde, zerknittert und total erschöpft. Der Empfangsboy saß hinter der Rezeption und schlief ganz selig. Cindy schlug derart kräftig auf die Klingel, dass der Schläfer wie von einer Tarantel gestochen aufsprang und der Stuhl, auf dem er gesessen hatte, umkippte. Völlig verschlafen und durcheinander strich er sich seine Livree glatt und schaute die Neuankömmlinge mit großen Augen an.

»Guten Morgen, ich hoffe, Sie haben gut geschlafen?!«, zischte Cindy sarkastisch. Sie knallte ihm die Reiseunterlagen auf den Tresen und setzte sich provokativ in einen Sessel. Adam seufzte und schaute betreten zu Boden. Der Empfangsboy fuhr sich mit den Fingern durch seine unordentliche Frisur und verbeugte sich verlegen.

»Bienvenido auf Teneriffa. Hatten Sie eine angenehme Reise?«

Cindy schlug provokativ die Beine übereinander, holte ihre lange Zigarettenspitze aus der Handtasche, zündete sich eine Zigarette an und nahm demonstrativ einen tiefen Zug.

Das Schild **!No Smoking!** an der Rezeption beeindruckte sie kein bisschen. Sie verdrehte genervt die Augen und entgegnete:

»Super! - Besser und bequemer können selbst Engel nicht fliegen. Keine Probleme - Kein Stress. Es war ein göttlicher Genuss mit vielen angenehmen Extras und netten Überraschungen. Einfach fantastisch.«

Der Empfangsboy strahlte. »Das freut mich sehr und ich hoffe, Ihr Aufenthalt bei uns wird genauso schön und erholsam sein. Bitte tragen Sie sich in unser Gästebuch ein.«

»Mit Vergnügen!« Cindy lächelte boshaft. »Wenn uns auch hier solche unerwartet wunderbaren Ereignisse widerfahren, werde ich dem lieben Gott persönlich das Vaterunser im Himmel vortragen.«

Peter konnte sich das Lachen gerade so verkneifen, während der Empfangsboy verwirrt blinzelte. Offensichtlich war ihm Cindys Sarkasmus entgangen. Schließlich reichte er ihnen die Schlüssel über den Tresen und zeigte auf den Fahrstuhl.

»Dreizehnte Etage, bitteschön.« Cindy, die sich schon auf den Weg gemacht hatte, blieb ruckartig stehen. »Dreizehnte? Das kommt überhaupt nicht in Frage. Bei unserem Glück in letzter Zeit bleiben wir unter Garantie im Fahrstuhl stecken oder sonst was. Höher als die erste Etage ist bei mir nicht drin!«

Adam stöhnte, aber der Hotelboy schaute in seinem Zimmerplan nach. Erleichtert meinte er: »Sie haben Glück. Es sind zwei Zimmer im Parterre frei und die liegen auch nebeneinander.«

Cindy stöhnte nur: »Wir haben Glück? Na, Gott geb´s. Das können wir gebrauchen.«

Auf dem Hotelflur in der ersten Etage angekommen, schaute sich Cindy misstrauisch um und bohrte Adam den Finger in den Rücken.

»Bist du dir sicher, dass dies das Hotel aus dem Prospekt ist?« Sie zeigte auf die altmodischen Möbelstücke in einer Ecke, die den Eindruck machten, als wären sie aus einem Second-Hand-Laden. »Von neu erbaut kann hier wohl nur die Rede sein, wenn man damit das gesamte letzte Jahrtausend meint!«, fügte sie sarkastisch hinzu. »Oder man versteht hier unter ›neu‹, wenn es kurz nach dem Abitur von König Juan Carlos gebaut wurde?«

Adam versuchte sie zu beruhigen. »Aber Liebling! Es ist Nacht und ich möchte nur das eine, meine Ruhe. Morgen schauen wir uns alles an. Du wirst sehen, bei Tageslicht betrachtet sieht es hier bestimmt schon ganz anders aus.«

Cindy und Adam sahen tatsächlich aus, als hätten sie acht Tage nicht geschlafen, während Peter noch recht munter und optimistisch ausschaute. Adam schloss das erste Zimmer auf. Die Tür schleifte quietschend über den Boden und Cindy stöhnte.

»Na, was hab ich euch gesagt? Eine Pleite jagt die andere. Aber heute brauche ich nur noch drei Dinge. Eine warme Dusche, einen Schampus und mein Bett ... good night!«

Gegen Mittag knallte die Sonne durch das große Balkonfenster aufs Bett und weckte Cindy und Adam auf. Während sie noch im Bett liegen blieb, stand er auf, räkelte sich in seinem seidenen Pyjama und ging hinaus auf den Balkon. Dort machte er ein paar Kniebeugen und genoss die wunderschöne Aussicht: Rechts das azurblaue Meer. Links ein paar Bäume und der wolkenlose Himmel. Unten im Hof des Hotels ein Swimmingpool. Und gleich daneben eine Bar mit allen möglichen Snacks und Getränken. Da entdeckte er Peter, der es sich bereits in einem Liegestuhl bequem gemacht hatte, und winkte ihm.

Im Schlafzimmer fiel sein Blick auf Cindy, die noch immer im Bett lag und mies und alt aussah. Er schauderte kurz bei diesem Anblick.

»Na, Mighty Queen«, meinte er dann scherzhaft. »Immer noch nicht unter den Lebenden? Peter ist schon unten am Pool.« Cindy trank einen Whisky, den sie noch vor dem Schlafengehen aus der Minibar genommen hatte, auf Ex und nahm sich dann eine Zigarette.

»Ich stehe nicht eher auf«, sagte sie sauer, »bis mein Koffer hier ist. Da sind meine ganzen Schminkutensilien drin. Und ohne die werde ich keinen Fuß vor die Tür setzen. Außerdem habe ich geschlafen wie auf einem Nagelbrett.« Sie rieb sich den Rücken und stöhnte dabei wie nach einem Marathonlauf.

Man sah Adam an, dass auch er nicht ganz glücklich über den bisherigen Verlauf des Urlaubs war. Trotzdem riss er sich zusammen und versuchte Cindy zu trösten: »Na hör mal, mit Zigarette und Schnaps auf nüchternen Magen machst du ganz bestimmt keine Schönheitskur. Außerdem brauchst du wohl keine Schminke für´n Pool. Dein Bikini und ein Handtuch reichen völlig aus.«

»Ihre guten Ratschläge können Sie sich sparen, Herr Doktor. Ich bin nicht hierher gekommen, um ein paar Runden im Pool zu schwimmen. Das kann ich auch zu Hause. Für mein Geld will ich etwas erleben, worauf ich sonst verzichten muss!«

»Und das wäre?« fragte Adam verwundert.

»Party machen - mit coolen reichen Leuten bis zum Umfallen«, antwortete Cindy ungehalten.

Adam zuckte mit den Schultern. »Null Problemo, First Lady.«

Es klopfte an die Tür. »Ja bitte?«, sagte Adam.

Ein Page kam herein: »Ihr Koffer ist gekommen an.«

Adam öffnete die Tür und drückte dem Pagen einen Geldschein in die Hand. Dann brachte er den Koffer zu Cindy ans Bett.

»Gracias,« sagte der mit einer tiefen Verbeugung.

»Darling«, schmunzelte Adam. »Deine vermissten Wertsachen sind angekommen. Nun kannst du dich restaurieren.«

»Werd ja nicht frech!«, fauchte Cindy böse. Adam ging auf den Balkon, machte noch ein paar Kniebeugen und pfiff hämisch grinsend den Song ›*Da sprach der alte Häuptling der Indianer*‹ vor sich hin.

Nachmittags ging Adam hinunter und setzte sich an die Bar am Swimmingpool, während Peter ein paar Runden schwamm.

Als dieser seinen Vater sah, rief er fröhlich: »Hi Dad!«

Adam, dem gerade ein Longdrink gebracht wurde, winkte zurück. Peter stieg aus dem Wasser und ging gemächlich zu ihm hinüber.

»Na, haben sich die finsteren Gewitterwolken im Hause Katastrophien verzogen?«

Adam zuckte nur mit den Schultern. »Ich glaube schon. Sie hat ja Gott sei Dank ihren Schminkkoffer wieder und braucht jetzt bisschen Zeit, um sich abzureagieren.«

Peter schüttelte den Kopf. »Wie kannst du nur mit so einer exzentrischen Frau zusammenleben?«

»Ach weißt du«, meinte Adam, »Cindy ist im Grunde gar nicht so ein negativer Mensch. Sie hat zwar ihre Macken, aber in einer besinnliche Minute hat sie mir mal alles aus ihrer Kindheit erzählt. Du, das war oft kein Zuckerlecken für sie.«

»Jedenfalls weiß ich«, entgegnete Peter, »dass sie mich nicht sonderlich mag und auch ich habe keinen besonders guten stiefmütterlichen Draht zu ihr. Aber vielleicht wird sich das ja noch ändern.«

Adam lachte. »Dein Wort in Gottes Gehör.«

»Sag mal«, lenkte Peter ab. »Ich würde morgen gerne mal durch die Gegend kutschen. Hättest du etwas dagegen?«

»Aber woher denn«, antwortete Adam lässig. »Du kannst alles machen was du willst. Wir besorgen dir ein Moped und dann kannst du damit auf der ganzen Insel rumdüsen. Okay?«

Peter war erleichtert. »Cool. Danke.«

»Eine Bitte hätte ich aber an dich«, sagte Adam noch. »Egal was du von Cindy hältst, nimm sie wie sie ist. Dann haben wir auch weniger Probleme.«

Peter trocknete sich wortlos ab, zuckte nur mit den Schultern und nickte. Dann schlenderten die beiden zur Rezeption und bestellten für den nächsten Tag ein Moped.

NAO lief ganz aufgeregt im Zimmer um seinen Schreibtisch und grummelte vor sich hin:

»Du geheimnisvolle Stimme aus dem unheimlichen IRGENDWO mit dem komischen Buch, kannst du mich hören?«

Dann stand er auf, ging hinüber zu SALI und sprach wieder und wieder in das Mikrophon seines Computers, denn er wollte mit Alix in Kontakt treten. Leider bislang vergeblich.

Kein »A New Message« Signal erschien auf dem Monitor, kein Zwitschern ertönte. Grummelnd drehte sich NAO um, ging wieder hinüber zu seinem Schreibtisch und ließ sich in seinen Stuhl fallen. Ungeduldig trommelte er mit den Fingern auf der Schreibtischplatte herum. Hemingway, der in der Mitte des Tisches lag und so tat, als schliefe er, öffnete ein Auge und funkelte ihn böse an.

»Meine Güte!«, platzte NAO ungehalten heraus. »Schon seit Tagen machen wir nichts anderes mehr, als diesen Peter zu beobachten. Wie lange soll das denn so weitergehen? Ein geheimnisvolles Buch hat er jedenfalls noch nicht gefunden, geschweige denn, dass er auch nur daran denken würde, eine Story zu schreiben. Und wenn er am Ende doch nicht der vom Schicksal auserwählte Junge ist?«

SALI, der in einer Ecke auf dem Boden hockte und in einem Buch blätterte, schaute hoch. »Tja, ich weiß auch nicht. Vielleicht haben sich Alix und seine Freunde ja wirklich geirrt und wir beobachten den falschen Menschen. Meister, ich glaube, wenn nicht bald etwas Interessantes passiert, werde ich mal TECCO besuchen und mir eine seiner letzten Erfindungen ansehen. Es war ein ›eBook‹. Ein kleiner Computer, mit dem die Menschen unzählige Bücher auf einem Monitor lesen können. Den kann man bequem überall mit hinnehmen. Ist doch cool - oder?«

Kaum hatte er zu Ende gesprochen, als plötzlich das lang ersehnte Zwitschern zu hören war. Gleichzeitig sprangen NAO und SALI auf und liefen an den Computer.

»Hallo NAO, hallo SALI! Ich grüße euch.« Die Stimme von Alix klang wie immer leicht synthetisch. »Wie geht es euch?«

»Wie es uns geht? Das fragst du noch!«, brüllte NAO wütend ins Mikrophon. »Seit Tagen tun wir nichts anderes, als uns das langweilige Leben von diesem Peter anzusehen. Als ob wir nichts Besseres zu tun hätten! Ich wette, euer Zufallsgenerator hat sich geirrt. Ein Buch hat dieser Peter jedenfalls nicht gefunden, und eine Story schreibt der bestimmt sein Lebtag nicht!«

Alix antwortete lachend: »Aber, aber. Beruhige dich, lieber Freund. Wir haben uns nicht geirrt. Ich zeige dir noch mal die Daten, die uns unser Zufallsgenerator übermittelt hat.« Auf dem Computermonitor erschien eine Karteikarte mit einem Passbild von Peter.
Darunter war in Druckbuchstaben folgendes zu lesen:

NAME:	PETER MANONG
ALTER:	18 JAHRE
TÄTIGKEIT:	SCHÜLER
INTELLIGENZ:	BEFRIEDIGEND
HOBBY:	MUSIK UND NATURKUNDE
WOHNORT:	BERLIN / GERMANY

Alix sprach weiter: »Siehst du NAO, Peter ist aus den Milliarden von Menschen ausgewählt worden, das Buch von Atlantis zu finden und eine Geschichte zu schreiben. Irrtum ausgeschlossen. Ob das nun Zufall war oder nicht, das kann ich auch nicht sagen. Das bestimmt unser Boss.«

»Na prima! Da habt ihr euch aber einen super genialen Typen ausgesucht. Erstens hat der noch nie eine Story geschrieben, zweitens interessiert er sich nur für seine Musik, drittens gehört er in der Schule gerade noch zur Mittelklasse und viertens ist er ausgerechnet in Literatur keine Leuchte. Und ausgerechnet der soll eine neue Story erfinden? Prost Mahlzeit!« Wütend schnaubte NAO durch die Nase.

»Na, na, na«, besänftigte ihn Alix. »Vorurteile erweisen sich im Allgemeinen als falsch!«

»Aber kannst du denn nicht dafür sorgen, dass dieses Buch von jemand Anderem gefunden wird?«

»Nein, das können wir nicht«, lachte Alix. »Das kann allein unser Boss, denn er hat das alles geplant.«

»Wer ist denn euer Boss - und was heißt: wir?«, fragte NAO verwundert. »Wie viele Typen seid ihr denn eigentlich?«

»Naja«, schmunzelte Alix, »wir sind Sieben komische Typen in unserem komischen Flugapparat und unser Boss ist eben unser Boss. Aber das werdet ihr alles zu gegebener Zeit erfahren. Lasst uns lieber weiterverfolgen, was mit Peter und dem Buch von Atlantis geschieht. Aber unabhängig von dieser Sache - beurteilt, oder besser gesagt, verurteilt niemanden aufgrund von Vorurteilen ohne ihn richtig zu kennen.« Nach einer kurzen Pause fügte er hinzu:

»Übrigens, wird das Buch die Form einer Muschel haben. Ihr hört wieder von uns. Bis bald.«

»Donnerwetter, das soll einer verstehen«, lachte SALI.

»Halt, halt!«, rief NAO ganz aufgeregt. »Könnt ihr euch nicht mal visuell auf unserem Monitor zeigen und nicht nur mit diesem undefinierbaren Gezwitscher oder dieser albernen Schrift?« Doch auf dem Monitor erschienen nur die Worte:

SPÄTER, MEINE LIEBEN

»Später, später«, knurrte NAO vor sich hin. »Und damit sollen wir nun klar kommen.« Nicht sonderlich gut gelaunt ging er wieder an sein Fernrohr und beobachtete, wie auf Teneriffa ein Page vor dem Hotel ein Moped abstellte.

Die geheimnisvolle Muschel

Peter war heilfroh, dass er die Insel endlich auf eigene Faust erkunden konnte, ohne ständig das Nörgeln von Cindy im Ohr zu haben. Es war noch ganz früh am Sonntagmorgen, aber trotzdem schon sommerlich warm. Beschwingt stülpte er sich den Sturzhelm über, verstaute seinen Beutel mit den Badesachen auf dem Moped und düste los, immer der Nase nach. Das herrliche Wetter und die wunderschöne Landschaft Teneriffas versetzten ihn schon bald in eine ungeahnte Hochstimmung. Nach einem Abstecher in den Loro Parque, wo er sich die spektakuläre Delphinshow anschaute, schlug er den Weg in Richtung Arona ein. Langsam fuhr er durch diesen Ort und schaute sich alles genau an. Als er das Ortsausgangsschild sah, wollte er umdrehen und nach Hause fahren. Er war schließlich seit heute früh unterwegs und langsam bekam er Hunger. Plötzlich fiel ihm in kurzer Entfernung ein Wegweiser auf, worauf Atlantis-Mariposa stand. Erstaunt hielt er an. »Atlantis?« murmelte Peter halblaut vor sich hin. »Ich dachte, diese Stadt existiert gar nicht oder schon lange nicht mehr.« Kurz entschlossen fuhr er dorthin und gleich rechts um die Ecke war der Eingang zu diesem Ort.

Auf einem kleinen Platz davor standen einige Leute mit Foto- und Videokameras. Er stellte sein Moped ab und ging auf die Gruppe zu.

»Hör ich richtig?« dachte er. *»Die sprechen ja deutsch.«*
Und tatsächlich war es eine deutsche Reisegruppe. Peter nahm seinen Fotoapparat und fotografierte was das Zeug hielt.

Ein Mann, der wahrscheinlich der Verwalter des Ortes war, begrüßte die Gäste zu einer Führung durch diesen Ort. Peter schloss sich der Gruppe an. Dieser Ort schien noch nicht lange zu existieren, denn auf der Landkarte von Teneriffa wurde er nicht einmal angezeigt. Peter staunte nicht schlecht. Selten hatte er einen so sauberen, sorgfältig angelegten Ort gesehen. Geradezu malerisch fügten sich die Gebäude in die umgebende Landschaft ein. Außerdem gab es auffällig viele künstlerische Skulpturen, die überall aufgestellt waren und zum Betrachten einluden. Moderne Kunst und Natur bildeten hier eine wunderbare Harmonie. Der Ort befand sich an einem Hang von dem man einen wunderbaren Blick über Teneriffa hatte. Es gab keine Straßen. Nur natürliche Fußwege und es war ein stetiges bergauf - bergab. In den Gebäuden waren teilweise verwegen gestaltete Inneneinrichtungen wie zum Beispiel: Eine Toilette, die an der Decke hing. Auch die große goldene Treppe auf dem Gelände faszinierte ihn.

Als die Führung zu Ende war setzte er sich tief beeindruckt auf sein Moped - der Hunger war vergessen - und fuhr an den nächstgelegenen, aber fast unberührten Strand.

Hier, weit ab vom Touristenrummel, war er vollkommen allein. Nur das Rauschen des Meeres und die Schreie der Möwen waren zu hören. Peter atmete tief ein und aus, legte sein Badetuch auf den Boden und stürzte sich in die Wellen. Genüsslich lies er sich eine Weile im Wasser treiben, bevor er zurück zum Strand schwamm, sich auf sein Badetuch legte und einschlief. Er träumte von Atlantis und davon, dass einmal seine Mutter an so einem Ort leben und sie ihr Kinderland errichten könnte, welches sie sich schon lange wünschte. Dabei gingen ihm eine wundervolle Melodie und der Text zu einem Song durch den Kopf. Als Sänger stellte er sich *ILLE* vor, den er in einer Musikclub singen hörte. Der Songtitel: *›The Dream I had Today‹*

Plötzlich erschien am Himmel ein Raumschiff, das über das Meer in Peters Richtung flog. Als es ganz in seiner Nähe war, wurde aus ihm ein Gegenstand ins Meer geworfen, bevor es abdrehte und wieder im Abendrot des Himmels verschwand. Peter erwachte durch ein komisches glucksendes Geräusch, so, als wäre in seiner Nähe ein großer Stein ins Wasser gefallen. Er setzte sich auf, rieb sich die Augen und blickte sich um, konnte aber nichts Ungewöhnliches entdecken. Dann bemerkte er, dass die Zeit wie im Flug vergangen war.

Die Sonne ging bald unter und der Horizont über dem Meer glühte in einem wunderschönen orangeroten Licht. Noch ein letztes Mal ging er zum Wasser, um sich dort den Sand von seinen Füßen zu spülen, bevor er in seine Sandalen schlüpfte. Nah am Uferrand war ein kleiner Felsen im Wasser. Einem plötzlichen Impuls folgend, setzte er sich darauf und lies seine Füße im Wasser baumeln. Nachdenklich betrachtete er den flachen Meeresgrund, der mit bunten Steinen und Wasserpflanzen übersät war und dachte bedauernd daran, dass er sich langsam auf dem Weg zurück ins Hotel machen musste. Plötzlich stutze er jedoch. Unweit von ihm lag eine riesige perlmuttfarbene Muschel im Wasser, die fast die Größe einer Handtasche hatte! Ungläubig rieb sich Peter die Augen, doch die Muschel war immer noch da. Vorsichtig rutschte er von dem Felsen ins Wasser und watete zu ihr hinüber.

Etwas zögerlich berührte er sie mit dem Zeigefinger und zog ihn schnell wieder zurück. Doch als nichts weiter passierte, hob er sie vorsichtig hoch und beäugte sie - ein bisschen ungläubig - von allen Seiten. Behutsam trug er sie zu seinem Badetuch und versuchte sie zu öffnen. Doch es gelang ihm nicht.

Kopfschüttelnd schaute er noch einmal zum Meer, in dem die Sonne schon zur Hälfte verschwunden war, wickelte die Muschel in sein Badetuch, verstaute alles auf seinem Moped und fuhr zurück ins Hotel.

Wie elektrisiert sprang NAO von seinem Stuhl hoch, so dass der um ein Haar umkippte. Vom vielen angestrengten ›Durchs-Fernrohr-Schauen‹ waren seine Kulleraugen schon ganz gerötet. Aus Leibeskräften brüllte er: »Potzblitz, das ist es! Er hat es! Endlich!« Er hüpfte aufgeregt auf und ab und mit den Händen wild gestikulierte.

SALI, der vor dem Monitor eingenickt war, fuhr erschrocken hoch. »Wie? Hat was? Was denn?«, murmelte er und rieb sich die Augen.

»Hast du das nicht gesehen? Da lag eine ungewöhnlich große Muschel im Wasser. Sie ließ sich nicht öffnen, aber Peter hat sie mitgenommen. Bestimmt ist es das geheimnisvolle Buch von Atlantis.« Er atmete zufrieden ein. »Endlich ein Schritt in die richtige Richtung«, entgegnete NAO begeistert. »Na, - was meinst du? Ob es jetzt der Glücksknabe irgendwann mal schafft, eine Geschichte zu schreiben?«

SALI schüttelte zweifelnd den Kopf. »Also Meister wenn Ihr mich fragt, ich bin mir da nicht so sicher. Erstmal muss er es schaffen, diese Muschel zu öffnen. Ein großer Freund von Literatur ist er meines Wissens wohl nicht. Und eine eigene Geschichte schreiben??? ... Aber wie heißt ein Sprichwort: ›Auch ein blindes Huhn ...‹. Naja, eben so. Wir werden es hoffentlich bald erfahren.« Er gähnte noch einmal verstohlen. Doch dann schaute er wieder konzentriert auf den Monitor.

NAO grummelte, erstaunt über SALIs Meinung vor sich hin: »Also, das nennt man absolut unübertrefflichen Optimismus.«

In seinem Hotelzimmer angekommen, machte Peter als erstes das Radio an, packte seine Badesachen aus und legte die Muschel vorsichtig auf den Tisch. Er war total aufgeregt und einmal atmete ganz ganz tief durch.

Dann untersuchte er sie abermals von allen Seiten und probiert erneut, sie zu öffnen. Aber auch diesmal gelang es ihm nicht. Kopfschüttelnd legte er sie in den Kleiderschrank, deckte sie mit einem Badetuch zu und ging hinunter zum Pool.

Dort saßen Cindy und Adam bereits an der Bar und unterhielten sich mit ein paar aalglatt aufgemotzten Typen, die wahrscheinlich ihre Midlifecrisis in hochprozentigen Drinks ertränken wollten. Adam winkte Peter zu, der daraufhin lässig zu ihnen hinüber schlenderte.

»Hallo«, grüßte Peter fröhlich. Adam, der schon einiges getrunken hatte, klopfte Peter lässig auf die Schulter. »Na Pedro, wo hast du dich denn den ganzen Tag herumgetrieben?«

»Ihr werdet staunen«, sagte Peter und fügte ganz begeistert hinzu: »Ich habe Atlantis entdeckt.«

»Das ist ja irre«, kicherte Cindy spöttisch. »Und wir haben heute mal kurz ´nen Ausflug zum Mars gemacht und sind tatsächlich den kleinen grünen Männchen begegnet.«

Das allgemeine Gelächter ließ Peter rot und unsicher werden. Verlegen winkte er ab. »Nein, ihr könnt mir das ruhig glauben«, stammelte er. Etwas hilflos versuchte er sie zu überzeugen. »Hier auf Teneriffa gibt es tatsächlich einen Ort namens Atlantis-Mariposa. Dieses Atlantis ist zwar aus der heutigen Zeit, aber total cool.«

»Na«, scherzte Adam. »Wenn das so ist, dann müssen wir uns den geheimnisvollen Ort ja unbedingt einmal zu Gemüte führen.«

»Gerne, wenn euch das interessiert?«

»Sag mal?«, lenkte Adam ab. »Du hast doch bestimmt noch nichts Richtiges gefuttert? Hier ist die Karte, such dir was Ordentliches aus. ... Übrigens, morgen ist Montag. Da geh ´n Cindy und ich in die City shoppen. Wenn du Lust hast kommst du mit - okay?«

Peter zuckte nur mit den Schultern, nahm sich die Speisekarte und blätterte darin herum. Nach einer Weile sah er seinen Vater hilflos an.

»Haben die hier nichts Normales zu essen?«

»Ey du nun wieder«, sagte Cindy abfällig und rümpfte die Nase. »Erbsensuppe und Bockwurst kannst du zu Hause essen. Bestell´ dir ruhig mal ein paar Muscheln oder so etwas Leckeres.«

›Wie kommt die jetzt ausgerechnet auf Muscheln? Ist ja komisch‹, dachte Peter, sagte aber nur: »Okay, sucht mir einfach etwas aus. Ich gehe kurz schwimmen.«

Adam nickte und Cindy schnappte sich die Speisekarte. Peter legte seine Klamotten auf einen Liegestuhl und sprang in den Pool.

Am nächsten Morgen kurz vor acht Uhr räkelte sich Cindy noch mit geschlossenen Augen in den Kissen, während Adam schon auf dem Weg unter die Dusche war. Plötzlich ertönte ein ohrenbetäubender Krach - laut quietschende Lastwagen, dröhnende Presslufthämmer, kreischende Sägen und viele andere Baumaschinen.

Cindy schreckte aus dem Schlaf hoch und brüllte völlig genervt gegen den Lärm an: »Big Adam, bist du bescheuert? Mach den Scheiß-Fernseher leiser!!! Oder ganz aus. Ich will jetzt noch ´ne Weile meine Ruhe haben!«

»Ich hab die Glotze nicht an!«, rief Adam zurück, während er sich genüsslich einseifte. »Das Getöse kommt von draußen!«

Wütend sprang Cindy aus dem Bett und schrie: »Waaas?!« Dann stürzte sie auf den Balkon. Der Krach kam tatsächlich von irgendwo hinter den Bäumen her. Dort musste sich eine riesige Baustelle befinden, die man jedoch vom Balkon aus nicht sehen konnte.
Sie stürmte zurück ins Zimmer und riss den Telefonhörer so von der Gabel, dass der ganze Apparat hinterher flog.

»Was ist denn da draußen los?«, fragte Adam entgeistert.
Er hatte sich ein Handtuch um die Hüften geschlungen und war - noch tropfnass - zu Cindy geeilt.

»Das werde ich gleich erfahren!«, schnaufte sie wütend. »Vermutlich ist gerade der 3. Weltkrieg ausgebrochen!«

Als es in der Leitung knackte, brüllte sie in den Hörer:

»Hallo Rezeption! Sagen Sie mal, was ist denn das für ein furchtbarer Lärm dort draußen? Ich habe das Gefühl, wir befinden uns kurz vor einem Erdbeben!«

Eine Frau meldete sich: »Dafür möchten wir uns entschuldigen und bitten um Ihr Verständnis. Aber zurzeit wird hier eine neue Stadthalle gebaut. Wir konnten diesen Bau leider nicht verhindern.«

»Wie lange sollen wir uns das Getöse anhören?!«, schrie Cindy.

»Es wird nur von Montag bis Freitag jeweils von 8 bis 12 Uhr und von 15 bis 18 Uhr dort gearbeitet«, lautete die Antwort. Als keine Reaktion kam, fügte die Frau noch hinzu: »Es tut uns Leid, aber deshalb auch dieses preislich günstige Sonderangebot.«

» So, so. Also nur von Montag bis Freitag!«, fauchte Cindy erbost. »Und ›nur‹ Sieben Stunden am Tag? Na prima! Dann müssen wir uns ja glatt bei Ihnen bedanken, dass die Bauarbeiten nicht auch noch in der Nacht weitergehen. Wissen Sie was, auf Ihr ***supergünstiges*** und ***extrem erholsames*** Sonderangebot pfeife ich liebend gern. Buchen Sie sofort unseren Rückflug - und zwar auf morgen - verstanden!? Oder muss ich das auch noch selbst machen? Und die Rechnung, na, Sie wissen schon.« Sie knallte den Hörer wütend auf die Gabel.

»Hör mal Darling«, versuchte Adam sie zu beruhigen. »Wir könnten doch tagsüber irgendetwas unternehmen. Ans Meer gehen oder in der Stadt rumgeistern oder ...«

»Oder, oder, oder!«, äffte Cindy ihn mit vor Wut verzerrter Stimme nach. »Und dein bescheuertes ›**Darling**‹ kannst du dir sparen! Ich habe absolut keine Lust jeden Morgen um sechs Uhr aufzustehen, damit ich in Ruhe frühstücken kann und als Highlight meinen Urlaub in so einer stickigen Stadt verbringen soll. Kapiert? Mich im Liegestuhl auf einer Baustelle zu sonnen, das kann ich auch in Berlin.«
Sie warf einen ihrer Koffer aufs Bett und begann damit, wahllos Kleider und Schuhe hineinzuwerfen. Adam schaute ihr etwas hilflos dabei zu. Er war sich darüber im Klaren, dass dieser Urlaub ein für allemal erledigt war. Cindy schaute noch einmal zu ihm hoch.

»Du brauchst nichts sagen. Ich fliege morgen ab und ihr könnt euch von mir aus auf der Baustelle abrackern. Vielleicht sind sie ja dann schon Mitte der Woche fertig mit ihrem tollen Bauwerk. Ihr könnt machen was ihr wollt. Für mich ist hier jedenfalls Schluss!«
Dann drehte sie sich brüsk um, ging hinüber zum Kleiderschrank, riss weitere Klamotten heraus und stopfte sie in den Koffer. So wütend hatte selbst Adam seine Frau noch nicht gesehen. Er schoss ihr wie ein begossener Pudel hinterher und versuchte sie etwas zu beruhigen. Doch Cindy war wie im Delirium und raste von einer Ecke in die andere. So ging das noch eine Weile, bis sie endlich damit fertig war und sie ihren Krimskrams eingepackt hatte.

Am Tag darauf reisten alle drei ab. Peter hatte ein wenig Sorge, dass seine Muschel von der Flugkontrolle entdeckt und sie ihm weggenommen wird. Doch da hatte er Glück. Er konnte sie ohne Schwierigkeiten mit nach Hause nehmen.

Peter wieder zu Hause

So sehr es Peter auch auf Teneriffa gefallen hatte, so sehr freute er sich darüber, wieder zu Hause in den eigenen vier Wänden zu sein. Obwohl sich seine Mutter noch auf der ***MS ANASTASIS*** befand, hatte er sich dazu entschlossen, die restliche Zeit der Sommerferien nicht bei seinem Vater, sondern allein in der Wohnung in der Badstraße zu verbringen. Seit dem verpatzten Teneriffa-Aufenthalt war Cindy nämlich noch unausstehlicher geworden, falls das überhaupt möglich war.

Er hatte gerade seinen Koffer aufs Bett gewuchtet und begonnen, ihn auszupacken. Gleich zuoberst lag die Riesenmuschel, immer noch eingewickelt in ein Badehandtuch. Vorsichtig nahm er sie heraus und legte sie auf seinen Schreibtisch. Er wollte sie gleich einer gründlichen Untersuchung unterziehen, als plötzlich das Telefon klingelte.

»Hallo, hier ist Peter Manong.« Am anderen Ende der Leitung war Speckys krächzende Stimme zu hören.

»Ey, Ludwig, biste wieder im Lande? Ich hab schon paarmal bei dir angeklingelt. Warst wohl auf ´n Kilimandscharo oder wo?«

»Nein, nein«, lachte Peter. »Ich war auf Teneriffa. Was ist los?«

»Pass´ auf!«, meinte Specky wie immer in seiner übertriebenen Großkotzigkeit. »Unser Auftritt beim Schulabschlussfest war doch obermegahammergeil. Hast du geseh´n, wie begeistert die Leute von Young Creators Television von unserem Song waren? Ich sag dir, den Sieg beim Wettbewerb haben wir so gut wie in der Tasche! Und in vier Wochen ist der Endausscheid. Danach beginnt unsere Karriere, so wahr ich Sven Patzke heiße!«

»Ja und?« murmelte Peter.

Specky war ungehalten und sagte total genervt: »Bis dahin muss unser Auftritt perfekt sein! Jeder auch noch so einzelne Ton muss hundertpro sitzen, verstanden? Also werden wir die letzten paar Ferientage nutzen und uns das coole Kunstwerk noch mal zu Gemüte führ´n, ist det klar?«

»Okay«, erwiderte Peter lax. »Wann wollen wir uns treffen?«

Specky überlegte nicht lange. »Na gestern, im Proberaum.«

»Okay, - äh - ich hatte es auch nicht anders erwartet. Ich komme.«

Peter ging an den Tisch, nahm die Muschel und verstaute sie im Kleiderschrank ganz hinten, hinter seinen Klamotten.

Verzweifelt runzelte NAO seine Stirn, wischte sich missmutig die Augen und wandte sich zu SALI um. »Oh Mann, was für ein Reinfall! Der Bursche denkt ja nicht mal im Traum daran, endlich die Muschel zu öffnen. Alles was der im Kopf hat ist seine Musik. Genauso, wie ihn der Zufallsgenerator diese Außerirdischen beschrieben hat.« Da SALI daraufhin nicht antwortete, fuhr NAO fort: »Aber das ist ja zum Glück nicht meine Schuld. Ich hätte mir bestimmt einen anderen Typen ausgesucht. Okay. Warten wir eben.«

»Geduld, Meister«, tröstete SALI ihn dann doch noch. »Seht mal, nun hat das geheimnisvolle Buch seit tausenden von Jahren irgendwo im Verborgenen gesteckt. Da kommt es doch auf zwei oder drei Wochen auch nicht mehr an - oder?«

»Naja, vielleicht - äh - nein, ja, ja, du hast ganz bestimmt Recht.« Nachdenklich nickend schaute NAO wieder durch sein altes Fernrohr, wo er den Proberaum der Schulband beobachtete.

Nach und nach hatten sich alle Mitglieder von Speckys Band - bis auf Peter und dem Bassisten - im Proberaum eingefunden. Sogar Till, der Techniker, war gekommen und werkelte eifrig an der Anlage herum. Mit einem strahlenden, fast selbstsicher zu nennenden Lächeln betrat Peter schließlich das Zimmer.

»Hi Boys and Girls«, grüßte er lässig in die Runde. Till staunte. Der sonst so zurückhaltende Peter war kaum wiederzuerkennen.

»Hi Ludwig. Na, haste die presswerkfreie Zeit bis jetzt gut überstanden?«, fragte Specky zynisch.

»Sie war genial«, entgegnete der. »Ich würde jedem hier von Herzen einen solchen Urlaub gönnen.«

Specky schmunzelte. »Naja, bei deinem Vater ist das auch nicht verwunderlich. Komm, pack endlich deine Quietsch-Kommode aus und denn ran an die Buletten. Heute müssen wir ohne die Bassgeige auskommen. Bruno kommt erst nächste Woche wieder.«

Peter packte sein Keyboard aus und stellte es auf. Die nächsten zwei Stunden übten sie Speckys Song wie besessen, bis die Instrumente glühten und Franse, die Sängerin, so heiser war, dass sie keinen Ton mehr herausbrachte. Erst da erlaubte Specky allen gnädig, für heute nach Hause zu gehen.

Peter und sein Freund Till waren schließlich die letzten, die sich jetzt noch im Proberaum aufhielten, nachdem ein Musiker nach dem anderen gegangen war. Till lötete noch ein paar Kabel und ließ sich alles über Peters Urlaub auf Teneriffa erzählen. Ganz unvermittelt wechselte er jedoch das Thema.

»Hör mal Peter, willst du nicht deine eigenen Songs zu dem Wettbewerb einschicken? Die sind doch echt gut.«

Peter schüttelte jedoch den Kopf. »Ach nee, lass mal gut sein. Der Specky hat mir das schon vor Monaten ausdrücklich verboten und er wäre darüber bestimmt sauer. Nicht das mich das jucken würde, aber du weißt ja, wie krass er dann drauf ist. Ich habe keinen Bock, das nächste Mal ein paar echte Narben davonzutragen.« Dann klopfte er Till lässig auf die Schulter. »Übrigens, ich habe zu deinem Text *Talkin´* so eine Hip-Hop Nummer geschrieben. Hör´s dir einfach mal an.«

Peter nahm ein Blatt mit dem Text aus seiner Tasche, startete den CD-Player und sang dazu. Danach schaute er Till fragend an.

»Eigentlich hatte ich daran gedacht, dass du diesen Titel singst. Der passt doch gut zu dir, oder? Und du kannst es bestimmt besser.«

»Klingt hammergeil. Aber ich und singen?«, lachte Till verwundert. »Bist du dir da ganz sicher?«

»Eule«, sagte Peter. »Jetzt nur keine falsche Bescheidenheit. Ich kenn´ dich doch. Du packst das schon. Heißt es doch, probieren geht über studieren.«

»Na, nimm du dir den Spruch lieber selbst zu Herzen«, meinte Till grinsend. »Aber wenn du meinst, gib mir die CD mit und ich werde versuchen den Song auf meine Art zu vergewaltigen, okay?«

Peter nickte und gab ihm die CD. Der bedankte sich und machte eine närrische Verbeugung. »Thanks. Jetzt muss ich aber los - bye.«

Die restlichen Ferientage verliefen ohne spektakuläre Ereignisse. Peter hielt sich meistens allein in seinem Zimmer auf, bemühte sich dort das Chaos zu ordnen (meistens erfolglos) oder er bastelte an seinen Songs herum. Ab und zu traf er sich im Proberaum mit Musikern.

Eines Morgens jedoch, als er noch tief und fest in seinem Zimmer schlief, kam seine Mutter leise zur Tür hereingeschlichen. Sie strich Peter sanft über den Kopf, so dass er langsam aufwachte. Erstaunt blickte er in Marie- Luises fröhliches Gesicht.

»Hi Mom, wo kommst du denn her? Du solltest doch erst in zwei Tagen zurück sein.«

»Aus Sri Lanka, mein Lieber. Ich bin wieder im Lande und freue mich, dich so verschlafen, äh - ich meine gesund und munter wiederzusehen«, erwiderte Marie-Luis lächelnd.

Peter rieb sich die Augen. »Na, das ist ja ´n Ding. Warum hast du mir denn nicht geschrieben, dass du früher kommst?«

Marie-Luis beugte sich über ihren Sohn und gab ihm einen Kuss auf die Wange. »Ich wollte dich überraschen. Ist mir doch auch gelungen - oder?«

Peter schmunzelte. »Ganz gewiss. Sei mal ehrlich. Überraschen oder überprüfen? Wann bist du hier angekommen?«

»Gestern Abend«, sagte sie. »Aber du hast schon so fest geschlafen, da wollte ich dich nicht wecken. Und - wie war die Zeit ohne mich? Ich hoffe, es war nicht zu langweilig.«

Peter winkte ab. »Kein Problem Mom. Ich bin schließlich kein kleines Kind mehr. Oder täusche ich mich?«

Marie-Luis lächelte. »Nein, ich glaube, du kommst auch sehr gut ohne mich klar. Trotzdem hast du mich hoffentlich ein bisschen vermisst. Ich habe übrigens das Frühstück zubereitet. Zieh´ dich an und komm in die Küche.«

»Okay«, sagte Peter, stand auf und zog sich ganz rasch sein Band-T-Shirt über. Es war der erste Schultag nach den Ferien.

Die Mitglieder von Speckys Band »PLUCK & VICTORY« standen wie immer in einer Gruppe auf dem Schulhof herum. Sie alle hatten ihre Band-T-Shirts an und diskutierten über den anstehenden Wettbewerb.

Specky prahlte wichtigtuerisch: »Ich will nicht Sven Patzke heißen, wenn wir mit diesem Song nicht total absahnen.«

»Na«, lachte Peter, »das hoffen wir doch alle.« Seine Blicke schweiften jedoch über den Schulhof zu Gu Lap, die in einiger Entfernung im Kreise von anderen Mädchen stand. Peter konnte nicht anders, als sie fasziniert anzustarren. Specky folgte seinen Blicken.

»Ey, ey, ey Ludwig«, johlte Specky. »Was glotzt du so fasziniert zu dem Schlitzauge? Das Lied von ihr über ´n Krieg hat dir wohl imponiert? Also eins kann ich dir sagen: Kriege hat es immer schon gegeben und wird´s ooch immer geben. Da kann so ´ne sentimentale Edelschnulze von ihr auch nichts dran ändern.«

Peter zuckte nur mit den Schultern. »Erstens soll so etwas hauptsächlich zum Nachdenken anregen und zweitens fand ich ihren Song musikalisch obergenial. Das muss erst einmal einer nachmachen!«

In diesem Moment klingelte es. Die Pause war zu Ende.

»Pah. Genial hin, genial her«, meinte Specky ungehalten. »Wir treffen uns nach dem Unterricht wieder in unsrem Proberaum, klar?«

Die Pausenaufsicht kam zielstrebig auf die Gruppe zugesteuert und eines der Musiker schubste Franse, die heimlich rauchte, an.

»Ey Franse, pass auf, da kommt ein Rauchmelder. Mach deine Fluppe aus, sonst hast de ´n Problem.«

Specky klopfte Peter derweil augenzwinkernd auf die Schulter. Der schaute ganz verwundert und Specky flüsterte ihm verschwörerisch ins Ohr: »Du, hör dir mal ´nen guten Rat von einem Fachmann an. Geht mich zwar nichts an, aber wenn du was Intimes mit der asiatischen Schleckrosine vorhast, ich kenne da ´ne extrem affengeile Aufrisszone. Und wenn du sie - na weißt´ schon - vergiss die Nahkampftüte nicht. Willst doch bestimmt auch nicht, dass sie in nächster Zeit mit ´ner Kokosnuss über dem Gürtel rumläuft und sich in deinen besten Jahren so ´n kleines Mischgewebe in dein Leben einschleicht, oder? Am besten, du versuchst es erstmal mit knutschen. - Ach, und style mal deine Obdachlosenmatte. Das wäre bestimmt krass genial.«

»Hör mal«, entgegnete Peter verächtlich, »wenn du wieder unter deiner untersten Gürtellinie hochgekraucht bist, rede möglichst nur von Dingen, von denen du was verstehst. - Und auf Specky stehe ich nun mal nicht. - Außerdem, deine Ratschläge kannst Du dir sparen.« Specky lachte nur hämisch.

Inzwischen war es später Nachmittag geworden, der Unterricht lange vorbei und die Probe der Schulband endlich zu Ende gegangen. Erleichtert nahm Peter das Ohropax aus den Ohren. Seiner Meinung nach war es völlig übertrieben von Specky immer noch stundenlang den Song zu proben.

Er war sich doch so sicher, den Wettbewerb zu gewinnen. Besser wäre, er hätte mal wieder ein paar neue Songs in Angriff genommen.

Die Musiker packten ihre Instrumente ein und einer nach dem anderen verabschiedete sich und machte sich auf den Heimweg, bis Peter allein im Proberaum war. Jetzt legte er seinen Song ›*Children Of This World*‹ in den CD-Player und summte leise die Melodie dazu. Nach einer Weile musste er zwar zur Toilette, ließ die Musik aber weiterlaufen und die Tür zum Proberaum offen stehen. Neben dem Proberaum im Keller der Schule befand sich ein Raum, in dem sich die Schüler mit Kunstmalerei beschäftigen konnten. Aus genau diesem Nebenraum hörte Peter auf dem Rückweg im Vorbeigehen eine Mädchenstimme seinen Song leise mitsummen. Erstaunt blieb er stehen und hörte einen Augenblick zu. Schmunzelnd öffnete er leise die Tür und steckte vorsichtig seinen Kopf hinein.

Vor Schreck blieb ihm fast das Herz stehen, als er sah, wer dort vor einer Staffelei stand und ein Bild malte. Die Sängerin aus Asien - Gu Lap. Als sie Peters Kopf in der Tür entdeckt, hörte sie sofort mit ihrem Gesang auf und schaute ihn verlegen an.

Peter schob sich langsam in den Raum hinein, verhakte seine Finger nervös ineinander und stammelte unsicher: »Darf ich?«

Gu Lap lächelte zurück. »Na klar, wenn dir mein Gesumme nicht total auf die Nerven geht.«

Peter schüttelte den Kopf und kam langsam näher. Einen Moment lang schaute er sich aufmerksam das Bild an, bevor er entgegnete:

»Aber ganz im Gegenteil. Ich finde deine Stimme super. Auch dein Song letztens zur Schulabschlussfeier hat mir megamäßig imponiert.«

Verlegen räusperte er sich. »Ich wusste gar nicht, dass du nicht nur wunderbar singen kannst, sondern auch hervorragend malst. Ach, übrigens, ich bin Peter.« Beide reichten sich ein wenig unsicher die Hände.

»Na, nun übertreibe nicht so. Mein Name ist Gu Lap Ka-u, aber sag einfach Gu Lap«, antwortete sie. »Der Song, den ich mitgesummt habe, gefällt mir sehr gut. Was ist oder wird das?«

Peter winkte verlegen ab. »Ach, ich versuche halt auch ab und zu mal einen eigenen Song zu komponieren. Diesen habe ich für meine Mutter geschrieben. Sie träumt schon lange davon, einen eigenen Kinderhilfsverein zu gründen.« Er stockte kurz und fügte noch hinzu:

»Und der Gewinn aus dem Song - sollte es denn einen geben - werde ich ihrem Verein zur Verfügung stellen. Aber bis dahin, wenn überhaupt, wird noch etwas Zeit vergehen.«

Gu Lap war begeistert. »Du komponierst? Das ist ja toll! Ich liebe Musik und das, was ich bis jetzt von nebenan gehört habe, finde ich richtig gut. Ich könnte mir vorstellen, dass das ein wunderbarer Song wird. Könntest du vielleicht einen Text dafür schreiben?« Ihre großen dunkelbraunen Augen funkelten Peter dabei neugierig an. Völlig irritiert schüttelte er den Kopf und stammelte verlegen:

»Nein, einen Text habe ich noch nicht, lediglich einen Arbeitstext.«

»Hör mal, ich möchte nicht überheblich sein«, sagte Gu Lap ganz bescheiden, »aber ich denke, ich kann ganz gute englische Texte schreiben. Lass uns die Sache doch gemeinsam angehen. Wenn ich mich nicht irre, ist in nächster Zeit irgend so ein Musikwettbewerb. Ich glaube - *The Best Songwriters From Europe*. Sollte dir mein Text gefallen, dann lass uns eine Demo-CD davon machen und einschicken.«

Peter kratzte sich am Kopf. »Ähm … naja …CD machen ja, aber einschicken möchte ich diesen Song nicht«, druckste er herum.

Gu Lap schaute ihn erstaunt an und runzelte leicht die Stirn. »Weshalb willst du den Song denn nicht einschicken?«

Etwas beschämt stammelte Peter: »Sven hat mir ausdrücklich klargemacht, dass ich keine eigenen Kompositionen einreichen darf, wenn ich in seiner Band mitspielen möchte. Außerdem glaube ich auch, dass dieser Song gar keine Chance hat, in die engere Wahl zu kommen.«

Gu Lap war ein bisschen enttäuscht, wollte sich das aber nicht anmerken lassen und zuckte deshalb nur mit den Schultern. »Na klar, wenn du ihn nicht einschickst, wirst du es auch nie erfahren«, sagte sie bloß noch.

Um das Thema zu wechseln, bat Peter Gu Lap in den Proberaum, wo er ihr das Demo-Tape und den Arbeitstext in die Hand drückte.

»Na, dann versuche dein Glück«, schmunzelte er dabei. »Wichtig ist nur, dass der Inhalt beibehalten wird und wenn du den Text fertig hast, kannst du den Song auch gleich mal einsingen.«

»Probieren kann ich es ja«, lachte Gu Lap. »Okay, dann bis bald.«

»Da würde ich mich sehr freuen. Bye.«

Peter war richtig aufgeregt vor Freude.

Nachdem sie gegangen war, setzte er sich noch für einen Augenblick an sein Keyboard. Von Gu Laps strahlenden Augen völlig fasziniert, hatte er gar nicht bemerkt, dass sie sich heimlich einen Zettel eingesteckt hatte, auf dem die Adresse von dem Wettbewerb stand.

NAO saß fassungslos vor seinem Fernrohr und stöhnte: »Du meine Güte, jetzt hat sich unser Poesiekandidat auch noch verliebt. Wenn das so weitergeht, warten wir noch hundert Jahre darauf, dass er sich an das Buch erinnert. Naja, vielleicht schafft es dann eines seiner Enkelkinder, die Muschel zu öffnen. Ich würde mich jedenfalls freuen, das in meinem Geisterleben noch erleben zu dürfen.«

SALI sagte nichts dazu. Stattdessen betrachtete er gerade aufmerksam Gu Laps Vater auf dem Monitor, der vor einem Haus stand und auf seine Tochter wartete.

Froh, NAO auf andere Gedanken bringen zu können, erklärte er:

»Schaut mal, Meister. Das ist Gu Laps Stiefvater Qin Shi Yuan. Seine Frau und er haben Gu Lap vor einigen Jahren adoptiert, als sie nach einer großen Umweltkatastrophe ihre Eltern verloren hatte.«

»Na«, sagte NAO interessiert, »dann wollen wir uns doch mal anschauen, ob diese Gu Lap das Zeug zur Muse hat. Vielleicht kann sie unseren verhinderten Literaten ja zu einer Geschichte inspirieren.«

Gu Laps Vater, Qin Shi, hatte sein Sportzeug eingepackt und wollte es gerade in den Kofferraum legen, als Gu Lap plötzlich neben dem Auto stand.

»Hallo Paps. Na, du gehst wohl wieder zum Training?«

»Genau«, sagte er. »Und? - Willst du mitkommen?«

Gu Lap schüttelte jedoch verlegen den Kopf. »Nein, heute kann ich leider nicht. Ich habe in der Schule einen Jungen kennengelernt, der total gute Musik komponiert und ich soll für einen seiner Songs den Text schreiben. Das will ich gleich machen.«

In diesem Augenblick kam Gu Laps Mutter Rosemarie mit ihrer Ärztetasche aus dem Haus und begrüßte sie schmunzelnd:

»Was habe ich da gehört? Du hast also einen Jungen kennengelernt, der auch noch Musik macht. Und, wie sieht er aus?«

Gu Lap gab ihrer Mutter einen Kuss und musste lachen. »Du nun gleich wieder, Mom. Wann hörst du endlich auf, mich verkuppeln zu wollen? Ich bin doch alt genug, mir meinen Prinzen selbst auszusuchen - oder?«

»Naja, fast«, zwinkerte Rosemarie und küsste Gu Lap auf die Stirn. »Ich muss leider noch einen Krankenbesuch machen. Die kleine Silke von nebenan hat Fieber. Bis später. Dann will ich aber genau wissen, was das für ein Junge, äh, ... wie ist eigentlich sein Name?«

Gu Lap ging zur Haustür, steckte ihren Schlüssel ins Schloss, drehte sich noch einmal um und rief lachend:

»Er heißt Peter. - Hallo? - Merke dir den Namen genau! Tschau.«

In ihrem Zimmer legt sie sofort die CD ein, las sich Peters Text durch und schrieb ihre englische Version auf einem Zettel.

Ein paar Tage später stand Peter mal wieder mit Speckys Clique auf dem Schulhof herum.

»Also Männer!«, sagte Specky wichtigtuerisch. »Heute geh´n wir den Song noch mal an. Ick finde, der sitzt noch nicht hundertpro. Det kann doch nicht so ´n Problem sein, oder?«

Till zuckte mit den Schultern. »Na, mehr als schief gehen kann es nicht. Technisch gesehen ist soweit alles okay.«

Specky klopfte Bruno, dem Bassgitarristen, auf die Schulter. »Na, musikalisch wäre ja auch alles paletti, wenn unser Bruno hier nicht immer den Einsatz in der zweiten Strophe verpennen würde, wa?«

Zustimmendes Gemurmel von allen Seiten ließ Bruno rot werden und veranlasste ihn, sich wortreich zu verteidigen. Peter hörte jedoch gar nicht richtig hin, was gesprochen wurde, denn in einiger Entfernung stand Gu Lap mit ihren Freundinnen und winkte ihm zu.

Gerade als er zu ihr gehen wollte, hielt Specky ihn am Ärmel fest und fragte sauer: »Was willst du denn schon wieder bei dem Schlitzauge? Die mit ihrem abartig sentimentalen Gejammer hat es dir wohl angetan?« Doch ohne etwas zu antworten, riss sich Peter los und ging hinüber zu Gu Lap.

»Hi Peter«, begrüßte diese ihn lächelnd. »Die erste Version des Textes habe ich fertig. Lies´ ihn dir mal durch, ich hoffe er gefällt dir.«

»Hi Röschen. Das ging aber flott. Ich bin gespannt.«

In diesem Augenblick klingelte es und die Pause war zu Ende.

Während die Schüler wieder in das Schulgebäude strömten, sagte Peter noch zu Gu Lap: »Wir könnten uns ja mal bei mir zu Hause treffen und den Text zusammen durchgehen.«

»Okay, warum nicht. Aber Röschen hat bis jetzt noch keiner zu mir gesagt. Du wirst doch nicht...?«

Peter unterbrach sie und lachte. Er gab aber nicht zu, dass er verliebt war, sondern sagte stattdessen: »Naja, ich wollte nur deinen Namen ›Weiße Rose‹ etwas verniedlichen. Ist das zu kitschig für dich?« Er lief bis zu den Haarspitzen rot an. Gu Lap schmunzelte nur.

Tage danach saß Peter am frühen Abend in seinem Zimmer am Keyboard und programmierte den Song im Computer ein, als es plötzlich klingelte. Komisch, dachte er verwundert, Mom hat doch heute Spätdienst im Krankenhaus. Wer konnte das denn sein? Sofort ging er zur Wohnungstür und öffnete sie mit einem Ruck. Es war Gu Lap, die schüchtern lächelnd im Hausflur stand. Verlegen gab Peter ihr die Hand.

»Grüß´ dich. Schön, dass du mal vorbeigekommen bist. Komm doch rein.«

»Hi Peter.« Schnell holte er eine Flasche Saft und Cola aus der Küche, während sich Gu Lap neugierig in seinem Zimmer umschaute.

»Donnerwetter!«, staunte sie. »Das ist ja bei dir fast wie in einem Museum für Musikinstrumente. Du sammelst sie wohl?«

»Naja«, lachte Peter, »soweit es meine Finanzen erlauben. Einige davon habe ich geerbt. Mein Großvater hat Musik gemacht und mein Dad ist auch Musiker.« Etwas verlegen fügte er noch hinzu: »Doch der liebe Papa hat sich vor Jahren aus dem Staub gemacht, als er so eine reiche Tussi kennengelernt hat.«

»Tut mir leid. Und jetzt lebst du mit deiner Mutter hier allein?«

»So ungefähr, aber auch sie hat seit kurzem wieder einen Lover. Und während der Ferien war sie für ein paar Wochen auf der *MS ANASTASIS* bei einer Fahrt nach Sri Lanka. Tja, da musste ich eben sehen, wie ich allein klarkomme.« Er wiegte mit dem Kopf und fügte süßsauer hinzu: »Aber das ist schon okay.«

Gu Lap fragte erstaunt: »In Sri Lanka? Das ist ja gar nicht so weit von meiner Heimat entfernt. Ich komme aus Thailand.«

Peter wurde neugierig. »Thailand? Erzähle doch mal ein bisschen von dir, bevor wir uns mit dem Song beschäftigen. Du bist noch nicht allzu lange an unserer Schule, stimmt ´s?«

»Naja, in Deutschland bin ich schon zwei Jahre«, erzählte sie. »Aber in Berlin wohne ich erst seit ein paar Monaten. Als ich vierzehn Jahre alt war sind meine Eltern und zwei meiner kleinen Geschwister in Thailand bei einer Hochwasserkatastrophe ums Leben gekommen. Nur meine kleine Schwester und ich haben es überlebt. Wir waren gerade bei meinem Onkel zu Besuch und das hat uns das Leben gerettet.«

»Ja, ich habe das im Fernsehen verfolgt. Das war ja alles total furchtbar«, sagte Peter mit ehrlicher Anteilnahme. »Und dass du deine Eltern und Geschwister dabei verloren hast, war bestimmt ein schwerer Schicksalsschlag für dich und tut mir sehr leid.«

»Das kannst du laut sagen«, antwortete Gu Lap traurig. »Ich habe auch lange gebraucht, bis ich das einigermaßen verkraftet hatte. Auch heute leide ich noch oft darunter. So etwas wünsche ich keinem Menschen. Und das war noch nicht alles. Als mein Onkel vom Tod meiner Eltern und Geschwister erfahren hatte, hat er meine kleine Schwester Hee Jun und mich zur Adoption freigegeben und ich habe seitdem nie wieder etwas von ihr gehört oder gesehen.«

Peter ging das alles sehr nah. Wieder einmal musste er daran denken, wie gut es ihm doch bisher in seinem Leben gegangen war und wie oft er trotzdem mit sich und der Welt unzufrieden war.

Gu Lap erzählte weiter: »Ich lag eine ganze Weile im Krankenhaus, da ich nicht verkraften konnte, dass es meine Eltern und meine kleinen Geschwister nicht mehr gibt. Meine jetzige Mutter hat in diesem Krankenhaus als Kinderärztin und mein Paps als Therapeut gearbeitet. Sie haben sich um mich gekümmert und später adoptiert. Ich kann nur hoffen, dass meine Schwester auch in guten Händen ist. Ich bete oft für sie.«

Peter hatte keine Ahnung, wie er nach dem eben Gehörten wieder von so etwas Profanem wie dem Song sprechen sollte.

»Ja«, meinte Gu Lap dann, »das war wirklich eine schlimme Zeit. Aber ich habe jetzt ganz liebe Eltern und bin ihnen sehr dankbar, dass sie sich so um mich kümmern.« Sie atmete tief durch und wechselte plötzlich von selbst das Thema, indem sie betont fröhlich meinte:

»Aber nun genug von mir. Lass uns jetzt den Song vornehmen.«

»Ähm ... ja, na klar«, stotterte Peter verlegen. »Ich habe mir deinen Text durchgelesen. Absolut klasse.«

Verzweifelt trommelte NAO auf sein Geschichtenbuch, dass der Staub nur so durchs Zimmer wirbelte. Hemingway, der auf dem Schreibtisch saß, flitzte erschrocken zur Tür hinaus. SALI saß wie immer vor seinem Monitor und schaute skeptisch auf das, was er

soeben gesehen hatte.

»Naja«, sagte er leise vor sich hin. »So langsam müsste der Junge mal in die Pedale kommen. Jetzt werde ich auch langsam nervös.«

NAO war hingegen weniger leise. Aufgeregt rief er: »Wann fängt der denn nur endlich an?« Verzweifelt beobachtete er Peter durch sein Fernrohr. »Noch nicht eine Silbe hat er geschrieben. Wahrscheinlich hat er die Muschel total vergessen.«

Er eilte hinüber zu SALI an den Computer und versuchte, eine Verbindung mit Alix herzustellen. Doch der Computer blieb stumm.

Peter und Gu Lap waren gerade dabei, die letzten Zeilen des Refrains zu probieren. Sie sangen diesen Part zusammen und waren erstaunt, wie gut ihre Stimmen miteinander harmonierten.

»Das ist ja alles erste Sahne«, sagte Peter. »Was du da geschrieben hast, ist super. Du bist ein richtiges Multitalent. Du singst fantastisch, du malst göttlich, du schreibst geniale Songtexte.« Er schaute sie kess an. »Hast du noch mehr Super-Talente auf Lager?«

»Lass dich einfach überraschen«, lachte sie. »Für die Komplimente danke ich dir. Aber lass bitte die Kirche im Dorf!«

Peter war jedoch nicht mehr zu bremsen. »Nur keine falsche Bescheidenheit. Weißt du was, ich werde meinen Vater fragen, ob wir bei ihm eine Demo-CD aufnehmen können. Er hat zu Hause ein ziemlich gutes Studio und außerdem habe ich noch ein paar andere Songs geschrieben.«

»Na, wunderbar«, meinte Gu Lap. Ihre Wangen glühten vor lauter Freude. »Lass es uns angehen. Das wird der Hit!«

Peter konnte sein Glück immer noch nicht fassen. Hatte er etwa mit Gu Lap endlich eine Freundin kennengelernt, die ihn genauso akzeptierte, wie er war?

NAO saß immer noch an seinem Fernrohr und hatte alles mit angesehen. Dann stand er auf und ging ungeduldig im Zimmer umher. Halb sprach er zu sich selbst und halb wandte er sich an SALI, als er dann sagte:

»Was könnte ich nur machen, damit diesem Träumer endlich das Buch wieder einfällt? Das dauert mir einfach zu lange.« Er stöhnte. »Nee, nee, nee, so wird das nichts. Am Ende nimmt sich dieser Musikprofessor diese Muschel niemals vor. Aber was könnte ich schon tun, damit ich ihn an das Buch erinnere?« Trotzig setzte er sich an seinen Schreibtisch, verschränkte die Arme und starrte an die Decke, als würde er dort etwas über die Lösung dieses Problems erfahren.

SALI betrachtete ihn besorgt und sagte geheimnisvoll: »Der Nieszauber, Meister, der Nieszauber.«

»Nieszauber? - Hm? - Irgendwoher kenne ich das doch. Äh...?« NAO drehte sich hilfesuchend zu SALI um.

»Ja, ja«, sagte SALI und kratzte sich am Kopf. »Nieszauber. Ihr habt ihn - ich glaube ungefähr vor 241 Jahren - schon einmal benutzt.« Etwas nachdrücklicher fügte er hinzu: »Damals hattet Ihr auch so einer Schlafmütze versucht, eine Geschichte zu erzählen. Und erst durch den Nieszauber ist der Bursche erwacht. Aber dann hat er eine ganz passable Story geschrieben. Erinnert Ihr Euch nicht?«

NAO dachte einen Augenblick nach und es fiel ihm wieder ein. »Stimmt ja. Ich kann mich an diesen trotteligen Typen aus Hintertupfingen erinnern. Zabel - so hieß er doch, nicht wahr? Der hat mich damals einige graue Haare gekostet. Aber zum Schluss hat er sich ja als recht talentiert erwiesen. - Äh - Moment mal!«

Er ging an den Bücherschrank und zog ein kleines ledernes Beutelchen und ein Blasrohr zwischen all den Büchern hervor. Süffisant lächelnd ging er an sein geliebtes Fernrohr, nahm Peter ins Visier und peilte ihn mit dem Blasrohr direkt an. Dann stopfte er das Niespulver in das Blasrohr und pustete so stark hinein, dass er dabei krebsrot anlief. Völlig außer Atem schnappte er lautstark nach Luft. Eine kleine funkelnde Wolke, die wie die Sternchen einer Wunderkerze anmutete, schwebte ganz langsam hinunter zur Erde in Peters Zimmer.

Peter und Gu Lap hatten sich inzwischen wieder an den Schreibtisch gesetzt, um weiter an dem Songtext zu feilen. Gerade wollte Peter einen Schluck Cola trinken, als ihn unvermittelt die Glitzerwolke von NAO traf. Er musste sehr heftig niesen und schüttete sich dabei das ganze Glas Cola über Hose und T-Shirt.

Peinlich berührt meinte er: »Na super. Das kann aber auch nur mir passieren!« Gerade als er sich ein frisches T-Shirt aus seinem Kleiderschrank herausfischen wollte, stutzte er jedoch. Hinter dem Stapel Klamotten schaute die große Muschel verführerisch glänzend hervor. Einen Augenblick lang überlegte er noch, gab sich dann jedoch einen Ruck und holte sie heraus. Vorsichtig legte er sie auf den Tisch.

Gu Lap schaute sie sich neugierig an und war verblüfft. »Donnerwetter, so eine große Muschel habe ich ja noch nie gesehen. Und wie herrlich sie funkelt.« Peter, der inzwischen das frische T-Shirt aus dem Kleiderschrank genommen und sich schnell im Badezimmer umgezogen hatte, zuckte mit den Schultern.

»Du wirst lachen, ich habe so etwas auch noch nicht gesehen. Das Ding habe ich am Strand von Teneriffa gefunden. Es sieht gar nicht wie eine richtige Muschel aus. Aber fast so. Leider bin ich noch nicht dahinter gekommen, was es mit diesem Unikum so auf sich hat und wie man sie öffnen könnte.«

Gu Lap staunte immer noch. »Du machst mich richtig neugierig. Wollen wir uns das Ding einmal genauer betrachten?«

»Gerne«, sagte Peter lakonisch.

Beide untersuchten die Muschel gründlich von allen Seiten. Plötzlich entdeckte Gu Lap auf ihrer Oberseite ein verwischtes Zeichen, das wie ein großes "**A**" aussah. Da die Muschel an dieser Stelle ein wenig von Meerwasser und Strandsand verschmutzt war, befeuchtete sie ihre Fingerspitzen mit Spucke, um die Oberfläche sauber zu reiben. Doch kaum hatte sie den seltsamen Buchstaben komplett vom Schmutz befreit, ertönte eine mystische Musik und die Muschel erstrahlte in den buntesten Farben.
Besonders das "*A*" leuchtete so grell, als ob es ein Scheinwerfer wäre.

Mit lautem Zischen öffnete sich die Muschel. Peter und Gu Lap waren davon total überrascht, so, dass sie sich unwillkürlich in die Arme fielen. Ihre Blicke waren jedoch weiterhin gebannt auf den Tisch gerichtet.

Um die Muschel hatten sich inzwischen kleine bunte Nebelschwaden gebildet. Als diese sich langsam wieder auflösten, sahen sie, dass sich in ihrem Deckel ein Bildschirm und im unteren Teil eine Tastatur befanden - ganz so, wie sie es von einem Laptop kannten, jedoch in einer prachtvollen, antiken Machart. Die Tastatur schien aus kostbarem Marmor zu bestehen und war teilweise mit Gold überzogen. Überall befanden sich außerdem kunstvoll verschnörkelte, geheimnisvolle Symbole, die von innen heraus zu leuchten schienen. Vor lauter Staunen stockte Gu Lap der Atem, und Peter rieb sich verwundert die Augen, weil er nicht glauben konnten, was sie da sahen.

Plötzlich erschien auf dem Monitor die Schrift:

ATLANTIS ›DAS BUCH DER ERKENNTNIS‹

Dazu ertönte eine tiefe, männliche Stimme, die, untermalt von einer leisen Musik, langsam Folgendes sagte:

»Dies ist ›**Das Buch der Erkenntnis**‹ von Atlantis. Es ist ausschließlich für den Planeten Erde bestimmt. Damit es nicht beschädigt werden kann, ist es in dieser absolut wasser- und luftdichten Muschelbox aufbewahrt worden. Seit dem Untergang von Atlantis vor X-tausend Erdjahren lag es tief unten am Meeresgrund verborgen. Doch jetzt wurde beschlossen, wieder einmal den Versuch zu wagen, sein Wissen den Menschen zugänglich zu machen. In diesem Buch sind die gesamte Schöpfungsgeschichte und auch die Entstehung der Menschen auf der Erde beschrieben. Und zwar von der Zeit an, die die Menschen als Urknall des Universums bezeichnen. Außerdem sind darin hilfreiche Leitgedanken festgehalten, die erklären, wie ein friedliches Miteinander aller Menschen ohne Hass, Gewalt und Krieg möglich ist. Doch Genaueres erfahrt ihr erst dann, wenn der Finder dieser Muschel das Buch zu öffnen vermag. Dazu muss derjenige eine Aufgabe erfüllen, die nicht ganz leicht ist, aber mit viel Fleiß, Ausdauer und guten Ideen gelöst werden kann.«

Peter und Gu Lap kamen aus dem Staunen nicht heraus. Atemlos hörten sie weiter: »Wie man sieht, ist die Muschel innen wie ein Laptop konstruiert und in diesem ist das Buch der Erkenntnis eingeschlossen. Öffnen wird es sich jedoch nur dann, wenn sich der Finder eine eigene - und vor allem gute - Geschichte ausdenkt. Ist er davon überzeugt, dass sie gut genug ist, so muss er sie in den Laptop eintippen, das Codewort: **BIM** eingeben und abspeichern. Doch Vorsicht! Danach lässt sich nichts mehr an der Geschichte verändern. Der Computer und ich analysieren sie und werden sie dann bewerten.«

Die Musik wurde lauter und das ganze Zimmer erstrahlte in den faszinierendsten Farben. Und wieder stiegen bunt glitzernde Nebelschwaden aus der Muschel empor.

Erneut ertönte die geheimnisvolle Stimme: »Hat mich der Inhalt der Geschichte überzeugt und ist sie gut und auch lehrreich genug, so werde ich das Buch von Atlantis freigeben. Ist der Inhalt jedoch uninteressant oder sogar einfach nur schlecht, so wird das Buch wieder für lange Zeit verschlossen bleiben. Und nun noch ein letzter Rat! Bevor der Schreiber das Codewort **BIM** eingibt, sollte er sich die Zeit nehmen, den Inhalt seiner Geschichte noch einmal sehr genau zu überdenken oder auch vertraute Freunde zu Rate ziehen. Nach Eingabe des Codes musst du noch deinen Namen, dein Alter und das Datum eintippen. Danach kann nichts mehr geändert werden. Also dann - viel Glück und gute Ideen!«

Abrupt verstummten die Stimme und auch die Musik. Im Zimmer war es totenstill, sodass man eine Stecknadel hätte fallen hören können. Peter und Gu Lap starrten wortlos den Bildschirm der Muschel an. Nach einer Weile schüttelte Peter völlig benommen den Kopf.

»Was war denn das? Ich kann es nicht glauben. Gu Lap, kneif´ mir bitte in den Arm, sonst glaube ich, dass alles nur ein Traum war. Wenn wir das jemandem erzählen, hält man uns für komplett verrückt.«

Gu Laps Fingernägel gruben sich in Peters Haut, bis er leise aufschrie. »Aua, ich kann es ja selbst nicht fassen. Wenn ich das richtig verstanden habe, soll ich eine eigene Story schreiben, damit sich dieses geheimnisvolle Buch aus der Zeit von Atlantis öffnet. Habe ich das eigentlich richtig verstanden? Aber wieso ich? Ich meine… ähm… ich habe mich in meinem ganzen Leben noch nie mit Geschichten schreiben beschäftigt. Was für eine Art von Geschichte soll ich denn bloß schreiben?«

»Also, wenn ich mich nicht irre«, meinte Gu Lap, »ist die Art der Geschichte nicht so ausschlaggebend. Hauptsache, sie ist gut.«

»Okay. Aber erst einmal muss ich das alles überschlafen und ich würde dich bitten, niemanden etwas davon zu erzählen.« Ironisch fügte er noch hinzu: »Die sperren uns sonst sofort für den Rest unseres Lebens in ´ne Klapsmühle.«

Na klar!«, lachte sie. »Das bleibt unser kleines Geheimnis.«

»Was mich an dieser Sache leicht irritiert«, meinte Peter nachdenklich, »ist die Tatsache, dass ich auf Teneriffa einen Ort entdeckt habe, der wirklich Atlantis, beziehungsweise Atlantis-Mariposa heißt.«

»Das ist wirklich merkwürdig«, stimmte sie zu. »Ich werde erst einmal darüber nachdenken und komme morgen wieder zu dir. Vielleicht stellt sich ja bis dahin heraus, ob das alles wirklich geschehen ist.«

Peter schloss die Muschel und verstaute sie wieder im Schrank. Gu Lap packte ihren Text ein und verabschiedete sich. An der Tür blieb sie noch einmal stehen, drehte sich zu Peter um und lachte.

»Es wäre auf alle Fälle seltsam, wenn wir uns das nächste Mal treffen und feststellen, dass wir beide den gleichen eigenartigen Traum hatten, oder?«

Peter nickte. In seinem Bauch kribbelte es vor Aufregung, jedoch äußerlich gab er sich betont cool.

Am nächsten Tag hatte Peters Klasse Sportunterricht. Der Sportlehrer, ein arroganter, von sich eingenommener Vollzeit-Bodybuilder und Möchtegern-Spitzensportler, hatte Peter von Anfang an nicht leiden können, denn der war ihm zu unsportlich und strengte sich auch nie besonders an. Deshalb stellte er Peter liebend gerne vor Aufgaben, bei denen er sich sicher war, dass dieser sie nicht schaffen würde. Das führte in der Regel dazu, dass Peter dem Spott der ganzen Klasse ausgesetzt war. So auch heute. Kurz vor Ende der Stunde standen alle vor den Kletterstangen.

»Na, ihr Sportskanonen!«, sagte Lehrer Rumpe in seiner überheblichen Art. »Heute werden wir wieder einmal die Bizepse eurer müden Arme testen.« Dabei spannt er die Oberarme an und ließ seine Muskeln wie Bälle hüpfen. »Als Erste zeigen ihre Kletterkunst: Marco, Till, Peter und Olaf.«

Die Vier gingen an die Stangen. Peter verzog entnervt sein Gesicht. *Ich wusste, dass dieser Armleuchter mich wieder dran nimmt. Aber er braucht eben seinen Spott und so soll er ihn auch haben,* dachte er nur.

Ein scharfer Pfiff aus Herr Rumpes Trillerpfeife war das Startzeichen. Marco, Till und Olaf waren verhältnismäßig schnell am oberen Ende der Stangen angelangt. Peter hatte jedoch nur knapp die Hälfte nach oben geschafft und war schon am Ende seiner Kräfte. Rumpe zeigte mit dem Finger auf ihn und grinste verächtlich. Auch die anderen Schüler machten sich lustig über Peter und riefen ihm im Chor zu: »Hau ruck, hau ruck, hau ruck ...«

Als Peter die Nase voll hatte, ließ er sich quietschend an der Stange hinab gleiten. Die Schüler klatschten und johlten. Verzweifelt wünschte sich Peter, die Stunde wäre schon zu Ende und er könnte in die Umkleidekabine flüchten. Aber es sollte noch schlimmer kommen.

»Donnerwetter Herr Manong«, grinste Herr Rumpe zynisch. » Sie haben ja diesmal fünf-Komma-fünf Zentimeter mehr geschafft! Wenn Sie so weitermachen, werden Sie bald ein super Athlet.«

Schallendes Gelächter ertönte, doch Peter zuckte nur mit den Schultern und antwortete verächtlich: »Wenn Sie das meinen, Herr Rumpe. Manchmal geschehen noch Zeichen und Wunder.«

»Na dann lassen Sie uns mal darüber wundern«, erwiderte Herr Rumpe abfällig, »wie viele Klimmzüge Sie heute wohl schaffen.«

Peters Mitschüler waren vor Schadenfreude nicht zu bremsen und riefen:

»Na los, Superman, ran an die Stange!«

»Ey Hulk, zeig´s uns!«

Peter schwang sich betont tollpatschig an die Stange und die Schüler zählten laut mit: »Eins, Zwei, Drei, Vier, Fünf …« Den sechsten Klimmzug schaffte Peter kaum noch und hörte auf. Wieder klatschten die Schüler unter Gegröle und Gelächter. Da endlich klingelte es zur Pause und Peter war erlöst.

Als Gu Lap am späten Nachmittag auf dem Weg in ihren Zeichenraum war und am Proberaum der Schülerband vorbeikam, hörte sie von drinnen Musik und blieb gespannt stehen. Es war ein Hip-Hop-Song, den sie noch nie zuvor gehört hatte. Vorsichtig öffnete sie die Tür und schaute hinein. Till hatte die CD von Peter eingelegt und sang dazu. Dass Gu Lap zuhörte, bemerkte er gar nicht. Sie war von seinem Gesang hingegen so angetan, dass sie begeistert mit dem ganzen Körper im Takt der Musik mit wippte. Erst als sie versehentlich etwas lauter mit ihrem Fuß aufstampfte, bemerkte Till seine Zuhörerin und brach sofort ab. Entgeistert schaute er Gu Lap an. Sie lächelte zurück.

»Warum singst du nicht weiter? Das war doch supercool.«

»Na, na, na«, meinte Till ungläubig, »das ist wohl etwas dick aufgetragen.«

»Quatsch! Das meine ich ehrlich. Was ist das für ein Song?«

»Ach, das ist nur so ´n Demosong. Die Musik hat Peter geschrieben und den Text habe ich verbrochen. Aber nur so *just for fun*.«

»Die Musik ist von Peter?«, fragte Gu Lap erstaunt. »Das hätte ich gar nicht vermutet. Ich dachte, Peter schreibt nur softe Musik.«

»Nee, nee«, lachte Till. »Wenn der will, kann er auch Formel-1-mäßig abgehen. Aber eben nur in der Musik.«

»Ist ja cool«, meinte Gu Lap. »Das hätte ich ihm nicht zugetraut. Aber nebenbei gesagt, deine Stimme ist für diesen Hip-Hop-Style wie gemacht.«

Till grinste stolz und deutete eine kleine Verbeugung an. »Thanks, ich fühle mich sehr geehrt. Aber lass uns mit den Füßen auf ´m Boden bleiben.«

»Ehrlich, ich fand dich extrem gut.«

In diesem Moment betraten Specky und die anderen Musiker der Band den Proberaum. Specky glotzte Gu Lap verwundert an.

»Nanu?«, sagte er arrogant. »Haben wir ´ne neue Sängerin namens Gulli Lappi?«

Franse legte Specky die Hand auf die Schulter.

»Aber hallo-ballo, du denkst doch nicht, dass die Kleene mit ihrem Babygejaule zu unsrem hypermäßigen Hardrock-Sound passt?!«

Specky stieß Franses Hand unsanft weg. »Ey, drehst du jetzt total am Rad?«, fragte er unfreundlich. »Meinst du, ich bin bekloppt, oder was? War doch nur ´n Gag.«

Gu Lap schaute Franse sehr abfällig lächelnd an und meinte zuckersüß zu ihr: »Fusselchen, du Nullchecker, wenn du auch nur ´n bisschen Power in deinem schlaffen Popöchen hättest, würdest du nicht nur heiße Luft ins Mikro pusten, sondern schlicht und ergreifend geil singen. Na, aus einem Teelicht ist eben noch kein Vulkan entstanden, wenn du kapierst was ich meine. - Äh - wohl eher nicht. Deine drei grauen Zellen sind ja schon mit deinem eigenen dussligen Gelaber total überfordert.«

Sie drehte sich stolz um und wollte aus dem Proberaum gehen, doch Franse hielt sie am Arm fest und hob die Hand, um ihr ins Gesicht zu schlagen. Blitzschnell packte Gu Lap jedoch ihr Handgelenk, setzte einen Kung-Fu Griff an und bevor Franse auch nur »Hilfe!« schreien konnte, landete sie in hohem Bogen in Speckys Armen. Wütend machte sie sich los und wollte sich auf Gu Lap stürzen, doch Specky hielt sie fest.

»Ich glaube, ich spinne«, brüllte er ungehalten. »Mädels, wenn ihr euch den Schädel einschlagen wollt, dann macht euch vom Acker. So was Beklopptes. Wie zwei Hupfdohlen. Mein Gott noch mal!«

Gu Lap ging zur Tür und drehte sich noch einmal zu Franse um. Mit bitterböser Miene fauchte sie: »Fass mich nie wieder an, du Plastikgöre. Diesmal habe ich dich wie ein rohes Ei behandelt. Beim nächsten Mal geht es richtig zur Sache. Dann liegst du mit Sicherheit ´ne Weile im Krankenhaus. Aber dir kann sowieso kein Arzt mehr helfen!« Mit diesen Worten knallte sie die Tür hinter sich zu.

Einen Moment lang war es totenstill im Raum. Keiner hatte Gu Lap so resolut eingeschätzt. Franse rückte ihre Klamotten zurecht, drehte sich ganz Hilfe suchend zu den anderen Musikern um und stammelte völlig verunsichert.

»Hört euch diese Pisskuh an. Was will die überhaupt hier?« Hasserfüllt setzte sie noch hinzu: »Die soll in ihre Dritte-Unterwelt zurückgehen, aus der se gekommen ist!«

Specky hielt ihr den Mund zu. »Nu halt endlich deine Labertasche und benutze deine Stimmlappen für ´n Gesang, oder mach´ dich unsichtbar. Is det jetzt klar?«

Till, der den ganzen Vorfall mit seiner üblichen Gelassenheit verfolgt hatte, schüttelte nur den Kopf und sagte sarkastisch: »Hallo, ihr Übermenschen. In welche Schublade steckt ihr mich denn? In halbseiden, halbweiß, halbschwarz, schwarzweiß oder was?«

Specky winkte ab: »Nee, nee. Bei dir ist es etwas anderes. In dir fließt wenigstens 50 % arisches Blut. Das geht gerade noch so.«

Till lachte hämisch: »Na schönen Dank, da brauch ich mich ja nicht vor euch zu verstecken.« Mit heruntergezogenen Mundwinkeln fügte er noch angewidert hinzu: „So, nun gehen wir wieder zur Tagesordnung über.« Schweigend packten alle Musiker ihre Instrumente aus und bauten sie auf.

Am nächsten Abend saß Peter zu Hause auf seiner Liege und las in dem Märchenbuch »1001 Nacht«, als das Telefon klingelte.

»Hallo, hier Peter Manong«, meldete er sich, denn seine Mutter hatte wie so oft Spätdienst in der Klinik.

»Hi Peter, hier ist Adam. Hör mal zu, ich habe zwei Karten für die Zaubershow von Igor Zarewitsch am Wochenende. Cindy und ich können an diesem Tag nicht. Ich wollte dich fragen, ob du Lust hast dort hinzugehen - sozusagen als kleine Entschädigung für unseren verkorksten Urlaub auf Teneriffa.«

»Na klar, das würde ich sehr gerne«, sagte Peter erfreut.

»Okay, dann komm demnächst mal bei uns vorbei und hol dir die Karten. Ruf aber vorher an.«

Peter freute sich wahnsinnig. »In Ordnung Dad. Dankeschön. Das ist echt cool!«

Kaum hatte er den Hörer aufgelegt, wählte er mit zitternden Fingern Gu Laps Nummer. Sie meldete sich schon nach dem zweiten Klingeln: »Gu Lap Yuan - Guten Tag.«

»Hi Gu Lap, hier ist Peter.«

»Hi Peter, was gibt´s?«

Nervös druckste Peter herum: »Ähm ... ähm, ich … ähm, das heißt, mein Vater hat mich gerade angerufen und mir fürs Wochenende zwei Karten für die Igor Zarewitsch Show geschenkt. Ich …, ähm ... ähm ... ach so ..., ich wollte dich nur fragen, ob du vielleicht Lust und Zeit hättest, mitzukommen?«

»Ja super, gerne.«

Sie scheint es wirklich ernst zu meinen, dachte Peter aufgeregt und sagte: »Schön, ich freue mich. Bis morgen in der Schule dann.«

»Gut, bis morgen und danke, dass du an mich gedacht hast. Ach übrigens, was machst du gerade?«

»Ähm ... ähm«, stotterte Peter. »Du findest es bestimmt kindisch, aber ich lese in meinen alten Märchenbüchern. Vielleicht bringt mich das auf eine Idee für die Story, die ich schreiben soll.«

Liebevoll erwiderte sie: »Du brauchst dich doch deswegen nicht zu entschuldigen! Ich finde, Märchen sind echt spannende und romantische Storys.« Sie musste niesen. »Sorry - Aber gerade in Märchen kann man seiner Phantasie doch freien Lauf lassen. Ich bin gespannt, ob dir etwas einfällt.«

Peter lachte: »Na, und ich erst. Ich werde mir jedenfalls alle erdenkliche Mühe geben.«

»Schön, das glaube ich dir, mein Lieber. Also bye.«

»Bye«, brachte Peter gerade noch heraus und legte auf. Er war völlig überrascht. Wie hatte sie ihn genannt? Mein Lieber!? Er nahm wieder sein Buch zur Hand, konnte sich aber kaum noch darauf konzentrieren. Das »Mein Lieber« ging ihm nicht mehr aus dem Kopf.

Samstag abends saßen sich Peter und Gu Lap in der S-Bahn gegenüber, wussten aber zunächst nicht recht, was sie sagen sollten, und schauten stattdessen eine Weile schweigend aus dem Fenster.

Schließlich wandte sich Gu Lap an Peter: »Sag mal, hattest du schon eine Idee für eine Story?«

Peter war jedoch in Gedanken immer noch bei ihren Worten ›***Mein Lieber***‹ und hatte ihre Frage vollkommen überhört. Gu Lap stupste ihn ans Knie.

»Hallo, Mister Musikus. Sind Sie noch da?«

Peter schreckte aus seinen Gedanken auf. »Äh ... ja ... äh ... sorry, was hast du gesagt?«

»Ich wollte wissen, ob du schon eine Idee für deine Story hast.«

Peter blinzelte verlegen. »Naja, vielleicht. Was hältst du davon, wenn ich eine Fantasy Story schreibe, die sich auf die alten Märchen aufbaut?« Wie beiläufig ergriff er die Hand von Gu Lap. Er hatte sich bis über beide Ohren in sie verliebt und musste sich gehörig zusammenreißen, um sie nicht einfach spontan in die Arme zu nehmen und innig zu küssen. Dafür war er aber letztlich doch zu schüchtern. Innerlich total nervös, äußerlich aber betont cool sprach er weiter: »Wie dir vielleicht bekannt ist enden doch fast alle Märchen mit: ›Und wenn sie nicht gestorben sind ...‹. Doch keiner der Leser weiß bis jetzt, was weiter geschehen sein könnte. Aber irgendwie muss es doch weiter gegangen sein, oder?«

Gu Laps Augen strahlten Peter an. »Stimmt. Und hast du da an ein bestimmtes Märchen gedacht?«

Peter schüttelte den Kopf. »Nicht direkt. Allerdings habe ich immer noch das Kinderhilfsprojekt meiner Mutter im Hinterkopf. Sie träumt seit langem davon, ein Kinderland zu gründen, in dem Kinder vieler Nationen und Religionen friedlich zusammen leben können.

Vor allem solche, die von den Erwachsenen vernachlässigt oder sogar missbraucht wurden. Ich könnte mir vorstellen, dass einige berühmte Helden aus international bekannten Geschichten in meiner Story diese Idee schon in die Tat umgesetzt haben.«

»Aha. Und wer soll das sein?«

»Naja, zum Beispiel«, sagte Peter noch unsicher, »könnte Schneewittchen inzwischen Mutter geworden sein und einen Sohn haben, der in unserem Alter ist - Prinz Pedro.«

»Prinz Pedro?«, fragte sie lächelnd. »Das klingt mir sehr nach Prinz Peter. Dann ist Schneewittchen wohl deine Mutter?«

»Kannst du Gedanken lesen? Ja, ich stelle mir bei der Auswahl der Charaktere meiner Story immer einen meiner Verwandten oder Bekannten vor. Positive wie Negative.«

»Du machst mich neugierig«, sagte sie. »Ich finde, das ist eine echt geniale Idee.« Völlig unerwartet ergriff sie Peters Kinn, zog sein Gesicht ganz dicht zu sich hinüber und schaute ihm tief in die Augen. »Sag mal, komme ich etwa auch in deiner Story vor?«.

Als die S-Bahn hielt, sprang Peter auf, ergriff Gu Laps Hand und lachte. »Komm, wir müssen aussteigen. Ich erzähle dir das alles einmal in Ruhe. Was dich betrifft ...? Lass dich einfach überraschen!«

Die Magic-Show begann mit der Musik von Igor Zarewitsch, bei der er als Solo-Gitarrist à la Carlos Santana ein fantastisches Stück auf die Bühne zauberte. Dazu war eine irre Show mit Kraftakrobaten, die unter die Haut ging. Am Schluss verwandelte sich Igor in den eigentlichen Magier. Peter und Gu Lap saßen in der ersten Reihe und verfolgten gebannt das Geschehen. Nachdem er den Zauberer eingehend gemustert hatte, schaute Peter Gu Lap aufgeregt an und fragte sie:

»Sag mal, fällt dir etwas Eigenartiges auf?«

Gu Lap blickte sich um. »Mmm, mal sehen. Alle Plätze sind besetzt. Der Zauberer sieht cool aus. Aber etwas Besonderes? Nicht direkt.« Peter zeigte auf Igor Zarewitsch.

»An wen erinnert er dich?« Gu Lap sah genauer hin und plötzlich meinte sie: »Donnerwetter, der sieht ja fast wie Michael Jackson aus!«

»***GENAU***«, schmunzelte Peter. »Wenn ich nicht wüsste, dass er nicht mehr lebt, würde ich denken, er ist es. Und was mich auch wundert ist, dass die Hintergrundmusik mich an ihn erinnert.«

»Stimmt«, meinte Gu Lap.

Auf einmal verließ der Magier seinen Platz und kam direkt auf Peter und Gu Lap zu. Er wählte sie aus, bei einem seiner Tricks mitzumachen. Aufgeregt und mit zitternden Knien betraten sie die Bühne, wo Igor Zarewitsch ihnen persönlich die Hand schüttelte.
Am rechten und linken Bühnenrand war je eine Zauberbox aufgebaut, etwa mannshoch, ganz in Schwarz und mit allerlei magischen Symbolen verziert. Beide mussten in eine dieser Boxen hineingehen, die dann mit unzähligen Ketten und Schlössern versperrt und ein Stück nach oben gezogen wurden. Nach kurzen Beschwörungen von Igor Zarewitsch, verbunden mit effektvollen Blitzen und Donner, ließ man die Boxen wieder auf den Boden zurückgleiten.

Aus Gu Laps Box kam Peter heraus und aus Peters logischerweise Gu Lap. Das Publikum applaudierte wie verrückt. Igor nahm beide an die Hand und verbeugte sich mit ihnen, bevor sie wieder zu ihren Plätzen zurückgingen. Peter strahlte dabei wie ein Honigkuchenpferd. Etwas verschämt nutzte er die Gelegenheit, Gu Lap erstmals zu umarmen und an sich zu drücken. Mehr traute er sich nicht. Aber er war glückselig. Ganz gentlemanlike brachte er Gu Lap anschließend nach Hause.

Als sie vor dem Haustür angekommen waren, bedankte sie sich für den schönen Abend. Peter strahlte über das ganze Gesicht und hätte ihr am liebsten einen Kuss gegeben, doch das traute er sich noch nicht. Gerade als er ihr zum Abschied die Hand geben wollte, zog Gu Lap seinen Kopf plötzlich zu sich und gab ihm völlig unerwartet einen dicken Kuss auf die Wange. Mit einem kurzen ›Dankeschön‹ ging sie zum Hauseingang. Dort drehte sie sich noch einmal um, warf ihm einen Handkuss zu und verschwand im Haus. Peter blieb noch eine ganze Weile wie versteinert stehen. Das hatte er sich zwar schon lange gewünscht, aber in keiner Weise erwartet. Wie auf Wolke 7 schwebte er nach Hause. In seinem Zimmer angekommen, kramte er einen Schreibblock hervor, setzte sich auf sein Bett und begann erste Ideen für seine Story aufzuschreiben.

Als er am nächsten Morgen um 6 Uhr aufwachte, lagen Papier und Bleistift noch immer neben ihm im Bett. Er hatte auch noch seine - inzwischen total zerknitterten - Straßenklamotten an.

Total verschlafen ging er ins Bad, stellte seine Notizen auf die Spiegelkonsole und las sie sich während des Zähneputzens gründlich durch. Nachdem er sich frisch gemacht hatte ging er zurück in sein Zimmer und rief Gu Lap an.

Sie meldete sich erst nach mehrmaligem Klingeln: »Gu Lap Yuan - Guten Morgen.«

Mit verstellt tiefer Stimme erwiderte Peter: »Guten Morgen. Entschuldigung, bin ich vielleicht mit Weißröschen verbunden?«

Er wartete einen Augenblick. Keine Reaktion. Stattdessen hörte er nur ein Klicken. Ohne Worte hatte sie den Hörer aufgelegt. Peter lächelte verschmitzt und versuchte es erneut. Doch diesmal musste er noch länger warten bis sich Gu Lap wieder meldete, und außerdem fragte sie sogleich in einem scharfen Tonfall:

»Hallo, wer ist denn da? Bitte lassen Sie die dummen Scherze! Hier ist Gu Lap Yuan und kein Weißröschen oder wer auch immer!«

Peter lachte und sagte: »Ich bin es doch nur Weiße Rose. Der Poet von nebenan, der keine Ahnung hat wie man ein Buch schreibt.«

Gu Lap, die noch im Bett lag, setzte sich schlagartig kerzengerade hin und kicherte: »Also das ist ...« Vor Lachen brachte sie kaum noch einen Ton heraus. Erst als sie sich wieder ein wenig beruhigt hatte, konnte sie weitersprechen: »Wie kannst du mich nur so veralbern. Eigentlich hätte ich´s mir denken können, dass du es bist. Aber so früh am Sonntagmorgen?«

»Entschuldigung Durchlaucht, habe ich Ihre Majestät in ihrem fürstlichen Schlaf gestört?«

»Du alberner Kerl, na klaro. Aber was treibt dich dazu, mich in aller Frühe anzurufen? Und ... weshalb fragst du mich nach ... äh, wie war der Name? Ach ja, Weißröschen. Ist das vielleicht mein Name in deiner Story?«

»Du warst doch gestern so furchtbar neugierig und wolltest wissen, ob du auch in meiner Geschichte eine Rolle spielst. Heute Nacht ist mir die Idee gekommen. Weißröschen ist eine Prinzessin weil, na, weil??« ... Er hielt einen Augenblick inne. » ... Gu Lap? - Weiße Rose? - Weißröschen? - und - macht´s klick bei dir?«

Gu Lap schmunzelte nachdenklich. »Stopp mein Prinz! Wenn du mich in deinem Buch verewigen willst, brauchst du jedenfalls erst meine Genehmigung - und die wird teuer.«

»Oh!«, schmunzelte Peter. »Das muss ich mir dann aber doch noch mal genau überlegen. Am Besten, du kommst heute Nachmittag zu mir und ich werde dir den Anfang meiner Geschichte erzählen.«

»Gut, ich komme«, antwortete sie lächelnd. »Jetzt hast du mich erst richtig neugierig gemacht.«

Am Nachmittag stand Gu Lap vor Peters Wohnung und klingelte. Er öffnete die Tür, machte eine galante Verbeugung und meinte schelmisch: »Willkommen in meinem bescheidenen Reich, Prinzessin Weiße Rose, äh sorry, Weißröschen. Tretet bitte ein. Ihr werdet schon ungeduldig von meinem gesamten Hofstaat erwartet.«

Gu Lap lachte und spielte die Szene mit einem tiefen majestätischen Knicks weiter. »Ich grüße Euer Hochwohlgeboren. Prinz - äh? - Wie ist bitte Euer Name? - Darf meine Wenigkeit eintreten?«

Peter verneigte sich erneut. »Pedro, mein Name ist Prinz Pedro. Euer Besuch ehrt mich in höchstem Maße.«

»Aha! Das kommt mir aber sehr spanisch vor«, lachte sie.

»So ist es, Majestät, so ist es. Mein Vater ist von spanischem Geblüt, allerdings nur in meiner Story«, lachte Peter.

»Deshalb der Name.« Schmunzelnd betraten sie die Wohnung.

In Peters Zimmer hatten alle Stofftiere selbstgebastelte Papierkronen auf dem Kopf. Auf dem Tisch lagen die ersten Notizen seiner Story.

»Ich habe dir ja schon einmal von Schneewittchen erzählt, die ihr neues Kinderland

»New Kids Future World«

vor ihrem Schloss errichtet hat. Ich würde meine Story folgendermaßen anfangen. Aber setz´ dich erst einmal.«

Gu Lap setzte sich entspannt im Schneidersitz auf Peters Bett, auf das er extra viele weiche Kissen verteilt hatte, und schaute ihn neugierig an. Peter, der sich mit den Notizen an den Schreibtisch gesetzt hatte, zwinkerte schelmisch und holte tief Luft. Doch plötzlich hielt er inne und verneigt sich noch mal.

»Majestät, entschuldigt bitte. Ich habe etwas Wichtiges vergessen.« Er nahm ein Streichholz und zündete die Kerzen an, die er überall im Zimmer verteilt hatte.

Dann holte er ein Blatt Papier aus der Schreibtischschublade und zeigte es Gu Lap.

»Hier, schau mal. Das ist das Logo für das geplante Kinderland-Projekt meiner Mutter. Wie gefällt es dir?«

Sie nahm das Blatt in die Hand und meinte bewundernd:

»Das sieht ja toll aus. Wer hat das gemacht?«

»Das war Muckl. Er ist ein wahres Genie, was Computergraphik anbelangt. Das wissen unsere Lehrer in der Schule auch. Deshalb darf er sich die eine oder andere Extravaganz leisten.« Er zeigte auf das Baby in dem Logo. »Übrigens, das Baby ist meine große Schwester Hanna. Sie wurde nach der Schwester meiner Mutter benannt.«

»Du hast eine große Schwester?«, fragte Gu Lap neugierig.

Peter nickte. »Ja. Sie ist allerdings derzeit als Aupairmädchen bei einer Familie den USA. Sie kommt Weihnachten nach Deutschland. Vielleicht lernt ihr euch dann ja kennen. Sie ist eine ganz liebe und sehr sportliche junge Frau. Aber jetzt zu meiner Story.«

NAO saß an seinem Schreibtisch. Mit der einen Hand kraulte er Hemingway, der zufrieden auf seinem Schoß schnurrte, mit der anderen Hand klopfte er auf das Buch vor sich und atmete tief durch. Erleichtert wandte er sich an SALI.

»Na endlich fängt ›Prinz Pedro‹ mit der Story an. Ich traue ihm zwar immer noch nicht richtig zu, etwas Ordentliches zu schreiben, aber das wird sich hoffentlich ändern.« Leicht grinsend sagte er noch: »Die Idee, dass Schneewittchen inzwischen Mutter geworden ist, finde ich aber ganz witzig. Mal sehen, wie es weitergeht. Hoffentlich überwältigt ihn die Liebe nicht so sehr, dass er alles andere um sich herum vergisst.« Dann stand er auf und ging hinüber zu SALI an den Monitor, auf dem Peter und Gu Lap zu sehen waren.

Peter überlegte noch einmal kurz und sagte dann zu Gu Lap: »Ach so, eins möchte ich dir noch erklären. Wie ich dir schon gesagt hatte, stelle ich mir bei den Hauptfiguren in meiner Geschichte Leute aus meinem Verwandten- und Bekanntenkreis vor. So zum Beispiel: Dich«, dabei schmunzelte er strahlend, »als Prinzessin Weißröschen, der Tochter von Königin Dornröschen. Und ... meine Mutter ist Schneewittchen. Doch manche, die ich nicht besonders leiden kann sind zum Beispiel Cindy, die Tussi von meinem Vater - sie ist Tarantella, die böse dreizehnte Fee aus dem Märchen ›Dornröschen‹. Bei Rumpelstilzchen, dem Gehilfen von Tarantella, bin ich mir noch nicht sicher, wen ich aus meinem Bekanntenkreis dafür einsetze.«

Ein verschmitztes Schmunzeln konnte er sich nicht verkneifen.

»Auf alle Fälle ist er ein total bescheuerter Typ. Und dann??!! - Du wirst sicherlich lachen, habe ich auch an den Zauberer Igor Zarewitsch gedacht. Ist eben erst einmal so eine Spinnerei von mir.«

»Donnerwetter!«, staunte Gu Lap und griff sich an den Kopf.

»Du solltest aber noch niemandem davon erzählen. Vor allem denjenigen nicht, die du mit keiner Ruhmesrolle bedacht hast.«

Peter zuckte mit den Schultern.

»Weshalb eigentlich nicht? Schließlich hat mir doch der Muschelgeist genau das empfohlen. Na gut. Aber dir kann ich doch schon mal den Anfang anvertrauen, oder?«

Gu Lap nickte nur und Peter begann zu erzählen.

NAO hatte sich wieder an seinen Schreibtisch gesetzt. Er schlug die leere Seite seines großen Buches auf und konnte sich nicht verkneifen zu sagen: »Na, nun sind wir aber alle sehr gespannt. Ich werde jedenfalls wie der Teufel aufpassen, ob sich der Knabe auch etwas Gescheites ausgedacht hat. Auf alle Fälle werde ich alles in meinem Buch mitschreiben. Man weiß nie, wozu das gut sein kann.« Genüsslich steckte er in Gedanken seine Tabakspfeife an und schaute zum Monitor. Dabei trommelte er mit den Fingern ungeduldig auf das Buch und brummelte: »So, Peter, nun gib endlich Gas und spann mich nicht länger auf die Folter!«

Peter atmete tief ein und begann mit wichtiger Miene zu sprechen. »Also ... Ich würde die Story so nennen: ›Die Geschichte von Weißröschen und Prinz Pedro‹ oder ›Das Buch von Atlantis‹ oder, oder, oder ...«

Gu Lap schmunzelte. »Na, wie denn nun? Und fängt sie gar nicht mit dem berühmten ›Es war einmal‹ an?«

Peter schüttelte heftig den Kopf. »Auf keinen Fall. Sie fängt mit den Hochzeitsvorbereitungen von Prinz Pedro und Weißröschen an. Aber lass dich einfach überraschen.«

»Aha, du gehst ja gleich in die Vollen. Nur gut, dass es eine Story ist, denn ich habe nicht vor in nächster Zeit zu heiraten.«

»Nein?«, lachte Peter. »Eigentlich schade. Da bin ich aber froh, dass du nichts dagegen hast, mich wenigstens in meiner Story zu heiraten.«

Peter las ihr das bis dahin Aufgeschriebene vor, was eine gute halbe Stunde dauerte. Danach herrschte für ein paar Sekunden Stille im Zimmer. Peter war unheimlich aufgeregt und konnte es kaum erwarten, Gu Laps Meinung zu hören, daher kam ihm diese kurze Zeit der Ungewissheit wie eine Ewigkeit vor. Schließlich konnte er sich nicht mehr zurückhalten und fragte ungeduldig:

»Na, wie findest du das bis jetzt?«

Gu Lap saß noch immer im Schneidersitz auf Peters Liege. Sie schüttelte den Kopf und schaute Peter mit großen Augen an. »Mann oh Mann, das ist ja mitunter richtig gruselig. Meinst du, das Buch öffnet sich, wenn du solche grausamen Ereignisse in deine Geschichte schreibst?«

Peter dachte kurz darüber nach. »Na klar ist manches nicht schön. Aber das Leben ist eben nicht nur sonnig und problemlos.« Er holte tief Luft. »Und so ist es auch in der Story. Zum Beispiel wenn ›unsere‹ Hochzeit durch eine bösartige Fee und gruselige Monster auf ganz grausame Art verhindert werden soll. Aber vor allem - und das habe ich ja leider nicht nur für meine Geschichte erfunden - wenn ich über das Schicksal von Kindern schreibe.«

Gu Lap sagte nachdenklich: »Stimmt. Bis jetzt gefällt es mir auch ganz gut. Aber die Story endet doch hoffentlich positiv?« Jetzt konnte sie sich ein Schmunzeln nicht verkneifen. »Und manchmal benutzt du Ausdrücke - mein lieber Herr Gesangsverein!«

Peter grinste. »Danke. Über das Ende habe ich mir jedoch noch keine Gedanken gemacht. Und die Ausdrücke? Die sind doch aus dem Leben gegriffen, oder?«

»Wie du meinst«, erwiderte sie. »Auf alle Fälle bin ich neugierig. Vor allem, was ich in deiner Story alles erleben werde. Wie geht es denn weiter?«

»Na, weiter bin ich noch nicht. Ich bin ja schließlich keine ›Schreibmaschine‹ oder ›superintelligenter Computerchip‹.«

»Eins wüsste ich aber noch gerne.«

Peter schaute sie fragend an. »Was denn?«

»Du bist doch, beziehungsweise Prinz Pedro ist ja nun in deiner Story die Hauptfigur. Bis jetzt bist du aber eigentlich noch gar nicht so richtig in Aktion getreten.«

Peter schaute sie ganz irritiert an. »Ja und?«

Gu Lap griff nach einer alten Tageszeitung, die neben dem Bett auf dem Boden lag, und schlug die Seite mit dem Filmprogramm auf.

»Hier kannst du es schwarz auf weiß sehen und lesen. Die Menschen brauchen Helden, um die sich alles dreht und die unter Einsatz ihres Lebens um Gerechtigkeit kämpfen. Ob nun fair oder nicht. Sie brauchen jemanden, der das Zepter in der Hand hat und am Schluss siegt.« Peter runzelte die Stirn.

»Aha, du meinst also, ich sollte mich oder Prinz Pedro lieber als eine Art Superhelden darstellen, der als Kraftprotz oder mit utopischen Waffen für ›***seine***‹ Gerechtigkeit kämpft und ganz lässig seine Gegner umnietet?«

Sie suchte nach richtigen Worten. »Nein, so meine ich das nicht.«

»Und wie meinst du es dann?«, fragte Peter genervt.

»Sei doch nicht gleich sauer«, beschwichtigte sie. »Ich sehe doch, was für Filme gedreht und Bücher herausgegeben werden, um die Jugend heutzutage hinterm Ofen hervorzulocken. Und was für Superhelden ihnen da präsentiert werden - Na hallo ballo!«

Peter warf seine Notizen wütend auf den Boden und baute sich wie ein Superheld, die Muskeln seiner Arme stark angespannt, vor Gu Lap auf. »Und nun erkläre mir nur das Eine. Wer sollen in meiner Geschichte die Helden sein? Rambo, Terminator oder vielleicht der scheinheilige Prinz, der vorbei kam und ganz zufällig mit dabei war als Schneewittchen ohne sein Zutun wieder zum Leben erwachte?«

Er schüttelte heftig seinen Kopf. »Nein, für mich sind es die kleinen tollpatschigen Zwerge oder Schneewittchen selbst! Ehrlich, ich hatte nicht vor ›Terminator Teil 324‹ zu schreiben. Da würde sich meiner Meinung nach das Buch von Atlantis auch nicht öffnen.« Er ging ganz aufgeregt in seinem Zimmer auf und ab, während Gu Lap ihm verunsichert zuschaute. Sie wollte etwas sagen, aber Peter winkte nur mürrisch ab. Er setzte sich neben sie, nahm ihre Hand und schaute ihr eindringlich in die Augen.

Dann ging er zum Fernseher und schaltete ihn ein. Er legt eine DVD ein und man sah einen Bericht über Kinder. Dazu sagte er:

»Ich kann mit diesen aufgedonnerten, hypergestylten, zumeist geistigen Tieffliegern wirklich absolut nichts anfangen. Für mich sind die Menschen Helden, die ohne spektakuläre Aktionen großartige Dinge vollbringen.« Man sah einen Bericht von UNICEF über Kinder in der Dritten Welt, die im Müll nach Essbarem wühlten.

Peter tippt Gu Lap auf die Schulter. »Sieh´ genau hin! Das sind Helden, vor denen ich den Hut ziehe. Kinder, die im Müll der reichen und feinen Wohlstandsgesellschaft nach Essen suchen und um ihr nacktes Überleben kämpfen. Oder Menschen, die ohne großen Wirbel um sich zu machen, Hilfebedürftigen - vor allem Kindern - uneigennützig helfen. Und auch die, die trotz ihrer beschissenen Lage nicht klagen und ihren Schöpfer in einem bescheidenen Gebet um Hilfe bitten. Auf keinen Fall Rambo oder solcher Schrott.«

Gu Lap zog ihre Hand zurück, die Peter wieder ergriffen hatte, stand auf und blickte ihn völlig verstört an. »Du hast mich wahrscheinlich nicht richtig verstanden. Ich stelle mir nicht vor, dass du ›Charakterrollen‹ wie Rambo als das Vorbild für Prinz Pedro in die Story einbauen sollst. Aber eine gewisse Größe sollte bei ihm schon zu erkennen sein.«

Peter stand langsam auf, hob seine Notizen auf und verstaute sie im Schreibtisch. Ohne Gu Lap anzusehen sagte er mit kalter Miene:

»Ich habe nichts dagegen. Wenn du willst, dann schreibe doch selbst eine Story mit deinen Helden. Ich habe keine Lust etwas zu schreiben, wo solche Großkotze angehimmelt werden!« Dann packte er die alte Zeitung, warf sie wütend in den Papierkorb, setzte sich auf sein Bett und vergrub das Gesicht in den Händen. So verharrt er eine ganze Weile und merkte gar nicht, dass Gu Lap wortlos ging.

Als das Telefon ein wenig später klingelte, nahm er den Hörer ohne aufzusehen ab und murrte genervt: »Hallo, hier Manong.«

Es war sein Vater, der mit ihm über einen Termin in dessen Studio sprechen wollte. Peter hörte einen kleinen Augenblick zu und wurde langsam wieder ruhiger. Schließlich sagte er nur: »Okay Dad, ich werde Gu Lap gleich fragen. Sie ist gerade bei mir.«

Erst jetzt bemerkte er, dass sie nicht mehr da war. Etwas verwirrt stammelte er: »Ähm, ähm - sorry, sie ist schon gegangen. Ich werde sie später anrufen und dir Bescheid geben, wann wir zu dir ins Studio kommen können. Okay? Bye.«

Jetzt wurde ihm bewusst, dass er Gu Lap Unrecht getan hatte. Enttäuscht und zugleich wütend über sich selbst schrie er laut: »Ich Riesenrindvieh, was ist nur in mich gefahren? Jetzt kann ich mir die Freundschaft von Gu Lap wohl abschminken. Und Liebe? Vergiss es, Prinz Pedro!« Wütend auf sich setzte er sich wieder auf sein Bett.

NAO hatte die ganze Szene durch sein Fernrohr beobachtet. Als er sah, wie sich Gu Lap heimlich aus Peters Zimmer schlich, wandte er sich an SALI:

»Na, jetzt haben wir den Salat. Peter ist sauer, weil Gu Lap seine Rolle als Prinz Pedro zu unterbelichtet fand.« Er kratzte sich missmutig am Kopf. »Und dann ärgert er sich auch noch über seine eigene Unbeherrschtheit und darüber, dass er Gu Lap, in die er augenscheinlich total verliebt ist, vergrault hat. Und wie wird er jetzt wohl seinen Frust bekämpfen? Natürlich, indem er sich in seine Musik vergräbt. Seine Story wird ihn in der nächsten Zeit mit Sicherheit nicht sonderlich interessieren. Ich sehe schwarz dafür, dass er die Muschel jemals öffnen wird. Obwohl ich es nicht schlecht fand, was er sich bis jetzt ausgedacht hat, zweifele ich immer noch daran, dass er der richtige Typ ist, so eine Geschichte zu schreiben.« Etwas nachdenklich fügte hinzu: »Aber immerhin sind meine Zweifel nicht mehr ganz so stark wie am Anfang.«

SALI überlegte kurz, was zu tun war. »Ich kann Euch ja verstehen Meister, aber wendet Euch doch am besten noch einmal an Alix«, schlug er schließlich vor.

NAO nickte, nahm das Mikro und meinte etwas ironisch: »Hallo, du geheimnisvoller WER-AUCH-IMMER, kannst du mich hören?«

Es dauerte auch nicht allzu lange, da erschien auf dem Monitor die bekannte Schrift. Man hörte wie immer zuerst das Zwitschern und dann die Stimme von Alix.

»Hallo. Ich kann euch gut und deutlich hören. Was gibt´s denn?«

»Na, ihr habt doch bestimmt verfolgt was sich Peter bis jetzt ausgedacht hat, oder?«, antwortete NAO etwas unwirsch. »Und, was meint ihr? Ist seine Story für das Buch von Atlantis geeignet?«

»Nur keine Panik, mein lieber NAO. Bis jetzt möchten wir uns dazu noch nicht äußern. Es ist einfach noch zu früh.«

NAO lehnte sich nachdenklich in seinem Stuhl zurück. »Aha - gut - wenn ihr meint. Dann bin ich ja beruhigt. Am besten ist es, ihr meldet euch bei uns, wenn ihr dazu eine Meinung habt, okay?«

Alix erwiderte in einem beruhigenden Tonfall: »Aber natürlich! Da gibt´s überhaupt keine Frage. Also, dann bis zum nächsten Mal.«

»Okay«, stöhnte NAO, »bis später.«
Er wandte sich wieder an SALI: »Na toll. Nun sind wir genauso schlau wie vorher.«

»Ich muss es Euch immer wieder sagen«, meinte SALI mit einem milden Lächeln, »habt Geduld Meister, nur Geduld. Jetzt haben wir beide erst einmal zwei freie Geistertage, können ausschlafen und uns erholen. Morgen Nachmittag kommen auch ein paar Freunde zum Kaffeetrinken - TECCO, COLO und LYRA -, da werde ich meine berühmte Schokoladentorte servieren. Und danach werden wir dann weitersehen. Einverstanden?«

NAO zuckte mit den Schultern und bevor SALI den Computer ausschaltete, sahen sie noch, wie Peter sein Keyboard anschaltete. »Was hab ich gesagt! Seine Musik ist ihm wichtiger«, meinte NAO und verließ mit einer resignierten Handbewegung den Raum.

Tatsächlich begann Peter einen neuen Lovesong zu schreiben. Der Text handelte von seinem Glück, den Liebeskummer mit seiner Liebe zur Musik wenigstens teilweise ausgleichen zu können. Er nannte ihn:

›*Lovesong to the Music*‹.

Während der nächsten Tage hörte er nichts von Gu Lap, und er traute sich auch nicht, sie anzurufen. Es war eine qualvolle Zeit für ihn.

Doch am Freitag sah er sie zufällig vor dem Chemieraum stehen und mit einem anderen Mädchen reden und kichern. Kurz entschlossen trat er auf sie zu und blieb verlegen vor ihr stehen. Während sich das andere Mädchen schnell verabschiedete und ging, wussten die beiden zunächst nicht, was sie sagen sollten. Schließlich fasste sich Peter ein Herz und entschuldigte sich aufrichtig für sein Verhalten. Sie sprachen sich aus und gaben beide zu, Fehler gemacht zu haben und es schade zu finden, wenn sie sich nicht mehr verstehen würden. Peter war heilfroh, dass sich alles wieder zum Guten gewandt hatte.

Als Gu Lap gegangen war, nahm er die Demo-CD von seinem neuen Song ›*Lovesong to the Music*‹, ging zu seinem Nachbarn, einem pensionierten Opernsänger, zeigte ihm den deutschen Text und spielte ihm das Lied vor. Herr Melah, der ihm ab und zu auch Gesangsunterricht gab, hörte sich das an und lobte Peter.

»Sehr schön Peter. Aber wie so oft, nicht einfach zu singen. Lass die CD hier. Ich werde mich wieder mal damit beschäftigen.«

Peter bedankte sich und ging nach Hause.

Am nächsten Tag saß er mit Gu Lap im Studio seines Vaters am Mischpult. Im Aufnahmeraum gegenüber war ein Chor mit Kindern aus seiner Schule versammelt. Nach der Aufnahme zog er die Regler am Mischpult runter und sagte: »So, das wäre geschafft. Jetzt eine kleine Pause und dann mache ich einen Raffmix von dem Song.«
Er schaute hinüber zu den Kindern und rief ihnen zu: »Hallo - ihr kleinen Stars. Das habt ihr wirklich wunderbar gemacht. Ich danke euch vielmals und wenn ich den Mix gemacht habe, bekommt jeder von euch eine CD. Tschau, und kommt gut nach Hause.« Die Kinder setzten die Kopfhörer ab, verabschiedeten sich und gingen.

Gu Lap winkte den Kindern nach und wandte sich dann an Peter: »Hör mal Peter, ich bekomme doch auch eine CD, oder?«

»Na klar, das ist doch keine Frage. Aber jetzt machen wir erst einmal eine Pause«, sagte er.

Sein Vater klopfte Peter auf die Schulter. »Donnerwetter, da haste dir ja wat einfallen lassen. Das ist ja richtig aufwendig und wäre bestimmt ne teure Produktion. Meinst du, ihr findet eine Plattenfirma die das produziert? Die meisten wollen doch eigentlich nur so ´nen Low-Budget-Kram. Es darf alles möglichst nix kosten und mit ´nem höheren Anspruch haben sie auch nicht viel im Sinn.«

Peter zuckte mit den Schultern. »Ist mir sch... egal. Ich kann eben nur hoffen, dass irgendwann einmal - wie es in dieser Branche oft ist - die richtige Person am richtigen Ort zum richtigen Zeitpunkt das Band in die Hände bekommt. Ich halte nichts davon, wenn auf der Bühne nur so ´n Hampelmann rumtobt und im Höchstfall noch ein paar Animiertypen um ihn herumspringen. Und textmäßig??? Vergiss es schnell und für immer.«

Adam lachte. »Na okay, ich drücke dir die Daumen. Jetzt geh´n wir zum Pool und futtern erstmal ne Kleinigkeit.«

Gu Lap verabschiedete sich und fragte Peter verlegen: »Sag´ mal, du bist wirklich nicht mehr sauer wegen meiner Ansage neulich über deine Story?«

Peter schüttelte den Kopf und stupste sie freundlich an die Schulter. »Nein. Aber das Schreiben strengt mich ganz schön an.«

Gu Lap lächelte erleichtert. Ein paar Tage später saß sie in ihrem Zimmer, nahm ihr Exemplar der Demo-CD von Peters Song, steckte sie mit einem dazugehörigen Schreiben in ein Kuvert und klebte eine Briefmarke darauf. Dann brachte sie den Brief zum Briefkasten.

Vierzehn Tage später war Peter gerade aufgestanden, als seine Mutter Marie-Luis müde und geschafft von der Nachtschicht im Krankenhaus nach Hause kam.

»Hi Mom, wie war die Schicht?«, fragte er sie und gab ihr einen Kuss auf die Wange.

»Anstrengend«, seufzte sie und gähnte herzhaft. »Wir hatten auf meiner Station gleich drei Notfälle - so viele sind es normalerweise nie. Jetzt freu ich mich erstmal auf ein Frühstück und dann leg ich mich für ein paar Stunden ins Bett. Ach so - bevor ich es vergesse - gestern Abend kam ein Brief für dich.« Sie drückte ihn Peter in die Hand. »Hier.«

Erstaunt schaute sich Peter den Brief an. Völlig verblüfft öffnete er ihn.

YC TV - Young Creators Television

Lieber Peter,
folgende Teilnehmer wurden ausgewählt und sind im Endausscheid:

1. **YOUNG OLD-FASHIONED** aus England mit:
Your Friends Will Be There

2. **POWER & EMOTION** aus Deutschland mit:
Children Of This World

3. **CRAZY RHYTHM** aus Litauen mit:
You Are So Cool

Herzlichen Glückwunsch! Das Team von
›The Best Songwriters From Europe‹

Verwundert steckte Peter den Brief in seine Schreibtischschublade. Er konnte es sich überhaupt nicht erklären, wieso ausgerechnet er von den Initiatoren des Wettbewerbes Post bekommen hatte. Doch viel Zeit darüber nachzudenken hatte er nicht, denn er musste sich für die Schule fertigmachen.

Als Peter den Schulhof betrat, sah er Specky und auch die anderen Musiker schon von weitem an der üblichen Stelle stehen und ganz aufgeregt diskutieren. Kaum hatte Specky ihn entdeckt, da kam er mit hasserfülltem Gesicht auf ihn zu. Breitbeinig blieb er vor Peter stehen und begrüßte ihn mit einem lang gezogenem: »Eeeey, Ludwig, wie geht es unserem jungen Hyperkomponisten heute?«

»Ich weiß zwar nicht was du meinst«, fragte Peter verwundert, »aber vielen Dank für das Kompliment.«

Außer sich vor Wut begann Specky loszubrüllen: »Kompliment? Kompliment!!!? Du hinterhältige Mistsau!! Ick habe dir doch ausdrücklich gesagt, dass du mir nicht in die Quere kommen sollst, wenn es um den Wettbewerb geht. Aber was macht ›Seine Hinterhältigkeit‹ hinter meinem Rücken? Er schickt seinen eigenen Käse ein! Und der wird auch noch von der bescheuerten Jury ausgewählt.«

»Was heißt hier hinter deinem Rücken? Spinnst du, ich habe ...« Weiter kam Peter nicht, denn Specky ging zwei Schritte auf ihn zu, holte aus und schlug ihn mit seiner Faust mitten ins Gesicht.

Peter fiel auf der Stelle um und knallte dabei mit der Stirn auf die steinerne Einfassung eines Baumes. Bewusstlos blieb er liegen und blutete stark am Kopf.

Gu Lap, die die Szene aus einiger Entfernung mit angesehen hatte, kam sofort angerannt und schrie Specky an: »Was hast du bescheuerter Idiot gegen Peter?« Wütend zeigte sie auf sich. »Ich«, und dabei stupste sie sich auf die Brust, »habe den Song von Peter abgeschickt!«

Specky hatte noch gar nicht richtig begriffen was mit Peter geschehen war. Während sich Till um den Verletzten kümmerte, ging er auf Gu Lap zu und machte auf cool.

»Aha, also du warst das. Na ganz fantastisch, ey.« Mit der Faust boxte er gegen ihre Schulter, aber sie blieb noch ziemlich gelassen, ging in eine Kung-Fu Stellung und schaute ihn lediglich giftig an.

Großkotzig blaffte Specky: »Ach was, jetzt willst du mich wohl einschüchtern, wa? Ich kack´ mir auch gleich vor Angst in meine Hosen!« Er lachte hämisch und wollte gerade ihren Arm packen, doch Gu Lap griff nur ganz kurz zu und Specky landete in hohem Bogen unsanft auf der Erde. Die Schüler in der Nähe klatschten begeistert.

Da endlich kamen auch die Lehrer der Pausenaufsicht angerannt und beendeten das Gerangel. Peter, der immer noch ohnmächtig war, wurde von Sanitätern mit einem Rettungswagen abgeholt und ins Krankenhaus gebracht.

NAO und SALI, die die Prügelei auf ihrem Computermonitor mit angesehen haben, sahen sich betreten an. Fassungslos schüttelte NAO den Kopf.

»Das kann doch alles nicht wahr sein. Jetzt haben Peter und Gu Lap Gott sei Dank wieder zusammengefunden, da kommt dieser Rambo-Verschnitt Specky und schlägt Peter krankenhausreif. Irgendwie ist da der Wurm drin. Leider nicht der Bücherwurm - oder wie siehst du das?«

Auch SALI war ratlos. »Also ehrlich gesagt, Meister, ich kann mir auch nicht vorstellen, dass aus dem ganzen Unternehmen etwas wird.« Sie sahen, wie Peter in die Klinik eingeliefert, verarztet und in ein Krankenhausbett gelegt wurde. NAO fehlten die Worte; besorgt verfolgte er jede Bewegung der Ärzte und stieß nur hin und wieder ein leises Seufzen aus.

SALI jedoch überlegte kurz und hatte plötzlich eine Idee: »Meister, Ihr solltet Euch mal mit Eurer Freundin ROMA treffen. Vielleicht findet ihr zusammen eine Möglichkeit, Peter zu veranlassen, sich etwas mehr mit der Story zu beschäftigen.«

NAO schaute ihn dankbar an. »SALI, manchmal hast du wirklich geniale Einfälle.«

In vorgespielter Empörung zog SALI die Augenbrauen hoch.

»Nur manchmal!?«

»Naja, nicht immer - aber immer öfter«, entgegnete NAO lachend. »Okay, dann mach ich mich auf den Flug. Bis später.« Und mit diesen Worten verließ er die Burg.

ROMA saß - wie fast jeden Tag - an der riesengroßen Kirchenorgel inmitten ihrer Kathedrale und arbeitete an einer besinnlichen Ballade, als mit einem lauten Krachen die Tür aufflog. Der völlig zerzauste NAO kam wie eine Rakete hereingedüst und steuerte direkt auf sie zu. ROMA erschrak derart, dass ihr dickes Liederbuch auf die Tasten fiel und ein lauter grässlicher Akkord erklang. Als NAO kurz vor ihr anhielt, meinte sie nur:

»Sei gegrüßt, mein Lieber. Also, wenn deine Geschichten so sind, wie du hier hereingestürmt kommst, fliegen darin wohl nur so die Fetzen. Ein bisschen mehr Gefühl bitte!«

»Sorry, aber ich brauche ganz dringend deine Hilfe«, entschuldigte sich NAO und wurde ein bisschen dunkelblau. - Die Menschen werden ja rot, wenn sie sich schämen. - Die Geister jedoch total dunkelblau.

»Kein Problem, aber bleib cool«, entgegnete ROMA gelassen.

Die beiden setzten sich an einen Tisch und NAO erzählte seiner Freundin die Geschichte mit Peter. Sie hörte gespannt zu und unterbrach ihn nicht ein einziges Mal.

Erst als er fertig war, ergriff sie das Wort:

»Also mein Lieber, ich sehe da eine Möglichkeit. Peter liegt jetzt im Krankenhaus. Ohne Computer und Keyboard kann er sich dort wohl kaum mit Musik beschäftigen. Am besten, du besuchst ihn auf unsere geniemanische Art und lenkst seine Gedanken auf das Buch. Ich werde ihn in Bezug auf Musik in nächster Zeit auch in Ruhe lassen - versprochen!«

Erleichtert atmete NAO auf, während ROMA zurück an ihre Orgel ging.

»Komisch«, sagte sie dann. »Wie es der Zufall so will, bastele ich gerade an einem neuen Song für Peter, der wunderbar in das Projekt seiner Mutter passen könnte. Hör doch mal.« Sie spielte ihm den Anfang des Songs ›*Guardian Angel*‹ vor, und NAO hörte völlig fasziniert zu. Danach bedankte und verabschiedete er sich und schwebte - diesmal sanft wie ein Engel - schnurstracks ins Krankenhaus, wo Peter lag.

Peters Erlebnis im Krankenhaus

Peter lag mit verbundenem Kopf im Bett und war gerade aus der Bewusstlosigkeit erwacht, als eine junge und hübsche Krankenschwester ins Zimmer kam und vorsichtig sagte: »Guten Morgen, ich bin Schwester Kirsten. Na, wie geht es dem jungen Schnitzel?«

Peter verzog schmerzvoll das Gesicht. »Guten Morgen? Also „gut" kann ich wirklich nicht gerade sagen. Mein Kopf dröhnt, als wäre er beim Start eines Jets unter einer der Düsen angebunden.« Er tastete vorsichtig an seinem Verband herum und machte ein düsteres Gesicht. »Können Sie das nicht abstellen?«

Schwester Kirsten streichelte ihm liebevoll die Hand:

»Na klar, dafür bekommst du jetzt ein absolut geniales, wie ein Wunder wirkendes Mittelchen. Danach schläfst du garantiert erst einmal ein paar Stunden - wie ein Prinz.«

Peter lächelte mit säuerlicher Miene. »Also, an Wunder glaube ich weniger. Aber ein Prinz wollte ich immer schon mal sein. Jetzt fühle ich mich allerdings wie jemand, der beim Fußball einen Ball aus Eisen ins Tor geköpft hat.«

Dann schaute er die Schwester fragend an. »Apropos - Schnitzel? Wieso haben Sie mich eigentlich mit ›junges Schnitzel‹ angesprochen? Sehe ich etwa aus, als hätte man mir mein Gesicht paniert?«

»Nein«, lachte Kirsten. »Weißt du denn nicht, dass man sich unter jungen coolen Typen schnucklig aussehende Jungs mit ›Schnitzel‹ bezeichnet?«

Peter schmunzelte. »Also echt. Ich kenne ja viele abgefahrene Ausdrücke, aber Schnitzel - das ist mir tatsächlich noch nicht übern Weg gelaufen. Danke für das Kompliment.«

Er nahm das Glas Wasser, schluckte eine Pille, legte sich hin und schlief schon kurze Zeit später ein. Dabei erlebte er etwas sehr seltsames und war sich hinterher nicht einmal mehr sicher, ob es tatsächlich passiert war, oder ob er es nur geträumt hatte. Jedenfalls wachte er auf und in seinem Krankenzimmer lag in dem Bett auf der anderen Seite des Zimmers ein älterer Mann.

Es war NAO in menschlicher Gestalt, doch das wusste Peter natürlich nicht. Er betrachtete ihn eine ganze Weile sehr nachdenklich.

Dann fragte er etwas unsicher: »Guten Morgen. Entschuldigung, kann es sein, dass ich sie kenne?«

NAO schaute zu Peter hinüber und sagte freundlich lächelnd: »Guten Morgen, mein junger Freund. Ob du mich kennst oder nicht - kann sein, kann auch nicht sein. Ich weiß es nicht.«

Peter grübelte und grübelte. »Also, irgendwie kommt es mir so vor, als hätte ich Sie schon mal im Fernsehen gesehen. Aber wo und wann? Halt!« Er griff sich an den Kopf. »Jetzt fällt´s mir wieder ein. Sie sind doch dieser Zeitungsreporter, oder? - Dieser? - Jetzt komme ich nicht auf den Namen. Ist der nicht? - Ähm, - Moment, Moment, na klar - Kurt Schlä ..., oder? Ach nein.«

NAO lachte innerlich, tat aber verstellt unschuldig: »Kann sein, kann auch nicht sein. Aber sag mal, was ist denn mit dir passiert?«

Peter wollte nicht darüber sprechen, schaute weg und sagte nur: »Ach, das ist eine ziemlich lange Geschichte.«

NAO tröstete Peter: »Naja, du hast doch jetzt bestimmt Zeit, mir etwas von deinem Schicksal zu erzählen, oder? Und übrigens, sag einfach Opa zu mir, dann kannst du nichts falsch machen.«

»Cool«, meinte Peter. »Ich habe nämlich keinen Opa mehr und der fehlt mir oft.« Er kuschelte sich in sein Kissen. »Nebenbei gesagt - mein Name ist Peter. Aber wenn ich schon Opa zu dir sagen kann, dann kannst du mich auch Prinz Pedro nennen, okay?«

NAO entgegnete lachend: »Alles klar, Prinz Pedro. Aber jetzt möchte ich doch wissen, weshalb du hier gelandet bist.«

Peter stöhnte, erzählte dann aber doch: »Na gut, wenn es dich interessiert Opa. Also, es fing eigentlich mit meinem Urlaub auf Teneriffa an. Ich war mit meinem Dad dort. Irgendwie habe ich ein sehr seltsames Buch in einer großen Muschel im Wasser entdeckt. Ich kann es mir bis heute nicht wirklich erklären, aber es war nun einmal so.« Er schloss die Augen und sah in Gedanken noch einmal, wie er auf dem Felsen im Wasser saß und die Muschel entdeckte. Nachdem er seine Geschichte bis zu dem Punkt erzählt hatte, als auf Prinz Pedros Hochzeit alle in einen 100-jährigen Schlaf fallen, schaute er zu NAO und sagte etwas unsicher: »Naja, nun sind sie alle eingeschlafen. Tarantella, die böse Fee, hat wieder mal gesiegt und ich weiß im Moment nicht weiter.«

NAO schmunzelte und meinte: »Jetzt verstehe ich.«

»Was bitte verstehst du?«

»Na, dass ich dich auch Prinz Pedro nennen kann.«

»Ach so. Mein Vater hat mich auf Teneriffa oft Pedro genannt. Deshalb dieser Name.«

»Aha. - Aber jetzt zu deiner Geschichte. Sie hört sich bis jetzt ganz gut an. Lass mich mal nachdenken.«

NAO zog die Augenbrauen hoch und versank in tiefes Schweigen. Nach einer Weile fragte er: »Sag mal, äh ... Till, der Hofnarr von Schneewittchen, hat doch an sich ein Mittel gegen den Zauberschlaf getestet und wenn ich es richtig verstanden habe, dann hat es auch funktioniert, oder?«

»Stimmt. Nur, was kann Till schon allein gegen Tarantella und ihre finsteren Typen im ›Reich der Goldenen Herzen‹ ausrichten, um Weißröschen und Prinz Pedro aus der Gefangenschaft zu befreien?«

»Also, lass´ mich mal kurz überlegen«, sagte NAO und schloss die Augen. »Vielleicht fällt mir ja etwas ein.«

Peter schaute ihn gespannt an und wartete. Doch nach einer Weile fragte er ungeduldig: »Na Opa? Und? Hast du auch keine Idee?«

»Moment! - Was hältst du von dieser Möglichkeit? Du hast doch als Hochzeitsgäste auf dem Schloss von Schneewittchen«, dabei betont er das Wort Schneewittchen besonders, »viele Personen mit Namen, die man aus bekannten Märchen und anderen Geschichten kennt, aufgeführt. - Außer?« Er wartete einen Moment, doch als Peter nicht antwortete sagte er: »Na wen? ... Es sind Sieben Zwerge! ... Und? ... Funkt es? - Nun stell´ dir vor, diese drolligen Wesen kommen eigentlich aus einer ganz anderen Welt. Das weiß bis zum heutigen Tag natürlich kein Mensch. Nach Schneewittchens Rettung waren sie einfach weg. Niemand weiß, was aus ihnen geworden ist. Nun könnte Till doch versuchen, mit Hilfe von Schneewittchens Hi-Tech, diese genialen Dreikäsehochs ausfindig zu machen.« Peter schwieg noch immer. NAO fuhr fort: »Till hat doch schon immer versucht, mit fremden Wesen aus dem Universum in Kontakt zu kommen. Und vielleicht gelingt es ihm auch? Denk mal darüber nach.« *›Das hatte ich damals auch den Gebrüdern Grimm genau so erzählt‹*, dachte NAO im Stillen. Eigentlich eine geniale Idee von mir, diese komischen Außerirdischen, die sich bei mir und SALI gemeldet haben, in Peters neue Story einzubauen. NAO war sichtlich stolz auf sich.

Nachdem sich Peter jedoch immer noch nicht äußerte, fragte er gespannt: »Na Prinz Pedro, was hältst du von dieser Idee?«

Peter war ganz aufgeregt. »Pst, pst. - Sei mal bitte ruhig. - Äh, das ist ja genial. Stör´ mich jetzt bitte nicht, sonst vergesse ich´s wieder. Danke für den Tipp, Opa!«

Da es inzwischen Abend geworden und er sehr müde war, schloss Peter die Augen. NAO machte das Licht aus und sie schliefen ein.

Als Schwester Kirsten am nächsten Morgen gegen 6 Uhr mit dem Frühstück ins Zimmer kam, sagte Peter ganz verschlafen:

»Guten Morgen Schwester, guten Morgen Opa.«

Schwester Kirsten war erstaunt, entgegnete aber freundlich:

»Auch dir einen wunderschönen guten Morgen. Aber was heißt hier Opa? Erstens bin ich ein weibliches Wesen, zweitens noch ziemlich jung und drittens ist mein Name Kirsten.«

Peter stotterte unsicher: »Ich meine doch nicht Sie, sondern ...«

Er zeigte in die Richtung, wo seiner Meinung nach NAOs beziehungsweise Opas Bett stand. Aber, außer seinem Bett stand kein anderes im Zimmer. Vollkommen verwirrt grübelte Peter eine Weile nach. Er konnte das alles nicht verstehen. Gestern stand das Bett doch noch da?! Dann schaute er Kirsten fragend an.

»Äh, wo ist denn das Bett von Opa - äh, dem netten älteren Herrn - hin?«

Schwester Kirsten fragte: »Welches Bett und welchen älteren Herrn meinst du? Dies ist ein Einzelzimmer. Das hast du wohl geträumt.«

Peter zuckte mit den Schultern und blickte sich noch mal im Zimmer um. »Kann ja wohl nicht anders sein.«

Die Schwester schüttelte verwundert den Kopf. »Naja, das kommt schon mal vor. Lass es dir schmecken.« Dann ging sie lachend aus dem Zimmer.

Bevor Peter frühstückte rief er Gu Lap an. »Hallo Weiße Rose. Wie geht es Dir? ... Mir geht es soweit wieder ganz gut. Bist du so lieb und kommst heute mal bei mir vorbei? - Danke, dann gehe doch bitte vorher zu meiner Mom und bring die Notizen meiner Story mit.«

Gu Lap war erleichtert. »Es freut mich, dass es dir wieder besser geht. Aber willst du wirklich jetzt schon weiter schreiben?«

Doch Peter erwiderte ganz entspannt: »Ja, klar, ich schreibe trotz allem weiter. Dann denke ich wenigstens nicht so oft an das Dilemma in der Schule. Außerdem hatte ich zu meiner Story heute Nacht einen genialen Traum. Oder vielleicht war es wieder so eine verrückte Sache wie das Ding mit der Muschel. Also bis nachher. Dankeschön, ich freue mich.«

Am Nachmittag kam Gu Lap wie verabredet vorbei und brachte Peter die Notizen seiner Story, Stifte und ein paar Schulbücher mit. Außerdem hatte sie auch ein paar Süßigkeiten und Getränke dabei. »Na, wie geht es dem Prinzen und was haben die Ärzte gesagt?«

Peter sagte erleichtert: »Es ist alles nicht ganz so schlimm. In ein paar Tagen kann ich wieder nach Hause.«

Gu Lap freute sich aufrichtig. »Na, das ist ja noch mal Glück im Unglück.«

Doch dann fragte Peter: »Sag mal, kannst du mir eigentlich erklären, was da in der Schule genau passiert ist?«

Gu Lap wurde ein bisschen unsicher. » Specky hat dich angemacht und du bist so unglücklich gestürzt, dass du ohnmächtig wurdest.«

»Und weshalb hatte ich Trouble mit Specky?«

Sichtlich nervös zögerte Gu Lap einen kurzen Augenblick lang. Dann sagte sie: »Weil nicht sein, sondern dein Song bei dem Wettbewerb im Endausscheid gelandet ist.«

Peter stutzte und schaute sie vorwurfsvoll an. »Das verstehe ich nicht. Ich habe mich schon gewundert, dass ich ein Schreiben von dem TV Sender bekommen habe. Ich habe jedenfalls nichts dorthin geschickt. - Sag mal, hast du vielleicht etwas damit zu tun?« Zögerlich gab Gu Lap es zu:

»Stimmt, ich fand deinen Song so gut und habe ihn auf eigene Faust dorthin geschickt.«

Peter runzelte sauer die Stirn. »Aha, so ist das also. Ehrlich gesagt finde ich es absolut beschissen, dass du das gemacht hast. Und auch noch, ohne mich vorher zu fragen. Nun werde ich wohl kaum noch in der Schulband mitspielen können.«

Gu Lap zuckte verlegen die Schultern. »Du hast mir doch gesagt, dass Specky dir verboten hat, einen Song von dir einzuschicken. Also habe ich - nach meinem Bauchgefühl - auf eigene Faust gehandelt.

Außerdem, das mit Specky und der Band hat sich sowieso erledigt, denn er wurde wegen des Vorfalles mit dir gefeuert.«

»Na genial. Bauchgefühl hin und her. Dann war die ganze Mühe ja für die Katze«, sagte Peter völlig enttäuscht.

Gu Lap nahm seine Hand und wollte ihn trösten. »Nicht ganz Peter. Die Band gibt´s noch. Till hat sie im Moment übernommen.«

»Super. Herzlichen Dank auch«, murmelte Peter und zog die Hand zurück. Er drehte sich zur Wand. »Ich würde sagen, du lässt mich jetzt allein. Ich muss erst einmal darüber nachdenken. Bye.«

Sichtlich enttäuscht stand Gu Lap auf und ging zur Tür. Dort drehte sie sich noch einmal um. »Mach´s gut Peter. Entschuldige bitte, aber ich hab´s ja nur gut gemeint.«

»Kann ich mir denken«, brummelte er. »Du hast ja schließlich den Text geschrieben. Und trotzdem find ich´s nicht fair! - Bye.«

Tränen kullerten über Gu Laps Wangen. Traurig verließ sie das Zimmer. Peter drehte sich nicht einmal um.

Als sie weg war nahm er wütend die Notizen seiner Story zur Hand und strich wahllos ein paar Zeilen durch. *›Jetzt muss ich wohl die ganze Angelegenheit mit ihr in der Story ändern‹*, dachte er verärgert. *›Zum Kotzen! Kaum hat man wieder Luft geholt, wird einem erneut die Kehle zugeschnürt. Aber was soll´s.‹*

NAO und SALI hatten das Dilemma natürlich von ihrer Burg aus verfolgt und schauten sich ratlos an.

»Jetzt war wohl Euer Besuch bei Peter in der Klinik ganz umsonst, Meister? Oder?«

NAO antwortete entmutigt: »Im Moment sehe ich nur, dass Peter wieder einmal keine Lust mehr hat an der Story weiterzuschreiben, dass dieser Wettbewerb vor der Tür steht und dass sich Peter und Gu Lap wieder mal richtig verzankt haben.«

SALI gab NAO Recht und sagte nur: »Was mich allerdings wundert ist, dass sich Alix nicht mal bei uns meldet. Scheinbar ist für ihn alles in bester Ordnung.«

NAO erwiderte nachdenklich: »Das wundert mich auch. Aber es ist ja Gott sei Dank nicht unser Problem. Darum habe ich beschlossen, mich über diese ganze Angelegenheit nicht länger aufzuregen, ganz egal wie sie auch immer ausgehen mag.«

Gelassen steckte er sich sein außergewöhnliches Geisterpfeifchen an, ging wieder an seinen Schreibtisch zurück und schrieb dieses ganze Durcheinander sorgfältig in sein Buch.

Als NAO und SALI ein paar Tage später wieder am Computer saßen, bemerkten sie zu ihrem großen Erstaunen, dass Gu Lap wieder vor dem Krankenhaus stand, aus dem Peter heute entlassen werden sollte.

»Huch«, meinte SALI daraufhin, »haben wir etwas verpasst?«

Auch NAO wunderte sich: »Na, da kann man nur hoffen, dass sich die Gewitterwolken bei den beiden verzogen haben und endlich Ruhe in diese Beziehungskiste kommt.« Erfreut schlug er SALI auf die Schulter, so dass dieser seinen Kaugummi verschluckte und fürchterlich zu husten begann. Krächzend bedankte er sich bei NAO mit einem lakonischen:

»Danke Meister, danke.«

Der lachte nur. »Naja, wenn sich das Blatt zum Guten wendet, kann man sich doch mal freuen, oder wie oder was?«

Noch immer mit einem Verband um den Kopf, kam Peter langsam aus dem Foyer der Klinik. Dort stand Gu Lap, die gekommen war, um ihn abzuholen. Sie grinsten sich einen Moment lang nur verlegen an, doch dann sagte Peter erleichtert zu Gu Lap:

»Vielen Dank, dass du gekommen bist. Ich möchte mich bei dir entschuldigen, weil ich letztens so unfreundlich zu dir war. Du hast ja Recht. Weshalb soll ich Rücksicht auf Specky nehmen und meine Songs nicht anbieten? Gott sei Dank ist die Zeit hier im Krankenhaus erst einmal vorbei. Das Gute daran war, dass ich mit der Story auf seltsame Weise ein ganzes Stück weiter gekommen bin.«

»Das ist ja prima!«, freute sie sich. »Erzähle.«

»Zu Hause, Röschen«, lachte Peter. »Zu Hause.«

Als sie am Parkplatz ankamen, stand Peters Vater mit seinem Ferrari dort und hielt nach ihm Ausschau. Peter murmelte genervt:

»Ach nee, der Playboy nun wieder.«

»Sei nicht so mürrisch«, meinte Gu Lap. »Sei lieber ein wenig dankbar, dass du in keinem Krankentransport fahren musst.«

Peter nickte nur und Adam begrüßte die beiden cool: »Hi Großer, hi Gu Lap. Na, wie geht es dem Invaliden? Hast du alles gut überstanden und bist auf dem Weg der Genesung? Was war denn das für ´n Knallkopf, der einfach so mir nichts dir nichts meinen Stammbaum-Blüte zusammenschlägt?« Er schüttelte den Kopf, nahm Peters Tasche und verstaute sie im Kofferraum.

Peter entgegnete ein bisschen zynisch: »Schon okay. Leider hat sich dein - wie bezeichnest du mich? - Stammbaum-Blüte mal kurz in ein Spital verdrückt. Aber danke, dass du uns abholst.«

Adam schaute etwas verlegen. »Ja, ja, das Schicksal geht manchmal ganz eigenartige Wege. Doch ist es mir ein inneres Bedürfnis, dem Verletzten unter die Arme zu greifen. Das mach´ ich doch gerne.« Er lachte. Sie stiegen gemeinsam ein und fuhren zu Peters Wohnung, wo Marie-Luis schon am Fenster stand und ungeduldig auf seine Ankunft wartete. Als sie den Ferrari vor der Tür halten sah, griff sie ihren Haustürschlüssel und rannte nach unten. Gu Lap stieg als Erste aus dem Auto und begrüßte sie freundlich.

»Guten Tag, Frau Manong.«

»Hi, Mom«, begrüßte sie Peter. »Ich bin so froh, wieder zu Hause zu sein.«

»Ich grüße euch ganz herzlich«, sagte Marie-Luis und nahm Peter freudestrahlend in den Arm.

Adam bemerkte übertrieben lässig: »Hi, Lady Mary. Wie geht es meiner Ex?« Marie-Luis schüttelte nur den Kopf.

»Hallo Adam. Du immer mit deinen coolen Sprüchen. Komm doch einfach herein und trink eine Tasse Kaffee mit uns.«

»Lass mal«, winkte Adam ab. »Erstens würde ich lieber einen Whisky zu mir nehmen und zweitens muss ich leider gleich wieder los. Hab´ wie immer ´ne Menge wichtiger Dinge am Hals. Sorry.«

»Schon klar«, lästerte Marie-Luis. »Deine wichtigen Dinge kenne ich nur allzu gut. Was gibt es denn diesmal zu feiern?«

Adam gab ihr darauf jedoch keine Antwort, verabschiedete sich, stieg in sein Auto und gab kräftig Gas. Sie schauten ihm nach bis er eine Querstraße weiter abbog.

Da kam mit einem Mal Specky um diese Ecke gelaufen. Als er Peter sah, blieb er stehen und verschränkte wie immer seinen Arme wenn er seine Stärke zeigen wollte. Doch er kam keinen Schritt näher.

So glotzte er eine Weile, drehte sich dann um und verschwand wieder. Peter schüttelte den Kopf und schmunzelte.

»Der Großkotz wird mir wohl in Zukunft aus dem Weg gehen. Ist auch besser so.«

Peter hielt sich symbolisch die Ohren zu und dachte bei sich:

›Gott sei Dank, jetzt brauch ich mir dieses dusslige Gelaber von diesem Ekel nicht mehr anhören.‹

Dann ging er in sein Zimmer und legte ein CD von Johannes Brahms ein. Bei dieser Musik konnte er wunderbar entspannen.

Peter und die große Überraschung

Marie-Luis hatte die Wohnung besonders liebevoll hergerichtet. Der Küchentisch war mit Kuchen, Kaffee und Knabbereien gedeckt. Sie zündete zur Feier des Tages sogar ein paar Kerzen an. Peter freute sich sehr über so viel Aufmerksamkeit.

»Mann oh Mann, das ist ja wie Weihnachten«, meinte er schmunzelnd. Marie-Luis und Gu Lap setzten sich hin und begannen den Kaffee einzuschenken und den Kuchen zu verteilen. Plötzlich entdeckte Peter einen Brief, der an eine Blumenvase gelehnt war. Abwechselnd schaute er seine Mutter und Gu Lap an und fragte dann neugierig:

»Ist der etwa für mich?«

»Wer weiß?«, lächelte Marie-Luis.

»Schau doch einfach mal nach«, meinte Gu Lap lächelnd.

Peter öffnete den Brief, überflog ihn und las ihn unsicher vor.

YC TV - Young Creators Television

Lieber Peter,

herzlichen Glückwunsch!

Unsere Jury hat entschieden, dass Du und Deine Band mit

*»**Children Of This World**« beim Wettbewerb*

›The Best Songwriters From Europe‹ *teilnimmst.*

Wir erwarten Euch am Samstag, den 8. Oktober um 19 Uhr in unserem Studio.

Mit freundlichen Grüßen,

Anastasia

Peter konnte sein Glück kaum fassen, stand auf und umarmte erst Gu Lap und dann seine Mutter stürmisch. Völlig überwältigt sprudelte es nur so aus ihm heraus:

»Das ist ja ein Ding. Das hätte ich nie gedacht. Und dass mir Anastasia schreibt! Von der habe ich alle CDs. Das bringt mich auch gleich auf eine Idee zu meiner Story. Da kommt doch ein Schutzengel vor. Na, mal sehen?«

Gu Lap warf ihm einen Handkuss zu. »Ich bin auch ganz hin und her gerissen. Schließlich ist der Endausscheid schon in einer Woche. Menno ... ich bin total aufgeregt!«

Marie-Luis küsste Peter auf die Stirn. »Herzlichen Glückwunsch, ich bin so stolz auf dich! Und ich drücke euch beiden ganz doll die Daumen.« Lächelnd fügte sie noch hinzu: »Nun langt aber auch ordentlich zu, ihr zwei. Schließlich müsst ihr doch für euren großen Auftritt Kraft tanken!« Das mit Peters Story hatte sie wohl überhört.

Eine Woche später war es dann endlich so weit.

Das Fernsehstudio von **Young Creators Television** in Berlin war mit tausenden begeisterten Fans bis auf den letzten Platz besetzt und die Show wurde europaweit im Abendprogramm ausgestrahlt. Auf der hell erleuchteten Bühne saß ein sichtlich nervöser Peter an seinem Keyboard, während Gu Lap neben ihm am Mikrofon stand. Sie führten den Song ›*Children Of This World*‹ zusammen mit der Schulband und einem Kinderchor auf. Statt Specky spielte jedoch Till Gitarre und Franse war auch nicht mehr dabei - für sie sang Gu Lap. Peters Mutter, sein Vater und Gu Laps Eltern saßen aufgeregt im Publikum und fieberten mit ihren Kindern mit. Nachdem die drei Bands ihren Song vorgestellt hatten, versammelten sich alle Teilnehmer zusammen auf der Bühne.

Anastasia, die Moderatorin des Wettbewerbes, gesellte sich ebenfalls zu ihnen und griff zum Mikrophon. Sie wartete, bis der Applaus verstummt war und verneigte sich leicht vor dem Publikum.

»Dankeschön, danke. Also, die Fernsehzuschauer haben mit ihren Anrufen entschieden, wer den Preis von ›The Best Songwriters From Europe‹ bekommt. Und hier ist das Ergebnis.«

Die drei Bands standen total aufgeregt da und keiner bewegte sich. Nur Peter ergriff Gu Laps Hand und drückte sie.

Auf einem Monitor erschien eine Grafik. Die Balken bewegten sich und die Spannung stieg ins Unermessliche. Das Ergebnis stand fest. Anastasia zeigte auf den großen Bühnenmonitor und verkündete:

1. **POWER & EMOTION** from Germany -
with: ***»Children Of This World«*** (38%)≈≈≈≈≈≈≈≈≈

2. **YOUNG OLD-FASHIONED** from England -
with: ***»Your Friends Will Be There«*** (36%)≈≈≈≈≈≈≈

3. **CRAZY RHYTHM** from Lithuania -
with: ***»You Are So Cool«*** (26%)≈≈≈≈≈

Das Publikum und Anastasia applaudierten und sie sagte:

»Das ist ein sehr knappes Ergebnis und ich möchte alle drei Bands zu diesem Erfolg beglückwünschen. Die Gewinner des Wettbewerbes sind - sie zeigte nach hinten - »Peter, Gu Lap und Power & Emotion. Herzlichen Glückwunsch.« Sie winkte den Siegern. »Kommt bitte nach vorne und nehmt euren Preis entgegen.«

Gu Lap und Peter umarmten sich und die Kinder vom Chor jubelten begeistert. Dann gingen die beiden nach vorne und nahmen den Preis und einen goldenen Pokal, der eine E-Gitarre darstellte, entgegen.

Nachdem der Applaus verebbt war ergriff Anastasia noch einmal das Wort: »In diesen Kuverts sind außerdem ein Scheck über 5000,- Euro für den Sieger und jeweils ein Plattenvertrag für alle drei Finalisten. Die Maxi-Single mit den drei Songs wird demnächst veröffentlicht.« Mit einem strahlenden Lächeln überreichte sie die Umschläge. Gu Lap, Peter, die Band und alle die mitgewirkt hatten, gaben sich die Hände und verbeugten sich.

NAO saß neben SALI am Computer und freute sich: »Den Erfolg haben sich Peter und Gu Lap nach dem ganzen Chaos der letzten Tage auch wirklich verdient.«

SALI schmunzelte. »Da muss ich Euch wohl einmal uneingeschränkt Recht geben, Meister.«

NAO stutzte und hob verwirrt den Zeigefinger. »Wieso denn ›wohl einmal‹? Liege ich deiner Meinung nach so falsch mit meinen Ansichten?«

»War ´n Scherz Meister«, lachte SALI.

»Aber Peter sollte sich jetzt wirklich bald wieder um seine Story kümmern«, fügte NAO mit erwartungsvollem Unterton hinzu.

Ein paar Tage später saß Peter in seinem Zimmer und blickte nachdenklich auf die letzten Zeilen seiner nun fast fertiggestellten Story. Etwas unsicher wiegte er den Kopf hin und her.

»Ob das gut genug ist um das Buch von Atlantis zu öffnen?«, fragte er sich in Gedanken.

Doch dann nahm er kurz entschlossen die Notizen und ging zu Gu Lap, drückte sie ihr noch an der Eingangstür in die Hand und meinte erleichtert: »So, nun habe ich meine Story beinahe fertig. Ich würde dich bitten, den Rest durchzulesen.« Beschwörend hob er die Hand: »Und du musst mir ehrlich sagen, was du davon hältst. Ich fahre inzwischen mal zum Alexanderplatz und schau mir einen neuen Computer an, okay?«

Gu Lap nickte. Dann fragte sie: »Sag mal, weshalb schreibst du denn erst alles in deine Hefte und nicht gleich in den Muschelcomputer? Du würdest dir viel Zeit ersparen.«

Peter schüttelte jedoch vehement den Kopf. »Nein, nein, das ist mir zu riskant. Du hast doch selbst gehört, was die Stimme des Laptops aus der Muschel mir geraten hat.« Er hob augenzwinkernd den Zeigefinger. »Wenn alles erst einmal abgespeichert wurde, ist nichts mehr rückgängig zu machen. Lass mal, auf die paar Tage kommt es dann auch nicht mehr an.«

Gu Lap zuckte mit den Schultern. »Ach so, stimmt ja. Das hatte ich völlig vergessen. - Ich bin jedenfalls megamäßig gespannt. Also dann, bis später.«

Anstatt jedoch, wie angekündigt, zum Alexanderplatz zu fahren, machte sich Peter erstmal wieder auf den Weg nach Hause, legte sich auf sein Bett und dachte noch einmal über den Erfolg bei dem Wettbewerb nach. So richtig konnte er das alles noch immer nicht begreifen. Standen seine Sterne jetzt plötzlich auf Erfolgskurs? Aber diese Sache mit der Muschel aus Atlantis und dem Opa im Krankenhaus waren trotzdem rätselhaft. In seinem Kopf drehte sich alles und seine Gedanken schwirrten wild durcheinander.

Er stand auf und wollte gerade an den Schrank gehen, in der die Muschel lag. Da klingelte plötzlich das Telefon.

»Peter Manong, guten Tag.« Es meldete sich ein Mann mit einem starken amerikanischen Akzent:

»Hallo Mister Manong. Gut, dass wir Sie erreichen.« Peter schaute ganz verblüfft seinen Hörer an.

»Hier ist die Agentur von Igor Zarewitsch. Uns wurde mitgeteilt, dass Sie bei ›Best New Songwriters‹ den ersten Platz belegt haben.«

Peter fiel fast der Hörer aus der Hand. Was war denn jetzt los? Völlig durcheinander stammelte er: »Ja, das ist richtig.«

»Congratulations«, hörte er weiter. »Wie Sie vielleicht wissen, war vor einiger Zeit hier im Berliner ICC die Igor Zarewitsch Show ein voller Erfolg.«

Peter, immer noch total verwirrt, antwortete: »Ja, ich war selbst dort und war absolut begeistert.« Dass er und Gu Lap sogar auf der Bühne gewesen waren, traute er sich gar nicht zu erwähnen.

Der Mann fuhr fort: »That´s beautiful. Unsere Agentur hat aufgrund der großen Nachfrage zum Abschluss seiner Deutschland-Tournee zusammen mit **YC TV**, also **Y**oung **C**reators **T**ele **V**ision, noch einmal seine Show im Berliner ICC zu präsentieren.«

Peter war derartig von der Rolle, dass er vor Aufregung kein Wort herausbrachte. Der Manager fuhr nach kurzer Pause fort:

»Er findet am Samstag in vierzehn Tagen statt. Das Team von **YC TV** hat uns den Vorschlag gemacht, dass Sie mit dem Gewinnersong zusammen mit Igor Zarewitsch auftreten. Wäre das für Sie möglich?« Peter war total sprachlos. Als er wieder nicht antwortete, fragte der Manager verwirrt: »Hello, can you hear me?«

»Äh, ... sorry«, stammelte Peter. »Yes, ich habe sie verstanden. Aber ich bin ehrlich gesagt sehr überrascht! Natürlich freue ich mich riesig über dieses wunderbare Angebot. Entschuldigen sie bitte, dass ich so aufgeregt bin.«

»No Problem, Mister«, kam die beruhigende Antwort.

»Am besten wir treffen uns und sprechen über Zeit und Ablauf. Wie wäre es morgen um 17 Uhr im Studio von **YC TV**?«

Peter wischte sich den Schweiß von der Stirn. »Kein Problem, das lässt sich einrichten.«

»Beautiful. Bis morgen und wir freuen uns.«

Peter legte den Hörer hin und wischte sich seine schweißnassen Hände an den Hosenbeinen ab. Alles Mögliche hatte er erwartet, nur das nicht. Doch dann fiel ihm wieder ein, dass er ja noch zum Alexanderplatz fahren wollte.

Mitten in Berlin auf dem Alex fand ein Straßenfest mit vielen Ständen und Attraktionen statt. Peters Mutter Marie-Luis war am Stand von »**Mercy Ships**« tätig und erzählte vielen interessierten Zuhörern von den Erfahrungen, die sie in Sri Lanka gemacht hatte. Als sie Peter von weitem kommen sah, winkte sie ihn zu sich herüber.

»Ich grüße dich, Peter. Na, was treibt dich denn hier her?« Als er nicht reagierte rief sie: »Hey - hallo! Was ist denn mit dir los? Du bist ja völlig abwesend! Ist wieder etwas Schlimmes geschehen?«

Peter war ziemlich durcheinander und mit seinen Gedanken ganz woanders. Doch dann gab er ihr einen Kuss. »Sorry. Eigentlich wollte ich mir einen neuen Computer anschauen, aber ...«

Marie-Luis unterbrach ihn und meinte lachend: »Aha, ist klar - Geldprobleme - und du weißt nicht, ob du deinen Vater fragen sollst. Ich denke schon. Der hat´s doch reichlich.«

Peter schaute sie verschmitzt an. »Stimmt aber nur halb. Die Knete hat seine Tussi und nicht er! Doch dann würde sie ihr Geld wenigstens einmal für etwas Sinnvolles ausgeben.« Er kratzte sich am Kopf. »Aber im Moment bin ich einfach wegen unseres Auftritts in vierzehn Tagen bei der Igor-Zarewitsch-Show total überfordert.«

Marie-Luis deutete verwundert auf ein Plakat in der Nähe, das die Show ankündigte. Peter schaute in die Richtung und bestätigte es.

»Genau. Die meine ich.« Er erzählte ihr von seinem Telefongespräch mit dem Management von Igor Zarewitsch. Als er fertig war, drückte seine Mutter ihn fest an sich und meinte beruhigend:

»Keine Sorge. Wird schon schief gehen.«

»Du mit deinem ungebrochenen Optimismus«, lachte Peter.

Sie redeten noch eine Weile darüber und dann verabschiedete er sich. Er sagte nur noch: »Ich bin sehr gespannt, ob sich der große Magier noch an Gu Lap und mich erinnert. Na, drück uns bitte ganz fest die Daumen. Bis später, Mom.«

Gu Lap war wieder einmal bei Peter zu Hause. Der konnte seine Neugierde kaum noch zügeln. Nachdem er es sich dem Bett bequem gemacht hatte, zeigte er auf seine Notizen, die auf dem Schreibtisch lagen und fragte neugierig:

»Na, was meinst du dazu?«

Gu Lap zog einen Schmollmund und nickte anerkennend.

»Nicht schlecht, Herr Specht. Ich fand nur die Stelle mit dem Sklavenschiff und den Kindern sehr grausam.«

»Stimmt. Und das habe ich auch so beabsichtigt. Sklavenhandel mit Kindern ist leider auch heute noch schreckliche Realität. Ich bin mir nur noch nicht ganz sicher, wie ich den Schluss der Geschichte schreibe.«

Gu Lap strich sich die Haare aus der Stirn.

»Sag´ mal, ich habe ja deine Story soweit durchgelesen und finde sie im Großen und Ganzen gut und spannend. Aber es passiert meines Erachtens sehr viel und man muss manchmal ganz schön aufpassen, alle Zusammenhänge zu verstehen.«

Peter schaute sie verwundert an. »Was meinst du? Wo denn zum Beispiel?«

Gu Lap überlegte kurz. »Naja. Bis zu dem 100-jährigen Zauberschlaf ist ja schon eine Menge passiert. Und dann treten plötzlich diese Außerirdischen in Aktion. Meinst du, dass die so wichtig sind?«

Peter nickte. »Weißt du, manchmal erscheinen Personen anfangs unbedeutend oder überflüssig und erst später stellt sich heraus, dass sie sogar mit zu den wichtigsten Akteuren des ganzen Geschehens gehören. Aber lass uns darüber ein andermal sprechen. Eigentlich müsste ich mir jetzt Gedanken über das Ende der Geschichte machen, aber ...«

»Aber, aber, lieber Herr Grimm«, unterbrach ihn schmunzelnd Gu Lap. »Ein genialer Schluss wird Ihnen doch nun auch noch einfallen, oder?«

Peter zog die Augenbrauen hoch, atmete tief durch und nickte mit einem Seufzer. »Ich hoffe es stark. Im Moment bin ich mit meinen Gedanken jedoch ganz woanders.«

»Wo denn, wenn ich fragen darf?« Peter erzählte ihr von dem geplanten Auftritt in der Igor Zarewitsch Show. Gu Lap war völlig begeistert und strahlte über das ganze Gesicht.

Sie umarmte ihn und gab ihm einen dicken Kuss auf die Wange. Peter wurde bis hinter beide Ohren rot. Verlegen stotterte er:

»Ups, nicht so stürmisch, Prinzessin. Der Auftritt ist schon in vierzehn Tagen. Wir müssen unseren Song noch ein paarmal proben. Da darf nichts schief gehen!«

»Das ist doch keine Frage«, meinte sie.

Plötzlich hielt sie inne, runzelte die Stirn, überlegte einen kleinen Augenblick und sprang auf. Sie stellte sich vor Peter hin, legte ihre Hände auf seine Schultern, schaute ihm tief in die Augen und sagte ganz aufgeregt: »Sag´ mal, könnte nicht deine Story mit einem ähnlichen Event wie die Zarewitsch Show enden? Du könntest doch mit Schneewittchen und ...«

»Stopp, stopp, stopp«, unterbrach Peter sie. Er schaute sie ganz überrascht an, überlegte kurz und sagte dann: »Das ist DIE IDEE! Ich werde darüber nachdenken. In ein paar Tagen, wenn ich den Schluss fertig geschrieben habe, komme ich zu dir nach Hause und erzähle dann die ganze Geschichte von Anfang bis Ende.«

Gu Lap machte wieder ihren Schmollmund und verabschiedete sich mit einem Handkuss. »So, so, so, mein Prinz - zu mir nach Hause?« Sie zwinkert mit den Augen und droht lächelnd mit dem Zeigefinger. »Aber kein Heiratsangebot bitte.« Mit einem fürstlichen Knicks und der Worten, »es war mir eine fürstliche Ehre«, verließ sie das Zimmer. Peter war sprachlos und schüttelte nur ungläubig den Kopf.

NAO, der die Geschehnisse wie immer genauestens verfolgt hatte, holte tief Luft und kraulte Kater Hemingway, der schnurrend auf seinem Schoß lag, hinter den Ohren. Er schaute zu SALI: »So weit, so gut. Aber wie man sieht, steht für Peter die Story mal wieder nur an zweiter Stelle. Und dabei bin ich so gespannt, ob sich das Buch von Atlantis öffnet. Wenn Peter nur endlich soweit wäre, die komplette Story in den Muschel-Laptop zu schreiben.« Erwartungsvoll lauerte er auf SALIs Meinung und fragte etwas lauter:

»Was meinst du dazu? ... Äh, hallo, bist du noch da?«

Der zuckte nur mit den Schultern. »Ich denke nach, Meister.«

»Geht das nicht ein wenig schneller?«, fragte NAO ungeduldig.

»Bist du nicht auch gespannt, ob Peters Story gut genug ist? Schließlich geht es darum, das Geheimnis von Atlantis zu lüften!«

SALI antwortete ruhig: »Klar bin ich gespannt - ungefähr so straff wie ein Hochspannungsseil.« Nachdenklich fügte er noch hinzu:

»Aber wissen Sie, ich glaube, es geschehen wirklich noch Zeichen und Wunder.« Er zeigte auf den Monitor: »Die Story zu beurteilen ist zwar Sache des Bosses von Alix. Das, was ich bis jetzt davon kenne, finde ich allerdings nicht schlecht. Wenn man bedenkt, dass dies Peters erste Geschichte ist - Hut ab. Und das bei unserer vorausgegangenen Skepsis ihm gegenüber.«

»Nicht schlecht reicht aber eben nicht aus. In diesem Fall müsste die Geschichte mindestens sehr gut bis genial sein. - Aber stimmt, auch ich bin angenehm von Peters Schreibkünsten überrascht«, meinte NAO liebevoll. »Ich drücke ihm jedenfalls alle Daumen. Wir sollten uns in der nächsten Zeit das, was er bisher geschrieben hat, noch einmal zu Gemüte führen. Ich habe ja bis jetzt alles sorgfältig notiert. Was meinst du?«

SALI nickte. »Okay. Für heute machen wir aber Schluss. Auch wir haben uns einen gemütlichen Feierabend, oder besser gesagt, ein paar freie Tage zur Entspannung verdient. Und die werde ich ausgiebig genießen. Mit einem langen heißen Geisterschaumbad auf Wolke 27 fange ich an!« Er schaltete den Computer aus und beide verließen einigermaßen zufrieden das Zimmer.

Schon nach zwei freien Geistertagen hatte NAO die Spannung nicht mehr ausgehalten. Anstatt lange auszuschlafen, gemütlich vor dem Kamin mit einem Glas Wein zu faulenzen oder mal seine Geisterfreunde zu einer kleinen Party einzuladen, war er immer öfter heimlich in sein Arbeitszimmer gegangen und um sein Fernrohr herumgeschlichen. Zu gerne wollte er wissen, wann Peter endlich seine Geschichte vollendet hatte und ob sich das Buch von Atlantis öffnen würde. Wie er es hasste, so auf die Folter gespannt zu werden! Doch SALI hatte auf drei freie Tage bestanden und NAO wollte sich von ihm keine Moralpredigt über Workaholics und das Burn-out-Syndrom anhören müssen. Deshalb schwebte er nur dann die Stufen des Burgturms zum Arbeitszimmer hoch, wenn er glaubte, dass SALI sich zurückgezogen hatte und wirklich ausgiebig ruhte.

Am Morgen des dritten Tages fand ihn SALI jedoch, als NAO genüsslich an einer Tabakspfeife ziehend gerade dabei war, sein Fernrohr auf Peters Wohnung zu justieren.

NAO zuckte ganz erschrocken zusammen, als er plötzlich ein vorwurfsvolles ...

»Aber Meister!«

... hinter sich hörte.

Mit verkniffener Miene drehte er sich zu SALI um und konnte nichts weiter sagen als: »Ja, ja, ich weiß schon! Aber wenn ich doch nun mal so furchtbar gespannt bin!«

Er setzte sich an seinen Schreibtisch, schaute erwartungsvoll zum Computermonitor herüber und trommelte ungeduldig mit den Fingern auf seinem Buch. Mit einem bittenden Unterton in der Stimme sagte er zu SALI:

»Nun komm, schmeiß den Kasten schon an. Peter ist bestimmt längst fertig damit, den Schluss seiner Geschichte zu schreiben. Womöglich hat er längst damit begonnen, sie in den Muschellaptop zu schreiben. Ich möchte jedenfalls nicht verpassen zu erfahren, ob sich das Buch von Atlantis öffnet!«

Und tatsächlich saß Peter gerade wieder mit Gu Lap in seinem Zimmer, holte tief Luft und sagt mit wichtiger Miene lang gezogen zu ihr:

»A-l-s-o. Ich habe mich entschlossen, die Geschichte ›New Kids Future World‹ zu nennen. Und wie du ja schon weißt, beginnt sie nicht mit *›Es war einmal‹*, sondern mit den Hochzeitsvorbereitungen von Pedro und Weißröschen.

»Aha«, schmunzelte Gu Lap. »Nur, weshalb ist der Name des Kinderlandes in Englisch und nicht in Deutsch?«

Peter machte ein Gesicht als wolle er fragen, *›In welcher Zeit lebst du denn mein Fräulein?‹* und meinte: »Erstens ist das ein internationales Projekt und zweitens ist nun mal Englisch die Weltsprache der Zukunft. Wobei man immer die jeweilige Landessprache weiterhin sprechen und pflegen wird - hoffe ich jedenfalls.

Gu Lap nickte: »Okay, okay. Du hast ja Recht.« Sie stupste ihn liebevoll an die Schulter und sagte weiter: »Spann´ mich nicht so lange auf die Folter und erzähle schon.«

NAO sprang behände von seinem Stuhl auf, lief hinüber zum Computer und klopfte SALI begeistert auf die Schulter.

»Potztausend! Gu Lap ist ja genial. Anscheinend hat sie die Story von Schneewittchen ziemlich nachdenklich gemacht.«

SALI rieb sich erschrocken die Schulter. »Meister, ich bin nicht aus Alteisen. Etwas sanfter bitte. Was ist denn so Verrücktes an dieser Sache?«

NAO schaute ihn mit großen Augen an. »Na die Geschichte von Schneewittchens Retter und späterem Gemahl. Kannst du dich daran erinnern, wie sie weitergeht?«

SALI zuckte lässig mit den Schultern. »Na klar. Es stellte sich später heraus, dass der nur auf die Schätze der Sieben Zwerge aus war. Er sah doch nur die unzähligen Edelsteine am und im Sarg. Deshalb wollte er ihn auch mit auf sein Schloss nehmen. Schließlich hatte er sein ganzes Vermögen verpulvert und in seinem Schloss war nur noch wertloses Zeug. Als er jedoch nach einiger Zeit herausfand, dass Schneewittchen mit den Schätzen ausschließlich ihr Kinderland finanzieren wollte und er nichts für seinen verschwenderischen Lebenswandel abbekommen würde, verschwand er eines Tages und ward nie mehr gesehen.« Er putzt sich lautstark die Nase und spricht durch sein Taschentuch weiter: »Ich glaube, der hat sich später mit irgendwelchen finsteren Gestalten zusammengetan.«

NAO nickte. »Richtig! Doch wenn du mir etwas sagen willst, solltest du es vielleicht ohne dein Taschentuch versuchen. Ich habe zwar nur die Hälfte verstanden, doch es stimmt. Aber das ist eine andere Geschichte. Jetzt lass´ uns erst einmal zuhören, wenn Peter seine Story erzählt.« Beide schauten gespannt auf den Monitor, wo sie Peter im Schneidersitz auf dem Sofa sitzen sahen, wie er eifrig aus den Notizen in seiner Hand vorlas.

Schneewittchens ›New Kids Future World‹

Es war ein wunderschöner Sommertag mit blauem Himmel und einem leichten, angenehmen Wind. Im Schloss von Schneewittchen, das mitten im Wald an einem See lag, herrschte seit dem frühen Morgen emsiges Treiben, denn die Hochzeitsvorbereitungen von Prinz Pedro (Schneewittchens Sohn) und Weißröschen (Dornröschens Tochter) waren schon in vollem Gange. Im großen Ballsaal wurden Tische, Stühle und eine Bühne für ein Konzert aufgestellt und auf dem Schlosshof hatte man viele Stände für Speisen und Getränke errichtet. Andere bauten kleine Galerien auf, in denen man kunstvolle Arbeiten der Kinder bewundern konnte.

Rund ums Schloss herum hatte Schneewittchen das Kinderland ›**New Kids Future World**‹ erbauen lassen. Es bestand aus vielen kleinen Gebäuden im Stil der verschiedensten Kulturen, denn dort lebten Kinder aus allen Teilen der Welt Seite an Seite. An manchen Tagen durften die Kinder sogar den großen Ballsaal benutzen. Dann richtete eine Nation dort ein landesübliches Fest mit den dazugehörigen Zeremonien aus und alle waren eingeladen, mitzufeiern. Alle Kinder waren guter Dinge und halfen emsig bei der Vorbereitung der Hochzeit, die in einer Woche stattfinden sollte. Schneewittchen, Weißröschen und Prinz Pedro gingen über den Schlosshof und dankten den Kindern für ihre Arbeit. Schneewittchen machte vor jedem Kind eine kleine Verbeugung um zu zeigen, dass sie, ungeachtet von Stand und Herkunft alle Menschen gleich achtete. Das erkannte man auch daran, dass sich alle, selbstverständlich in der gebührenden Höflichkeit mit »Du« anredeten.

Danach ging Schneewittchen mit Prinz Pedro in den Keller des Schlosses, wo sich der Hi-Tech-Salon befand. Der Raum war bestückt mit Computern und anderen Hi-Tech-Geräten, die weitaus fortschrittlicher als die gesamte Technik der NASA waren. Während sich Prinz Pedro und Till der Hofnarr an den Geräten zu schaffen machten, versuchte Schneewittchen eine Verbindung zu ihrem Freund, dem Zauberer Maxim aus der Menschenwelt, herzustellen. Das gelang ihr auch sofort.

Maxim, ein verhältnismäßig unbekannter Zauberer aus Russland, der sich zurzeit zufälligerweise in Deutschland aufhielt, schlenderte gerade durch das frühabendliche Hameln. Es dämmerte bereits. Fast alle Leute, denen er begegnete, drehten sich nach ihm um und grüßten ihn verhalten, aber neugierig.

»Ist das nicht der bekannte Magier Igor Zarewitsch?«, flüsterten sie einander zu. »Wie sieht der denn aus? Völlig verlottert. Da kann man mal sehen, was aus so berühmten Künstlern werden kann!«

Maxim, der sie mit seinen scharfen Ohren trotzdem hören konnte, schmunzelte nur und dachte bei sich, dass die Leute schon noch über ihn staunen würden und er ihnen genau das geben würde, was sie verdienten.

Als er am Rattenfängerdenkmal in der Osterstraße angekommen war, blieb er einen Augenblick nachdenklich davor stehen. Dann versteckte er sich hinter der nächstgelegenen Hausecke, so dass er das Denkmal gerade noch sehen konnte. Verschmitzt lächelnd machte er ein paar magische Handbewegungen dorthin und wartete ab. Auf einmal bewegte sich der Kopf des Rattenfängers ein wenig und es ertönte eine hypnotisierende Melodie. Es war die gleiche, die er schon einmal auf seiner Flöte gespielt hatte - damals, als er die Kinder der undankbaren Einwohner in sein Reich entführte. Und siehe da, auch diesmal gingen die Türen der umstehenden Häuser auf.

Alle Kinder, die in der Nähe wohnten, kamen heraus und rannten zur Statue, um der geheimnisvollen Musik zu lauschen. Manche brachten ihre Spielsachen mit, andere hatten ihre Schultaschen bei sich und diejenigen, die schon im Bett gelegen hatten, kamen sogar im Nachthemd. Ob groß oder klein - alle schauten sie gebannt zum Rattenfänger hoch. Es dauerte aber gar nicht lange, da kamen die entsetzten Eltern angelaufen und riefen aufgeregt und durcheinander:

»Kommt sofort nach Hause!« -

»Was macht ihr denn so spät hier draußen?« -

»Wer hat euch das denn überhaupt erlaubt?«

Sie nahmen ihre Kinder an die Hände und wollten sie in die Häuser zurückbringen, doch es gelang ihnen nicht. Solange die Musik spielte wurden die Kinder wie von einem Magneten an der Statue des Flötenspielers festgehalten.

Maxim stand etwas abseits und beobachtete das ganze Geschehen schmunzelnd. Als er erneut ein paar magische Bewegungen mit den Händen vollführte und der Rattenfänger von Hameln zu spielen aufgehört hatte, konnten die Eltern ihre Kinder endlich wieder mit nach Hause nehmen. Viele drehten sich an ihren Haustüren noch einmal um und schauten ganz verwirrt zurück zum Denkmal. Dann machte sich Maxim auf zum Stadtrand von Hameln, wo er sein Gefährt an einer unauffälligen Stelle geparkt hatte. Auch dieses Fahrzeug, das wie ein riesengroßer futuristischer Sattelschlepper aussah, verfügte über eine supermoderne Technik.

Gu Lap saß neben Peter auf der Liege und hörte gespannt zu. Er lachte, griff sich an die Stirn und sagte: »Das ist vielleicht ein verrücktes Gefährt. Stell dir einen Monstertruck vor, so modern, dass er vor Chrom und Stahl nur so blitzt. Das Ding kann sich in ein Fluggerät, das wie eine Rakete aussieht, verwandeln, aber auch als Schnellboot auf und unter dem Wasser dahinbrausen.« Und mit wichtiger Miene und erhobenem Zeigefinger fügte er hinzu: »Und mit diesem Gerät kann er sowohl in der Menschenwelt als auch in der Märchenwelt herumkutschieren. Toll, was? Maxim nennt dieses Ding:

***›Hyper-Ultra-Vehicle‹*, kurz: *HUV*.**

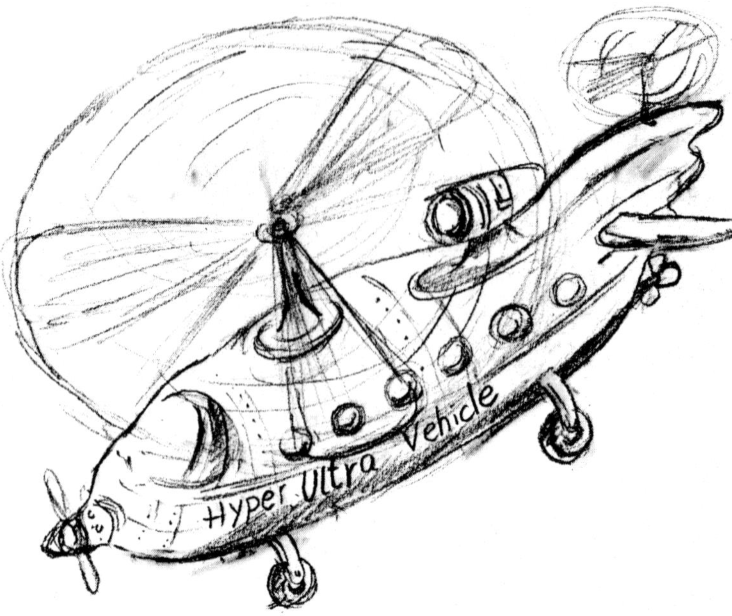

Die Technik in diesem Gefährt ist überwältigend, genauso wie der Hi-Tech-Salon von Schneewittchen. Dagegen ist die gesamte Hi-Tech der Erde nur Kinderspielzeug.«

Gu Lap musste lächeln. »Du erfindest ja lustige Namen: Hyper-Ultra-Vehicle. Das gefällt mir.«

Als Maxim die Geräte in der Fahrerkabine des ***HUV*** einschaltete, erschien Schneewittchen auf dem Monitor. Auf seine lockere, unkonventionelle Art begrüßt er seine alte Freundin:

»Hallo Wittymaus. Ich freue mich, dich zu sehen. Ich hoffe es geht dir bestens. Wenn du Hilfe brauchst, sage es mir. Ich bin dann in 0,4 Millisekunden bei dir.«

»Nein, nein«, lachte sie. »Du brauchst jetzt nicht kommen. Wo hast du dich denn nur herumgetrieben? Du Tausendsassa hast bestimmt wieder mit deinen tollen Zauberkünsten die Menschen veralbert. Aber nun zur Sache: Weißröschen und mein Sohn Prinz Pedro werden demnächst heiraten.«

Maxim erwiderte: »Donnerwetter, das erfahre ich jetzt erst?«

Schneewittchen wurde etwas verlegen. »Sorry, ich hätte dich wirklich früher informieren sollen. Aber die Aufregung!« Etwas ruhiger fuhr sie fort: »Du verstehst das doch, nicht wahr? Jetzt meine Bitte an dich: Ich würde gerne die Hochzeitsgäste am kommenden Samstag zu einem Treffen einladen. Dabei möchte ich mit ihnen über den Ablauf der Feier und ein anderes, wichtiges Anliegen sprechen. Du bist doch mit deinem Supergefährt in Nullkommanichts um die ganze Welt kutschiert. Könntest du nicht unseren Freunden Bescheid sagen, dass ich sie zu diesem Treffen einlade? Vor allem denjenigen, die nicht über unsere moderne Technik verfügen. Das wäre mir eine große Hilfe. Selbstverständlich bist auch du zu der Hochzeitsfeier herzlich eingeladen. Wäre das möglich? Namen und Adressen der Gäste bekommst du gleich auf deinen Computer.«

Maxim schmunzelte. »Es ist mir eine Ehre, Majestät, all Eure Wünsche zu erfüllen. Sobald ich alles erledigt habe, melde ich mich. Bis dahin: »God bless the best Queen of this world.«

»Lass den Quatsch«, lachte Schneewittchen. »Adios - viel Glück - und bleibe lieber bei Witty.«

Maxim schaute sich kurz die Liste an, die gerade auf dem Computermonitor erschien, dann setzte er sich an das Steuer seines Gefährtes, drückte ein paar Knöpfe und das Fahrzeug verwandelte sich in ein Flugmobil modernster Art. Dann brauste er los. Seine ersten Ziele waren Wassilissa, die Zarentochter, der russische Held Ilja Murometz, König Kim Jong aus Asien, Häuptling Mobutu Seko aus Afrika und Pocahontas aus Amerika. Innerhalb eines Tages hatte er dreimal die Erde umkreist.

Ein paar Tage danach versammelten sich Schneewittchen, Prinz Pedro und der Hofnarr Till im Hi-Tech-Salon des Schlosses und verfolgten auf dem Computermonitor, wie Maxim mit seinem ***HUV*** im Schlosshof landete. Ein paar Minuten danach kam er zur Tür herein und bemerkte zufrieden lächelnd:

»Liebe Wittymaus. Ich habe alles erledigt und jeder hat ohne Wenn und Aber zugesagt.« Er erzählte noch, was er in den verschiedenen Stationen seiner Reise erlebt hatte. Zum Abschied sagte er noch: »Ich freue mich sehr darauf, euch alle nächste Woche wiederzusehen«

Schneewittchen küsste ihn erfreut auf die Wange. »Ich danke dir von ganzem Herzen und bin froh, dich auf Pedros Hochzeit zu sehen. Lass es dir gut gehen und bis bald.«

NAO, der natürlich alles aufmerksam verfolgt hatte, kratzte sich nachdenklich an der Stirn und schüttelte den Kopf und brummte vor sich hin:

»Also, viel Aufregendes ist in der Story bisher nicht passiert...?! Aber warten wir erst einmal ab. Vielleicht kommen wir ja doch noch auf unsere Kosten. Ich brauche jetzt jedenfalls erst mal eine kurze Pause. Auch ein Geist muss sich schließlich ab und zu die Beine verschweben, oder wie die Menschen so schön sagen ›vertreten‹.« Er stand auf, stolperte zum Ausgang, riss dabei in seiner gewohnt hektischen Art ein paar Gegenstände vom Tisch und drehte sich an der Tür noch einmal um. Mit einer fahrigen Handbewegung sagte er zu SALI:

»Du kannst dir ja, solange du mich so furchtbar vermissen wirst, inzwischen den Empfang auf Schneewittchens Schloss ansehen, okay? Bis später.«

SALI lachte. »Nehmt euch ruhig Zeit, Meister. Ich beobachte hier alles ganz genau.«

An der Türschwelle blieb NAO jedoch mit dem Fuß hängen, so dass er noch einmal stolperte und ihm dabei der Türgriff aus der Hand rutschte. Mit einem lauten Knall fiel die Tür zu und ein Bild von der Wand. Glas splitterte. Ganz langsam öffnete sich die Tür erneut und NAO schaute verlegen ins Zimmer. »Ähm ...?«

SALI winkte ab. »Nun geht endlich. Ist alles halb so schlimm.«

»Ja, ja … ist ja gut«, entgegnete NAO noch unwirsch, bevor er dann wirklich endlich verschwand.

SALI schaltete den Computer um und auf dem Monitor erschien Schneewittchens Schloss.

Bei Schneewittchen herrschte heute - im und um das Schloss herum - ein besonders emsiges Treiben, denn es war Samstag, der lang geplante Tag, an dem das von Schneewittchen geplante Treffen aller Hochzeitsgäste stattfinden sollte. Die seltsamsten und lustigsten Vehikel näherten sich dem Schloss aus allen Himmelsrichtungen. Da gab es altertümliche Kutschen, aber auch moderne Autos und sogar Roboter, die sich auf stählernen Beinen wie Menschen fortbewegten. Vor allem die Kinder aus dem Kinderland schauten sich die Ankömmlinge ganz neugierig an, und sobald sie diese erkannt hatten, riefen sie aufgeregt deren Namen.
Gerade kam Ikarus mit Flügeln, die ein wenig an die Tragflächen eines Flugzeugs erinnerten, angeflogen, während Baron Münchhausen dafür natürlich seine Kanonenkugel benutzte. Robin Hood ritt mit seinem Gefolge auf prächtigen Pferden heran, während sich Aladdin und seine Gemahlin Königin Jasmin auf einem fliegenden Teppich näherten. Ein Reiter raste im vollen Galopp über den Schlosshof und riss beinahe ein paar Getränkestände um. Es war König Drosselbart. Am nahe gelegenen See legte zeitgleich ein großes Segelschiff an, dem Sindbad und seine Freunde entstiegen. Für diese Fahrt hatten sie sich extra ein kleines Schwimmbecken auf ihr Schiff bauen lassen, in dem nun Arielle die Meerjungfrau schwamm. Am Ufer wartete schon ein Pferdegespann, das eine riesige, mit Wasser gefüllte Muschel zog, zu der Arielle in einer Sänfte getragen wurde.

Aus dem hinter dem Schloss gelegenen Wald kam Tarzan auf einem Elefanten angeritten und begrüßte die Anwesenden schon von weitem mit seinem bekannten Urwaldschrei. Auch sein Freund - der Schimpanse Cheeta - war mit dabei. Zum Erstaunen vor allem der Kinder folgten dem Elefanten auch noch Löwen, Tiger und alle möglichen anderen Tiere. Tarzan brachte sie in ein Gehege, wo sie von den Kindern bewundert und gestreichelt werden konnten. Prinz Pedro begrüßte Tarzan ganz besonders herzlich.

»Ich grüße dich, Herr des Dschungels. Es ist wunderbar, dich wieder einmal zu sehen«, sagte er und verneigte sich vor ihm.

Tarzan entgegnete würdevoll: »Auch ich grüße dich, Prinz Pedro.« Staunend schaute er ihn von oben bis unten an. »Donnerwetter! Aus dir ist ja ein richtiger Mann geworden. - Naja, sonst würdest du ja auch nicht heiraten.«

Prinz Pedro lachte. »Wo du Recht hast, hast du Recht.«

Da erschien plötzlich auch Till, zog Tarzan zur Seite und flüsterte: »Hör mal zu, altes Haus. Außer, dass ich mich freue, dich wiederzusehen, habe ich auch noch eine wunderbare Neuigkeit für dich.«

Tarzan zog neugierig die Augenbrauen hoch und schaute ihn grinsend an: »Ich - und altes Haus? Naja, Zipfelmütze, jünger bist du auch nicht geworden. Und deine Neuigkeit wäre?«

»Als du das letzte Mal hier warst«, sagte Till ganz geheimnisvoll, »hast du mir doch dein Geheimnis verraten, wie man sich mit Tieren unterhalten kann.«

Tarzan schaute sich ganz vorsichtig um und legte den Zeigefinger auf seinen Mund. »Pst, pst. Nicht so laut, sonst muss ich das wahrscheinlich allen hier verraten.«

Till nickte verständnisvoll. »Entschuldige, ich weiß! Ich wollte dir nur sagen, es funktioniert wunderbar und macht riesigen Spass.«

Beide gingen hinüber zu den Kindern, die sich bei den Tieren aufhielten und ganz mutig sogar die Löwen hinter den Ohren kraulten.

Aus der Richtung des Waldes kam als nächstes eine prächtig geschmückte Kutsche an. Darin saßen die Zarentochter Wassilissa und ihr Begleiter Ilja Murometz sowie dessen Freund Iwan Zarewitsch aus Russland und winkten den Umstehenden freundlich zu.

Auf einem chinesischen Drachen, der hin und wieder ein wenig Feuer aus seinem rot-goldenen Maul spuckte, kam der Kaiser Qin Shi Huangdi angeritten. Dann kam eine wunderschöne Kutsche, aus der Rapunzel mit ihren goldleuchtenden Haaren und ihr Gatte, der Königssohn und ihr Retter ausstiegen. Als letztes konnte man sehen, wie sich etwas in einer rasanten Geschwindigkeit am Himmel näherte. In einem glühenden Funkenregen landete dieses Etwas schließlich auf der Wiese nahe dem Schloss. Mit Blitz, Donner und Rauch öffnete sich Maxims HUV. Lachend stieg er aus und rief den Gästen übermütig zu:

»Seid gegrüßt, liebe Freunde! Es tut mir leid, dass ich erst jetzt komme. Aber ich habe mich so auf das Anliegen von Schneewittchen konzentriert und dabei gar nicht wahrgenommen, dass ich immer schneller geflogen bin. So habe ich unbemerkt die Zeitgrenze überquert.« Maxim lachte. »Dadurch war ich übermorgen schon einmal hier und habe erst dann bemerkt, dass ich viel zu schnell gewesen bin. Aber ich bin morgen gleich zurückgeflogen und nun habe ich es gerade noch rechtzeitig zu euch geschafft.« Er drehte sich zu seinem HUV um und zeigte auf den Ausstieg: »Seht mal, wen ich unterwegs noch aufgegabelt habe.«

Aus dem Gefährt stieg eine wunderschöne Indianerin und winkte den Gästen schüchtern zu. Maxim machte eine elegante Verbeugung in ihre Richtung und sagte ausgesprochen höflich:

»Hier seht ihr Prinzessin Pocahontas aus Amerika, äh - das heißt, sie ist ja nun auch schon Königin beziehungsweise die Gemahlin des Häuptlings ihres Stammes geworden.« Er ging zu ihr, bot ihr den Arm und geleitete sie zum Schlosseingang hinüber. Anschließend begab er sich zu Schneewittchen, umarmte und küsste sie herzlich. Dann begrüßte er auch die anderen Gäste, von denen viele gerade staunend die Gebäude bewunderten, die für die Kinder gebaut worden waren und die von ihren Bewohnern selbst mitgestaltet wurden. Als Maxim seinen Cousin Iwan sah, umarmte er ihn herzlich und fragte:

»Mein Lieber. Wir haben uns ja schon Lichtjahre nicht gesehen. Wie geht es euch und was macht mein geliebtes Russland?«

Iwan war sehr gerührt: »Uns geht es soweit gut. In unserem Land hat sich vieles verändert. Manches zum Guten, aber es sind auch weniger schöne Dinge geschehen. Doch darüber lass uns später reden. Aber was mich noch interessiert, was macht eigentlich dein Zwillingsbruder Igor?«

»Oh«, sagte Maxim. »Der lebt in Amerika und ist inzwischen ein weltberühmter Magier geworden. Er reist mit seiner Magic-Show in der ganzen Welt herum. Zur Zeit ist er in Deutschland und hat bald einen Auftritt in Berlin. Hast du denn nichts von ihm gehört?«

»Donnerwetter!«, sagte Iwan mit großen Augen. »Aber auch ich bin in Russland sehr beschäftigt und habe eine Ewigkeit nichts von ihm gehört. Und was ist mit dir?«

»Ich«, antwortete Maxim, so, als wäre es das normalste von der Welt, »ich trete meistens auf Straßenfesten auf oder gehe in Kliniken in denen kranke Kinder liegen und lasse ihnen ihre Krankheit für einen Moment vergessen. Das macht mit sehr viel Spass.«

»Toll«, meint Iwan. »Das ist genauso wichtig wie die Auftritte von Igor.« Er klopft ihn dabei liebevoll auf die Schulter.

Angeregt miteinander plaudernd gingen schließlich alle nach und nach die breite Empfangstreppe des Schlosses hoch und betraten die Eingangshalle.

Schneewittchens Ballsaal war, wie zu solchen Anlässen üblich, fürstlich geschmückt. Dutzende goldene Kerzenleuchter an den Wänden verbreiteten strahlendes Licht und auf der Bühne spielte eine Gruppe von Musikern in prächtiger Livree zum Tanz auf. Die Diener eilten aufgeregt hin und her und servierten den Gästen auf Tabletts Getränke und Konfekt. Jeder sprach mit jedem und berichtete ausführlich, was sich in der letzten Zeit in seinem Land zugetragen hatte.

In der Mitte des Saales stand Arielles Muschel, gefüllt mit Wasser und ringsherum dekoriert mit herrlich leuchtenden Seerosen. Viele drängten sich um die kleine Meerjungfrau, denn sie waren neugierig zu erfahren, wie sich das Leben unter Wasser abspielte. Auch Schneewittchen hörte ihren Erzählungen interessiert zu.

Dann jedoch gab sie dem Hofmarschall ein kleines Zeichen. Dieser ging auf die Bühne und klopfte dreimal mit seinem Stab auf den Boden, woraufhin die Musik verstummte. Laut verkündete er:

»Hochverehrte Gäste. Ihre Majestät, Königin Schneewittchen, bittet Sie an der Tafel Platz zu nehmen. Sie möchte mit Ihnen den Ablauf der Trauung von Prinzessin Weißröschen und Prinz Pedro besprechen. Und sie hat auch noch ein anderes Anliegen, über das sie sprechen möchte.«

Er verbeugte sich tief, ging hinüber zur Tür des Bankettsaals und öffnet sie. Dort blieb er stehen, bis alle Anwesenden den Ballsaal verlassen und den Bankettsaal betreten hatten. Schneewittchens Platz befand sich am Kopfende der langen Tafel, während am anderen Ende Arielles Muschel stand.

Nachdem der letzte Gang des vorzüglichen Menüs - eine Cremetorte mit weißen Rosen - serviert worden war, schlug Schneewittchen mit einem kleinen Porzellanlöffel an ihren kristallgläsernen Weinkelch.

Alle Gespräche rings herum verstummten sofort. Dann dankte sie den Gästen noch einmal sehr herzlich für ihr Kommen und zeigte auf die kleinen, in Gold gebundenen Mappen, die an jedem Platz lagen.

»Liebe Freunde, hier habe ich schon einmal einen Ablaufplan der Hochzeitsfeier aufgeschrieben. Die letzten beiden Seiten sind noch frei. Jeder von euch sollte dort Notizen machen, wenn er noch Vorschläge zur Feier machen möchte. Diese gebt ihr dann dem Baron von Siebenbürgen.«

Sie zeigte auf den stattlichen weißhaarigen Hofmarschall, der ehrfurchtsvoll an der Seite des Saales stand und sich höflich verneigte.

Schneewittchen fuhr fort: »Wie viele von euch wissen, wollten meine Eltern damals, als meine Mutter noch lebte, ein Kinderland erbauen. Es sollte für Kinder, die aus den verschiedensten Gründen Hilfe brauchen, in unserem Land errichtet werden. Leider hat der Tod meiner Mutter dies verhindert, und wie ihr vielleicht noch wisst, wollte meine Stiefmutter von so einem Projekt überhaupt nichts wissen. Doch wie ihr seht, wird nun rings um unser Schloss fleißig daran gearbeitet. Seit ich meinen Freund Maxim aus der Menschenwelt kenne, der die Fähigkeit besitzt, zwischen der Menschen- und der Märchenwelt hin und her zu pendeln, haben wir gemeinsam beschlossen, in Not geratene Kinder auch aus der Menschenwelt in unser Kinderland zu holen.« Dann wurde sie etwas ernster und schaute besorgt in die Runde. »Ich glaube, jeder von uns kennt das Schicksal von Dornröschen, die zu ihrem sechzehnten Geburtstag zusammen mit dem gesamten Königreich von der dreizehnten Fee, Tarantella, in einen 100-jährigen Schlaf versetzt wurde. Ich denke, Tarantella ist noch immer in Aktion. Obwohl ich seit diesem Ereignis nie mehr etwas von ihr gehört oder gesehen habe und ich mir auch nicht vorstellen kann, wo sie sich aufhalten könnte, habe ich ein ungutes Gefühl, was die Hochzeit betrifft. Immerhin ist Prinzessin Weißröschen die Tochter von Dornröschen, und sie ist ebenfalls gerade 16 Jahre alt. Ich denke, dass Tarantella das nicht vergessen hat und vielleicht auch ihr etwas Böses antun will. Doch selbst die hoch entwickelte Technik in meinem Schloss hat mir nie einen Hinweis über den Aufenthaltsort von Tarantella geben können.« Sie schüttelte nachdenklich den Kopf. »Außerdem sind in letzter Zeit viele Kinder, auch aus der Menschenwelt, verschwunden.

Von denen hat man bis heute nichts mehr gehört. Ist das nicht seltsam? Doch nun zu meinem Anliegen an euch, liebe Freunde.«

Sie wartete einen kleinen Augenblick und fuhr dann fort: »Ich würde euch bitten, bis zur Hochzeit unseres jungen Paares alles Mögliche zu unternehmen, um herauszufinden, ob es Zeichen, Spuren oder sonst irgendwelche Hinweise über den Verbleib von Tarantella gibt. Solltet ihr fündig werden, so lasst es uns gleich wissen. Maxim wird sich in regelmäßigen Zeitabständen bei euch nach dem neusten Stand der Dinge erkundigen. Sollten sich meine Befürchtungen bestätigen, so wollen wir uns - zwar nicht während der Feierlichkeiten, aber danach - einmal zusammensetzen und einen Plan erarbeiten, wie wir Tarantella ein für allemal unschädlich machen können.« Ohne weitere Diskussion sagten alle Anwesenden Schneewittchen ihre Hilfe zu. Diese atmete erleichtert auf.

Dann zeigte sie auf den Ausgang und bat die Gäste, ihr zu folgen. »Nun wollen wir gemeinsam im und um das Schloss spazieren gehen und uns ansehen, was die Kinder so gemalt, gebastelt oder sonst noch alles gemacht haben.«

Schneewittchen stand auf, verneigte sich vor ihren Gästen und ging voraus. Auf dem Schlosshof spielten gerade zwei Kinder das Stück *Anna-Maria*. Wer das einmal komponiert hatte, war nicht bekannt. Die Solisten waren ein zehnjähriger Junge am Piano und ein vierzehnjähriges Mädchen spielte die Querflöte. Die Gäste blieben stehen und hörten andächtig zu.

Peter war immer noch mit Gu Lap in seinem Zimmer und hatte vom erzählen einen ganz trockenen Mund. Er nahm einen kräftigen Schluck Apfelschorle, holte tief Luft und schaute Gu Lap an.

»Na, wie findest du das bis jetzt«, fragte er aufgeregt.

Unsicher wiegte Gu Lap ihren Kopf hin und her.

»Etwas früh für eine Beurteilung, oder?« Dann kratzte sie sich nachdenklich am Kopf und sagte nur: »Aber eine Frage beschäftigt mich die ganze Zeit. Wer oder wo ist eigentlich Schneewittchens Gemahl? Sie hatte doch ihren Retter geheiratet.«

Peter stutzte. »Keine Ahnung. Vielleicht fällt mir ja dazu noch etwas ein, okay? Aber jetzt passiert etwas Furchtbares«, grinste er.

»Jetzt bestätigt sich Schneewittchens Verdacht und Tarantella und ihre schrägen Gehilfen kommen mit ins Spiel.«

Gu Lap machte große Augen. » Nun fang´ endlich an.«

»Also, pass auf«, sagte Peter. »Tarantellas Reich ist tief in einem Berg verborgen. Auch sie kann sich, wie Maxim, sowohl in der Menschen- als auch in der Märchenwelt aufhalten.« Er zeigte ihr eine Skizze, die er gemalt hatte. »Der Eingang von der Menschenwelt in ihre finstere Unterwelt ist eine kleine, unscheinbare verlassene Hütte im Wald an einem Berg. Die ist jedoch von Bäumen und Pflanzen so zugewachsen, dass sie von den Menschen so gut wie nicht, das heißt - äh - eigentlich gar nicht wahrgenommen wird.«

Gu Lap schüttelte sich und musste lachen. »Das klingt ja gruselig.«

»Ist es auch, ist es auch«, meinte Peter mit finsterer Miene und fügte noch hinzu: »Und Tarantella ist nicht nur eine böse Fee, sondern auch eine raffinierte Zauberin. Sie prahlt gerne mit ihren übernatürlichen Fähigkeiten. Nun stell´ dir vor, nicht ich, sondern sie stellt uns ihr ›Reich der Goldenen Herzen‹ vor.«

Er machte dabei eine sehr geheimnisvolle Miene. Dass ihn NAO die ganze Zeit dabei beobachtete, konnte er natürlich nicht ahnen. Das hat ja auch nur bedingt etwas mit seiner Story zu tun..

Total gespannt hörte Gu Lap weiter zu.

NAO saß, wie so oft in letzter Zeit, mit SALI am Monitor und sie hatten alles mitverfolgt. Da sagte NAO plötzlich:

»Du, kannst du mal den Kasten abstellen?«

SALI tat dies, fragte aber ganz erstaunt: »Meister. Gerade jetzt, wo es spannend werden könnte, wollen Sie nichts mehr davon wissen?«

NAO schüttelte den Kopf und meinte nur: »Nein, nein - äh - doch, doch. Ich möchte dich nur fragen, ob du mitbekommen hast, dass Gu Lap den Peter etwas fragte, worauf der gar nicht richtig einging?«

»Na klar«, antwortete SALI. »Sie hatte nach Schneewittchens damaligen Lebensretter gefragt.«

NAO lehnte sich zurück und schaute SALI fragen an. »Und?«

»Was und?«

NAO schüttelte nachdenklich den Kopf und meinte ehrfurchtsvoll:

»Ich staune über Gu Lap. Das Mädchen kommt aus Asien und kennt das Märchen von Schneewittchen. - Toll. - Aber, was mich noch mehr an ihr fasziniert ist, dass sie ganz genau zuhört, wenn Peter seine Story erzählt und einfach ein bisschen mitdenkt. Findest du das nicht auch erstaunlich?«

»Da muss ich ihnen Recht geben Meister«, nickte SALI. »Sie ist bestimmt so eine kleine Perfektionistin.« Er hatte schon den Finger auf der Taste, um den Monitor wieder einzuschalten und meinte noch ungeduldig: »Wollen wir uns jetzt die Geschichte weiter anhören, in der vielleicht etwas Action vorkommt.«

»Naja, junge Leute - äh - ich meine Geister wollen eben Action. Schalte schon an.«

»Sorry, war nicht böse gemeint«, sagte SALI etwas verlegen und schaltete ein. Es dauerte auch nicht lang und sie sahen zum ersten Mal Tarantellas Reich.

Tarantellas Reich der Goldenen Herzen

Tarantella stolzierte unruhig in ihrem Reich herum. Groß gewachsen und geradezu unnatürlich schlank, in einem engen schwarzen Lacklederkleid und mit langen zerzausten schwarzen Haaren war sie eine beeindruckende und zugleich furchteinflößende Gestalt.

Irgendwie machte sie den Eindruck einer Domina, die in einem Käfig voller Raubtiere lebt und diese mit der Peitsche nach ihrer Pfeife tanzen lässt. Als Erstes machte sie einen Abstecher in ihre Schatzkammer, um dort nach dem Rechten zu sehen. Das riesige Gewölbe war bis unter die Decke vollgestopft mit Bergen von Gold, Silber, Schmuck und Edelsteinen. Hämisch grinsend lehnte sie sich an den Türrahmen und murmelte vor sich hin: »Und diesen ganzen Krempel verehren so viele bescheuerten Menschen dermaßen, dass sie sich dafür sogar gegenseitig umbringen!« Sie lachte lauthals und hässlich auf. »Wenn ihr nur begreifen würdet, dass das alles eigentlich unnützer Kram ist, ohne den ihr sorglos und glücklich sein könntet! Aber das begreifen die Wenigsten - Luzifer sei Dank. Wäre es anders, könnte ich wohl kaum mein Ziel erreichen und eure geistig minderbemittelte Rasse zu meinen gehorsamen Untertanen machen.«

Dann ging sie in ihre Hi-Tech-Gruft, in welchem fast die gleiche supermoderne Hightech-Ausrüstung wie beim Zauberer Maxim und Schneewittchen aufgebaut war. Sie setzte sich vor einen Computermonitor, der in knorrige Eichenwurzeln eingefasst war und betätigte ein paar Drehknöpfe aus kleinen Totenschädeln auf der Tastatur. Der Monitor selbst erinnerte an ein riesiges Spinnennetz. Hier verfolgte sie genauestens, was gerade im Märchenland und in der Menschenwelt so alles vor sich ging - auch das Treffen auf Schneewittchens Schloss blieb ihr nicht verborgen. Als sie mitbekam, dass man nach ihr suchte und sie bekämpfen wollte, geriet sie außer sich vor Wut.

Ein greller Blitz zuckte durch den Raum, begleitet von einem furchtbar lauten Knall und einer riesigen dunklen Qualmwolke. Mit einem markerschütternden Schrei sprang Tarantella auf und trommelte wütend auf den Bildschirm. Ihr Gesicht lief giftgrün an und ihre Augen begannen feuerrot zu leuchten. Sie war so sauer, dass alles, was sie in die Finger bekam durch den Raum flog.

Und so manches ging dabei zu Bruch. Langsam nahm sie ihre alte Gestalt wieder an, tobte weiter wütend durch das Zimmer und schrie:

»Das glaub´ ich nicht - Ich glaub´ es einfach nicht!!! Jahrelang habe ich alles dafür getan, dass mich die Gören Schneewittchen, Dornröschen und wie sich die dämlichen Frauenzimmer auch immer schimpfen, nicht entdecken. Ich habe dieses Reich mit meiner ganzen magischen Kraft und hyperdimensionalen Raffinesse aufgebaut. Ich habe nichts ausgelassen ...«, bei jeder Silbe des nächsten Wortes schlug sie mit der Faust wütend auf den Tisch, »um rück - sichts - los meine Macht auszubauen.« Sie schnaufte giftig und jedes Mal, wenn sie ausatmete, entwich eine Qualmwolke ihrem weit aufgerissenen Mund. Dabei wechselte ihre Augenfarbe zwischen gefährlichem giftgrün und funkelndem feuerrot. Mit röchelnder Stimme krächzte sie:

»Jetzt, wo ich kurz davor bin, die Herrschaft über die gesamte Märchenwelt an mich zu reißen, wollen diese verfluchten sentimentalen Königinnen und ihre beknackten Verbündeten mich und mein Reich ins Abseits drängen. Oder sogar im schlimmsten Fall ganz und gar unschädlich machen. Ich glaub´ es nicht!!! - Ich fass´ es nicht!!!

Aber wartet es ab. Es ist noch nicht das letzte Wort gesprochen! Ihr kriegt mich nicht klein. Da müssen schon ein paar raffiniertere Köpfe ans Werk.« Und hochmütig zeterte sie weiter: »Ich weiß genau, dass ich meinen schon lange ausgeheckten Plan verwirklichen kann. Ich bin zwar noch nicht ganz fertig damit. Aber okay, wenn´s sein muss, dann eben jetzt schon. Und diesmal, mein ach so geliebtes Schneeblödchen!« Bei diesen Worten holte sie tief Luft. »Diesmal wird das Ergebnis nicht nur hundertfach, sondern tausendfach und abermals tausendfach so grausam sein.« Sie nahm einen Taschenspiegel aus ihrem Kleid, betrachtete sich darin und lächelte kalt. »Dagegen war mein Fluch über Dornröschen damals nur Kinderkram! Ich weiß zwar, dass ich euch im Moment wieder nur in einen 100-jährigen Schlaf versetzen kann.«

Sie schüttelte drohend die Faust. »Aber diesmal, ha, diesmal wirkt der Fluch nicht mehr nur in EINEM Königreich.« Laut schrie sie »Nein, nein, nein!!! Diesmal wird sich dieser Fluch auch in den Ländern eurer primitiven, einfältigen und scheinheiligen Freunde auswirken. Mir wird schon kotzübel, wenn ich auch nur an sie denke.«

Sie lachte und tat so, als würde Schneewittchen höchstpersönlich vor ihr stehen, als sie weiter brüllte: »Verstehst du, du blöde Ziege! Diesmal wird es auch deine gesamte Sippschaft betreffen!!! Und nach diesen hundert Jahren, das schwöre ich beim Leben des Luzifers, werde ich soweit sein, dass ich dich und deine bekloppten Handlanger für alle Zeiten unschädlich mache. Ihr werdet nicht sterben, ha, ha, ha, nein, nein!« Genüsslich leckte sie sich die Lippen, als hätte sie gerade eine besonders köstliche Praline probiert. »Ihr werdet, so lange ihr lebt, Höllenqualen erleiden. Höllenqualen, so grausam, dass ihr mich jeden Tag um Gnade anwinseln und euch wünschen werdet, euer fürstliches Leben mit einem primitiven und kargen Sklavendasein zu tauschen.« Sie stellte sich vor ihren Wandspiegel und fuhr aufreizend langsam mit den Händen über ihre Hüften.

»Dann könnt ihr meinen Sieg noch miterleben. Ich werde euch gut versorgen.« Hämisch grinsend fuhr sie fort: »Täglich einen Löffel stärksten Essigs gegen den Durst und ein Stück Baumrinde gegen den Hunger. Gefüllt mit den köstlichen Maden der Borkenkäfer. Es wird mir ein Vergnügen sein, euch dabei zusehen, mit welchem Genuss ihr diese einmalig wunderbare Speise ... her - un - ter - schlingt!!!«

Sie hielt kurz inne und holte tief Luft. »Und auch, dass dieser Milchreisbubi Peter seine bescheuerte Geschichte in den Muschelcomputer schreiben will, werde ich mit aller Macht zu verhindern wissen, so wahr ich Tarantella heiße! Überhaupt muss mir etwas einfallen, damit die Menschen vorrangig solche Geschichten schreiben, in denen sie sich gegenseitig die Köpfe einschlagen und die Gier nach Macht und Geld ohne Rücksicht auf Menschenleben ganz oben steht. Das ist mir ja in letzter Zeit schon ganz gut gelungen.«

Dann tobte sie mit wilden Gebärden im Raum herum, fluchte vor sich hin und tat so, als könnte sie von den Menschen gesehen und gehört werden: »Jetzt werde ich euch mal erklären, wie ich die sogenannten ›braven‹ Kinder in coole, kernige Typen verwandle.«

Boshaft lachend geiferte sie: »Ihr Kleingläubigen wisst ja gar nicht, was mit diesen ›lieben Kinderchen‹ so geschehen kann, wenn ich sie erst einmal in meine Krallen bekomme.«

Ihr Ton wurde jetzt überheblich arrogant.

»Hier, das war zum Beispiel ungefähr vor 15 Menschenjahren.«

Sie ging zurück zu ihrem Computer, suchte in ihren gespeicherten Memoiren und auf dem Monitor erschien der Eingang zu ihrem Reich in der Menschenwelt. Dort sah man einen etwa zwölfjährigen, blassen und schmächtigen Jungen mit einem Eimerchen, der Heidelbeeren im Wald sammelte.

»Das ist der junge Sven, heute wird er von seinen Kumpels Specky genannt.« Stolz warf sie ihren Kopf in den Nacken. »Damals war er noch ein einfältiger schmächtiger Junge und ein guter und braver Schüler. Aber meine Macht und Zauberkraft haben ihn in einen Typen ganz nach meinem Geschmack verwandelt. Dumm, gefährlich, egoistisch und ohne jegliches warmherziges Gefühl. Solche Gefühle sind sowieso nur geheuchelt und sie nutzen einem im Leben absolut nichts!« Sie schlug mit der Faust auf den Tisch. »Ich sage euch, eines Tages werdet ihr alle erkennen, dass das Leben nur dann Sinn hat, wenn man ausschließlich an sich selbst und seine eigenen Vorteile denkt. Alles andere ist nur scheinheiliges Getue!«

Dann setzte sie ein abfälliges Lächeln auf und sagte mit laxer Stimme: »Jetzt könnt ihr´s miterleben, wie ich es geschafft habe, dass der kleine liebe Sven von damals heute so gar nicht mehr nett und brav ist? Den Teufel im Nacken und los geht´s! Schnallt euch gut an!«

Auf dem Computermonitor war nun Tarantella zu sehen, wie sie damals aussah. Eigentlich genauso furchterregend und in bedrohlich aggressiven schwarzen Lederklamotten. Nur ihr Gesicht war aalglatt und extremer geschminkt. Sie stand vor ihrem großen Wandspiegel, betrachtete sich stolz von allen Seiten und sagte arrogant lächelnd:

Ich bin Tarantella - ihr
Denkt nur was ihr wollt
Denn in meinem Reiche hier
Gibt es massig Gold.
Hol´ mir junge Menschen her
Tausch´ in Gold ihr Herz
Haben keine Seele mehr
Fühlen keinen Schmerz.
Zukunftsangst - vorbei und aus
Hier braucht man kein Geld
Leben nur in Saus und Braus
Das ist unsre Welt.

Noch während sie so sprach, begann sie plötzlich zu schrumpfen, bekam eisgraue Haare und Runzeln im Gesicht. Schließlich hatte sie sich in ein altes betagtes Großmütterchen verwandelt. Anschließend ging sie zu der Schleuse hinüber, die in dem Waldhäuschen von der Märchenwelt in die Welt der Menschen führte. Vor der magischen Tür blieb sie stehen. Eine rote Lauflichtschrift darüber warnte:

ACHTUNG!!!
HIER BEGINNT DIE MENSCHENWELT.
DAS BETRETEN IST AUF EIGENE GEFAHR.
ALLE MAGISCHEN KRÄFTE DES
»REICHES DER GOLDENEN HERZEN«
TRETEN HIER AUSSER KRAFT!!!
BEACHTEN SIE UNBEDINGT
DIE ANWEISUNGEN DER VORSCHRIFTEN!!!

Tarantella nahm eine Fernbedienung aus ihrer Tasche und richtete sie auf das Tor, das sich mit lautem Getöse öffnete. Dann ging sie hindurch und verschwand mit einem schmatzenden Sauggeräusch. Auf der anderen Seite der Schleuse - einer heruntergekommenen, verlassenen Waldhütte - tauchte sie wieder auf. Sie schloss das Tor mit der Fernbedienung und zurückblieb nichts als eine einfache Bretterwand.

Dann ging sie in den Wald und begann - ganz in der Nähe von Sven - ebenfalls Heidelbeeren zu sammeln. Als sie sicher war, dass der Junge sie sah, täuschte sie einen Schwächeanfall vor. Stöhnend lehnte sie sich an einen Baum, ließ sich daran herunter gleiten und setzte sich auf die Erde. Mit wehleidiger Stimme rief sie dann laut:

»Hallo, junger Freund! Kannst du bitte einmal zu mir kommen?«

Sven kam sofort zu ihr gelaufen und fragte: »Liebe Frau, kann ich dir irgendwie helfen? Geht es dir nicht gut?«

Tarantella verdrehte die Augen. »Ach, ich weiß auch nicht recht. Plötzlich ist mir so schlecht geworden und ich habe keine Kraft mehr, den Eimer mit den Beeren nach Hause zu tragen.«

Mit ihrer runzeligen Hand griff sie nach seinem Arm. »Danke. Mein kleines Waldhäuschen ist zwar hier ganz in der Nähe, aber selbst bis dorthin schaffe ich es allein nicht mehr. Würdest du mir vielleicht meinen Eimer dorthin bringen?« Flehentlich streckte sie die Hände aus und zeigte auf einen dicken Ast.

»Gib mir doch bitte diesen starken Ast, damit ich mich stützen kann und wir zu meinem bescheidenen Häuschen gehen können.«

Ohne zu zögern brachte Sven ihr den Stock, half ihr dann beim Aufstehen und nahm den Eimer. »Das ist doch selbstverständlich, dass ich dir helfe und dich nach Hause bringe.«

Tarantella nahm Sven an die Hand und hinkte mit ihm langsam zu dem Waldhäuschen. Dort angekommen sagte sie scheinheilig:

»Vielen, vielen Dank, mein lieber Junge. Ohne deine Hilfe würde ich immer noch da draußen sitzen, wer weiß, wie lange noch! Dafür, dass du mir geholfen hast, will ich dir ein Brot mit zuckersüßem Waldbienenhonig geben. Dazu auch noch eine Tasse köstlich heiße Schokolade. Komm, setz´ dich an den Tisch.«

Sven schüttelte bescheiden den Kopf. »Das brauchst du nicht. Ich habe es doch gern getan. Aber du solltest dich nun ins Bett legen und ausruhen, damit du bald wieder bei Kräften bist.«

Tarantella tat enttäuscht. »Du würdest mich beleidigen, wenn du mein kleines Dankeschön ablehnst.« Mit einer besonders wehleidigen Miene heuchelte sie: »Ein Brot und ein Getränk zuzubereiten, ist wirklich keine Last für mich. Ich möchte mich nur für deine große Hilfe und Unterstützung revanchieren. So viel Zeit wirst du doch noch haben, oder?«

»Ist schon gut«, sagte Sven schließlich zögerlich. »Ich bleibe einen Augenblick hier.« Dann schaute er sich die primitive Einrichtung des Waldhäuschens nachdenklich an und sagte: »Sag mal, du wohnst hier aber sehr einfach. Ich könnte mir nicht vorstellen, so zu leben.«

Tarantella tätschelte Sven die Wange und schüttelte scheinheilig den Kopf. »Ach weißt du, die Menschen brauchen heutzutage Luxus, Reichtum und ein bequemes Leben. Doch dafür arbeiten viele von früh bis spät in die Nacht. Das brauche ich alles nicht, denn hier in der Nähe ist eine Quelle mit frischem gesundem Wasser. Der Wald liefert mir Beeren, Pilze, Honig und Kräuter in Hülle und Fülle. Und wenn die Bauern ihre Ernte eingebracht haben, hole ich mir die liegengebliebenen Ähren und mache etwas Mehl daraus.«

Sie nahm ein Glas Honig aus einem Regal und stellte es auf den Küchentisch. Dann machte sie eine Scheibe Brot zurecht und holte ein Glas Trinkschokolade, in das sie heimlich ein Schlafmittel mischte. Nicht lange nachdem Sven es getrunken hatte, fing er auch schon an zu gähnen.

»Äh. Ich wollte doch?«, sagte er sehr stockend und verwirrt. »Äh, ich wollte doch irgendwohin gehen? Irgendwohin - äh, ich glaube - nach Hause. Ja - aber in welche Richtung muss ich denn gehen?«

Doch dann lallte er nur noch:

»Habe ich überhaupt ein Zuhause? Doch - meine Eltern haben doch den gleichen Namen wie ich. Mein Name ist ...? Ich kann mich an gar nichts mehr erinnern.«

Tarantella streichelte ihm scheinheilig den Kopf und lächelte schadenfroh in sich hinein. »Ich glaube du bist ein wenig müde. Am besten, du legst dich für ein halbes Stundchen hin und ruhst etwas. Du kannst dich dort auf das Bett legen. Ich bringe dir eine warme Decke, damit du nicht frierst.«

Folgsam legte sich Sven hin und schlief auch sofort ein. Tarantella deckte ihn zu und ging hinüber zur Schleuse. Mit ihrer Fernbedienung öffnete sie das Tor zum **REICH DER GOLDENEN HERZEN** und rief nach ihrem Gehilfen Rumpelstilzchen. Dann ging sie zurück zum Bett, bewegte einen Knauf am Fußende, woraufhin vier Räder ausgefahren wurden und wartete. Schon nach wenigen Minuten konnte man genau sehen, wie Rumpelstilzchen - ein verschlagen dreinblickender Gnom mit verfilztem Haar und spitzem Hut - in der Hütte erschien.

Beide schoben den bewusstlosen Jungen durch die Schleuse in Tarantellas Reich, und zwar direkt ins Labor.

Dort wurden Gifte gemixt, Zaubertränke zubereitet, aber auch Gold und andere Edelmetalle geschmolzen und umgearbeitet. Dies war der Wirkungsbereich von Drachulus dem Zauberer, einem jungen Mann, der 20 Jahre zuvor - als Kind - von Tarantella in ihr Reich entführt und in die dunklen Zauberkünste eingewiesen worden war.

Drachulus, der auch die Mixtur für die goldenen Herzen entwickelt hatte, stand gerade am Schmelzofen und schmolz eine Hand voll Gold aus der Schatzkammer ein. Es war Schmuck vom Feinsten, doch er warf ihn achtlos und desinteressiert, so, als wäre es der größte Plunder, in den Schmelztiegel. Nachdem das Gold flüssig geworden war und brodelte, goss er es in eine Form, die einem menschlichen Herzen entsprach. Ein kleiner Kran beförderte das goldene Herz dann in einen Glasbehälter mit Eiswürfeln. Es zischte, dampfte und erstrahlte in grellen Farben, dann war das Herz kühl und erstarrt.

Rumpelstilzchen, der bemerkt hatte, dass sich Sven auf dem OP-Tisch leicht regte, holte ein Riechfläschchen und hielt es ihm unter die Nase. Sven stöhnte etwas und fiel gleich darauf erneut in einen tiefen Schlaf. Währenddessen hatte sich Tarantella wieder in ihre alte Gestalt verwandelt. Da sie sich einbildete, eine fantastische Sängerin zu sein, begann sie ihren Song ›*Gold*‹ zu singen, als sie hinüber zum OP-Tisch ging und seinen Oberkörper freimachte. Dann setzte sie ihm ein Gerät auf die Brust - direkt über seinem Herzen. Es war eine Röhre aus Glas mit einem Durchmesser von circa 20 cm, an deren oberem Rand sich eine gläserne Kugel befand. Mit schriller Stimme, begleitet von magischen Handbewegungen, sprach Tarantella unheimliche Beschwörungsformeln vor sich hin.

Plötzlich wurde die Stelle, an der sich Svens Herz befand, leuchtend rosa und durchsichtig, so dass man es in seinem Brustkorb schlagen sehen konnte. Tarantella war wie von Sinnen. Unsanft schob sie Rumpelstilzchen zur Seite und begann zu tanzen. Immer noch finstere Beschwörungen murmelnd näherte sie sich dem OP-Tisch.

Wie besessen schaute sie auf die Glasröhre, wartete darauf, dass das Herz endlich in die Kugel schweben würde und fauchte mit hässlicher Stimme:

»Komm, mein kleines, sanftes Herzilein. Komm, komm in die Kugel der ewigen Ruhe und des absoluten Friedens, komm - komm.«

Durch einige elektrische Blitze und die Macht von ein paar finsteren Beschwörungsformeln, löste sich Svens Herz schließlich von seinem Körper. Ohne dass sich die Brust öffnete, stieg es durch die Röhre in die Kugel.

Dort angekommen, schloss sich diese sofort und schwebte losgelöst von der Glasröhre durch den Operationssaal in die ›***Gruft der gefangenen Herzen***‹. Tarantella sprach dazu in einem schneidenden Tonfall:

Liebste Kugel, werd´ zu Glas - öffne dich nie mehr
Ach, das macht mir Riesenspaß! - Wie?! - Das ist nicht fair?
Seht, ich hab´ erreicht mein Ziel, - wieder ein Herz mehr.
Und es werden nie zu viel, - Kugeln sind noch leer.

Die ›*Gruft der gefangenen Herzen*‹ war ein hermetisch abgeriegelter Raum, der nur von Tarantella betreten werden konnte. Darin schwebten hunderte der gläsernen Kugeln, die wie bunt schillernde Seifenblasen aussahen und nach einer gruseligen Musik tanzten. In jeder einzelnen Kugel befand sich ein menschliches Herz, und wie aus weiter Ferne hörte man leise das Weinen und Jammern von Kindern. Um die Kugeln schwirrten kleine Flugmonster, die wie Gremlins aussahen, und anderes hässliches Getier herum. Sie spielten mit den Kugeln der Kinderherzen wie mit Luftballons und grinsten sich dabei hämisch an.

NAO schlug wütend mit der Faust auf seinen antiken Schreibtisch und sagte sichtlich sauer zu SALI: »Siehst du, jetzt fängt auch Peter an, Horrorszenarien zu beschreiben. Aber das ist wohl bei den Menschen so. 80 % der Schlagzeilen in der Presse handeln doch von Katastrophen, Kriegen und anderen Verbrechen oder Grausamkeiten. Mit ein paar positiven Nachrichten lockt man heutzutage wahrscheinlich kaum noch jemanden hinterm Ofen vor.« Er fasste sich an die Stirn und schüttelte nachdenklich den Kopf.

»Die meisten Menschen verabscheuen Gewalt und Verbrechen und wollen ihr Leben in Frieden und Frohsinn verbringen. Dennoch haben sie es bis heute noch nicht fertiggebracht, diese Grausamkeiten endgültig abzuschaffen. Im Gegenteil! Inzwischen sind schon Kinder soweit, sich an Kriegsspielen und anderem sinnlosen Zeug zu ergötzen. Ob sich das jemals ändert? So schwer kann das doch nicht sein - oder?«

Nachdenklich schaute er SALI an, der ihm sehr aufmerksam zugehört hatte. »Im Grunde habt Ihr Recht, Meister, doch Peters Story ist ja gerade mal am Anfang. Lassen wir ihn einfach weiter phantasieren.«

NAO nickte widerstrebend. »Stimmt - okay«, meinte er schließlich zögernd und ging wieder zu seinem Fernrohr.

Bevor Tarantella der Kugel in die ›*Gruft der gefangenen Herzen*‹ folgte, nahm sie das goldene Herz, ließ es durch die Röhre in Svens Brust gleiten und sagte: »Hier mein Junge, hast du ein Herz aus purem Gold.« Mit einer abfälligen Geste fuhr sie fort: »Du wirst nie mehr diese sinnlose Hilfsbereitschaft in dir spüren und nur noch an deine eigenen Vorteile denken. Auch werden dich die verlogenen, netten Worte von irgendwelchen scheinheiligen Intelligenzbestien absolut unberührt lassen.« Zynisch fügte sie noch hinzu: »Und vor allem kannst du auf die überflüssigen Streicheleinheiten anderer Menschen verzichten. Jetzt hast du ein Herz, das keinerlei Wärme braucht, denn es ist starr und kalt. Ha, ha, ha, ha! Jetzt wirst du noch geklont und dann ab mit dir in die heimische Heimat.«

Vor einer Wand standen zwei gläserne Kabinen, die durch Kabel verbunden waren. Drachulus und Rumpelstilzchen legten Sven in die eine hinein. Dann löschte Tarantella das Licht, so dass nur noch die beiden Glaskabinen leuchteten - diejenige, in der Sven lag, in ganz feurigem Rot und die andere in eiskaltem Blau. Tarantella bediente einen großen knorrigen Hebel an der Wand, woraufhin sich Svens Kabine mit rotem Nebel füllte. Es blitzte und zischte. Dann füllte sich die andere Kabine mit blauem Nebel. Aus diesem Nebel formte sich langsam der zweite Körper von Sven. Nachdem er seine endgültige Gestalt erreicht hatte, wurde das Klonen mit einem dumpfen Knall beendet. Der Nebel verzog sich aus den Kabinen und die beiden identischen Körper waren deutlich zu sehen. Tarantella schaltete das Licht wieder an, ging zur Kabine des echten Svens, öffnete diese und strich ihm hämisch grinsend über den Kopf.

»Komm, kleiner emotionsloser Jüngling. Du bist jetzt einer von uns und kannst nun getrost wieder nach Hause gehen.«

Sven blinzelte mit den Augen und setzte sich aufrecht hin. Er war jedoch noch total benommen und folgte Tarantellas Anweisungen wie unter Hypnose. Sie nahm seine Hand und führte ihn durch die Schleuse ins Waldhäuschen. Dort verabreichte sie ihm noch einen Schlaftrunk und brachte ihn dann zurück in die Menschenwelt - genau an die Stelle, an der er vorher die Heidelbeeren gesammelt hatte. Mit einem Fußtritt und ein paar gehässigen Worten verabschiedete sie sich hier von ihm.

»So, mein lieber Knabe, jetzt schlafe noch ein bisschen. Du wirst dich an das, was mit dir geschehen ist, nicht mehr erinnern. Viel Spaß in deinem neuen Leben.« Anschließend machte sie sich hämisch lachend auf den Rückweg in ihr Reich.

Sven wachte nach geraumer Zeit auf und rieb sich missmutig die Augen. Verschlafen schaute er sich um und entdeckte dabei den Eimer mit den Heidelbeeren. In einem bösartigen und aggressiven Tonfall rief er: »Diese blöden Heidelbeeren! Ich hasse diese langweilige Sammelei. Es dauert ja ewig bis man so einen Scheißeimer voll hat. Man vergeudet nur seine Zeit und wird auch noch müde dabei.« Dann stand er auf, trat mit voller Wucht gegen den Eimer und ging wütend nach Hause. »Das war das letzte Mal, dass ich diesen Mist gesammelt habe. Sollen die doch ihre bescheuerten Beeren allein ranschaffen«, murmelte er dabei hasserfüllt.

Als Tarantella zurück in ihr Labor kam, rieb sie sich vor Freude genüsslich die Hände. Schnell ging sie hinüber zur zweiten Glaskabine und weckte den neuen Sven mit der gleichen Zeremonie auf. Nach einer Weile erwachte dieser schließlich. Sein Blick war kalt und leblos. Dämlich grinsend stand er auf, erblickte Tarantella und ihre Gehilfen und sagte in einen arroganten Tonfall:

»Was glotzt ihr mich so blöd´ an und was ist das überhaupt für ein Laden hier?« Mit einer angewiderten Miene schaute er dann an sich herab. »Was habe ich denn für beschissene Klamotten an? Und überhaupt, ich habe furchtbaren Knast. Gibt´s hier eigentlich was geiles zu Futtern? Und mörderischen Durst habe ich - wie ein ausgetrocknetes Nilpferd. Erspart mir aber bloß die blödsinnigen Heidelbeeren und das kotzüble Quellwasser!!!« Missmutig begann er an seinen Klamotten herumzuzerren.

Tarantella lächelte zynisch und entgegnete: »Alles zu seiner Zeit, mein Freund. Hier gibt´s keine Heidelbeeren und auch kein Quellwasser. Hier werden nur megacoole Speisen wie Pommes und Getränke mit einer kleinen Dosis Hemmungsblocker serviert.« Sie nahm Sven an die Hand und führte ihn in ihre Schatzkammer, die schon damals bis an die Decke mit Gold und Schmuck vollgestopft war.

Mitten im Raum stand ein großer Tisch, an dem eine ganz finstere Gestalt saß und mit gieriger Miene die Goldmünzen zählte. Diese putzte die Edelsteine und dabei funkelten und glitzerten ihre Augen.

Stolz zeigte Tarantella Sven ihre Schätze, kleidete ihn neu ein und behängte ihn mit Schmuck. Dann drückte sie ihm ein paar Münzen in die Hand und brachte ihn in ihren Lieblingsraum - das Spielcasino.

Sven setzte sich sogleich an die Bar und kippte gierig ein paar hochprozentige Drinks hinunter.

NAO und SALI hatten im Computer ein Programm, mit dem sie das, was sich die Menschen in ihren Geschichten ausdachten, gleich visuell sehen konnten. Sie hatten das letzte Geschehen aufmerksam auf dem Monitor verfolgt. Kopfschüttelnd trank NAO einen Schluck Wasser aus dem neben ihm stehenden Glas, verschluckte sich jedoch und musste furchtbar husten. Zu allem Überfluss rutschte ihm dann auch noch das feucht gewordene Glas aus der Hand. Er konnte es zwar gerade noch auffangen, bespritzte sich dabei aber das ganze Gesicht. Seufzend schaute er hinüber zu SALI, der mühsam ein Kichern unterdrückte, und zuckte nur mit den Schultern.

Mit heruntergezogenen Mundwinkeln sagte er lax: »Na und!« Dann setzte er sich wieder an den Tisch und meinte gedankenverloren: »Man kann sich wirklich nur wundern, was für Tarantella und ihre Satansbrut das Wichtigste in ihrem Monsterleben ist.«

Auch SALI wurde nachdenklich. »Dazu hätte ich jetzt mal eine Frage, Meister.« Er überlegt einen Moment. »Weshalb braucht diese hinterhältige Hexe die Herzen der armen Kinder? Sie hat doch Gold und andere Schätze in Hülle und Fülle, und könnte sich die Herrschaft über die Welt damit ganz einfach erkaufen.«

Auch NAO dachte einen Augenblick nach. »Ach weißt du, SALI, Tarantella ist zwar gehässig, hinterhältig und machtgierig, aber nicht doof. Sie scheint genau zu wissen, dass die unentbehrlichsten und wertvollsten Schätze der Menschen ihre Herzen und ihre Seelen sind.« Er stützte sein Kinn in die rechte Hand und fuhr weiter fort: »Deshalb versucht sie mit allen Mitteln und ihrer Zauberkraft, die wertvollen Herzen der Kinder - die noch vorurteilslos, voller Vertrauen und energiegeladen waren - an sich zu reißen, um sie als Energiequelle für sich und ihre bösartig teuflischen Pläne zu nutzen.

Sie weiß genau, was wirklich wertvoll ist und lacht sich insgeheim über die Menschen kaputt, die einzig und allein dem Reichtum und Luxus nachjagen. Aber genau das ist ihr teuflisches Spiel. Es macht ihr wahnsinnig Spaß, die Menschen so zu beeinflussen, dass diese nur noch nach Macht und Geld streben. Ihr selbst ist aber völlig klar, wie zutreffend ein altes Sprichwort der Indianer diesbezüglich ist.«

SALI schaute ihn neugierig an. »Und das besagt was?«

NAO lächelte. ›*Erst wenn der letzte Fisch gefangen und der letzte Baum gefällt wurde, werden die Menschen erkennen, dass man Geld und Gold nicht essen kann.*‹ Er griff sich an die Stirn. ›*Oder so ähnlich? - Ob die Menschen das wohl jemals begreifen werden?*‹

SALI sagte mit hochgezogenen Augenbrauen: »Das haben schon die Indianer gesagt? Kluge Köpfe - kluge Köpfe.«

NAO nickte lächelnd. »Ja, ja. Schon vor hunderten von Jahren. Aber darüber können wir uns später einmal unterhalten. Jetzt wollen wir uns erst mal ansehen, was sich Peter weiter so in seiner Story ausgedacht hat.«

»Ihr habt ja so was von Recht, Meister«, schmunzelte SALI.

Beide schauten wieder auf den Monitor.

Als Tarantella aus dem Spielcasino zurück ins Labor kam, nahm sie als erstes die Kugel mit Svens Herzen, ging damit an den Eingang der ›***Gruft der gefangenen Herzen***‹ und schloss diesen auf. Dort öffnete sie ein kleines Fach in der Wand, in das sie die Kugel legte.

Die Wand fing an zu flimmern und geheimnisvolle, finstere Musik erklang. Sie drückte ein paar Knöpfe auf einer Konsole und machte beschwörende Gesten dazu. Während sich die Tür des Schließfachs daraufhin schloss, sang sie mit schaurig feister Stimme:

Kugel, Kugel bunt und schön,
ewig bleibst du so besteh´n.
Mein Befehl ab heute ist:
Wenn du auch dein Herz vermisst,
bleibst dein ganzes Leben hier,
in der goldnen Welt bei mir!

Danach verschwand sie hinter einer spanischen Wand und kam wenig später in einer schwarzen Lederkorsage, die mit vielen silbernen Ketten behängt war, und einer engen Schlangenlederhose wieder hervor. Tarantella öffnete das Wandfach erneut und die Kugel mit dem Herzen von Sven schwebte heraus. Mit festem Griff packte sie die Kugel und ging mit ihr zu ihrer Liege hinüber. Diese stand in der Mitte des Raumes, war ganz mit rotem Samt bezogen und hatte einen schwarzen Baldachin aus Seide.

Ein gutes Dutzend ekelhafter Gnome tummelten sich darauf und ein paar Flugmonster umschwirrten die Liege wie lästige Fliegen. Tarantella verscheuchte die Tiere, legte sich bequem hin, löschte mit einer Fernbedienung das Licht und schaltete gleichzeitig ihre Hi-Fi-Anlage an. Mehrere schwarze Kerzen und kleine Räucherstäbchen tauchten den Raum in ein flackerndes Licht. Langsam ließ sie die Kugel über ihren Körper gleiten, stöhnte und sang - besser gesagt sie röchelte - zur Musik ihren Song ›*I Steal Their Hearts*‹.

Zu dieser gruseligen Musik funkelten ihre Augen feuerrot.

Dann sprach sie mit honigsüßer Stimme: »Ah, - mein kleines, warmes, frisches Herz. Jetzt bist du befreit von der verlogenen Liebe, der vorgetäuschten Herzlichkeit und den unechten Glücksgefühlen. Du wirst nie mehr diese Kugel verlassen und nur in absoluter Stille, ohne Kontakt zu anderen Lebensformen, leben. Es gibt keine Sonne mehr, die dir unnötigerweise das Herz erwärmt und dir ein wohliges Gefühl vortäuscht. Auch Mond und Sterne werden dir erspart bleiben, von denen du geglaubt hast, dass sie dich im Schlaf beschützen. Du bist jetzt erlöst von allem krankhaft sentimentalen Getue. Nur hier bei mir bist du in den richtigen Händen.«

Sie ließ die Kugel los und schaute ihr genüsslich nach, wie sie davon schwebte. Schließlich stand sie auf, ging in ihre Hi-Tech-Gruft zurück, schaltete den Computer und grinste schadenfroh.

»Ha, jetzt wisst ihr wie einfach es für mich ist, so ein bescheuertes Menschlein in meine Gewalt zu bekommen. Passt nur gut auf. Wenn ich euch eines Tages begegne, seid ihr mir hilflos ausgeliefert. Also dann - bis bald!« Grässlich lachend nahm sie eine ihrer Feuerkugeln, warf sie auf den Boden und verschwand in einer hell auflodernden Flamme.

NAO ging an seinen Schreibtisch zurück. Bevor er sich setzte, drehte er sich zu SALI um und meinte nur angewidert: »Das war also ein Rückblick in Tarantellas Vergangenheit. Schau dir diese Furie an.«
Sie sahen noch wie Tarantella selbstherrlich vor ihrem Spiegel stand und so tat, als würde sie von der ganzen Welt gesehen und gehört werden, als sie rief:

»Na, was habe ich euch gesagt - ha, ha, ha! Jetzt habt ihr einmal gesehen, wie ich die „braven" Kinder in superkernige Typen verwandle. So war es damals und so wird es auch in Zukunft sein.«

Sie stand auf und verließ ihre Hi-Tech-Gruft, wobei sie sich die Hände rieb und zufrieden vor sich hin kicherte.

NAO war sprachlos. Er stand auf und wollte den Raum gerade verlassen, als SALI ihn am Ärmel festhielt. NAO blieb stehen und schaute ihn fragend an: »Was ist los?«

SALI fragte neugierig: »Sag mal, hast du vorhin den Typen gesehen, der ganz verklärt in Tarantellas Schatzkammer den Schmuck geputzt hat?«

»Ja, warum?«, entgegnete NAO verwundert. »Das war der Prinz, der Schneewittchen in dem gläsernen Sarg der Sieben Zwerge gefunden hat und später ihr Ehemann wurde. Also Prinz Pedros leiblicher Vater.«

»Ach ja? Ist ja komisch. Wie kommt der denn zu Tarantella?«

»Ach weißt du, das erzähle ich dir später einmal. Jetzt brauch ich erst einmal eine Pause.« Kopfschüttelnd stürzte NAO durch die Tür.

Tarantella, immer noch total schadenfreudig, war inzwischen in ihrem Schlafgemach angekommen, das jedoch eher wie eine Folterkammer aussah. Überall hingen Masken, Peitschen, sowie Ketten und anderes eisernes Zeugs herum. Ihr Bett war, ebenso wie die Liege der ›***Gruft der gefangenen Herzen***‹, aus rotem Samt gefertigt und das Bettzeug bestand aus schwarzer Seide, die mit Totenköpfen, Spinnen und umgedrehten Kreuzen bemalt war. Sie stellte sich vor ihren überdimensional großen Spiegel, schaute sich von oben bis unten an und meinte herausfordernd:

»So, und nun zu dir, du ewig verfluchte Schneewitwe! Das eine verspreche ich dir. Dein Vorhaben wird nichts weiter sein als Schall und Rauch. Ich sehe zwar keine Möglichkeit, persönlich auf der Hochzeitsfeier zu erscheinen und meinen Fluch zu verwirklichen. Doch Luzifer sei Dank habe ich diesen versoffenen, aber raffinierten Typen Rumpelstilzchen. Und der ist richtig gierig darauf, sich bei mir einzuschmeicheln.« Wohlwollend griff sie sich an den Hintern. »Der kriecht mir doch hier rein und deshalb wird er alles daran setzen, mir bei meinen Plan zu helfen.«

Sie setzte sich an ihren Schminktisch und fing an, sich mit totaler Begeisterung total extrem zu schminken.

Gu Lap saß immer noch im Schneidersitz auf Peters Liege. Sie schüttelte sich und schaute Peter mit großen Augen an.

»Mann oh Mann, das ist ja richtig gruselig. Ist das mit den Kinderherzen nicht ein bisschen grausam? Kindern das Herz herausreißen und mit einem Klumpen Gold vertauschen - ich weiß nicht …? Siehst du keine andere Möglichkeit die Kinder in die Gewalt von Tarantella zu bringen?«

Peter stimmte nachdenklich zu: »Na klar ist das ganz schön brutal. Aber manchmal ist das Leben eben grausam. Man darf nur die Hoffnung nicht aufgeben. Irgendwann kann sich alles wieder zum Guten wenden. Hör mal zu, welchen teuflischen Plan sich Tarantella ausgedacht hat. Auch diesmal will sie Schneewittchen und ihre Gäste in einen 100-jährigen Schlaf versetzen. Das muss jedoch in diesem Fall Rumpelstilzchen ausführen.«

Gu Lap sagte aufrichtig: »Also bis jetzt gefällt es mir wirklich ganz gut. Aber ich hoffe doch, dass das Ende der Story positiv ist!?«

Peter schmunzelte. »Danke. Und was das Ende der Geschichte angeht, äh? - lass dich am besten einfach überraschen.«

»Na gut, dann erzähle mal weiter«, lachte Gu Lap.

Ein wenig später saß Tarantella an der Bar in ihrem Spielcasino und beobachtete bösartig lächelnd die fiesen Typen um sich herum. Es gab dort Unmengen an Glücksspielen, überall blinkten grelle Lichter und ständig waren schrille Sirenen-Töne zu hören. Die meisten Kreaturen drängten sich an den Spieltischen und Glücksautomaten und rissen sich gegenseitig die Münzen aus den Händen. Jeder wollte gewinnen und wenn ihm das nicht gelang, versuchte er, irgendetwas zu klauen. Alle hatten denselben gierigen und gleichzeitig kalten Blick in den Augen. Andere saßen total besoffen an der Bar und grapschten nach den Beinen der Tänzerinnen. Und die Gespräche drehten sich nur um: **Geld, Geld und nochmals Geld**. Laut und zufrieden lachend ging Tarantella schließlich zur Bühne. Den Sänger - es war der inzwischen erwachsene Sven, längst als Specky bekannt - verwies sie mit einer kurzen Handbewegung in eine Ecke. Sie nahm das Mikrophon vom Ständer und begann wieder ihren Song ›*Gold*‹ zu singen. Das Publikum hörte wie hypnotisiert zu. Alle wussten, dass sie während einer Aufführung von Tarantella still zu sein hatten, ob es ihnen gefiel oder nicht. Ihr gegenüber waren sie alle die totalen Duckmäuser und wagten es nicht, auch nur einen Mucks von sich zu geben.

Am nächsten Tag war Tarantella in ihrer Hi-Tech-Gruft und rief Rumpelstilzchen zu sich. Der kam auch sofort eilfertig angerannt und sie besprachen einen Plan.

»Du hast doch damals schon mal für eine Königin am Spinnrad Stroh zu Gold gesponnen«, meinte Tarantella. »Also wirst du jetzt auf das Fest von Schneewittchen gehen und ihre Schwiegertochter Weißröschen dazu bringen, mit dir in den Turm zu gehen. Dort steht das Spinnrad von Dornröschen.« Sie lachte hämisch. »Dieses obernaive Schneewittchen hat tatsächlich geglaubt, wenn sie das Spinnrad in ihrem Schloss versteckt, würde ich es nicht mehr finden. Na, da kennt sie aber die raffinierte Tarantella nicht! - Nun wieder zu dir, Rumpelbumpel. Du wirst Weißröschen dazu bringen, dass sie sich - wie damals Dornröschen - in den Finger sticht. Sie weiß vom Schicksal ihrer Mutter nichts, da man ihr nie etwas davon erzählt hat. Also wird sie auch nicht misstrauisch werden. Sollte dir das nicht gelingen, habe ich noch etwas anderes entwickelt, das den gleichen Effekt hat wie die Spindel. Komm mit, wir gehen in mein Labor.«

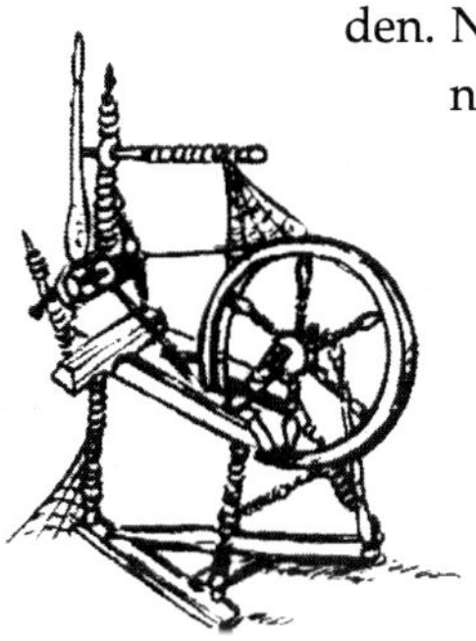

Beide verließen die Hi-Tech-Gruft und gingen hinüber ins Labor. Dabei redete Tarantella ununterbrochen weiter:

»Wenn du es geschafft hast, dass sich Weißröschen in den Finger sticht, dann haben wir wieder 100 Jahre Zeit, unsere Macht nicht nur über ein Königreich, wie es damals bei Dornröschen war, sondern auch über die gesamte Phantasie- und Märchenwelt auszubauen. Das ist diesmal unser riesengroßer Vorteil, klar?«

Rumpelstilzchen glotzte sie jedoch nur dümmlich und verständnislos an. Ohne seine Antwort abzuwarten, polterte Tarantella los:

»Mann, du bist aber auch eine geistige Nullnummer! Ist dir nicht aufgefallen, dass bei der Feier fast alle Herrscher und Helden der Märchenwelt anwesend sein werden? Du wirst dich als Prinz aus einem fernen, unbekannten Land vorstellen. Ich selbst kann ja diesmal nicht hingehen, weil mich mit Sicherheit Dornröschen, ihr Gemahl oder Schneewittchen erkennen würden.«

Rumpelstilzchen rieb sich genüsslich die Hände. »Hör mal, da fällt mir doch gleich ein genialer Vers ein:

Zum Prinz verwandle ich mich heut´
bis hin zur Unerkennbarkeit.
Ach wie gut, dass niemand weiß,
dass ich Rumpelstilzchen heiß.
Ich bin schlau und raffiniert,
betrüge jeden ungeniert.«

Tarantella hörte aber gar nicht hin, ging an den Giftschrank und nahm eine Schachtel mit einem Parfümfläschchen heraus. Sie fuhr Rumpelstilzchen in einem schneidenden Tonfall an: »Gib´ nicht so an. Hier, dieses Parfüm ist das gleiche Gift wie damals an der Spindel. Irgendwie musst du es fertigbringen, dass Weißröschen damit in Berührung kommt. Für den Fall, dass die Aktion mit der Spindel nicht funktioniert, habe ich mir noch etwas anderes ausgedacht. Hüte dich aber davor, dass du selbst mit diesem Gift in Berührung kommst! Dann würde über UNSER Reich der gleiche Fluch hereinbrechen und wir wären für hundert Jahre ausgeschaltet. Du siehst, ich habe volles Vertrauen zu dir. Enttäusche mich nicht!«

Rumpelstilzchen antwortete untertänig: »Ich werde alles zu deiner vollsten Zufriedenheit erledigen, Mighty Queen.« Dann verbeugte er sich eifrig. Tarantella sah ihn giftig an. »Das hoffe ich. Schließlich lebst du hier auf meine Kosten in Saus und Braus.«

Ein paar Tage später war es endlich so weit. Der Hochzeitstag von Weißröschen und Prinz Pedro war gekommen. Im Ballsaal spielte schon seit den frühen Morgenstunden ein Jugendorchester und die Diener liefen aufgeregt hin und her, um die lange Tafel im Bankettsaal herzurichten. Der Hofmarschall stand an der Eingangstür des Schlosses und stellte die ankommenden Gäste vor:

»König Drosselbart und Gemahlin, Königin Pocahontas mit ihrem Gemahl, Königin Aschenputtel mit Gemahl, Sultan Aladdin und Gemahlin Jasmin, Sindbad der Seefahrer mit Gemahlin, die Zarentochter Wassilissa und ihr Gemahl Ilja Murometz, Tarzan mit Gemahlin und Sohn Momo, Ikarus und Tochter Nachtigall …«

Hinter dem Eingang standen Schneewittchen, Dornröschen und deren Gemahl Qin Shi Yuan. Auch sie begrüßten die Gäste. Und als Königin Cinderella, die man auch als Aschenputtel kennt, mit ihrem Mann König Simon dem Zweiten den Raum betrat, umarmte Schneewittchen sie ganz herzlich und sagte:

»Cinderella, wir haben uns ja ewig nicht gesehen! Ich freue mich, dass du heute hier bist.« Sie zeigte auf den Jungen, der neben Aschenputtel stand. »Wer ist denn dieser stattliche junge Mann?«

Königin Cinderella sagte, indem sie ihren Sohn liebevoll ansah: »Das ist unser Sohn, Prinz Noah. Ein Tausendsassa - ein liebevoller.«

Schneewittchen streichelte seinen Kopf und küsste ihn auf die Stirn. »Herzlich Willkommen.«

Prinz Noah verbeugte sich und küsste Schneewittchens Hand. Nach und nach füllte sich der Ballsaal. Als Weißröschen und Prinz Pedro in ihrer Hochzeitsgarderobe auf die Bühne kamen, ging ein Raunen durch den Saal. Die Gäste waren ganz entzückt von der Schönheit und Anmut des Paares. Das Brautpaar verneigte sich tief und ging von der Bühne in Richtung Ausgang, die Blumenkinder Elene und Simon - des Hofmarschalls Enkelkinder - voran. Zwei andere trugen die lange Brautschleppe vom Hochzeitskleid. Auch die Gäste verneigten sich tief, bevor sie dem Brautpaar folgten.

Till Eulenspiegel tanzte in seiner närrischen Art durch die Reihen der Gäste und fummelte mit spöttischen Gesten an deren Kleidung herum und tat so, als wolle er alles ordnungsgemäß zurechtrücken. Über dem Brautpaar schwebte *Sunbeam* und der *Guardian Angel Choir.*

Prinz Pedros und Weißröschens Hochzeit

Auf einem Berg, nicht allzu weit entfernt von Schneewittchens Schloss, stand ein wunderschöner Dom, zu dem sich nun alle aufmachten. Das Brautpaar kam in einer prächtige Hochzeitskutsche, die vor dem Haupteingang hielt. Die Gäste kamen ebenfalls in und auf ihren wundersamen Gefährten und brachten auch die Kinder aus dem Kinderland mit. Am Wegrand standen Menschen aus allen Kontinenten der Erde. Sie jubelten und winkten der Hochzeitsgesellschaft begeistert zu.

Am Portal des Doms, der übrigens der Dresdner Frauenkirche zum Verwechseln ähnlich war - jedoch ohne ein Kreuz auf der Kuppel - wurden sie von Priestern der verschiedensten Religionen in Empfang genommen.

Im Inneren des Doms schwebten der Engel Sunbeam und sein *Guardian Angel Choir* wie auf Wolken über dem Altar und sangen mit den Hochzeitsgästen zusammen den Song ›*We´re Here Today*‹.

Wo man auch hinsah - überall standen Gestecke aus wunderschönen Blumen und hunderte Kerzen tauchten den Raum in ein warmes Licht. Das Besondere an diesem Dom war, dass er nicht nur auf eine, sondern auf ALLE Weltreligionen der Erde ausgerichtet war, was man schon an der Innenausstattung sehen konnte. So gab es hier unter anderem ein christliches Kreuz, eine Statue von Buddha und eine jüdische Menora. Ein europäischer Priester und ein asiatischer Mönch nahmen die Trauung vor. Weißröschen und Prinz Pedro knieten am Altar und steckten sich schließlich die Ringe an. Sie wurden in beiden Religionen gesegnet und dann küssten sie sich. Hanna, Schneewittchens Zofe, übergab dem Brautpaar eine weiße Rose, die wunderbar duftete und wie eine Wunderkerze funkelte. Danach ging das Paar zum Ausgang und es erklang der Song ›*Congratulations*‹.

Draußen standen die Hochzeitsgäste Spalier und überschütteten das Brautpaar mit den Blüten tausender Blumen. Die Menschen vor dem Dom jubelten dem Brautpaar begeistert zu, bevor Weißröschen und Prinz Pedro wieder in die Kutsche stiegen und sich die gesamte Hochzeitsgesellschaft zurück zum Schloss begab. Dabei schwebte der Engelchor über der Kutsche und sang den Song ›*Hand In Hand*‹.

Tarantella saß in ihrer Hi-Tech-Gruft und hatte auf dem Monitor alles genauestens verfolgt und schrie: »Ha, das Feiern wird euch noch vergehen! Ihr werdet eines Tages froh sein, wenn ihr überhaupt noch einen Fetzen am Leib habt und einen Tropfen Wasser aus einer stinkenden Pfütze trinken könnt.«

Zur gleichen Zeit befand sich Rumpelstilzchen in Tarantellas Labor und sang den Song ›*I´m - Oh So Cool*‹ vor sich hin.

- Irgendwann einmal hatte er den Song ›*You Are So Cool*‹ gehört und einen eigenen Text dazu gemacht, worauf er furchtbar stolz war. -

Jetzt nahm er ein Fläschchen mit einer schwarzen Flüssigkeit, das er von Tarantella bekommen hatte. Es handelte sich um einen Zaubertrank, der ihn in einen attraktiven jungen Prinzen verwandeln sollte, so dass er sich unerkannt unter die Hochzeitsgäste in Schneewittchens Schloss mischen konnte. Doch da er sich nicht gleich traute, den Zaubertrank zu probieren, nahm er - um sich richtig Mut zu machen -

erst einmal einen kräftigen Schluck aus seiner Schnapsflasche. Danach kippte er das schwarze Zauberelixier in einem Zug hinunter.

Doch was passierte da? Rumpelstilzchens Hände begannen lila zu leuchten, seine Augen wurden knallrot und sein Gesicht lief blau an. Er schrie auf, wand sich und qualmte furchtbar aus Ohren, Nase und Mund. Die Schnapsflasche fiel ihm aus der Hand. Dann verwandelte er sich in einen furchtbar hässliches Monster. Er bekam einen Buckel, lange Eselsohren, eine lange, warzenübersäte dicke Nase und hatte plötzlich nur noch einen verfaulten Zahn im Mund. Sein Gesicht war übersät mit riesigen gelben Eiterbeulen.

Tarantella, die das Geschrei gehört hatte, kam hereingestürmt und sah die zerbrochene Schnapsflasche auf dem Boden liegen. Völlig außer sich und mit hochrotem Gesicht schrie sie Rumpelstilzchen an:

»Du ... du Riesenrindvieh, du elender Saufbold!!! Hast du denn überhaupt keinen Grips in deinem Hohlschädel? Du kannst doch keinen Schnaps vor dieser Zauberbrühe saufen. Damit erreichst du doch nur das ganze Gegenteil, du Armleuchter.« Sie zog Rumpelstilzchens Kopf an den Haaren nach oben und flößte ihm unsanft das Gegenmittel ein. »Hier, schluck das, du Trottel!« Langsam nahm er daraufhin wieder seine ursprüngliche Gestalt an. Völlig erschöpft musste er sich nach dieser Tortur erst einmal ins Bett legen. Als er nach geraumer Zeit erwachte, brummte sein Schädel und er grummelte mit schmerzverzerrtem Gesicht:

»Luzifer nochmal, tut mir die Rübe weh. Jetzt brauch´ ich erstmal ´nen ordentlichen Drink.« Doch plötzlich stutzte er und hielt inne.
Er griff sich an die Stirn. »Halt, halt! Nicht noch einmal dieses Theater. Ich brauche etwas gegen meine Brummbirne und dann ´ne schöne warme Dusche - igitt.«

Er ging an den Medizinschrank und nahm sich eine Pille, die er angewidert hinunterwürgte. Dann ging er unter die Dusche und fing hinter dem durchsichtigen Vorhang wieder mit seinem Lieblingssong ›*I´m - Oh So Cool*‹ an zu singen. Nachdem er sich abgetrocknet und angezogen hatte, nahm er das Fläschchen mit dem Zaubertrank, dass Tarantella wieder für ihn gefüllt hatte, und das gleiche Spiel ging von vorne los. Nur, dass er diesmal nach der Verwandlung wirklich wie ein eleganter Prinz aussah, der von allen Menschenarten etwas an sich hatte. Selbst seine sonst so krächzende versoffene Stimme hatte einen total sympathischen und vertrauensvollen Klang. Er stellte sich vor seinen Spiegel und äffte in einer völlig übertriebenen Art einen angenehmen Prinzen nach. Dabei grinste er überheblich, verzog sein Gesicht zu einer hämischen Grimasse und verschwand hinter seiner spanischen Wand.

NAO rieb sich zufrieden die Hände und lächelte SALI an: »Weißt du, mein Lieber, ich schreibe zwar das, was sich Peter in seiner Geschichte ausdenkt, auch noch in mein Buch - aber ich finde es total genial, dass wir mit dem ***VSC-Programm*** genauer gesagt: ***Vision Store Chip***, im Computer seine Gedanken gleich als Film sehen und speichern können.«

SALI lachte: »Stimmt Meister. Aber da hat unser Geisterkollege TECCO auch lange daran herum getüftelt.« Sie sahen, wie Rumpelstilzchen seine aufgetakelte Prinzenkleidung angezogen hatte, vor die spanische Wand trat und wieder vor dem Spiegel prahlte:

»Oberaffengenial! Ich bin eben doch ein Genie. ... Halt, ich weiß! Ich werde mich Prinz Genius nennen, damit auch alle wissen, wie clever ich bin! Und jetzt werde ich allen zeigen, wie leicht man so oberschlaue Typen wie Weißröschen und ihre Sippschaft austrickst. Ha, ha, ha.« NAO und SALI sahen sich kopfschüttelnd an.

»Dieser Großkotz! Hoffentlich bekommt er irgendwann einmal die Quittung für seine Überheblichkeit.« NAO nickte nur.

In Tarantellas Spielcasino war wieder die Hölle los, als Rumpelstilzchen alias Prinz Genius herein stolzierte. Einen Moment lang blieb er an der Tür stehen, damit sich seine Augen an die grellen Lichter gewöhnen konnten. Doch dann ging er schnurstracks auf Tarantella zu, die in der Mitte des Raumes thronte und das Chaos um sich herum genoss und warf sich vor ihr stolz in Pose.

»Na, Queen of darkness, wie habe ich das gemacht?«

Tarantella winkte nur gelangweilt ab. »Gib nicht so an, du Saufbold! Schließlich habe ich diesen Zaubertrank erfunden. Jetzt beeil´ dich schon und mach´ dich endlich auf den Weg.« Ungehalten fügte sie noch hinzu: »Die Hochzeitsfeier ist schon in vollem Gang. Ich werde mich inzwischen um einen Neuzugang kümmern.« Und mit vor Erregung ganz schrillen Stimme kreischte sie: »Ich kann es kaum erwarten, neue Herzen zu bekommen. Am liebsten wäre mir, ich könnte die Herzen von Prinz Pedro und Weißröschen verwenden. Die haben eine schier unerschöpfliche Energie. Also, Rumpelholz, los jetzt! An die Arbeit mit dir!«

Rumpelstilzchen war enttäuscht. »Is´ ja gut, ich geh´ ja schon.« Beleidigt drehte er sich um und ging.

Wie es einem Prinzen geziemte, sollte Rumpelstilzchen den Weg zu Schneewittchens Schloss auf dem Rücken eines königlich prächtig geschmückten Pferdes zurücklegen, das schon im Stall für ihn bereitstand. Während er es an den Zügeln hinaus auf den Hof führte, grölte er aus vollem Halse seinen Song

›I´m - Oh So Cool‹

Dann wollte er sich lässig auf das Pferd schwingen, nahm dabei aber so viel Schwung, dass er auf der anderen Seite sofort wieder herunter kippte. Mühsam kam er auf die Füße und putzte sich den Schmutz von den Kleidern ab. Nach mehreren Versuchen gelang es ihm endlich, oben sitzen zu bleiben. Als sie durch den Wald auf das Schloss zuritten, sang er das Lied immer noch, während sich das Pferd zu der Musik wie in der Hohen Schule der Reitkunst bewegte. Es tänzelte mit ihm förmlich durch den Wald und nickte nach jeder Zeile des Refrains mit dem Kopf, wobei es das letzte Wort wiehernd mitsang.

Rumpelstilzchen hatte alle Mühe, sich dabei im Sattel zu halten und schwankte manchmal wie ein Betrunkener auf dem Pferderücken herum. Doch nichts und niemand konnte seine Arroganz und Überheblichkeit bremsen.

»Lacht ihr nur, ihr erbärmlichen Menschlein«, kicherte er höhnisch vor sich hin. »Aber macht es erst mal besser als ich! Schließlich reite ich heute das erste Mal auf einem Pferd. Und dafür ist es doch wohl hervorragend - oder?«

Die Hochzeitsgesellschaft hatte inzwischen den Dom verlassen und war auf Schneewittchens Schloss angekommen. Alle Gäste begaben sich unverzüglich in den Ballsaal, wo das strahlende Brautpaar darauf wartete, den Hochzeitswalzer zu eröffnen. Schneewittchen forderte Prinz Pedro und König Qin Shi Yuan seine Tochter Weißröschen auf, während das Orchester den Walzer aus ›Dornröschen‹ von Peter Tschaikowsky zu spielen begann.
Die beiden Paare tanzten bis zur Mitte des Saales. Dort ankommen, führten die Brauteltern das junge Brautpaar zusammen. Die Gäste, die währenddessen in einem großen Kreis um die Tanzenden standen und sich verneigt hatten, beendeten nun ihre Verbeugung.

Nachdem Pedro und Weißröschen einige Runden allein getanzt hatten, forderten sie alle Gäste zum Tanz auf. Jetzt war auch der Hofnarr Till Eulenspiegel zu sehen, der wie immer seine Späße mit den Gästen machte. Er nahm seine Zauberflöte und die Gäste tanzten ihm hinterher, ohne dass sie sich dagegen wehren konnten. Auch heute befand sich Arielle die Meerjungfrau unter den Feiernden, doch da sie diesmal ihre Tochter Adriane mitgebracht hatte, stand eine besonders große Muschel mit den beiden am Rande des Ballsaals. Neben der Muschel saß Prinz Fabian, der Sohn von König Drosselbart, der sich sehr angeregt mit Adriane unterhielt. Er hatte sich augenscheinlich in sie verliebt.

Arielle schaute allerdings etwas wehmütig zu den Tanzenden hinüber. »Wenn ich das so sehe, würde ich auch gerne mittanzen. Adriane, du doch auch?«

Adriane schaute ganz verliebt in Prinz Fabians Augen und nickte nur. Der Zauberer Maxim, der das Gespräch zufällig mit angehört hatte, kam zu ihnen herüber und streichelte Arielle nachdenklich übers Haar.

»Liebste Arielle und Adriane, ich werde es mit meiner Magie jetzt versuchen, euren Wunsch zu erfüllen, wie die Menschen gehen, stehen und tanzen zu können. Drückt mir die Daumen. Es wird mir jedoch - wenn überhaupt - nur für diesen heutigen Abend gelingen.«

Die beiden Nixen waren entzückt. Maxim ging auf die Bühne ans Mikrophon und wartete, bis der Tanz zu Ende war. Dann hob er die Hände und die Gäste schauten erwartungsvoll zu ihm hoch.

»Liebes Brautpaar, liebe Gäste. Wie ich sehe, seid Ihr von diesem Fest begeistert. Auch ich bin sehr glücklich, heute hier sein zu dürfen. Es sind jedoch zwei Personen unter uns, die leider ein wenig traurig sind.« Er zeigte auf die Muschel. »Diese reizenden Meeresbewohner freuen sich sehr darüber, an diesem Fest teilnehmen zu können. Doch würden auch sie gerne, genau wie wir, heute Abend tanzen können. Nun werde ich versuchen, ihnen diesen Wunsch zu erfüllen. Dazu bitte ich Euch um absolute Ruhe. Es ist ein Versuch. So etwas habe ich bisher noch nie gemacht.«

Schlagartig herrschte absolute Stille im Raum und alle schauten gebannt zu Maxim. Der richtete seine Hände zur Decke und es wurde langsam dunkel im Saal bis die Lichter fast alle erloschen waren.

Dann zeigte er mit seinen Händen auf die Muschel, die in einem geisterhaft glitzernden blauen Licht zu leuchten begann. Maxim ging auf die Muschel zu und blieb, die Hände auf die beiden Nixen gerichtet, kurz vor ihr stehen. Der Saal wurde von angenehmen mystischen Klängen erfüllt. Er ergriff die Hände von Arielle und Adriane und bat sie, sich zu erheben. Als sie dies taten, geschah das Wunder. Ihre Schwimmflossen verwandelten sich über der Wasseroberfläche nach und nach in menschliche Beine. Schließlich stiegen sie überglücklich aus der Muschel. Arielle umarmte Maxim und Adriane ihren Prinzen Fabian. Langsam wurde es wieder hell im Saal. Alle Anwesenden applaudierten begeistert und Maxim verneigte sich dankbar und erfreut.

Prinz Genius alias Rumpelstilzchen ritt inzwischen geradewegs auf den Eingang des Schlosses zu. Vor dem Tor wollte er ganz lässig absteigen, blieb aber im Steigbügel hängen und fiel der Länge nach vom Pferd.

Schnell stand er wieder auf, rückte seine Kleidung zurecht und hob den Blumenstrauß auf, den er die ganze Zeit über mit sich geführt hatte. Dann klopfte er an das Schlosstor. Ein Fenster im Tor öffnete sich und ein erstaunter Wächter schaute heraus.

»Einen wunderschönen guten Tag. Hochwohlgeboren wünschen bitte?«, fragte er untertänig, als er den jungen Prinzen erblickte.

Prinz Genius begrüßte ihn mit einem strahlenden Lächeln und übertrieben höflichen Gesten. »Mein Name ist Prinz Genius. Ich komme aus dem Land Absuerien. Ich war rein zufällig hier in der Nähe und habe gehört, dass der Prinz dieses Königreiches heute heiratet.« Er gab sich die größte Mühe, dass man seine Heuchelei nicht merkte. »Ich würde dem Brautpaar gerne persönlich Glückwünsche übermitteln und ihm ein bescheidenes Geschenk überreichen.«

Der Wächter wiegte mit dem Kopf und murmelte leise: »Ich weiß nicht. Ich habe noch nie von einem Land mit diesem Namen gehört.« Dann fragte er aber nach einer Einladung. Daran hatte Tarantella bei all ihrer gründlichen Planung jedoch nicht gedacht und Rumpelstilzchen entschuldigte sich. Der Wächter stammelte etwas verlegen:

»Es tut mir sehr leid, aber wir dürfen heute nur Gästen mit einer persönlichen Einladung von Ihrer Majestät, Königin Schneewittchen, Einlass gewähren.« Er zuckte bedauernd mit den Schultern. »So lautet nun einmal die Anordnung.«

Rumpelstilzchen setzte eine enttäuschte Miene auf. Er drückte dem Wärter die Blumen und eine Geschenkschachtel in die Hand und sagte in einem traurigen Tonfall: »Schade. Wie gesagt, ich hätte dem Brautpaar gerne persönlich gratuliert und die Gäste kennengelernt. Doch bringen Sie bitte dem jungen Paar wenigstens diese kleinen bescheidenen Geschenke. Gratulieren Sie ihnen im Namen von Prinz Genius.«

Der Wächter nahm den riesigen Strauß gelber Rosen entgegen und machte eine tiefe Verneigung. Doch dann sah er Prinz Genius mitleidig und nachdenklich an. Als dieser sich umdrehte und gehen wollte, hielt er ihn zurück.

»Warten Sie, verehrter Prinz, ich werde jemanden zur Königin schicken und anfragen lassen, ob sie Ihnen Einlass gewährt. Bitte haben Sie ein wenig Geduld.«

Scheinheilig antwortete Rumpelstilzchen: »Das ist sehr, sehr freundlich von Ihnen, vielen herzlichen Dank.«

Der Wächter schloss das Fenster und schickte einen anderen Wächter zu Schneewittchen. Als sich Rumpelstilzchen unbeobachtet fühlte, streckte er die Zunge in Richtung des Schlosses heraus und zischte böse:

»Dieser Lackaffe wird nicht der Einzige sein, der mir auf den Leim geht!«

Vor der Tür des Ballsaales sprach der Wächter mit Schneewittchen:

»Entschuldigen Sie, Durchlaucht. Vor dem Tor wartet ein junger Mann namens Prinz Genius. Er sagt, dass er zufällig in dieser Gegend ist, von der Hochzeit erfahren hat und dem Brautpaar gerne persönlich gratulieren möchte.«

König Qin Shi Yuan stand in der Nähe und hatte das alles mit angehört. Er ging zu den beiden und fragte den Wächter unverblümt:

»Was macht er denn für einen Eindruck auf dich?«

Der Wächter bekam große strahlende Augen. »Oh - er ist ein ganz eleganter, etwas ungewöhnlicher, aber gut aussehender junger Mann. Sehr, sehr höflich und nett.«

Schneewittchen und König Qin Shi berieten sich kurz und nickten schließlich. »Bringt ihn zum Eingang des Schlosses. Wir erwarten ihn dort«, sagte Schneewittchen.

Der Wächter verneigte sich rasch und ging. Schneewittchen und König Qin Shi standen oben auf der Empfangstreppe und warteten, bis der vermeintliche Prinz von dem Wächter gebracht wurde. Prinz Genius - oben angelangt - verneigte sich mit der üblichen Handbewegung tief vor der Königin und dem König. Er übergab die Blumen und als Geschenk ein Bild, auf dem er vor seinem Königsthron zu sehen war. Heuchlerisch und übertrieben höflich stellte er sich vor:

»Ich bin Prinz Genius und komme aus dem Land Absuerien.«

Schneewittchen und König Qin Shi schauten sich fragend an. Der König bemerkte nur nachdenklich: »Entschuldigung, aber von diesem Land habe ich noch nie etwas gehört, obwohl ich mir einbilde, über die Erde gut Bescheid zu wissen.«

Auch Schneewittchen grübelte. »Auch mir ist dieses Land völlig unbekannt. Auf welchem Kontinent liegt es denn?«

Rumpelstilzchen sagte in verstellt bescheidenem Ton: »Absuerien gehört zu keinem Ihnen bekannten Kontinent. Es ist eine kleine Insel in der Südsee und unsere Hauptstadt liegt mitten im Urwald. Unser Volk besteht aus circa 30.000 Absuriern. Während des ganzen Jahres ist die Insel von einer dichten Nebelwand eingehüllt, die durch unseren Regenwald entsteht. Apropos Regenwald: Dieser unersetzbare Schatz wird von uns wie ein ›rohes Ei‹ behandelt. Das ist ungemein wichtig für die Zukunft der Welt. Unsere Luft enthält keinerlei Schadstoffe und das Wasser in unseren Binnenseen ist kristallklar.« Bei diesen Worten leckte er sich sehr auffällig die Lippen, denn in Gedanken dachte er daran, dass es ihm lieber wäre, wenn so ein See aus kristallklarem Wodka bestünde. Mit wichtiger Miene fuhr er fort:

»Ich vermute, der Grund, weshalb noch nie jemand unsere Insel entdeckt hat, ist die ewige Nebelwand. Wir selbst hatten jahrhundertelang keine Ahnung, wie weit diese reicht und ob wir jemals wieder herausfinden würden, wenn wir mit unseren Schiffen hineinfahren. Doch irgendwann ist meine Neugier zu groß geworden und ich entschloss mich, dieses Risiko einzugehen. Als meine Schiffsmannschaft und ich endlich die Nebelwand hinter uns hatten, mussten wir noch tausende von Seemeilen zurücklegen, bevor wir überhaupt das erste Mal Land in Sicht bekamen.« Jetzt setzte er eine ganz besonders überhebliche Miene auf. »Ich bin also gewissermaßen der Columbus von Absuerien und der Erste, der diese Insel jemals verlassen hat. Im Grunde wussten wir von der Existenz anderer Kontinente und Völker genauso wenig, wie Sie von Absuerien.« Innerlich grinste er jedoch hämisch und dachte: *›Wenn diese kleingläubigen Affen wüssten, dass ich mit Absuerien eigentlich Tarantellas Reich der Goldenen Herzen meine.‹*

Schneewittchen schaute König Qin Shi an und nickte ihm zu, dann baten sie den vermeintlichen Prinzen gemeinsam zur Tür.

»Treten Sie ein, verehrter Prinz Genius. Sie sind uns herzlich Willkommen.« Dummerweise hatten die beiden tatsächlich keinen Verdacht geschöpft. Rumpelstilzchen verbeugte sich übertrieben tief, so als wolle er mit der Feder seines Hutes den Fußboden kehren.

»Es ist mir eine große Ehre und eine besondere Freude, an der Feier teilnehmen zu dürfen.«

Während die drei durch das Schloss gingen, sagte König Qin Shi freundlich: »Sie haben uns sehr neugierig gemacht und wir würden gerne mehr über Sie und Ihr Land Absuerien wissen. Haben Sie etwas, wodurch man mehr über Ihr Königreich erfahren könnte? Wie dieses Land aussieht und Ihr Volk dort lebt?«

Rumpelstilzchen tat erfreut und nickte eifrig. »Ja, ja, ich habe Bilder und Schriften aus meiner Heimat mitgebracht. Die sind jedoch in einer Herberge hier in der Nähe. Wenn Sie sich dafür interessieren, würde ich in den nächsten Tagen gerne vorbeikommen und, so es Ihre Zeit erlaubt, Ihnen diese Unterlagen zeigen. Dann könnte ich etwas mehr über mein Volk erzählen.«

»Ich denke, das lässt sich bestimmt einrichten«, sagte Schneewittchen. »Ich freue mich darauf und werde Ihnen im Laufe des Abends den Zeitpunkt sagen, an dem wir uns zusammensetzen können. Ich glaube, Weißröschen und Prinz Pedro interessieren sich bestimmt auch dafür. Doch lassen Sie uns jetzt in den Ballsaal gehen, denn das Brautpaar und die Gäste werden uns schon vermissen.«

Gu Lap atmete tief durch. Als Peter zu ihr herüber schaute, meinte sie schmunzelnd:
»Nun bin ich aber gespannt, ob ich, beziehungsweise Weißröschen dem Prinzen Genius ebenfalls auf den Leim geht. Bin ich in deiner Story wirklich so naiv?«
Peter sagte etwas verlegen: »Lass´ dich überraschen, Weiße Rose.« Dann jedoch murmelte er: »Übrigens, ich habe Appetit auf eine Tasse Kaffee und ein Stück Kuchen. Stundenlang eine Geschichte zu erzählen strengt doch ganz schön an. Wollen wir erst einmal in die Küche gehen und etwas essen und Kaffee trinken? Danach erfährst du vielleicht das Geheimnis.«

Gu Lap schüttelte den Kopf. »Sei mir nicht böse, aber ich trinke keinen Kaffee. Wenn du mir einen Tee machen könntest, wäre das optimal.«

Peter sprang auf und machte eine majestätische Verbeugung. »Was für einen Tee möchten Eure Durchlaucht? Wir hätten da Pfefferminze, Kräuter, Waldfrüchte, Hagebutte und schwarzen ...«

Gu Lap unterbrach ihn lachend: »Stopp - genug, genug. Nur eine kleine Tasse Kräutertee wäre wunderbar.«

»Null problemo, Prinzessin.«

Gu Lap machte artig einen Knicks. »Darf ich meinem Prinzen dabei helfen?«

Peter nickte lässig: »Wenn Sie die Güte hätten, den Kuchen zu servieren, Teuerste, bringe ich die Getränke.«

Gemeinsam gingen sie in die Küche, er stellte den Wasserkocher an und Gu Lap brachte ein paar Stücke Streuselkuchen in Peters Zimmer. Als er kurz danach mit Kaffee und Tee hereinkam, fragte sie ganz interessiert:

»Sag mal, eine Frage hätte ich doch noch. Ich weiß ja inzwischen, dass du zumindest in einigen deiner Märchenfiguren Personen aus deinem wirklichen Umfeld siehst. Deine Mom ist Schneewittchen und meine Mom ist Dornröschen. Cindy, deine Stiefmutter, ist Tarantella. Aber wer in Gottes Namen ist dieses total bescheuerte Rumpelstilzchen in deinem Bekanntenkreis?«

Peter konnte sich ein Grinsen nicht verkneifen. »Du kannst dir also nicht vorstellen, wen ich mir für so eine fiese Rolle vorstelle? Einen Tipp gebe ich dir schon mal: ›Du kennst ihn auch. Du begegnest ihm mindestens einmal in der Woche‹.«

Gu Lap grübelte einen Augenblick. »Also, so ein großkotziger Typ fällt mir in meinem Bekanntenkreis beim besten Willen nicht ein. Noch ein Tipp?«

Peter überlegte kurz. »Nach außen hin wirkt er vielleicht gar nicht so. Aber wenn man ihn genau beobachtet, merkt man, was für ein arroganter, selbstgefälliger Kerl er ist. Die Schwächeren verhöhnt er und vor den Stärkeren kuscht er. Der zweite Tipp: Schule - Lehrer.«

Gu Lap dachte angestrengt nach, während sie Stück für Stück ihren Kuchen aß. Peter trank seinen Kaffee und wartete gespannt. Plötzlich griff sie sich an die Stirn und schüttelte lachend den Kopf.

»Mein Gott, dass ich darauf nicht früher gekommen bin. Rumpelstilzchen - Herr Rumpe, der Sportlehrer. Jetzt ist mir alles klar.«

Beide lachten herzlich und Peter sagte anerkennend: »Erfasst, Prinzessin, erfasst. Der ist doch wirklich ein absoluter Kotzbrocken, oder? Prinz Genius wie er leibt und lebt.«

Gu Lap seufzte. »In gewisser Weise hast du ja Recht. Aber in deiner Story ist er auch noch hinterhältig, rücksichtslos und extrem untertänig gegenüber Tarantella.«

»So etwas nennt man halt künstlerische Freiheit.«

Gu Lap gab Peter einen flüchtigen Kuss auf die Stirn. »Da bin ich aber gespannt, wie deine Künstlerfreiheit mich noch schildert. Verheiratet bin ich ja in deiner Story schon mit dir. In Wirklichkeit möchte ich damit jedoch noch ein Weilchen warten.«

Peter zog die Augenbrauen hoch und schmunzelte: »Soooo? - Nun gut. Wo war ich denn eigentlich mit meiner Geschichte stehengeblieben? Ach ja, Schneewittchen und König Qin Shi haben Prinz Genius angeboten, an einem anderen Tag erneut ins Schloss zu kommen, um über sich und sein Land Absuerien zu berichten. Das kam Prinz Genius alias Rumpelstilzchen natürlich sehr recht. Es wäre ziemlich kompliziert gewesen, Weißröschen während der Hochzeitsfeier dazu zu bringen, allein mit ihm auf den Turm zu gehen, in dem das Spinnrad steht. So kann er sich nun voll und ganz dem Vergnügen widmen und hat sogar noch etwas Zeit gewonnen, seinen Plan zu überdenken.«

Als Schneewittchen und König Qin Shi Yuan mit Prinz Genius den Ballsaal betraten, spielte die Band auf der Bühne gerade den Song ›*Talkin*‹. Till Eulenspiegel war der Sänger. Einige Gäste - vor allem junge Leute - hatten ihre Festkleidung in moderne Garderobe umgetauscht und tanzten sehr ausgelassen.

Nachdem der Song zu Ende war, kündigte Till eine kleine Dance-Show an: »Liebes Brautpaar, sehr verehrte Gäste.
Nun werden wir eine geniale Breakdance-Einlage erleben, die von fünf jungen Burschen dargeboten wird. Aus Amerika Pocahontas Sohn ›Flinker Hirsch‹, aus Asien ›Prinz Kim Jong Il‹, aus Afrika Häuptlingssohn ›Wudo Seko‹, aus Australien ›Sabo Hara‹ und aus Europa ›Prinz William‹.«

Die Gäste bildeten auf der Tanzfläche einen Kreis und die Tänzer stellten sich darin auf. Auf der Bühne hatten sich Musiker aus aller Herren Länder mit vielen Trommeln und anderen Instrumenten versammelt. Ein wahres Feuerwerk an Musik begann und die Tänzer überboten sich gegenseitig mit ihren waghalsigen artistischen Verrenkungen. Alle waren begeistert und applaudierten stürmisch. Auch Prinz Genius feierte ausgelassen mit und ließ nicht einen Tanz aus.

Seinen Tanzpartnerinnen erzählte er dabei angeberisch von seinem vermeintlichen Königreich Absuerien. Alle waren neugierig und hörten gespannt zu. Später ging er an die Bar und trank ein Fruchtsaftmixgetränk, nahm davon aber immer nur einen winzigen Schluck. Dabei machte er jedes Mal eine derart angeekelte Miene, als müsste er sich gleich übergeben, achtete aber peinlich genau darauf, dass es keiner sah. Nun kam auch das Brautpaar gutgelaunt an die Bar und setzte sich neben Prinz Genius.

Weißröschen winkte den Barkeeper herbei. »Zwei Gläser vom feinsten Champagner bitte. Er sollte recht kühl sein.« Sie wischte sich lachend ein paar Schweißtropfen von der Stirn. »Ich wusste gar nicht, dass mir beim Tanzen dermaßen das Blut zu kochen beginnt.«

Prinz Pedro lachte und küsste sie. Dann bemerkten sie Prinz Genius, der neben ihnen saß. Weißröschen sprach ihn fröhlich an:

»Mein lieber Prinz! Wollt Ihr nicht mit uns auf unsere Hochzeit anstoßen - mit einem Gläschen vom feinsten Champagner der Welt?« Prinz Genius nickte ihr zu und schaute sie freundlich an, schüttelte aber verlegen den Kopf. Man sah ihm zwar an, dass er liebend gerne einen kräftigen Schluck nehmen würde, doch er antwortete:

»Es tut mir leid, liebe Prinzessin, aber im Land Absuerien sind Getränke mit Alkohol strengstens verboten. Bei uns trinkt man nur Milch, Wasser, Frucht - und Gemüsesäfte.«

Weißröschen staunte. »Donnerwetter, ich kannte bis heute noch kein Land, in dem es keinen Wein, Bier oder Sekt zu trinken gibt.«

Prinz Pedro fügte lachend hinzu: »Das mag wohl in Eurem Land zutreffen. Aber wir befinden uns hier in Schneewittchens Königreich, und bei uns ist das nicht verboten. Selbstverständlich darf es natürlich nicht übertrieben werden und womöglich in ein Saufgelage ausarten. Aber zu besonderen Anlässen mit einem Gläschen Champagner oder köstlichem Wein anzustoßen ist nicht schlimm. Kommt nur, das kann doch nicht schaden - oder?«

Prinz Genius dachte bei sich: ›*Wenn dieses abartige Liebesknäuel wüsste was passiert, wenn ich zu meinem Verwandlungstrank Alkohol trinke, würden sie mich bestimmt nicht zu einem Glas Schampus einladen.*‹ Scheinheilig sagte er: »Tut mir wirklich leid, aber ich muss dieses Gelöbnis unbedingt einhalten. Gerade ich als Vorbild meines Volkes darf die von mir erlassenen Gesetze nicht brechen.«

Prinz Pedro schüttelte zwar den Kopf, sagte aber verständnisvoll: »Das ehrt Euch und wir wollen Euch nicht zu etwas zwingen, das Ihr mit Eurem Gewissen nicht vereinbaren könnt.« Er gab ihm die Hand und fügte hinzu: »Nun gut. Dann stoßt Ihr mit einem Glas Fruchtsaft Eurer Wahl an. Wichtig ist, dass es von Herzen kommt.«

Als alle drei mit Getränken versorgt waren, stieß Prinz Genius mit dem Brautpaar an. »Auf Eure Hochzeit, Eure Gesundheit, ein langes Leben, dass Ihr immer glücklich seid und von Eurem Volk geehrt und geliebt werdet ... und, äh«, als wäre es etwas besonders geheimnisvolles hauchte er, »dass euch von Niemandem je etwas Böses angetan wird!« Bei diesen Worten musste er innerlich so lachen, dass er sich verschluckte und furchtbar husten musste. Scheinheilig wischte er sich über den Mund und sagte: »Entschuldigung!«

Weißröschen klopfte ihm auf den Rücken. »Keine Ursache und vielen Dank für die lieben Worte.«

Prinz Genius nippte nur vorsichtig an seinem Glas und nickte genießerisch. Das Brautpaar ging wieder tanzen.

Till Eulenspiegel, der sich ganz in der Nähe aufhielt, hatte das Geschehen zufällig mit angesehen.

Er beobachtete Prinz Genius sowieso schon seit geraumer Zeit, weil ihm dieser Typ von Anfang an nicht ganz geheuer erschien. Sein Bauchgefühl sagte ihm genau, dass irgendetwas mit dem Burschen nicht stimmte.

Er verschwand kurz und kam mit einer Schachtel wieder, in der sich eine Flasche Sekt befand. Verschmitzt lächelnd steckte er sie heimlich Prinz Genius mit den Worten zu:

»Hier, verehrter Prinz. Eine kleine Aufmerksamkeit des Hauses. Lasst es Euch gut schmecken.«

Der schaute sich verstohlen um, in der Hoffnung, dass es niemand sah, ließ die Flasche schnell in seinem Umhang verschwinden und sagte: »Vielen Dank. Ich werde es aber jemandem in meiner Herberge geben, der von unserem Gelöbnis entbunden ist. Ich glaube, damit können wir beide leben.« Till nickte nur und sie verabschiedeten sich höflich voneinander.

Die Feier dauerte bis in die frühen Morgenstunden. Viele Gäste hatten vom Tanzen wunde Füße bekommen, und einige junge Frauen hatten ihre High Heels schon längst ausgezogen. Nach und nach verabschiedeten sich die Gäste von Schneewittchen und dem Brautpaar. Viele von ihnen sprachen noch einmal ihre große Bewunderung für dieses einmalig schöne Fest aus. Auch Prinz Genius ritt nach Hause.

Rumpelstilzchen war inzwischen in seinem Zimmer angekommen und hatte nichts weiter zu tun, als sich wieder in seine alte Gestalt zurück zu verwandeln. Gierig nahm er danach einen großen Schluck aus der Flasche, die er von Till bekommen hatte. Dabei machte er ein genüssliches Gesicht. Doch plötzlich verfärbte sich sein Gesicht purpurrot. Er fing furchtbar an zu husten und zu keuchen, schnappte nach Luft, spuckte mit ekelverzerrtem Gesicht alles wieder aus und warf die Flasche wütend an die Wand, so dass sie mit einem lauten Knall zerschellte. Mit erhobener Faust schrie er:

»Argh, argh, argh!!! Kindersekt!!! Das ist ja das ekeligste Gesöff, das mir jemals geschenkt wurde. Konzentrierter Essig ist dagegen wie Himbeerlimonade. Na warte, Till, du elende Narrenkreatur, du Missgeburt der Hölle, du abartige Eule! Wenn ich dich in die Hände kriege, zerquetsche ich dich wie eine Banane und klatsche dich an Tarantellas Schminkspiegel. Dann machst du deinem Namen ›Eulenspiegel‹ endlich alle Ehre!« Plötzlich hielt er kurz inne und überlegte. Dann fügte er hämisch lachend hinzu:

»Neiiiin!!! Für dich, du perverser Kotzbrocken, denke ich mir noch etwas viel krasseres aus. Wart´s nur ab!«

Mit großen Schritten eilte er hinüber in Tarantellas Labor und begann geheimnisvolle Flüssigkeiten zusammen zu mixen. Die füllte er in eine Flasche und stellte sie kichernd vor sich auf den Tisch. »So, meine liebe Tilli-Eule. An die Wirkung dieses supergenial köstlichen Zaubertrankes wirst du dich bis an dein Lebensende mit Grausen erinnern. Wohl bekomm´s!«

Weißröschen und Prinz Pedro betraten das erste Mal gemeinsam ihr neues Schlafgemach. Es war sehr romantisch eingerichtet. Im ganzen Zimmer waren Blumen verteilt, es brannten unzählige Kerzen und auf einem Tisch stand ein großes Bild von ihnen, wie sie sich am Altar küssten. Auf dem Bett lagen die Pyjamas bereit. Als erstes schaltete Prinz Pedro den CD-Player an. Es erklang der Song ›*Love Song To The Music*‹. Dann nahm er Weißröschen in die Arme, küsste sie und begann, ihr Brautkleid aufzuknöpfen. Doch sie wand sich aus seinen Armen. Erstaunt sah er sie an.

»Was ist los, Röschen? Wir sind nun verheiratet und du brauchst dich nicht zu genieren. Du kannst dich ruhig so zeigen, wie Mutter Natur dich geschaffen hat.« Er schmunzelte. »Schämst du dich etwa vor mir?« Er streichelte sanft ihre Wange.

Weißröschen war ein bisschen verlegen. Doch um sich das nicht anmerken zu lassen, sagte sie forsch:

»Du brauchst dir keinen Kopf machen. Ich habe kein Problem die Hüllen fallen zu lassen. Doch ich möchte erstmal ins Bad und mich frisch machen.« An der Tür drehte sie sich noch mal um.

»Wir haben uns auf der Feier so ausgetobt, dass mir die Klamotten buchstäblich am Körper kleben.« Herausfordernd fügte sie hinzu:

»Das verstehst du doch, oder?«

Prinz Pedro verbeugte sich lachend, nahm ihren Pyjama vom Bett, warf ihn ihr zu und machte eine einladende Handbewegung in Richtung Badezimmer. Dann nahm er sich ein Glas Champagner vom Tisch, setzte sich aufs Bett und lauschte der Musik.

Bis hierhin hatte Gu Lap dem Peter aufmerksam, aber stumm, zugehört. Doch jetzt schaute sie ihn mit großen Augen an, stemmte die Hände in die Hüften und sagte provokativ:

»Na hör mal, jetzt bin ich aber neugierig, wie du mich in Bezug auf die Beziehungskiste zwischen Männlein und Weiblein einschätzt. Das klang ja in deiner Story gerade so, als käme ich - also Weißröschen - diesbezüglich aus dem Mustopf! Bei allem was mir heilig ist, aber ich gehe nicht mit Rollkragenpulli und langer Hose baden. Und ein bisschen flirten finde ich auch ganz cool.«

Peter lächelte leise. »Na, na, na. Ich wollte Weißröschen nicht als keusche Jungfer hinstellen. Aber sie bezüglich Erotik ein bisschen schüchtern und zurückhaltend zu schildern ist doch nichts Schlechtes, oder? Hast du noch nie ...?«

»Halt, halt, halt!«, unterbrach ihn Gu Lap und machte einen Schmollmund. »Darüber spricht man nicht. - Na gut. - Bin ich eben ein kleines Naivchen.« Dann lachte sie. »Nimm nicht alles so ernst was ich sage und erzähl´ weiter. Nur, beschreibe unsere Hochzeitsnacht gerade in puncto Erotik bitte nicht zu detailliert.«

Peter schaute sie mit großen Augen an und schmunzelte. Dann sagte so ganz nebenbei:

»Übrigens, ich stelle mir doch aus meiner Story Personen aus dem realistischem Leben vor. Bei meinem Engel Sunbeam sehe ich immer Anastasia vor mir.« Gu Lap nickte.

»Das kann ich mir auch vorstellen.«

Dann las Peter weiter aus seinen Notizen vor.

Weißröschen kam aus dem Bad zurück. Sie hatte sich abgeschminkt, ihre Hochsteckfrisur gelöst und trug einen Pyjama, der nur ein verführerisch durchsichtiger Hauch von Nichts war. Prinz Pedro atmete tief durch und seine Augen leuchteten. Er stand auf.

»Nun gut, jetzt werde ich auch für ein paar Sekunden im Bad verschwinden. Mach´s dir inzwischen gemütlich.«

Er nahm seinen Pyjama und ging, indem er den eben gehörten Song vor sich hin pfiff, ins Bad. Weißröschen nahm sich ein Glas Orangensaft, setzte sich auf die Bettkante und lauschte der Musik.

Nach einer Weile kam Pedro in seinem Pyjama aus dem Bad und machte ein paar Walzerschritte durchs Zimmer. Dann hechtete er übermütig zu ihr aufs Bett und wollte sie an sich drücken. Doch Weißröschen schob ihn wieder weg und sagte etwas unterkühlt:

»Halt, halt, halt. Puste bitte erst mal alle Kerzen bis auf eine aus. Das ist viel romantischer.«

Prinz Pedro beeilte sich damit und war in Windeseile wieder zurück. Doch Weißröschen hielt ihn auf Abstand, indem sie ihre Hände auf seine Schultern legte, und meinte: »Stopp!«. Etwas kratzbürstig fragte sie: »Eine Frage hätte ich noch. Weshalb legst du eigentlich einen Song zu unserer Hochzeitsnacht auf, in dem davon gesungen wird, dass man sich verliebt, dann betrügt, sich zurückzieht und schließlich als Ausgleich seine Liebe in der Musik sucht? Ich weiß, dass du Musik liebst. Aber als Ersatz für meine Liebe zu dir?« Sie konnte sich einen vorwurfsvollen Blick nicht verkneifen. »Wie soll ich das verstehen?«

Prinz Pedro schaute sie verwundert an. »Sorry, das habe ich gar nicht bemerkt. Sag bloß, darüber machst du dir schon Gedanken?«

Er zeigte auf den Stapel CDs, der auf dem Tisch neben dem Bett lag. »Ich habe einfach nur die CD *›Lovesongs‹* eingelegt. Diesen Song höre ich heute zum ersten Mal.« Das war natürlich gelogen, denn er hatte ja diesen Song geschrieben und sein Gesanglehrer, der Hofmarschall - im wirklichen Leben Herr Melah - dies auf einer CD aufgenommen. Das wollte ihr Pedro natürlich an diesem Tag nicht sagen.

Weißröschen lächelte versöhnlich. »Na gut, das werde ich dir mal glauben«, sagte sie in einem neckenden Tonfall. Sie stupste ihn an die Schulter. »Von wem ist eigentlich der Song?«

Prinz Pedro tat so, als hätte er die Frage nicht gehört, ging an den Tisch, holte eine weiße Rose, kniete sich vor sie hin und reichte ihr die Rose. Mit einer tiefen Verbeugung lächelte er sie an.

»Darf ich meiner geliebten, frisch angetrauten Gemahlin und zukünftigen Königin noch einmal von ganzem Herzen sagen, dass ich sie über alles in der Welt liebe, nur sie - und bis in alle Ewigkeit - nur sie!« Er schmunzelte. »Ist denn meine Herzensdame immer noch nicht hundertprozentig davon überzeugt? Und wenn nicht, was muss ich denn noch anstellen, damit sie mir endlich Glauben schenkt?«

Weißröschen kicherte mädchenhaft. »Oh, wie romantisch, mein edler Prinz. Vielen Dank für diese wunderschöne Rose.«
Sie küsste seine Hand. »Doch **einen** Beweis deiner Liebe musst du mir noch liefern.«

»So, und das wäre?«, fragte Prinz Pedro verwundert. Weißröschen hüpfte aufs Bett, nahm ein Kissen und warf es Prinz Pedro ins Gesicht. Dann sprang sie wieder herunter und rannte durchs Zimmer.

»Erst einmal musst du mich auch kriegen«, rief sie übermütig.

Prinz Pedro bekam gerade noch ihren Pyjamaärmel zu fassen und wollte sie festhalten, doch sie riss sich immer wieder los. Eine turbulente Kissenschlacht entbrannte. Aber plötzlich, und da blieb Pedro förmlich die Spucke weg, zeigte Weißröschen ihre sportlichen Fähigkeiten. Wie eine Kung-Fu-Kämpferin fegte sie durch Zimmer, indem sie Saltos vorwärts und rückwärts machte. Schließlich landete sie auf dem Kleiderschrank und blieb dort lässig mit übereinandergeschlagenen Beinen sitzen. Dann schwebte sie lachend, aber anmutig wie ein Engel wieder herab, landete in Prinz Pedros Armen und blieb mit ihm auf dem Fußboden liegen. Noch ganz außer Atem streichelte sie zärtlich sein Gesicht und küsste ihn innig. Pedro hob sie hoch und trug sie zum Bett. Er legte sie behutsam hin, holte zwei Gläser Champagner, stieß mit ihr an und holte tief Luft.

»Donnerwetter, Majestät, so habe ich Euch ja noch nie erlebt. Alle Achtung. Nun? ... Habe ich endlich den letzten Beweis meiner Liebe erbracht? - Ich denke - das habe ich! So lasst uns denn auf meinen Sieg anstoßen.« Er erhob sein Glas. »Zum Wohl.«

Weißröschen machte ihren Schmollmund und lachte: »Euren Sieg, Durchlaucht?« Sie schaute ihn tief in die Augen und zwinkerte ihm zu. »Ich glaube eher - unseren Sieg. Zum Wohl, mein lieber Gemahl.«

Sie stießen gemeinsam an. Dann stellte Prinz Pedro die beiden Gläser auf den Nachttisch, legte sich zu ihr und umarmte sie.

Peter stupste Gu Lap liebevoll an die Schulter: »Was dann geschieht, darüber könnte man spekulieren. Doch das kann sich jeder in seiner eigenen Phantasie ausmalen.« Gu Lap schaute Peter nur lächelnd an und der fragte sie verwundert:

»Hast du vielleicht an der Stelle etwas auszusetzen?«

»Nein, nein,« schmunzelte sie. »Es ist nur absolut interessant für mich, wie du unsre Beziehungskiste in deiner Story beschreibst. Ist da etwa ein bisschen Wunschdenken dabei?«

»Darüber möchte ich mich nicht äußern«, sagte er verlegen.

»Musst du auch nicht«, sagte sie und küsste ihn auf die Stirn.

Er wurde puderrot und stotterte: »Gönnen wir uns eine Pause - ja? Jetzt sind doch die Herbstferien?« Er griff sich an die Stirn. »Na klar!

Da fahre ich wieder nach Thüringen und werde mich ein bisschen an meiner Quelle erholen - hoffe ich.«

»Okay«, sagte Gu Lap. »Ich fahre mit meinem Paps zu einem Kung-Fu Kurs nach München. Bin schon sehr gespannt.«

Beide unterhielten sich noch ein wenig und verabschiedeten sich.

»Also, bis in einer Woche und dann mit neuen Kräften und Ideen«, sagte Peter.

»Absolut mit neuen Kräften - körperlich und geistig«, entgegnete sie, indem sie eine Kung-Fu Stellung einnahm.

Peter lachte, duckte sich und sagte: »Bitteschön, aber nicht an mir ausprobieren - okay?!« Beide wirkten sehr entspannt.

NAO schlug sein dickes Buch zu und sagte sichtlich erleichtert zu SALI: »Puh, Peter teilt ja seine Gefühle Gu Lap gegenüber ganz geschickt durch die Blume mit. Da bin ich aber gespannt, ob das in Wirklichkeit auch so wird, wie er sich das vorstellt.«

SALI nickt nur wehleidig lächelnd und dachte bei sich *›Ja, ja lieber NAO, möchtest auch noch mal jung sein - hä?‹*

Er stand auf, räkelte sich und murmelte vor sich hin: »Ich werde die Zeit von Peters Ferien nutzen und mal bei TECCO vorbeischauen, ob der sich wieder etwas technisch Irres einfallen hat lassen.«

»Alles klar«, sagte NAO. »Und ich werde mich mal bei ROMA blicken lassen. Vielleicht hat sie auch etwas Neues für Peter parat. Also dann, in einer Woche. ... Bye.«

»Viele Grüße an sie und weiterhin schöne Songs.«

»Danke und auch von mir Grüße an TECCO.«

›Nach Peters Herbstferien‹

NAO und SALI waren wieder zu Hause.

»Na mein Lieber«, begrüßte ihn NAO. »Hast du wieder ein neues Gerät von TECCO mitgebracht, was es uns ermöglicht gar nichts mehr zu tun?«

SALI lachte: »Gott sei Dank nicht. Das wäre ja eine Superkatastrophe und ein stinklangweiliges Leben. Aber er tüftelt wieder an einem irren Gerät herum. Doch er hat mir noch nicht verraten, was es damit auf sich hat.«

»Aha«, staunte NAO. »Bei ROMA war es auch sehr schön. Sie hat mir einiges von ihrer neuen CD vorgespielt, da bekam ich richtig Geistergänsehaut. Wenn sie damit fertig ist, bekommen wir die CD.«

»Wunderbar«, meinte SALI. »Aber jetzt lass´ uns mal nachsehen, ob sich Peter und Gu Lap in den Ferien gut erholt haben und wie es bei ihnen weitergeht.«

»Okay.« NAO setzte sich zu SALI an den Monitor und sie sahen gerade wie Peter aus den Ferien nach Hause kam.

Peter kam aus den Ferien zurück und hatte nichts eiligeres zu tun, als Gu Lap anzurufen. »Hi Weißröschen, hast du dich gut erholt und neue Kräfte gesammelt?«

»Hi mein Prinz - und was für welche! Ich könnte ganze Bäume ausreißen.«

»Stopp, stopp, stopp. Das lass mal lieber sein. Es werden schon viel zu viel Bäume sinnlos gefällt. Pflanze lieber ein paar neue«, lachte Peter.

»Okay, okay, okay. Das werde ich. Und du, hast du in deinem verträumten Thüringen neue Ideen gesammelt?«

»Das walte Hugo! Du wirst bestimmt staunen!

»So«, meinte Gu Lap neckisch. »Naja, unsere Hochzeitsnacht haben wir ja hinter uns. Bin ich etwa inzwischen schwanger?«

»Nanu, du gehst ja ran. Du willst wohl wirklich schon wissen wie ich zu *›Papa werden‹* stehe? Keine Sorge, dafür ist es noch ein bisschen zu früh«, sagte Peter schmunzelnd.

Sehr gedehnt und einsichtsvoll sagte sie: »N-u-n g-u-t, diese Sache wäre geklärt. Aber wie geht´s nun weiter?«

Kurze Zeit später saß Gu Lap wieder mal bei Peter mit gekreuzten Beinen auf seiner Liege. Er nahm seine Notizen, die er sich in den Ferien gemacht hatte.

»Okay, weiter mit Rumpelstilzchen, der wieder zu Schneewittchens Schloss wollte.« Er holte noch schnell etwas zu Trinken, setzte sich neben Gu Lap auf die Liege und holte tief Luft: »A-l-s-o ... «

Zwei Tage später hatte sich Rumpelstilzchen wieder in Prinz Genius verwandelt, schwang sich unbeholfen auf sein Pferd und machte sich erneut auf den Weg zu Schneewittchens Schloss. In seiner Tasche befanden sich perfekt gefälschte Landkarten, Fotos, Schriften und Videos von seinem angeblichen Königreich Absuerien sowie das Fläschchen mit dem selbstgemixten Zaubertrank. Er verspürte immer noch einen brennenden Hass auf Till und wollte sich endlich an ihm rächen, musste dies aber heimlich tun. Schließlich durften Schneewittchen, König Qin Shi und die anderen von dieser Racheaktion nichts mitbekommen, wenn er Tarantellas Plan reibungslos durchführen wollte. Doch er hatte unerhörtes Glück. Während er noch unterwegs war und düster vor sich hin grübelte, sah er plötzlich, wie in einiger Entfernung Till Eulenspiegel am Waldrand mit ein paar Tieren beschäftigt war. Wie man wusste, konnte dieser Filou - genau wie Tarzan - mit ihnen sprechen und spielen. Rumpelstilzchen stieg vom Pferd und schlich sich in Tills Nähe. Er beobachtete ihn eine Weile und ging dann fröhlich lächelnd auf ihn zu. Ein Eichhörnchen saß gerade auf Tills Schulter und zwickte ihn ins Ohr, während ein Rehkitz ihn mit seiner Schnauze in den Hintern stupste. Darüber musste selbst Rumpelstilzchen grinsen. Er ging zu Till und begrüßte ihn betont höflich:

»Einen wunderschönen guten Tag. Wie ich sehe, geht es dir gut und du hast deinen Spaß mit den liebreizenden Tieren.«
Dabei verdrehte er die Augen und machte eine abfällige Miene - aber so, dass Till es nicht bemerkte.

Der sah ihn freundlich, aber trotzdem etwas misstrauisch an.

»Auch ich wünsche Euch einen schönen Tag, verehrter Prinz Genius. Was ist der Anlass für Euren Besuch? Habt Ihr Euch verirrt oder seid Ihr genauso gerne in der Natur wie ich?«

Rumpelstilzchen erwiderte scheinheilig: »Ach nein, verirrt habe ich mich nicht. Vielmehr bin ich bei Königin Schneewittchen eingeladen, um ihr und König Qin Shi etwas über mein Königreich Absuerien zu erzählen.« Er setzte sich zu Till auf die Erde. »Schneewittchen will mir das Schloss zeigen und auch etwas über die Geschichte ihres Königreiches berichten. Ich freue mich schon und bin ganz neugierig.« Er schaute Till tief in die Augen und machte eine betont dankbare Miene. »Übrigens, herzlichen Dank für den köstlichen Champagner.«

Till zog die Stirn kraus. Argwöhnisch fragte er: »Das ist nicht euer Ernst, oder? Es muss doch furchtbar geschmeckt haben. Als Hofnarr hat man manchmal so absurde Ideen, jemandem einen Streich zu spielen. Es sollte nur ein Scherz sein, aber ich bin wohl etwas zu weit gegangen. Entschuldigt bitte.«

Prinz Genius tat unheimlich verwundert und sagte mit verstellt höflicher Stimme: »Nein, mein Lieber. Wirklich, es hat mir vorzüglich geschmeckt. Ich habe noch einen kleinen Rest behalten und würde dich bitten, mir das Rezept zu verraten.«

Till schüttelte ungläubig den Kopf. »Das glaube ich nicht. Ihr wollt mich nur veralbern, oder?«

»Nein, nein«, sagte Prinz Genius. »Es ist mein vollster Ernst. Er war ein einzigartiges Trinkerlebnis. Ich habe mich sehr darüber gefreut und deshalb auch für dich eine Spezialität meines Landes mitgebracht, allerdings nur alkoholfrei. Warte bitte nur einen kleinen Augenblick, ich gehe nur schnell zu meinem Pferd und hole uns ein kleines Fläschchen davon.«

Gesagt, getan. Natürlich hatte Rumpelstilzchen beim Mixen des Trankes darauf geachtet, dass er nur für Till eine verheerende Wirkung nach sich zog, aber nicht für ihn selbst. Er konnte ihn trinken, ohne dass er ihm schadete. Daher setzte er sich nun neben Till und holte zwei silberne Becher aus seinem Umhang. Er reichte ihm einen und goss seine Mixtur ein. Till beobachtete ihn ganz genau. Die Tiere hatten sich zurückgezogen und saßen mit ängstlichen Blicken abseits hinter ein paar Büschen. Als er den Becher nahm, fragte der Hofnarr skeptisch:

»Na, Eure Majestät hat sich doch bestimmt auch etwas raffiniertes ausgedacht. Ihr wollt Euch nur revanchieren, stimmt´s?«

Prinz Genius schüttelte entrüstet den Kopf. »Ich verstehe gar nicht was du meinst. Warum sollte ich mir etwas ausdenken? Dein Champagner hat mir großartig geschmeckt und deshalb habe ich dir, als kleines Dankeschön, ein Getränk - es heißt bei uns ›Kühle Brise‹ - aus meinem Land mitgebracht. Ich will dir ebenfalls etwas Gutes tun - das ist meine Revanche.« Listig fügte er hinzu: »Schau her, ich werde mir auch einen Becher voll eingießen und als Erster etwas trinken, damit du siehst, dass ich es ehrlich meine.« Er füllte seinen Becher bis zum Rand, nahm einen kräftigen Schluck und sagte genießerisch:

»Hmm, ein köstlicher Tropfen.«

Till schaute immer noch etwas zweifelnd und drehte sich mit Hilfe suchender Miene zu den Tieren um. Ein Rehkitz schüttelte warnend mit dem Kopf. Doch er hatte irgendwie Gewissensbisse und wollte sich keine Blöße geben. Also nahm er den Becher, stieß mit Rumpelstilzchen an und trank. Dann geschah etwas Furchtbares. Zunächst musste Till bloß furchtbar stark husten, doch plötzlich kamen aus seinem Mund Flammen wie aus einem Düsentriebwerk geschossen. Diese wurden immer stärker, und schließlich hob er vom Boden ab. Er flog völlig unkontrolliert in der Luft herum - wie ein Luftballon, aus dem die Luft entweicht. Nach einer Weile blieb er am Ast eines Baumes hängen. Die Tiere waren längst erschrocken in den Wald geflüchtet. Rumpelstilzchen stand da, klopfte sich schadenfroh auf die Schenkel und lachte aus voller Kehle. »Ich habe dir doch gesagt, es ist ganz harmlos. Oder ist etwas Schlimmes passiert? Jetzt weißt du zumindest, wie eine besoffene Mücke durch die Luft rast, ha ha ha. Übrigens, ich bin in unserem Land König und Hofnarr zugleich; und diese kleine Einlage sollte ebenfalls nur ein kleiner Scherz sein.«

Er ging mit schallendem Gelächter zu seinem Pferd und ritt davon. Till hing immer noch ganz benommen an dem Ast.

Langsam kamen die Tiere wieder aus ihren Verstecken und schauten erstaunt zu ihm hoch. Als der Ast kurz darauf brach, landete Till unsanft auf dem Rücken eines Wildschweins, das vor Schreck in halsbrecherischem Tempo mit ihm in den Wald raste.

Prinz Genius war inzwischen vor dem Schloss von Schneewittchen eingetroffen und klopfte an das Tor. Der Wächter machte auf und führte ihn direkt in Schneewittchens Bibliothek. Dort wurde er vom König freundlich empfangen. Schneewittchen, ihre Zofe Hanna, Prinz Pedro und Weißröschen waren ebenfalls anwesend. Nachdem sie etwas gegessen und getrunken hatten, breitete Prinz Genius seine Unterlagen auf dem Tisch aus und erzählte lang und breit über sein angebliches Königreich. Seine Gastgeber waren begeistert, als sie sich die zahlreichen Bilder, Landkarten und Videos ansahen. Er hatte sie hundertprozentig von der Existenz Absueriens überzeugt. Jetzt war langsam der Zeitpunkt gekommen, wo er Weißröschen dazu bringen musste, mit ihm eine gewisse Zeit allein zu sein. Wie er das schaffen sollte, war ihm zwar noch unklar, allerdings hoffte er insgeheim auf einen weiteren glücklichen Zufall wie zuvor bei Till. Nachdem er seinen Vortrag beendet hatte, schaute er selbstzufrieden in die Runde.

»Nun habt Ihr alles Wissenswerte über mein Land erfahren. Es gäbe bestimmt noch einiges zu erzählen, aber das Wesentliche kennt Ihr nun.«

König Qin Shi lächelte freundlich. »Ich möchte mich im Namen aller hier bedanken. Es war hochinteressant, was wir über Euer Volk und das Land Absuerien erfahren haben. Und vor allem freue ich mich, dass ich wieder etwas dazugelernt habe.«

Die anderen nickten zustimmend. Schneewittchen reichte Rumpelstilzchen huldvoll die Hand zum Handkuss. Ohne sich seinen inneren Ekel anmerken zu lassen, küsste er ihre Hand.

»Ich werde jetzt in mein Zimmer gehen und mir alles notieren, was Ihr uns geschildert habt«, sagte Schneewittchen dankend.

Prinz Genius übergab ihr mit einer unterwürfigen Geste seine Unterlagen und sagte eilfertig: »Nein, nein, Majestät, das braucht Ihr nicht. Ich kann Euch diese Dokumente hierlassen, denn es sind nur Kopien. Die Originalunterlagen werden absolut sicher in Absuerien in unserem Archiv aufbewahrt.«

Schneewittchen übergab ihrer Zofe Hanna das Material und reichte ihm zum Abschied die Hand.

»Vielen Dank, lieber Prinz. Ich werde mich jetzt trotzdem zurückziehen, biete Euch aber mit Freuden an, dass Weißröschen und Prinz Pedro Euch durch unser Schloss führen und dabei etwas über unser Land erzählen und zeigen. Sie führen Euch bestimmt gerne durch unsere Gemächer.«

Prinz Pedro entschuldigte sich jedoch sofort. »Es tut mir leid, aber ich muss jetzt erst einmal mein Pferd und das meines Schwiegervaters satteln. Wir müssen heute noch zu Dornröschen ins Schloss reiten und dort ein paar Sachen von Weißröschen packen, die sie gerne hier in unserem neuen gemeinsamen Zuhause haben möchte.« Er schaute Weißröschen ganz verliebt in die Augen und gab ihr einen Handkuss.

»Aber du, meine Liebe, wirst es doch auch allein schaffen, dem Prinzen alles zu zeigen und zu erklären, oder?« Er schmunzelte und Weißröschen antwortete kess:

»Na klar, mein frisch gebackener Gemahl. Ich kann es vielleicht nicht ganz so ausführlich wie du, aber ich mache es gerne und werde mein Bestes geben.«

Schneewittchen, König Qin Shi und Prinz Pedro standen auf und bedankten sich noch einmal. Weißröschen reichte Prinz Genius ihren Arm, hängte sich bei ihm ein und ging mit ihm durch das Schloss.

NAO und SALI saßen am Computer und sahen sich ungläubig an. SALI sah, wie NAO immer wieder mit dem Kopf schüttelte und fragte: »Na Meister? Über irgendetwas seid Ihr doch verwundert, oder?«

»Das kannst du laut sagen, mein Lieber«, antwortete der mit einem gehässigen Unterton. »Dieses Ekelpaket Rumpelstilzchen hat doch mehr Glück als Verstand! Jetzt mit Weißröschen allein sein zu können - das hat doch Kollege Zufall zu seiner vollsten Zufriedenheit erledigt.«

SALI lachte und konnte das nur bestätigen. »Also bis jetzt könnte man fast annehmen, dass Peter in seiner Story voll und ganz auf Tarantellas Seite steht.« Er nahm einen Schluck Saft, der wie üblich sofort in seinem Mund verdampfte, und fuhr fort: »Ihm macht es sichtlich Spaß, dass dieses Gaunerpack immer wieder Erfolg hat.«

»Abwarten, mein Lieber. Abwarten. So langsam gefällt mir, was sich der Bursche so ausdenkt«, antwortete NAO, lehnte sich ganz entspannt zurück und zündete sich genüsslich sein Pfeifchen an.

Während dieser ganzen Zeit hatte Till Eulenspiegel in Schneewittchens Hi-Tech-Salon vor dem Monitor gesessen und verzweifelt versucht, etwas über das Land Absuerien und Prinz Genius zu erfahren. Vergeblich. Nach der Racheaktion des Prinzen war ihm nämlich endgültig klar geworden, dass hier nicht alles mit rechten Dingen zuging, und so schnell er konnte war er zurück ins Schloss geeilt. Er schaltete die Überwachungskamera vor Schneewittchens Bibliothek ein und sah gerade noch, wie sich Weißröschen und Prinz Genius von Prinz Pedro verabschiedeten.

Da fragte Prinz Genius scheinheilig: »Ich bitte um Entschuldigung, könnte mir jemand den Weg zu den Toiletten zeigen?«

Die Zofe Hanna verneigte sich vor ihm. »Kommt, lieber Prinz, ich führe Euch hin.«

Till beobachtete auf dem Monitor, wie Prinz Genius ihr folgte und dabei unbemerkt schadenfrohe Grimassen zog. Aufgeregt murmelte er vor sich hin:

»Ich wusste es! Jetzt ist es klar, ich muss Weißröschen unbedingt vor diesem hinterhältigen Aasgeier Prinz Genius warnen. Ich habe mich schon die ganze Zeit gewundert, dass dieser Lackaffe, der angeblich aus einem völlig fremden Land kommt, unsere Sprache so perfekt und akzentfrei spricht. Da ist doch was faul.« Er verließ eiligst den Hi-Tech-Salon und rannte durch das Schloss in Richtung der Bibliothek, um mit Weißröschen zu reden. Als er sie schließlich entdeckte, winkte er ihr schon von weitem aufgeregt zu.

Prinz Genius, der gerade von der Toilette zurückkehrte, schaute total erschrocken zu Till. Doch wieder hatte er Glück. Weißröschen gab Till ein Zeichen und winkte ab. »Später, Till, später.« Dann ging sie mit Prinz Genius die Treppen hinauf. Der wischte sich unbemerkt den Schweiß von der Stirn, drehte sich noch einmal um und dachte erleichtert bei sich: ›*Schwein gehabt - genialer Genius!*‹

Enttäuscht ging Till in Schneewittchens Labor und nahm dort ein Glas mit einer blauen Flüssigkeit aus einem Schrank. Dann holte er aus einem verschlossenen Geheimfach Dornröschens Spinnrad heraus. Er nahm die Spindel, ging an den Tisch und kratzte etwas Gift von ihr auf eine Folie. Danach träufelte er mit einer Pipette ein paar Tropfen von der blauen Flüssigkeit aus dem Glas auf das Gift. Doch es passierte nichts. Verzweifelt versuchte er es noch mal, wieder ohne Erfolg. Völlig entnervt kramte er schließlich das Buch hervor, in dem die Zutaten seiner Mixtur notiert waren. Doch er konnte nichts entdecken, was ihn hätte weiterbringen können.

»Kruzifix!«, fluchte er wütend. »Jetzt muss ich alles auf eine Karte setzen. Mir geht Schneewittchens Warnung vor Tarantella nicht aus dem Sinn. Ich werde das Gefühl nicht los, dass dieser schleimige und dreiste Prinz Genius etwas damit zu tun hat und etwas Teuflisches ausheckt. Ich muss jetzt alles riskieren und werde wohl oder übel meine härteste Mixtur anwenden.«

Er ging noch einmal an den Schrank und entnahm ihm ein Fläschchen mit einer lila Flüssigkeit. Wieder tröpfelte er ein paar Tropfen davon auf das Gift. Diesmal zischte und rauchte es. Nachdem sich der Rauch verzogen hatte, war das Gift verschwunden und die Folie blitzsauber. Till atmete auf.

»Das muss es sein - äh - hoffe ich. Außerdem habe ich jetzt überhaupt keine andere Wahl. Ich muss es riskieren.«

Er steckte das Fläschchen ein und ging in sein Zimmer. Dort nahm er aus seinem Kühlschrank eine Flasche Wasser heraus, goss sich ein Glas ein und ging zu seinem Bett. Er setzte sich hin, öffnete das Fläschchen und träufelte ein paar Tropfen von der lila Flüssigkeit dazu. Die blanke Angst stand ihm ins Gesicht geschrieben.

»Der erste und hoffentlich nicht der letzte Versuch!«, prostete er sich zu und wischte sich den Schweiß von der Stirn. Er setzte das Glas an den Mund, zögerte aber noch einen Augenblick. Ehrfürchtig kniete er sich vor sein Bett, faltete die Hände und seufzte:

»Lieber Gott - wer und wo du auch immer bist - im Himmel, neben mir, oder irgendwo in diesem Universum. Wenn du willst, werde ich in Zukunft niemanden mehr so ärgern und veralbern wie bisher. Das verspreche ich - Hoch und Heilig! Aber bitte lass alles wie gewünscht funktionieren. Amen und Amen und abermals Amen.«

Er stand abrupt auf, bekreuzigte sich, trank alles in einem Zug aus, legte sich hin und schlief bald darauf ein.

Weißröschen und Prinz Genius waren inzwischen im Ahnenzimmer, in dem die Gemälde von Schneewittchens Vorfahren an den Wänden hingen, angekommen. Weißröschen zeigte auf ein Bild, auf dem Schneewittchen als junge Prinzessin zu sehen war.

»Das ist Schneewittchen mit ihren richtigen Eltern, da war sie vierzehn Jahre alt. Leider ist kurz darauf ihre Mutter gestorben. Hier, das sind ihre Großeltern. Und das hier«, vor diesem Bild wurde sie ganz ehrfürchtig, »sind die Sieben Zwerge, denen sie ihr Leben verdankt.« Dann zeigte sie ihm eine Vitrine. »Hier liegen, in Glas fest eingegossen, die drei Sachen, mit denen ihre böse Stiefmutter sie töten wollte. Der Schnürriemen, der Kamm und der Apfel.« Prinz Genius schüttelte sich scheinheilig.

»Das ist ja furchtbar. Sind die auch sicher verschlossen?«

»Ja, ja, da kann nichts passieren«, beruhigte Weißröschen ihn. »Und hier ist der Zauberspiegel. Den kann aber nur Schneewittchen befragen.«

»Das ist ja unheimlich interessant und spannend.« Prinz Genius tat so, als staunte er.

»Stimmt«, sagte Weißröschen. »Aber jetzt werden wir noch auf den Turm gehen, damit Ihr unsere wunderschöne Landschaft auch einmal von oben seht.«

Rumpelstilzchen dachte nur: *›Igitt!‹* Aber mit einem liebreizenden Lächeln sagte er:

»Gerne, ich liebe die Natur. Die Bäume, die Blumen, die Wiesen - und die Tiere natürlich.« Dabei machte er eine ekelverzerrte Miene, aber so, dass Weißröschen es nicht sah. »Bei uns in Absuerien ist alles Natur, äh - natürlich außer unserer Stadt.«

Sie verließen das Ahnenzimmer, stiegen eine steile Treppe hoch und kamen oben auf dem Turm an. Dort hatte man einen wunderbaren Ausblick auf die gesamte Gegend. Prinz Genius schaute sich um und tat so, als würde ihm alles sehr gut gefallen. Doch als er keine Lust mehr hatte, Bewunderung für die Aussicht zu heucheln, lenkte er Weißröschens Aufmerksamkeit bewusst auf ihr Kleid ab:

»Also, ein Kompliment muss ich Euch jetzt einmal machen. Euer Kleid ist anmutig und von einmaliger Eleganz. So etwas Prachtvolles habe ich bisher noch nie gesehen. Vor allem hier die Goldstickereien können doch nur von einem wahren Künstler angefertigt worden sein. Wisst Ihr, wie diese Goldstickereien entstehen?«

Etwas desinteressiert entgegnete Weißröschen: »Nein, das weiß ich nicht. Ich muss auch sagen, es ist mir nicht wichtig, ob nun Goldfäden oder anderes Material in meinen Kleidern verarbeitet wird. Viel wichtiger ist doch, dass diese Arbeiten von den Näherinnen mit viel Liebe und Phantasie gemacht wurden.« Sie hakte sich wieder bei ihm ein. Rumpelstilzchen war enttäuscht, dass sie nicht weiter auf die Goldfäden eingegangen war, denn schließlich war er es gewesen, der damals für eine Königstochter Stroh zu Gold gesponnen hatte. Dann gingen sie an einer aufwändig versiegelten Tür vorbei.

Rumpelstilzchen fragte neugierig: »Wohin führt denn diese Tür?«

Weißröschen zuckte mit den Schultern und antwortete völlig naiv: »Ach wisst Ihr, lieber Prinz, meine Schwiegermutter Schneewittchen hat mir einmal gesagt, dieser Raum berge ein ganz besonderes Geheimnis und es dürfe ihn außer ihr niemand betreten. Wenn die Zeit gekommen ist, wird sie dieses Geheimnis bestimmt einmal lüften.«

›*Aha*‹, dachte Prinz Genius. ›*Hier gibt es also ganz geheime Sachen. Ich könnte mir vorstellen, dass hier das berühmt-berüchtigte Spinnrad eingeschlossen ist. Schade, eigentlich hätte ich dieses Prachtstück gerne einmal persönlich gesehen. Aber ich denke doch, dass ich mit dem Parfüm das Gleiche erreiche und die ganze Bagage in einen langen und zauberhaften Schlaf versetzen kann.*‹ Er versuchte noch einmal, Weißröschen dazu zu überreden, das Zimmer zu öffnen, doch sie lehnte entschieden ab.

Rumpelstilzchen heuchelte Verständnis: »Das kann ich gut verstehen. Aber gerade bei so geheimnisvollen Sachen bin ich ungeheuer neugierig. Es gibt wirklich keine Möglichkeit, einmal dieses Zimmer zu betreten?«

Weißröschen schüttelte nur den Kopf und führte ihn nach unten. Sie wollte ihm noch ihr privates Zimmer zeigen. Dort angekommen sagte sie: »Jetzt möchte ich Euch noch das Zimmer zeigen, in dem ich meine ganz persönlichen Sachen aufbewahre. Dort habe ich auch Bücher über das Königreich meiner Mutter Dornröschen. Aber über sie sind nur Unterlagen bis zu ihrem sechzehnten Geburtstag vorhanden. Alles was danach geschah und aufgeschrieben wurde, so sagt meine Mutter, ist leider aus unerklärbaren Gründen nicht mehr auffindbar. Erst ab ihrer Hochzeit mit meinem Vater gibt es wieder Unterlagen. Bis heute weiß ich nicht einmal, wie sich die beiden eigentlich kennengelernt haben. Vielleicht werde ich das später einmal erfahren.« Sie hakte sich gelassen bei Prinz Genius ein und lachte: »Ihr kennt doch sicher das Sprichwort: ›Was ich nicht weiß, macht mich nicht heiß!‹«

Dieser nickte, dachte aber bei sich: ›*Hoffentlich nimmt diese zickige Göre mein Parfüm an. So langsam geht mir das alles auf ´n Keks hier.*‹
Er nahm wie beiläufig die Porzellanfigur einer Prinzessin in die Hand und schaute sie scheinbar bewundernd an. Von draußen war plötzlich Musik zu hören.

Weißröschen, die Prinz Genius darauf aufmerksam machen wollte, zeigte auf ihr Ohr und sagte: »Hört mal! Das ist unsere Jugendband. Die Musiker sind Kids aus unserem Kinderland. Sie proben gerade einen neuen Song ein, den ich einmal singen soll.«

Prinz Genius schlug vor Begeisterung die Hände über dem Kopf zusammen und heuchelte: »Das klingt ja sowas von genial! Und Sie singen auch? Donnerwetter - Sie sind ja ein richtiges Multitalent. Auch Ihr Zimmer ist wunderschön anzusehen. Wer hat das für Sie eingerichtet?«

»Das habe ich alles selbst gestaltet«, sagte Weißröschen stolz und drehte sich dabei mit ausgestrecktem Arm im Kreis herum. Dass der Prinz ein Gesicht zog, als müsse er sich gleich übergeben, konnte sie dadurch nicht sehen.

»Ich muss schon sagen, Sie haben Geschmack.« Er stockte. »Ach, da fällt mir ein, ich habe zufällig Bilder von meinen Gemächern dabei und möchte Ihnen einmal meine Einrichtung zeigen.« Dabei griff er in die Innentasche seiner Jacke und holte wie zufällig das kleine Fläschchen mit dem Parfüm hervor.

Verwundert rief er aus: »Das hätte ich ja fast vergessen! Ich habe hier das wohlriechendste Parfüm mitgebracht, das es in ganz Absuerien gibt. Es wird aus Blumen hergestellt, die nur unter bestimmten und geheimen Bedingungen wachsen und nur durch eine außergewöhnliche Pflege blühen. Diese Blumen sind so selten, dass das gewonnene Parfüm auch nur für unser Königshaus bestimmt ist. Bitte überzeugen Sie sich selbst.«

Er öffnete die Schachtel, nahm das Fläschchen heraus und gab es Weißröschen. Sie öffnet es und schnupperte fasziniert. »Das riecht ja wirklich einmalig gut! Mein Kompliment lieber Prinz, und tausend Dank. Gestattet Ihr, dass ich es gleich benutze?«

Prinz Genius nickte eifrig und machte eine auffordernde Handbewegung. Weißröschen setzte sich an ihren Schminktisch, feuchtete ihre Fingerspitzen mit dem Parfüm an und verrieb es an ihrem Hals und unter der Nase. Schon nach wenigen Minuten zeigte sich die fatale Wirkung. Sie fing an zu gähnen, fiel mit dem Kopf nach vorne auf ihren Schminktisch und schlief schließlich ein. Prinz Genius wartete noch einen Moment und verfiel dann in einen ausgelassenen Freudentanz. Er war so von seinem Erfolg begeistert, dass er vor lauter Hochmut fast vergaß, weshalb er eigentlich hier war. Völlig fertig vom tanzen und herumtoben, nahm er eine Gitarre, die ganz in der Nähe stand - und obwohl er keinen Ton richtig spielen konnte - kniete er sich vor Weißröschen hin und sang mit seiner grässlichen Stimme und einer widerlichen Schadenfreude:

Schlaf´ Weißröschen, schlaf´ tief.
Ich lache mich krumm und auch schief.
Hundert Jahre werden es sein.
Freu´ dich, denn diesmal schläfst du nicht allein.
Schlaf´ Weißröschen, schlaf´ tief.

Der 100-jährige Zauberschlaf

Tarantella hatte das alles an ihrem Monitor gespannt verfolgt. Nun sprang sie auf, reckte ihre Faust nach oben und schrie siegessicher ein extrem breitgezogenes:

»Geschafft, geschafft!!!« Vor Begeisterung begann sie im Zimmer auf und ab zu hüpfen, klatschte in die Hände und grölte dabei ausgelassen: »Diese dumme, einfältige, gutgläubige Göre ist uns auf den Leim gegangen. Etwas anderes haben sie und die anderen beknackten Typen auch nicht verdient.« Sie stellte sich siegessicher vor ihren Spiegel und murmelte erwartungsvoll:

»Spieglein, Spieglein an der Wand.
Wer ist die Genialste im ganzen Land?«

Der Spiegel antwortete natürlich nicht. Überheblich wand sie sich ab. »Naja, du Armleuchter - bist ja nur ein Stück Glas. Wie willst du überhaupt ein Genie - wie ich es bin - erkennen können?« Hochnäsig drehte sie sich um und verließ den Raum.

Die Wirkung des Schlafzaubertranks setzte auch bei den Gästen der Hochzeitsfeier ein. Einige hielten sich in diesem Moment im nahe gelegenen Wald an der ›Quelle des Lebens‹ auf. Es waren Arielle und ihre Tochter Adriane, die von Prinz Fabian, König Drosselbarts Sohn, begleitet worden waren. Die beiden Nixen waren jeweils in einem eigens für sie gebautes Gefährt - einer riesigen Muschel, gefüllt mit Meerwasser und geschmückt mit wunderschönen Seerosen - dorthin gefahren. Prinz Fabian reichte den beiden gerade einen Becher mit dem Quellwasser.

Arielle trank einen Schluck und sagte voller Bewunderung:

»Das Wasser schmeckt aber köstlich. Es ist viel süßer als unser ...«, - dabei sprach sie immer schwerfälliger - »Mee-rees-waas-seeer.« - Dann schliefen sie alle nacheinander ein.

König Drosselbart, seine Gattin und Tarzan hielten sich ebenfalls im Wald auf. Die Männer waren auf einen Hochstand geklettert und schauten sich mit einem Feldstecher die Umgebung an, während die Königin auf ihrem Pferd sitzen geblieben war. Alle drei begannen zu gähnen. Die beiden auf dem Hochstand fielen auf die Knie und fingen augenblicklich an zu schlafen. König Drosselbarts Gattin lehnte sich auf ihrem Pferd immer weiter nach vorne und schlief schließlich - mit dem Kopf auf dem Hals ihres Pferdes - ebenfalls ein. Auch die Tiere des Waldes schlummerten nach und nach ein. Die gesamte Märchenwelt - ausgenommen Tarantellas **REICH DER GOLDENEN HERZEN** - fiel in einen 100-jährigen Schlaf.

Prinz Genius, der immer noch in Weißröschens Zimmer außer sich vor Freude über seinen Erfolg war, tobte ausgelassen herum. Erst als er völlig erschöpft war, entschloss er sich nun doch, endlich nach Hause zurückzukehren. Doch als er Weißröschens Zimmertür öffnete, fiel ihm die schlafende Zofe Hanna in seine Arme, die anscheinend gegen die Tür gelehnt davor gestanden hatte. Offensichtlich wollte sie gerade Weißröschens Zimmer betreten, als bei ihr der Zauberschlaf gewirkt hatte. Rumpelstilzchen ließ sie achtlos auf den Boden fallen und ging in Schneewittchens Hi-Tech-Salon.

Dort auf dem Monitor erschien sogleich Tarantella, die ein sehr zufriedenes Gesicht machte. Rumpelstilzchen konnte sich ein fieses triumphierendes Kichern und Grinsen nicht verkneifen. Mit abartig zuckersüßer Stimme schmeichelte Tarantella:

»Mein kluger Freund! Für mich bist du der Größte der Welt. Ich bin über deinen Erfolg so was von entzückt. Keiner hätte es besser machen können als du. Wenn du wieder hier bist, wirst du dafür reichlich belohnt werden.«

Rumpelstilzchen fühlte sich geehrt. »Vielen Dank, es war mir ein Vergnügen«, sagte er mit einer unterwürfigen Verbeugung. Sie entgegnete nur kühl und knapp: »Ist ja gut«, doch etwas freundlicher fragte sie: »Jetzt kann ich doch mit Drachulus kommen, um Weißröschen und Prinz Pedro abzuholen?«

Stolz warf er sich in die Brust: »Na klar, Mighty Queen, da gibt es kein Problem.«

Tarantella befahl ihm: »Dann geh´ jetzt in Weißröschens Zimmer und warte dort auf uns. Oder noch besser, bring sie auf den Hof zum Stall, wo auch Prinz Pedro ist.«

Folgsam schaltete Rumpelstilzchen den Computer aus und ging in Weißröschens Zimmer zurück. Die saß noch genauso an ihrem Schminktisch, wie sie eingeschlafen war. Um ganz sicher zu sein, dass sie nicht plötzlich erwacht, rüttelte er sie unsanft, und zog eine selbstgefällige, zufriedene Grimasse, als dies nicht der Fall war. Dann hob er sie hoch, legte sie wie einen Mehlsack über seine Schulter und schleppte sie hinaus.

Auf dem Schlosshof lagen und saßen die Kinder und Bediensteten verstreut herum und schliefen. Schneewittchen und Dornröschen saßen sich schlafend an einem Tisch gegenüber. Beiden war der Kopf auf die Tischplatte gefallen. Prinz Genius trug Weißröschen auf der Schulter auf den Schlosshof, musste sie jedoch zwischendurch immer wieder auf den Boden setzen und sich den Schweiß von der Stirn wischen. Als er vor dem Stall angekommen war, ließ er sie auf eine Bank neben der Stalltür plumpsen und atmete befreit auf. Dann ging er zum Tor hinaus, wo die beiden Wächter in merkwürdig verrenkter Stellung schliefen. Er lachte, rieb sich schadenfroh die Hände und schaute sich um, ob Tarantella schon angekommen war. Im selben Augenblick erschien am Himmel deren furchterregendes Fluggerät *Over-Rocket*, das die Form einer Rakete hatte, an dessen Seiten sich zusätzlich überdimensionale schwarze, ledrige Fledermausflügeln befanden. Es landete mit lautem Getöse auf der Wiese vorm Schloss.

Tarantella und Drachulus stiegen aus.

»Naaaa«, sagte Tarantella spöttisch, »mein lieber ›Prinz Genius‹. Schlafen denn auch alle meine Lieben hier tief und fest?«

»So tief und fest, wie nie zuvor«, meinte Rumpelstilzchen stolz. »Ich glaube, dass sie nicht einmal den Weltuntergang bemerken würden.«

Tarantella grinste zufrieden: »Supercool. Dann wollen wir gleich ans Werk gehen und das ach so glückliche Liebespaar - das heißt, frisch gebackene Brautpaar - einfach mitgehen lassen.« Sie schaute sich genüsslich um und lachte schadenfreudig über die schlafenden Kinder. Scheinheilig streichelte sie ein paar von ihnen über die Stirn: »Na ihr kleinen süßen und artigen Kinderchen. Euch werde ich bald zu mir holen und mit euren liebevollen Herzen meine Macht ausbauen. Dafür werdet ihr dann endlich ein wunderbares, sorgenfreies Leben in Saus und Braus führen können.« Sie lachte tückisch.

Durch den entsetzlich lauten Lärm, den Tarantellas *Over-Rocket* beim Landen vor dem Schloss gemacht hatte, war Till Eulenspiegel in seinen Zimmer plötzlich aufgewacht. Verwundert ging er ans Fenster und sah zu seinem Entsetzen, dass alle anderen Schlossbewohner ringsum schliefen. Dann nahm er seinen Feldstecher und schaute auf den Hof, wo Prinz Genius und Drachulus gerade damit beschäftigt waren, Weißröschen und Prinz Pedro in die *Over-Rocket* zu schleifen. Neben ihnen stand Tarantella, die wild mit den Händen herumfuchtelte und ihnen Anweisungen gab. Till war völlig entsetzt.

»Das kann nicht wahr sein! Ich wusste es doch, diese verdammte Kröte Genius ist ein falscher Hund. Was mach´ ich jetzt nur, was mach´ ich denn bloß?«

Till warf den Feldstecher auf seine Liege und rannte, so schnell er konnte, in den Hi-Tech-Salon. Dort ging er an den Computer und gab das Wort *Überwachungskamera* ein. Auf dem Monitor erschien Tarantellas *Over-Rocket*. Till sah gerade noch, wie die drei Entführer mit lautem Getöse davonflogen. In aller Eile versucht er, Maxim zu erreichen. Nach einiger Zeit erschien der auch auf dem Bildschirm und sagte in seiner witzigen Art:

»Hallo Till, coole Eule. Was ist los? Du machst ja ein Gesicht, als hätte man dir die Lizenz als Hofnarr entzogen.«

»Hör bloß auf«, stöhnte Till. »Mir ist gerade gar nicht zum Lachen zumute. Kannst du dich noch an den komischen Typen erinnern, der sich Prinz Genius nannte? Er war auch auf der Hochzeitsfeier dabei.«

»Dunkel. Wieso? Was ist denn mit dem los?«

»Der kam doch heute noch einmal zu uns aufs Schloss.«

»Ja und?«, fragte Maxim.

Aufgeregt sprudelte es aus Till heraus: »Der kam mir von Anfang an nicht geheuer vor. Er erzählte Schneewittchen von seinem Königreich Absuerien. Als er damit fertig war, zeigte ihm Weißröschen noch unser Schloss. Dann geschah das Unheil. Irgendwie hat er es geschafft uns alle - wie Tarantella damals als Dornröschen 16 Jahre alt wurde - in einen 100-jährigen Zauberschlaf zu versetzen.«

»Du meine Güte, das ist ja furchtbar. Und nun sind die hundert Jahre bei euch schon vorüber?«, fragte Maxim verwirrt.

Till stammelte: »Nein, nein, das ist doch heute erst geschehen.«

»Und wieso bist du dann noch wach?«, fragte er erstaunt.

Till antwortete völlig entnervt: »Ich hatte doch schon länger an einem Mittel gegen den Zauberschlaf experimentiert. Genauer gesagt, seit uns Schneewittchen damals gebeten hatte, nach Anzeichen von Tarantella Ausschau zu halten. Und heute, als dieser Mistkerl noch einmal hier war, habe ich einfach das Risiko auf mich genommen und von der Mixtur etwas getrunken. Wie es aussieht, hat es funktioniert.«

Maxim war überrascht. »Meinen Glückwunsch! Aber die anderen schlafen alle noch, oder wie?«

Till entgegnete ganz aufgeregt: »Ja genau, und es kommt noch schlimmer. Als ich aufgewacht bin, konnte ich am Fenster meines Zimmers gerade noch sehen, wie Tarantella und ihre Gehilfen Weißröschen und Prinz Pedro in ihre *Over-Rocket* geschleppt haben und mit ihnen auf und davon sind. Könntest du bitte ganz schnell herkommen? Ich brauche dringend deine Hilfe!«

»Na klar, ich komme sofort! Da hat sich Schneewittchens Befürchtung leider bestätigt. Versuche bitte, Ruhe zu bewahren, auch wenn es schwerfällt. Ich bin schon unterwegs. Bis gleich.« Er verschwand vom Monitor.

Nur Minuten später kam Maxim mit seinem *HUV* durch die Zauberschleuse in die Märchenwelt. Till rannte ihm entgegen. Fassungslos betrachteten sie die Kinder im Kinderland, die allesamt fest schliefen.

Auch die Musiker der Jugendband hingen alle in den absurdesten Stellungen an ihren Instrumenten auf der Bühne im Schlosshof.

Dann gingen die beiden ohne Umwege in den Hi-Tech-Salon des Schlosses, wo der Computer noch eingeschaltet war.

Till schaute Maxim ratlos an und fragte: »Und womit wollen wir anfangen? Wonach wollen wir suchen?«

Maxim überlegte kurz. »Wir sollten zuerst das Computerlexikon nach Begriffen befragen. Gib´ doch mal die Worte Zauberschlaf Dornröschen ein.« Till tat wie ihm geheißen, drückte die Okay-Taste und es erschien der Text:

DER ZAUBERSCHLAF IST
AUS DEM BEKANNTEN MÄRCHEN
›DORNRÖSCHEN‹ DER GEBRÜDER GRIMM.

Maxim und Till schauten sich ratlos an. »Na, das wissen wir schon. Ich gebe jetzt das Wort Tarantella ein.« Wieder erschien ein Text:

TARANTELLA IST DIE DREIZEHNTE FEE
AUS DEM BEKANNTEN MÄRCHEN
›DORNRÖSCHEN‹ DER GEBRÜDER GRIMM.
SIE HATTE ES GESCHAFFT,
DASS SICH DORNRÖSCHEN AN IHREM
16. GEBURTSTAG MIT EINER
VERGIFTETEN SPINDEL IN DEN FINGER STACH
UND DADURCH STERBEN SOLLTE.
JEDOCH - DANK DER ZWÖLFTEN FEE -
WURDE DIESER FLUCH NUR IN EINEN
100 JÄHRIGER ZAUBERSCHLAF
FÜR DAS GESAMTE KÖNIGREICH UMGEWANDELT.

Maxim schüttelte den Kopf. »Wir müssen etwas anders versuchen. Ich glaube, wir brauchen den Namen von jemandem, der nicht von diesem Zauberschlaf betroffen ist.« Er grübelte. »Sag´ mal Till, ist dir vielleicht aufgefallen, dass unter den Gästen irgendwelche Freunde von Schneewittchen gefehlt haben, die sie aber gerne eingeladen hätte?«

Till ging völlig verzweifelt im Zimmer auf und ab und dachte angestrengt nach. Nach einer Weile schüttelte er enttäuscht den Kopf.

Doch plötzlich hielt er wie vom Schlag getroffen inne, schlug sich mit der Hand auf die Stirn und rief: »Mein Gott!!!«

Maxim schaute ihn erschrocken an. Doch Till meinte hoffnungsvoll: »Na klar, die Sieben Zwerge! Dass ich da nicht früher darauf gekommen bin. Schneewittchen hat mich so oft gefragt, ob ich nicht eine Möglichkeit finden würde, eine Verbindung mit ihren geliebten Sieben Zwergen herzustellen. Schließlich hat sie ihnen ihr Leben zu verdanken.«

Maxim sagte erfreut: »Die Sieben Zwerge. Till, du bist ein Genie.«

Till gab die Worte *Sieben Zwerge* im Computer ein und sofort erschien auf dem Bildschirm ein lustig anmutendes Wesen.

Es hatte die Gestalt eines circa zehnjährigen Kindes, das allerdings sieben Finger hatte - an der rechten vier und an der linken drei. Und statt der Haare bunte Federn auf dem Kopf und statt der Nase einen gebogenen Schnabel wie von einem Wellensittich.

(Die Leser werden sich bestimmt daran erinnern. Genauso hatte sich Alix das erste Mal bei NAO gemeldet.)

Und tatsächlich, es war auch *Alix*, der ganz freundlich zwitschernd grüßte:

»Hallo, ihr Erdlinge. Habt ihr es nun endlich geschafft, uns ausfindig zu machen.«

Maxim und Till schauten sich verdutzt an. Sie konnten kaum glauben was sie da sahen. Die Sieben Zwerge hatten doch ganz anders ausgesehen! Das waren doch kleine Männlein mit langen grauen Bärten und Zipfelmützen auf dem Kopf. Dann fasste sich Maxim ein Herz und stotterte: »Hallo, - äh - Wer bist du denn?«

Der lachte. »Also mein Name ist Alix. Damals, als wir Schneewittchen geholfen haben, nannten uns die Menschenkinder einfach die ›Sieben Zwerge‹ und ich war der Älteste.«

»Alix?«, fragte Till schon wieder etwas gefasst. »Diesen Namen kenne ich noch nicht. Bei uns gibt es den Namen Felix.«

»Felix, den Namen gibt es auch bei uns«, meinte Alix. »Doch jetzt mal Spaß beiseite. Wir sind Pygolen und kommen vom Planeten Pygmion. Aber dazu später.«

Maxim und Till erzählten ganz aufgelöst und aufgeregt von der Katastrophe.

Alix wurde nachdenklich. »Versucht ruhig zu bleiben. Wir sind ganz in eurer Nähe. Was bei euch gerade geschehen ist, haben wir alles von hier aus mit angesehen. Wir vermuten jedoch, dass das Biest Tarantella unter Umständen unser Gespräch mithören kann. Deshalb schlage ich vor, ihr geht in den Schlosshof. Dort werdet ihr einen Lichtkegel sehen. Stellt euch hinein und dann holen wir euch zu uns. Wir freuen uns schon auf euch! Okay, dann bis gleich.«

Maxim und Till konnten das alles noch nicht richtig begreifen, aber sie überlegten nicht lange und gingen hinunter in den Schlosshof. Dort sahen sie wie versprochen den Lichtkegel und stellten sich hinein.

Am Himmel war das *UFO Utopia-Peace-Space-Shuttle* zu sehen. Auf der Stelle wurden die beiden in das *UPSS* gebeamt.

Tarantella saß in ihrer Hi-Tech-Gruft und hatte, wie von den Pygolen vermutet, tatsächlich alles mitverfolgt. Wütend sprang sie auf und kreischte: »Das ist doch nicht von dieser Welt!!! Wie hat Schneewitwes unterbelichteter Hofkasper Till nur das Gegenmittel zu meinem obergenialen Schlaftrunk entwickeln können? Das ist ja zum Rattenmelken. Und jetzt kommen auch noch irgendwelche ominösen Gnome von irgend so einem abartigen Planeten mit ins Spiel. Das hat mit gerade noch gefehlt. Aber wartet ´s ab, wartet ´s nur ab!«

Wütend zog Tarantella eine bunt schillernde Zauberkugel aus ihrem Gewand und schmetterte sie mit voller Wucht auf den Boden, wo sie mit einem höllisch lauten Knall, grellen Blitzen und riesigen Flammen explodierte. Dabei lachte sie so entsetzlich laut, als wolle sie Trommelfelle platzen lassen. Danach raste sie hektisch in ihr Labor, wo Weißröschen und Prinz Pedro - immer noch schlafend - auf zwei Operationstischen lagen. Mit wilden Gebärden besprühte Tarantella die beiden mit einer Flüssigkeit, wodurch sie augenblicklich erwachten. Dann rief sie Rumpelstilzchen und Drachulus zu sich, die die beiden Gefangenen brutal von den Tischen hochzerrten und hinüber ins Spielcasino schleppten.

Dort herrschte das Gleiche chaotische Treiben wie immer. Furchterregende Typen drängten sich um die Spieltische, Glücksautomaten und Videospiele. Andere saßen völlig abgeschlafft an der Bar oder grölten wild gestikulierend die höllenmäßige Musik mit, die von Svens abartiger Band gespielt wurde. Tarantella ging eilig zur Bühne und schubste dabei jeden zur Seite, der ihr im Weg stand. Auf der Bühne riss sie Sven das Mikrophon aus der Hand, holte eine weitere ihrer leuchtenden Kugeln hervor und warf sie auf den Boden. Der furchtbare Knall - gefolgt von einem grellen Blitz und einer dicken Qualmwolke - ließ es auf einen Schlag totenstill im Raum werden. Sämtliche Lichter und Spielautomaten gingen aus und nur die Bühne war noch erleuchtet. Tarantella schrie ins Mikro:

»Ruhe hier!« Sie zerrte Weißröschen und Prinz Pedro auf ihre Bühne, schob sie an den Bühnenrand und lachte hysterisch laut: »Schaut mal. Ich habe euch etwas Feines mitgebracht. Ein echtes, frisch vermähltes Prinzenpaar. Passt genau auf, was jetzt passiert.«

Mit der rechten Hand machte sie eine wilde, hässliche Gebärde. Plötzlich öffnete sich eine Klappe am linken Bühnenrand und quietschend und ratternd fuhr ein großer goldener Käfig aus dem Boden nach oben. Darin befand sich ein Thron aus Baumwurzeln, der mit Figuren von finster dreinblickenden Gnomen geschmückt war. Sie schob Weißröschen und Prinz Pedro hinein und stierte sie mit grün funkelnden Augen hasserfüllt an. Rumpelstilzchen brachte ein dicke goldene Kette und ein großes goldenes Vorhängeschloss. Tarantella holte einen goldenen Schlüssel aus ihrem Gewand und geiferte:

Von Liebe bleibt ihr nun verschont
Weil ihr in meinem Reich jetzt wohnt
Im gold´nen Käfig eingesperrt
Von draußen nichts mehr seht und hört
Im Überfluss lebt ihr hier nun
Doch werdet „nur"!, was ich will tun.

Siegessicher lachend verschloss sie den Käfig.

Weißröschen drückte sich fest an Prinz Pedro und fing an zu weinen. Er nahm sie in die Arme und streichelte ihr beruhigend übers Haar. Tarantella grinste schadenfroh bis über beide Ohren.

»Jetzt nützen euch auch keine Krokodilstränen mehr. Da könnt ihr mal sehen, wie weit ihr mit eurer absolut bescheuerten Gutgläubigkeit gekommen seid. Das Geschwätz von Liebe, Güte, Achtung und solchem abgedroschenen Unsinn bringt einfach nichts. Hier, bei mir, ist die Welt noch in Ordnung. Da wird gefeiert, man hat keine Sorgen und es ist jedem egal wie es dem anderen geht.« Sie zeigte auf die Gestalten im Casino. »Denkt ihr vielleicht, einen von diesen Typen interessiert es, was mit euch geschieht?«

Die Anwesenden grölten verächtlich und applaudierten. Manche warfen ihre Getränkedosen und irgendwelche anderen Gegenstände in Richtung Käfig. Andere gingen ganz dicht vor die Gitterstäbe und grapschten nach den Insassen. Tarantella machte schließlich ein Zeichen, das Ruhe einforderte.

»Hört mal zu. Ihr kennt ja meinen abartig geilen Song ›*Gold*‹ schon. Aber für die beiden Glückskinder dort«, sie zeigt grinsend auf den Käfig, »habe ich einen neuen Megahit geschrieben. Damit sie auch wissen, wer die große Tarantella ist.«

Sie gab dem DJ ein Zeichen und sang den Song ›*The Big Bad Mighty Queen*‹. Weißröschen drückte sich verängstigt an Prinz Pedro und hielt sich die Ohren zu. Währenddessen tanzten die Chaoten im Saal mit wilden Zuckungen im Takt vor der Bühne.

NAO hielt sich die Ohren zu und schüttelte mit schmerzverzerrter Miene den Kopf. Plötzlich hielt er es nicht mehr aus, sprang schlagartig auf und schaltete den Computermonitor aus. Die Musik brach abrupt ab. SALI schaute ihn ganz verwundert an, während NAO hin und her rannte, ein paar Bücher vom Tisch riss und schließlich ganz unwirsch in seinem Sessel sitzen blieb. Aufgebracht trommelte er mit den Fingern auf dem Buch vor sich herum.

»Das ist ja abartig! Das kann Peter Weißröschen und Prinz Pedro doch eigentlich gar nicht zumuten. Was hat er sich da nur ausgedacht? Das ist doch grausam, oder?«

SALI war jedoch völlig in Gedanken versunken. Als NAO ihn ansprach, schreckte er wie aus einem Traum auf und stammelte ein wenig verwirrt: »Wie meinen, Meister? - Ach so. - Naja. - Also, die Musik ist zwar voll krass, aber ich glaube, dass Peter die Situation schon richtig schildert. Schließlich passt zu Tarantella keine Liebesballade - oder? Und schaut doch mal durch euer Fernrohr auf die Erde. Gibt es da nicht genug Typen, die sich daran ergötzen, andere zu quälen? Aus absolut niederen Gründen schlagen sie sich gegenseitig die Köpfe ein oder bringen sich im Extremfall sogar um und sind dann auch noch stolz auf sich. Also, ich bin über Peters Geschichte nicht besonders entsetzt - obwohl das mit Tarantella ziemlich herb ist.«

NAO murmelte zustimmend vor sich hin: »Okay. Wo du Recht hast, hast du Recht. Ich hoffe nur, dass Till, Maxim und die Sieben Zwerge einen Weg finden, die beiden aus Tarantellas Klauen zu befreien. Naja, ich drücke ihnen jedenfalls die Daumen.«

SALI schaltete den Monitor wieder ein und meinte: »Wir können ja mal sehen, was sich inzwischen bei den Sieben Zwergen getan hat. - Äh. - Ich meine natürlich bei den *Pygolen*. Nebenbei gesagt: Eins verstehe ich auch nicht! Weshalb stellt sich Peter als Prinz Pedro so wehr- und hilflos dar. Aber vielleicht hat er sich ja etwas dabei gedacht.«

Auf SALIs Monitor sah man nun das Innere des UFOs *UPSS*, wo Maxim, Till und die Pygolen die Geschehnisse in Tarantellas Reich mit Hilfe ihres Pygiol-Computers genauestens verfolgt hatten.

NAO atmete tief durch und klopfte SALI liebevoll auf die Schulter.

Die Technik im Hi-Tech-Center der Pygolen war zwar weitaus fortgeschrittener als die auf der Erde, doch sie sah eher wie buntes Kinderspielzeug aus Legosteinen aus. Überhaupt sah das Raumschiff innen und außen sehr lustig aus. Die Pygolen trugen alle das gleiche neonfarbige T-Shirt mit dem Namen des Raumschiffes und ihrem eigenen Namen darauf, z.B.

UPSS
UTOPIA-PEACE-SPACE-SHUTTLE
ALIX

Als sich Till die Schriftzüge ansah, schmunzelte er, zeigte auf Belix und fragte: »Und wie ist dein werter Name?«

Der erklärte: »Mein Name ist Belix«, und zeigte dann auf die anderen. »Sein Name ist Celix, der heißt Delix, jener Elix, dieser Felix und der Kleinste nennt sich Gelix. Diese Namen sind jedoch nur für die Erde bestimmt. Unsere richtigen Namen würdet ihr nicht verstehen, da wir uns in einer wahnsinnig schnellen Geschwindigkeit unterhalten können.«

Man hörte wieder das kurze Zwitschern und dann sagte Belix:

»Langsam gesprochen hört sich mein Name an wie

- ***Bakakabitubamoschusaletiron*** - an. Sprich mal nach.«

Maxim winkte lachend ab. »Lass mal gut sein. Eure Namen in unserer Sprache sind mir da viel willkommener. Selbst die sind ja schon absolut ungewöhnlich für uns. Aber etwas würde mich doch noch sehr interessieren. Ihr sieben Geschöpfe bedient das Raumschiff ganz allein? Keine zusätzliche Mannschaft? Ihr seid doch noch so furchtbar jung!«

Delix lächelte stolz. »Da staunt ihr nicht schlecht, was? Der Unterschied zwischen euch und uns ist, dass wir viel, viel älter als ihr werden. Ich bin zum Beispiel nach eurer Zeitrechnung circa 250 Menschenjahre alt. Vom Aussehen, von der Größe und auch vom Gemüt her bleiben wir zwar wie bei euch die Kinder. Vom Wissen her sind wir euch jedoch weit, weit, weit überlegen.«

Alix ermahnte ihn sofort: »Sei nicht so überheblich, Delix. Es gibt bestimmt noch viel fortgeschrittenere Lebewesen als uns im Weltall. Aber nun Spaß beiseite. Wir sollten jetzt erst einmal beobachten, was weiter mit Weißröschen und Prinz Pedro geschieht.«

Alle setzten sich wieder gespannt vor den Computer.

Auf dem Monitor erschien erneut das Spielcasino, wo Tarantella gerade den Schluss ihres Songs ›*The Big Bad Mighty Queen*‹ sang.

Dann ging sie zum goldenen Käfig und fragte: »Na, ihr zwei süßen Turteltauben? Das war doch wohl der Hammer. Oder fandet ihr Weicheier das etwa nicht megageil, hä?«

Weißröschen und Prinz Pedro saßen nur zusammengekauert da und sagten kein Wort. Weißröschen hielt sich sogar immer noch die Ohren zu. Tarantella fügte hämisch lächelnd hinzu:

»Ihr braucht doch keine Angst zu haben. Ich tue euch unschuldigen Kinderchen doch nichts. Oder etwa doch?« Sie ging ganz nah an den Käfig heran und röchelte: »Ich will doch nur euer Aller ... Aller ... Allerbestes. Ha ha ha! Nein, nein, eure Herzen tausche ich nicht aus. Dann würde es euch ja bei mir gefallen. Und das wollen wir doch nicht - oder? Ihr sollt hier einfach nur ein bisschen leiden!«

Sie warf dem Sänger Sven das Mikrophon zu und verließ laut und gehässig lachend die Bühne.

Till, Maxim und die Pygolen schauten sich minutenlang sprachlos vor Entsetzen an. Dann fand Alix als Erster seine Stimme wieder:

»Das war ja heftig. Aber wir wollen nicht lange Trübsal blasen und schnell etwas unternehmen.« Erleichtert fügte er hinzu:

»Till hat ja Gott sei Dank ein Mittel gegen den Zauberschlaf entwickelt. Wir werden euch sagen, was ihr tun müsst, damit alle anderen wieder aufwachen.«

Till jubelte: »Das ist ja großartig. Dann lasst uns gleich zurückgehen und unsere Freunde aufwecken.«

Alix hob energisch die Hand: »Halt, halt, halt!! Das ist zwar gut gemeint, aber das geht nur, wenn Prinz Pedro und Weißröschen wieder im Schloss sind.«

Gelix nickte. »Das stimmt. Es wäre nicht auszudenken, wenn die beiden in ihrer Gefangenschaft aus dem Zauberschlaf erlöst würden.«

Maxim stimmte ihnen zu. »Ja, da habt ihr Recht. Dann müssen wir erst einmal etwas tun, um die beiden zu befreien. Aber was?«

Alix überlegte eine ganze Weile. Dann sah er Maxim an und sagte:

»Sag´ mal, kannst du dich und Till nicht mit einem deiner Zaubertricks in Tarantellas Reich einschleusen?«

Maxim schüttelte den Kopf. »Das geht nicht. Sie hat einen Schutzschild zur Menschenwelt um ihr Reich gebaut. Ich kann maximal bis in ihr Waldhäuschen, durch das sie immer in die Menschenwelt gelangt, vordringen.«

Alix nickte. »Ich weiß. So ein Schutzschild gegen unerwünschte Eindringlinge wollen wir auch um Schneewittchens Reich errichten. Doch das ist jetzt erst einmal zweitrangig. Erst müssen wir Weißröschen und Prinz Pedro befreien.«

Maxim dachte angestrengt nach. »Das ist klar. Ich habe da vielleicht doch eine Möglichkeit. Dazu müssten wir allerdings wissen, ob sich Till zutraut, allein in Tarantellas Reich zu gehen.«

Till war ganz erschrocken und stotterte: »I-i-i-ch? Wie soll ich denn dort unentdeckt hineinkommen? Und vor allen Dingen, wie soll ich denn Weißröschen und Prinz Pedro ungesehen aus dem Käfig holen? Ich bin ja zu allen möglichen Schandtaten bereit, um die beiden aus ihrer Gefangenschaft zu befreien, aber das ... ?«

Maxim holte tief Luft und sagte zu Till: »Also, als Erstes musst du dir hier auf dem Monitor noch einmal gründlich die Räumlichkeiten von Tarantellas Reich ansehen und dir alles genau einprägen.«

Till schaute ganz verzweifelt drein, griff sich an die Stirn und stöhnte: »Du meine Güte, warum ausgerechnet ich.« Doch ohne weiter zu zögern wandte er sich an Celix: »Am besten, du holst mir gleich mal eine Karte vom Reich der goldenen Herzen auf den Bildschirm.«

Celix ging an den Computer. »Bigily«, rief er munter. »Übrigens, das bedeutet soviel wie: ›Is´ okay!‹.«

Kurz darauf erschienen Bilder und Lagepläne aus Tarantellas Reich auf dem Monitor. Maxim sagte zu Alix:

»Du wirst mich auf Schneewittchens Schloss zurückbeamen und ich werde von dort mit meinem HUV in die Menschenwelt gehen. Dort hat mein Zwillingsbruder Igor zwei Zauberboxen, mit denen er eine Person von der einen Box in die andere zaubern kann. Das hat er vor einiger Zeit in seiner Show in Berlin mit Peter und Gu Lap vorgeführt.« Er holte aus seiner Jacke ein Foto, das Igor bei diesem Kunststück zeigte. »Seht ihr die beiden Boxen hier? Ich werde sie mir einfach mal bei meinem Bruder ausleihen. Eine davon müssten wir in Tarantellas finsteres Reich einschleusen und die andere in der Nähe des Eingangs zum Waldhäuschen platzieren.«

Zu Till gewandt erklärte er: »Du musst in die Box vor dem Waldhäuschen steigen und ich werde dich dann in die, die sich in Tarantellas Reich befindet, zaubern.«

Belix fragte unsicher: »Und du bist dir sicher, dass das auch funktioniert? Das ist ja wie beamen.«

Maxim schüttelte den Kopf. »Nicht hundertpro. In Igors Show hat jedenfalls alles funktioniert. Aber Moment mal, warum beamt ihr uns denn nicht einfach direkt in das Reich der goldenen Herzen?«

Celix schaute sie besorgt an. »Beim beamen wird die Materie des Objekts im Bruchteil einer Sekunde in winzige Energieteilchen zerlegt, aus denen das gesamte Universum nach dem Urknall ausschließlich bestanden hat. Dann wird es am Bestimmungsort wieder in seine alte Gestalt zurückverwandelt. Es gibt da nur ein kleines Problem. In ein Reich des Bösen, wie es Tarantellas Reich ist, können wir nicht beamen. Die Energieteilchen würden sich dort mit höchster Wahrscheinlichkeit nicht wieder zu ihrem Ursprung zusammensetzen, sondern zu 99.99% für immer als Gnome oder Monster durch den Raum schweben. Und dieses Risiko gehen wir nicht ein!«

»Verstehe«, meint Maxim. »Dann ist der Umweg über die Menschenwelt also unumgänglich. Aber geht es denn überhaupt, Till in die Menschenwelt zu beamen? Soviel ich weiß, können nur Tarantella und ich ungehindert zwischen der Phantasie- und Menschenwelt hin und her wandeln«, fragte Maxim weiter.

Gelix, der Kleinste, sprang unerwartet auf und rief ganz aufgeregt: »Stimmt ja gar nicht, stimmt ja gar nicht! Das ist bloß ein Gerücht. Jede Märchenfigur kann die Menschenwelt und jeder Mensch auch die Märchenwelt betreten, das wissen die meisten bloß nicht. Aber schließlich leben in Schneewittchens Land auch viele Kinder, die aus der Menschenwelt gerettet wurden und leider wurden auch Kinder aus dieser Welt in Tarantellas Reich entführt. Ich wette, auch Till hat das nicht gewusst und hat noch nie die Märchenwelt verlassen. Aber diejenigen, die wissen wie man die Welten wechseln kann, verraten natürlich nicht dieses Geheimnis.«

Till nickte grimmig. »Donnerwetter, das sind ja optimale Aussichten. Ich muss meine wunderbare Märchenwelt verlassen, werde in irgendwelche Energieteilchen zerlegt und darf gnädigerweise die Menschenwelt betreten. Aber nicht etwa, um sie kennenzulernen.

Nein - sondern um in dieses bescheuerte Reich der Kotzdöhle Tarantella zu kommen. Und wenn was schiefgeht, kann ich den Rest meines Lebens dort bleiben. - Prost Mahlzeit!!! Aber einer muss sich ja dazu breitschlagen lassen, die beiden Gefangenen zu befreien. Da kann ich nur sagen ... Adieu, du schöne Welt.«

Elix versuchte Till ein wenig aufzumuntern. »Es tut mir leid für dich, aber wenn ich könnte, würde ich es selbst tun. Nur, es ist uns strengstens verboten, die Erde zu betreten.«

Till fragte verwundert: »Wieso denn das nun schon wieder?«

Elix meinte etwas verlegen: »Eure Erde ist immer noch mit zu viel unschuldigem Blut getränkt. Und bei uns gibt es ein Gesetz, das besagt, dass wir solche Planeten nicht betreten dürfen. Das ist nun einmal so.«

»Das stimmt leider Gottes«, bedauerte Maxim. »Aber vielleicht könnt ihr uns Vorschläge machen, was zu tun ist um diesen Zustand zu ändern. Das wäre genial. - Doch jetzt wollen wir uns erst einmal darum bemühen, dass wenigstens die Märchenwelt in Ordnung kommt. Und deshalb müsste Till ...«

Till unterbrach ihn genervt: »Okay, okay, ich mache ´s ja.«

NAO saß in seinem Sessel und schaute nachdenklich vor sich hin:

»Da tut mir Till aber echt leid. Das ist ein ganz schön großes Risiko, was er da eingeht. Aber es sind sich alle einig, dass dies im Moment die einzige Möglichkeit ist, Weißröschen und Prinz Pedro zu befreien. - Also, ich muss schon sagen, dass Peter in seiner Story mit seinen Akteuren nicht gerade zimperlich umgeht.«

SALI, der wie immer an seinem Computer saß, lächelte nur:

»Mut zum Risiko Meister. Von nichts kommt eben nichts.«

NAO nickte verständnisvoll.

Till saß mit besorgter Miene im Hi-Tech-Center des *UPSS* vor dem Computermonitor und schaute sich die Bilder der Innenräume von Tarantellas Reich gründlich an. Die Pygolen saßen im Kreis um ihn herum und verhielten sich mucksmäuschenstill, um ihn dabei möglichst nicht zu stören. Nur Alix drückte hin und wieder ein paar Knöpfe auf einer Konsole, um Maxim, der gerade aus der Menschenwelt zurückgekommen war, wieder an Bord des *UFOs* zu beamen. Zufrieden lächelnd betrat der Zauberer schließlich den Raum und sagte:

»Gut, die Zauberboxen stehen dem Unternehmen zur Verfügung. Mein Bruder hatte nichts dagegen, dass ich sie mir für eine Weile ausborge, denn er macht im Moment Urlaub in der Karibik und hat keine Auftritte. Lasst uns jetzt überlegen, wie wir weiter vorgehen.«

Alix schaute zu Maxim. »Super, dass bisher alles so gut geklappt hat. Nun möchte ich dir und Till etwas sehr Wichtiges geben. Kommt ihr bitte einmal beide zu mir?«

Maxim und Till kamen an seinen Tisch. Alix hielt zwei Kärtchen in der Hand (in der Art wie unsere EC-Karten), die allerdings komplett verspiegelt waren. Lediglich in der Mitte befand sich ein kleines nichtreflektierendes Viereck. Sie waren mit einer Folie überklebt.

Mit wichtiger Miene begann Alix zu erklären:

»Also, das ist ein *SPIT*. Genau gesagt, ein ›*Special-Picture-Transceiver*‹. Er ist etwa euren Handys ähnlich, aber das ist nur äußerlich«, lachte er. Dann zeigte er auf das Viereck in der Mitte. »Das ist ein IS, ein ›*Identity Square*‹ und dient als Benutzercode. Wenn die Folie abgezogen ist, müsst ihr es mit einer Fingerkuppe berühren. Dann wird der Fingerabdruck in der Karte gespeichert. Der *SPIT* ist dann für keinen anderen außer euch mehr zugänglich. Wenn das geschehen ist, müsst ihr in den *SPIT* wie in einen Spiegel schauen. Euer Gesicht wird auch gespeichert.« Er führte alles vor. »Wer ihn benutzen will, hält den Finger auf das *IS*, schaut den *SPIT* wie einen Handspiegel an und sagt: ›Ich hätte gerne eine Verbindung mit dieser oder jener Person‹.«

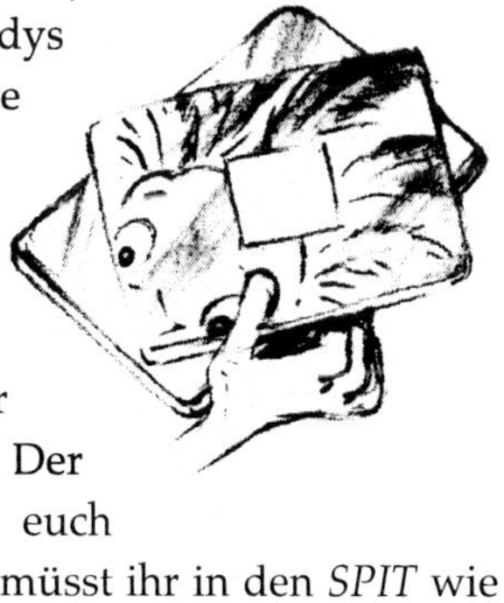

Celix sah Maxim und Till fragend an.

»Na, alles verstanden bis jetzt?« Beide nickten nur und er fügte hinzu: »Es meldet sich die Stimme von *LEA* und fragt nach eurem Anliegen. Dann sagt ihr: ›Ich hätte gerne eine Verbindung mit einem anderen Besitzer dieser Karte oder zu unserem Raumschiff.‹ Der Spiegel wird zum Monitor und ihr könnt euch dann mit demjenigen unterhalten. Und für jemanden, der diese Karte nicht besitzt, sieht sie wie ein ganz normaler Taschenspiegel aus. So kann kein Unbefugter etwas damit anfangen. Hier, Maxim, du wirst sie als Erster programmieren. Ziehe bitte die Folie ab.«

Maxim tat wie ihm geheißen und jetzt erklärte Alix weiter:

»Halte die Karte mit deinem rechten Daumen und Mittelfinger fest. Berühre dann mit der Zeigefingerkuppe das *IS*. Dein Fingerabdruck wird analysiert. Dann benutze den *SPIT* wie einen Taschenspiegel und schau dich darin an. Jetzt wird das Gesicht gespeichert.«

Als Maxim damit fertig war, ertönte die sehr sanfte und erotische Stimme von *LEA*:

»Herzlich Willkommen. Ihre Daten wurden gespeichert. Bitte nennen Sie Ihren Namen langsam und deutlich.«

Maxim gab sich die größte Mühe. »M-a-x-i-m.«

LEA: »Bitte prüfen Sie nun, ob der *SPIT* funktionsbereit ist. Vielen Dank.« Der *SPIT* beendete das Programm und Maxim schaute ratlos zu Alix, der sagte: »Nun musst du zur Sicherheit das Gleiche noch einmal machen.«

Maxim hielt seine Zeigefingerkuppe auf das *IS* und schaute in den Spiegel. Die *SPIT*-Stimme *LEA* meldete sich erneut:

»Herzlich Willkommen, Maxim. Was ist Ihr Anliegen?«

Maxim schaute auf den *SPIT* und sagte: »Verbinden Sie mich mit Alix aus der Raumfähre *UPSS*.«

Diesmal antwortete *LEA* nicht sofort, dann aber etwas traurig: »Also, ich bin zwar ›nur‹ ein *Special-Picture-Transceiver*, aber ich habe Sie doch auch ganz höflich begrüßt. Ich bin der Meinung, die Zeit für einen netten Gruß sollte man sich einfach nehmen. Das sind wir auf Pygmion so gewohnt. Im Übrigen hat man mir den Namen *LEA* gegeben und der gefällt mir sehr gut. Sie dürfen mich auch gerne duzen, wenn Sie wollen. Seien Sie mir bitte nicht böse, aber das wollte ich Ihnen einfach mal sagen.«

Maxim wurde vor Verlegenheit ein wenig rot. »Tut mir leid, aber bei uns spricht man mit Computern noch nicht in einem höflichen Ton. Also ich versuche es noch einmal: ›Ich grüße dich *LEA*, verbinde mich bitte mit Alix aus der Raumfähre *UPSS*. Vielen Dank.‹«

LEA antwortete wohlwollend: »Das ist wie Honig für meine feinen Sensoren. Die Verbindung wird sofort hergestellt. Vielen Dank für den Auftrag. Bis bald.«

Maxim schaute zu Alix. Der holte aus einer kleinen Tasche, die extra für diese Karte an seiner Hose angenäht worden war, seinen *SPIT* heraus. Das Gesicht von Maxim war darauf zu sehen. Der Zauberer war verblüfft. »Das ist ja ein Ding! So etwas fehlt mir noch in meiner Show.«

Alix entgegnete jedoch: »Ähm - lasst uns jetzt besser loslegen, es wird allmählich Zeit.«

Der kleine Gelix meinte auch: »Du hast Recht. Lasst uns so schnell wie möglich Weißröschen und Prinz Pedro aus den Klauen von dieser furchtbaren Tarantella befreien.«

»Und das«, fragte Till verzweifelt, »lastet auf meinen Schultern?«

»Till«, beruhigte ihn Maxim. »Wir haben keine andere Möglichkeit. Ich bin mir ziemlich sicher, dass der Zauber auch diesmal funktioniert. Nur bist du zeitweilig bei dieser Aktion auf deine eigene Verschlagenheit angewiesen. Und ich bin hundertpro davon überzeugt, dass es dir gelingt. Wer ganz allein ein Gegengift gegen Tarantellas Zauberschlaf entwickelt kann, der schafft auch andere Probleme mit links zu lösen.« Er klopfte Till auf die Schulter.

»Dankeschön für das Vertrauen«, sagte der, faltete die Hände und schaute nach oben. »Jesus, Mohammed, Buddha oder wer auch immer, steht mir bei!«

»Ich kann deine Bedenken verstehen«, tröstete Alix. »Aber wir werden auch von unserer Seite nichts unversucht lassen, dir in jeglicher Hinsicht zu helfen.« Er reichte auch ihm einen *SPIT* und sagte:

»Programmiere bitte alles ein. Du brauchst dir keine Sorgen machen, denn die *SPITs* können von Tarantella und ihrer Sippschaft weder geortet noch benutzt werden.«

»Na dann - Dankeschön.« Er gab seine Daten in seinen *SPIT* ein.

Maxim wandte sich an Celix: »Mein Lieber, wir bleiben bis morgen früh hier und dann beamst du uns zum Waldhäuschen von Tarantella.

Ich glaube, dass unsere Aktion in den Morgenstunden am besten klappen wird. Tarantella und ihre Fieslinge sind alles Nachtschwärmer. Von denen wird dann kaum einer munter sein.«

»Ich denke, da hast du Recht«, nickte Celix lachend. »Ich bringe euch jetzt zu euren Betten und dann wollen auch wir schlafen gehen.«

Till schaute völlig aufgelöst drein. »Schlafen gehen«, murmelte er verzweifelt. »Schlafen? - Ich glaube, ich brauche ein Elefantennarkosemittel, um heute Nacht wenigstens ein Auge zuzukriegen.«

»Naja«, beruhigte ihn Alix. »Ich kann dich gut verstehen. Aber wie schon gesagt, wir sehen im Moment keine andere Möglichkeit.« Till nickte nur. Dann verließen alle - bis auf Delix, der heute Nachtwache hatte - das Hi-Tech-Center.

Ein wildes Gelage war in Tarantellas Spielcasino im Gange, als diese wie eine Furie hereinstürmte, auf die Bühne hechtete und dem Sänger Sven das Mikrophon aus der Hand riss. Sie gab nur kurz ein Zeichen und alle Anwesenden verstummten sofort.

»Wollen wir mal sehen, was unsere edlen Ehrengäste machen? Ich hoffe, sie hatten ein paar entspannte Stunden da unten.«

Ein furchtbares Gegröle ging los. Tarantella gab dem Techniker ein Zeichen, und der Käfig, der sich unter der Bühne befand, kam wie ein Fahrstuhl hochgefahren. Die Menge brüllte und jubelte:

»Hurra, das junge Hochzeitspaar ist wieder da!«

»Da sind ja unsere Turteltäubchen!« ... und so weiter in dieser Art.

Mit einer Flasche Wein in der Hand ging Tarantella zum Käfig. Prinz Pedro und Weißröschen kniffen die Augen zu, denn nach den letzten Stunden voller Dunkelheit blendete sie das Scheinwerferlicht sehr. Tarantella reichte den beiden ein Glas Wein, doch sie lehnten angewidert ab.

»Ach?«, sagte Tarantella arrogant. »In eurer Lage seid ihr auch noch eitel. Mir soll´s Recht sein. Dann trinke ich eben diesen edlen Tropfen allein und werde mich lieber wieder um neue junge Herzen kümmern. Schließlich ist ja zurzeit genug Material in eurem Land vorhanden. Ich brauche nur die schlafenden Kinderchen einsammeln und zack, zack, zack, quillt mein Energievorrat förmlich über.«

Weißröschen brach in Tränen aus.

»Aber, aber meine Süßen«, sagte Tarantella gespielt mitleidig. »Ihr braucht euch doch nicht zu fürchten. Eure so liebevollen Herzen sollt ihr behalten, oder vielleicht doch nicht?« Sie winkte Rumpelstilzchen zu sich.

»Mach mal mit Drachulus unsere *Over-Rocket* startklar. Morgen haben wir eine kleine Reise vor. Wir holen eine Menge Herzileinchen aus Schneewittchens Reich. Sag dem Techniker, er soll diese beiden Weicheier in ihrem goldenen Käfig wieder runterlassen.«

Rumpelstilzchen nickte nur. Gehässig lachend verließ Tarantella den Salon. Weißröschen und Prinz Pedro sahen ihr angewidert nach. Dann wurden sie wieder unter die Bühne versenkt.

Gelix, der Kleinste von den Pygolen, bereitete in der Küche des *UPSS* das Frühstück zu und deckte den Tisch. Einer nach dem anderen kam mit einem freundlichen Guten-Morgen-Gruß herein.

Nur Till kam völlig zerknautscht an und murmelte mürrisch: »Morjen.«

Belix strich ihm über den Kopf. »Till, mein Lieber, hast du etwa schlecht geschlafen?«

»Schlecht geschlafen!«, brummelte Till sauer. »Schlecht geschlafen? Alpträume der schlimmsten Art hatte ich und war klitschnass als ich vorhin aufwachte.«

»Ich habe dich in der Nacht oft stöhnen hören«, sagte Maxim. »Du hast mir schrecklich Leid getan.«

Gelix kam mit einem Tablett voll Speisen und Getränke an den Tisch. Er stellte es vor Till hin, streichelte ihm die Schulter und sagte liebevoll: »Komm, stärke dich jetzt erst einmal. Das wird dir gut tun. Übrigens sind das alles Speisen und Getränke von unserem Planeten Pygmion. Ich hoffe es schmeckt dir.«

Till schaute Gelix jetzt schon etwas freundlicher an und lächelte müde: »Dankeschön, lieber Gelix. Also wenn es so schmeckt wie es aussieht, dann muss es vorzüglich sein.« Er biss in eine Frucht, nahm einen Schluck Saft und sein Gesicht heiterte sich augenblicklich auf. »Hm, so etwas Köstliches habe ich ja noch nie gegessen und getrunken! Eine wirklich wunderbare Henkersmahlzeit.«

»Na, na, na, nicht gleich so schwarz sehen«, räusperte sich Alix. »So schlimm wird es schon nicht werden. Aber ich möchte noch etwas anderes sagen. Ich habe mir gestern Abend noch einmal Gedanken gemacht, was jetzt am dringendsten erledigt werden sollte - außer der Rettung von Prinz Pedro und Weißröschen natürlich. Da ist mir eingefallen, dass Tarantella zurzeit die Möglichkeit hat, ungehindert die Kinder aus Schneewittchens Kinderland in ihr Reich zu entführen. Also glaube ich, wir sollten so schnell wie möglich den Schutzschild um Schneewittchens Schloss errichten.« Alle nickten zustimmend und Alix fuhr fort: »Also werden wir uns gleich nach dem Frühstück an die Arbeit machen. Wir treffen uns nachher.«

Gesagt, getan. Als alle wenig später im Hi-Tech-Center des *UPSS* versammelt waren, gab Celix am Computer den folgenden Befehl ein:

SCHUTZSCHILD INSTALLIEREN.

Das Menü ›Schutzschildinstallation‹ wurde geöffnet.

ORT DER INSTALLATION?

Celix gab weiter ein.

KÖNIGREICH VON SCHNEEWITTCHEN.

Eine Landkarte erschien auf dem Monitor.

GENAUEN ORT MARKIEREN!

Celix tat es und drückte die Okaytaste.

SCHUTZSCHILD WIRD INSTALLIERT!

Aus der Vogelperspektive konnte man das Königreich sehen. Langsam wurde eine halbrunde, riesengroße durchsichtige Glaskugel über Schneewittchens Land sichtbar, die wie eine Seifenblase schimmerte. Dann kam die Meldung

SCHUTZSCHILD WURDE INSTALLIERT!

Bitte bestätigen.

Celix bestätigte es.

Ganz früh am Morgen, als es in ihrem Casino noch stockdunkel war, stieg Tarantella unter die Bühne und näherte sich dem goldenen Käfig mit den Gefangenen. Nur ihre giftgrün leuchtenden Augen waren in der Dunkelheit zu sehen. Obwohl sie normalerweise eine ausgesprochene Langschläferin war, hatte sie es heute nicht mehr im Bett ausgehalten, denn sie konnte es kaum erwarten, Prinz Pedro und Weißröschen weiter zu quälen. Ekelhaft ironisch säuselte sie zur Begrüßung:

»Guten Morgen! Na, wie geht es denn meinem zuckersüßen Liebespaar?« Sie nahm eine ihrer leuchtenden Zauberkugeln aus dem Gewand und schmetterte sie auf den Boden. Es knallte, blitzte und rauchte wieder extrem stark, doch diesmal blieb eine kleine Flamme auf dem Fußboden brennen, so dass Weißröschen und Prinz Pedro im flimmernden Licht zu sehen waren. Prinz Pedro legte schützend die Arme um seine Frau. Tarantella sagte nur scheinheilig:

»Ach entschuldigt bitte, wenn ich euch erschreckt habe. Das wollte ich ganz bestimmt nicht. Aber es ist ja so dunkel hier und ich wollte eure glücklichen Gesichter wieder einmal sehen. Habt ihr keinen Hunger und Durst?« Sie lachte hämisch. »Ich habe für euch einen köstlich schmeckenden, lauwarm schmierigen Borkenkäfer-Maden-Brei und einen frischgepresst fauligen Baumrindensaft zum Frühstück gemacht. Läuft euch da nicht das Wasser im Mund zusammen?«

Prinz Pedro erwiderte wütend: »Du könntest uns das gesündeste Essen und die leckersten Getränke anbieten. Lieber verhungern oder verdursten wir, als dass wir etwas von dir annehmen!«

Tarantella warf noch eine Kugel auf den Fußboden und schrie mit giftgrünen Gesicht: »Du unverschämter Möchtegernprinz! Du wirst vor Hunger noch einmal jämmerlich nach einem Stück verfaulter Rinde betteln«, und boshaft fügte sie hinzu: »Ich habe da eine andere Überraschung für euch. Ich werde mir heute ein paar von euren ach so liebreizenden Kinderchen holen. Dann könnt ihr ja mit ihnen spielen, wenn sie ihr neues goldenes Herz haben.«

Weißröschen schluchzte und murmelte kaum hörbar: »Warum willst du den kleinen unschuldigen Geschöpfen nur so weh tun? Was haben sie dir denn getan?«

Tarantella lachte verächtlich. »Du mit deinem sentimentalen Gesülze. Aus welchem Grund sind diese«, und das betonte sie extrem sarkastisch, »**ach so kleinen unschuldigen Geschöpfe** denn überhaupt im Kinderland gelandet, hä? Doch nur deshalb, weil sie von so inzwischen **großen schuldigen Geschöpfen** ganz unmenschlich behandelt wurden. Stimmt das!? Denn aus **den kleinen unschuldigen Geschöpfen** werden einmal die verdammt gleichen **riesengroßen schuldigen** Typen. Mir könnt ihr nichts vormachen. Oder erklärt mir mal, weshalb sich viele der **kleinen unschuldigen Geschöpfe** später irgendwann mal gegenseitig abknallen und dabei denken: ›Das ist mein Recht‹ oder ›Das ist mein Feind‹!«

Sie schnaubte höhnisch. »Naja, ihr könnt euch dann eben auf die Schulter klopfen und stolz sein, dass ihr den ach so **unschuldigen Geschöpfen** geholfen habt.« Ihr Ton wurde immer hasserfüllter: »Aber das garantiere ich euch! Sollte eines Tages mal eines von euren **kleinen unschuldigen Geschöpfen** als **großes Geschöpf** unerwartet vor eurer Tür stehen, aber diesmal mit vorgehaltener Knarre und euch zwingen euer Geld rauszurücken, würdet ihr garantiert ganz schön blöd aus der Wäsche glotzen. - Ach, was rege ich mich überhaupt auf. Ihr begreift´s sowieso nicht. Wartet´s ab! Wenn diese Weicheier erst einmal hier sind und ein goldenes Herz haben, werdet ihr sehen, was für hartgesottene Typen aus den **Geschöpfen** werden.«

Sie streckte den Arm nach dem Feuer aus, und ein Wasserstrahl aus ihrer Hand löschte es. Es war wieder stockdunkel und sie sang in der Finsternis vor sich hin:

Here comes the queen
the big bad mighty queen.

Rumpelstilzchen und Drachulus saßen schon startbereit in Tarantellas *Over-Rocket* auf der Kommandobrücke und bedienten ein paar Hebel und Knöpfe. Mit einer Fernbedienung öffneten sie das eiserne Tor zur Startrampe.

Im Hi-Tech-Center des *UPSS* hatten Maxim, Till und die Pygolen das alles auf dem Monitor mitverfolgt. Maxim meinte wütend: »Diese gehässige Kröte müsste man an Ketten legen und bis zum Hals in Eis einfrieren. Aber jetzt bin ich erst einmal gespannt was passiert, wenn sie auf den Schutzschild stoßen. Gott sei dank sind wir gerade noch rechtzeitig damit fertig geworden. Wer hätte gedacht, dass die Hexe heute schon so früh auf den Beinen ist?«

Die sieben Pygolen und Till sagten wie aus einem Mund:

»Du sagst es.«

Dann meinte Alix zu Till und Maxim: »Kommt, macht euch startklar. Vergesst eure *SPITs* nicht. Wir müssen die Zeit nutzen, in der Tarantella außerhalb ihres Reiches ist.« Er überlegte kurz. »Aber? ... Obwohl! ... Sie müsste ja zu Hause sein, denn sie ist ja die Einzige, die Zauberbox aus der Menschenwelt in ihr Reich bringen kann.«

»Stimmt genau«, sagte Maxim. »Also müssen wir abwarten, was jetzt passiert.«

Dann sahen sie auf dem Bildschirm, wie Tarantellas *Over-Rocket* mit lautem Getöse und einem großen Feuerschweif ins Freie flog. Die überdimensional großen, schwarzen Fledermausflügel spannten sich, und das Gefährt schoss wie eine Rakete in den Himmel. Alix tippte Celix auf die Schulter. »Zeig´ uns bitte das Innere der *Over-Rocket* auf dem Monitor.«

Celix klatschte in die Hände. »Okay, Boss, nichts leichter als das.« Mit einer schwungvollen Geste schaltete er um.

Sie sahen Rumpelstilzchen und Drachulus auf der Kommandobrücke sitzen und die Steuerkonsolen bedienen. Währenddessen stolzierte Tarantella im hinteren Teil des Raumes auf einer kleinen Bühne herum und trällerte merkwürdige Vocalisen in ein Mikrofon. Rumpelstilzchen nahm heimlich einen kräftigen Schluck aus seiner versteckten Wodkaflasche und sagte verhalten zu Drachulus:

»Die ätzende Kuh bildet sich ein, sie wäre uns allen überlegen.«

Drachulus flüsterte zurück: »Ich habe schon lange den Kanal voll. Wir müssen die Drecksarbeit machen und die aufgetakelte Henne feiert den ganzen Tag oder nervt mit ihrem blöden Gejaule. Dann klaut sie den Kindern ihre Herzen. Ohne diese Herzen wäre dieses alte keifende Reptil doch aufgeschmissen.«

Dann sagte Rumpelstilzchen laut zu Tarantella: »Mighty Queen, wir sind bald am Ziel. Bitte anschnallen.«

Tarantella hörte auf zu singen und fragte missmutig: »Und wie lange dauert es noch bis wir da sind?«

»In circa 10 Minuten«, antwortete Drachulus.

»Und da geht ihr Holzköpfe mir jetzt schon auf die Ketten?!« Sie wollte gerade weitersingen, als auf dem Monitor eine leuchtend rote Schrift blinkte:

HÖCHSTE ALARMSTUFE!!!
SOFORT ANSCHNALLEN!!!

»Tarantella!«, rief Drachulus aufgeregt. »Wir nähern uns einer mir unbekannten Gefahrenquelle!«

»Und? Was habe ich damit zu tun?« fragte Tarantella ungehalten.

»Aber das ist das Warnzeichen, das höchste Gefahr bedeutet!«, stammelte Rumpelstilzchen. »Sollen wir nicht lieber umkehren?!«

»Das ist mir doch so was von egal!«, entgegnete Tarantella barsch. »Das ist eure Sache. Lasst mich mit solchen Problemen in Ruhe und macht euern Job wie sich´s gehört!«

Jetzt sahen die Pygolen, dass die *Over-Rocket* von Tarantella gleich auf den Schutzschild aufprallen würde. Gelix hüpfte aufgeregt hin und her. »Jetzt wird es gleich obermegamäßig krachen«, freute er sich.

Tarantella wollte gerade wieder anfangen zu singen und hatte auch schon das Mikro in der Hand. Rumpelstilzchen nahm heimlich seine Flasche Schnaps. »Diese bescheuerte alte Hexe«, murmelte er vor sich hin, »kann mich mal ...!«

Er setzte die Flasche im gleichen Augenblick an seinen Mund, als die *Over-Rocket* mit einem lauten Knall auf den Schutzschild aufschlug. So wie ein Stein, den man über eine Wasseroberfläche wirft, hüpfte die *Over-Rocket* ein paarmal auf dem Schutzschild herum, überschlug sich und wurde dann in die Höhe geschleudert. Durch die Wucht hatte Tarantella das Mikro fast verschluckt. Sie hing über der Bühne an einem Scheinwerfergerüst, ruderte mit den Armen und versuchte angestrengt, das Mikro wieder aus ihrem Mund zu ziehen. Mit einem ›Plopp‹ wie bei einem Sektkorken gelang ihr es schließlich. Auch die Schnapsflasche war in Rumpelstilzchens Mund stecken geblieben. Doch der flog von einer Seite der Kommandobrücke auf die andere und bekam die Flasche erst heraus, als sie völlig leer war. Drachulus war der Einzige, der sich angeschnallt hatte. Verzweifelt versuchte er alles, damit er wieder in eine normale Flugbahn kommt. Doch durch die häufigen Aufschläge geriet alles außer Kontrolle. Tarantella, die immer noch zappelnd an dem Scheinwerfergerüst hing, kam durch die Schaukelei wieder und wieder mit ihrem Hintern an die heißen Scheinwerfer. Jedes Mal hörte man einen lauten Schrei und sah eine dicke Qualmwolke. Als sie sich schon ganz schön verbrannt hatte, hielt sie es nicht mehr aus und ließ los. Dann flog auch sie total unkontrolliert im Raum umher. Alles, was nicht niet- und nagelfest war, wurde durch die Gegend geschleudert. Selbst die ekelhaften Gnome - Tarantellas ständige Begleiter - flogen wie Gummibälle herum. Nach einer Weile bekam Drachulus die *Over-Rocket* wieder in seine Gewalt. Er zog sie nach oben und nahm sofort Kurs zurück auf das **REICH DER GOLDENEN HERZEN**.

Maxim, Till und die sieben Pygolen lachten aus vollem Halse und hielten sich die Bäuche. Elix hatte vor Lachen Tränen in den Augen.

»Lasst uns noch mal ins Innere der *Over-Rocket* schauen. Ich glaube, dort herrscht totales Chaos.«

Celix amüsierte sich köstlich. »Okay, okay.«

In der *Over-Rocket* herrschte ein Durcheinander, als hätte dort eine Bombe eingeschlagen. Ein schwarzes vogelähnliches Ungetüm hing verkehrt herum an einer Gerüststrebe über der Bühne. Die Gnome lagen völlig desorientiert herum und verdrehten stöhnend die Augen. Einer von ihnen lag sogar quer über einer Computerkonsole, und ein anderer schaute total benommen aus einer offenen Schublade heraus.

Überall qualmte es und Funken sprühten aus den defekten technischen Geräten. Tarantella versuchte sich aus ihrem Sessel, in dem sie zufällig gelandet war, zu stemmen und fiel rücklings mit ihm um. Man sah nur noch ihre Beine und den Hintern nach oben gerichtet. Im Hosenboden war ein großes Loch, das noch von dem heißen Scheinwerfer dampfte und schwelte. Umständlich rappelte sie sich auf und krächzte wutverzerrt: »Rumpelsack, du verfluchtes Saufstilzchen! Kannst du mir vielleicht mal erklären, was das sollte?«

Rumpelstilzchen saß völlig betrunken auf seinem Pilotensessel und zeigte auf den Monitor. Die Gefahrenwarnung war immer noch zu lesen und er sang dazu lallend:

»Kommt Brüder wir - hicks - schaukeln noch eins!«

Dann verdrehte er die Augen, rutschte vom Sessel, fiel bewusstlos auf den Boden und schnarchte dabei wie ein Walross.

Tarantella schrie erbost: »Rumpelkröte, du saudummes Rindv ... !« Doch dann hielt sie inne und sagte angewidert: »Ach Blödsinn, der ist so sternhagelvoll, dass er nichts mehr mitbekommt.« Völlig sauer wandte sie sich an Drachulus: »Wenn diese Kiste jemals wieder in Ordnung ist, wirst du das Kommando übernehmen - klar?!«

Drachulus murrte nur ungehalten: »Mir ist jetzt nicht nach einem Kommandoposten. Ich versuche gerade, dieses Scheißding nach Hause zu bekommen. Und vor allen Dingen, sing´ bitte in Zukunft während eines Fluges nicht mehr!!! Bei deinem Geplärre spielen meine Gehirnzellen völlig verrückt.«

Ein paar Stunden nach ihrer Rückkehr in ihr Reich rief Tarantella Rumpelstilzchen zu sich in die Hi-Tech-Gruft. Wie eine Furie tobte sie im Raum auf und ab und schrie:

»Hallo. Hast du mir vielleicht etwas zu sagen?«

Der stand wie ein begossener Pudel vor ihr und stammelte völlig verunsichert: »Ähm - äh, wie meinst du das?«

»Also, wenn ich du wäre«, geiferte Tarantella ungehalten, »würde ich auch keinen klaren Ton herausbringen. Also lassen wir das jetzt. Drachulus soll hier erscheinen. Sag ihm Bescheid. Aber presto!«

Rumpelstilzchen gehorchte ohne Widerrede und rief Drachulus über die Haussprechanlage in die Hi-Tech-Gruft. Es dauerte nicht sehr lange und er erschien. Tarantella, die wieder eine giftgrüne Fratze und feuerrote Augen hatte, starrte die beiden an.

»So, und nun zu euch, ihr jämmerlichen Figuren. Du, du Missgeburt von Rumpelschwachsinn, wenn du nicht mit deiner Sauferei aufhörst, wirst du nur noch unseren Müll aufsammeln und ihn als einzige Speise vorgesetzt bekommen. Noch so ein Ding wie heute, dann können wir einpacken.«

»Meinst du etwa«, fragte Rumpelstilzchen dümmlich, »das war nur meine Schuld? Schließlich habe ich dich gewarnt, aber ...«

»Halt´ die Klappe«, unterbrach sie ihn. »Du bist der Commander der *Over-Rocket* und hast gefälligst über diese Technik Bescheid zu wissen. Oder was glaubst du, warum du bei mir so ein Luxusleben führst? Da kann man doch wohl erwarten, dass du dafür auch etwas leistest!«

Rumpelstilzchen war beleidigt. »Bei allem gebührenden Respekt Mighty Queen, aber das war eben etwas, was selbst unser super hypermoderner Computer nicht analysieren konnte.«

»Okay«, sagte Tarantella etwas ruhiger. »Dann wirst du dich in nächster Zeit darum kümmern und herauszufinden, was da genau passiert ist.«

»In Ordnung«, meinte er erleichtert. »Ich fange gleich damit an.«

»Und dich Drachulus«, fügte Tarantella enttäuscht hinzu, »dich habe ich vor über 35 Jahren aus der Menschenwelt zu mir geholt und dir alles über die schwarze Magie beigebracht. Hier hast du etwas gelernt, wovon die armseligen Menschen nur träumen können. Du bist zwar ein Genie auf deinem Gebiet, aber in letzter Zeit kommst du mir etwas lustlos vor. Ist was nicht in Ordnung?«

Drachulus wollte natürlich nicht zeigen, dass er sich schon seit einiger Zeit darüber Gedanken machte, Tarantellas finsteres Reich zu verlassen. Deshalb antwortete er verlogen: »Es ist alles bestens. Mir gefällt es hier sehr gut, aber ich bin eben niemand, der seine Begeisterung so übermäßig zeigt und viel redet. Was mich stört, aber wohl nicht zu ändern ist, sind deine Wutausbrüche. Du machst oft andere für Fehler verantwortlich, die sie gar nicht begangen haben. Doch daran habe ich mich im Laufe der Zeit auch gewöhnt.«

»Aha, und das wäre zum Beispiel?« fragte Tarantella verwundert.

»Na heute, die missglückte Aktion«, entgegnete er. »Vor so einem Problem haben wir noch nie gestanden. Und wie schon Rumpelstilzchen sagte, hat da selbst unsere absolut hoch entwickelte Technik versagt. Aber ich werde mich mit ihm sofort an die Arbeit machen und mit Hilfe unseres Analyzers die Sache untersuchen. Das wird natürlich nicht so einfach sein.«

»Da hast du Recht«, sagte Tarantella, fügte jedoch total sauer hinzu: »Aber ich möchte dich mal sehen, wenn eins deiner hypermodernen Geräte plötzlich nur noch ein Schrotthaufen ist. Okay, das ist nicht mehr zu ändern. Lasst uns einen neuen Plan machen.«

Rumpelstilzchen meinte nachdenklich: »Wisst ihr, ich vermute, das hat etwas mit diesen Außerirdischen zu tun, die sich plötzlich in das Geschehen einmischen. Wir wissen viel zu wenig über dieses merkwürdige Affenvolk aus Was-Weiß-Ich-Woher.«

Tarantella saß da und kochte vor Wut. Sie machte den Eindruck, als würde sie jeden Moment explodieren. Mit zittrigen Händen zog sie ein paar ihrer Leuchtkugeln aus ihrem Gewand. Völlig unerwartet für die anderen warf sie gleich mehrere auf den Boden, die wie immer mit einem furchtbaren Knall, extrem grellen Blitzen und einer dicken Rauchwolke explodierten. Mit einem Mal herrschte Totenstille im Raum. Langsam verzog sich der Qualm und sie stand mit wutverzerrtem Gesicht da. Ihr Gesicht, das sich zwischendurch normalisiert hatte, verfärbte sich erneut giftgrün und ihre Augen erglühten feuerrot.

Wieder schmetterte sie ein paar ihrer Leuchtkugeln durch die Gegend, die genauso laut explodierten und schrie hysterisch:

»Dieser verfluchte Abschaum, dieses verdammte Geschmeiß! Seitdem diese entarteten Kreaturen aufgetaucht sind, ist einfach alles wie verhext! Die denken doch tatsächlich, sie könnten mich kleinkriegen. Aber die werden mich schon noch kennen lernen! Einen nach dem anderen werde ich in die Knie zwingen! Und eines Tages auch diese verwanzten Scheusale da oben!« Sie zeigte mit einer Hand nach oben und lachte dabei grausam. Dann wurde sie wieder ruhiger und murmelte halblaut vor sich hin:

»Ich muss mich jetzt erst einmal ablenken und das kann ich am besten, wenn ich Ausschau nach einem neuen Herzen halte. Wenn ich jetzt schon nicht die Kinder aus Schneewittchens Land holen kann, will ich wenigstens versuchen mir, ein paar aus der Menschenwelt zu organisieren.« Dann verschwand sie.

Maxim, Till und die sieben Pygolen saßen noch immer gebannt vor dem Monitor. Alix meinte erfreut:

»Das trifft sich gut. Dann entdeckt sie hoffentlich Igors Zauberbox vor ihrem Waldhäuschen. Maxim und Till, ich beame euch jetzt dorthin. Es ist ganz wichtig, dass ihr vor Tarantella dort seid.«

Till griff sich an den Kopf. »Jetzt geht der Schlamassel also los.«

»Komm Till«, sagte Maxim aufmunternd. »Wir schaffen´s schon!«

Till seufzte: »Dein Wort in Gottes Gehör. Dann habe ich da noch so **ganz** nebenbei eine Frage an euch ***ABC-lixe***. Wie wird denn erkannt, wer oder was durch der Schutzschild um Schneewittchens Land durchgelassen wird?«

»Mein Gott«, sagte Belix erschrocken. »Es ist gut, dass du uns danach fragst.« Er ging an einen Schrank, nahm eine Tube mit einer glitzernden Creme heraus und legte sie auf den Tisch. Er öffnete sie, machte sich ein wenig von der Substanz auf die Fingerspitze und ging zu Maxim und Till. Schelmenhaft kommentierte er: »Brust frei.«

Till zog sein T-Shirt bis an den Hals hoch und Maxim knöpfte sein Hemd auf.

Belix rieb beiden die Brust in der Herzgegend mit der Creme ein, bis diese sternefunkelnd vollständig in die Haut eingezogen war.

»Das ist alles?«, staunte Maxim.

»Ja, das ist alles«, lachte Belix. »Die Creme besteht aus ganz feinen Kristallen, die einen Geheimcode in sich bergen. Diesen Code kennt außer dem Erfinder keiner. Nur er könnte ihn im Notfall ändern oder außer Kraft setzen. So wird vermieden, dass diese Sicherheitsmaßnahme irgendwie missbraucht werden kann.«

»Donnerwetter«, lachte auch Till.

Belix fuhr fort: »Wenn man die Haut damit bestreicht, dringen sie in den Körper ein und bleiben das ganze Leben lang dort.«

Belix zeigte auf seinen eigenen Körper.

»Alle, die diese Kristalle im Körper haben, können die von uns errichteten Schutzschilde passieren.«

»Und mit der Wundersalbe muss sich jeder eingerieben haben?«, fragte Till neugierig.

»Ja - jeder«, antwortete Gelix. »Bei uns wird jedes Neugeborene sofort damit eingerieben.«

»Erstaunlich, erstaunlich, was es so alles gibt«, schmunzelte Till. Etwas ungeduldig meinte er dann: »Aber jetzt beamt uns vor das Waldhäuschen von Tarantella. Ich will dieses Dilemma endlich hinter mich bringen.«

»Okay«, sagte Alix.

Maxim und Till stellten sich in die Beamerkabine.

Tarantella saß in ihrer Hi-Tech-Gruft am Monitor und suchte die Umgebung rund um die Waldhütte nach einem geeigneten Opfer ab. Doch außer ein paar Waldtieren war kein Lebewesen zu sehen.

»Blödes Viehzeug«, grummelte sie mürrisch. »Ihr seid doch nur für die Pfanne nützlich.« Dabei leckte sie sich genüsslich die Lippen. Doch dann fuhr sie ungehalten fort:

»Kann denn nicht mal wieder so ein idiotisches Menschenkind vorbeikommen?« Plötzlich entdeckte sie Igors Zauberbox, die ganz in der Nähe des Hütteneingangs auf dem Boden lag. Erstaunt hielt sie die Kamera darauf, zoomt sie näher heran und murmelte verwundert:

»Was ist denn das? Die Menschen schmeißen oft genug ihren Müll in den Wald. Aber das Ding sieht doch noch nagelneu aus.«

Sie hielt inne und griff sich an den Kopf. »Halt Tarantella, Vorsicht! Wer weiß, ob das nicht wieder eine Gemeinheit von diesen vermaledeiten außerirdischen Typen ist, die sich einen weiteren üblen Trick für mich ausgedacht haben. Aber neugierig bin ich schon, was das für eine Kiste ist.« Sie rief Rumpelstilzchen und Drachulus zu sich und zeigte ihnen auf dem Monitor die Zauberbox. Durchdringend schaute sie die beiden an und sagte:

»Das Ding liegt genau vor meinem Waldhäuschen. Es kommt mir nicht ganz geheuer vor, aber ich will trotzdem wissen, was darin ist. Folgt mir zur Schleuse!« In der Menschenwelt angekommen, untersuchte sie die Box erst einmal flüchtig, fand aber nichts Verdächtiges. Überaus vorsichtig zerrten die drei das Ding anschließend in das Waldhäuschen.

Drachulus nahm seinen Analyzer heraus und richtete ihn auf die Box. Durch einen Laserstrahl konnte man den Inhalt erkennen.

Tarantella war neugierig. »Dann macht jetzt das Ding auf, aber Vorsicht! Wehe, da ist was anderes drin.«

Drachulus und Rumpelstilzchen öffneten die Box. Sie räumten sie aus und sahen, dass wirklich nichts weiter darin war als ein paar Kabel, farbige Bühnenscheinwerfer und ein Blitzeffektgerät.

»Okay«, sagte Tarantella mürrisch. »Dann bringt das Ding ins Spielcasino. Aber irgendwie finde ich es schon komisch. Wie kommt eine Kiste mit Bühnentechnik mitten in den Wald? - Also, wenn sie nicht verloren wurde, muss jemand sie entweder geklaut haben oder er wollte sie möglichst unauffällig loswerden. Na egal, bedenklich sieht sie jedenfalls nicht aus.«

Die beiden packten alles wieder ein und brachten die Box auf die Bühne von Tarantellas Spielcasino, wo sie dem Techniker den Inhalt zeigten. Links auf der Bühne stand der Käfig mit Weißröschen und Prinz Pedro, die völlig verängstigt da saßen und sich umarmten, denn sie wollten ihre Gesichter verbergen.

»Kannst du den Käfig mit den zwei frisch vermählten Turteltauben versenken?«, fragte Rumpelstilzchen den Techniker. »Die stören jetzt nur.«

Der Angesprochene nickte. Danach brachten sie die leere Box unter die Bühne und stellten sie ganz in die Nähe des Käfigs, in dem Weißröschen und Prinz Pedro eingeschlossen waren.

Es war schon dunkel und ringsum war nichts zu hören außer den üblichen, aber doch unheimlichen Geräuschen des Waldes. Maxim und Till hatten sich tief im Gebüsch in der Nähe des Waldhäuschens versteckt, direkt neben der zweiten Zauberbox. Ein leises Piepsen von Tills *SPIT* zeigte ihm an, dass ihn jemand sprechen wollte. Er nahm das Gerät aus der Hosentasche, hielt seinen Zeigefinger auf das *IS* und schaute die Karte an. Darauf erschien sofort das Bild von Celix, der sich mit gedämpfter Stimme meldete:

»Hallo Till, bis jetzt funktioniert alles wie geplant. Die Zauberbox steht gleich neben dem goldenen Käfig. Jetzt bist du dran.«

»Okay«, flüsterte Till. »Drück´ uns die Daumen. Wir bleiben in Verbindung.«

Er wollte gerade aufstehen, als mit einem unheimlichen Getöse ein Ungetüm aus dem Gebüsch neben ihm hervorbrach, ihn umstieß und wieder im Wald verschwand. Vor Schreck fiel er auf den Rücken und sah gerade noch, wie ein Wildschwein davon sauste.

»Du blödes Schwein«, schrie Till erschrocken, »kannst du nicht ...!«

»Sei still«, unterbrach ihn Maxim mit gedämpfter Stimme. »Es darf uns hier keiner hören und sehen.«

»Du hast gut Lachen«, sagte Till genauso verhalten. »Ich bin hier einem Herzinfarkt nahe und komme kaum mit dem Zittern hinterher. Jetzt muss ich erst einmal meinen *SPIT* wiederfinden.« Nach kurzem Suchen hatte er ihn gefunden und sagte erleichtert: »Okay, ich habe ihn wieder. Könnt ihr mich hören?«

»Wunderbar«, flüsterte Celix. »Du, Maxim und wir bleiben in ständigem Kontakt.«

»Okay«, sagte Maxim genauso verhalten. »Ich habe meinen *SPIT* auch aktiviert und hoffe nur, dass der Trick hier genauso gut funktioniert wie in Igors Show. Wir werden die Verbindung über unseren *SPIT* ständig halten. Wenn es stimmt, dass er nicht von Tarantella abgehört werden kann, wird in dieser Hinsicht nichts passieren.« Und zu Till gewandt meinte er: »Steig bitte jetzt in diese Box hier. Wenn du in der anderen Box angelangt bist, warte, bis ich mich bei dir melde.«

Till sagte mit Galgenhumor: »Wenn es keine Ewigkeit dauert.«

»Nein, nein. Ich muss mich nur überzeugen, dass unter der Bühne keine Gefahr ist. Ich gebe dir über meinen *SPIT* Bescheid«, tröstete Maxim.

Till stieg in die Zauberbox. Mit einem Tuch wischte er sich noch den Schweiß von der Stirn und schluckt: »Goodbye, schöne Welt. War nicht schlecht hier.«

Maxim machte eine magische Bewegung. Dann leuchtete die Zauberbox kurz dunkelrot auf und eine kleine Rauchwolke stieg mit einem leisen Zischen empor. Danach war es wieder absolut still. Maxim wartete einen Augenblick und öffnete dann die Zauberbox. Sie war leer. Er atmete auf.

»Gott sei Dank, das hat funktioniert.« Er nahm seinen *SPIT* und flüsterte: »Till, kannst du mich hören?«

»Oh, ich lebe ja noch«, hauchte der völlig entnervt.

Maxim beruhigte ihn: »Hör zu, bis jetzt hat alles wunderbar funktioniert. Doch bevor du aus der zweiten Box unter der Bühne steigst, muss ich mich noch einmal mit Celix in Verbindung setzen, damit ich auch weiß, dass keiner von Tarantellas Typen in deiner Nähe ist.«

Till röchelte: »Kannst du mir vielleicht eine Tüte Sauerstoff hierher beamen? Ich glaube, ich werde gleich ohnmächtig.«

»Halte durch, mein Junge!«, beruhigte ihn Maxim wieder und meldete sich bei Celix: »Hallo Celix. Ist bei Till alles in Ordnung?«

»Ja, ja«, sagte Celix hektisch. »Es ist nichts Verdächtiges zu sehen! Ich melde mich schon, wenn Gefahr im Anmarsch ist.«

»Danke.« Maxim wand sich wieder an Till: »Hallo Till, es ist alles okay. Du kannst jetzt raus. Es ist aber stockdunkel. Das einzige Licht ist der kleine Spiegel von deinem *SPIT*.«

Till hob den Deckel der Box hoch. Es war tatsächlich stockdunkel. Man hörte nur die Musik von Tarantellas Party. Er fuchtelte mit den Händen vor seinen Augen herum, als wolle er Nebel wegschieben.

»Das ist hier ja finster wie in einem Bärenarsch! Dagegen ist eine absolute Sonnenfinsternis das reinste Leuchtfeuer«, flüsterte er.

»Lass die Scherze«, schmunzelte Maxim. »Wir haben keine Zeit zu verlieren. Celix wird sich jetzt bei dir melden und dich führen.«

Till entgegnete schon etwas heiser: »Ja, nun fangt endlich an.«

»Also, pass auf«, sagte Celix. »Der Käfig steht unmittelbar neben dir. Kannst du ihn mit deiner kleinen *SPIT*-Taschenlampe sehen?«

»Ja«, sagte Till ganz aufgeregt. »Kann ich - ganz schwach. Das einzige Problem ist, dass ich noch nicht weiß, wie das Schloss des Käfigs geöffnet wird.« Celix meinte nur gelassen: »Das ist kein Problem. Es ist zwar ein Computerschloss, aber *LEA* hat die Code-Nummer schon entschlüsselt. Sie ist 47 11 08 15.«

»Danke, okay«, sagte Till, ging auf den Käfig zu und gab den Code im Schloss ein. Die Tür öffnete sich. Er hörte die völlig verängstigte Stimme von Weißröschen: »Bitte tun Sie uns nichts, bitte, bitte...!«

»Pst, pst, seid still«, sagte Till ganz leise. »Ich bin es, Till Eulenspiegel, euer Hofnarr. Ich bin gekommen, um euch zu befreien. Ihr dürft jetzt nicht lange überlegen und müsst genau das machen, was ich sage.« Er hielt sich den *SPIT* vor sein Gesicht, wodurch es ganz schwach beleuchtet wurde. »Könnt ihr mich wenigstens ein bisschen erkennen?«

»Dich schickt der Himmel«, seufzte Prinz Pedro erleichtert. »Was müssen wir tun?«

Da aus dem Spielcasino lautes Getöse und Musik zu hören war, hatte er den Mut, etwas lauter zu sprechen.

»Weißröschen, gib´ mir deine Hand. Du musst in diese Box steigen und nach kurzer Zeit bist du im Freien bei Maxim. Von ihm erfährst du, wie´s weiter geht.«

Plötzlich hörten sie über sich Tarantella auf der Bühne durchs Mikrophon schreien: »Ruhe!!!«

Alle drei zuckten zusammen und blickten erschrocken nach oben. Tarantella verkündete:

»Ich habe einen neuen Song geschrieben. Den werde ich euch jetzt mit einer neuen Lichtshow aus der Menschenwelt vorführen. Also, er nennt sich ›*The Big Bad Mighty Queen*‹!«

Erleichtert atmeten die drei unter der Bühne auf. Till führte Weißröschen zur Box, half ihr hinein und verschloss sie sorgfältig. Dann nahm er seinen *SPIT*. »Hallo Maxim.«

Auf dem *SPIT* erschien Maxim. »Was gibt´s, Till?«

Der keuchte: »Ich habe bis jetzt alles geschafft. Weißröschen ist in der Box und du musst sie zu dir holen. Okay?«

»Okay«, antwortete Maxim.

Jetzt schaltete sich Elix dazu: »Das Eine muss ich euch aber noch sagen. Till mein Guter, du musst unbedingt als Letzter Tarantellas Reich verlassen!!! Du bist nämlich der Einzige, der einen *SPIT* besitzt und damit umgehen kann.«

»Ja, ja, ich weiß, dass alles auf meinen Schultern lastet«, sagte Till ganz aufgeregt. »Nun lasst uns endlich weitermachen, damit ich den ganzen Schlamassel hinter mich bringe.«

Die Zauberbox leuchtete kurz dunkelrot auf, eine kleine Rauchwolke stieg auf und alles klappte wie am Schnürchen.

»Los«, sagte Till zu Prinz Pedro. »Jetzt bist du an der Reihe.«

Auf gleiche Art und Weise verschwand auch Prinz Pedro aus Tarantellas Reich.

Dann stieg schließlich auch Till in die Box und verschwand.

Tarantella holte sich in ihrem Casino an der Bar einen doppelten Schnaps. Sie war sichtlich schlecht gelaunt und sprach halblaut mit sich selbst: »So ein beschissener Tag wie heute ist einfach zum kotzen. Die Lichtshow der Menschen ist nur eine billige Lampion-Imitation. Ein neues Herz habe ich auch nicht bekommen. Zum Kotzen.«
Sie nahm einen kräftigen Schluck aus ihrem Glas. »Irgendetwas muss noch passieren, sonst kriege ich gleich ´ne Krise.« Plötzlich sprang sie auf und fauchte: »Na gut, mein ach so süßes Schweißröschen! Dann musst du eben dran glauben und mir dein Herz spendieren.«

Während sie sich auf den Weg unter die Bühne machte, grinste sie vor sich hin und murmelte: »Es ist ja auch ganz interessant für mich zu sehen, wie Weißröschen mit einem goldenen Herzen und ihr edler Prinz mit einem normalen Herzen miteinander auskommen. Eine geniale Idee von mir.« Unter der Bühne angekommen sah sie jedoch zu ihrem Schrecken, wie aus Maxims Zauberbox rosa Nebel stieg. Weißröschen und Prinz Pedro waren nicht mehr da. Völlig außer sich stürzte sie zum Käfig, rüttelte wie verrückt daran, riss die Tür auf und knallte sie mit voller Wucht wieder so zu, dass diese aus den Angeln flog. »Das kann nicht wahr sein!«, schrie sie wütend und rüttelte wie wild an den Gitterstäben. »Diese verfluchten Kotzbrocken haben es wieder geschafft, mich, die große Tarantella auszutricksen! Ich hab´ doch geahnt, dass mit der verdammten Scheißkiste hier etwas nicht stimmt.« Dabei trat sie wütend gegen die Zauberbox.

Dann stürzte sie hastig in ihre Hi-Tech-Gruft und schaltete ihren Computer an. Auf dem Monitor sah sie gerade noch, wie Till vor dem Gebüsch aus der Zauberbox stieg und sich in einem hellen Lichtstrahl auflöste. Rasend vor Zorn rief sie Rumpelstilzchen und Drachulus zu sich. Sie tobte wie eine Furie durch den Raum. Alles was ihr in die Finger kam, flog durch die Gegend. Rumpelstilzchen und Drachulus mussten sich ständig ducken, damit ihnen nichts an den Kopf knallte. »Ich habe es nur mit Vollidioten zu tun!«, schrie Tarantella hysterisch. »Habe ich nicht gesagt, ihr sollt die Kiste richtig untersuchen?«

Wie aus einem Mund antworteten beide: »Das haben wir doch.«

Doch Tarantella fauchte weiter: »Da habe ich nun zwei der wichtigsten Figuren aus der scheinheiligen Glitzer-Märchenwelt in mein Reich gebracht und außer Gefecht gesetzt. Doch ihr seid nicht einmal in der Lage, diesen billigen Trick mit der Box zu durchschauen!!!«

Dann schmetterte sie eine von ihren leuchtenden Zauberkugeln direkt vor Rumpelstilzchens Füße. Mit lautem Knall, Blitz und einer Rauchwolke explodierte sie. Als sich die Rauchwolke verzogen hatte, stand Rumpelstilzchen dümmlich glotzend da und hustete.

»Na, nun bremse dich mal«, grummelte er schlecht gelaunt. »Schließlich hast du die blöde Kiste entdeckt und auch unbedingt haben wollen.«

»Halt die Klappe«, geiferte sie. »Einen Ausdruck für deine Dämlichkeit muss man erst noch erfinden, so extrem bescheuert bist du!«

Rumpelstilzchen erwiderte trotzig: »Du kannst gerne unter die Bühne gehen und die Kiste selbst untersuchen. Sie steht noch unverändert da.«

»Lass´ mich bloß mit deinen superschlauen Sprüchen in Ruhe«, entgegnete Tarantella außer sich. »Dazu ist es jetzt zu spät und außerdem habe ich inzwischen ganz andere Sorgen. Diese blödsinnige Eulenbeule bringt es noch fertig und weckt die ganze Bagage um Schneewittchen herum viel zu früh auf. Fällt euch etwas ein um das zu verhindern?« Sie glotzte die beiden mit hochgezogenen Augenbrauen an. »Na klar, ich wusste es - natürlich nicht!«

Als Maxim und Till in der Beamerkabine im *UPSS* erschienen, applaudierten die Pygolen ganz begeistert. Alle sprachen erst einmal furchtbar aufgeregt durcheinander, bis Alix die Hand hob und sagte:

»Es ist spät und wir haben morgen noch viel vor. Wir werden jetzt noch die beiden in ein Gästezimmer bringen.« Dabei deutete er auf Weißröschen und Prinz Pedro, die gleich nach ihrer Befreiung aus Tarantellas Reich wieder in den Zauberschlaf gefallen waren. Maxim trug Prinz Pedro hinaus und Till das Weißröschen. Als sie wieder zurückkamen, verabschiedete sich Maxim von all seinen Freunden:

»Es tut mir leid, dass ich nicht länger hier bleiben kann. Aber Igor hat morgen eine Show und deshalb muss ich ihm in aller Frühe zwei neue Zauberboxen besorgen. Es war sehr aufregend bei euch und ich wäre gerne noch hier geblieben. Doch das geht jetzt leider nicht.«

Er sah zu Till hinüber. »Ich denke, Till hat deutlich bewiesen, was für ein toller Kerl er ist. Er wird alles Weitere schon allein schaffen.«

Till verdrehte die Augen. »Ja, ja, großer Zauberkünstler. Du gehst zurück in die Menschenwelt, verscheißerst die Leute mit deinen Tricks und ich, der Superman für Arme, muss die Suppe allein auslöffeln. Aber was bleibt mir da weiter übrig?« Er wandte sich ab und sagte zu sich selbst: »Einen, der die bitteren Pillen des Schicksals schlucken muss, findet man immer. Naive braucht man eben auch.«

Maxim ging in die Beamerkabine, winkte noch einmal und war kurz darauf verschwunden.

Am nächsten Morgen saßen die sieben Pygolen und Till beim Frühstück. Alix schaute von seinem Teller hoch und sagte:

»Jetzt müssen wir versuchen, Schneewittchen und die restlichen Bewohner der Märchenwelt so schnell wie möglich aus dem Zauberschlaf zu wecken. Aber ob das funktionieren wird, wissen wir leider auch nicht hundertpro.«

Belix hob verschmitzt den Zeigefinger. »Na, na, na. Alles darüber wissen wir zwar noch nicht, aber etwas Wichtiges habe ich schon herausgefunden. Alle betroffenen Personen müssen in derselben Position stehen, sitzen oder liegen, in der sie sich zum Zeitpunkt des Einschlafens befunden haben.«

»Sorry, dass ich an dir gezweifelt habe«, lachte Alix. »Ich weiß ja, dass du ein Genie bist, aber auch wir sind nicht immer vollkommen perfekt. Solch ein Problem haben wir auch noch nie lösen müssen.«

»Ja, ja, Alix der Pessimist«, nickte Belix und sagte zu Till: »Die zehn *SPITs* und die Kristallcreme hast du? Du wirst zusammen mit Weißröschen nach unten gebeamt. Dann beame ich Prinz Pedro zu seinem Pferd am Stall. Hier sind Bilder von den beiden in ihrer letzten Position. Ich habe sie in weiser Voraussicht schon ausgedruckt, denn wie gesagt - sie müssen sich in exakt der gleichen Position befinden, in der sie sich befanden, als sie eingeschlafen sind. Das hat Tarantella als zusätzliche Falle eingebaut. Dass ich ihr Geheimnis entdeckt habe, weiß sie natürlich nicht.« Er lachte genüsslich. »Ich denke sie glaubt, der 100-jährige Zauberschlaf ist diesmal tausendprozentig sicher und von niemandem zu knacken.«

Nun meldete sich Alix zu Wort: »Wir hätten da noch eine große Bitte an dich. Wenn alle wieder aufgewacht sind, werden sie nichts von ihrem Zauberschlaf wissen. Selbst von ihrer Entführung in Tarantellas Reich wissen Weißröschen und Prinz Pedro dann nichts mehr.

Alle werden denken, das Leben sei ganz normal weitergegangen. Du wirst ihnen aber berichten, was passiert ist - und natürlich auch die Begegnung mit uns nicht verschweigen. Sei dann bitte so lieb und erzähle nur von den ›Pygolen‹, aber erwähne nichts davon, dass wir als die Sieben Zwerge damals Schneewittchen geholfen haben. Wir werden sie zu uns holen und überraschen. Okay Till? - BIM.« Er zeigte mit dem rechten Zeigefinger auf sein Herz und Till sagte:

»Das ist doch gar keine Frage. Aber was bedeutet eigentlich BIM?« Alix lachte. »Das bedeutet bei uns so viel wie bei euch das Wort ›okay‹, sinngemäß die Abkürzung von ›**B**esser **I**st **M**iteinander‹ beziehungsweise ›**B**etter **I**s **M**ulti‹. Das wird bei uns oft dann gesagt, wenn sich ein paar Pygolen um eine Angelegenheit streiten. Zum Beispiel sagt einer, so ist es richtig und so wird das gemacht; der andere behauptet, nein ich weiß es besser; und vielleicht ein Dritter beharrt auf seine Meinung. Und wenn dann nach langer Diskussion keine Einigung zustande kommt, zeigen alle auf ihr Herz und sagen BIM. Dann wird aus allen Behauptungen das positive herauskristallisiert und am Ende kommt das bestmögliche Ergebnis heraus. Ansonsten sagt man das im Allgemeinen sehr oft als Zeichen, dass ein Miteinander eigentlich besser ist.«

Till lachte und deutete auch auf sein Herz: »Okay ... BIM.«

»Apropos beamen«, meinte Alix noch. »Das hätte ich beinahe vergessen, wir können das auf der Erde nur in der freien Natur machen. Also nicht in Gebäude, Höhlen oder Fahrzeuge hinein.«

»Und was heißt das?«, fragte Till.

»Du wirst mit Weißröschen auf den Schlosshof gebeamt und musst sie dann in ihr Zimmer tragen. Du bist doch ein kräftiger Bursche.« Dann war Alix plötzlich ganz aufgeregt. »Halt, halt, halt, das Wichtigste hätte ich ja beinahe vergessen! Das Fläschchen mit deinem Gegenmittel gegen den Zauberschlaf. Belix hat es so umfunktioniert, dass man es nicht mehr einnehmen muss, weil ein Schlafender ja nicht trinken kann.« Er ging an den Medizinschrank und gab Till das Fläschchen und einen Zettel.

»Und wie funktioniert das alles?«, fragte Till.

Alix sagte ganz ruhig und gelassen: »Das sage ich dir über den *SPIT* und es steht auch auf dem Zettel. Aber jetzt müssen wir erst einmal unser Weißröschen mit der Kristallcreme einreiben.«

»Stimmt!«, entgegnete Till. »Sonst würde sie ja nicht durch den Schutzschild kommen.«

Felix brachte die Creme und rieb Weißröschen ein. Verlegen drehte er dabei den Kopf zur Seite, da er ihr das Dekolleté etwas lüften musste. Dann trug Till sie schmunzelnd ins Hightech-Center, stellte sich mit ihr auf den Armen in die Beamerkabine und verabschiedete sich von den Pygolen, die ihm alle gefolgt waren.

»Macht´s gut, Freunde. Ich hoffe, wir sehen uns bald wieder. Wenn ihr Prinz Pedro auf den Schlosshof beamt, dann wartet bitte, bis auch ich dort bin. Ich möchte nicht, dass er vielleicht umfällt und sich den Kopf aufschlägt.«

Die sieben Pygolen antworteten wie aus einem Mund: »Das ist doch klar, Till. Also dann, viel Erfolg!«

»Danke«, sagte Till. »Ich kann´s gebrauchen.«

Felix fügte noch hinzu: »Ich werde inzwischen Prinz Pedro mit der Kristallcreme einreiben.«

Der kleine Gelix streichelte Weißröschen noch einmal über den Kopf, küsste sie auf die Stirn und schloss die Tür. Es dauerte ein paar Sekunden, dann waren die beiden weg.

Auf dem Schlosshof angekommen, trug Till Weißröschen sofort in ihr Zimmer. Die Tür stand immer noch offen und Hanna, die Zofe, lag mitten auf dem Fußboden in der gleichen Position, wie Prinz Genius sie einfach fallengelassen hatte. Vorsichtig legte er Weißröschen auf ihre Liege, holte das Bild aus seiner Jacke und sah es sich ganz genau an. Dann beäugte er kritisch die Stelle am Schminktisch, an der sie gesessen hatte, als sie einschlief. Er sah, dass der Stuhl völlig verschoben war. Nachdem er noch einmal das Bild betrachtet hatte, stellte er ihn in die richtige Position. Dabei murmelte er kopfschüttelnd: »Weshalb muss ich immer solche komplizierten Aufgaben übernehmen?« Danach legte er die Bilder, das Fläschchen mit dem Gegengift, den Zettel und die anderen *SPITs* auf den Tisch. Dann nahm er seinen *SPIT* und hielt den Zeigefinger auf das Viereck. Er schaute sich darin an und *LEA* meldete sich mit ihrer anmutigen Stimme:

»Herzlich Willkommen lieber Till. Mit wem wünschen Sie eine Verbindung?«

Till grüßte freundlich zurück: »Ich grüße dich, *LEA*. Stell mir bitte eine Verbindung mit Alix her.«

LEA antwortete: »Die Verbindung wird sofort hergestellt. Vielen Dank für Ihren Auftrag. Bis bald.«

Alix erschien im *SPIT*-Spiegel. »Till, wenn alles gut gegangen ist, dann gehe jetzt zum Stall wo Prinz Pedros Pferd steht. Nimm die Bilder mit und lass deinen *SPIT* an.«

»Okay, ... beziehungsweise BIM«, lachte Till.

Auf dem Weg zum Pferdestall sah Till überall die schlafenden Kinder und Hochzeitsgäste sitzen und liegen. Selbst die Tiere waren von dem Zauber betroffen. Am Stall angekommen, schaute er wieder auf seinen *SPIT*.

»Hallo Alix, es kann losgehen. Ich bin jetzt am Stall.«

Ohne eine Antwort erschien hinter ihm in einem Lichtkegel Prinz Pedro. Till fasste ihn unter die Arme und schleifte ihn zum Pferd. Dann versuchte er ihn hochzuhieven, doch das gelang nicht so richtig. Immer wieder rutschte der Prinz aus dem Sattel und landete auf der Erde. Nach etlichen Versuchen sah es endlich so aus, als ob Prinz Pedro auf dem Pferd sitzen bleiben würde. Doch gerade als Till auf dem Bild nachsehen wollte, ob er auch die richtige Haltung hatte, gab es einen dumpfen Knall und der Prinz lag auf der anderen Seite des Pferdes auf dem Boden. Genervt grummelte Till vor sich hin:

»So!! - Einen letzten Versuch riskiere ich noch. Wenn es mir dann nicht gelingt, schlafe ich freiwillig 10.000 Jahre.«

Mit lautem Gestöhne und Gekeuche hob er Prinz Pedro erneut auf das Pferd und schaffte es sogar, ihn in die gleiche Sitzposition wie auf dem Bild zu bringen. Sichtlich erleichtert machte er sich auf den Weg in Richtung Schloss. Aber kaum hatte er sich circa 20 Meter von dem Pferd entfernt, hörte er hinter sich ein Plumpsen. Till war erschüttert. Ganz langsam dreht er sich um, doch weil er nicht hinsehen konnte, bedeckte er seine Augen mit den Händen. Aber schon nach ein paar Sekunden hielt er die Spannung nicht mehr aus, spreizte vorsichtig Zeige - und Mittelfinger und spähte hindurch. Prinz Pedro lag wieder auf der Erde. »Nein, nein, nein … Jetzt können sie mich alle mal! ...

Jetzt hab´ ich die Faxen dicke!«, fluchte Till wütend und stampfte mit dem Fuß auf.

Plötzlich hörte er aus seiner Hosentasche ein leises Lachen. Er nahm seinen *SPIT* heraus, und im Spiegel erschien der schmunzelnde Kopf von Alix.

»Du hast gut Lachen. Ich möchte dich mal sehen, wenn du das tun müsstest, was ihr mir hier angedreht habt. Aber wie heißt es so schön: ›Wer den Schaden hat, braucht für den Spott nicht zu sorgen‹.«

»Na, na«, lachte Alix. »Verliere nicht gleich den Mut. Aber es war köstlich, dir bei deiner Aktion zuzusehen.« Till setzte sich auf einen Hügel. »Ja, komm, mach dich mal so richtig lustig über mich. Ich stehe völlig hilflos und allein vor Problemen, die hundertpro noch niemand im gesamten Universum lösen musste!«

»Aha. Warum meldest du dich dann nicht ganz einfach bei Maxim?«, fragte Alix mit einem kleinen ironischen Unterton in der Stimme. »Vielleicht hat der Hexer Zeit und kann dir helfen.«

Till überlegte kurz, nickte und sagte immens erleichtert: »Stimmt, daran habe ich bei diesem Stress gar nicht gedacht. Ich melde mich später wieder bei dir.«

Ohne abzuwarten wie Alix reagierte, nahm er seinen *SPIT* und hielt den Zeigefinger auf das Viereck.

»Herzlich willkommen, Till«, meldete sich wieder *LEA*. »Mit wem wünschen Sie eine Verbindung?«

»Ich grüße dich, *LEA*«, entgegnete Till. »Stelle mir bitte eine Verbindung mit Maxim - dem Magier aus der Menschenwelt - her.«

LEA antwortete mit ihrer wunderschönen Stimme: »Die Verbindung wird sofort hergestellt. Vielen Dank für Ihren Auftrag. Bis bald.«

Maxim erschien im Spiegel des *SPITs*. »Hallo Till, wieder Panik auf der Titanic?«

»Maxim«, sagte Till ganz aufgeregt. »Kannst du bitte sofort auf Schneewittchens Schloss kommen? Wir haben Weißröschen und Prinz Pedro hierher gebracht. Bis jetzt lief alles hypergenial. Aber nun bin ich hier ganz allein auf mich gestellt und an meiner Leistungsgrenze angelangt. Ich brauche unbedingt deine Hilfe.«

»Mach´ dir keine Sorgen«, meinte Maxim. »Leg´ dich ein paar Minuten in die Sonne, dann bin ich bei dir.«

»Danke«, seufzte Till. »Du bist echt super. Ich bin total erschöpft.«

Kaum hatte sich Till hingelegt, schlief er auch schon ein und träumte die schrecklichsten Sachen. Er wurde von Tarantella entführt und in einen goldenen Käfig gesperrt, während ganze Heerscharen von ihren Monstern davor standen und an den Gitterstäben rüttelten. Er wurde erst aus dem Schlaf gerissen, als Maxim mit seinem *HUV* und dem üblichen Getöse auf der Wiese neben ihm landete. Schweißnass, aber erleichtert begrüßte er ihn und stöhnte:

»Gott sei Dank, dass du mich geweckt hast. Ich habe eben etwas Furchtbares geträumt. Dass die Befreiung von Prinz Pedro und Weißröschen schief gelaufen ist und ich bei Tarantella gefangen gehalten werde. Aber egal - jetzt hilf mir bitte mal hierbei.«

Till zeigte ihm das Bild von Prinz Pedro. »Genauso muss dieser Bursche wieder auf seinem Pferd liegen. So nach dem einmillionsten erfolglosen Versuch habe ich es aufgegeben. Da hatten mich meine Kräfte endgültig verlassen.«

»Null Problemo«, meinte Maxim lässig und krempelte die Ärmel hoch. »An die Arbeit, Seine Lustigkeit.« Die beiden hievten den Prinzen auf sein Pferd.

Dann schaute sich Maxim das Bild genauer an. »Die linke Hand noch zwei Zentimeter nach oben. Das rechte Bein hängt weiter nach unten. Die Nase steckt tiefer in der Mähne. So ist alles okay. Willst du es prüfen?«

Till winkte nur ab und ging in Richtung Schloss. Ab und zu drehte er sich misstrauisch um, denn er wollte sehen, ob der Prinz auch wirklich auf seinem Pferd sitzen blieb.

Maxim und Till gingen zusammen in Weißröschens Zimmer, die immer noch auf ihrem Bett lag, wo Till sie zurückgelassen hatte. Die Zofe Hanna befand sich nach wie vor mitten im Raum mit dem Gesicht auf dem Boden. Maxim und Till schauten sich auch hier das Bild gründlich an und setzten Weißröschen dann genauso an ihren Schminktisch, wie sie gesessen hatte, als sie in den Zauberschlaf versetzt wurde. Till nahm seinen *SPIT* und schaute in den Spiegel.

»Hallo Alix. Mein Retter Maxim sitzt neben mir.« Maxim hatte inzwischen ebenfalls seinen *SPIT* eingeschaltet. Auch bei ihm war das Gesicht von Alix zu sehen. Dieser lachte.

»Na, großer Meister, hat ›Seine Zauberwürden‹ die Menschenwelt wieder veralbert ... äh, entschuldige, ich meine natürlich verzaubert?«

»Nein, nein«, lachte Maxim. »Ich war mehr damit beschäftigt, für meinen Bruder zwei neue Zauberboxen zu besorgen, schließlich ist ja die eine in Tarantellas Reich geblieben und die andere im Wald ist allein wertlos. Deshalb musste ein neues Boxenpaar her.«

»Aha«, staunte Till und zog runzelnd die Stirn: »Und? ... Bist du klar gekommen?«

»Klaro«, sagte Maxim ganz trocken.

»Es ist ja allerhand passiert seit du weg warst«, mischte sich jetzt Alix ein. »Aber wir haben alles auf einem ›*Visual Memory Chip*‹ - oder kurz ›*VMC*‹ - mitgeschnitten, so dass du dir das in Ruhe anschauen kannst. Lasst uns jetzt die Hochwohlgeborenen und Nicht-Hochwohlgeborenen aufwecken. Sie haben ja lange genug geschlafen.«

Maxim lachte. »Und los geht´s. Packen wir´s an.«

Alix wurde etwas ernster. »Till, du hast das Gegenmittel und die Anleitung dazu. Du musst das Riechfläschchen unter Weißröschens Nase halten, deinen rechten Zeige- und Mittelfinger auf ihre Stirn legen und dir einen Spruch ausdenken.«

Till rollte mit den Augen. »BIM. Jetzt werde ich auch noch als Dichter gefordert! Na toll.« Er setzte sich auf einen Stuhl, stützte seinen Kopf in die Hände und sagte mit einer gewissen Selbstironie:

»Seid jetzt mal ganz still. Ich muss mich voll krass auf meinen neuen Superjob konzentrieren.« Er murmelte vor sich hin: »Lieber Gott, Geist oder Muse, ich bitte dich, erfinde ein Gedicht für mich.« Er schaute etwas zynisch zu Maxim und Alix.

»Na? Das war doch schon ein absolut genialer Spruch, oder?« Lächelnd applaudierten die beiden und Till ergänzte noch: »Ja, ja, Gedichte zu erfinden und vorzutragen war schon seit meiner Geburt meine absolute Stärke ... wenn ich schlafe.«

»Du schaffst das schon«, grinste Maxim.

Till überlegte noch einen Moment, ging dann zu Weißröschen und legte wie angewiesen Zeige- und Mittelfinger auf ihre Stirn. Dann hielt er das Fläschchen unter ihre Nase und holte tief Luft. Mit einer etwas übertrieben poetischen Stimme hauchte er:

»*Wenn euch meine Hand berührt - und ihr wieder Leben spürt,*
ist der Zauberschlaf vorbei. - Alle sind nun wieder frei.
Nie mehr tut euch jemand weh, - auch nicht mehr die böse Fee.
Wacht nun auf und kommt empor, - denn wir haben Vieles vor.«

Es herrschte eine gespenstische Stille. Man hörte nicht das leiseste Geräusch und keiner rührte sich. Till hielt die Augen geschlossen und berührte noch immer Weißröschens Stirn. Nach einer Weile sagte er mit vor Enttäuschung zittriger Stimme:

»Ich habe es geahnt. Cool. Ich bin nicht der Auserwählte für so außergewöhnliche Aufgaben. Alix, vielleicht bekommt ihr ja heraus, wer diese Sache lösen könnte.«

Alix beschwichtigte ihn: »Nun warte es doch erst einmal ab. Vielleicht haben wir irgendetwas übersehen? Es gilt doch die strikte Anweisung, dass sich alle Personen in der gleichen Position befinden müssen, wie zum Zeitpunkt des Einschlafens. Wir werden diesen Augenblick noch einmal auf unserem *VMC* überprüfen. Ihr könnt das auf eurem *SPIT* mit verfolgen.«

»Okay, aber beeilt euch«, meinte Till skeptisch.

Celix saß im Hi-Tech-Center des *UPSS* und legte einen Chip in den Computer.
Auf dem Monitor konnte man noch einmal sehen, wie Weißröschen an ihrem Schminktisch einschlief und Prinz Genius nach einem ausgelassenen Freudentanz das Zimmer verlassen wollte. Doch als er die Tür öffnete, fiel ihm die ebenfalls schlafende Zofe Hanna in die Arme, die anscheinend gerade als der Zauberschlaf begann, das Zimmer betreten wollte. Prinz Genius ließ sie achtlos auf den Boden fallen und ging weiter.

Die Pygolen waren völlig verzweifelt. Sichtlich nervös gingen sie auf und ab und Alix sagte:

»Beim besten Willen, ich konnte bisher nichts entdecken, was darauf hindeutet, weshalb nichts funktioniert. Weißröschen und Prinz Pedro befinden sich in derselben Position wie vor dem Zauberschlaf. Und alle anderen wurden meines Wissens danach nicht bewegt.«

Alle, außer Celix, bestätigten das. Der saß mit verkniffenen Augen vor dem Computer und dachte angestrengt nach.

»Ich weiß nicht, ich weiß nicht«, murmelte er vor sich hin. »Mein Bauch sagt mir, dass wir irgendetwas übersehen haben. Mir ist nur nicht klar was!?«

Sie schauten sich die Szenen wieder und wieder von vorne an. Als sie an der Stelle waren, wo Prinz Genius die Tür öffnete und ihm die Zofe Hanna in die Arme fiel, sprang plötzlich Belix auf und zeigt auf den Computer. »Halt, halt, halt!«, rief er. »Fahre noch einmal ein kleines Stück zurück.«

»Okay, okay, hast du was entdeckt?« fragte Celix und spulte die Aufzeichnung zurück. An besagter Stelle stoppte er den *VMC*.

Belix ganz aufgeregt: »Langsam zurück, weiter, weiter ... Stopp!«

Celix fragte verwundert: »Na, was soll denn da anders sein?«

Das Standbild zeigte Prinz Genius an der Tür. Belix wies auf den Monitor. »Moment mal. Ich glaube, das ist es! Also, offensichtlich ist die Zofe eingeschlafen, als die Tür noch geschlossen war. Sie muss sich dann schlafend von außen dagegen gelehnt haben. Deshalb ist sie auch geradewegs ins Zimmer gestürzt, als Prinz Genius die Tür geöffnet hat. Und weil er sie einfach losgelassen hat, ist sie doch jetzt in einer ganz anderen Position als beim Einschlafen!«

»Stimmt, Belix, du hast ja so was von Recht«, sagte Alix. »Jetzt können wir nur hoffen, dass wir auf dem Band eine Stelle finden, wo wir erkennen können, in welcher Position genau die Zofe war, als der Zauberschlaf wirkte.«

Fieberhaft spulte Celix die Aufzeichnungen vor und zurück. Nach einigen Minuten hatte er die Szene vor Weißröschens Zimmer vom Flur aus gesehen auf dem Monitor. Sie sahen, wie Hanna an die Tür kam und gerade anklopfen wollte. In diesem Moment fing sie an zu gähnen, der Kopf sackte ihr auf die Brust und mit dem Oberkörper gegen die Tür gelehnt schlief sie ein.

»Das ist es - hoffentlich!«, rief Belix ganz aufgeregt.

Alix nahm seinen *SPIT*. »Hallo Maxim, habt ihr alles mitverfolgt?«

Maxim und Till waren immer noch in Weißröschens Zimmer, hatten ihre *SPITs* in der Hand und antworteten wie aus einem Mund: »Na klar!«

Alix weiter: »Dann werden wir euch den Moment, in dem die Zofe eingeschlafen ist, als Standbild auf den *SPIT* senden. Ich hoffe, dass es ausreichend ist um sie in die gleiche Position zu bringen. Allerdings gibt es da ein kleines Problem. Maxim muss Weißröschens Zimmer verlassen, die Tür verschließen und die Zofe allein in die richtige Position bringen.«

Till lachte sarkastisch. »Aha, ich hab´s mir doch gedacht. Ich bin dann mit Weißröschen allein und muss ohne Beistand Gedichte erfinden. Na wunderbar!«

Maxim tröstete ihn: »Kopf hoch, Till. Du hast bis jetzt alles perfekt gemacht und auch dein Zauberspruch vorhin war ganz großartig.«

»Ja, ja, ja, Meister der schwarzen Kunst, dein Wort in aller Götter Ohren«, sagte Till genervt.

Maxim schmunzelte, ging hinüber zu Hanna, hob sie vom Boden hoch und nahm sie auf die Arme. »Ich werde jetzt hinausgehen und dir dann über den *SPIT* Bescheid geben, wenn ich soweit bin. Dann machst du alles wie vorhin, genauso ruhig und gut. Okay?«

»Okay, okay«, erwiderte Till und ging total nervös im Zimmer auf und ab.

Von draußen meldete sich Maxim über den *SPIT*: »Hallo Till, ich bin soweit. Du kannst beginnen.«

»Alles klar«, stöhnte Till, ging noch einmal zu Weißröschen, legte ihr Zeige- und Mittelfinger auf die Stirn und hielt ihr das Fläschchen unter die Nase. Er konzentrierte sich kurz und sagte etwas intensiver:

»Wenn euch meine Hand berührt - und ihr wieder Leben spürt,
ist der Zauberschlaf vorbei. - Alle sind nun wieder frei.
Nie mehr tut euch jemand weh, - auch nicht mehr die böse Fee.
Wacht nun auf und kommt empor, - denn wir haben Vieles vor.«

Wieder hatte Till die Augen geschlossen. Als sich nach kurzer Zeit noch immer nichts tat, öffnete er sie vorsichtig und schaute neugierig zu Weißröschen. Sie schlief. Absolut enttäuscht hielt er ihr das Fläschchen etwas näher an die Nase und sagte leise zu sich: »Ich wusste es, ich bin eben kein ...«

Plötzlich schniefte Weißröschen leise, nieste und schüttelte langsam ihren Kopf. Sie rieb sich die Augen, öffnete sie und schaute ganz verwundert um sich. Nach und nach wachten alle Lebewesen aus dem Zauberschlaf auf.

Auf Schneewittchens Schlosshof spielte das Jugendorchester das Stück ›Anna-Maria‹ genau da weiter, wo es zu Beginn des Zauberschlafes unterbrochen worden war. Die Kinder des Kinderlandes tummelten sich vor dem Schloss und spielten, als wäre nichts geschehen. Prinz Pedro und König Qin Shi ritten in Richtung Schlosstor, um sich zu Dornröschens Schloss aufzumachen.

Nach dem 100-jährigen Zauberschlaf

Bei den Pygolen im *UPSS* herrschte eine ausgelassene Stimmung. Sie hatten alles mitverfolgt und die letzten Bilder nach dem Ende des Zauberschlafes waren noch immer auf dem Monitor zu sehen. Elix und Felix hatten sich bei den Händen gefasst und tanzten zusammen, Gelix machte Purzelbäume durch den Raum. Celix und Delix sangen gemeinsam den spontan erfundenen Text:

»Hurra, bye bye - Der Zauberschlaf ist nun vorbei
Hurra, High High - Jetzt sind sie endlich wieder frei.«

Alix lachte spöttisch. »Na, für so ein besonderes und einmaliges Ereignis habt ihr euch ja einen künstlerisch sehr anspruchsvollen Text einfallen lassen.«

Dann zündeten sie alle zusammen Tischfeuerwerke an, bewarfen sich mit Luftschlangen und Konfetti. Auf dem Monitor sah man nun die Quelle im Wald unweit von Schneewittchens Schloss. Arielle, ihre Tochter Adriane und Prinz Fabian wachten gerade auf und schauten sich verwundert an. Prinz Fabian zuckte mit den Schultern.

»Ich habe so ein komisches Gefühl, als wäre eben etwas Außergewöhnliches geschehen. Doch kann ich mir nicht erklären, was.«

Arielle nahm noch einen Becher von dem Quellwasser und dann fuhren sie zurück in Richtung Schloss.

Dort schaute sich Weißröschen schon wieder mit ihrer kindlich fröhlichen Ausgelassenheit in ihrem Zimmer um. Sie wunderte sich nur, dass Till wie versteinert dastand, lachte und fragte:

»Was ist denn mit dir los? Du guckst ja, als wäre die Welt untergegangen. Wo ist Prinz Genius, er war doch eben noch hier?« Ihre Blicke richteten sich auf ihren Schminktisch. »Und wo ist sein wunderbares Parfüm geblieben?« Sie schaute Till fragend an. Der war noch immer ganz verwirrt, wand sich umständlich herum und suchte nach einer Antwort. Was sollte er ihr jetzt sagen? - Totenstille. -

Nach einer Weile fing er an zu stottern: »Also ... äh ... ich ... äh ... habe ... war ... äh ... bin derjenige, der Euch aus einem Zauberschlaf erweckt hat. Wenn Ihr versteht, was ich meine?«

Weißröschen erwiderte betont zickig: »Na, na, na, willst du mich wieder mal veralbern? Wie soll ich das verstehen? Zauberschlaf? - Erwecken? - Was hat das alles zu bedeuten? Sag mir lieber ...«

Sie unterbrach sich und mit einem mürrischen Gesichtsausdruck stöberte sie weiter auf ihrem Schminktisch herum. In diesem Moment kam Maxim ins Zimmer und fragte sie ihn gleich barsch: »Kannst du mir vielleicht sagen, wo das wunderbare Parfüm ist? Es hat so vorzüglich gerochen! - Und wo ist der Prinz überhaupt?«

Maxim dachte bei sich: *›Ein Glück dass sich das Gift bei den Pygolen in Sicherheit befindet‹*, und besänftigte sie: »Sei nicht böse, aber wir werden uns bald zusammensetzen und dann wirst du alles erfahren, was geschehen ist.«

»Ach ja? Aber dann bitte so schnell wie möglich«, erwiderte Weißröschen und verließ trotzig ihr Zimmer. Als sie draußen war, fielen sich Maxim und Till in die Arme. Sie jubelten und tanzten vor Freude über den Erfolg.

Auch NAO und SALI machten glückliche Gesichter.
»Das ist ja noch mal gut gegangen«, meinte SALI.
NAO nickte und sagte ganz neugierig: »Da bin ich aber gespannt, wie das Tarantella und ihr extrem ekliges Pack verarbeiten!«
SALI gab das Suchwort ein und da erschien auf dem Monitor auch schon Tarantellas Reich.

Tarantella hatte auf ihrem Monitor alles mit verfolgt und raste mit wutverzerrtem Gesicht in ihre

›*Gruft der gefangenen Herzen*‹.

Ihr Gesicht hatte sich giftgrün verfärbt und ihre Augen glühten feuerrot. Sie griff nach einer Kugel mit einem Herzen, stieß sie dann jedoch angewidert von sich, als wäre sie ein Stück übel riechender Abfall. Dann schmetterte sie ein paar Leuchtkugeln durch die Gegend und schrie markerschütternd:

»Dieser verdammte Kasper Eulenprügel! Jetzt hat es der verfluchte Hofzwerg doch noch geschafft, den Zauberschlaf aufzulösen. Aber in Luzifers Namen, ich lasse mich nicht unterkriegen! Die werden mich noch kennen lernen! Einen nach dem andern werde ich in die Knie zwingen! Darauf könnt ihr Gift nehmen - und das wird für euch ein ganz besonders bitteres Gift sein!« Mit einer finsteren Kämpfergeste stellte sie sich vor den Spiegel und machte sich selbst Mut.

»Und eines Tages, mit Luzifers Sicherheit, werden auch diese Winzlinge aus dem behämmerten Universum da oben büßen!« Sie zeigte dabei mit einer Hand nach oben, lachte grausam, tobte im Raum hin und her und schmetterte eine ihrer Leuchtkugeln an die Decke. Eine Kugel mit einem Herzen fiel dadurch sehr unsanft auf den Boden. Erschrocken nahm Tarantella die Kugel an sich, drückte sie an ihre Brust und säuselte besänftigend:

»Entschuldige, entschuldige, mein ach so wertvolles Herz. Das habe ich ganz ehrlich nicht beabsichtigt. Ich hoffe, du hast dadurch keinen Schaden erlitten.« Mit übertriebener Hingabe ließ sie die Kugel wieder in den Raum entschweben und schaute ihr verzückt hinterher.

Inzwischen saß Rumpelstilzchen in Tarantellas Hi-Tech-Gruft am Computer und versuchte, den Schutzschild um Schneewittchens Schloss zu analysieren. Als Drachulus hereinkam, ließ er die Schnapsflasche, die neben ihm stand, schnell verschwinden.

»Na, mein Freund, bist du schon vorangekommen?«, fragte Drachulus misstrauisch.

Rumpelstilzchen schüttelte den Kopf. »Nicht so richtig. Ich kann zwar alles beobachten, was auf Schneewittchens Schloss vor sich geht, aber weshalb wir auf ein Hindernis aufgeschlagen sind, habe ich noch nicht herausgefunden.«

Drachulus wiegte mit dem Kopf. »Selbst über meine Zauberkräfte habe ich noch nichts entdecken können. Aber ich muss dir ehrlich sagen, ich habe auch keine richtige Lust mehr. Wie sich Tarantella in letzter Zeit verhält, geht mir derartig auf die Ketten. Ich komme auch ohne diese aufgedonnerte Giftkröte klar. Ich sage dir ganz ehrlich, ich mach´ bei nächster Gelegenheit die Fliege. Kommst du mit?«

Rumpelstilzchen überlegte kurz und schaute ihn dann heuchlerisch an. »Daran habe ich auch schon gedacht. Aber das ist nicht ganz einfach. Tarantella wird alles daran setzen um das zu verhindern.«

Drachulus winkte lässig ab: »Lass´ mal, bevor sie das erfährt, bin ich längst über alle Sieben Berge und habe mir diesbezüglich schon etwas Geniales ausgedacht. Schließlich beherrsche ich auch die schwarze Magie.«

Er drehte sich um, ging in Richtung Ausgang. Dort blieb er kurz stehen und sagte noch: »Beschäftige du dich nur weiter mit diesem Phänomen und ich werde mich um die Flucht kümmern, okay?«

Rumpelstilzchen nickte: »Okay.« Er wandte sich wieder dem Computer zu und als Drachulus das Zimmer verlassen hatte, nahm er erst einmal einen kräftigen Schluck aus seiner Schnapsflasche. Dann meldete er sich bei Tarantella.

»Hallo Mighty Queen, kannst du bitte einmal zu mir kommen? Ich habe dir etwas sehr Wichtiges mitzuteilen.« Tarantella erwiderte genervt: »Okay, ich komme gleich und hoffe nur, es ist auch wirklich wichtig.« Rumpelstilzchen rieb sich schadenfroh die Hände.

NAO saß in seinem Sessel und trommelte wütend auf den Schreibtisch, dass der Staub nur so aufwirbelte.

SALI am Computer blieb dagegen ganz entspannt und wunderte sich nur über die Nervosität seines Meisters.

»Diese hinterhältige Kreatur von Rumpelbumpel!«, schimpfte NAO erzürnt. Er stand auf und ging zu SALI. Eindringlich und mit weit aufgerissenen Augen sagte er: »Weil dieser Versager so viel Mist baut, will er sich nun bei Tarantella einkratzen und verrät ihr wahrscheinlich die geplante Flucht von Drachulus. Weshalb hatte er diesem falschen Mistkerl auch nur davon erzählt?«

Da SALI nichts dazu sagte, murmelte er noch: »Er hätte das allein bestimmt besser geschafft. Tolle Idee von Peter.«

»Aber Meister«, entgegnete SALI jetzt ruhig. »In so einer Story muss es schon ab und zu einmal Probleme geben. Also bis jetzt haben Peters Helden doch alles absolut perfekt im Griff und sich gegen die Gehässigkeiten von Tarantella und Konsorten ganz clever und mutig durchgesetzt.«

NAO nickte. »Stimmt schon. Aber mich regt es wahnsinnig auf, wenn jemand so falsch und hinterhältig ist.«

»Kann ich nachvollziehen«, meinte SALI und schaute auf den Monitor. Dort sahen sie wieder das **REICH DER GOLDENEN HERZEN**.

Tarantella war gerade in der Hi-Tech-Gruft bei Rumpelstilzchen angekommen. Der tuschelte ihr etwas ins Ohr und schaute sich dabei misstrauisch nach allen Seiten um, als hätte er Angst, es könnte jemand hören. Nachdem er ihr den Plan von Drachulus geschildert hatte, schaute sie ihn erstaunt an und fragte ungläubig:

»Hm ... und du bist dir sicher, dass Drachulus das vorhat?« Rumpelstilzchen nickte nur wichtigtuerisch. Als er den Raum verließ, drehte er sich noch einmal zu Tarantella um und sagte schleimig:

»Da kannst du mal sehen, wie diese scheinheilige Missgeburt dein Vertrauen ausnutzt.«

Tarantella geiferte hochrot vor Wut: »Ich danke dir und du wirst dafür reichlich belohnt werden.« Sie ging an den nächstliegenden Monitor, stellte eine Verbindung zu Drachulus her und heuchelte freundlich:

»Drachulus, mein Lieber. Wenn du im Moment nicht allzu wichtige Aufgaben zu erledigen hast, könntest du dann für einen Augenblick zu mir kommen?«

Drachulus antwortete arglos: »Na klar, ich komme.« Es dauerte auch nicht lange, da erschien er. Tarantella bat ihn hinterlistig höflich Platz zu nehmen.

»Lieber Drachulus. Rumpelstilzchen war gerade bei mir.«

Drachulus stutzte sofort und dachte: ›*Aha, daher weht der Wind.*‹

»Ich wollte mich nur erkundigen«, sagte Tarantella weiter verstellt freundlich, »wie weit ihr mit euren Nachforschungen über den Unfall gekommen seid. Ich hätte gerne von dir gewusst, ob du in Bezug auf das Hindernis etwas herausgefunden hast?«

Drachulus schüttelte mit dem Kopf. »Leider noch nicht. Allerdings vermute ich, dass dies alles mit diesen seltsamen unbekannten Wesen aus dem Weltall zu tun hat. Etwas anders kann ich mir im Moment nicht vorstellen oder erklären.«

Tarantella erwiderte mit heuchlerischer Miene: »Stimmt. Daran habe ich auch schon gedacht. Aber wie könnte man deiner Meinung nach diesen unerwünschten Störenfrieden auf die Schliche kommen?«

Drachulus zuckte mit den Schultern. »Das ist eine gute Frage. Deren Tricks sind bestimmt nicht leicht zu knacken. Das erfordert sicher viel Zeit und auch Glück.«

»Apropos Tricks, Zeit und Glück«, sagte sie scheinbar gelassen. »Aber ich fürchte, daraus wird nichts mehr.«

Tarantellas Stimme, anfangs noch normal, veränderte sich nun in ein tiefes, röchelndes Krächzen. Ihr Gesicht wurde wieder giftgrün und ihre Augen feuerrot. Drachulus schaute sie verwundert an. Dann sprang sie auf und schrie:

»Du verfluchter Verräter!! Deine Tricks habe ich schon längst durchschaut. Du willst uns also in den Rücken fallen und einfach abhauen!« Bei diesen Worten verwandelte sie sich in ein unheimliches,

fliegendes Monster - eine Mischung aus Riesenfledermaus und Flugsaurier mit dem Kopf eines Löwen und messerscharfen Krallen.

Sie spie Feuer, so dass Drachulus in die Ecke des Raumes geschleudert wurde. Doch, da er auf eine Überraschung gefasst war, konnte er sich rechtzeitig in einen dreiköpfigen Drachen verwandeln.
Ein erbarmungsloser Kampf entbrannte, der so gewaltig war, dass sämtliche Räume des *Reiches der goldenen Herzen* erbebten. Tarantellas Flugmonster waren völlig irritiert und flatterten panisch kreischend herum. In der Hi-Tech-Gruft selbst flog alles Mögliche durch die Gegend und zerschellte mit Getöse an den Wänden. Schließlich gelang es Tarantella, den Drachen mit ihren mächtigen Klauen am linken und rechten Kopf zu treffen, so dass beide mit einer tiefen, blutenden Wunde schlaff herunterhingen. Mit letzter Kraft drehte sich Drachulus im Kreis und erwischte Tarantella dabei mit seinem mächtigen Schwanz am Kopf. In hohem Bogen wurde sie in eine Ecke geschleudert und blieb bewusstlos liegen. Dabei verwandelte sie sich langsam wieder in ihre alte Gestalt zurück. Auch Drachulus nahm wieder seine Menschengestalt an. Links und rechts an seiner Schulter blutete er stark. Die Tür zur ***Gruft der gefangenen Herzen*** stand offen. Mit dem Mut der Verzweiflung lief er hinein und kam kurz danach mit der Kugel, indem sich sein eigenes Herz befand, wieder heraus. Dann rannte er so schnell er konnte zum Ausgang. Tarantella war inzwischen aufgewacht. Voller Wut schrie sie über die Hausanlage:

»Haltet Drachulus, haltet ihn. Dieser Verräter darf uns auf keinem Fall entwischen! Haltet ihn, haltet ihn!!!«

Doch inzwischen war Drachulus schon an der Schleuse zur Menschenwelt angelangt, durchquerte mit raschen Schritten das Waldhäuschen und rannte wie von Sinnen in den Wald hinein, die Kugel mit seinem Herzen fest an seine Brust gepresst. Nach einer Weile war er jedoch so erschöpft, dass er ohnmächtig zusammenbrach. Deshalb bekam er auch nicht mehr mit, dass sich sein richtiges Herz durch die Sonnenstrahlen aus der Kugel herauslöste. Und wie durch Zauberhand wanderte es in seinen Körper zurück. Das goldene Herz fiel wie ein Stein auf die Erde. Nach einer gefühlten Ewigkeit kam er langsam wieder zu sich, weil ihm eine Hand eindringlich auf die Schulter klopfte. Noch etwas benommen, rappelte er sich mühevoll auf und blinzelte in die Sonne. Vor ihm stand eine Frau und hielt seinen Arm. Es war Tarantella, die sich - wieder in ihrer Gestalt als ein altes, gutmütiges Großmütterchen - über ihn beugte:

»Lieber junger Freund, kann ich Dir helfen? Du hattest wohl einen Unfall, denn du blutest an deinen Schultern.«

Sie nahm ein Tuch und tupfte die Wunden ab. Dabei meinte sie heuchlerisch: »Komm einfach mit zu mir. Dort werde ich dich erst einmal verarzten und dann Hilfe holen.«

Da Drachulus noch nicht ganz Herr seiner Sinne war, wollte er erst einmal mitgehen. Doch plötzlich sah er im Gras an der Stelle, wo er gelegen hatte, etwas Goldenes blinken und bückte sich danach. Es war ein Klumpen pures Gold in der Form eines Herzens. Daneben lag eine leere gläserne Kugel, die wie eine Seifenblase in allen Farben des Regenbogens schillerte. Schlagartig kam Drachulus zur Besinnung und durchschaute die Verkleidung von Tarantella. Ihm wurde klar, dass er in allerhöchster Gefahr schwebte. Wütend stieß er sie von sich.

»Lass mich in Ruhe, du falsche Hexe!«, fauchte er zornig. »Dieses mal schaffst du es bestimmt nicht mehr, mich in dein verteufeltes Reich zu locken. Lieber sterbe ich!« Er rannte so schnell er konnte in den Wald und verschwand hinter den Bäumen.

Tarantella, deren Zauberkraft in der Menschenwelt nicht wirkte, krächzte mit ihrer tiefen röchelnden Stimme: »Auch du wirst wieder bei mir landen. Und dann gnade dir Luzifer!!!« Wutschnaubend ging sie zu ihrem Waldhäuschen zurück.

NAO und SALI saßen vor ihrem Monitor und NAO sagte erleichtert:

»Das ist ja gerade noch einmal gut gegangen. Aber Tarantella wird sich nicht so leicht geschlagen geben.«

SALI meinte nickend: »Das denke ich auch.« Er wischte sich den Schweiß von der Stirn und atmete tief durch, bevor er gestand: »Kruzifix noch mal. Jetzt ist mir doch heiß und kalt unter meiner Geisterhaut geworden. Dieser Kampf zwischen Tarantella und Drachulus hat mich ganz schön aufgeregt.«

NAO lachte. »Aha, mein junger Freund war aufgeregt? Das sind ja ganz neue Töne von dir. Aber Spaß beiseite, mich interessiert jetzt die Zusammenkunft von Schneewittchen und den Pygolen. Wahrscheinlich haben die in ihrer Freude über die Befreiung von Weißröschen und Prinz Pedro gar nicht mitbekommen, was in Tarantellas Reich eben passiert ist.«

SALI wischte sich immer noch die Stirn ab und meinte: »Na, dafür haben sie den genialen *VMC*.«

Schneewittchen saß in ihrem Zimmer auf der Couch und schaute sich noch immer kopfschüttelnd die Unterlagen von Prinz Genius und seinem Land Absuerien an, als es an die Tür klopfte. »Herein bitte.«

Maxim kam herein und sie schaute ihn erstaunt an.

»Hallo Maxim, mein Lieber. Ich wusste gar nicht, dass du heute hier bist. Wenn das eine Überraschung sein soll, ist sie dir auf jeden Fall gelungen!«

»Hallo Wittymaus«, antwortete Maxim. »So kann man das auch sehen. Und genau wegen dieser Überraschung würden Till und ich gerne einmal mit dir sprechen. Wenn möglich, gleich jetzt.«

Schneewittchen fragte etwas verwundert: »Ist es eine angenehme oder unangenehme Überraschung?«

Maxim wiegte den Kopf. »Das kann man so oder so sehen. Hättest du denn jetzt Zeit?«

»Wenn es so dringend ist, sofort«, meinte sie neugierig.

»Das ist gut«, sagte Maxim. »Wo können wir hingehen um uns ungestört zu unterhalten und eine DVD anzusehen?«

Schneewittchen schaute Maxim mit hochgezogenen Augenbrauen an und war ein wenig skeptisch. »Das klingt ja nach einer sehr geheimnisvollen Überraschung.«

»Wir könnten in deinen Hi-Tech-Salon gehen, aber ich möchte, dass nur du, Till und ich dabei sind.«

Ihre Miene wurde immer besorgter. »Maxim, du machst mir langsam Angst. Lass´ mich nur kurz Dornröschen Bescheid sagen, dass ich etwas später zu ihr komme.«

Maxim schüttelte den Kopf. »Nein, so lange wird das auch nicht dauern. Lass uns gehen.«

Im Hi-Tech-Salon steckte Maxim eine DVD in den Player. Man sah auf dem Monitor noch einmal die Situation in der Bibliothek, als sich Schneewittchen bei Prinz Genius für den Bericht über sein vermeintliches Land Absuerien bedankte. Schneewittchen schaute völlig verblüfft auf den Bildschirm.

»Aber das war doch erst heute Vormittag. Wo kommen denn diese Aufnahmen her? Werden wir hier etwa überwacht?«

Maxim antwortete ernst: »Das erkläre ich dir später, meine Liebe. Das war nicht vorhin, sondern schon vor ein paar Tagen. Sieh dir erstmal alles ganz easy an.«

Als Schneewittchen die Aufzeichnungen - in denen nur die Pygolen, die sie ja überraschen wollten, fehlten - bis zur Erlösung aus dem Zauberschlaf gesehen hatte, war sie total sprachlos. Sie stand vor dem Monitor und brachte kein Wort heraus. Mit Tarantellas Existenz hatte sie zwar schon gerechnet, aber die zurückliegenden Ereignisse überstiegen ihre schlimmsten Befürchtungen um das Vielfache. Sie überlegte einen Augenblick und schüttelte dann ernst den Kopf.

»Weißt du Maxim, was geschehen ist sollen alle hier erfahren.«

Maxim äußerte seine Bedenken, doch sie ließ durch ihre Hausanlage sämtliche Schlossbewohner und Gäste in den Hi-Tech-Salon bitten. Als alle anwesend waren, hob Schneewittchen die Hand und bat um Ruhe. »Ich habe Euch hierher gebeten, damit auch Ihr sehen könnt, was mir Maxim und Till soeben gezeigt haben. Es ist leider überhaupt nichts Erfreuliches.«

Die Gäste schauten sich fragend an und tuschelten miteinander. Noch einmal wurde das Geschehene gezeigt. Alle waren danach sehr betroffen.

Schon am nächsten Tag hatten sich alle Gäste im Empfangssaal versammelt. Schneewittchen saß in majestätischer Garderobe und ihrer Krone auf dem Thron. Rechts und links von ihr saßen Weißröschen und Prinz Pedro, ebenfalls in festlicher Kleidung. Über dem Thron schwebte der *Guardian Angel Choir* mit *Sunbeam*. Der Hofmarschall klopfte mit seinem Stab dreimal auf den Boden. Als die Gäste verstummt waren, sagte Schneewittchen mit feierlicher Stimme:

»Der Anlass des heutigen Treffens ist euch ja bekannt und ich will auch nicht mehr näher darauf eingehen. Ich möchte es nutzen, um unseren Helden meinen und bestimmt auch euren Dank auszusprechen und sie gebührend zu ehren.«

Die Lichter im Saal gingen aus und ein Scheinwerfer war auf Schneewittchen gerichtet. Nur der Engelchor war im Hintergrund noch zu sehen, der den Song ›*We Thank You*‹ anstimmte.

»Ich bitte nun«, fuhr sie feierlich fort, »meinen geschätzten Freund Maxim und meinen lieben und immer lustigen Hofnarren Till zu mir.«

Beide kamen nach vorne und stellten sich rechts und links neben Schneewittchen. Dann wandte sie sich wieder an die Gäste.

»Ich bin überzeugt, dass jeder von euch weiß, dass wir ohne diese beiden Helden für lange Zeit keine Möglichkeit gehabt hätten, unser gemeinsames Kinderland weiter auszubauen und Tarantella auf unbestimmte Zeiten völlig hilflos ausgeliefert wären.« Sie zeigte auf Maxim. »Ausgenommen Maxim, denn schließlich kommt er aus der Menschenwelt. Doch selbst er hätte ohne unseren pfiffigen Till nichts mehr von uns gehört. Deshalb werde ich ihn und natürlich auch Maxim mit der höchsten Auszeichnung meines Königreiches ehren.«

Weißröschen und Prinz Pedro, die jeder eine Medaille in den Händen hatten, standen auf. Prinz Pedro stellte sich vor Till und Weißröschen vor Maxim. Freudig gerührt sagte Weißröschen:

»Mein lieber Maxim. Es gibt wohl kaum angemessene Worte, die ausdrücken könnten, wie groß mein und unserer aller Dank ist. Deshalb lass´ es mich kurz machen.« Sie hängte ihm die Medaille um, umarmte ihn und gab ihm einen innigen Kuss auf die Stirn. Dann bekam er von Schneewittchen ebenfalls einen Kuss und einen großen Blumenstrauß.

Prinz Pedro hängte Till die Medaille um, schüttelte ihm die Hand und klopfte ihm auf die Schulter. »Ewigen Dank für alles, du genialer Giftentschärfer.« Auch er bekam einen großen Blumenstrauß und einen Kuss von Schneewittchen. Dabei konnte er es nicht lassen, ein paar Faxen zu machen und Schneewittchen schmunzelte.

»Schön, dass du dabei deinen Humor nicht verloren hast.« Die Gäste standen auf und applaudierten. Dann bat der Hofmarschall wieder um Gehör:

»Die Königin Schneewittchen hat aufgrund dieses Ereignisses beschlossen, den heutigen Tag zum ›Tag der Erlösung‹ zu ernennen, der nun alljährlich gefeiert werden soll. Später werden im Hi-Tech-Salon noch einmal die Aufzeichnungen über Tarantellas beinahe gelungenen 100-jährigen Zauberschlaf gezeigt. Wer sie sich ansehen möchte, kann dies gerne tun. Ansonsten wünsche ich Ihnen allen noch viel Freude bei unserem Fest.«

Schneewittchen und auch einige Gäste saßen kurze Zeit später im Hi-Tech-Salon vor dem Monitor und sahen gerade, wie Till das Brautpaar aus Tarantellas Reich befreite. Plötzlich ertönte ein furchtbarer Knall und es erschien ein greller Blitz. Die Gäste zuckten zusammen.

Auf dem Monitor erschien Tarantellas Gesicht, giftgrün und mit feuerroten Augen. Wutentbrannt schrie sie:

»Ahhh! Nun denkt ihr Kleingläubigen, ihr hättet es geschafft, was??? Aber ich bin immer noch da! Glaubt ihr, ich gebe so schnell auf?!!! Da habt ihr euch aber gründlich geirrt. Jetzt gerade, wo ihr euren Sieg feiert, habe ich mit meinen Verbündeten einen teuflischen Plan ausgeheckt. Luzifer sei Dank, dass er mir eingefallen ist. Zieht euch warm an und lasst euch überraschen! Ha, ha, ha!!!« Ihr Gesicht verblasste allmählich und ihr gehässiges Lachen verhallte. Alle schauten sich entsetzt an, nur Schneewittchen blieb gefasst und sagte:

»Lasst uns zurück in den Empfangssaal gehen und dort alles Weitere besprechen.«

Aufgeregt tuschelten die Gäste durcheinander und verließen den Hi-Tech-Salon. Im Empfangssaal ging Schneewittchen auf die Bühne ans Mikrophon und sagte ernst, aber optimistisch:

»Es freut mich, dass keiner von euch trotz dieses Rückschlages den Kopf in den Sand steckt und total entmutigt Trübsal bläst.« Enthusiastisch fügte sie hinzu: »Nein, jetzt werden wir den Kampf gegen das Böse erst recht mit aller Kraft weiterführen. Doch wissen wir auch, wie mächtig und gefährlich unsere Gegner sind. Deshalb schlage ich vor, dass wir keine Zeit mehr verlieren, um unseren Plan mit dem Kinderland so bald wie möglich zu verwirklichen.« Die Gäste applaudierten begeistert und Schneewittchen sagte noch:

»Sobald ihr zu Hause angekommen seid, bitte ich euch nachzuforschen, wo und wie in eurer Gegend Kindern geholfen werden muss. Gebt uns dann gleich Bescheid. Ich werde außerdem meinen Zauberspiegel befragen, der mir mit aller Sicherheit die Gegend zeigen wird, in der es gilt, so schnell wie möglich Hilfe zu leisten.«

Maxim ging zu Schneewittchen, verneigte sich vor den Gästen und sagte: »Eines möchte ich noch hinzufügen. Erst einmal möchte ich mich - auch im Namen von Till - herzlich bedanken. Doch da gibt es auch noch andere, ohne deren Hilfe wir heute nicht hier wären und in denen wir so wunderbare alte und neue Freunde gefunden haben.

Sie haben mich allerdings gebeten, noch eine kurze Zeit im Verborgenen bleiben zu dürfen. Nur so viel kann ich schon verraten. Sie kommen von da oben.« Dabei zeigte er zum Fenster in Richtung Himmel. »Weit über den sieben Wolken und weit hinter den sieben Himmeln leben sie und nennen sich Pygolen. Von ihnen werde ich euch in nächster Zeit berichten. Erst einmal werde ich jedoch nur mit Schneewittchen und ihrer Familie darüber sprechen.« Maxim verneigte sich erneut und verließ die Bühne.

Schneewittchen, Weißröschen, Prinz Pedro, Till und Maxim gingen wieder in den Hi-Tech-Salon. Dort fragte Schneewittchen neugierig:

»Maxim, nun sage mir bitte, wer genau sind unsere neuen Freunde? Äh, und wieso sieben Wolken und sieben Himmel? Das erinnert mich an meine geliebten Zwerge, von denen ich leider nie wieder etwas gehört habe.«

Maxim war über seine unvorsichtige Bemerkung erschrocken und sagte deshalb so beiläufig wie möglich: »Ach, das war reiner Zufall. Lass dich doch einfach überraschen.« Er nahm seinen *SPIT* heraus und berührte das Viereck in der Mitte mit dem Zeigefinger. Doch dann steckte er ihn schnell wieder ein und sagte zu Till: »Ich glaube, das solltest du jetzt in Angriff nehmen.«

Till zögerte nicht lange und holte seinen *SPIT* heraus. *LEA* meldete sich wie immer sehr freundlich: »Herzlich willkommen, Till. Mit wem wünschen Sie eine Verbindung?«

»Ich grüße dich, liebste *LEA*«, erwiderte er. »Stelle mir bitte eine Verbindung mit den Pygolen her.«

LEA antwortete: »Danke für diese außergewöhnlich herzliche Begrüßung. Die Verbindung wird sofort hergestellt. Vielen Dank für Ihren Auftrag. Bis bald.«

Alix erschien im *SPIT* Spiegel.

»Hallo Till. Schön dich zu hören. Was können wir für dich tun?« Till lachte verschmitzt. »Können wir euch mit unseren Freunden besuchen kommen?«

»Aber natürlich«, lachte auch Alix. »Das ist doch kein Problem. Ihr braucht nur auf euren Balkon zu gehen. Du weißt ja bestimmt, wie alles funktioniert, oder ?«

»Alles klar! Dann bis gleich«, lachte Maxim und Schneewittchen, Weißröschen und Prinz Pedro schauten ihn skeptisch an.

Schneewittchen sagte immer noch ungläubig: »Ich habe zwar in dem DVD-Bericht schon gesehen, dass es so ein Gerät gibt, aber ich kann es immer noch nicht richtig glauben.« - Ratloses Schweigen -

Dann lachte Maxim. »Du wirst so manches nicht glauben, was jetzt auf dich zukommt.«

Schneewittchen schaute ihn ein wenig misstrauisch an.

»Maxim, du bist einer meiner besten Freunde. Willst du mir - ich meine uns - einen deiner genialen und verwegenen Zaubertricks vorführen oder uns anderweitig an der Nase herumführen? Treib es nicht zu weit«, meinte sie, lächelte dabei aber schon wieder.

Weißröschen, Prinz Pedro und Till gingen auf den Balkon, Schneewittchen musste von Maxim förmlich dorthin geschoben werden. Sie stellten sich der Reihe nach in den Lichtkegel, und einer nach dem anderen verschwand darin.

Die Pygolen warteten schon ganz aufgeregt auf die fünf Gäste. Als diese in der Beamerkabine erscheinen, öffnete Alix sie und machte eine Verbeugung.

»Herzlich willkommen bei uns. Es ist schön, euch gesund und munter hier zu sehen.«

Schneewittchen verneigte sich ebenfalls. »Auch wir grüßen euch und möchten uns als erstes von ganzem Herzen für eure Hilfe und euren Einsatz bedanken.« Dann schaute sie die Pygolen nachdenklich an. »Ich weiß nicht, aber irgendwie habe ich das Gefühl, als wären wir uns schon einmal begegnet. Nur wann und wo?«

Celix lachte: »Meinst du? - Nehmt doch erst einmal Platz.«

Sie setzten sich an den Tisch und Alix sagte zu Gelix: »Bring´ uns bitte etwas zu Trinken. Unsere Gäste sollen einmal kosten, wovon wir uns auf Pygmion ernähren.«

Gelix rannte lachend davon und kam nach einer Weile mit einem großen Glaskrug und 5 Gläsern zurück. In dem Krug befand sich ein wunderlich aussehender, giftgrüner Saft, in dem ein Hand voll Blaubeeren schwammen. Belix bot jedem ein Glas an.

»Hier bitte - ein Saft vom Planeten Pygmion. Er wird aus Früchten hergestellt, die man in eurer Sprache ›Grüne Baumbeeren‹ nennen könnte.« Er zeigte auf eine Schale mit apfelgroßen grünen Früchten. Von der Form her glichen sie irdischen Erdbeeren.

»Hier«, mischte sich Felix ein, »aus solchen Früchten wird dieser Saft hergestellt. Und damit ihr auch etwas Bekanntes genießen könnt, haben wir ein paar Blaubeeren aus eurer Welt dazugegeben. Zum Wohl! Danach werden wir uns näher vorstellen und euch etwas von Pygmion erzählen und zeigen.«

Sie stießen miteinander an und die Gäste waren von dem süßen, erfrischenden Getränk begeistert. Besonders Weißröschen war total entzückt und leckte sich die Lippen.

»Es schmeckt super irre«, sagte sie begeistert.

Die Pygolen freuten sich und zwinkerten sich heimlich zu.

Schneewittchen war von der Gastfreundschaft der fremden Wesen überwältigt, und doch konnte sie es sich nicht verkneifen, ein paar Bedenken zu äußern: »Ich möchte hier ja keinem zu nahe treten. Aber es ist noch nicht lange her, da hat uns ein vermeintlicher Prinz Genius auch etwas über sein Land und sich selbst erzählt. Und daraus wurde für uns eine sehr bittere Erfahrung.«

Da meldete sich Gelix, der Kleinste und machte eine majestätische Verbeugung. »Aber, aber, Hoheit! Wenn man von irgend einer Person betrogen wurde, muss nicht jeder andere auch gleich ein Betrüger sein, oder?«

Schneewittchen nickte und entschuldigte sich verlegen. Nach und nach stand ein Pygole nach dem anderen vom Tisch auf und verließ ohne ein weiteres Wort den Raum. Prinz Pedro fragte verwundert: »Weshalb gehen denn alle weg? Haben wir euch beleidigt?«

Alix, gerade im Gehen begriffen, schmunzelte. »Nein. Nur einen kleinen Augenblick bitte, wir wollen uns ein paar frische Sachen anziehen.«

Schneewittchen zeigte auf Maxims *SPIT*. »Kannst du uns bitte in der Zwischenzeit dieses kleine Gerät erklären?«

Maxim nickte, zeigte ihr das Gerät und sagte:

»Natürlich. Und wenn du möchtest, bekommst du bestimmt auch eins davon.« Dann erläuterte er die Funktionsweise des *SPITs*.

Nach einer Weile ging die Tür auf, und die Pygolen, die sich inzwischen verwandelt und die Gestalt angenommen hatten, in der man sie als die ›Sieben Zwerge‹ kannte, betraten das Zimmer. Als Erster kam Alix herein. Er hatte einen kleinen Stuhl unter dem Arm und einen Blumenstrauß in der Hand und schmunzelte verschmitzt.

»Wer hat auf meinem Stühlchen gesessen?«

Dann folgten die anderen der Reihe nach. Belix hatte einen Teller und Blumen bei sich.

»Wer hat von meinem Tellerchen gegessen?«

Celix kam mit einem Körbchen Brötchen und Blumen in der Hand.

»Wer hat von meinen Brötchen genommen?«

Delix hatte eine Schale Gemüse und Blumen mitgebracht.

»Wer hat von meinen Gemüschen gegessen?«

Elix trug ein paar Gabeln und Blumen und sagte:

»Wer hat mit meinem Gabelchen gestochen?«

Felix hatte mehrere Messer und Blumen dabei.

»Wer hat mit meinem Messerchen geschnitten?«

Gelix, der Jüngste, hielt ein paar Tassen und Blumen im Arm. Er stolperte über die Türschwelle und fiel beinahe hin. Dabei stotterte er verlegen: »We - we - wer hat aus meinem Becherchen getrunken?«

Sie stellten sich im Kreis um Schneewittchen, machten eine Verbeugung und überreichten ihr die sieben Blumensträuße. Schneewittchen war wie versteinert. Sie konnte es nicht fassen und Tränen stiegen ihr in die Augen. Es dauerte eine Zeit bis sie ihre Sprache wieder fand.

»Meine Sieben Zwerge, meine lieben, lieben Zwerge. Ich glaube ich träume. Wie oft habe ich mir gewünscht, wieder etwas von euch zu hören oder zu sehen! Und wie oft bin ich hinter die Sieben Berge gegangen und habe euer Häuschen gesucht. Doch selbst das habe ich nicht mehr gefunden.«

Vor lauter Wiedersehensfreude wusste sie nicht, wen sie von den Zwergen zuerst in den Arm nehmen sollte - am liebsten alle sieben auf einmal, aber das ging ja nicht. Deshalb umarmte und küsste sie sie der Reihe nach überschwänglich. Den kleinen Gelix nahm sie sogar auf den Arm und tanzte mit ihm vor Freude umher. Weißröschen, Prinz Pedro, Till und Maxim schauten gerührt dabei zu. Es herrschte eine ausgelassene Stimmung und die Freude war unbeschreiblich groß.

Nach einer Weile konnte Schneewittchen ihre Neugierde nicht mehr bremsen und sagte ganz aufgeregt zu Alix: »Mein lieber Alix, jetzt verrate mir doch bitte, weshalb wir uns erst jetzt wieder sehen?«

Alix antwortete nachdenklich: »Weißt du, Schneewittchen, das ist eine lange Geschichte. Doch du beziehungsweise ihr werdet eines Tages alles erfahren. Versprochen. Wir hingegen haben bis heute alles mitverfolgt, was du nach unserem Abschied damals erlebt hast. Ich denke dabei insbesondere an den vermeintlich edlen Prinzen, der dir das Leben gerettet haben soll. Doch die Wahrheit war ganz anders.«

Der kleine Gelix fügte noch hinzu: »Dass ich damals mit deinem Sarg gestolpert bin, und sich dadurch der Giftapfel aus deinem Hals gelöst hat, weiß außer uns bestimmt noch keiner. Uns ist jedoch gleich aufgefallen, dass sich dieser Prinz mehr für die Edelsteine und Diamanten an deinem Sarg interessiert hat, als für dich und dein Leben. Aber das hast du ja nach ein paar Jahren leider auch selbst erkennen müssen. Doch lassen wir das Thema. Wir sollten uns jetzt an die Arbeit machen und dein Projekt unterstützen.«

Schneewittchen atmet gerührt tief durch: »Du hast ja Recht. Und ich möchte auch nicht an diesen Abschnitt meines Lebens erinnert werden. Deshalb wollen wir jetzt unser Wiedersehen genießen und später über das Kinderprojekt sprechen.«

NAO und SALI saßen ganz gerührt vor dem Monitor, und selbst der oft so burschikose NAO rieb sich seine feucht gewordenen Augen. »Also, das eine muss ich zugeben. Dass Peter so etwas schreibt - in einer Zeit, in der so was in der Menschenwelt oft als totale Gefühlsduselei abgestempelt wird - überrascht mich doch ein bisschen. Aber alle Achtung! Das hat er gut geschrieben.«

Er schmunzelte nur kurz: »Naja, ich habe ihm ja damals, als er in Krankenhaus lag, den Tipp gegeben.«

SALI schaute ihn lächelnd an. »Seht Ihr, Meister - auch wir sind keine Hellseher und sollten viel öfters etwas Unbekanntem vertrauen, auch wenn wir es nicht gleich verstehen, wenn Ihr versteht?«

»Keine Spitzfindigkeiten bitte«, lachte NAO. Und wie immer, wenn er zufrieden war, zündete er sich sein geliebtes Pfeifchen an.

Die Feier im *UPSS* neigte sich langsam dem Ende zu. Die Gäste beschlossen, auch die Nacht dort zu verbringen, denn die Pygolen hatten extra fürstlich eingerichtete Zimmer für sie alle vorbereitet.

Am nächsten Morgen beim Frühstück erörterten sie gemeinsam, was als nächstes zu tun war. Schneewittchen fragte als erstes nachdenklich: »Müssen wir uns im Moment noch Sorgen über Tarantellas Pläne machen?«

Alix schüttelte entschieden den Kopf. »Meine Liebe, ich vermute, dass sie jetzt erst einmal ihren größenwahnsinnig gewordenen Kopf dazu benutzt, um einen ganz neuen teuflischen Plan auszuhecken. In dieser Zeit werden wir uns überlegen, was wir tun könnten um sie endgültig unschädlich zu machen. Du solltest die Zeit dafür nutzen, dich mit deinen Freunden um Kinder zu kümmern, die eurer Hilfe bedürfen.«

Schneewittchen nickte. »Also gehen wir zurück ins Schloss und ich werde meinen Spiegel befragen, was diesbezüglich zu tun ist.«

Alix winkte ab. »Noch einen Moment Geduld bitte. Wir möchten euch noch ein Gerät zeigen und auch mitgeben, dass euch in manchen Situationen sehr hilfreich sein wird. Elix, sei bitte so lieb und hole einen MAMAAT. Das ist die Abkürzung für einen

›***Mind And Matter Analyzer And Transformer***‹.«

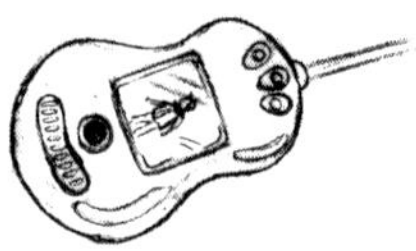

Elix sprang auf und machte einen lustig übertriebenen Offiziersgruß.

»Aye, aye Boss.« Er ging ins Nebenzimmer und kam mit einem kleinen Gerät zurück, das viel Ähnlichkeit mit einer Spielzeuggitarre hatte. Alix erklärte: »Bei uns auf dem Planeten Pygmion gibt es keine Todesstrafe. Das Recht, ein Leben zu beenden, oder es künstlich zu verlängern hat ausnahmslos der Schöpfer. Doch genau wie bei euch wird es auch bei uns immer wieder Straftäter geben. Bei uns wahrscheinlich weniger, weil jeder von uns die Höchststrafe kennt. Aber, um sehr schlimme Verbrechen zu sühnen, hatte unser Elektronikgenie Felix, den MAMAAT entwickelt. Und der funktioniert folgendermaßen: Wenn ihr den Verdacht habt, dass eine Person straffällig war oder ist, so peilt ihr sie mit dem Gerät an und drückt auf den Knopf unter dem Monitor. Im gleichen Augenblick erstarrt die Person wie eine Statue. Ein grünes Lämpchen leuchtet auf und ihr müsst euren Verdacht erklären. Zum Beispiel: ›***Diese Person hat gestohlen.***‹ Dann drückt ihr wieder auf die Taste, das gelbe Lämpchen leuchtet und die Person wird überprüft. Dann antwortet das Gerät ...«

Felix unterbrach ihn und erklärte ganz aufgeregt weiter: »Ja, das Gerät antwortet dann entweder:

›***Die Person wurde überprüft. Sie hat keine Straftat begangen.***‹

Dann verlöschen die Lämpchen, die Person löst sich aus der Starre und es passiert ihr nichts. Sie weiß auch nichts von dieser Überprüfung. Oder es heißt:

›***Die Person wurde überprüft. Die Anschuldigung stimmt.***
Vorgeschlagenes Strafmaß: soundso‹.«

Alix klopfte ihm liebevoll auf die Schulter. »Felix, sei doch nicht so aufgeregt und bleibe cool.« Dann erklärte Alix ganz gelassen weiter:

»Der MAMAAT schätzt die Höhe der Strafe ein und teilt sie uns mit. Bei einem sehr schweren Vergehen blinkt das rote Lämpchen pausenlos. Die betreffende Person wird durch den Laserstrahl des MAMAATs in ihre Energieteilchen aufgelöst und auf den verödeten Strafplaneten *Katastrinius* gebeamt.«

Till schüttelte sich unbehaglich. »Hui, Strafplanet *Katastrinius*, das klingt ja gar nicht gut - so ähnlich wie bei uns Katastrophe.«

Alix nickte nachdenklich. »Stimmt. Ich wünsche es auch keinem, dort zu landen. Ich werde jedem von euch so ein Gerät geben, hört mir aber erst einmal genau zu, denn es ist furchtbar wichtig für euch.

Es kann jeder immer nur sein eigenes Gerät benutzen und es wirkt auch nur im Freien und nicht durch Wände oder andere Hindernisse hindurch. Bevor man allerdings einen MAMAAT benutzen kann, muss man seine Daten einspeichern.«

Felix erklärte weiter: »Und darin liegt der Haken. Derjenige, der den MAMAAT neu bekommt, muss ihn auf sich richten, den Auslöser drücken und sagen: ›Mein Name ist (zum Beispiel): Rainer Zufall. Ich komme vom Planeten Erde und bin am: ??? in ??? geboren.‹ Das Gerät analysiert und registriert die Stimme, sowie sämtliche Angaben als Erkennungscode und bestätigt sie.«

Jetzt mischte sich auch Elix ein: »Es kann jedoch sein, dass nach der Analyse folgende Meldung kommt, ***›Bei Ihnen liegen folgende gravierende Straftaten vor: Diebstahl, Betrug*‹** oder derartiges.

Achtung! Sie sind für die Benutzung des MAMAATs ungeeignet.‹«

Und Alix warnte: »Im schlimmsten Fall bekommt er die Meldung: ***›Bei Ihnen liegt eine Straftat vor, welche die Höchststrafe erfordert.***‹ Dann wird er automatisch auf den Planeten Katastrinius gebeamt und kann nichts mehr dagegen tun. Also muss jeder genau wissen, ob er sich dieser Prüfung wirklich unterziehen will. Dazu können wir niemandem raten und ihm auch nicht helfen.«

Till stöhnte: »Donnerwetter, das ist ja ein Ding. Aber, gebt mir so ein Gerät, ich fange damit an.«

Elix beschwichtigte ihn: »Nein, nein, das brauchst du jetzt nicht machen. Das kann jeder für sich allein in seinen eigenen vier Wänden tun.« Er lachte und gab jedem seinen MAMAAT.

Schneewittchen verneigte sich. »Ich möchte mich herzlich für alles bedanken, meine geliebten Zwerge. Doch jetzt ist es an der Zeit, dass ich in mein Schloss zurückkehre und meinen Spiegel nach Kindern befrage, die auf unsere Hilfe angewiesen sind. Ihr anderen könnt ja noch ein bisschen hierbleiben, aber beamt mich jetzt bitte zurück.«

Weißröschen schüttelte den Kopf und nahm Schneewittchens Hand. »Okay, ich komme mit.«

Prinz Pedro und Till wollten auch zurück. Nur Maxim machte eine Ausnahme und sagte:

»Ich würde euch bitten, mich in die Menschenwelt zu beamen.«

Schneewittchen, Weißröschen, Prinz Pedro und Till gingen zuerst in die Beamerkabine und waren auch bald darauf verschwunden.

Dann stellte sich auch Maxim hinein. Gerade als Alix die Kabine verschließen wollte, fiel ihm jedoch noch etwas ein und er hielt seine Hand hoch. »Beamt mich doch bitte in den Wald, wo wir Igors Zauberboxen versteckt haben. Ich will nur sehen, ob die eine in der Nähe von Tarantellas Waldhütte noch da ist.«

»Null Problemo, aber sei vorsichtig«, lachte Alix und fügte hinzu: »Da fällt mir ein, wir haben vor einiger Zeit einmal ein Motorrad aus der Menschenwelt zu uns gebeamt und untersucht. Wir haben es ein wenig nach unserer Technik umgebaut, die Bedienung ist jedoch genauso geblieben. Soll ich dir das mit auf die Erde beamen, vielleicht nützt es dir etwas?«

»Na klar«, sagte Maxim erfreut. »Gerne und vielen Dank.«

Im Wald vor Tarantellas Waldhäuschen erschien Maxim in einem Lichtkegel. Sofort begann er, das Gebüsch nach der Zauberbox abzusuchen, allerdings vergeblich.

Plötzlich tauchte in einem weiteren Lichtkegel ein hypermodernes, chromblitzendes Motorrad auf. Neugierig beäugte er es von allen Seiten, setzte sich anschließend darauf und fuhr damit los. Auf der Armatur befanden sich zwei Tasten, eine grüne mit der Aufschrift ›Normalfahrt‹ und eine rote, auf der ›Extremfahrt‹ stand. Maxim drückte auf die rote Taste und augenblicklich schoss die Maschine wie eine Rakete davon. Er musste höllisch aufpassen, dass er nicht den Halt verlor und im hohen Bogen gegen einen Baum knallte. Dann stellte er fest, dass er mit diesem Geschoss auch fliegen konnte. Eine rasante Fahrt durch den Wald begann, erst im Slalom zwischen Baumstämmen hindurch, dann auf dem Wasser eines kleinen Sees und schließlich hoch in der Luft über die Baumwipfel hinweg. Irgendwann wurde es ihm jedoch zu riskant. Maxim drückte die grüne Taste. Die Maschine wurde langsamer und er fuhr zum Waldweg zurück. Als er ein Stück gefahren war, sah er mit einem Mal eine stark schwankende Person vor sich auf dem Waldweg gehen. Er hielt an und bemerkte, dass es ein Mann war, der an seinen beiden Schultern blutete. Besorgt rief er:

»Hallo Sie, kann ich Ihnen helfen?«

Drachulus, der dachte, dass er wieder jemanden aus Tarantellas Reich vor sich hätte, antwortete völlig verängstigt: »Lasst mich in Ruhe, ich komme unter keinen Umständen mehr zurück. Macht mit mir, was ihr wollt. Aber zu Tarantella bringt mich keine Macht des Universums zurück!«

Als er wegrennen wollte, hielt Maxim ihn vorsichtig fest und versuchte ihn zu beruhigen: »Sie brauchen keine Angst zu haben, ich will Ihnen doch nur helfen. Warten Sie, bleiben Sie doch stehen.«

Zögerlich blieb Drachulus stehen und schaute Maxim misstrauisch an. Der betastete zunächst vorsichtig die verletzten Schultern seines Gegenübers, doch Drachulus versuchte ihn erst einmal abzuwehren. Da er aber nicht mehr besonders gut bei Kräften war, ließ er es schließlich doch über sich ergehen.

Maxim sagte sehr besorgt: »Sie bluten ja sehr stark. Ich werde Sie erst einmal verbinden.« Er holte den Verbandskasten aus dem Motorrad und legte Drachulus einen Verband an. Dann schaute er ihn genauer an. »Sie kommen mir irgendwie bekannt vor. Kennen wir uns?«

Drachulus schüttelte erst den Kopf, sagte dann aber nach kurzem Überlegen zögerlich: »Ach, was soll´s, es ist ja jetzt sowieso alles egal. Ich bin Drachulus, der Zauberer aus Tarantellas Reich. Ich hatte von den Intrigen dieser Sippschaft die Nase voll und bin abgehauen. Doch so richtig weiß ich nicht, wohin ich gehen soll. Zu Schneewittchen kann ich nicht, denn schließlich habe ich lange genug Tarantella geholfen, Schneewittchens Welt zu bekämpfen.« Er setzte sich auf einen Baumstumpf, stützte seinen Kopf in die Hände und begann bitterlich zu weinen. Maxim setzte sich neben ihn und nahm ihn in den Arm, denn er sah, dass der junge Mann am Ende war und dringend Hilfe brauchte. Nach einer Weile hob Drachulus den Kopf und sie schauten sich schweigend an. Schließlich sagte Maxim: »Nun mal mit der Ruhe. Es findet sich immer eine Lösung, und warum nicht auch diesmal?«

Drachulus entgegnete nur weinerlich: »Na das, was ich mir jetzt wünschen würde, funktioniert sowieso nicht.«

»Wer weiß? Vielleicht kann ich dir helfen«, ermunterte ihn Maxim. »Wenn du jetzt deiner Meinung nach am Ende bist, kann es ja nur einen Neuanfang geben.« Er wollte Drachulus ermunternd auf die Schulter klopfen, doch der war ja dort verwundet.

Drachulus schaute Maxim eindringlich an. »Ich weiß nicht, ob ich das je verdient hätte, aber am liebsten wäre mir, ich könnte in Schneewittchens Kinderland gehen und alles wieder gut machen.«

Maxim überlegte einen Augenblick und holte seinen *SPIT* heraus.

»Was wollen Sie mit mir machen?«, fragte Drachulus misstrauisch.

Maxim lachte verschmitzt, sagte aber zugleich tröstend: »Bleibt ruhig Herr Zauberkollege, und habt ein wenig Vertrauen.« Dann legte er seinen Zeigefinger auf das Viereck in der Mitte des *SPITs*.

LEA meldete sich: »Herzlich willkommen, Maxim. Mit wem wünschen Sie eine Verbindung?«

»Ich grüße dich auf das herzlichste, liebe *LEA*«, antwortete Maxim.

Drachulus meinte argwöhnisch: »Also wenn du mich reinlegen willst und *LEA* der Deckname von Tarantella ist, dann erschlage mich lieber auf der Stelle. Ich könnte es nicht ertragen, weiterhin bei dieser schrecklichen Irren sein zu müssen.«

Mit all seinem Einfühlungsvermögen und seiner Überzeugungskraft versuchte Maxim ihn zu beruhigen: »Ich weiß nicht, wie ich dich von deiner Angst vor mir befreien kann, aber ich versuche es zumindest. Lass es einfach geschehen.« Dann bat er *LEA*: »Stelle mir bitte eine Verbindung mit dem Raumschiff der Pygolen her.«

LEA, die all das mitbekommen hatte, meinte mit ihrer warmen Stimme: »Sagen Sie bitte Ihrem Schützling, dass es noch Situationen zwischen Himmel und Erde gibt, die man nicht gleich versteht, aber denen wir volles Vertrauen entgegenbringen sollten. Die Verbindung wird sofort hergestellt. Vielen Dank für Ihren Auftrag. Bis bald.«

Drachulus hatte Maxim erstaunt zugesehen und fragte nun ganz verblüfft: »Was war denn das? Das ist ja richtig unheimlich.«

»Bleib´ cool, Herr Kollege«, lachte Maxim. »Es gibt noch so manches, was deiner und meiner Zauberkunst weit voraus ist.«

Auf dem *SPIT*-Spiegel erschien Belix und fragte verwundert: »Nanu Maxim, so schnell hatten wir nicht erwartet, etwas von dir zu hören. Was gibt´s?«

»Neben mir sitzt ein mittelschweres Problem«, sagte Maxim. »Könnt ihr mich auf eurem großen Monitor sehen?«

»Kein Problem, Moment bitte«, antwortete Belix. »So, jetzt haben wir dich im Visier. Du hast ja einen Verletzten bei dir. Hast du ihn etwa mit dem Motorrad angefahren?«

Maxim schüttelte den Kopf. »Nein, nein. Aber ER ist das Problem. Es ist Drachulus, der aus Tarantellas Reich ausgebrochen ist. Wäre es möglich, ihn zu euch zu holen, ohne dass er euch schaden könnte?«

Belix lachte. »Schaden? Im ganzen Pygoleben nicht.« Dann meinte er etwas ernsthafter: »Hier kann er uns auf keinen Fall etwas antun. Seine Zauberkraft ist bei uns außer Kraft gesetzt. Außerdem haben wir ja unseren MAMAAT. Doch lass´ mich bitte trotzdem erst einmal mit den anderen darüber sprechen.«

Kurz darauf erschien das Bild von Alix auf dem *SPIT*. »Es ist kein Problem, er soll sich nur in den Lichtkegel stellen. Alles andere ergibt sich von ganz allein. Okay?«

Bevor sich Drachulus in den Lichtkegel stellte, gab er Maxim sichtlich gerührt die Hand.

»Ich danke dir von ganzem Herzen und mein größter Wunsch ist es, dass wir uns irgendwann einmal in Schneewittchens Königreich wieder sehen. Aber dann möchte ich nicht mehr Drachulus sein, sondern wäre lieber ...«, er überlegte einen Moment und sagte dann aus tiefstem Herzen, »äh, lieber ein Drachulustig, der mit Kindern spielt und sie zum Lachen bringt.«

Maxim schmunzelte. »Na, dann drücke ich dir die Daumen. Es kommt hauptsächlich auf dich an und ich muss ehrlich gestehen, ich habe ein gutes Gefühl dabei.« Drachulus stellte sich in den Lichtkegel und verschwand.

An Bord des *UPSS* wurde Drachulus von den Pygolen herzlich begrüßt. Als er von seinen Erlebnissen bei Tarantella erzählte, hörten sie alle gespannt zu. Dann äußerte er den Wunsch, zu Schneewittchen gehen zu dürfen, um sich dort mit den Kindern des Kinderlandes zu beschäftigen. Die Pygolen meinten, dass dies kein Problem wäre, doch dann gab Gelix zu bedenken:

»Das ist alles ganz gut und schön. Doch in deiner jetzigen Gestalt hätten die Kinder bestimmt Angst vor dir. Schließlich kennen sie dich alle als einen bösen Zauberer und Helfer von Tarantella. Kannst du dein Äußeres nicht verändern, vielleicht auch etwas freundlicher gestalten, damit dich nicht alle sofort erkennen?«

Drachulus zuckte nur lässig mit den Schultern. »Das ist für mich ein Kinderspiel, aber dazu muss ich mich erst einmal in den alten Drachen verwandeln. Der sieht zwar gefährlich aus, aber ihr braucht euch keine Sorgen zu machen.« Er kniete sich hin, machte ein paar geheimnisvolle beschwörende Handbewegungen und verwandelte sich augenblicklich in den dreiköpfigen Drachen, der gegen Tarantella gekämpft hatte. Fauchend fletschte er die Zähne und stieß gefährlich rot glühende Flammen aus seinen drei Mäulern. Entsetzt holte Felix seinen MAMAAT hervor und wollte ihn gerade auf Drachulus richten, da erhob dieser seine rechte Pfote und sprach mit seiner unheimlichen tiefen, aber diesmal doch sanft klingenden Stimme:

»Halt, lieber Felix. Du brauchst keine Angst zu haben. Habt bitte etwas Geduld.«

Die Flammen verloschen langsam und verwandelten sich in bunte Rauchwölkchen. Um seine riesenhafte Gestalt herum erschienen Lichtblitze, und er wurde kleiner und kleiner, bis nur noch ein Häufchen bunt schwelenden Etwas übrig blieb. Ratlos starrten sich die Pygolen an. Plötzlich fing dieses Häufchen an zu singen und es klang wie ein Junge aus einem Knabenchor. Seine Stimme war plötzlich glasklar, hell und freundlich.

Befreit von einer bösen Fee - reich ich euch heut´ die Hände
Bin glücklich dass ich euch hier seh´ - und böses Tun beende.
In Zukunft hier im Lichterschein, - nach guten Taten streben
Und immer dafür dankbar sein, - bei euch ab jetzt zu leben.

So langsam wuchs das Häufchen wieder an und funkelte wie eine Wunderkerze. Als es die Größe eines zehnjährigen Jungen erreicht hatte, verwandelte es sich in einen lustigen kleinen bunten Drachen. Er strahlte über das ganze Gesicht und fragte: »Na, seh´ ich jetzt noch wie ein Monster aus, oder doch eher wie ein Drachulustig?«

Die Pygolen lachten und applaudieren begeistert. Felix legte eine Karaoke-CD in den Player und sang ganz spontan den Song in der Version von den Pygolen:

›*Ich weiß, es wird einmal ein Wunder gescheh´n*‹ mit.

Alle anderen tanzten ausgelassen dazu.

Tarantella und Rumpelstilzchen saßen die ganze Zeit in ihrer Hi-Tech-Gruft vor dem Monitor. Sofort nach dem erfolglosen Versuch, Drachulus zurückzuholen, war sie an ihren Computer gegangen und versuchte seitdem verzweifelt, ihn in der Umgebung ihres Waldhäuschens aufzuspüren. Wütend schnaufte sie:

»Irgendwo muss doch die verfluchte Wanze von Drachulus zu sehen sein! Ich muss unbedingt wissen, was dieses Aas vorhat!« Plötzlich sprang sie auf. »Stopp, stopp!!! Halt mal das Bild an! Dort ist er!«

Rumpelstilzchen zeigte auf den Monitor. »Aber ja, dort ist er und es ist noch jemand bei ihm. Ich fahr´ mal näher heran.« Er zoomte sich die beiden Gestalten näher heran. Dann erkannten sie Maxim.

Tarantella stöhnte wutentbrannt: »Was will Drachulus denn von diesem Zauberlehrling Maxim? Der kann doch nur die Menschen verarschen und sonst nichts!«

Doch dann sahen sie, wie Drachulus in einen Lichtkegel ging und urplötzlich verschwand. Tarantella schrie völlig außer sich: »Ich glaub es nicht!!! Seit wann kann in der Menschenwelt tatsächlich jemand so mir nichts dir nichts verschwinden?« Sie sprang auf, fegte vor Wut sämtliche Gegenstände vom Tisch und warf mit voller Wucht eine Leuchtkugel auf den Boden. Im darauf folgenden Blitz und Donner verschwand sie. Man hörte sie nur noch hasserfüllt krächzen: »Neiiin ... neiiin ... neiiin ... ! Das werdet ihr mir büßen!!!«

Rumpelstilzchen schaute völlig ratlos und dümmlich drein. Er stand auf, zuckte verächtlich mit den Schultern und ging wortlos. Gleich, als er in seinem Zimmer ankam, nahm einen kräftigen Schluck aus seiner Wodkaflasche. Nach kurzer Zeit war die Wirkung nichtmehr zu übersehen. - Aber das kennt man ja schon von ihm.

Etwas später - nachdem sie sich etwas beruhigt hatte - erschien Tarantella erneut in der Hi-Tech-Gruft, wobei sie nicht weniger Getöse veranstaltete als bei ihrem Verschwinden. Sie setzte sich hektisch an den Computer und aktivierte ihre fliegende Kamera, mit der sie alle Vorgänge in der Menschenwelt beobachten konnte, ohne dass dies von den Menschen bemerkt wurde. Völlig entnervt brummelte sie vor sich hin: »Ich muss unbedingt etwas unternehmen, damit dieser ›Möchtegern-Poet‹ Peter nicht mehr in der Lage ist, meine Pläne zu durchkreuzen.«

Sie sah, dass Peter gerade vor dem Muschelcomputer saß und wahrscheinlich an seiner Geschichte schrieb. »Ja, ja«, krächzte sie hinterhältig. »Da habe ich auch schon eine geniale Idee.« Sie schaltete den Computer aus und ging in ihre Gruft. Dort stand eine geheimnisvolle Kabine. Sie setzte sich hinein, drückte auf ein paar Knöpfe und war plötzlich verschwunden.

Peter saß tatsächlich vor der Muschel und sah erschöpft aus. Jetzt rächte es sich langsam, dass er nicht nur die vergangenen Tage, sondern auch die letzten Nächte fast ausschließlich damit verbracht hatte, an seiner Story zu arbeiten. Vor Müdigkeit fielen ihm die Augen zu, und der Kopf sank ihm auf die Brust. Nach ein paar Minuten unruhigen Schlummers schreckte er jedoch wieder hoch und gähnte herzhaft. Dann öffnete er den Muschelcomputer. Das machte er öfter mal zwischendurch, weil daraus stets eine wunderbare mystische Musik erklang, die ihn bei allem inspirierte, was er gerade tat.

Doch plötzlich brach die Musik abrupt ab. Blutroter Rauch quoll aus dem Monitor und jetzt wurde die Musik laut und aggressiv.

Peter war so erschrocken, dass er beinahe rückwärts mit seinem Stuhl umgefallen wäre. Doch da kamen die Hände von Tarantella aus der Muschel und hielten ihn am Arm fest. Jetzt war sie auch schon mit ihrem Oberkörper heraus und versuchte, ihn zu sich hineinzuziehen.

Peter wehrte sich mit aller Gewalt dagegen und schrie sie an:

»Lass mich in Ruhe, du Ekelpaket. Ich werde unter keinen Umständen mit in dein grauenvolles Reich kommen. Und mein Herz bekommst du auch nicht.«

Tarantella lachte nur gehässig. »Keiner hat es je geschafft, sich von mir zu befreien. Und du kleines Weichei wirst es schon gar nicht!«

Sie zerrte Peter immer weiter in die Muschel und seine Arme waren schon ganz darin verschwunden. Er schrie immer verzweifelter und lauter um Hilfe.

Da ging die Tür auf und Gu Lap kam herein. Entsetzt sah sie was vor sich ging. Nach einer Schrecksekunde stürzte sie sich auf Peter. Ohne zu zögern fasste sie ihn an Gürtel und Beinen und zog mit all ihrer Kraft, um ihn zurückzuholen. Als sie es geschafft hatte, Tarantellas Arme aus der Muschel herauszuziehen, ließ sie Peter los, holte zu einem Kung-Fu-Schlag aus und schlug mit aller Kraft auf Tarantellas Unterarm. Tarantella schrie vor Schmerz auf und verschwand mit lautem Gezeter in der Muschel. Man hörte sie noch aus der Ferne schreien:

»Dich krieg ich noch, du Würstchen. Und dein kleines Schlitzauge gleich mit!!!«

Die Musik verstummte abrupt, der Monitor des Muschelcomputers schaltete sich aus und der Rauch verzog sich. Gu Lap stützte den schweißnassen Peter und brachte ihn auf sein Bett. Dort wurde er ohnmächtig.

Gu Lap saß neben Peter, wischte ihm den Schweiß von seiner Stirn und streichelte ihm die Wange. Als sie merkte, dass er aufwachte, fragte sie besorgt: »Peter, was hast du nur? Ich war gerade auf dem Weg zu dir, da traf ich deine Mutter. Sie gab mir ihren Schlüssel und meinte ich solle mal nach dir schauen. Du würdest zwar wahrscheinlich schlafen, aber du wärst auch ganz schön knülle. Als ich in eure Wohnung kam, hörte ich dich schon an der Wohnungstür furchtbar schreien. Und jetzt sehe ich, du bist ja völlig durchgeschwitzt. Was ist mit dir?«

Peter schaute sich völlig verwirrt um. »Da fragst du noch? Schließlich hast du mich doch aus Tarantellas Klauen befreit.«

Gu Lap schaute ihn völlig verständnislos an. »Ich habe was?«

Peter zeigte auf die Muschel. »Na, Tarantella wollte mich doch durch die Muschel in ihr Reich ziehen.« Er sah, dass der Muschelcomputer doch noch angeschaltet war. Ganz langsam kam er zu sich. Die Musik aus dem Computer war noch an, aber angenehm mystisch. Peter schüttelte den Kopf und meinte nur: »Oh Gott. Ich habe das, glaube ich, alles nur geträumt. Sorry.«

Gu Lap küsste ihn liebevoll auf die Stirn.

»Du brauchst dich nicht zu entschuldigen«, meinte sie. »Du hattest wohl einen Alptraum. Du siehst ja völlig zerknautscht aus. Aber das kommt schon mal vor.« Jetzt lächelte Gu Lap. »Bei so einer aufregenden Story die du schreibst, ist das kein Wunder.«

»Stimmt, ich habe die letzten Nächte nur wenig geschlafen. Ich hole uns Kaffee ... äh ... für dich natürlich Tee und dann erzähle ich dir, wie die Geschichte weiter geht.«

»Lass mal gut sein, das mache ich schon«, sagte sie liebevoll. »Ich kenne mich ja schon ganz gut bei euch aus.«

Als sie aus der Küche zurückkam, zeigte Peter auf seine Notizen und sagte wieder ruhig: »Also, so stelle ich mir die Story weiter vor.«

NAO und SALI hatten an ihrem Monitor entsetzt alles mitverfolgt. NAO griff sich an den Kopf und stotterte: »Wa-wa-was war denn das?! Jetzt dreht diese verfluchte Hexe völlig durch. Nur weil ihr im Moment alles gegen den Strich geht, will sie Peter außer Gefecht setzen und mit aller Macht verhindern, dass sie am Ende verliert.«

SALI lachte nur: »Stopp, stopp Meister. Jetzt bringen sie ja auch schon etwas durcheinander. Peter hat das ja nur alles geträumt!«

»Ach so - stimmt ja. Na Gott sei Dank«, murmelte NAO und nahm erleichtert die Hand vom Kopf. »Aber schließlich hängt es ja von Peter ab, ob sich das Buch von Atlantis öffnet.«

Dann schauten sie zu, wie Peter seine Geschichte weitererzählte.

Schneewittchen, Weißröschen, Prinz Pedro und Till waren inzwischen längst wieder auf Schneewittchens Schloss angekommen und sehr glücklich über ihre Begegnung mit den Pygolen. Jeder von ihnen zog sich erst einmal in sein Gemach zurück und versuchte, diese vielfältigen Eindrücke und Erlebnisse der letzten paar Stunden auf seine Art zu verarbeiten.

Am nächsten Tag versammelten sich alle Schlossbewohner erneut im Konferenzsaal. Schneewittchen berichtete überglücklich von ihrem Wiedersehen mit den sieben Zwergen beziehungsweise den Pygolen. Die Gäste konnten es fast nicht glauben und waren hocherfreut über diese Wendung. Am Schluss des Treffens wurde sie von Dornröschen, König Drosselbart und anderen Gästen gebeten, die Pygolen zu fragen, ob es möglich sei, auch um ihre Königreiche ein Schutzschild zu errichten. Ohne zu zögern versprach sie ihnen das und verteilte auch die *SPITs*, die sie von den Pygolen erhalten hatte. Die Gäste bedankten sich und die meisten begannen, Vorkehrungen für ihre Heimreise in ihren lustigen Gefährten zu treffen. Schneewittchen lies es sich nicht nehmen, jedem zum Abschied persönlich die Hand zu schütteln und alles Gute zu wünschen.

Die Sklavenkinder

Schneewittchen, ihre Zofe Hanna, Till, Weißröschen, Prinz Pedro und Dornröschen saßen beim Kaffeetrinken und unterhielten sich angeregt. Gerade sagte Schneewittchen: »Unsere Gäste hatten hoffentlich eine angenehme Heimreise. Es war ja alles sehr aufregend in den letzten Tagen«, als plötzlich ihr *SPIT* piepte.

Sie nahm ihn aus der Tasche, legte ihren Zeigefinger auf das *IS »Identity Square«* und Alix erschien im *SPIT*-Spiegel.

Besorgt sagte er: »Wir haben soeben einen Notruf von Sindbad und Arielle bekommen. Sie haben im Indischen Ozean ein Schiff entdeckt, auf dem sich viele Sklavenkinder befinden. Diese Kinder sollen an skrupellose Menschen verkauft werden.«

Alle schauten sich betroffen an. Alix fügte noch hinzu: »Es ist Eile geboten, denn das Schiff mit den Sklavenkindern ist kurz vor seinem Ziel in Südafrika.«

Schneewittchen meinte betrübt: »Vielen Dank für diesen Hinweis. Wir werden natürlich sofort meinen Spiegel befragen.«

Alle Anwesenden begaben sich sofort in das Zimmer des Zauberspiegels und sahen dort ein verwahrlostes Schiff mit ängstlichen Kindern. Schneewittchen stellte sich vor ihn und sprach:

Spieglein, Spieglein an der Wand.
Hast du die Not dieser Kinder erkannt?
Sie treiben im Meer, voller Angst was nun wird?
Man hat sie geschlagen und danach entführt!
Verkauft von den Eltern, verschleppt über Nacht
Und niemand hat an ihre Seelen gedacht
Was wird mit den Kindern? - Den Schwächsten der Welt!
Zeig´ uns, um die es am schlecht´sten bestellt!

Und tatsächlich tat sich etwas. Es erklang wunderbare sphärische Musik und am Spiegelrahmen erschienen wunderschöne Lichterspiele. In kurzen Bildsequenzen war ein Globus der Erde zu sehen, der sich drehte und dann an einer Stelle im Indischen Ozean kurz vor Südafrika stehen blieb. Dort leuchtete ein rotes Lämpchen.
Der Spiegel sprach mit einer tiefen mystischen Stimme:

Schneewittchen, Ihr seid die gütigste Frau.
Ich seh´ in ihr Herz, deshalb weiß ich´s genau.
Euer Wunsch sei erfüllt. Nun seht diesen Ort.
Herzlos begeht man hier Seelenmord.
Verkauft unschuld´ge Kinder - so ganz ohne Schutz
Holt sie zu Euch, sonst vergeh´n sie im Schmutz.

Man sah ein klappriges Schiff im Spiegel, das aussah als würde es bald auseinander brechen. Es war übervoll mit verängstigten Kindern aus Asien. Ein paar finstere Typen schubsten sie herum und warfen ihnen ein paar Brotkrumen zu. Dann ging einer mit einer Gießkanne herum und goss das Wasser einfach über ihren Köpfen aus. Gierig hielten die Kinder ihre Hände auf, damit sie ein paar Tropfen erhaschten um ihren Durst zu löschen. Schneewittchen bedankte sich:

Spieglein, Spieglein an der Wand
Wir haben´s geseh´n und die Gefahr gleich erkannt.
Ich habe viele Freunde, ganz nah und auch fern.
Den Kindern zu helfen, das machen sie gern.
Wir woll´n auch nicht zögern, sonst ist es zu spät.
Gott schütze dich - und, dass dein Geist nie vergeht.

Als Weißröschen die grauenhaften Bilder im Zauberspiegel sah, sprang sie ganz plötzlich mit entsetzter Miene auf und rannte aus dem Zimmer. Prinz Pedro rief ihr noch hinterher: »Weißröschen, wo willst du denn hin?«

Doch da war sie schon verschwunden. In einem halsbrecherischen Ritt gelangte sie zum DOM, in dem sie getraut worden war. Über ihr schwebte der Schutzengel Sunbeam mit dem Chor und sangen ihren Song ›*Guardian Angel*‹. Im DOM angekommen, kniete sie sich vor den Altar, faltete die Hände und sang mit Tränen in den Augen den Teil des Songs in dem sie bat, einen Tag ein Schutzengel für die Kinder sein zu dürfen.

Der *Guardian Angel Choir* mit *Sunbeam* schwebte über dem Altar und sang mit. Dort leuchtete nur das Sonnenlicht, das durch die Fenster fiel. Weißröschen kniete genau in einem Lichtkegel der Sonne, die durch das bunte Kirchenfenster schien. So verbrachte sie einige Zeit schweigend. Dann zündete sie ein Kerze an und ritt zurück.

Inzwischen war Maxim, den Till sofort alarmiert hatte, mit seinem *HUV* auf der Wiese vor Schneewittchens Schloss gelandet. Auf dem Weg zum Schloss winkte er den Kindern des Kinderlandes freundlich zu. Schneewittchen erwartete ihn in ihrem Zimmer, wo sie schon sichtlich nervös auf und ab ging. Sie begrüßte ihn zwar herzlich, aber auch überaus ungeduldig:

»Ich grüße dich, Maxim. Schön, dass du gleich gekommen bist.« Schneewittchen zeigte ihm in ihrem Zauberspiegel die Bilder vom Sklavenschiff.

Maxim war entsetzt. »Da müssen wir unbedingt eingreifen.«

Schneewittchen nickte zustimmend. »Richtig, aber lass uns erst einmal mit Sindbad und Arielle Kontakt aufnehmen. Von ihnen haben wir diese Nachricht bekommen.«

Die Bilder im Spiegel verloschen und sie gingen zusammen in den Hi-Tech-Salon. Till schaltete dort sofort den Computer ein und Schneewittchen stellte eine Verbindung zu den Pygolen her.

Celix erschien auf dem Monitor.

»Hallo, ihr Lieben. Wir haben schon geahnt, dass ihr euch melden würdet. Es ist höchste Zeit, dass ihr eingreift und wir euch dabei unterstützen. Doch erst einmal wollen wir euch zeigen, was Sindbad und Arielle inzwischen unternommen haben.«

Auf dem Monitor erschien die Stelle im Meer, an dem sich das Sklavenschiff befand. Su Lei, der Kapitän des Sklavenschiffes, der auf der Kommandobrücke war, schaute zu den Kindern, die aneinander gefesselt auf dem Deck gedrängt standen. Sie schauten verängstigt und manche zitterten furchtbar. Sie waren verschleppt worden und sollten nun als Sklaven für ganz finstere Dienste verkauft werden. Kapitän Su Lei fluchte vor sich hin: »Was ist bloß mit diesem alten Kasten los? Warum geht es immer langsamer voran und warum funktioniert die Steuerung nicht mehr richtig???«

Er brüllte in den Maschinenraum: »Hey, ihr Nichtsnutze, seht ihr nicht mehr durch, oder was ist los?«

Aus dem Maschinenraum antwortete eine Stimme: »Hier funktioniert alles wie gehabt. Vielleicht ist die Strömung zu stark oder so!«

Kapitän Su Lei geiferte ungehalten bissig: »Strömung, oder so! Strömung, oder so! Mehr wisst ihr dämlichen Holzköpfe auch nicht.«

Er verließ missmutig die Kommandobrücke. Außer sich brüllte er die Mannschaft an: »Los, ihr faules Pack! Glotzt mal nach, ob ihr im Wasser etwas seht, warum diese abgewrackte Nussschale nicht von der Stelle kommt!«

Alle schauten angestrengt auf das Meer, doch außer ein paar Delphinen war nichts zu sehen. Die Matrosen stammelten durcheinander:

»Nein, hier ist nichts zu sehen! - Hier auch nicht! - Wir können auch nichts entdecken außer ein paar Del äh? ... Del äh? ... Na, Delsinen oder wie sich die Viecher auch immer nennen!«

Kapitän Su Lei vergewisserte sich selbst an der Reling über das Geschehen. Tatsächlich, außer ein paar Delphinen, die um sein Schiff herum schwammen, konnte auch er nichts Verdächtiges erkennen. Wütend ging er wieder auf seine Kommandobrücke und knurrte:

»Na, an diesen dämlichen Viechern kann es ja wohl nicht liegen. Außerdem heißen diese Kreaturen Delphine!«

Völlig hysterisch riss er das Ruder hin und her, machte absolut unsinnige Sachen und meckerte die ganze Zeit vor sich hin. Dann stürzte er noch mal zur Reling und schaute ins Wasser. Er konnte es einfach nicht glauben, dass sein Kahn nicht von der Stelle kam. Schließlich ging er in seine Kajüte, nahm einen kräftigen Schluck Rum und rülpste ekelhaft laut.

Sindbad stand ganz vorne am Bug seines Schiffes und schaute sich das Geschehen an. Er war nur etwa 100 Meter vom Sklavenschiff entfernt und konnte alles ganz genau sehen - zumindest das, was sich über der Wasseroberfläche abspielte.

Die Sklavenhändler aus der Menschenwelt konnten jedoch das, was in der Märchenwelt geschah, weder hören noch sehen. Deshalb wagte sich Sindbad auch so nah an das Sklavenschiff heran. Plötzlich tauchten Arielle und Adriane vor ihm auf. Beide hielten den Daumen der rechten Hand nach oben. Arielle rief Sindbad zu:

»Meine Freunde und die Delphine haben das Schiff im Griff.«

»Das ist gut«, gab Sindbad zurück. »Aber hoffentlich kommen Schneewittchen und ihre Freunde bald. Wer weiß, wie lange wir die Situation noch halten können.«

Arielle winkte und tauchte wieder unter. Sie, ihre Tochter Adriane und die gemeinsamen Nixenfreundinnen- und freunde waren damit beschäftigt, Schiffstaue aus geflochtenem Seetang an dem Schiff zu befestigen.

Diese hatten vorne eine Schlaufe, durch welche die Delphine ihre Schnauze stecken und so das Schiff immer wieder auf das offene Meer ziehen konnten.

Im *UPSS* sahen sich die sieben Pygolen auf dem Computermonitor an, was da so alles um das Sklavenschiff herum passierte. Sie konnten allerdings nicht sehen, was unter Wasser geschah. Drachulus saß auch bei ihnen und trank gerade ein Glas vom grünen Baumbeeren-Saft. Alix fragte Schneewittchen über seinen *SPIT*:

»Schneewittchen, könnt ihr uns hören?« Schneewittchen erschien auf dem Monitor. »Ja, wir haben auch alles gesehen. Was ist zu tun? Ich bin sehr in Sorge um diese Kinder.«

»Das kann ich verstehen, wir auch«, sagte Alix und fuhr fort: »Zuerst solltet ihr versuchen, mit Maxims *HUV* dorthin zu fliegen. Wir werden dann vor Ort und je nach Situation entscheiden, was weiter zu tun ist. Ihr dürft nur das eine nicht vergessen: An so einer Aktion, die sich gleichzeitig in der Menschenwelt und in der Märchenwelt abspielt, muss mindestens eine Person aus der Menschenwelt beteiligt sein, die auf eurer Seite steht. Maxim fällt in diesem Fall allerdings aus, da er ja in dieser Zeit in der Märchenwelt rumgeistert.«

Schneewittchen war furchtbar aufgeregt und deshalb fragte sie besorgt: »Wie soll das funktionieren und wen können wir dafür einspannen?«

Maxim sagte jedoch nur: »Das sollte jetzt nicht unser Problem sein. Da finden wir bestimmt eine geeignete Person. Kommt jetzt.«

In Maxims *HUV* hatten sich alle Insassen angeschnallt und brausten los. Till und Prinz Pedro hielten sich im Cockpit auf, das ganz und gar aus Glas bestand. Sie konnten alles rundum beobachten und staunten, in welch´ rasender Geschwindigkeit die Erde unter ihnen vorbei rauschte. Schneewittchen und Weißröschen saßen bei Maxim und hatten den Beobachtungsmonitor vor sich, auf dem die Pygolen zu sehen waren. Nicht lange und das *HUV* war in der Nähe des Sklavenschiffes.

Maxim drosselte die Geschwindigkeit und reduzierte die Flughöhe. Till zeigte nach unten und rief: »Jetzt sehe ich die Schiffe!«

»Ja, ich sehe sie auch«, meinte Prinz Pedro. »Sindbads Schiff ist gefährlich nahe am Sklavenschiff.«

Maxim schaltete den Monitor auf die beiden Schiffe um. Er zoomte sie näher heran und sagte erleichtert: »Soweit ich alles überblicke, haben unsere Freunde die Sache noch einigermaßen unter Kontrolle.

Also nutzen wir doch die Gelegenheit, um an einem nicht allzu weit entfernten Strand nach einem geeigneten Mitstreiter aus der Menschenwelt zu suchen.« Als sie nahe genug an einem Badestrand waren, zoomte Maxim die Badegäste so nah heran, dass man sie gut erkennen konnte. Schneewittchen und Weißröschen schauten gebannt auf den Monitor.

Plötzlich rief Weißröschen ganz aufgeregt: »Halt, halt, halt! Fahr mal bitte ein kleines Stück zurück. ... Stopp! Jetzt etwas näher. ... Wenn ich mich nicht irre, ist das dort eine Schwimmweltmeisterin.«

Im südafrikanischen East London wurde zurzeit ein internationaler Schwimmwettbewerb ausgetragen. Unter den teilnehmenden Schwimmerinnen und Schwimmern befand sich auch PIA, die schon so manche Goldmedaille gewonnen hatte. Doch im Moment hatten die Sportler frei, und sie war mit ihren Sportsfreundinnen an den Strand gegangen, um ein wenig zu relaxen. Gerade lagen sie im Sand auf Badedecken und unterhielten sich angeregt. PIA stand nach einer Weile auf und fragte:

»Ich muss mich jetzt erst einmal abkühlen. Kommt ihr mit schwimmen?«

Ihre Sportsfreundinnen schüttelten den Kopf. PIA rannte zum Wasser, stürzte sich in die Wellen und schwamm aufs Meer hinaus.

Maxim im *HUV* deutete auf PIA und sagte erfreut: »Seht ihr, man muss nur daran glauben, dass sich im Leben manches Problem von ganz allein löst.« Schnell ließ er sich von *LEA* mit Sindbad verbinden. »Hallo Sindbad, du alter Haudegen. Wir sind genau über dir, kannst du uns sehen?«

Sindbad meldete sich sofort: »Klar, Zauberstäbchen, ganz deutlich.« Er stand noch immer am Bug seines Schiffes, schaute nach oben zu Maxims *HUV* und sprach in seinen *SPIT*: »Wie kann ich dir in deiner fliegenden Untertasse dort oben dienlich sein? Hat ja eine Ewigkeit gedauert, bis du aus allen Wolken gefallen bist!«

Maxim lachte. »Na komm, alter Knabe, du mit deiner ausgetrockneten Bananenschale dort unten. Spaß beiseite. Weißt du, ob unter Arielles Delphinen einer ist, der zu Menschen Vertrauen hat?«

Sindbad antwortete ganz spontan: »Na klar, soweit ich weiß ist Flipper auch hier.«

Maxim sagte erleichtert: »Das ist sehr gut, denn dir ist hoffentlich bekannt, dass uns bei dieser Aktion mindestens eine mutige Person aus der Menschenwelt helfen muss.«

Sindbad gab nur lapidar zurück: »Wenn´s denn sein muss.«

Maxim erklärte weiter: »Am Badestrand befindet sich zufälligerweise die bekannte Schwimmweltmeisterin PIA. Sag Arielle Bescheid, sie soll Flipper dorthin schicken um PIA irgendwie dazu zu bringen, zum Sklavenschiff zu schwimmen. Lass dir was einfallen, aber beeile dich ein bisschen, okay?«

»Sag mal, ist es nicht einfacher«, fragte Sindbad verwundert, »wenn du zu mir herunterkommst? Dann haben wir doch ein geniales Menschenkind vor Ort.«

»Und wer soll dann meine fliegende Untertasse bedienen? Überleg´ nicht lange, wie und was besser sein könnte und tu bitte einfach was ich dir sage. Die Zeit rennt uns weg.«

Sindbad zuckte mit den Schultern. »Okay, okay, großer Meister der Zauberkunst, kein Problem.«

Kurz darauf erschien Arielle an der Wasseroberfläche.

Sie tauschte ein paar Worte mit Sindbad aus, tauchte wieder unter und schwamm zu Flipper. Sie erklärte dem Delphin Maxims Plan und zeigte in Richtung Badestrand. Flipper schoss auch gleich wie eine Rakete davon. In seinem Maul hatte er ein Band aus Seetang.

PIA war schon ein ganzes Stück hinausgeschwommen, als plötzlich Flipper in gebührendem Abstand vor ihr auftauchte.

Erschrocken hielt sie zunächst inne, doch als sie erkannte, dass es ein Delphin war und merkte, dass er nicht näher kam, verlor sie die Angst. Sie schwamm auf ihn zu und streichelte ihn erleichtert.

»Na, wo kommst du denn her? Hast du dich verschwommen? Oder war dir einfach nur daran gelegen, mich kennenzulernen?«

Flipper nickte mit seinem Kopf und stieß dabei seine bekannten Delphinlaute aus. Dann drehte er sich auf den Rücken und stupste PIA liebevoll mit der Schnauze an ihre Wange.

Sie fragte ihn: »Was hast du denn da in deinem Maul? Das sieht ja aus wie Zügel zum Reiten!«

Flipper nickte erneut, machte wieder seine Delphinlaute und zeigte ihr auf seine Art, dass sie sich auf seinen Rücken setzen sollte. PIA wurde immer mutiger, nahm die Leine aus Seetang und stieg vorsichtig auf seinen Rücken. Inzwischen hatte sie sich schon ein ganzes Stück vom Strand entfernt. PIAs Freundinnen beobachteten aus der Ferne das Geschehen auf dem Wasser und waren sehr besorgt.

Als sie erkannten, dass PIA mit einem großen Fisch zu tun hatte und mit den Armen in der Luft herumfuchtelte, gerieten sie in Panik und rannten zum Rettungsdienst. Sie zeigen dem Rettungsschwimmer wo sich PIA befand, doch auch der erkannte mit seinem Feldstecher nur, dass es sich um einen großen Fisch handelte und sie anscheinend Probleme mit ihm hatte. Er ging an sein Funkgerät und sprach ins Mikro:

»Küstenwache, bitte melden!« Aus dem Lautsprecher hörte man die Küstenwache: »Hier Küstenwache, was liegt vor?«

»Wir haben hier einen Notfall«, sagte eine von PIAs Freundinnen. »Unsere Freundin schwimmt ziemlich weit draußen im Ozean und hat sichtlich Probleme mit einem großen Fisch. Ich hoffe, es ist kein Hai - kann es aber nicht richtig erkennen. Doch es sieht aus, als ringe sie um ihr Leben.«

Die Küstenwache antwortete: »Roger, wir haben verstanden und fahren sofort dorthin.«

Flipper und PIA tollten indessen ausgelassen und übermütig im Wasser umher. Aus der Ferne kam bereits die Küstenwache auf die beiden zu.

Tarantella saß mit Rumpelstilzchen vor ihrem Monitor und suchte verzweifelt nach Schneewittchen und deren Freunden. Wütend knurrte sie vor sich hin: »Hexenbrut und Satansbraten! Weshalb haben wir denn diese aussätzigen Kreaturen nur aus den Augen verloren?«

Rumpelstilzchen guckte dümmlich. »Ich weiß es auch nicht so richtig. Ich vermute, die haben so etwas wie einen neuen Störsender. Zumindest hört und sieht es sich so an. Doch warte einen Augenblick, ich versuche über das Suchprogramm von Drachulus etwas herauszufinden. Leider bin ich noch nicht so firm damit.«

Tarantella zischte ungeduldig: »Dann beeile dich. Wie ich dieses verfluchte Verräterschwein Drachulus hasse! Er bringt meine Pläne total durcheinander.«

Rumpelstilzchen schrie plötzlich: »Ich hab´s geschafft. Ich weiß, wo sie sich befinden.«

Tarantella sprang auf, packte ihn so heftig am Kragen, dass er mit schmerzverzerrtem Gesicht nach Luft japste und fauchte ihn ungehalten an. »Los, dann nichts wie hin!«,. Und völlig übergeschnappt begann sie zu toben: »Aha, Kinder retten. Das sieht diesem Schneeflittchen ähnlich. Vielleicht können wir das noch rechtzeitig verhindern!«

Rumpelstilzchen riss sich von ihr los, schnappte nach Luft und keuchte erbost: »Deshalb musst du mich ja nicht gleich umbringen!«

»Hab´ dich nicht so altweiberhaft. Komm jetzt!«, befahl sie mit heruntergezogenen Mundwinkeln und einem überaus gehässigen Tonfall.

Doch Rumpelstilzchen gab zu bedenken: »Aber unsere *Over-Rocket* funktioniert doch noch nicht.«

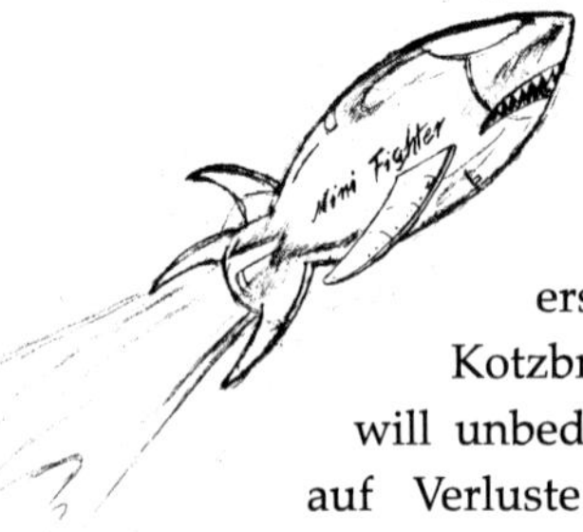

»Weiß ich!«, murrte sie. »Dann fliegen wir eben einfach mit unserem ***Minifighter***. Wir brauchen ja nichts Großartiges mitnehmen. Aber wir müssen jetzt erst einmal verhindern, dass diese Kotzbrocken die Kinder retten können. Ich will unbedingt neue Herzen - ohne Rücksicht auf Verluste - und das wäre eine günstige Gelegenheit für mich!«

Flipper schwamm mit PIA in Richtung Sklavenschiff. Als er entdeckte, dass ihm ein Schiff der Küstenwache folgte, wurde er immer schneller. PIA prustete verwundert: »Eh, was ist denn mit dir los? Nicht so schnell, ich kann mich kaum noch halten und außerdem, schwimme bitte nicht so weit aufs Meer hinaus.«

Flipper reagierte jedoch überhaupt nicht und legte sogar noch an Tempo zu. PIA hangelte sich an den Zügeln nach vorne und klammerte sich an Flippers Kopf. Sagen konnte sie nichts mehr, da ihr das Wasser zu sehr ins Gesicht peitschte.

Auf der Kommandobrücke des Küstenwachschiffs schaute der Kapitän angestrengt durch seinen Feldstecher. An seinen Ersten Offizier gewandt sagte er: »Ich kann jetzt erkennen, dass diese Frau mit einem Delphin zusammen ist. Sie schwimmen aufs offene Meer hinaus. Veranlassen Sie die Höchstgeschwindigkeit.«

Der Erste Offizier gehorchte sofort. Da entdeckte der Kapitän das Sklavenschiff und rief: »Schiff voraus! Entfernung circa vier Seemeilen. Der Delphin schwimmt mit dieser Frau genau auf das Schiff zu.«

Obwohl sich Flipper noch in einiger Entfernung zu dem Sklavenschiff befand, wurde er schließlich langsamer. PIA richtete sich völlig erschöpft auf. Der Delphin nickte wieder mit dem Kopf und machte seine bekannten Laute. PIA hustete und schnaufte. »Was ist denn mit dir los gewesen? Wolltest du mich umbringen? Oder hat dich etwa der Teufel geritten?«

Sie schaute hinter sich und war besorgt. »Vom Strand ist kaum noch etwas zu sehen! Was soll das ganze Theater?«

Flipper zeigte mit dem Kopf in Richtung Sklavenschiff. PIA folgte seinen Blicken. »Ja, ja, ich sehe das Schiff, aber was soll ich denn da?«

Ganz langsam ließ sich Flipper ins Wasser sinken. PIA musste ihn loslassen, da sie andernfalls mit ihm untergegangen wäre.

»Halt«, rief sie ärgerlich. »Du kannst mich doch hier nicht allein lassen. Komm zurück!«

Doch Flipper wusste wie nah das Schiff der Küstenwache war und dass er es mit PIA nicht mehr zu dem Sklavenschiff schaffen würde. Deshalb tauchte er langsam ab, wartete jedoch in der Nähe bis die Küstenwache PIA erreicht hatte und schwamm dann davon. Erschöpft und verzweifelt trieb sie auf das ankommende Schiff zu.

Der Erste Offizier holte sie an Bord und hängte ihr eine Decke um. Währenddessen beobachtete der Kapitän das Sklavenschiff. Doch da sich die Sonne aus seiner Sicht genau hinter dem Sklavenschiff befand, konnte er es nur silhouettenhaft erkennen. Der Erste Offizier fragte PIA unterdessen: »Was ist denn mit Ihnen geschehen? So etwas habe ich in meinen ganzen Dienstjahren noch nicht erlebt.«

PIA war völlig erschöpft, setzte sich auf die Reling und keuchte: »Fragen Sie mich nicht. Erst dachte ich, es sei ein zahmer Delphin, der nur mit mir spielen will. Aber dann hatte ich das Gefühl, als wollte er mich auf das Schiff vor uns aufmerksam machen.«

Der Erste Offizier beruhigte sie: »Ich bringe Sie in meine Kabine und dort legen Sie sich erst einmal hin. Wir werden uns um das Schiff kümmern.«

Flipper war indessen zu Arielle zurückgeschwommen und berichtete ihr das Geschehene. Arielle meldete sich sofort bei Sindbad, der wiederum mit seinem *SPIT* Kontakt zu Alix aufnahm. Der hatte alles mitbekommen und meinte besorgt: »Das ist eine schlechte Nachricht. Woher wollt ihr jetzt einen Menschen für diese Aktion bekommen?«

Auch Sindbad war ratlos, wollte jedoch nicht kampflos aufgeben.

»Es wird schwierig, aber wir werden weitermachen. Vielleicht ist ja die Anwesenheit von Maxim - er kommt schließlich aus der Menschenwelt - bei dieser Operation doch ausreichend. Oder vielleicht zählt auch unser missglückter Einsatz mit PIA. Wir dürfen jetzt nur nicht aufgeben!«

Alix stimmte ihm zu. »Du hast Recht! Wir wollen alles Mögliche versuchen. Viel Glück!«

Su Lei, der Kapitän des Sklavenschiffes, hatte inzwischen das Küstenwachschiff entdeckt. Er brüllte seine Mannschaft an: »He, ihr faulen Säcke. Dort kommt die Küstenwache!!! Los, los, los, alle Kinder unter Deck und zwar in 0,4 Sekunden!«

Ein Matrose antwortete ganz verwirrt: »Unter Deck ist kaum noch Platz!«

Kapitän Su Lei schrie jedoch ungehalten: »Das ist mir scheißegal, dann stopft ihr sie einfach hinein. Von mir aus können sie wie Sardinen in einer Büchse zusammengequetscht werden. Hauptsache weg vom Deck!« Mit Nachdruck setzte er noch hinzu: »Macht die Sprengladungen scharf, nehmt etwas zu trinken mit und dann so schnell wie möglich alle Mann ins Rettungsboot!!«

Die Mannschaft gehorchte und schoben die Kinder brutal unter Deck. Dann sprangen sie in das Rettungsboot und ruderten wie wild Richtung Ufer.

Die Insassen in Maxims *HUV* hatten die Geschehnisse an Bord des Schiffes entsetzt beobachtet. Weißröschen und Till riefen wie aus einem Mund: »Die Sklavenhändler haben ihr Schiff verlassen!«

Und Prinz Pedro meinte aufgeregt: »Sie haben alle Kinder unter Deck gedrängt, weil sie gesehen haben, dass das Küstenwachschiff auf sie zukommt!«

Auch Schneewittchen hatte alles mit angesehen und machte eine besorgte Miene.

»Ich habe ein ganz ungutes Gefühl im Bauch. Ich fürchte, dass gleich etwas Schlimmes passieren wird.« In diesem Moment erschien Alix auf dem Beobachtungsmonitor.

Auch er runzelte die Stirn. Man hörte ihn über den Lautsprecher sagen: »Hallo Maxim, Alarmstufe Rot!«

Maxim fragte: »Hallo Alix, was ist los? Habt ihr etwas entdeckt oder herausgefunden, wie wir die Kinder befreien können?«

Alix entgegnete etwas hilflos: »Leider nein. Wir wissen über die Situation der Kinder nicht mehr als ihr. Aber es kommt noch schlimmer. Tarantella hat herausgefunden, wo ihr seid und was ihr vorhabt. Sie ist mit ihrem *Minifighter* auf dem Weg und in wenigen Minuten bei euch. Aber auch wir sind unterwegs zu euch und gleich vor Ort.« Besorgt fügte er noch hinzu: »Gebt schnell Sindbad Bescheid, dass er so schnell wie möglich abdrehen soll, denn es kann für ihn in der Nähe des Sklavenschiffes gefährlich werden.«

Sogleich meldete sich Till über seinen *SPIT* bei Sindbad: »Hallo Sindbad, hier ist Till. Ich habe soeben mit Alix gesprochen. Drehe, ohne groß Fragen zu stellen, sofort ab und entferne dich so schnell wie möglich von dem Sklavenschiff! Es ist höchste Eile geboten!«

Sindbad drehte augenblicklich ab und sein Schiff streifte dabei fast das Küstenwachschiff. Die Sonne ging unter und das Meer leuchtete in einem gespenstischen Dunkelrot. Schneewittchen hielt sich entsetzt die Hände vor die Augen. »Was wird jetzt nur mit den Kindern? Sie treiben auf einem herrenlosen Schiff herum und sind unter Deck hilflos eingeschlossen.«

Alix antwortete verzweifelt und ratlos: »Ja, ja Schneewittchen, ich weiß! Aber so schlimm es auch klingen mag, wir müssen jetzt erst einmal die Ruhe bewahren und alles daran setzen, Tarantella von hier zu verdrängen. Sie ist im Moment die größte Gefahr für die Kinder. Wir können nur hoffen, dass die Küstenwache bald dort ist und die Kinder rettet.« Dazu konnte Schneewittchen nichts sagen. Sie hatte Tränen in den Augen und Weißröschen umarmte sie tröstend.

Prinz Pedro schaute auf das Meer hinaus und sah dann zu Till hinüber. »Siehst du auch, was ich sehe?« Till schüttelte jedoch nur den Kopf und Prinz Pedro fragte weiter: »Wo sind denn alle die Delphine hin, die bis vor kurzem noch um das Schiff herum geschwommen sind?«

Till schaute genauer hin und nickte dann.

»Stimmt, auch ich kann sie nicht mehr sehen. Aber soviel ich weiß, sind das intelligente Tiere. Sie spüren eine herannahende Gefahr schon im Voraus. Aber auch von Arielle und ihren Freunden ist nichts mehr zu sehen.«

Till und Prinz Pedro schauten sich verwundert und fragend an. Dann erschien Alix erneut auf dem Computermonitor. Er warnte:

»Achtung Maxim! Tarantella ist gleich bei euch. Könnt ihr sie auf eurem Monitor sehen? Sie befindet sich links hinter deinem *HUV.*«

Maxim suchte verzweifelt den Monitor ab.

»Nein, ich habe sie nicht im Bild.« Kaum hatte er das ausgesprochen, hörten sie genau hinter sich das nervende und grausig sirrende Geräusch vom Minifighter. Das HUV fing an zu beben. Mit ohrenbetäubendem Getöse flog Tarantella gefährlich nahe über sie hinweg und zog unmittelbar vor dem HUV steil wieder nach oben. Dabei lachte sie hämisch. Maxim war wütend. »Das wirst du mir büßen, du Misthexe!« Er startete durch und stellte die Höchstgeschwindigkeit ein. Ein erbitterter Luftkampf begann. Mit halsbrecherischen Loopings, Pirouetten und anderen gefährlichen Flugmanövern versuchten sie sich gegenseitig aus der Bahn zu werfen. Alle Insassen des HUV außer Maxim hielten sich krampfhaft an ihren Armlehnen fest. Immer wieder gelang es Tarantella, das Zaubermobil von Maxim aus der Flugbahn zu drängen. Und jedes Mal, wenn er damit beschäftigt war, sein HUV wieder in die richtige Position zu bekommen, flog Tarantella ganz knapp über das Sklavenschiff hinweg. Dadurch wurden die Wellen im Ozean sehr hoch gepeitscht und das Sklavenschiff begann immer bedenklicher zu schwanken. Da entdeckte Tarantella das Rettungsboot der Sklavenhändler. Ihre Schadenfreude war riesig und sie sagte zu dem hinter ihr sitzenden Rumpelstilzchen:

»Rumpelbacke, siehst du unsere Freunde aus der Menschenwelt dort drüben? Wir sollten sie aus der Gefahrenzone bringen.«

Rumpelstilzchen zuckte nur mit den Schultern und Tarantella krächzte: »Komm, lass uns mit einem Looping eine Riesenwelle machen, die sie ans Ufer schwemmt.«

Rumpelstilzchen war begeistert. »Das mach´ ich doch mit links.« Mit einem Looping berührte er kurz vor dem Rettungsboot das Meer, so dass eine riesige Welle entstand. Die erfasste das Boot, die Sklavenhändler klammerten sich angstschreiend fest an die Bootswand und sie wurden bis kurz vor den Strand gespült.

Der Kapitän des Küstenwachschiffes stand mit seinem Ersten Offizier auf der Kommandobrücke. Verwundert schauten sie auf das, was vor ihnen geschah, denn außer dem Sklavenschiff sahen und hörten sie natürlich nichts von dem, was in der Märchenwelt geschah.
Der Kapitän sagte verwundert:

»Das ist schon wieder etwas, was ich nicht verstehe. Keine Wolke am Himmel, kein bisschen Wind und trotzdem bilden sich so hohe Wellen. Ich werde bei der Notzentrale nachfragen und sie darüber informieren.«

Er schaute noch einmal aufmerksam in seinen Feldstecher. Da sah er auf einer Welle das Rettungsboot der Sklavenhändler. »Ich habe da ein Rettungsboot entdeckt. Das kann nur von diesem Schiff sein. Lasst uns sofort dorthin fahren. - Volle Kraft voraus!«

Der Kampf zwischen Maxim und Tarantella war immer noch in vollem Gange. Schließlich gelang es Tarantella jedoch, das HUV von Maxim in solche Turbulenzen zu bringen, dass es für eine gewisse Zeit außer Gefecht gesetzt und die gesamte Crew für einige Zeit bewusstlos wurde. Tarantella lachte gehässig und wandte sich siegessicher an Rumpelstilzchen: »Hey, Rumpelpumpel. Und jetzt zum großen Finale. Bring das Schiff mit den Kindern zum Kentern!!!«

Der machte sofort einen erneuten Looping und flog so knapp über Sindbads Schiff hinweg, dass ein Mast abbrach. Dann steuerte er das Sklavenschiff an, welches sich in einer Riesenwelle noch einmal aufbäumte. Der Kapitän vom Sklavenschiff, der das ganze Spektakel vom Rettungsboot aus mit ansah, schrie den Matrosen, der die Fernbedienung für die Sprengladungen in der Hand hielt, an: »Los, du Penner, drück endlich auf den Auslöser. Der Kahn muss weg!«

Doch der Matrose glotzte den Kapitän fassungslos an und schrie zurück: »Willst du das Schiff mit den Kindern tatsächlich versenken?«

Der Kapitän riss ihm die Fernbedienung aus der Hand und brüllte: »Was willst du denn? Lebenslang hinter Gitter, oder ein Schiff mit Kindern die sowieso keine Zukunft haben versenken und dafür bleibst du ein freier Mann?!«

Doch in dem Moment, als er auf den Auslöser drücken wollte, erfolgte eine gewaltige Explosion des Sklavenschiffes, ohne dass er etwas getan hatte. Verwundert glotzte er erst auf die Fernbedienung, schaute dann hinüber zu dem untergehenden Schiff und war mit sich und der Welt zufrieden.

Auch auf dem Küstenwachschiff hatte man alles gesehen. Die Besatzung schauten sich entsetzt an und der Kapitän befahl noch mal:

»Volle Kraft voraus!«

In Maxims HUV waren kurz vor der Explosion alle aus ihrer Ohnmacht erwacht und mussten den Untergang der Sklavenkinder hilflos mit ansehen. Mit unheimlichem Getöse bäumte sich das Schiff ein letztes Mal auf und versank dann im Meer, das ganz plötzlich wieder absolut ruhig und friedlich war. Im gleichen Augenblick versank auch die Sonne am Horizont, und es herrschte eine gespenstische Stille. Nur noch ein paar Flammen vom Rest des Schiffes flackerten düster auf der Meeresoberfläche. Maxim drehte sich zu Schneewittchen um und schaute ihr in die Augen, in denen sich die Flammen spiegelten. Sie war derart erschüttert, dass sie nicht einmal weinen konnte, aber ihre Augen waren doch sehr feucht.

Nach ein paar Sekunden des totalen Schweigens flüsterte Schneewittchen leise mit zittriger Stimme:

»Lieber Gott, wie kannst du nur so etwas zulassen? Diese Kinder waren so wehrlos.« Sie schaute völlig verständnislos zu Maxim. »Wie kann ein Gott, der als Schöpfer der Menschen angebetet wird, so etwas zulassen? Hat er auch noch dabei zugeschaut, wie diese hilflosen kleinen Seelen die Opfer dieser Grausamkeiten und solcher Verbrecher wurden? Wie soll ich das und ihn nur verstehen?« Alle - auch Maxim - waren sprachlos.

Schneewittchen nahm ihren SPIT und LEA meldete sich: »Herzlich willkommen Eure Majestät, Königin Schneewittchen. Mit wem wünschen sie eine Verbindung?«

»Ich grüße dich, *LEA*«, antwortete sie traurig. »Stelle mir bitte eine Verbindung mit Sindbad her.« Das geschah auch sofort. In total hoffnungsloser Stimmung bat sie diesen: »Sindbad, würdest du mit Arielle und ihren Freunden noch einmal nachsehen, ob vielleicht doch noch ein paar Kinder überlebt haben? Ich habe zwar die Hoffnung nach dieser Explosion aufgegeben, aber wir wollen nichts unversucht lassen. Auch wenn es darum geht, nur **ein** Leben retten zu können.«

Sindbad tat wie ihm geheißen, sprang ins Wasser und tauchte unter. Doch schon nach kurzer Zeit kam er wieder an die Wasseroberfläche und schüttelte mit dem Kopf. »Ich habe leider keine guten Nachrichten. Ich habe nicht die geringste Spur von den Kindern oder sonst irgendeinen Hinweis auf Leben gefunden. Selbst Arielle und ihre Freunden sind verschwunden. Ich glaube, diesen Kampf haben wir wirklich verloren.«

Schneewittchen war fassungslos. »Ich kann es einfach nicht glauben. Vielleicht liegt es daran, dass wir es nicht geschafft haben, dass ein Mensch bei der Rettung dabei war. Doch alles Für und Wider bringt uns jetzt auch nichts mehr.« Sie bat Maxim, sofort zum Schloss zurückzufliegen, doch der wollte noch eine Weile dableiben, um ganz sicherzugehen, dass nichts übersehen wurde. Schneewittchen war einverstanden.

Tarantella und Rumpelstilzchen in ihrem Minifighter hatten die Explosion ebenfalls gesehen und waren vor Freude völlig aus dem Häuschen. Sie klopfte Rumpelstilzchen übermütig auf die Schulter.

»Einen Siegeslooping gönnen wir uns noch. Ich habe zwar die Herzen der Kinder für mich und meine Kugeln nicht bekommen, doch Schneewittchen und ihre Konsorten haben diesmal - Luzifer sei Dank - auch verloren.«

Rumpelstilzchen hatte nichts Eiligeres zu tun, als nicht nur einen Looping zu drehen, sondern alle möglichen waghalsigen Flugkunststücke zu zeigen. Dabei hörte man Tarantellas gehässiges Lachen langsam verhallen. Dann befahl sie: »Genug jetzt! Lass´ uns zurück nach Hause fliegen.« Sie schaute sehr siegessicher aus, als sie hinzufügte: »Ich habe da eine geniale Idee, wie wir unseren Erfolg noch weiter ausbauen können.«

Rumpelstilzchen drehte ab.

In Maxims HUV hielt sich Schneewittchen die Hände vor den Mund und die Augen, denn sie wollte ihre Tränen nicht zeigen. Mit zittriger Stimme flüsterte sie: »Ich wollte diese Kinder eigentlich in unser Kinderland bringen. Aber wie Sindbad schon sagte, diesmal haben wir leider verloren.« Sie nahm ihren SPIT und ließ sich mit Alix verbinden. Völlig verzweifelt sagte sie zu ihm:

»Lieber Alix. Ich frage mich, wie konnte das alles nur geschehen? Wo ist Gott in solchen Situationen? - Und ihr konntet auch nichts tun um diese Katastrophe zu verhindern?«

Alix bedauerte das: »Wir können euch in allen Dingen leider nur mit Ratschlägen helfen. Wie du weißt, dürfen wir in das Geschehen der Menschen auf der Erde nicht eingreifen.«

Schneewittchen nickte enttäuscht: »Ja, ja. Ich weiß. Ich kann nur nicht verstehen, dass man keinerlei Spuren von den Kindern, Arielle und ihren Freunden findet. Irgendein Zeichen müsste es doch geben.«

Sindbad meldete sich noch einmal über seinen SPIT: »Schneewittchen, auch ich stehe vor einem Rätsel und kann es kaum fassen.« Ratlos, aber hoffnungsvoll fuhr er fort: »Wir werden noch einige Zeit hier verbringen. Vielleicht bekommen wir doch noch ein Zeichen. Ich komme dann später zu euch aufs Schloss.«

Das Küstenwachschiff hatte das Rettungsboot der Sklavenhändler, die es trotz Tarantellas Hilfe noch nicht ans Ufer geschafft hatte, inzwischen fast eingeholt. Die Verbrecher versuchten mit aller Kraft das Ufer zu erreichen. Sie wussten ganz genau, dass sie schon seit Jahren auf einer internationalen Fahndungsliste standen. Jetzt entpuppten sich die finsteren, hart gesottenen Typen plötzlich als ausgesprochen feige Jammerlappen, die sich vor lauter Angst fast in die Hosen pinkelten. Der Kapitän der Küstenwache rief durch ein Megaphon: »Drehen Sie bei! Wir holen Sie an Bord!«

Doch diese Feiglinge ruderten wie besengt, jammerten lauthals herum und machten abweisende Gesten. Wie vom Teufel geritten, versuchten sie der Küstenwache zu entkommen.

Till beobachtete aus Maxims *HUV*, wie die Küstenwache die Sklavenhändler verfolgte. Da erinnerte er sich an seinen MAMAAT und fand, dass dies die beste Gelegenheit sei, ihn zu testen. Er sprang auf, holte sein Gerät hervor und ging an eine Luke. Dann richtete er es auf die Sklavenhändler und sagte wütend:

»Diese Menschen haben Kinder entführt, um sie als Sklaven an skrupellose Menschen verkaufen! Aus reiner Habgier und ohne sich Gedanken zu machen, dass sie diese kleinen Seelen zerstören. Am Ende ließen sie die Kleinen mit dem Schiff untergehen.«

Der MAMAAT antwortete:

»DIE PERSONEN WERDEN ÜBERPRÜFT.«
-Kurze Pause-
»DIE ANSCHULDIGUNG IST KORREKT.
GERECHTES STRAFMASS: HÖCHSTSTRAFE!«

Im gleichen Moment wurde einer nach dem anderen auf den Planeten Katastrinius gebeamt. Als Letzter kam Kapitän Su Lei an die Reihe. Mit weit aufgerissenen Augen hatte er mitverfolgt, wie sich seine Matrosen einfach so in Luft auflösten. Er stammelte die ganze Zeit mit weit aufgerissen Augen und hoch erhobenen Händen:

»Gnade, Gnade, Gnade. Ich will auch immer...!« Weiter kam er nicht. Auch er verschwand, und das Rettungsboot trieb nun herrenlos im Meer herum.

Der Kapitän der Küstenwache schaute verwundert, wie ein Mann nach dem anderen verschwand, bis nur noch das leere Boot da war. Er rieb sich die Augen und meinte nur: »Träume ich, oder bin ich hier in einem Film?«

PIA, inzwischen aus der Kabine des Ersten Offiziers zurückgekehrt, war genauso verwundert: »Das glaube ich ja nicht! Wenn ich irgendjemandem erzähle was ich hier mit eigenen Augen gesehen habe, glaubt der bestimmt, ich sei vollkommen durchgedreht.«

Der Erste Offizier war genauso verdattert: »Das kann ich verstehen. Wie sollten wir jemandem klarmachen, dass an einem sonnigen, windstillen Tag plötzlich riesige Wellen vor uns entstanden sind?«

Und ein Matrose meinte noch: »Also, dass auch noch ein Schiff explodiert und untergegangen ist und zur Krönung des Ganzen sich die Insassen eines Rettungsbootes in Nichts aufgelöst haben?«

Er griff sich an den Kopf. »Ich sollte vielleicht einmal einen Nervenarzt aufsuchen, bevor ich darüber berichte.«

Der Kapitän zuckte nur mit den Schultern. »Lasst uns wenigstens das Boot mit an Land schleppen. Vielleicht finden wir doch noch eine Erklärung für dieses Phänomen. Etwas anderes können wir jetzt nicht tun.« Sie nahmen das Boot ins Schlepptau und fuhren Richtung Strand.

Gu Lap war wieder einmal bei Peter und er hatte ihr heute den Rest der Geschichte bis hierher vorgelesen. Er machte große Augen, schmunzelte und schaute sie fragend an: »So, das erst einmal bis hierhin. - Und?«

Gu Lap machte eine skeptische Miene und meinte nur:

»Ein Schiff, auf dem Kinder als Sklaven entführt werden, dann explodiert und schließlich mitsamt den Kindern versinkt. Findest du das nicht ein bisschen übertrieben grausam?«

Peter sah sie an und nickte. »Eigentlich hast du Recht. Aber, wenn du mal die Nachrichten verfolgst, musst du doch zugeben, dass auch heutzutage in einigen Teilen der Welt Kinder noch wie Sklaven behandelt werden. Warte es einfach ab, die Story ist ja noch nicht zu Ende. Ich glaube, du wirst noch überrascht sein.«

»Okay«, sagte Gu Lap. »Ich bin wirklich sehr gespannt, wie es weitergeht. Aber jetzt muss ich erst mal nach Hause, meine Eltern fragen sich bestimmt schon, wo ich so lange bleibe. Aber morgen komme ich wieder, versprochen.«

»Dann bis morgen«, erwiderte Peter. »Aber jetzt werde ich erst mal ein wenig Schlaf nachholen. Der kam in den letzten Tagen bei mir echt zu kurz.«

Am nächsten Tag saßen die beiden wieder zusammen in Peters Zimmer. Bevor er jedoch seine Geschichte weitererzählte, sagte er zu ihr: »Ich gehe uns etwas zu Trinken holen. Was möchtest du haben?«

Gu Lap zuckte die Schultern und meinte: »Egal. Wenn du einen Orangensaft hättest wäre das okay.« Peter ging in die Küche und kam nach einer Weile schmunzelnd zurück. Mit einer tiefen fürstlichen Verbeugung gab er ihr ein Glas mit Orangensaft und fragte:

»Du bist doch sicherlich schon neugierig, wie meine Story weitergeht, oder?« Gu Lap bedankte sich für den Saft und lachte.

»Na klar. Nun erzähle schon.«

Sie nahm sich eine Praline und hörte gespannt zu.

Die Rettung der Sklavenkinder

Maxim landete mit seinem Hyper-Ultra-Vehicle in der gewohnt lautstarken Art vor Schneewittchens Schloss. Sie stieg als Erste aus, ging mit traurigem Gesicht in Richtung Schloss und winkte all denen, die sie begrüßen wollten, einfach nur ab. »Heute möchte ich allein sein«, sagte sie wie zu sich selbst. »Ich muss das alles erst einmal verkraften. Seid mir bitte nicht böse.«

Eigentlich wollte Schneewittchen schnurstracks in ihr Zimmer gehen, doch als sie am Hi-Tech-Salon vorbeikam, sah sie dort eine Mitteilung auf der Leuchttafel in Großbuchstaben geschrieben:

WICHTIGE NACHRICHT!

WICHTIGE NACHRICHT!

Erst wollte sie daran vorbeigehen, doch dann entschloss sie sich nachzusehen. Vielleicht hatte Sindbad ja doch noch überlebende Kinder entdeckt. Sie betrat den Hi-Tech-Salon und schaltete die Geräte ein. Aber auf dem Bildschirm meldete sich Kapitän Nemo aus seinem U-Boot.

»Ich grüße dich ganz herzlich, Schneewittchen. Du wirst es nicht glauben, aber nach langer, langer Zeit bin ich wieder einmal hier in deiner Nähe gelandet.«

Schneewittchen Freude war etwas verhalten: »Lieber Kapitän, es ist schön, dass ich wieder einmal etwas von dir höre. Wo steckst du denn? Ich bin zwar im Moment in keiner guten Verfassung, aber ich würde mich gerne mit dir treffen. Ich glaube, morgen wäre es mir möglich.«

Kapitän Nemo tat verwundert. »Was ist denn geschehen, dass du so traurig klingst? Komme doch bitte an deinen Hafen, ich habe dir etwas mitgebracht.«

Schneewittchen war erst ein wenig verwundert, doch dann fasste sie sich ein Herz. »Ach, du bist schon hier bei mir? Wunderbar. Leider ist heute etwas Schreckliches passiert. Wir haben so viele Kinder verloren, die wir eigentlich in unser Kinderland holen wollten. Ich kann es noch nicht fassen. Aber ich komme zu dir, Augenblick bitte.«

Ein wunderlich aussehendes U-Boot, das in den schönsten Regenbogenfarben strahlte, tauchte in Schneewittchens Hafen auf. Die Luke öffnete sich und Kapitän Nemo stieg aus. Er umarmte Schneewittchen und sagte herzlich: »Meine Liebe, es ist schön, dich wieder einmal zu sehen.«

Schneewittchen war zwar noch etwas traurig, erwiderte aber ebenso freundlich: »Auch ich freue mich, lieber Kapitän. Leider ist der Moment nicht so erfreulich, wie ich mir das wünschen würde. Aber vielleicht ist das, was du mir mitgebracht hast, ein kleiner Trost für mich.«

Kapitän Nemo zeigte auf sein U-Boot. Zum Erstaunen aller Anwesenden stiegen die asiatischen Kinder von dem Sklavenschiff aus der Luke und Kapitän Nemo sagte wie selbstverständlich: »Schau einfach hin, wen ich mitgebracht habe. Hier sind die Kinder, die du schon aufgegeben hattest. Alle noch ein bisschen mitgenommen, aber ich habe sie auf der Fahrt zu dir schon etwas aufgepäppelt. Sie sind gesund und munter.«

Die geretteten Kinder stellten sich noch ein wenig ängstlich vor Schneewittchen auf. Doch die Kinder aus dem Kinderland kamen angesaust, begrüßten die zukünftigen Mitbewohner ganz herzlich und führten sie gleich in ihre kleine Stadt. Schneewittchen war vor Freude sprachlos. Plötzlich sprangen Delphine aus dem Wasser und dann tauchten auch Arielle und Adriane auf. Beide riefen überschwänglich und aufgeregt: »Gerettet, gerettet, gerettet. Wir haben es geschafft.«

Der Guardian Angel Choir und Sunbeam hatten die Rettung der Kinder von Anfang begleitet und schwebten jetzt über dem U-Boot. Dabei sangen sie für die Kinder den Song Nevermore. Schneewittchen fiel Kapitän Nemo erleichtert lachend um den Hals.

»Mein lieber Nemo, wie hast du einmaliges Genie das nur geschafft? Es ist ein Wunder geschehen. Ich kann es noch gar nicht glauben, dass diese Kinder wirklich von dir gerettet wurden.«

Kapitän Nemo meinte sichtlich gerührt: »Ach weißt du, ich habe seit geraumer Zeit alles verfolgt, was du für die Kinder in nah und fern getan hast. Als ich sah, dass du diese Kinder retten wolltest und ich bemerkte, dass es ganz gefährlich und knapp werden könnte, bin ich sofort an den Ort des Geschehens gefahren. Doch meinen Plan, die Kinder zu retten, konnte ich dir nicht mitteilen, da ich nicht wollte, dass Tarantella etwas davon erfährt. Also musste ich alles in geheimer Mission machen.«

Er machte ein geheimnisvolles Gesicht. »Das war auch gut so. Ich habe, wie bei allen meinen Aktionen, auch diesmal das Geschehen mit meinem Computer aufgezeichnet. Später können wir uns das gerne einmal anschauen.«

Schneewittchen war überwältigt und antwortete: »Ich glaube, die Kinder müssen sich erst einmal von dem Schock erholen. Lass´ uns deinen Erfolg feiern.«

Am nächsten Tag

Die Neuankömmlinge schauten sich das Kinderland und Schneewittchens Schloss ausführlich an und genossen überglücklich ihre neugewonnene Freiheit. Dann versammelten sie sich alle auf dem Schlosshof. Schneewittchen strahlte über das ganze Gesicht, als sie zu ihnen sagte: »Nochmals herzlich willkommen hier. Wir freuen uns, dass ihr nun ein neues Zuhause habt, und ich versichere euch, dass ihr fortan keine Angst mehr vor schlechter Behandlung zu haben braucht. Allerdings müsst ihr euch nun erst einmal einem kleinen Ritual unterziehen, das zum Leben hier im Kinderland notwendig ist. Lasst uns daher jetzt zusammen an die Quelle des Lebens gehen, dann seid ihr in unserer Gemeinschaft aufgenommen.«

Nachdem alle zur Abreise bereit waren, fuhren die Kinder, Schneewittchen, Weißröschen, Prinz Pedro, Dornröschen und Maxim in Schneewittchens prächtigen Kutschen zur Quelle des Lebens in den nahegelegenen Wald.

Dort angekommen, stellten sie in dem Pavillon nebenan die eigens für das Ritual angefertigten und mitgebrachten Krüge auf. Danach ging Schneewittchen mit den Kindern an die Quelle und reichte nacheinander jedem einen Krug mit Quellwasser. Doch bevor sie von dem Wasser tranken, sprach Weißröschen zu ihnen:

Das Wasser der Weisheit wird euch heut´ gegeben,
damit ihr versteht, was ist wertvoll im Leben.
Mit jedem Schluck Wasser den Durst langsam stillen.
Doch sollt ihr hier die Gebote erfüllen.
Die sagen: Bescheidenheit, Dank soll´n euch leiten.
Gewalt und Habgier zu jeder Zeit meiden.
Zu helfen den Schwachen, den Kranken, den Armen.
Und Gott darum bitten: »Hab´ mit ihnen Erbarmen.«
Dann werdet ihr sehen, das Wunder des Lebens
heißt: »Liebe zu geben ist niemals vergebens.«

Die Kinder hatten aufmerksam zugehört. Schneewittchen schaute ein paar von ihnen in die Augen und fügte noch hinzu:

»Dies ist die Quelle des Lebens, die nie versiegen wird. Aber merkt euch das eine ganz genau: Jeder, der davon trinkt wird gesund sein und es wird ihm an nichts Notwendigem fehlen - solange er für sich nur das nimmt, was er braucht um seinen Durst zu löschen. Seinen Krug soll er nur für diejenigen füllen, die zu schwach sind um selbst an die Quelle zu kommen. Befolgt er die Gebote, wird ihn das Leben mit Liebe und Freude reichlich belohnen. Und einen Hinweis unseres Schöpfers möchte ich euch jungen Menschen auch noch mit auf den Weg geben. Er heißt ›*Dein Blick*‹. Es ist nur ein bescheidener Ratschlag, über den man einfach mal nachdenken sollte. Man muss sich nicht daran halten, aber ich glaube, es ist ein weiser Spruch.«

Sie nahm das kleinste Mädchen der geretteten Kinder an die Hand und sagte mit außergewöhnlich sanfter Stimme:

Schaust du nach unten,
so schau nicht herablassend auf Menschen
die dir unterlegen sind,
sondern verneige dich vor deinem Schöpfer
und danke ihm für alles,
was du erleben durftest.

Schaust du nach oben,
so schau nicht neidisch auf Menschen
die erfolgreicher oder stärker sind als du,
sondern erhebe deinen Blick zu deinem Schöpfer
und lass ihn erkennen,
wenn du Hilfe brauchst.

Die Menschen schau
weder von unten noch von oben an,
sondern immer geradlinig in die Augen.
Selbstverständlich mit dem gebührenden Respekt,
jedoch **OHNE** *Unterschiede.*

Man spürte richtig, dass die meisten Kinder - trotz ihrer jungen Jahre - sehr wohl verstanden hatten, was dieser Spruch bedeutet.

Sie schauten Schneewittchen sehr nachdenklich an und nickten ehrfürchtig. Nachdem sie von dem erfrischenden, eiskalten Quellwasser getrunken und sich auch die Gegend näher angeschaut hatten, fuhren sie zurück ins Schloss.

NAO und SALI saßen vor dem Monitor und NAO, der sich eigentlich nicht so gerne von der sentimentalen Seite zeigte, wischte sich verstohlen eine Träne aus dem Augenwinkel.

Zur Verwunderung von SALI meinte er dann: »Also, das muss ich jetzt wohl doch eingestehen. Mein anfängliches Misstrauen Peter gegenüber war vielleicht doch nicht ganz berechtigt. Dieser Spruch und seine Aussage liegen total auf meiner Ebene. Da bin ich richtig neidisch, dass ich nicht selbst drauf gekommen bin.«

SALI schaute ihn nachdenklich an. »Seht Ihr, Meister, auch wir Geister erleben noch so manche angenehme Überraschung.«

NAO nickte nur stumm vor sich hin und schaute wieder auf den Monitor.

Auf dem Schlosshof wurde inzwischen ein kaltes Buffet angerichtet und die Kinder griffen begeistert zu. Schneewittchen ging auf die Bühne und sprach zu den Neuankömmlingen: »Noch einmal heiße ich euch auf das Herzlichste willkommen. Hier im Kinderland ist jeder willkommen. Und keiner mehr oder weniger!«

Sie schaute die Kinder liebevoll an. »Ich will euch aber nicht mit langen Reden aufhalten. Vielmehr wollen euch die Kinder, die schon länger bei uns sind, musikalisch begrüßen. Dazu wird unsere Schlossband - mit Till dem Hofnarren als Sänger - einen Song vortragen. In diesem Lied geht es darum, dass man sich auch als Kind oder Jugendlicher nicht bedingungslos und unberechtigt unterkriegen lassen soll. Damit meine ich: Ohne groß nachzudenken den Vorgaben Erwachsener, und vor allem absolut fanatischen Menschen ohne Widerspruch zu gehorchen. Ihr solltet immer, mit dem gebührenden Respekt, eure Meinung sagen, wenn ihr etwas nicht versteht oder anders denkt. Ich wünsche euch viel Spaß dabei.«

Till kam mit seinen Musikern auf die Bühne und begrüßte das Publikum in seiner coolen Art: »Hallo Fans. Ich hoffe, ihr seid genau so gut drauf wie ich und meine Gefolgschaft.« Er zeigte auf die Band. »Und hört genau hin was ich euch sagen will. Der Titel des Songs ist: ›Following A Leader‹. Die Kinder hörten gespannt zu und viele tanzten begeistert mit.

Am nächsten Tag

Nun wollte sich Schneewittchen endlich die Befreiung der Kinder ansehen, denn sie war total neugierig, wie Kapitän Nemo dieses Kunststück geschafft hatte. Also bat sie Maxim zu sich und sagte zu ihm:

»Die Zeit bis zum großen Einweihungsfest des Kinderlandes ist nicht mehr lang. Deshalb lasst uns jetzt noch einmal zu den Sieben Zwergen gehen. Ich würde mir gerne die Aufnahmen von Kapitän Nemo ansehen.«

Sie nahm ihren SPIT und ließ sich mit Alix verbinden, der sich auch sofort meldete: »Hallo, ihr Lieben, was kann ich für euch tun?«

»Würdest du uns bitte zu euch beamen?«, fragte Maxim. »Wir wollen uns gerne ein paar Aufzeichnungen ansehen, und bei euch sind wir vor Tarantellas Schnüffelei geschützt.«

Alix antwortete erfreut: »Kein Problem, stellt euch nur in den Lichtkegel.«

Schneewittchen, Weißröschen, Prinz Pedro, Maxim, Dornröschen und Kapitän Nemo stellten sich also in den Lichtkegel und erschienen kurz darauf in der Beamerkabine des UPSS der Pygolen.

Kapitän Nemo schloss seinen Laptop an den Computer der Pygolen an, und alle starrten ganz gespannt auf den Monitor. Sie konnten beobachten, wie sich das U-Boot von Kapitän Nemo unter Wasser dem Sklavenschiff näherte. Ein riesiger Schlauch - groß genug, um auch Menschen ohne Probleme aufzunehmen - wurde vorsichtig zu dem Schiff ausgefahren und saugte sich dort fest.

Als Arielle das U-Boot entdeckte, gab sie den Delphinen und ihren Freunden ein Zeichen, dorthin zu schwimmen und dabei zu helfen, den Schlauch am Sklavenschiff zu befestigen. Dann ging alles ganz schnell. Kapitän Nemo befahl einem seiner Matrosen, der sich in der Gangway befand:

»Schneide mit der Laserpistole einen Durchgang in das Schiff. Wir müssen uns beeilen, denn es wird in kurzer Zeit explodieren. Die Kinder sind in höchster Gefahr und sie müssen so schnell wie möglich dort herausgeholt werden.«

Das geschah auch sofort. Die Kinder unter Deck, die ganz eng zusammengequetscht waren und in der Dunkelheit nichts sehen konnten, rückten verängstigt noch dichter zusammen, als sie sahen, wie plötzlich ein großes Loch in der Schiffswand entstand. Doch als sie die freundlichen Matrosen in der Öffnung sahen, waren sie total erleichtert. In größter Eile wurden sie durch die Schleuse ins U-Boot gebracht. Dort wartete schon die restliche Mannschaft und verteilte Kleidung, Speisen und Getränke. Als alle an Bord waren, lösten sie sich vom Sklavenschiff. In der Mitte des U-Bootes, wo sich eine Wasserschleuse befand, tauchte nun Arielle mit ihren Freunden auf. Sie fragte ganz aufgeregt: »Sind alle Kinder an Bord? Wir müssen so schnell wie möglich weg von hier!«

Kapitän Nemo rief in sein Sprachrohr: »Volle Kraft voraus!«

Diesmal sah man die Explosion des Sklavenschiffes unter Wasser vom U-Boot aus. Celix zeigte erleichtert auf den Monitor und atmete auf: »Das war ja absolut in letzter Minute. Meinen Glückwunsch, kann ich da nur sagen.«

Schneewittchen umarmte Kapitän Nemo noch einmal innig. Auch allen anderen Anwesenden konnte man die Freude am Gesicht ablesen. Auf dem Monitor sah man noch, wie die Delphine ausgelassen davon schwammen. Mit den verrücktesten Saltos machten sie sich - zusammen mit dem U-Boot - auf die Reise in die Richtung von Schneewittchens Schloss.

Tarantella und Rumpelstilzchen saßen wieder in der Hi-Tech-Gruft vor dem Monitor und schauten sich e-benfalls eine Aufzeichnung von dem Untergang des Sklavenschiffes an. Tarantella bemerkte höhnisch: »Diesmal!!! - Diesmal hast du, mein liebes Schnee-dummchen, verloren. Ha! - Diesmal haben die Kinder deine Kinderhaftanstalt, Luzifer sei Dank ,nicht erreicht.«

Sie wollte gerade eine Flasche Champagner holen, um mit Rumpelstilzchen auf den angeblichen Sieg anzustoßen, als er noch mal zu Schneewittchens Schloss umschaltete und sie mit Entsetzen die Ankunft der Kinder in Kapitän Nemos U-Boot sahen. Völlig entgeistert schaute Tarantella auf den Monitor und schrie hysterisch: »Nein, nein, nein, ich glaube es nicht! Wo kommt denn plötzlich diese bescheuerte Tiefseekrake Nemo her? Ich dachte, der lebt gar nicht mehr. Hat diese dämliche Meeresratte seinen Tod nur vorgespielt und sich mit seinem blöden U-Boot wieder in irgendeiner Jauchegrube versteckt? Jahrelang hat man von ihm nichts gesehen oder gehört. Und auf einmal taucht er zur unpassendsten Zeit, die ich mir denken kann, wieder auf!« Ihr Gesicht färbte sich giftgrün und ihre Augen funkelten feuerrot. Wieder bekam sie einen Wutanfall, bei dem alles Mögliche durch die Gegend flog. Rumpelstilzchen saß entgeistert auf seinem Stuhl und versuchte den Gegenständen auszuweichen, die um seine Ohren flogen. Bösartig schrie sie noch:

»Ihr seid schon wieder mal im Vorteil und habt gewonnen, ihr Bastarde. Aber der Kampf ist noch nicht zu Ende. Ihr werdet euch über die große Tarantella noch wundern!« Dann stand sie wütend auf und stürzte in ihr Zimmer. Dort stellte sie sich vor ihren Zauberspiegel, verwandelte sich in eine vornehme asiatische Frau und machte sich auf, in Richtung Schneewittchens Königreich.

Während sich Schneewittchen noch eine Weile im Kinderland bei den Kindern aufhielt, machte Weißröschen einen Spaziergang durch den Wald. Ohne es zu bemerken gelangte sie dabei an die Stelle, an der der Schutzschild über dem Königreich endete. Auf der anderen Seite, ganz in der Nähe, kam Tarantella - als asiatische Frau getarnt - mit Rumpelstilzchen aus dem Wald und wollte weiter in die Richtung von Schneewittchens Schloss gehen. Den Kopf weit nach vorne gebeugt, stieß sie urplötzlich mit der Stirn gegen den unsichtbaren Schutzschild. Es klang, als wäre sie an eine riesengroße gläserne Glocke gestoßen. Rumpelstilzchen, der nur knapp hinter ihr her lief, rempelte sie an und die beiden fielen um wie nasse Säcke.

Tarantella geriet vor Wut völlig außer sich. »Sag mal, bist du nicht mehr ganz klar in der Birne? Musst du mir denn so dicht auf die Pelle rücken? Los, hilf mir hoch!«

Rumpelstilzchen stammelte entnervt: »Sorry, aber ich konnte doch nicht wissen, dass du so unvermittelt stehen bleibst.«

»Unvermittelt, unvermittelt!«, geiferte sie mit röchelnder Stimme. »Ich bin nicht unvermittelt stehen geblieben, sondern gegen irgendetwas Unerklärliches gestoßen. Vielleicht kannst du mir´s erklären?« Rumpelstilzchen ging völlig verunsichert und mit ausgestrecktem Arm vorwärts, so, als wolle er in totaler Dunkelheit nach etwas tasten. Auch er stieß mit dem Zeigefinger gegen das Hindernis. Verwundert klopfte er noch ein paar Mal dagegen und es klang, als würde er an eine riesige Glaskugel klopfen. Erst guckte er ziemlich dümmlich drein, doch dann schien ihm ein Licht aufzugehen.

Großkotzig räusperte er sich ein paar Mal und krächzte: »Da fällt mir ein, dass wir mit unserer *Over-Rocket* auch gegen ein unsichtbares Hindernis gestoßen sind, als wir in Schneewittchens Reich wollten. Kannst du dich erinnern?«

»Erinnere mich bitte nicht an diese Katastrophe«, knurrte sie nur mürrisch. »Das ist immer noch wie ein Albtraum. Aber das hier bringt ja schon wieder meinen Plan durcheinander. Hört das denn nie auf, dass wir dauernd vor neuen Problemen stehen?«

Plötzlich sah sie, wie Weißröschen gegenüber aus dem Wald kam und fröhlich vor sich hin sang. Tarantella raunte Rumpelstilzchen zu:

»Los, alter Knabe. Verstecke dich und bleibe absolut ruhig, kapiert!

Ich setze mich auf den Baumstumpf dort. Mir wird schon etwas einfallen, diese Göre hierher zu locken. Beeilung!«

Weißröschen war schon am Ende des Schutzschildes angekommen. Sie sah Tarantella - jedoch als asiatische Frau - auf dem dicken Baumstumpf sitzen, wie sie sich mit schmerzverzerrtem Gesicht den rechten Knöchel massierte. Weißröschen blieb stehen, verneigte sich und fragte höflich: »Guten Tag, liebe Frau. Haben Sie Probleme? Kann ich Ihnen helfen?«

Tarantella antwortete mit verstellter Freundlichkeit: »Weißröschen, wie schön, dass ich dich hier treffe. Eigentlich wollte ich zu dir und deinem Gemahl kommen und euch ein kleines Geschenk zu eurer Hochzeit bringen.« Sie griff sich mit übertrieben wehleidigem Gesicht an den Fuß. »Dummerweise habe ich mir meinen Knöchel verstaucht, als ich über diesen blöden Baumstamm dort klettern wollte. Wenn du vielleicht kurz zu mir kommen könntest?«

Weißröschen ging ohne zu zögern zu ihr und setzte sich neben sie. Tarantella jammerte gekünstelt: »Leider habe ich erst jetzt von eurer Hochzeit erfahren. Aber ich hoffe, dass es zum Gratulieren noch nicht zu spät ist. Du wunderst dich bestimmt über meinen Besuch. Ich bin deine Tante Wang Wei, die Schwester deines Vaters.«

Weißröschen sagte verwundert: »Ich habe nie etwas von einer Schwester meines Vaters gehört.«

Tarantella antwortete scheinheilig: »Ich weiß. Dein Vater hat es immer vermieden, über mich zu sprechen.« Sie machte ein betont trauriges Gesicht. »Nun ja. Früher war er nur ein kleiner Schneidermeister und ich eine einfache Frau. Vielleicht ist es ihm jetzt - als König - unangenehm, von mir zu sprechen. Anders kann ich es mir nicht erklären.

Weißröschen schüttelte verwundert den Kopf und meinte: »Das kann ich mir gar nicht vorstellen. Bei uns geniest jeder - ohne Ansehen von Rang und Namen - den gleichen Respekt und die ausnahmslose Hochachtung.«

Tarantella schaute betont verwundert: »So? Na dann solltest du ihn selbst einmal danach fragen. Trotzdem möchte ich dir und deinem Gemahl alles Gute wünschen und euch ein kleines Präsent überreichen.« Etwas gespielt umständlich kramte sie in ihrer Tasche herum und holte dann ein Parfümfläschchen heraus.

Als Weißröschen das Fläschchen sah, fiel es ihr wie Schuppen von den Augen. Sie erkannte das Gift, wollte aufspringen und davonrennen. Tarantella riss sie jedoch unsanft zurück und hielt sie gewaltsam fest. Rumpelstilzchen, der sich im Wald versteckt hatte, kam herbeigerannt und besprühte Weißröschen mit dem Gift. Sie wurde sofort ohnmächtig. Er stülpte sie über seine Schulter und trug sie wie einen Mehlsack zu dem nahe gelegenen *Minifighter*. Dann flogen sie zurück in Tarantellas Reich.

Till saß mit Maxim in Schneewittchens Hi-Tech-Salon vor dem Monitor, als sie gerade noch sahen, wie Tarantella mit Weißröschen in ihrem Minifighter verschwand und in ihr Reich abdüste.

Sofort stellten sie eine Verbindung zu den Pygolen her. Völlig aufgeregt sagte Till: »Hallo, Alix, Belix, Celix oder wer auch immer! Könnt ihr uns hören? Zeigt euch bitte auf unserem Monitor.«

Belix erschien auf dem Monitor. »Ja klar. Was gibt´s?«

Till schilderte, was sie gerade gesehen hatten. Belix hob die Hand. »Moment bitte. Bei uns wird alles automatisch aufgezeichnet und ich sehe es mir kurz an.« Nach ein paar Sekunden meldete er sich wieder: »Okay, ich habe alles gesehen. Das ist ja schrecklich und...!«

Till unterbrach ihn: »Halt, halt, halt. Du hast doch unmöglich nur fünf Sekunden dazu gebraucht, um dir alles anzusehen! Kannst du mir vielleicht erklären, wie das funktionieren kann?«

Belix lachte. »Im pygmionischen Zeitablauf waren das nach eurer Zeitmessung fast zwei Stunden. Doch lass uns jetzt überlegen was zu tun ist, um Weißröschen noch mal aus Tarantellas Reich zu befreien.«

Maxim meinte: »Wir sollten bei der Rettungsaktion von Weißröschen diesmal versuchen, das gesamte Reich von Tarantella außer Kraft zu setzen und gleichzeitig ihren gefangenen Kindern die richtigen Herzen zurückzugeben. Drachulus wäre dabei eine große Hilfe.«

»Das ist richtig«, sagte Belix. »Es ist nur nicht ganz so einfach. Wir werden uns kurz beraten und melden uns dann wieder. Okay?«

Tarantella betrat ihr Labor, wo Weißröschen schon auf dem OP-Tisch lag und dabei war, aufzuwachen. Sie verwandelte sich als Erstes wieder in ihre eigentliche Gestalt zurück und hielt Weißröschen danach ein Riechfläschchen unter die Nase, woraufhin diese sofort wieder in Ohnmacht fiel. Dann machte sie sich daran, ein goldenes Herz zu gießen. Doch so richtig wollte es ihr nicht gelingen. Sie blätterte in ihrem **Buch der goldenen Herzen** herum und fluchte vor sich hin: »Verdammte Krötenbrut noch mal.« Wütend schlug sie mit geballter Faust auf das Buch. »Jetzt muss ich mich wegen diesem verdammten Drachu-Aas selbst mit der Herstellung der goldenen Herzen befassen. Das wird er mir eines Tages büßen, so wahr ich die unbesiegbare Mighty Queen bin!«

Drachulustig, der bescheiden in einer Ecke saß, hatte alles mit angesehen. Er hob zaghaft die Hand und sagte noch etwas verlegen: »Vielleicht kann ich euch helfen. So schnell wird Tarantella es jetzt nicht schaffen, das Herz auszutauschen. Diese Mixtur für die goldenen Herzen habe ich entwickelt. Und jetzt muss sie erst einmal in meinen Büchern nachsehen, wie dieser Mix hergestellt wird. Außerdem weiß ich ganz genau, wie man in ihr Reich hinein- und herauskommt.« Er überlegte kurz. »Wir müssten es irgendwie fertigkriegen, dass Tarantella und Rumpelstilzchen das Reich verlassen.«

Celix dachte angestrengt nach. »Was haltet ihr davon, wenn ihr wieder einmal eine Befreiungsaktion von Kindern in Angriff nehmt?«

Till kratzte sich am Kopf und Celix fuhr fort: »Schneewittchen soll ihren Spiegel befragen und in einem Land Kinder ausfindig machen, denen geholfen werden muss. Davon gibt es ja bei den Menschen noch reichlich. In Südamerika gibt es zum Beispiel sehr viele Straßenkinder, die keine Eltern und kein zu Hause mehr haben. Wenn das Ekelpaket Tarantella davon erfährt, wird sie vielleicht wieder versuchen zu verhindern, dass wir die Kinder zu uns holen.«

Alix überlegte nicht lange: »Ein Versuch ist es wert.«

Schneewittchen hatte während der ganzen Zeit in ihrem Hi-Tech-Salon die letzten Vorschläge von Celix mit angehört. Aufgeregt sagte sie: »Du hast Recht, Celix. Ich werde mich sofort darum kümmern.« Sie eilte sogleich in ihr Zimmer und befragte den Spiegel:

»Spieglein, Spieglein an der Wand
Wer braucht Hilfe? In welchem Land?
Sag´ mir: Wo fehlt es an Liebe und Brot?
Wir möchten helfen und lindern die Not!
Wo sind die Kinder? Die Schwächsten der Welt!
Zeig´ uns, um die ist´s am schlecht´sten bestellt!«

Wieder ertönte die mystische Musik und am Spiegelrahmen begannen die wunderbaren Lichtspiele. Diesmal zeigte er einen Ort in Südamerika an, wo Kinder im Müll nach Essen suchten. Der Spiegel sagte dazu:

»Schneewittchen, ihr seid die gütigste Frau
Ich seh´ in ihr Herz, deshalb weiß ich´s genau,
Euer Wunsch sei erfüllt. - Nun seht diese Stadt.
Am Stadtrand die Kinder, so hilflos und matt.
Die Blicke so leer. Sie leben im Müll.
Holt sie zu euch, weil sie keiner dort will.«

Wie jedesmal war sie über solche Bilder total entsetzt und schüttelte nur den Kopf. Mit bebender Stimme sagte sie:

»Spieglein, Spieglein an der Wand
Wir nehmen die Sache sofort in die Hand.
Den Kindern zu helfen, das machen wir gern.
Wir haben doch Freunde, ganz nah und auch fern.
Wir woll´n auch nicht zögern, sonst ist´s noch zu spät.
Gott schütze Dich und dass dein Geist nie vergeht.«

Dann eilte sie zurück in ihren Hi-Tech-Salon und sagte zu Maxim: »Maxim, lass uns keine Zeit verlieren und die Kinder aus Südamerika hierher holen. Ich fliege mit dir und König Qin Shi dorthin. Die anderen bleiben hier und werden mit Drachulustigs Hilfe Weißröschen befreien und - wenn möglich - auch alle anderen Gefangenen in Tarantellas Reich. Wenn uns das gelingt, können wir ihnen dann ihre richtigen Herzen zurückgeben.«

Rumpelstilzchen saß am Computermonitor und hatte Schneewittchens Gespräch mit ihrem Zauberspiegel verfolgt. Er meldete sich über Lautsprecher bei Tarantella: »Tarantella, melde dich bitte sofort bei mir.«
Aus dem Lautsprecher ertönte Tarantellas mürrische Stimme: »Was ist los?«

»Ich habe soeben gesehen«, sagte er ganz aufgeregt, »wie Schneewittchen mit ihrem Spiegel gesprochen hat. Sie wollen wieder Kinder aus der Menschenwelt zu sich holen. Und diesmal aus Südamerika. Schneewittchen und Maxim sind schon losgeflogen.«

Tarantella entgegnete wütend: »Die verfluchten Weicheier können den Hals wohl nicht voll genug kriegen! Ich wollte zwar gerade dem Weißdummchen das Herz austauschen, aber das kann ich auch noch später machen. Komm auf der Stelle zu mir und bring´ irgendeinen zuverlässigen Typen mit, der solange auf die Göre hier aufpasst.«

»Okay, ich komme«, entgegnete er und klopfte sich dabei selbstgefällig auf die Schulter.

Peter saß wie so oft an seinem Schreibtisch und schaute grinsend von seinen Notizen zu Gu Lap hinüber, die wie immer gespannt zuhörte. Er holte tief Luft.

»Also«, sagte er zu Gu Lap, »jetzt pass mal auf, was für einen fettleibigen, finsteren Typen Rumpelstilzchen gleich mitbringt«, und ergänzte spöttisch: »Der heißt Shin Tao.

Ein Kerl wie ein Baum, aber mit dem Gehirn eines Regenwurmes.«

Gu Lap sah Peter mit großen Augen an. »Hat es einen besonderen Grund, dass dieser Fiesling aus Asien kommt?«

»Nun sei nicht gleich so misstrauisch, weshalb ich so eine Figur ausgesucht habe«, erwiderte Peter beschwichtigend. »Es ist doch egal aus welchem Land der kommt. Fieslinge gibt es doch schließlich überall.«

Gu Lap besänftigt ihn:

»Na, so persönlich habe ich das nun auch nicht aufgefasst.«

Peter fügte ironisch hinzu: »Das Einzige, was dieser Typ sagen kann, ist ›Ja, ja, ja, oder ach so‹. Doch selbst damit hat dieser Fettkloß absolute Schwierigkeiten. Und deshalb sagt er meistens gar nichts. Und so geht es weiter.«

Als Shin Tao, ein bulliger, grobschlächtiger Asiate, hinter Rumpelstilzchen ins Labor gewackelt kam, da grinste Tarantella hämisch. »Na sag mal, wen hast du denn da angeschleppt? Der soll doch diese Göre nicht vor einer ganzen Armee schützen. Er muss nur genau aufpassen, dass sie nicht aufwacht.«

Rumpelstilzchen nickte nur und sagte: »Naja, sicher ist sicher.«

Tarantella wandte sich an Shin Tao: »Pass´ jetzt ganz genau auf. Du bleibst hier neben Weißwürstchen sitzen und rührst dich nicht von der Stelle, bis wir wieder hier sind. Wenn sie aufwacht, so nimm dieses Fläschchen hier.« Sie reichte ihm die kleine Parfümflasche. »Du hältst es ihr unter die Nase. Dann schläft sie weiter, ist das klar?«

Shin Tao nahm das Fläschchen und guckte es dümmlich an, dann schaute er mit weit aufgerissenen Augen erst zu Tarantella und dann zu Weißröschen. Er holt tief Luft, als wollte er etwas sagen und - machte den Mund schulterzuckend wieder zu. Tarantella schaute ihn verächtlich an. »Na, sag lieber nichts. Aber pass bloß auf, dass diese Dame nicht aufwacht!«

Shin Tao nickte nur teilnahmslos und setzte sich neben Weißröschen in die Ecke. Tarantella und Rumpelstilzchen verließen eilig das Labor und gingen zu ihrem *Minifighter*.

Inzwischen war auch Prinz Pedro bei den Pygolen angelangt. Bevor er sich zu ihnen vor den Monitor setzte, ging er jedoch zu Drachulustig und sprach ihn an: »Mein Lieber, ich freue mich sehr, dass du den Weg zu uns gefunden hast. Und vor allem, dass du uns im Kampf gegen Tarantellas Umtriebe helfen willst.« Er klopfte ihm sanft auf die Schulter. »Noch mehr bewundere ich, dass du das Risiko eingehst, noch einmal in Tarantellas Reich zu gehen, um Weißröschen zu befreien. Dafür werde ich dir ewig dankbar sein.«

Drachulustig entgegnete etwas verlegen: »Ich danke dir. Aber nachdem ich so vieles falsch gemacht habe, bin ich froh, euch wenigstens ein kleines bisschen helfen und dadurch vielleicht auch etwas gut machen zu können.«

Auf dem Monitor waren nun Tarantella und Rumpelstilzchen zu sehen, die ihren Minifighter starteten und in die Richtung von Schneewittchens Königreich flogen. Celix rieb sich schadenfroh die Hände und sagte: »Hoffentlich rasen diese geistigen Tiefflieger tief genug, damit sie mit voller Wucht an den Schutzschild knallen. Damit wäre dann alles geklärt.«

Und so war es. Der Minifighter flog bereits gefährlich nahe auf den Schutzschild zu. Auf der Kommandobrücke schaute sich Tarantella misstrauisch nach allen Seiten um und ging ganz nervös auf und ab. Als Copilot hatte sie den Sänger ihrer Band, Sven, mitgenommen, doch der schaute nur völlig ratlos auf die Armaturen und bekam davon überhaupt nichts mit. Argwöhnisch sagte Tarantella zu Rumpelstilzchen: »Sag mal, ist das nicht die Stelle, an der wir den mysteriösen Unfall hatten?«

Der sah sich völlig ratlos um und fragte dümmlich: »Meinst du? Und was soll ich machen?«

Tarantella erwiderte erbost: »Zieh´ die Kiste hoch. Ich will nicht noch einmal so eine Pleite ...« Sie hatte es noch nicht ganz ausgesprochen, da knallten sie auch schon gegen den Schutzschild. Doch diesmal hatten sie mehr Glück als Verstand. Sie streiften ihn nur leicht und wurden zwar durch die Luft gewirbelt, konnten sich jedoch nach einer Weile wieder fangen und flogen unbeschadet weiter. Tarantella schrie Rumpelstilzchen an: »Du ausgetrocknete Bierdose! Dein Gehirn ist wirklich noch viel kleiner als eine Erbse! Nur, in einer Erbse ist auch etwas drin! Mann oh Mann, womit habe ich das nur verdient? Jetzt gib´ aber Gas, damit wir rechtzeitig da sind und Schneewittchens Vorhaben dieses eine Mal rechtzeitig verhindern können!«

Rumpelstilzchen glotzte ganz verdattert. »Ja, ja, ist doch gut, ist doch gut«, stammelte er beflissen.

Die Pygolen amüsierten sich königlich über Tarantellas Missgeschick. Gelix, der Kleinste, meinte:

»Schade, schade, dass das keine richtige Bruchlandung war.«

Alix lachte, ermahnte aber gleichzeitig: »So, jetzt dürfen wir keine Zeit verlieren, Weißröschen zu befreien! Bist du bereit, Drachulustig?«

Der entgegnete mutig: »Okay, beamt mich jetzt vor das Waldhäuschen. Erstmal muss ich allein dorthin. Ich werde die Schleuse zu Tarantellas Reich öffnen.« Er blieb vor der Beamerkabine stehen, schüttelte mit dem Kopf und lachte lauthals. »Also, dass Tarantella diesen komischen Sänger als Copiloten einsetzt«, sagte er und machte einen Salto aus dem Stand, »ist für mich eine innere Genugtuung.« Er äffte zynisch den Gesang von Sven nach. »Wenn der diese Technik genauso bedient wie er singt, wird davon in Kürze nur noch Schrott übrig sein.« - Allgemeines Gelächter. -

»Hier sind dein *SPIT* und dein MAMAAT«, sagte Alix. »Wie du sie handhabst, weißt du ja. Sie können dir eine gute Hilfe sein, viel Glück.«

Drachulustig ging in die Beamerkabine. In einem Lichtkegel erschien er vor dem Waldhäuschen und ging hinein.

Dort verwandelte er sich wieder in Drachulus, nahm eine Fernbedienung, die in einem Geheimfach lag, öffnete die Schleuse und betrat durch sie das **REICH DER GOLDENEN HERZEN.**

In Tarantellas Labor saß Shin Tao immer noch neben Weißröschen und döste entspannt vor sich hin. Als er Drachulus in den Raum kommen sah schaute er nur kurz auf und sagte erstaunt: »Äh ... äh ... ach Du.«

Drachulus tat übertrieben lässig: »Hör mal, ich soll auf Weißröschen aufpassen und schon die Kugel für ihr Herz vorbereiten. Du kannst jetzt gerne wieder in den Spielsalon gehen und brauchst dir keine Gedanken über diese doofe Göre zu machen.«

Shin Tao, der fürs „r" nur ein „l" aussprechen konnte , stotterte: »Äh ... aber Tulan ...? äh, Tolan ...? äh, Talan ... tella hat doch extla ...«

Drachulus unterbrach ihn ungeduldig: »Mach dir keinen Kopf. Das geht schon in Ordnung. Ich habe gerade mit ihr gesprochen.«

Shin Tao schaute noch einen Moment ziemlich dümmlich drein, ging dann aber doch los. Drachulus hatte nichts Eiligeres zu tun, als Weißröschen ein Riechfläschchen unter die Nase zu halten. Augenblicklich wurde die Narkose aufgehoben, sie wachte auf und rieb sich die Augen. Als sie sah, wer neben ihr stand, fragte sie völlig entsetzt:

»Wo bin ich? Und was machst du hier?« Drachulus ging gar nicht näher darauf ein und drängelte: »Frage jetzt bitte nicht viel. Komm einfach mit und habe diesmal Vertrauen.«

Weißröschen schüttelte energisch den Kopf. »NEIN! Ich soll mit dir gehen? Das ist wohl ein schlechter Traum? Wenn ich das mache, werde ich Prinz Pedro und meine Lieben nie mehr wieder sehen! Eher sterbe ich, als dir zu vertrauen!«

Drachulus war verzweifelt. »Wenn du sterben willst, dann kannst du das später immer noch. Aber ich kann dich jetzt erst einmal zu deinen Lieben bringen. Glaubt mir diesmal einfach, ich gehöre jetzt zu euch!« Er hielt seine Hand aufs Herz. »Ich schwöre!«

Weißröschen war zwar noch skeptisch, doch sie erkannte ihre Lage und wußte, dass sie im Moment keine andere Wahl hatte, als ihm zu vertrauen. Deshalb sagte sie nur resigniert: »Dann, in Gottes Namen.«

Die herumfliegenden Gnome und kleinen Monster hatten jedoch die Situation erkannt und begannen, Drachulus zu attackieren, denn sie wollten verhindern, dass ihm sein Plan gelang. Im Gesicht und an den Händen schon blutend, schaffte er es dann doch noch durch seine Zauberkraft, diese Kreaturen zu versteinern. Schließlich gelang es ihm auch, Weißröschen vor das Waldhäuschen zu bringen.

Er legte sie behutsam in den Lichtkegel und sofort wurde sie in das Raumschiff der Pygolen gebeamt.

Als Weißröschen in der Beamerkabine erschien, trugen Pedro und die Pygolen sie sofort zu einer Liege und wischten ihr den Schweiß von der Stirn. Sie war völlig erschöpft.

Inzwischen erschien Drachulus auf dem Monitor in Schneewittchens Hi-Tech-Salon, wo Till immer noch die Stellung hielt, und drängte:

»Till, jetzt brauche ich deine und auch Prinz Pedros Hilfe. Beamt euch zu mir, damit wir alle aus Tarantellas Reich befreien können.« Die beiden machten sich sofort auf den Weg.

Drachulus meinte noch: »Ich kann nur hoffen, dass eure *SPITs* funktionieren und wir den Geheimcode des Schlosses von Tarantellas ***Gruft der gefangenen Herzen*** auch knacken können. Wir müssen es unbedingt schaffen, dass die Kugeln mit den Herzen und die Kinder an das Tageslicht gelangen. Dann werden sie alle ihre richtigen Herzen wiederbekommen.«

Drachulus stand schon vor der Tür der Gruft, hatte seinen *SPIT* in der Hand und hielt seinen Zeigefinger auf das Viereck in der Mitte. *LEA* meldete sich auch diesmal sehr freundlich:

»Herzlich willkommen. Mit wem wünschen Sie eine Verbindung?«

Drachulus erwiderte nervös und ungeduldig:

»Ich grüße dich, *LEA*. Bitte sei nicht so laut, wir sind hier gerade in großer Gefahr. Sende mir bitte schnell den Code zum Öffnen dieses Schlosses.«

LEA antwortete etwas leiser: »Entschuldigen Sie bitte. Halten Sie Ihren *SPIT* an das Schloss und dann bitte etwas Geduld.«

Einen Moment lang herrschte absolute Stille.

Dann sagte sie: »Okay, hier ist der Code: J 4 5 K 0 8 B 9 9 W 9 7.«

Drachulus entgegnete hektisch: »Ich danke dir.« Er gab die Zahlen ein, und die Tür der ***Gruft der gefangenen Herzen*** öffnete sich. In diesem Augenblick trafen endlich auch Pedro und Till ein, und zusammen betraten sie die Gruft. Sofort kamen aus allen Ecken des Raumes kleine fliegende Monster auf sie zugeschossen und begannen sie mit ihren spitzen Zähnen und Krallen zu attackieren. Während einige Pedro an den Haaren rissen, versuchten andere, Till die Augen auszukratzen. Drachulus schafft es nach zähem Ringen jedoch, die Viecher nach und nach zu versteinern.

Pedro fragte außer Atem: »Und jetzt? Was sollen wir nun tun?«

Drachulus antwortete: »Wir müssen so schnell wie möglich die Kugeln mit den Herzen nach draußen bringen. Hier sind ein paar Boxen. Ich denke, sie reichen aus und alle Herzen werden hineinpassen. Aber noch etwas: Tarantella hat in ihr Sicherheitssystem etwas einprogrammiert. Sie wird in jedem Fall - unabhängig, wo sie sich gerade aufhält - sofort informiert, sollte jemand die Gruft unerlaubt öffnen. Sie wird also auf alle Fälle sofort davon erfahren, dass wir hier eingedrungen sind. Deshalb wird sie nichts Eiligeres zu tun haben, als zurückzukommen.«

An Till gewandt, fuhr Drachulus fort: »Du kennst dich doch hier schon ganz gut aus. Eile in mein Labor und schnappe dir das Buch der Goldenen Herzen. Dann nimm die große blaue Flasche vom Tisch. Gehe damit so schnell du kannst vor die Tür zum Spielsalon. Äh ... dort stellst du sie hin, drückst auf den nächstgelegenen Alarmknopf für Feuer, öffnest sie und gehst in den Salon.«

Till rannte ohne groß nachzudenken los. Drachulus rief ihm noch hinterher: »Aus der Flasche kommt dicker blauer Qualm. Schreie so laut du kannst: ›**Feuer! Feuer! Folgt mir!!!**‹ Denn Feueralarm ist da die einzige Möglichkeit, wie alle aus Tarantellas Reich in die Menschenwelt zurückkönnen. Das weiß natürlich niemand - außer ihr und mir. Aber in der Hoffnung, dass dir alle folgen, rennst du zur Schleuse und durch das Waldhäuschen ins Freie.«

Und so geschah es auch. Alle rannten voller Entsetzen zur Schleuse und schrie´n ›**Feuer, Feuer, Feuer!!!**‹ Nur Shin Tao nicht. Der stolperte völlig verwirrt und ziellos umher. Außer Drachulus und Prinz Pedro mit den Boxen, in denen sich die Kugeln mit den Herzen befanden, war niemand mehr in Tarantellas Reich.

Tarantella flog gerade über dem Atlantischen Ozean und steuerte auf den Kontinent Südamerika zu. Sven hatte das *Hyper-Ultra-Vehicle* von Maxim auf seinem Monitor. Ungeduldig herrschte sie Rumpelstilzchen an: »Los, los, los, du lahme Ente. Wir haben diese scheinheiligen Kinderretter bald eingeholt. Meinen Verbündeten in Südamerika habe ich Bescheid gegeben und sie werden diesen Blindgängern einen gebührenden Empfang bereiten.« Sie lachte hämisch. Doch plötzlich erschien auf dem Monitor eine Mitteilung.

ACHTUNG!!!
DER EINGANG ZUR
›GRUFT DER GEFANGENEN HERZEN‹
WURDE GEÖFFNET!!!

Das schlug wie eine Bombe ein. Tarantellas Gesicht wurde wieder giftgrün und ihre Augen funkelten feuerrot. Außer Rand und Band schrie sie: »Da hängt doch dieses verfluchte Aas Drachulus mit drin! Sofort umkehren! Auf die paar Gören aus Amerika kann ich verzichten, aber nicht auf meine Kugeln mit den Herzen. Das wäre das Ende meines Reiches. Los! Hol´ jetzt alles aus dieser verdammten Kiste heraus. Wir müssen unter allen Umständen verhindern, dass irgendwer meine Kugeln mit den Herzen an sich reißt!«

Rumpelstilzchen trat das Gaspedal bis auf den Boden durch, sodass der *Minifighter* gefährlich zu beben anfing. Alles klapperte und rutschte in der Gegend herum. Obwohl sich Tarantella ängstlich an ihre Lehne klammerte, feuerte sie ihn an: »Jawohl! Gib´s der alten Kiste!« Sie drückte den Alarmknopf FALLTÜREN SCHLIESSEN!

Prinz Pedro und Drachulus waren inzwischen mit den Boxen, in denen sich die Herzen befanden, an Tarantellas Schleuse zum Waldhäuschen angekommen und wollten gerade durch sie in die Freiheit entkommen. Da fiel aus der Decke mit unheimlichem Getöse eine meterdicke Stahltür vor die Schleuse. Es war stockdunkel. Drachulus hielt Pedro den Mund zu und flüsterte entsetzt: »Tarantella hat unsere Aktion entdeckt. Sie hat ihr Reich total abgeriegelt. Niemand, außer ihr natürlich, kann weder heraus noch herein.«

Die Pygolen und Weißröschen hatten die ganze Zeit dem Geschehen in der Gruft zugesehen. Plötzlich war der Monitor jedoch schwarz. Weißröschen sprang auf und fragte entsetzt: »Was ist passiert, was ist passiert?!! Wieso haben wir keinen Kontakt mehr zu Pedro und Drachulus?« Alix versuchte, Ruhe zu bewahren: »Lasst uns über den *SPIT* zu den beiden Kontakt aufnehmen.« Er hielt den Zeigefinger auf das Viereck des *SPITs*, und *LEA* meldete sich: »Herzlich willkommen, Alix. Mit wem wünschen Sie eine Verbindung?«

Alix antwortete: »Ich grüße dich, *LEA*. Stelle mir bitte eine Verbindung mit Prinz Pedro und Drachulus her.«

LEA entgegnete wie immer freundlich:

»Die Verbindung wird sofort hergestellt.«

- Ein Augenblick verging. -

»Ich kann keinen optischen Kontakt herstellen. Die gewünschten Personen befinden sich in totaler Finsternis. Doch akustisch müssten Sie sich mit ihnen verständigen können. Vielleicht können Sie sie ja über Ihr Nachtsichtgerät sehen. Viel Glück.«

Alix war nervös. »Danke *LEA*. Hallo Drachulus, hallo Pedro, könnt ihr mich hören?« Es vergingen ein paar Sekunden, die allen wie eine Ewigkeit vorkamen. Dann meldete sich Prinz Pedro aufgeregt:

»Ja, wir hören und sehen euch.«

Alix fragte: »Was ist passiert? Wir können euch nur über unser Nachtsichtgerät sehen.«

Drachulus hatte sich wieder ein wenig beruhigt und erklärte:

»Tarantella hat unsere Aktion mitbekommen und ihr Reich total verschlossen. Wir haben im Moment keine Chance hier herauszukommen. Es gibt nur eine Möglichkeit. Wir müssen warten, bis sie hier ankommt und auf der Startrampe landet. Dann muss sie in jedem Fall dort die Schleuse öffnen. Doch bevor ich euch sage, was wir tun werden, solltet ihr versuchen, uns hier ein wenig Licht zu machen.«

Celix mischte sich ein und meinte selbstbewusst: »Das können wir machen. Ich werde einen Laserstrahler auf eine Kamera richten. Dann könnt ihr euren *SPIT* als kleinen Scheinwerfer benutzen.«

Drachulus war erleichtert. »Okay, das ist das Erste, was ihr tun solltet. Aber als Zweites müsst ihr euch und Tarantellas Gefangene sofort in das *UPSS* beamen, denn sie dürfen auf keinen Fall Tarantella begegnen. Sie haben zwar noch ihre goldenen Herzen, aber ich hoffe, dass wir es schaffen, die Kugeln mit den richtigen Herzen zu euch zu bringen. Könnt ihr eigentlich feststellen, wo sich Tarantella jetzt befindet und wie lange sie noch braucht um hier zu sein?«

»Ja«, sagte Alix. »Wir sehen sie auf einem unserer Monitore. In ungefähr zehn Minuten wird sie bei euch eintreffen.« Drachulus war ganz optimistisch. »Das ist gut. In dieser Zeit schaffen wir es bestimmt, an der Startrampe zu sein. Also, Licht marsch.«

Belix richtete einen sehr hellen Laserstrahler auf eine Kamera. Alix beamte in dieser Zeit Till und Tarantellas Gefangene in das Raumschiff. Dort wurden sie in einen abgeschlossenen Raum gebracht, da sie immer noch ihre goldenen Herzen hatten und von dieser ganzen Aktion nichts verstanden.

Till legte das *Buch der goldenen Herzen* von Drachulus auf den Tisch, ging zu Weißröschen und streichelte sie. »Habe Vertrauen, wir werden es schon schaffen.«

Pedro nahm seinen *SPIT* in die Hand und benutzte ihn als Scheinwerfer. Endlich konnten sie wieder etwas sehen, nahmen die Boxen mit den Herzen und trugen sie an die Schleuse der Startrampe. Dort sprach Drachulus in seinen *SPIT*: »Hallo Alix, kannst du uns sehen und hören?«

»Ja, laut und deutlich«, antwortete der ruhig.

Drachulus redete aufgeregt weiter: »Jetzt pass´ genau auf. Ich habe den *Minifighter* von Tarantella oft genug geflogen und weiß deshalb den Geheimcode, um diesen Kasten von außen bedienen zu können. Schreibe dir nun bitte Folgendes auf: ***BBMQ*** - die Abkürzung von ›***BIG BAD MIGHTY QUEEN***‹ - ist das Codewort.«

Alix notierte sich alles und Drachulus erklärte weiter: »Du hast dann noch ein paar Minuten Zeit auszuprobieren, ob du Einfluss auf die Steuerung nehmen kannst. Sobald du das geschafft hast, gib diese Mitteilung an den Minifighter weiter:

DAS IST EINE KOSMISCHE STÖRUNG.
ACHTUNG!!! - BITTE ANSCHNALLEN!!!

Das erschien dann auch dort auf dem Monitor. Tarantella, Rumpelstilzchen und Sven sahen sich verwundert an. Es begann ein rasanter Flug wie bei einer Flugshow. Im Steilflug ging es nach oben und gleich wieder nach unten. Dann drehte sich der *Minifighter* um die eigene Achse, doch die drei Insassen hatten keine Chance einzugreifen. Sie konnten sich nur festhalten, um nicht unkontrolliert herumzufliegen. Sven saß mit weit aufgerissenen Augen in seinem Sitz und rief:

»Ich will zu meiner Mami!«

Im *UPSS* lachten sich die vor dem Monitor sitzenden Pygolen halb kaputt, als sie die Kapriolen des *Minifighters* beobachteten. Selbst Weißröschen schmunzelte, obwohl sie immer noch um Pedro bangte. Alix meinte nun zu Celix:

»Jetzt ist es langsam genug. Sende bitte die andere Mitteilung an die Klapperkiste.«

Celix tippte schmunzelnd folgenden Befehl in den Computer ein:

DIE KOSMISCHE STÖRUNG IST BEHOBEN!

In Tarantellas ***Minifighter*** kehrte augenblicklich wieder Ruhe ein. Die Insassen hörten und sahen eine neue Nachricht auf dem Computerbildschirm blinken:

DIE KOSMISCHE STÖRUNG IST BEHOBEN!

Tarantella war sauer. »Was war denn das?!«, knurrte sie böse.

Rumpelstilzchen sagte nur völlig irritiert: »Woher soll ich das wissen? Da bin ich genauso schlau wie du. Du hast es doch ebenso auf dem Monitor gesehen wie ich.«

Tarantella winkte ab. »Ja, ja, ich bin ja nicht blöd. Jetzt lass´ uns so schnell wie möglich nach Hause fliegen.«

Alix schaute auf seinen Computermonitor und gab ein Zeichen: »Achtung, sie sind gleich am Ziel. Celix, pass´ jetzt genau auf! Die Schleuse muss sich erst öffnen.«

Tarantella in ihrem *Minifighter* war total konzentriert. »Achtung Sven, bei Null öffnest du die Schleuse zur Landerampe. Fünf, ... Vier, ... Drei, ... Zwei, ... Eins, ... Null!«

Sven drückte auf einen rot leuchtenden Knopf. In einiger Entfernung konnte man sehen, wie sich an der Bergwand die Schleuse zur Landerampe mit einem grellen Blitz öffnete. Celix bediente den Computer und Alix sagte zu ihm: »JETZT in das Steuerungssystem eingreifen.«

»BIM«, antwortete der gelassen. Er benutzte seinen Joystick und zog Tarantellas *Minifighter* wieder steil nach oben. Und erneut erschien die Mitteilung:

DAS IST EINE KOSMISCHE STÖRUNG.
ACHTUNG!!! BITTE ANSCHNALLEN!!!

Tarantella und Rumpelstilzchen sahen sich fluchend an. Dann begann das gleiche Manöver wie vorher.

Nachdem sich die Schleuse der Startrampe geöffnet hatte, versteckten sich Prinz Pedro und Drachulus mit den Boxen in einer Nische an der Wand. Sie sahen, wie der *Minifighter* mit voller Geschwindigkeit auf sie zuraste, doch kurz vor der Schleuse flog er plötzlich in einer steilen Kurve nach oben. Drachulus griff sich ein paar Boxen und rannte aus dem Versteck. Pedro folgte ihm und rief aufgeregt: »Los, nichts wie raus, wir müssen ins Freie! Siehst du schon irgendwo den Lichtkegel?!«

Drachulus schüttelte jedoch den Kopf. »Nein, noch nicht!«

Pedro zeigte auf eine Waldlichtung ganz in der Nähe. »Schau mal dort vorne, da stehen nur ganz wenige Bäume! Lass´ uns dorthin gehen.«

Mit letzten Kräften schleppten sie sich und die Boxen zu der Lichtung, und nur wenige Augenblicke später erschien dort der Lichtkegel der Pygolen. Drachulus war erleichtert.

»Okay, ich glaube, wir haben es geschafft!«

Im Lichtkegel angelangt, wurden sie sofort ins *UPSS* zu den Pygolen gebeamt.

Auf dem *UPSS* wurden Prinz Pedro und Drachulus mit einem lauten »Hurra« begrüßt.

Weißröschen rannte zu ihrem Prinz Pedro und umarmte und küsste ihn inniglich. Sie war überglücklich und hatte Tränen in den Augen.

»Liebling, ich hatte so große Angst, dich nie mehr wiederzusehen. Ich wäre fast gestorben! Ab jetzt werde ich keine Sekunde mehr von deiner Seite weichen.«

Pedro wischte ihr die Tränen aus dem Gesicht und sagte liebevoll:

»Es ist ja Gott sei Dank alles noch einmal gut gegangen. Doch eins steht fest, ohne die Hilfe von Drachulus ...«, er schaute sich um und suchte ihn. »Äh, wo ist er denn überhaupt? - Also ohne ihn hätten wir es diesmal nicht geschafft. Ich denke, damit hat er seine Prüfung, bei Schneewittchen leben zu können, mit Bravour bestanden.«

Die Tür ging auf und Drachulustig kam in seiner neuen Gestalt herein. Alle Anwesenden klatschten Beifall. Weißröschen ging auf ihn zu und gab ihm einen dicken Kuss auf die Stirn. Drachulustig war ganz verlegen. Mit einer unbeholfenen Verbeugung sagte er: »Dankeschön, vielen Dank. Das habe ich doch gerne getan.«

Dann setzten sich alle gemeinsam vor den Monitor und verfolgten den Katastrophenflug von Tarantellas *Minifighter*, der immer noch in den verrücktesten Kapriolen durch die Lüfte schwirrte.
Manchmal war die Kiste kurz davor, gegen Bäume oder einen Berg zu knallen, und man hörte das Jammern und Schreien der drei Insassen.

Neugierig fragte Prinz Pedro Celix: »Warum lässt du sie nicht einfach irgendwo gegen knallen? Dann hätten wir für immer Ruhe vor denen.« Celix schüttelte jedoch den Kopf.

»Nein, das haben wir bereits erklärt. Wir dürfen kein Leben auslöschen. Unsere Höchststrafe besteht darin, die Schuldigen mit unserem MAMAAT auf den Planeten Katastrinius zu beamen.«
Dabei betonte er: »Das funktioniert aber auch nur dann, wenn sich diejenigen im Freien befinden. Das heißt, Tarantella oder Rumpelstilzchen müssten aus ihrem Reich oder dem *Minifighter* herauskommen. So, jetzt fahre ich mit den beiden noch einmal richtig Achterbahn und dann lass´ ich sie in Ruhe. Wir wollen schließlich erfahren, was mit Schneewittchen und den Kindern in Südamerika los ist.«
Sie schalteten um.

Tarantella, Sven und Rumpelstilzchen waren endlich - völlig erschöpft - in ihrem Reich angekommen. Sie hatte natürlich nichts Eiligeres zu tun, als sofort in die Gruft der gefangenen Herzen zu gehen. Auf dem Weg dorthin sah sie schon, dass ihre Gnome und fliegenden Monster nur noch bewegungslose Figuren waren. Zunehmend verfärbte sich ihr Gesicht giftgrün. Ihre Augen wurden diesmal so feuerrot, dass man nur noch zwei grellrote Strahlen sah. Mit aller Gewalt schmetterte sie ein paar ihrer Leuchtkugeln auf den Boden und schrie bösartig: »AAH! Jetzt glauben diese Nichtsnutze um Schneewittchen herum, sie könnten mit Hilfe dieser außerirdischen Dreikäsehochs meinen Plan durchkreuzen! Aber denkt nur nicht, dass sich Tarantella so schnell geschlagen gibt.«

Doch wovor sie am meisten gebangt hatte, war eingetreten - die Gruft war leer, die Kugeln mit den Herzen allesamt weg. Sie rastete total aus, stieß ihre Entspannungsliege um, zerschmetterte ihre ganze Hi-Fi-Anlage und warf eine schwarze Kerze nach der anderen gegen die Wand, wo sie in tausend Stücke zersprangen. Auch ihre letzten Leuchtkugeln explodierten mit grellem Blitz und lautem Knall.

Tarantella spie im wahrsten Sinne des Wortes Feuer.

»Bei allen Dämonen des Luzifers! Jetzt haben es diese verdammten Figuren mit ihren außerirdischen Kaspern doch noch geschafft, meine Energiequellen zu klauen. Doch ich weiß ja, wem ich das zu verdanken habe. Dieser Satansbraten Drachuratte, der erst durch mich etwas Richtiges geworden ist, wird von mir eines Tages seine Rechnung bekommen. Und wenn es hundert Jahre dauern sollte, irgendwann ist er dran, koste es, was es wolle!! Und dann gnade ihm Luzifer!«

Noch einmal spie sie einen gewaltigen Feuerstrahl aus. Dann rannte sie in ihr Labor, um das Buch der Goldenen Herzen zu holen.

Entsetzt entdeckte sie jedoch, dass auch das Buch verschwunden war. Wütend fegte sie alles vom OP-Tisch, verließ den Raum und ging in ihre Schatzkammer. Hier sah sie, dass alle Schätze noch vorhanden waren und blieb einen Augenblick sprachlos stehen. Sie schüttelte grinsend den Kopf und krächzte, indem sie sich an die Stirn klopfte, abfällig: »Diese Riesenrindviecher haben das, womit sie reich und mächtig geworden wären, einfach hiergelassen. Aber das sieht diesen einfältigen Kreaturen ja mal wieder ähnlich!«

Sie wurde wieder etwas ruhiger, nahm ihre normale Gestalt an und meinte bösartig: »Gut, diesen Kampf habt ihr gewonnen. Ich werde meine Zelte hier abbrechen und es wird einige Zeit dauern, bis ich wieder kampfbereit bin.« Mit ihrem übertriebenen, eigentlich völlig unbegründeten Stolz stellte sie sich vor ihren Zauberspiegel.

»Aber ich komme wieder, darauf könnt ihr Gift nehmen!!!«

Sie sah im Moment nur noch einen Weg, um ihren Plan, die Weltherrschaft an sich zu reißen, noch zu verwirklichen, und zwar: Indem sie ihr **REICH DER GOLDENEN HERZEN** aufgab und irgendwo einen neuen Platz fand, wo sie endlich ungestört an ihrem wahnsinnigen Plan weiterarbeiten konnte.

Tarantella, Sven und Rumpelstilzchen schossen im *Minifighter* mit voller Geschwindigkeit aus der Startrampe und stiegen in einer steilen Kurve nach oben. Sie sahen, wie Shin Tao unten im Wald ziellos durch die Gegend irrte und ihnen verzweifelte Zeichen gab, ihn doch mitzunehmen. Doch Tarantella dachte überhaupt nicht daran und lachte nur abfällig. Nachdem sie in einer gewissen Höhe angelangt waren, wandte sich Tarantella an Rumpelstilzchen:

»Los, zieh den Hebel für euren Schleudersitz!«

Rumpelstilzchen war völlig verdattert.

»I - i - ich ... Schleu - Schleu - Schleudersitz?«

Tarantella fauchte ihn ungehalten an: »Na klar du, oder willst du etwa mit dem Ding in die Luft fliegen?«

Rumpelstilzchen stotterte verwirrt:

»Lu - Lu - Luft ... flie - flie - fliegen? Nie - nie - niemals!«

Tarantella lachte gehässig. »Ja, ja, in die Luft fliegen. Ich werde alles vernichten, was mir gehört hat. Schließlich soll keiner etwas von meinen Plänen finden oder untersuchen können. Na los, raus jetzt!«

Sven brachte wieder nichts heraus als: »Ich will zu meiner Mami!«

Rumpelstilzchen zitterte am ganzen Körper. Er wischte sich den Schweiß von der Stirn.

»Luzifer sei mir gnädig«, stammelte er und zog den Hebel.

Sven und er wurden hinausgeschleudert. Die Fallschirme öffneten sich. Auch Tarantella flog hinterher, allerdings hatte sie keinen Fallschirm um. Die zwei verschwanden in einer Wolke, nur sie hatte sich irgendwie in NICHTS aufgelöst. Der *Minifighter* explodierte mit einem gewaltigen Feuerball in tausend kleine Teile.

Die Explosion wurde im *UPSS* von den Pygolen auf dem Monitor verfolgt. Fast zeitgleich wurde der Berg, unter dem sich Tarantellas Reich befand, ebenfalls von einer gigantischen unterirdischen Explosion erschüttert und brach in sich zusammen.

Das **REICH DER GOLDENEN HERZEN** existierte nun nicht mehr. Shin Tao sah dem Geschehen mit versteinerter Miene zu. Wie durch ein Wunder entstand an dieser Stelle eine herrliche grüne Wiese mit wunderschönen Blumen.

Alix beobachtete auf dem Monitor, wie Rumpelstilzchen gerade mit seinem Fallschirm auf dieser Wiese landete und rief:

»Los Elix, das ist unsere Chance! Beame diesen grässlichen Typen mit deinem MAMAAT auf Katastrinius.«

Elix kicherte lax: »Lass das mal unsern Freund Delix machen. Ich muss jetzt steuern.«

Als das *UPSS* genau über Rumpelstilzchen, der ohnmächtig auf der Wiese lag, schwebte, öffnete Elix eine Luke an der Unterseite des Raumschiffs.

Delix richtete seinen MAMAAT auf Rumpelstilzchen und sagte hastig: »Diese Person hat Kinder entführt und gefangen genommen.

Außerdem hat er Tarantella geholfen, die echten Herzen von Kindern in kalte, goldene auszutauschen.«

Da sich Rumpelstilzchen sowieso nicht bewegte, drückte er gleich die gelbe Taste. Man hörte ein paar seltsame Geräusche, als der MAMAAT die Anschuldigungen analysierte. Dann meldete er:

»DIE ANSCHULDIGUNG IST KORREKT.
RUMPELSTILZCHEN HAT DIE
HÖCHSTSTRAFE VERDIENT.
ER WIRD AUF DEN PLANETEN
KATASTRINIUS GEBEAMT.
DRÜCKEN SIE BITTE JETZT DIE ROTE TASTE.
DER AUFTRAG WIRD ERFÜLLT.
VIELEN DANK FÜR DIE AUFKLÄRUNG
EINES SCHWEREN VERBRECHENS.«

Delix drückte den Knopf. Mit einem Geräusch, wie beim Öffnen einer Sektflasche, war Rumpelstilzchen verschwunden, und nur eine kleine Rauchwolke blieb an dieser Stelle zurück. Dann sahen die Pygolen, wie auch Sven landete.

Gelix rief ganz aufgeregt: »Los! Das gleiche Spiel noch mal.«

Mit dem gleichen Spruch wie bei Rumpelstilzchen richtete Delix seinen MAMAAT auf Sven. Das Gerät analysierte auch diesmal die Anschuldigungen und meldete:

»DIE PERSON WURDE ÜBERPRÜFT.
SIE HAT KEINE STRAFTAT BEGANGEN.
SIE IST EIN OPFER VON TARANTELLA.«

Sven löste sie sich aus der Starre und irrte völlig verwirrt in der Gegend herum. Von der Überprüfung hatte er nichts gemerkt.

Gelix meinte nur: »Eigentlich kann er einem Leid tun. Aber vielleicht findet er irgendwo ein Zuhause, wo er ein normales Leben führen kann.«

Alix sagte verschmitzt lächelnd zu den anderen: »Lasst uns doch mal schauen, wie es Rumpelstilzchen so auf Katastrinius ergeht.«

Der Planet Katastrinius

Der Planet Katastrinius ist irgendwie der Erde gleich. Er war zu Anfang ein Paradies und es lebten hochentwickelte superintelligente Lebewesen dort, den Menschen sehr ähnlich. Sie nannten diesen Planeten Katal und sich Katalonier. Doch als er von den Pygolen entdeckt wurde und sie sahen, was für katastrophale Verhältnisse dort herrschten, nannten sie ihn Katastrinius. Die Katalonier beherrschten das Leben und waren technisch der Zeit auf der Erde weit überlegen. Doch um so bequemer und leichter das Leben für sie wurde, desto egoistischer und raffgieriger wurden sie. Ihre Maschinen und ihre genialen technischen Erfindungen übernahmen fast die gesamte Arbeit. Doch anstatt die gewonnene Freizeit sinnvoll zu genießen begannen sie sich zu langweilen. Das führte dazu, dass sie nur noch ans Feiern dachten und sich übertrieben viel Luxus leisteten. Jeder wollte das Beste, Teuerste und Meiste besitzen. Rücksichtslos der Natur und den anderen Mitbewohnern von Katal gegenüber, vernichteten sie trotz ihrer Intelligenz Dinge, die lebensnotwendig waren. Fast jeder dachte nur an sich und sein Leben. Sie waren so blind, dass sie nicht einmal bemerkten, wie sich langsam die Natur dagegen wehrte. Katastrophen und das Leid anderer nahmen sie mit den Worten hin:

›Gegen Naturgewalten und Schicksal kann man nichts machen‹. Es kam wie es kommen musste. Die Natur kippte um. Sie begrub alles Leben und Katal sah aus wie eine riesengroße Müllkippe. Bis auf einige primitive Lebensformen, die sich in diesem Müll erhalten konnten und dann im Laufe von X-tausend Jahren in eigenartige Mutationen und Kreaturen entwickelten, ist Katal, beziehungsweise der heutige Katastrinius, bis heute ein grauenvoller Planet geblieben. Doch als er von Lebewesen einer anderen Galaxie entdeckt wurde, nutzte man ihn als eine Art lebenslanges Straflager für diejenigen, die ein schweres Verbrechen begangen haben. Und tatsächlich, bei denen, den die Zustände auf Katastrinius bekannt waren und wussten was auf sie bei schweren Vergehen zukommen würde, sind die Straftaten deutlich zurückgegangen. Mit dieser Strafe wollte kaum jemand konfrontiert werden.

Auf dem Monitor der Pygolen sah man einen Wald, der aussah als wäre er abgebrannt. Die Bäume hatten keine Blätter, sondern ragten kahl und knorrig in den düsteren Himmel. Der Boden glich einem Moor und schien nur aus Schlamm und Abfällen zu bestehen. In den Gewässern floss eine stinkende, schlierige Brühe. Ein paar schrecklich anzusehende Kreaturen aus den verschiedensten Galaxien geisterten herum. Plötzlich ertönte ein zischendes Geräusch und Rumpelstilzchen hing mit seinem Fallschirm in einem der dürren Bäume. Er schaute ganz verdutzt nach unten und sagte verdattert, aber großspurig zu den merkwürdigen Wesen:

»Huch, wer seid ihr denn? Solche irre Typen wie euch habe ich ja in meinem ganzen Leben noch nie gesehen. Holt mich von diesem verdammten Baum herunter, oder wollt ihr, dass ich ewig hier hänge - hä?«

Doch das brauchte er nicht noch einmal zu sagen, denn der morsche Ast brach von ganz allein ab und er sauste nach unten. Als er auf dem darunter liegenden Ast aufkam, gab es ein dumpfes Geräusch und er machte ein Gesicht zum Heulen. Aus seiner Hose waren Fetzen herausgerissen. Dann landete er unsanft auf dem Boden. Die um ihn herumstehenden Kreaturen amüsierten sich köstlich und lachten schadenfroh. Rumpelstilzchen schrie wütend: »Lacht nicht so blöde, sondern bringt mir was zu saufen. Ich habe einen mörderischen Durst!«

Eines der Wesen brachte ihm schließlich einen verbeulten Blechtopf und Rumpelstilzchen meinte grummelnd: »Na endlich.«

Er rümpfte zwar die Nase, sang aber: »Trink´ mer noch ein Tröpfchen, trink´ mer noch ein Tröpfchen, aus dem kleinen Henkeltöpfchen ... Prost!!!«

Er nahm einen großen Schluck und spuckte ihn sofort wieder mit ekelverzerrtem Gesicht aus.

»Pfui Deibel, so was Widerliches habe ich ja in meinem ganzen Leben nicht gesoffen!«

Wütend und rülpsend schmetterte er den Topf weg und grunzte vor sich hin.

»Na gut, ihr Hornochsen, dann muss ich mich selbst kümmern.«

Mit diesen Worten trabte er - immer noch den Fallschirm hinter sich herschleppend - in die erstbeste Richtung davon. Plötzlich blieb er jedoch verwundert stehen. Zwischen den dürren Bäumen schob sich etwas Eigenartiges hervor. Mit einem glucksenden Geräusch kam eine gallertartige, pinkfarben schillernde Kreatur, fünfmal so groß wie er selbst, direkt auf ihn zu. Die anderen Geschöpfe zogen sich ängstlich zurück und murmelten aufgeregt:

»Huch, da kommt ***BLUBBUSS***! - Vorsicht, ***BLUBBUSS*** kommt! - Achtung, Achtung! ***BLUBBUSS*** ist im Anmarsch!«

Rumpelstilzchen blieb wie versteinert stehen. Kurz vor ihm kam die Kreatur namens ***BLUBBUSS*** zum Stillstand. Er riss eine maulartige Öffnung auf, holte tief Luft und rülpste kräftig. Dann fing er an zu sprechen. Seine Stimme klang ekelhaft - so, als wenn Luftblasen aus einem Sumpf auftauchen und mit einem schmatzenden Geräusch an der Oberfläche zerplatzen. Zwischen den Worten rülpste er immer wieder.

»Willkommen auf Katastrinius«, gluckste er. »Ich freue mich, wieder einen neuen Gast begrüßen zu können. Ich hoffe, du wirst dich bei uns wie zu Hause fühlen. Doch bevor du dich uns anschließen darfst, wirst du durch mich erst einmal nach unserer Sitte hier geweiht.«

Rumpelstilzchen glotzte ihn entgeistert an, hob abweisend die Hand und sagte überheblich: »Halt, halt, halt, du dickes Ding. Erstens halte ich von einer Weihe überhaupt nichts, denn an das Einzige, woran ich glaube bin ich selbst. Und zweitens denke ich nicht im Traum daran, in diesem beschissenen Land, Erdteil, Planeten oder was auch immer das für eine üble Gegend ist, zu bleiben. - Okay?«

BLUBBUSS rülpste und lachte wie ein Walross. »Na, na, na, du kleine Kreatur. Jetzt bist du hier und wirst auch ewig hier bleiben. Also, halt die Klappe und ergib dich deinem Schicksal.«

Rumpelstilzchen wollte auf einen Baum klettern und wurde ganz kleinlaut: »Naja, so hab ich das auch wieder nicht gemeint. Ich ... !«

Weiter kam er nicht, denn ***BLUBBUSS*** plusterte sich auf und holte tief Luft. Wie bei einem Wirbelsturm saugte er alles, was sich in seiner Nähe befand, in sich hinein. Die anderen Kreaturen klammerten sich verzweifelt an den nächstbesten Bäumen fest. Nur Rumpelstilzchen hatte keine Chance. Er wurde mitsamt seinem Fallschirm in den ekelhaften ***BLUBBUSS*** hineingezogen. Aus dessen Innerem hörte man brodelnde Geräusche. Dazwischen ertönte Rumpelstilzchens ängstliche Stimme: »Gnade, Gnade, Gnade!!!«

Plötzlich herrschte Totenstille. ***BLUBBUSS*** blähte sich auf. Mit einem lauten Furz wurde Rumpelstilzchen aus der Hinterseite des Monsters ins Freie geschleudert. Völlig deformiert und schlaff blieb er am Boden liegen. ***BLUBBUSS*** verschwand genauso, wie er gekommen war und würdigte ihn keines Blickes mehr. Die anderen Kreaturen kamen nach einer Weile vorsichtig auf ihn zu. Rumpelstilzchen rappelte sich jedoch mühsam hoch und ging mit seiner Hose, aus der sein nackter Hintern leuchtete, schamrot im Gesicht, doch so würdevoll wie nur möglich seiner Wege.

Die Pygolen hatten auf dem Monitor alles mitverfolgt. Manche lachten sich krumm und andere verzogen angeekelt das Gesicht.

Alix sagte amüsiert, aber auch etwas mitleidig: »Na, das wünscht man nicht einmal seinen ärgsten Gegnern. Aber wo ist eigentlich Tarantella abgeblieben? Die kann sich doch nicht in Luft aufgelöst haben?«

Ratlose Gesichter. Ganz in der Nähe, wo Tarantellas *Minifighter* explodierte, sahen sie nur noch, wie ein Schwarm Wildgänse in seiner V-Formation Richtung Süden flog. Die Leitgans schaute sich um und grinste mit breitem Schnabel. Dabei hörte man ganz leise das hämische Lachen von Tarantella und ihre heisere, krächzende Stimme: »Ich komme wieder.« Die Pygolen und ihre Gäste schüttelten nur den Kopf und Alix murmelte: »Aha! So ist das also.«

NAO saß an seinem Tisch und war erleichtert: »Das ist nun erst einmal das Ende von Tarantellas Reich. Rumpelstilzchen und die Sklavenhändler sind wohl die ersten Gestalten der Erde, die auf Katastrinius gelandet sind.«

SALI nickte zustimmend: »Sie haben es auch nicht anders verdient - Meister, oder?«

NAO war ganz zufrieden. »Doch nun weiter zu Schneewittchen. Wir wollen sehen, was sich inzwischen in Südamerika ereignet hat.«

SALI schaltete seinen Computer um. Auf einer Müllhalde in Südamerika suchten verschmutzte und armselig gekleidete Kinder im Müll nach Essenresten. Ein paar primitive, von den Kindern selbst gebaute Hütten aus Kartons standen dort, in denen sie hausten. Zwei klapprige LKWs standen ganz in der Nähe, und die Menschenhändler waren gerade dabei, auf brutale Weise Kinder einzufangen.

NAO war außer sich und sagte zu SALI: »Sieh genau hin, was Tarantellas ›Freunde‹ in der Menschenwelt mit den armen und hilflosen Kindern vorhaben. Sie wollen für Geld und Schmuck die Kinder an Tarantella verkaufen. Anscheinend wissen die noch gar nicht, dass das Reich dieser bescheuerten Hexe nicht mehr existiert. Wir wollen Schneewittchen die Daumen drücken, damit sie diese kleinen unschuldigen Geschöpfe aus ihrem Elend befreien kann.«

Die Rettung der Kinder in Südamerika

Schneewittchen, König Qin Shi und Maxim saßen in der Kommandozentrale des *HUV*. Außerdem hatten sie noch einen neuen Gast mit an Bord: BASTI, den Boxer. Gemeinsam sahen sie auf dem Monitor die Gefangennahme der Kinder. Die Menschenhändler packten die verängstigten Kinder und verfrachteten sie auf LKWs.

Schneewittchen sagte zu Maxim: »Wir sind gleich an Ort und Stelle. Verbinde mich bitte mit meinen Sieben Zwergen. Ich möchte wissen, wie der Stand der Dinge bei ihnen ist.«

Maxim nahm seinen *SPIT* zur Hand, und *LEA* meldete sich wie immer sehr liebevoll: »Herzlich willkommen, Maxim. Mit wem wünschen Sie eine Verbindung?«

Maxim antwortete: »Ich grüße dich, *LEA*. Stelle mir bitte eine Verbindung mit Prinz Pedro her.«

LEA entgegnete: »Die Verbindung wird sofort hergestellt. Vielen Dank für Ihren Auftrag. Bis bald.«

Prinz Pedro war auf dem *SPIT* zu sehen. Erfreut sagte er: »Hallo Mom, schön euch zu sehen. Wie sieht es bei euch aus?«

Schneewittchen erwiderte glücklich: »Hallo ihr Lieben, uns geht es soweit ganz gut und wir sind bald an unserem Ziel.«

Alix ergänzte optimistisch: »Es wird auch nicht mehr lange dauern, dann sind Pocahontas und ihre Freunde bei euch. Ich habe sie von dieser Aktion informiert.«

»Das ist wunderbar«, meinte Maxim. »Aber eine Sache wundert mich sehr: Tarantella ist in ihrem *Minifighter* eine ganze Weile hinter uns gewesen. Doch plötzlich kehrte sie um und ist wieder nach Hause geflogen. Könnt ihr euch das erklären?«

Hocherfreut sagte Weißröschen: »Aber klar! Alle Gefangenen in Tarantellas Reich wurden befreit. Als sie das mitbekommen hatte, ist sie sofort umgekehrt und wollte es im letzten Moment verhindern.«

Der kleine Gelix meldete sich ganz aufgeregt: »Doch das hat Gott sei Dank nicht funktioniert, sie ist zu spät gekommen. Aber was noch erfreulicher ist: Ihr Reich existiert nicht mehr. Rumpelstilzchen wurde von der Erde auf den furchtbaren Planeten Katastrinius gebeamt und danach zerstörte sich Tarantellas gesamtes Reich.«

Schneewittchen konnte es kaum fassen.

»Hui! Das ist ja die schönste Nachricht, die ich seit vielen Jahren gehört habe. Haben wir endlich den Kampf gegen Tarantella gewonnen!? Das gibt uns Kraft und Mut, mit viel Energie die Kinder hier aus ihrem elenden und aussichtslosen Leben zu befreien.«

Prinz Pedro wandte ein: »Das stimmt schon, aber was mit Tarantella geschehen ist, können wir nicht genau sagen. Irgendwie hat sie sich in Luft aufgelöst oder in eine Wildgans verwandelt und ist mit einem Schwarm nach Süden geflogen. Ihr Reich ist zwar zerstört und die Herzen der Kinder - ihre Energiequelle - kann sie auch nicht mehr nutzen. Doch ob sie nicht doch noch existiert und irgendwann wieder einmal auftaucht - wer weiß?«

Schneewittchen erwiderte optimistisch: »Nun gut, damit müssen wir leben. Aber so wie ich das sehe, haben wir jetzt endlich genügend Zeit für unser Projekt.«

Weißröschen schaute verwundert BASTI an: »Wer sitzt denn da hinter dir Maxim? Kannst du ihn mir vorstellen?«

Maxim lachte. »Das ist der Boxweltmeister BASTI. Ein ganz lieber, aber auch kräftiger Mann. Ihr wisst doch, dass wir für die Befreiung von Kindern aus der Menschenwelt einen Menschen brauchen, der uns dabei helfen muss. Auf dem Weg hierher haben wir gesehen, dass ganz in der Nähe ein Boxkampf stattfindet. Hier ist die Videokamera. Ich habe alles aufgenommen und zeige euch, was dort alles geschah.«

Maxim, der für alle Anwesenden der Boxveranstaltung unsichtbar war, kam in die Halle geschwebt und setzte sich neben den Boxring in die Ringecke des deutschen Boxers BASTI. Die Halle war ausverkauft und das Publikum tobte vor Begeisterung. Ein Nummern-Girl zeigte die erste Runde an. Maxim hob seinen Zeigefinger und zielte damit auf die Boxhandschuhe von BASTI. Eine Art Laserstrahl schoss mit Funken aus seinem Finger in die Handschuhe des Boxers. Die fingen an zu leuchten und zu blitzen, wobei dieses Spektakel natürlich keiner von den Menschen in der Halle sehen konnte.

BASTI und sein Gegner gingen in die Mitte des Boxringes und begrüßten sich kurz. Die erste Runde begann. Ohne dass er es wollte, holte BASTI zum Schlag aus und traf seinen Gegner in der ersten Sekunde direkt am Kinn. Der knickte zusammen und war k.o.

Verwundert schaute BASTI auf seine Boxhandschuhe. Das ganze Publikum war entrüstet und reagierte mit Buhrufen.

Maxim schaute die Zuschauer an, zuckte bedauernd mit den Schultern und sagte mehr oder weniger zu sich selbst:

»Sorry, aber die Zeit drängt. Ich musste leider diesen Kampf so manipulieren, dass er nach zwei Sekunden beendet war.«

Wie von Maxim vorausgeahnt, stieg BASTI aus dem Ring und flüchtete unter den Pfiffen und Buhrufen der Zuschauer Richtung Ausgang.

Maxim, den BASTI nicht sehen konnte, schob ihn Hals über Kopf zu seinem *HUV*. Dort saß er ganz benommen neben Maxim, der verschmitzt schmunzelte. »Sei bitte so lieb und grüble nicht darüber nach, was gerade mit dir geschehen ist und noch geschehen wird. Ergib dich einfach deinem Schicksal.«

BASTI war ratlos, antwortete aber bereitwillig: »Ich verstehe zwar überhaupt nichts, aber dass ich vor meinem schweren Kampf heute noch solchen Quatsch träume ist doch eigenartig. Naja, ich werde ja hoffentlich bald aufwachen. Das ist wie im Kino. Also dann, auf in ein mir völlig rätselhaftes Abenteuer!« Dann drehte er sich zu Schneewittchen um, schaute sie neugierig an und meinte galant:

»My Lady, würdet Ihr mir bitte verraten, wer Ihr seid?«

Schneewittchen schaute ihn lachend von oben bis unten an. »Ich? Na erst einmal möchte ich dir sagen, du träumst nicht, du erlebst ein Wunder. Kennst du mich nicht? Ich bin Schneewittchen.«

BASTI grinste breit. »Aha, na klar. Und ich bin Dschinni, der Geist aus Aladdins Wunderlampe. Ich hoffe nur, dass ich nachher, wenn ich aufwache, bei meinem Kampf kein blaues Wunder mit zwei blauen Augen erlebe.«

Maxim klopfte sich lachend auf die Schenkel: »BIM. Damit wäre ja alles geklärt.«

BASTI murmelte vor sich hin: »BIM? Was bedeutet denn das schon wieder?« Er schüttelte verständnislos den Kopf und blickte total verwirrt zum Fenster hinaus.

NAO schaute sich auf seinem Computermonitor noch einmal die Boxkampfszene von BASTI an. Dabei tobte er hektisch im Zimmer umher und machte komisch aussehendes Schattenboxen. Dazu rief er ganz fanatisch: »Ja, gib´s ihm. Und noch einen - und noch einen.«

SALI saß vor dem Computer und lachte sich halb kaputt. »Meister, der Kampf ist zu Ende. Er hat nur zwei kleine Sekunden gedauert.«

NAO guckte verlegen. »Schade. Das hätte ruhig noch eine Weile weitergehen können. Na gut, dann lass uns jetzt anschauen, was mit den Kindern in Südamerika passiert.« Er zündete sich erneut sein Pfeifchen an und setzte sich zu SALI.

Die Kinder von der Müllkippe waren fast alle auf die LKWs der Menschenhändler verladen worden. In nicht mehr allzu großer Entfernung kam eine Reiterschar angestürmt. An der Spitze ritt Pocahontas, gefolgt von Indianern und Cowboys.

Die Menschenhändler wollten fliehen. Doch die Indianer zerschossen mit ihren Pfeilen die Reifen deren klapprigen, uralten Fahrzeuge, bei denen man befürchten musste, dass sie jeden Augenblick auseinander brechen würden.

Von der anderen Seite kam Maxim mit seinem *HUV* angeflogen und landete unter großem Getöse. Maxim, BASTI und alle anderen stürzten sich sofort auf die Menschenhändler. Die versuchten sich mit wilden Grimassen und brutalen Drohgebärden zu retten, doch sie hatten keine Chance. König Qin Shi Yuan gelang es mit seiner Kung-Fu-Kunst, einen Menschenhändler nach dem anderen kampfunschädlich zu machen.

Sie flogen nur so durch die Luft und landeten meistens im Müll. Einer fiel mit seinem Kopf in einen alten Blechbehälter und versuchte sich diesen vergeblich vom Kopf zu reißen. Er kam in die Nähe seines Kumpanen, der König Qin Shi gerade mit einem Stock einen Schlag verpassen wollte. Doch der wich geschickt aus und der Schlag traf den Blechbehälter. Es machte ›Dong‹ und der Mann jammerte wehleidig: »Das ist gemein. Immer auf die wehrlosen Kleinen!«

Boxer BASTI stand ganz relax an der Müllkippe und verpasste jedem der Menschenhändler, der in seine Nähe kam einen so heftigen Schlag, dass derjenige mit einigen Saltos durch die Gegend flog.
Als ihn plötzlich jemand von hinten anrempelte, drehte er sich blitzschnell herum und wollte gerade einen Fausthieb austeilen. Doch sein Gegner hob schützend die Hände und stellt sich vor:

»Hallo, nicht so hektisch. Ich bin Old Shatterhand - angenehm, Sir.«

BASTI lachte verwirrt und griff sich an den Kopf.

»Old Shatterhand? Ach ja, - noch mal zum mitschreiben - und ich bin Dschinni, der Geist aus Aladdins Wunderlampe. Und wo ist Winnetou?«

Old Shatterhand drehte sich halb um. »Na, das weiß doch jedes Kind, dass der nicht mehr lebt.« Er zeigte auf den Häuptling der Indianer. »Aber dort drüben ist sein Sohn Flinker Hirsch.«

BASTI fragt verwundert: »Winnetou hat einen Sohn?

Old Shatterhand lachte. »Na klar, oder hattest du gedacht, bei Indianern gäbe es keine unehelichen Kinder? Seine Mutter Pocahontas ist ja auch hier. Er ist doch eine gute Mischung zwischen Apachen und den Algonkin- Stämmen, oder?«

BASTI sagte nur lakonisch:

»Stimmt.«

In diesem Moment kam wieder ein Menschenhändler angeflogen. BASTI hob nur seinen Arm. Der Typ donnerte gegen seine Faust, flog wie ein Sack durch die Luft und landete auf dem Müllhaufen.

Auch die Kinder hatten inzwischen ihre Angst verloren. Sie sprangen von den LKWs und verprügelten den Rest der Menschenhändler auf ihre Weise. Teilweise hingen drei oder vier Kinder an einem der Ganoven und drückten ihn auf die Erde.

Das Handgemenge ging noch eine Weile weiter, aber irgendwann lagen doch alle Menschenhändler in den komischsten Stellungen auf dem Boden herum und stöhnten wie eine Herde Walrosse.

Der Kampf war zu Ende und alle Kinder stiegen ins *HUV*.

Erschöpft setzten sie sich hin. Schneewittchen, König Qin Shi und BASTI verteilten Speisen und Getränke. Schneewittchen nahm die Kleinste auf ihren Schoß und streichelte sie liebevoll. Maxim saß auf der Kommandobrücke und setzte sich mit den Pygolen in Verbindung. Alix erschien auf dem Monitor.

Alix, der im *UPSS* vor dem Monitor saß, war nun sehr erleichtert.

»Unseren Glückwunsch. Das habt ihr wunderbar gemacht. Wir haben alles genauestens verfolgt und feiern gerade euren Erfolg.«

Man konnte sehen, wie sich die anderen Pygolen im Hintergrund umarmten und ausgelassen miteinander tanzten. Auch Drachulustig war außer sich vor Freude und hüpfte übermütig durch das Hi-Tech-Center. Weißröschen war überglücklich und strahlte über das ganze Gesicht. Doch dann drängte es sie nach Hause.

»Alix, beamt uns bitte auf unser Schloss. Wir möchten die Ankunft der Kinder miterleben.«

Alix konnte sie verstehen. »Okay. Stellt euch in unsere Beamerkabine. Schade, dass wir bei dem Empfang nicht dabei sein können.«

Weißröschen, Prinz Pedro, Drachulustig und Till stellten sich in die Kabine, wurden von den Pygolen herzlich verabschiedet und verschwanden in einem wunderbaren Lichtermeer.

Maxims *HUV* landete mit dem üblichen Getöse vor Schneewittchens Schloss. Die geretteten Kinder aus Südamerika wurden von Weißröschen und allen anderen herzlich begrüßt und sogleich auf den Schlosshof geführt. Auf der Bühne befanden sich die Opfer aus Tarantellas **REICH DER GOLDENEN HERZEN** mitsamt all den Behältern, in denen sich die Kugeln mit ihren echten Herzen befanden. Doch da diese noch nicht zurückbekommen hatten, schauten sie den Neuankömmlingen ziemlich desinteressiert zu. Als alle versammelt waren, trat Weißröschen vor und ging ans Mikro.

»Als Erstes möchte ich unsere Neuankömmlinge aus Südamerika ganz herzlich willkommen heißen und allen danken, die die schwierige Aufgabe ihrer Rettung erfolgreich gemeistert haben. Dabei möchte ich ganz besonders jemanden erwähnen, ohne den mein geliebter Pedro, die Kinder aus Tarantellas Reich und ich heute nicht hier wären.«

Sie schaute sich auf der Bühne um. Drachulustig saß ganz bescheiden im Hintergrund. Als sie ihn entdeckte, ging sie zu ihm, nahm seine Hand und führte ihn zum Mikrofon. »Das ist der Held des Tages. Ihm gebührt ein großer Applaus.«

Die Leute jubelten und klatschten begeistert. Drachulustig wurde ganz verlegen, verbeugte sich und machte ein paar Loopings in der Luft. Schneewittchen lachte, zeigte auf den großen Monitor, der hinter der Bühne stand und bat: »Hallo meine lieben Sieben Zwerge, zeigt euch doch bitte auf dem Monitor.« Sogleich waren die Pygolen darauf zu sehen und Alix sagte: »BIM, nichts leichter als das.«

Till winkte ihm: »Wollt ihr nicht doch zu unserer Feier kommen?«

Alix machte ein trauriges Gesicht. »Gerne, aber ihr wisst doch, wir dürfen die Erde nicht betreten.«

»Dann betretet doch wenigstens die Bühne hier«, erwiderte Till.

Gelix, der Kleinste, überlegte und sagte spontan ganz mutig: »Okay, ich komme.«

Er erschien auch nach kurzer Zeit im Lichtkegel des Beamers auf der Bühne, lachte und rief: »Na bitte, geht doch!«

Nun hatten auch die anderen Pygolen Mut gefasst und erschienen nach und nach auf der Bühne. Schneewittchen begrüßte ihre Sieben Zwerge herzlich und sagte:

»Bevor wir mit der Generalprobe für unser großes Fest beginnen, möchte ich die befreiten Gefangenen aus Tarantellas Reich von ihren goldenen Herzen erlösen und ihnen ihr richtiges Herz zurückgeben.«

Sie gab Maxim ein Zeichen und er kam auf die Bühne. Noch grinsten die Typen ganz schön überheblich, doch Schneewittchen lächelte nur und sprach zu ihnen:

»Hier ist etwas für euch von unschätzbarem Wert. Ich werde jetzt diese Behälter öffnen und es werden Kugeln heraus schweben. Jede dieser Kugel gehört einem von euch und sie wird auf den jeweiligen Eigentümer zu schweben. Ihr braucht sie nur zu nehmen und in Richtung Sonne halten. Dann geschieht so etwas wie ein Wunder und ihr werdet um vieles reicher sein. Mehr will ich dazu gar nicht sagen.«

Diese machten zwar noch abfällige Bemerkungen, stellten sich aber alle sehr neugierig an die Boxen. Maxim öffnete sie und die Kugeln schwebten heraus. Sie funkelten in den herrlichsten Farben. Jeder von ihnen nahm sich seine Kugel und hielt sie gegen die Sonne. Dann drückten sie sie ganz automatisch an ihre Brust. Dort zerplatzten die Kugeln wie Seifenblasen und die richtigen Herzen verschwanden in ihren Körpern. Kurz darauf fielen Dutzende goldene Herzen polternd auf den Bühnenboden. Aus all den arroganten Gesichtern, wurden fröhlich strahlende junge Menschen, die einen Handkuss in Richtung Sonne sandten.

Die Kinder aus dem Kinderland schauten ganz gebannt bei dieser Verwandlung zu. Ein Junge, der nah an der Bühne stand, wollte sich ein goldenes Herz nehmen, doch Schneewittchen hielt ihn fest.

»Stopp, diese Herzen haben so viel Leid gebracht und deshalb wollen wir sie nicht behalten. Es kann sich jeder von euch ein Herz nehmen und es in unserer Goldschmiede in den Schmelzofen tun. Wenn sie geschmolzen sind, werden daraus Halskettchen und Anhänger mit unserem Logo hergestellt. Diese werden an alle Kinder des Kinderlandes als Zeichen des Friedens verteilt und sorgen dafür, dass keinem mehr ein Leid zugefügt werden kann oder aus einem lieben Kind ein boshafter Mensch wird. Natürlich bekommen alle, die bei der Rettung der Kinder mitgeholfen haben und auch meine Sieben Zwerge, als Andenken an die aufregende, aber auch wunderschöne Zeit bei uns, ebenfalls eine Kette.«

Der Junge, der ein goldenes Herz nehmen wollte, sagte verlegen: »Entschuldige bitte. Ich wollte es mir doch nur mal genau ansehen.«

Ohne groß zu überlegen gingen die Kinder in die Goldschmiede und legten die goldenen Herzen in den Schmelzofen. Alle klatschten begeistert als die Kettchen fertig waren und legten sie sofort um.

Zurück auf dem Schlosshof lud Drachulustig einige Kinder auf seinen Rücken und flog mit ihnen durch die Gegend. Es herrschte eine ausgelassene Stimmung. Schneewittchen schaute dem Treiben lächelnd von der Bühne aus zu.

Da trat Maxim zu ihr.

»Wittymaus, es tut mir leid, aber ich muss zurück in die Menschenwelt. Heute Abend habe ich einen Auftritt, den ich wegen unserer Aktion verschoben hatte.«

Schneewittchen meinte traurig:

»Das ist aber schade. Ich weiß gar nicht, wie ich dir für das alles danken soll. Ich hätte nur eine Bitte. Du musst auf alle Fälle bei unserer großen Feier dabei sein.«

Maxim küsste sie liebevoll auf die Stirn. »Das verspreche ich dir hoch und heilig. Dieses Fest will ich auf keinem Fall versäumen. Schließlich haben wir für die Kinder ganz schön gefährliche Situationen durchlebt. Aber wir haben es ja gerne gemacht.«

Schneewittchen umarmte ihn herzlich. »Weißt du, was ich mir noch wünschen würde?« Sie schaute ihn mit strahlenden Augen an.

Maxim machte eine tiefe Verbeugung, nahm ihre Hand und küsste sie galant. »Was denn?«, fragte er.

Schneewittchen schmunzelte: »Weißt du, ich würde mich freuen, wenn zu unserem Fest auch unsere Freunde aus der Menschenwelt, die bei der Rettung der Kinder geholfen haben, mitkommen könnten.

Ich denke dabei unter anderem an PIA und BASTI.«

Maxim sagte nachdenklich: »Ich glaube, das lässt sich einrichten.« Schneewittchen lachte glücklich.

»Ich danke dir schon jetzt von ganzem Herzen.«

NAO saß ganz gerührt vor dem Monitor. Dann stand er auf und ging mit gesenktem Kopf durch das Zimmer. Dabei stieß er mal wieder mit dem Kopf an die Kugel des Kronleuchters. Doch diesmal lachte er über sich selbst und murmelte in sich hinein: ›*Das konnte ja nicht anders sein. Ich habe eben das besondere Glück, im richtigen Moment an der falschen Stelle zu sein.*‹ Er setzte sich wieder in seinen Sessel und wandte sich an SALI: »Nun ist die Geschichte eigentlich zu Ende. Weißröschen und Prinz Pedro sind glücklich. Schneewittchen ist ihrem Herzenswunsch mit dem Kinderland näher gekommen und Tarantellas ›Reich der goldenen Herzen‹ existiert nicht mehr. Aber was ist eigentlich aus Peter und Gu Lap und dem geheimnisvollen Buch aus Atlantis geworden?«

Auch SALI war gerührt von der Story und schaute NAO an.

»Na, lass uns doch einfach mal nach Peter schauen.« Er schaltete sein Programm im Computer um und Peters Zimmer war zu sehen.

Peter lies seine Notizen sinken und schaute Gu Lap, erschöpft vom lesen an. Sein Mund war schon trocken. Er leckte sich schmatzend die Lippen: »Also, ich weiß ja nicht, wie es dir geht, aber ich brauche jetzt erst einmal einen starken Kaffee. Möchtest du auch einen?«

Gu Lap schüttelte den Kopf, kniff Peter in den Arm und sagte kess: »Hast du´s vergessen? - Ich trinke Tee.«

»Aua - oh«, lachte Peter. »Sorry Majestät, Ihr Wunsch wird sofort erfüllt.« Er ging in die Küche. Nach einer Weile kam er zurück und brachte Gu Lap ihren Tee und sich eine Tasse mit Milchkaffee.

»Vielen Dank«, sagte sie. »Schön, was du geschrieben hast. Ist das nun das Ende der Story?«

»Fast, aber noch nicht ganz«, meinte Peter geheimnisvoll und schmunzelte. »Ich habe da noch so eine Idee. Weißt du, Prinz Pedro und Weißröschen sind natürlich auch sehr musikalisch. Und warum sollten sie eigentlich nicht an dem gleichen Song arbeiten wie wir?«

Gu Lap nickte lächelnd. »Stimmt, warum eigentlich nicht.«

Peter runzelte die Stirn. »Aber jetzt macht mir erstmal etwas anderes Kopfzerbrechen. Die Show von Igor Zarewitsch, bei der wir mit unserer Band auftreten sollen, rückt immer näher. Darauf sollten wir uns jetzt erst einmal konzentrieren. Du musst dich leider noch ein wenig gedulden, bis ich dir das Ende meiner Story erzähle.«

Gu Lap zog einen Schmollmund, war aber trotzdem bereit, mit Peter ihren Song zu proben. Er schaltete sein Keyboard an und sie sangen zusammen ›*Children Of This World*‹. Dann brachte Peter Gu Lap nach Hause. Dabei sahen sie in einiger Entfernung Specky.

Peter hielt sie am Arm und sagte: »Schau mal - dort!«

Gu Lap zuckte mit den Schultern. »Na und, das ist Specky.«

»Hör mal hin«, sagte er geheimnisvoll und machte ein zischendes Geräusch. Gu Lap sah ihn verständnislos an: »Und? Was war das?«

Peter grinste: »Eben ist Sven nach dem Untergang von Tarantellas Reich wieder in Speckys Körper angekommen.« Beide lachten.

Als er wieder zu Hause war, legte er sich auf seine Liege, griff zu seinen Notizen und schrieb weiter an der Geschichte.

In Schneewittchens Schloss saß Prinz Pedro an seinem Keyboard und spielte den Song ›*Children Of This World*‹, während Weißröschen mit ihrer melodischen Stimme dazu sang. Plötzlich hörten sie von draußen ein unheimliches Getöse. Sie unterbrachen das Lied und gingen ans Fenster. Maxim war mit seinem *HUV* auf der Wiese vor dem Schloss gelandet, stieg aus und winkte. Die beiden gingen sofort nach unten, wo Schneewittchen bereits wartete und Maxim mit den folgenden Worten begrüßte:

»Na, das ist ja eine Überraschung! So schnell hatte ich dich nicht erwartet. Aber du bist mir jederzeit ganz herzlich willkommen.«

Maxim lachte. »Vielen Dank, Eure Majes ... äh, ich meine, liebe Wittymaus. Hört mal zu ihr Lieben. Ich habe da eine ganz verrückte Idee, was die Feier für dein Kinderland betrifft.«

Schneewittchen runzelte die Stirn. »Da bin ich aber gespannt. Es ist doch nichts Schlimmes, oder?«

Maxim küsste sie auf die Stirn.

»Nein, nein - aber die Zeit drängt.«

Er überlegte einen kurzen Moment. »Ähm ... wir sollten heute gemeinsam über den genauen Ablauf sprechen. Ach so, und eine Bitte hätte ich noch zu diesem Event. Ich würde es ich begrüßen, wenn die Sieben Zwerge - sorry, ich meine Pygolen - dabei sein könnten.«

Schneewittchen schaute ihn mit großen Augen an, hakte sich bei ihm unter und sagte lächelnd: »Wir werden sie einfach fragen.«

Im Hi-Tech-Salon stellten sie eine Verbindung zu den Pygolen her. Belix erschien auf dem Monitor.

»Ich grüße euch. Was habt ihr auf dem Herzen?«

Maxim lachte. »Wir grüßen euch auch herzlich, ihr himmlischen Wesen. Passt mal auf. Das große Fest soll ja nun bald stattfinden und da habe ich eine ziemlich außergewöhnliche Idee. Aber bevor ich alles erkläre, wäre es gut, wenn ihr zu uns kommt. Ist das möglich?«

Belix nickte und meinte: »Ich denke, das lässt sich einrichten. Schließlich waren wir ja letztens auch auf der Bühne im Schlosshof. Ich werde Alix fragen.«

Maxim freute sich. »In Ordnung, wir erwarten euch dort.«

Ohne zu antworten war Belix vom Monitor verschwunden.

Auf dem Schlosshof - inmitten der Bühne - leuchtete der Lichtkegel des Beamers und die Pygolen erscheinen darin. Die Kinder, die gerade in der Nähe waren, staunten nicht schlecht. Die Zofe Hanna ging an den Bühnenrand und sagte mit großen Augen:

»Das ist ja toll. Schön, dass ihr uns wieder besucht! Was verschafft uns die Ehre?«

Celix lachte. »Danke, meine Liebe. Maxim und Schneewittchen haben uns eingeladen.«

Hanna erwiderte: »Ach so. Die sind bestimmt im Schloss. Da müsst ihr mal reinschauen.«

Alix ging an den Bühnenrand und meinte: »Das geht leider nicht, wir dürfen diese Bühne nicht verlassen. Sei bitte so lieb und gehe ins Schloss und sage Schneewittchen, dass wir hier sind.«

Hanna war verwundert. »Das verstehe ich zwar nicht, aber ich will euch gerne den Gefallen tun.« Sie machte sich auf den Weg.

Schneewittchen, Weißröschen, Prinz Pedro und Till saßen immer noch im Hi-Tech-Salon vorm Monitor und warteten auf ein Zeichen der Pygolen. Plötzlich klopfte es an der Tür. »Herein bitte.«

Die Tür ging auf und Hanna kam herein. Sie blieb im Türrahmen stehen und machte einen Knicks.

»Was führt dich zu uns, liebe Hanna?«, fragte Schneewittchen. »Komm ruhig etwas näher.«

Bescheiden ging Hanna ein paar Schritte auf sie zu. »Unten auf der Bühne sind die kleinen Knirpse erschienen, die letztens hier waren, als die Kinder ihre gestohlenen Herzen zurückbekamen.«

Weißröschen fragte liebevoll: »Die Sieben Zwerge, stimmt´s? Und warum hast du sie nicht einfach mit zu uns gebracht?«

Hanna zuckte mit den Schultern. »Sie haben gesagt, dass sie die Bühne nicht verlassen dürfen und Ihr zu Ihnen kommen möchtet.«

Prinz Pedro nickte. »Stimmt. Danke Hanna. Wir gehen zu ihnen.«

Sie nahmen Hanna in die Mitte und gingen auf den Schlosshof. Schneewittchen trat an die Bühne und sah die Pygolen lachend an.

»Ihr traut euch wohl nicht von der Bühne?«

Alix entgegnete: »Du kennst doch unser Gesetz. Wir würden ja gerne, aber ehrlich gesagt, trauen wir uns noch nicht so richtig.«

Plötzlich nahm der kleine Gelix einfach Anlauf in Richtung an den Bühnenrand. Die anderen Pygolen schauten entsetzt zu und Alix rief:

»Gelix, Gelix, nicht. Das ist zu gefährlich!«

Doch war es jetzt zu spät. Mit einem Satz sprang Gelix über den Bühnenrand und landete mit einem Salto auf dem Boden. Er blieb einen Augenblick abwartend sitzen und betastete sich und die Erde. Keiner wagte ein Wort zu sagen und alle schauten gebannt, was jetzt passieren würde.

Doch Gelix stand ganz normal auf, drehte sich siegessicher zur Bühne, lachte, nickte und winkte den anderen zu.

»Na seht ihr - null Problemo!«

Die anderen Pygolen schauten immer noch ungläubig zu ihm. Doch dann fasste sich auch Felix ein Herz und ging mutig zur Treppe. Vorsichtig berührte er mit den Zehenspitzen seines rechten Fußes die Erde. Als nichts ungewöhnliches passierte, betrat er ganz und gar den Schlosshof. Jetzt hatten auch die anderen Mut bekommen und gingen von der Bühne. Als Letzter stand Alix auf der Bühne und schüttelte - zwar erleichtert - den Kopf und sagte, indem er sich an die Stirn fasste und tief Luft holte: »Ich glaube es einfach nicht!«

Dann schluckte er ein paar mal.

»Diese Jugend von heute. Keinen Respekt vor Anordnungen. Doch manchmal ist es ganz gut, wenn sie ihren Kopf durchsetzen. Es bringt vielleicht bei den Erwachsnen ab und zu einmal frischen Wind in ihre festgefahrenen Gehirnzellen.« Er schüttelte selbstkritisch den Kopf.

»Ts,ts, ts. Meinen Respekt.«

Es wurde - vor allem von den ganz jungen Anwesenden und auch Pygolen - kräftig applaudiert.

ALIX strich sich feierlich über seine Federn und verneigte sich wie ein Musketier.

Maxim rief hocherfreut: »Das ist ja toll! Das bringt mich mit meiner Idee ein ganzes Stück weiter. Kommt, lasst uns ins Schloss gehen und meinen Plan besprechen.«

Überglücklich folgten die Pygolen der Gesellschaft ins Schloss.

NAO und SALI waren auch ganz glücklich, dass die Pygolen kein Problem damit hatten, die Erde zu betreten. Zumindest in Peters Phantasiewelt.

NAO zerrte SALI vollkommen ausgelassen von seinem Sessel und hüpfte mit ihm herum. SALI verdrehte nur die Augen, denn so kannte er seinen Meister noch gar nicht. Er freute sich aber darüber, dass NAO nach so langer Zeit, in der er nur missmutig durch die Gegend gelaufen war, jetzt endlich wieder der alte fröhliche alte Knabe war. NAO setzte sich in seinen Sessel.

»Na, ist das nicht wundergroßartigbar? ... Äh? ... Ich glaube man sagt heutzutage dazu ... mega cool! Da könnte man doch glatt vor Freude einen Salto machen!«

SALI nickte nur und schmunzelte kopfschüttelnd über seine komischen Ausdrücke.

»Na Meister, dann mal los! Einen Versuch hätten sie.«

NAO schaute SALI entrüstet an: »Einen nur?!«

Er ging an die Tür, nahm Anlauf, machte drei rasante Saltos und landete genau vor SALI. Der machte ein verdutztes Gesicht.

»Donnerwetter noch mal. Und das in Ihrem Alter!«

»Was heißt hier: in meinem Alter. Für einen Geist bin ich allerhöchstens im frühen Mittelalter. Vergiss das bitte nicht ... du junger Spund!«

SALI lächelte: »Ist ja gut. War nur 'n Scherz.« Dann schaltete er am Computer wieder um und sie beobachteten, was da bei Peter weiter so geschah.

In und um das Olympiastadion in Berlin herrschte inzwischen ein emsiges Treiben. Überall wurde die große Show mit Igor Zarewitsch vorbereitet. Die Bühne wurde aufgebaut und dekoriert. Um das ganze Stadion herum wurde ein Erlebnispark mit vielen Attraktionen sowie einer Menge kleiner Gebäude im Stil der verschiedensten Kulturen errichtet. Igor höchstpersönlich beobachtete auf der Bühne den Aufbau seiner Requisiten für die Show. Als Peter und Gu Lap die Bühne betraten, ging er sofort auf sie zu.

»Ich grüße euch ganz herzlich.« Er schaute die beiden nachdenklich an. »Wir kennen uns doch, oder? Na, aufgeregt?«

Peter war sichtlich nervös. »Ich grüße Sie. Aufgeregt?! - Das ist gar kein Ausdruck. Ich lasse mich ständig von Gu Lap in die Arme zwicken, damit ich auch sicher bin, dass ich das nicht nur träume.«
Er zwickte sich selbst in den Arm. »Aber es stimmt. Wir kennen uns schon. Vor einiger Zeit waren wir in Ihrer Show im ICC. Sie holten uns auf die Bühne und Gu Lap und ich durften bei dem Trick mit den beiden Boxen mitmachen.«

Igor lachte. »Stimmt, ich erinnere mich.«

Gu Lap zeigte auf Peter und schmunzelte. »Mein Prinz ist seit Tagen das reinste Nervenbündel. Aber bei so einem Ereignis - verständlich.«

Sie streichelte Peter über den Kopf. »Dabei versuche ich schon die ganze Zeit wie eine Beruhigungspille auf ihn zu wirken. Aber bisher vergeblich.«

Peter fragte sich im Stillen: ›*Hat sie etwa gerade wirklich ›Mein Prinz‹ zu mir gesagt?*‹ Er zwickte sich gleich noch mal in den Arm.

Igor zeigte den beiden die Bühne und erklärte:

»Also, ich habe mir das so vorgestellt. Von der Hinterbühne kann man durch drei Eingänge auf die Bühne gehen. Links und rechts sind es ganz normale mit Pendeltüren. Der Eingang in der Mitte ist nach hinten offen.« Er zeigte Peter eine Computerskizze. Vor der Bühne befand sich ein großes geschmücktes Schwimmbecken, in dem Wassersportler ihre Kunststücke vorführen und auch Überraschungsgäste auftauchen sollten.

Igor erklärte weiter: »Nachdem die Musik begonnen hat, kommen die Solisten über die mittlere Treppe auf die Bühne und gehen ...«

Peter hörte gar nicht richtig hin. Ihm ging immer wieder durch den Kopf, dass Gu Lap ihn *›Mein Prinz‹* genannt hatte.

NAO saß in seinem Sessel und wirkte ganz nervös. »Bald ist der große Tag. Ich bin schon so gespannt!« Und SALI war noch aufgeregter. »Na, ich erst einmal. Ich habe schon ganz feuchte Hände.« Er drehte sich zu NAO um und winkte ihn zu sich.

»Meister, wollt Ihr weiter die Vorbereitungen zu dem Fest ansehen?«

»Warum fragst du?«

»Naja, die letzten Tage waren ganz schön aufregend und ich würde gerne bis zum Tag des Events mal ein bisschen relaxen und meine Freunde besuchen. Es gibt ja viel zu erzählen. Wäre Euch das Recht?«

NAO klopfte SALI liebevoll auf die Schulter. »Aber klaro. Entspann dich ein paar Tage. Auch ich werde mal abschalten. Vielleicht fällt mir eine ganz neue Story ein. Ich bin nach den Erfahrungen mit Peter wieder optimistischer geworden. Also mach den Kasten aus.« SALI schaltete den Computer aus, bedankte sich, trat auf den Balkon hinaus und schwebte davon.

NAO zündete sich sein Pfeifchen an, setzte sich an den Schreibtisch und schlug sein großes Buch auf. Als er sich ein paar Notizen gemacht hatte, kraulte er seinen Kater Hemingway, der ganz wohlig schnurrte, und zog sich dann in sein Schlafgemach zurück.

Tage später saßen NAO und SALI wieder am Monitor, um sich den Auftritt von Peter bei der großen Show von Igor Zarewitsch anzusehen. Sie sahen gut erholt aus und machten glückliche Gesichter. Über dem Eingang des Berliner Olympiastadions leuchtete der Titel des Events.

1st Olympic Games Of The Artists And Athletes

Von dieser Idee total begeistert, gab keiner der beiden auch nur einen Mucks von sich. Im Stadion hatte die Veranstaltung gerade begonnen. Die Sportler der verschiedenen Nationen kamen fahnenschwenkend herein und stellten sich in der Mitte des Stadions auf.

Dazu erklang die Hymne des Festes: ›*BRONZE! SILVER! GOLD!*‹. Erstmals gab es ungewöhnliche Wettkampfdisziplinen, die es noch nie bei Olympischen Spielen gegeben hatte. So zum Beispiel X-Fighting, wo die jungen Sportler mit ihren Motorrädern halsbrecherische Saltos, Weitsprünge und andere gewagte zirkusreife Kunststücke zeigten. Oder Trampolin-Hochsprung. Dabei sprangen die Sportler von einem Sprungturm auf ein Trampolin und dann über die Latte. Außerdem verschiedene Mountainbike- und Skateboard-Hindernisrennen, Stabweitsprung und vieles mehr.

Nach der Sportshow führte Igor die Siegerehrung durch. Am Schluss sprach er zum Publikum:

»Ladies and Gentlemen, Kids and Youngster.

Die Sportler bedanken sich bei euch. Ihr ward ein wunderbares Publikum. Jetzt ist eine Stunde Pause für den Umbau zur Abschlussshow. Wie ihr wisst, wurde um das Stadion ein großer Erlebnispark aufgebaut und ich wünsche euch bis nachher viel Vergnügen. - Der Beginn der Show wird rechtzeitig bekanntgegeben. Thank you.«

Die Gäste gingen in den umliegenden Erlebnispark. Viele schauten sich auch die kleinen Häuser und Stände von Hilfsorganisationen der verschiedenen Nationen an. In der Waldbühne nebenan stellten sich junge Sänger und Bands aus der ganzen Welt vor.

NAO holte ganz tief Luft.

»Na, das war aber ganz schön spannend. Bei manchen Sportarten konnte ich gar nicht richtig hinsehen. Ganz schön mutig sind die Kids ja. Alle Achtung.«

SALI war so beeindruckt von diesen Sportarten, dass er ganz spontan und rasant durch das Zimmer schwebte und waghalsige Pirouetten, Saltos und alle möglichen riskanten Kunststücke vollführte. NAO hielt sich die Augen halb zu und musste sich ab und zu ducken, damit er nicht in SALIs Sog mitgerissen wurde. Hemingway war vor Schrecken unter den Schreibtisch geflüchtet und maunzte ängstlich. Wenn SALI zu nahe an den Bücherregalen vorbei rauschte, flogen ihm gleich ein paar Bücher hinterher. Dann schwebte er wieder an seinen Computer, schaute zu NAO und meinte stolz:

»Na Meister, ich kann das auch!«

NAO nahm seine Hand wieder vom Gesicht, streckte beide Arme in die Höhe und rief ein Stossgebet in den Himmel.

»Lieber Gott im Himmel! Gibt es gegen so einen Auftritt keine Geisterpillen oder muss er zu einem Geisterheiler - oder ist ihm nicht mehr zu helfen?«

Um nicht laut lachen zu müssen, hielt sich SALI den Mund zu. NAO ging entnervt durchs Zimmer, schaute sich das Chaos an und blieb dann aber selbst nicht mehr ernst und meinte gelassen:

»Erstens! Also deine Kunststücke waren ja ganz schön. Aber für einen Geniemanier nichts Außergewöhnliches. Zweitens! Jetzt hast du eine sinnvolle Beschäftigung. Du wirst dieses Chaos wieder beseitigen und in diesem Zug mal unser komplettes Zimmer in Ordnung bringen. Was hältst du davon?«

SALI stand auf, drückte eine Taste am Computer und man hörte einen Riesenapplaus. Dazu machte er eine tiefe Verbeugung.

»Es wird mir eine große Ehre sein großer Meister, Ihnen nach meinem grandiosen Auftritt Ihren Wunsch zu erfüllen.«

Er stürzte sich auch sofort an die Arbeit.

NAO grinste ihn schadenfreudig an, nahm Hemingway auf den Arm und ging zur Tür.

»Komm mein kleines Schmusekätzchen, wir machen uns solange aus dem Staub.«

Er drehte sich noch mal um und warf SALI einen Handkuss zu.

Im Berliner Olympiastadion begann der Aufbau der Bühne zum großen Finale. Über der Bühne leuchtete das Leitmotiv.

☆ Artists And Athletes For Children ☆

☆ Pro Love ☆ Pro Hope ☆ Pro Interactive ☆

Peter schlenderte über die Bühne, sah sich verwundert um und fragte den Magier neugierig:

»Sag´ mal Igor, weshalb stehen eigentlich zwei Flügel hier?«

Maxim, der anstatt Igor jetzt hier war, lachte verschmitzt:

»Das habe ich mir für meinen letzten Zaubertrick heute Abend ausgedacht. Aber den verrate ich nicht. Es wird eine Überraschung.«

Peter merkte nicht, dass es Maxim war und der verschwand auch so schnell wie er erschienen war. Im Stadion waren wieder sämtliche Plätze besetzt und die Bühne erstrahlte im Lichtermeer. Diesmal kam wirklich Igor die mittlere Treppe herunter und ging nach vorne ans Mikrophon. Er verbeugte sich und erntete großen Applaus. Mit einem Handkuss begrüßte er das Publikum mit amerikanischen Dialekt: »Thanks, thank you. Ladies and Gentlemen, dear Boys and Girls.« Er zeigte nach hinten. »Hier kommen die neuen Stars Peter und Gu Lap mit der Band Power & Emotion, sowie das Jugendsinfonieorchester und der Kinder- und Jugendchor der Vereinten Nationen.«

Gu Lap und Peter kamen Hand in Hand über die mittlere Treppe auf die Bühne und hinter ihnen die Musiker der Band. Gu Lap ging an das Mikro auf der linken Seite der Bühne und Peter setzte sich daneben an den Flügel. Das Licht verlosch und nur Gu Lap und Peter waren im Spot zu sehen. Überall stieg farbig leuchtender Nebel auf.

Igor sagte weiter: »Ladies and Gentlemen, Kids and Youngster. Bevor die beiden zauberhaften Künstler euch mit ihrer Musik gefangen nehmen, werde ich euch erst einmal einen neuen Trick zeigen.« Mit einem geheimnisvollen Unterton fügte er noch hinzu: »Der hat heute Premiere und ich hoffe, er gelingt mir auch. Also, aufgepasst!«

Während der ganzen Zeit war nur der linke Teil der Bühne im Licht. Igor drehte sich nach hinten um und gab dem Dirigenten ein Zeichen. Mit mystischen Sounds begann die Musik, die mit einer fantastischen Lasershow untermalt wurde.

Dann erstrahlte die Bühne in vollem Licht. Sänger, Chöre und Musiker waren auf ihren Plätzen - außer, dass bei den Solisten und dem Kinderchor nur die linke Seite der Bühne besetzt war. Als Igor die leeren Plätze bemerkte, schaute er zum Publikum und zeigte fragend auf diese Stelle. Der Dirigent wollte gerade der Band den Einsatz zum Song geben, doch Igor machte ein Zeichen, noch zu warten. Schnell ging er an die freie Stelle.

»Stopp, Stopp, Stopp. Was ist denn das? Wieso ist hier niemand? Hier sollten doch die Überraschungskünstler sein, die ich ja selbst nicht kenne! Funktioniert etwa der Zaubertrick nicht? Das glaube ich nicht. Will mich hier jemand auf den Arm nehmen?«

Er rannte die mittlere Treppe hinauf bis zum Eingang, der ja immer noch offen war und schaute kopfschüttelnd hinaus. Nicht ein einziger Künstler war zu sehen. Er ging ein paar Stufen zurück und drehte sich noch einmal zum Eingang um. Dann machte er einige mystische und zaubervolle Handbewegungen in Richtung Eingang. Er schloss die Augen und blieb einen kurzen Moment absolut konzentriert und bewegungslos stehen. Danach drehte er sich kopfschüttelnd zum Publikum. »Irgendetwas ist da schief gelaufen!«

Das Publikum wurde langsam ungeduldig und murrte herum, doch Igor ließ sich nicht beirren. Er streckte seinen rechten Arm noch einmal in Richtung Eingang aus. Ein Lichtbogen schoss mit lautem Zischen dorthin.

Plötzlich verwandelte sich der mittlere Eingang in die Schleuse, die Maxim immer benutzte um in die Märchenwelt zu gelangen.

Zuerst kam in einem glitzernden Zaubergewand Maxim herein stolziert. Ihm folgten in ihrer königlichen Garderobe Schneewittchen, begleitet von einigen anderen Bewohnern ihres Königreiches, durch die Schleuse auf die Bühne. Sie blieben auf der Treppe stehen und Maxim begrüßte alle mit einer majestätischen Verbeugung. Weißröschen und Prinz Pedro gingen auf die linke Seite der Bühne an den zweiten Flügel.

Maxim zeigte noch einmal auf die Schleuse.

Im Spotlight kamen lachend und total übermütig die Sieben Pygolen zum Vorschein und gesellten sich zum Kinderchor.

Maxim stellte dem Publikum die Neuankömmlinge vor:

»Und hier begrüßen wir ganz herzlich Schneewittchen, ihre Sieben Zwerge - ich meine unsere lieben Pygolen vom Planeten Pygmion - und alle Lieben aus dem Märchenland.«

Peters Mutter Marie-Luis, die im Publikum in der ersten Reihe saß und sich in Schneewittchen wiedererkannte, kam aus dem Staunen nicht mehr heraus. Immer wieder rieb sie sich die Augen, als könne sie nicht glauben, was sie gerade sah.

Ohne dass Igor etwas von dem ganzen Geschehen wusste, ging nun Maxim, sein Zwillingsbruder, schnurstracks nach vorne und stellte sich schmunzelnd neben ihn.

»Na alter Knabe, jetzt staunst du!«

Igor war total verwirrt und schaute sich etwas hilflos um. Maxim sah, dass es ihm die Sprache verschlagen hatte und nahm selbst das Mikrophon.

»Na? ... Überraschung gelungen? ... Wenn schon Magie, dann richtig.« Er raunte Igor ins Ohr: »Ich hoffe, meine Zauberei hat dir gefallen. Ich erzähle dir alles später einmal. Jetzt mach einfach wie geplant weiter.«

Er hielt sich die Hand vor den Mund, denn er konnte sich ein Schmunzeln nicht verkneifen.

Igor schaute Maxim noch einmal von oben bis unten an und gab dann dem Dirigenten ein Zeichen. Der hob die Hände und das Orchester wollte endlich mit der Musik beginnen. Doch in diesem Moment erlosch das gesamte Licht.

Eine kleine leuchtende Kugel kam auf die Bühne geflogen und explodierte mit einem furchtbaren Knall und grellem Blitz.

Alle Anwesenden - selbst Igor und Maxim - zuckten zusammen.

Auf der Bühne kam von oben eine grell funkelnde Trapezgondel herab, auf der eine Wildgans saß. Man hörte ein furchterregendes, verhallendes Gelächter. Langsam verwandelte sich die Gans in eine Frau, die wie ein Trapezfänger mit dem Kopf nach unten baumelte.

Ihr Kleid hing über ihrem Gesicht. Sie schaukelte hin und her, bis sie sich mit Blitz und Donner nach oben aufrichtete. Jetzt erkannte man sie. Es war Tarantella. Schneewittchen, ihre Freunde und die Pygolen zuckten förmlich zusammen. Drachulustig zitterte am ganzen Körper und dachte bei sich: ›*Jetzt kommt die Rache*‹. Tarantella lachte schadenfroh, aber diesmal eher lustig, und rief: »Na ihr Menschen, Märchentanten- und Onkels da unten, ihr habt wohl geglaubt, ihr seid mich für ewig los? Aber da kennt ihr Tarantella nicht. Peter hat mich zwar in seiner dämlichen Story aus meinem Reich vertrieben, aber ich lasse mir doch dieses großartige Fest nicht entgehen.« Langsam schwebte sie nach unten und lachte dabei überschwänglich.

Unten angekommen, ging sie zu dem Dirigenten, klopfte ihm auf die Schulter und meinte: »Na alter Knabe, jetzt kann´s ja losgehen.« Der Dirigent drehte sich lachend zu Tarantella um und zwinkerte ihr zu. Es war niemand anderes als NAO. Tarantella nickte ganz freundlich zurück. »Noch einen kleinen Augenblick bitte, hier ist noch jemand, der sich nicht auf die Bühne traut.« Sie ging an den Rand der Bühne und winkte ungehalten. »Na komm endlich, du Rumpeltopf. Es wird dir schon keiner deine Birne abreißen.«

Rumpelstilzchen, der jetzt wie Herr Rumpe aussah, kam stolpernd auf die Bühne und machte den Eindruck, als würde er sich gleich in die Hosen machen. Es herrschte allgemeines Gelächter.

So langsam kehrte wieder Ruhe in das Geschehen ein. Die Lichter gingen aus und nur ein Spot war auf Igor gerichtet. Der setzte sich auf einem Barhocker. Für einen Moment war er nicht mehr der actiongeladene Magier, sondern sprach in einer sehr besinnlichen Art zum Publikum:

»Bevor wir nun wirklich loslegen, noch ein paar Worte zu diesem Fest. Der eigentliche Anlass dieser Veranstaltung ist ja, dass wir euch zeigen wollen, dass zum Beispiel Musik und Sport Aktivitäten sind, die den Menschen zeigen, dass das Leben miteinander viel schöner, spannender und auch erfolgreicher sein kann. Da fragt man nicht nach Nichtigkeiten wie:

Wer bist du? Woher kommst du? An wen glaubst du? Wie reich bist du? Da will man lediglich miteinander das Leben in seiner unermesslichen Vielfalt genießen, spannende aber faire Wettkämpfe erleben und seine Seele baumeln lassen.« Igor atmete tief durch.

»Wer mit offenen Augen und Herzen solche Veranstaltungen erlebt, muss eigentlich erkennen, dass Kämpfe im Leben sehr wichtig und interessant sind, aber nicht in sinnlose, brutale Auseinandersetzungen ausarten müssen oder sogar durch sinnlose Kriege ausgetragen werden.« Er ging über die Bühne, gab vielen die Hand und sagte weiter: »Es gibt noch viel zu viele Ungerechtigkeiten in unserer Welt und tragischerweise auch für viele unschuldige Kinder. Deshalb lasst uns gemeinsam diesen Tag der Freude, der spannenden Erlebnisse und schönen Begegnungen mit einem kurzen Moment der Besinnlichkeit beenden. Peter und Gu Lap haben einen Song namens ›Children Of This World‹ geschrieben, der uns daran erinnern soll, dass es noch viele Kinder gibt, die auf der Schattenseite des Lebens leben. Dafür haben sie bei dem diesjährigen Wettbewerb ›The Best Songwriters From Europe‹ den 1. Preis bekommen - und damit werden wir nun beginnen.«

Es herrschte eine unheimliche Stille und keiner klatschte.

Immer noch war Igor allein im Spotlight zu sehen. Der Song begann mit mystischen Klängen. Im Publikum wurden Wunderkerzen angezündet und kleine Lichter über den Köpfen geschwenkt. Man hörte eine tiefe und geheimnisvolle Stimme sagen:

Bridges - Between The Present - And The Future
Across The Current Of Time
Always An Image Ahead
Little Souls - That Carry Us.

Dann sang Peter mit Prinz Pedro und den Kindern die erste Strophe. Die zweite wurde von Gu Lap und Weißröschen gesungen. Beim Refrain erstrahlte die Bühne in vollem Licht. Dann erschienen *Sunbeam* und der *Guardian Angel Choir* über der Bühne und sangen die dritte Strophe. Am Ende des Liedes erklang wieder die mystische Musik. Die geheimnisvolle Stimme beendete diesen Song mit den Worten:

An Investment In Our Children - Is An Investment In The Future
Of Us All

Beim nun folgenden Finale der Musik gingen die Gesangsolisten der Show zu den Siegern dieser Olympic Games und brachten sie der Reihe nach auf die Bühne. Jedes Mal wenn die Sportler mit ihrer Landesflagge, auf der in der rechten oberen Ecke das Projektlogo war, die Bühne betraten, wurden sie von Igor begrüßt und der Chor sang die Textzeile ›*Children Of This World*‹ in der dazugehörigen Landessprache. Zum Beispiel: ›*Kinder dieser Welt*‹. Der Song endete mit einem leisen, besinnlichen Paukenschlag. Gleichzeitig erlosch das Licht und es war einen Moment lang absolut still. Nur im Publikum funkelten noch kleine Lichter. Schließlich gingen alle Lichter wieder an und die Künstler und Sportler verneigten sich.
Nach dem Applaus erloschen noch einmal die Lichter. Nur ein Spot blieb an und Gelix, der kleinste Pygole, stellte sich vorne in die Mitte der Bühne. Maxim hob ihn auf einen Barhocker.

Gelix nahm das Mikrofon und sagte - ein bisschen nervös - auf seine kindlich naive Art: »Hallo liebe Menschenkinder. Ich möchte mich im Namen der Sieben Pygolen - äh, der Sieben Zwerge - äh, Quatsch, aller Pygolen und Zwerge von ganzem Herzen bedanken.« Er verbeugte sich ein paarmal. »Ich denke, die meisten von euch kennen die außergewöhnliche Geschichte von Peter noch nicht. Wie er das geheimnisvolle Buch von Atlantis fand, wie NAO auf unseren Wunsch hin Peter beim Schreiben seiner Story behilflich war und, und, und. Doch ich möchte euch auch dazu etwas sagen. Auf dem Weg hierher haben wir mit Schneewittchen beschlossen, dass Weißröschen und Prinz Pedro für eine gewisse Zeit mit auf unseren Planeten *Pygmion* kommen. Sie haben uns vor dieser Veranstaltung gefragt, warum wir nicht mit unserem Wissen und unserer hypermodernen Technik hier auf der Erde den Menschen helfen. Vielleicht würde sich dadurch der von vielen lang ersehnte Frieden verwirklichen und das Leben auf der Erde schöner und sinnvoller werden. Dazu musste ich aber leider sagen: Es ist uns nicht erlaubt, in die Schöpfung anderer Galaxien einzugreifen oder sie gar zu verändern. Wir können nur unser Wissen weiter vermitteln und euch erzählen, wie wir leben und was uns unser Schöpfer für Gebote vorschlägt.« So ganz nebenbei, als wäre es die natürlichste Sache der Welt, warf er ein: »Übrigens, unser Schöpfer hat - genau wie bei euch, je nach Kultur, verschiedene Namen.«

Dann fuhr er fort: »Ihr müsst es schon aus eigener Kraft und eurem eigenem Willen schaffen, dass es auf dieser wunderbaren Erde einmal gerecht und friedlich zugeht. Und wir wissen: Genau wie bei uns wird der Schöpfer in der Zeit des irdischen Lebens auch nicht in euer Leben eingreifen. Schließlich wurdet auch ihr Menschen von ihm ausgesucht, mit eurer Seele und eurem Verstand in eigener Verantwortung das Leben auf der Erde zu gestalten. Er möchte, dass ihr ohne Zwang einer höheren Macht wie kleine Götter handelt. Heißt es doch unter anderem in der Bibel der Christen:

›Gott schuf den Menschen nach seinem Ebenbild‹ .«

Jetzt schmunzelte er und sagte: »Naja, manche Menschen legen das so aus, dass Gott wie ein Mensch aussieht. Das ist nicht ganz richtig. Man kann ihn sich zwar so vorstellen, aber auch ganz anders. Das liegt von Fall zu Fall an der Kultur und der eigenen Phantasie.«

\- Stille -

Dann fuhr er fort: »Nebenbei gesagt, vor einigen Jahren hat die Band „Karat" - aus der damaligen DDR (Ostdeutschland) - in einem ihrer Songs in einer Textzeile schon gesagt: *»Uns hilft kein Gott diese Welt zu erhalten.«* Und das stimmt. Seine Gebote sind Richtlinien, die jeder für sich befolgen oder ignorieren kann. Er wird sich da nicht einmischen. Doch für jede Entscheidung, die wir treffen - ob positiv oder negativ, offiziell oder heimlich - müssen wir uns Alle nach unserem irdischen Leben vor ihm verantworten. Verbergen kann man dann nichts mehr. Wenn es jemand genau wissen will, was richtig oder falsch ist, braucht er nur sein Gewissen befragen - das ist der direkte Draht zu ihm - und dann bekommt er die Antwort von Gott, Allah, Buddha, oder wie auch immer ihr den Schöpfer nennt.«

Jetzt schmunzelte er und sagte: »Oh Gott, ich glaube jetzt komm ich vom eigentlichen Thema dieser Feier ab. Nur dieses Eine noch:

Beim Durchlesen von zahlreichen Schriften eurer Propheten ist mir eine für mich ganz wichtige Botschaft im Gedächtnis geblieben. So steht es sinngemäß auch in unserer ›Heiligen Schrift der Schöpfung‹ geschrieben. Und seit wir uns nach diesem Hinweis richten, leben wir seit vielen tausend pygmionischen Jahren sehr friedlich zusammen.«

Er drehte sich um und zeigte auf den Engelchor.

»Wenn ihr wissen wollt, welche Botschaft ich meine, wird euch *Sunbeam* das bestimmt sagen können.«

Sunbeam schwebte zu Gelix und stellte sich neben ihn.

Sie legte ihm die Hand auf die Schulter und sagte mit ihrer sehr herzlichen Stimme:

»Ihr braucht nur einmal im Neuen Testament der Christen bei Matthäus, Kapitel 18, Vers 1 bis 5 nach. Vielleicht versteht ihr dann, was Gelix meint. Schon allein über dieses Kapitel könnte man ein ganzes Buch schreiben.«

Sunbeam streichelte seinen Kopf und schwebte zurück zum Chor.

Nun trat Alix zu Gelix, legte die Hand auf seine Schulter und fügte lächelnd hinzu: »Das hast du sehr schön gemacht. Aber unser Raumschiff *UPSS* ist jetzt startklar. Doch ein paar Worte möchte ich noch dazu sagen. Ich wende mich dabei vor allem an Kinder und Jugendliche. Es ist schon gut, wenn ihr euch anhört, was euch reifere Menschen für Ideale oder Lebensweisheiten vermitteln. Doch wenn irgendwelche erwachsenen Leute von sich behaupten, besonders schlau zu sein und meinen, dass ihre Religion oder Ansicht über das Leben die einzig richtige ist, dann sagt einfach, ohne Überheblichkeit aber mit Nachdruck:

›Das glaube ich erst dann, wenn ich mich selbst damit befasst habe und man mich überzeugt hat. Nur so kann ich mir ein eigenes Urteil bilden.‹ «

Viele - vor allem junge Leute - applaudierten. Nur ein paar Ältere waren frustriert und murmelten irgendwelches völlig veraltetes Zeug.

Alix verneigte sich und fügte noch hinzu: »Nun möchten wir uns von euch verabschieden und wünschen euch viel Freude und Kraft für eure Zukunft. Vergesst uns bitte nicht.«

Er betätigte eine Art Fernbedienung und zeigte auf den Himmel über dem Stadion. Doch außer einem schönen sternenklaren Himmel war nichts zu sehen. Weißröschen und Prinz Pedro sangen gemeinsam den Song ›*Mama - Goodbye - See You Soon*‹.

Die Konturen des Raumschiffes *UPSS* wurden langsam sichtbar. Schneewittchen ging noch einmal zu ihren Zwergen und umarmte jeden einzelnen von ihnen. Das Raumschiff kam immer näher, bis es in einem funkelnden Lichtermeer über dem Stadion stehen blieb und ein glitzernder Lichtkegel auf die Bühne strahlte.

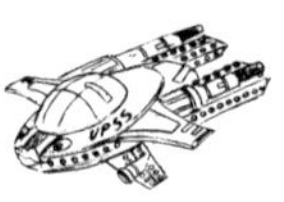

Abschied von den Pygolen

Die Pygolen verabschiedeten sich von ihren Freunden. Besonders herzlich war der Abschied zwischen Weißröschen von Gu Lap und Prinz Pedro von Peter.
Dann gingen sie auf den Laufsteg vor der Bühne. Vorneweg die Sieben Zwerge. Sie winkten dem Publikum noch einmal zu. Die Menschen im Publikum waren vor lauter Aufregung ganz still und schwenkten ihre Lichter. Im glitzernden Lichtkegel schwebten Weißröschen, Prinz Pedro und die Pygolen langsam nach oben zum Raumschiff. Alle schauten ihnen gebannt nach und manche hatten kleine Tränen in den Augen. Auch die Künstler und Sportler waren ergriffen.

Als das Raumschiff in der Ferne verschwunden, war ging Igor zu Tarantella, nahm sie - zur allgemeinen Verwunderung - an die Hand und wollte gerade etwas sagen, da holte Tarantella aus ihrem Umhang eine ihrer Leuchtkugeln und warf sie auf den Laufsteg vor der Bühne, wo sie mit dem üblichen Blitz und Donner explodierte. Ihr Gesicht wurde wieder giftgrün und ihre Augen funkelten feuerrot. Dann verwandelte sie sich in das unheimliche fliegende Monster, als das sie damals gegen Drachulus kämpfte, und spie Feuer. Alle Anwesenden duckten sich erschrocken und hielten sich die Hände vor die Augen. Mit ihrer röchelnden Stimme krächzte sie:

»Ihr kleingläubigen Nichtsnutze, ihr dachtet wohl, ich laufe zu eurer langweiligen Welt über. Ich glaube, ich zerplatze gleich vor Lachen!«
In ohrenbetäubender Lautstärke spie sie lachend Feuer über das Publikum.

»Jetzt ist endlich meine Stunde gekommen, Peters bescheuerte Story, samt Muschel und Buch von Atlantis für alle Ewigkeit zu vernichten. Und diese Winzlinge dort über uns«, dabei spuckte sie Feuer in Richtung Himmel, »können von Glück reden, dass sie sich noch rechtzeitig verdünnisiert haben.«

Wieder stieß sie einen gewaltigen Feuerstrahl gen Himmel. Doch plötzlich stand sie von einer Sekunde auf die andere wieder in ihrer menschlichen Gestalt neben Igor. Sie lachte ganz freundlich und fragte verwundert: »Igor, du wolltest etwas sagen?«

Auch Igor lachte. »Na, na, na, werte Kollegin. Ich hatte dich zwar gebeten, noch mal kurz als die böse Zauberin aufzutreten«, und dabei machte er ein lustig-grimmiges Gesicht, »aber gleich so extrem? Schau dir nur die verängstigten Gesichter der Kinder an.«

Tarantella ging ans Mikrophon. »Entschuldigung, ihr lieben Kleinen. Ich wollte euch nicht so doll erschrecken. Aber wenn ich etwas mache, dann eben richtig. Ich hoffe doch, dass mich viele kennen und wissen, dass eure Tina ab und zu eine durchgeknallte Dame von Welt ist.« Dabei machte sie ihre typische Grimasse. »Aber wer mich genau kennt weiß, dass ich Kinder über alles liebe und helfen will, wo ich kann.«

Igor nahm ihre Hand und gab ihr einen majestätischen Handkuss.

»Ergebensten Dank, Herr Kollege«, schmunzelte Tina.

»Es ist mir eine Ehre«, sagte Igor. »Doch nun wollen wir uns verabschieden. Ich bitte alle Künstler und Sportler dieser Spiele, die eine Medaille gewonnen haben auf die Bühne. Peter und Gu Lap werden zum Abschluss den Song ›*The Dream I Had Today*‹ vorstellen. Wir alle hoffen, euch hat das alles viel Freude bereitet, und bitte vergesst nicht, dass wir ein wichtiges Anliegen vermitteln wollen. Ich wünsche einen schönen Abend und vor allem eine friedliche und gesunde Zukunft.« Sie verbeugten sich und im Applaus begann Peter mit dem Song von *MARITT*, den er auf seine Weise bearbeitet hatte.

Weißröschen, Prinz Pedro und die Pygolen waren schon ziemlich weit von der Erde entfernt, doch auf ihrem Monitor konnten sie alles verfolgen, was auf der Erde weiterhin geschah. Alix meinte etwas kopfschüttelnd: »Also, was sich Tarantella oder auch Tina da zum Schluss hat einfallen lassen, war ja megakrass. Aber - wirkungsvoll. Naja, über Tina müssen wir uns keine Sorgen machen. Als Tarantella ist sie jedoch in ihrer Boshaftigkeit und Machtgier nicht zu unterschätzen. Ich denke, dass wir von der Hexe noch hören werden.«

Kaum hatten sie das ausgesprochen, sahen sie durch ein Fenster in einiger Entfernung einen Schwarm Wildgänse vorbeifliegen. Die Leitgans schaute zu ihnen herüber, lachte ganz hämisch und stieß dabei Feuer aus dem Schnabel. »Seht ihr, was habe ich gesagt! Aber ich glaube, jetzt sind wir alle gespannt, wie es mit Peter weiter geht und ob es ihm mit seiner Geschichte von Schneewittchens Kinderwelt gelingen wird, das Buch von Atlantis zu öffnen.«

Gelix schmunzelte. »Ich drücke ihm jedenfalls alle Daumen. Ich hoffe nur«, fügte er etwas verschämt hinzu, »dass meine Rede am Schluss nicht so furchtbar hochtrabend und neunmalklug geklungen hat. Sie sollte eher schlicht und unkompliziert aufgefasst werden.«

Felix nahm ihn in seine Arme. »Mein lieber Gelix, du hast wunderbar gesprochen. Und wer deine Rede doof fand, ist selbst doof.«

»Danke«, sagte Gelix erleichtert.

Nun mischte sich Celix ein: »Mich würde interessieren, ob NAO inzwischen wieder in seiner wunderbar verlotterten alten Burg angekommen ist. Euch auch?« Sie nickten und lachten.

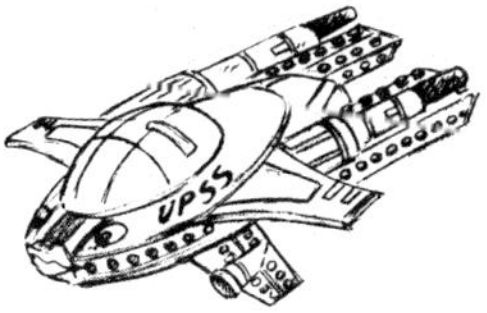

SALI saß vor seinem Monitor, als sich plötzlich die Pygolen meldeten: »Na mein Lieber«, grüßte ihn Felix. »Hast du die Zeit allein gut überstanden?« Er wollte gerade antworten, als die Tür aufflog und NAO hereingestürmt kam. Um ein Haar wäre er wieder an die Kronleuchterkugel gerammelt. Völlig außer Atem setzte er sich zu SALI, der ihn mit den Worten begrüßte:

»Na, großer Meister, ab heute muss ich Euch wohl mit ›Oberkapellmeister‹ ansprechen?«

NAO schnaufte zufrieden, lachte und schaute SALI mit gewichtiger Miene an. »Na, mein Freund, ist das nicht ein Happy End? Da kann man nur ganz schlicht und ergreifend - BIM - sagen.« Er lächelte verschmitzt. »Und? - War ich nicht ein wunderbarer Dirigent?«

SALI zog die Augenbrauen hoch und schmunzelte. »Naja, naja!?«

»Naja, naja!? Mehr hast du dazu nicht zu sagen?«, fragte NAO enttäuscht. »Aber Scherz beiseite. Eines macht mich jetzt furchtbar neugierig.«

SALI schaute ihn verwundert an. »Was denn bitte?«

NAO wurde ein bisschen nachdenklich. »Ob es Peter mit seiner Story geschafft hat, dass sich das Buch von Atlantis öffnet.« Er schaute mit fragendem Blick auf den Monitor.

Felix war noch im Bild und lachte. »Erst muss sich Peter sicher sein, dass diese Story seiner Meinung nach gut genug ist, um sie in den Computer endgültig einzugeben. Das ist doch logisch, Meister - oder soll ich lieber Oberkapellmeister sagen?«

»Na, na, na. Keinen Hohn bitte. - Aber du hast Recht. Noch kann Peter ja etwas ändern, falls er noch daran zweifelt«, sagte NAO und fuhr fort: »Doch er ist kein Geniemanier, der 200 Geisterjahre und mehr Zeit hat. Aber ich kenne das Problem von anderen Poeten oder auch von Komponisten. Die sind sich nie ganz sicher, ob ihr ›*Werk*‹ vollkommen ist. Sie würden wahrscheinlich an manch einem Stück ewig arbeiten und kämen zu keinem Ende. Okay - bevor wir lange spekulieren, lasst uns lieber ansehen, was Peter jetzt unternimmt.«

Peter war in seinem Zimmer und hatte einen großen Strauß mit weißen Rosen gekauft. Überglücklich legte er ihn auf den Tisch und sagte halblaut: »Heute muss ich es Gu Lap sagen. Ich spür doch, dass sie mich mag und sie wird auch gemerkt haben, dass ich mich ein bisschen in sie verliebt habe.«

Er zog sich etwas ganz schickes und modernes an und ging los. Auf dem Weg kaufte er sich an einem Kiosk eine Tageszeitung. Er blätterte kurz darin und fand einen Artikel von dem Fest im Olympiastadion. Ein großes Bild - mit allen Beteiligten auf der Bühne - füllte die halbe Seite aus. Er setzte sich auf die Treppe des nächstgelegenen Hauseingangs und las ganz gespannt den Artikel. Überglücklich steckte er die Zeitung ein, nahm den Strauß Rosen und tänzelte übermütig pfeifend durch den Park zu Gu Lap´s Wohnung. Einige Spaziergänger schauten ihm verwundert nach und manche von ihnen griffen sich kopfschüttelnd an die Stirn und lachten. Als er an einem Eiscafé vorbeikam, blieb er vor Schreck ruckartig stehen.

Verwundert dachte er: ›*Was ist denn da los?*‹ Er sprang hinter einen Baum. Vorsichtig schaute er wieder zum Café, wo Gu Lap und Till an einem Tisch saßen und Eisbecher aßen. Sie schauten sich ziemlich glücklich an und streichelten sich die Hände. Peter rieb sich die Augen, schüttelte den Kopf und schaute noch einmal ungläubig hin. Träumte er schon wieder? Er hat mit allem gerechnet, aber das? Völlig überrascht von dem, was er sah, murmelte er zu sich selbst:

›*Das ist ja ein Hammer. War ich denn wirklich so blind, dass ich nicht bemerkt habe, dass die beiden was miteinander haben? Wahrscheinlich war ich mit der Musik und der Story so beschäftigt, dass mir überhaupt nichts aufgefallen ist. Sie hat mich doch ›Ihren Prinzen‹ genannt und war immer sehr lieb zu mir. Aber lieb oder verliebt sein, sind wohl doch zwei absolut unterschiedliche Angelegenheiten. Und ich habe diesen feinen Unterschied wohl übersehen.*‹

Er wollte den Blumenstrauß gerade in einen Papierkorb werfen und wieder nach Hause gehen, da blieb er stehen und dachte so bei sich:

›Nein, diesmal verkriechst du dich nicht! Wenn es wahr ist was ich denke, dann soll´s wohl so sein. Punkt - Aus!‹

Er ging schnurstracks, wieder tänzelnd und pfeifend, auf die beiden zu und grüßte ganz cool:

»Hi, ihr zwei Tonakrobaten. Schön euch hier zu treffen.« Er musste sich aber ganz schön zusammenreißen, um seine Enttäuschung nicht zu zeigen. »Ich wollte eigentlich zu dir Gu Lap, und mich für deine Mühe und dein Engagement erkenntlich zeigen.« Etwas umständlich kramte er die Blumen aus dem Papier, knautschte es in seine Hosentasche und hüstelte ein paarmal. Dann machte er eine königliche Verbeugung und reichte ihr ironisch schmunzelnd den Strauß Rosen. »Vielen Dank, Eure Hoheit Prinzessin Weißröschen.«

Gu Lap schaute ihn etwas verlegen an. Doch Peter tat so, als wäre alles ganz normal und wandte sich an Till: »Natürlich bedanke ich mich auch bei dir.« Die Kellnerin kam und Peter gab ihr ein Zeichen.

»Ich hätte gerne auch so ein Eis und bitte eine schöne Blumenvase, danke«, sagte er und schlug die Tageszeitung auf, die er mitgebracht hatte. »Habt ihr schon den Artikel über unseren Auftritt im Olympiastadion gelesen?«

Till schaute ihn entgeistert an. »Was denn für einen Auftritt im Olympiastadion?«

»Na dem, der am Wochenende zur Eröffnung der Olympischen Spiele der Künstler und Sportler mit dem Zauberer Igor stattfand«, stammelte Peter. Völlig verwirrt, dass die beiden so taten, als hätte das alles nicht stattgefunden, zeigte er auf die Zeitung. »Hier drin ist ein riesiger Artikel mit Bild über dieses Fest. Und das Verrückte daran ist, man sieht auf dem Bild auch unsere Doppelgänger aus ...? «

Total aufgeregt blätterte er in der Zeitung, konnte den Artikel aber nicht finden. ›*Was ist nur heute mit mir los?*‹, dachte er bei sich. ›*Erst die wunderbare Überraschung mit Gu Lap und Till, und jetzt ist auch noch die Seite mit dem Artikel verschwunden. Bin ich vielleicht reif für die Klapsmühle oder was?*‹ Verzweifelt zerknüllte er die Zeitung und warf sie in den Papierkorb. »Kommt, lassen wir das. Muss mich wohl getäuscht haben.«

Gu Lap sah Peters Hilflosigkeit und nahm seine Hand. »Bleib ruhig, Peter. Du bringst da vielleicht etwas durcheinander. Der Auftritt mit Igor Zarewitsch ist nächstes Wochenende im ICC.« Etwas verschmitzt fügte sie hinzu: »Das Fest im Olympiastadion ist eine andere Sache, lieber Prinz. Doch das wissen nur wir beide.«

Sie schmunzelte und warf ihm einen Handkuss zu. »Übrigens, ganz lieben Dank für die wunderschönen Rosen. Ich habe das alles auch sehr gerne getan und hoffe, wir arbeiten noch öfters zusammen.«

Peter lachte etwas verwirrt. »Darauf kannst du Gift nehmen.«

Gu Lap riss die Hände hoch und machte ihren Schmollmund. »Aber bitte kein Gift, wodurch ich und alle meine Bekannten und Verwandten in einen 100-jährigen Zauberschlaf fallen.«

Till schaute die beiden ratlos an. »Also ich verstehe nur Bahnhof. Weißröschen, Zauberschlaf, Prinz Pedro, Fest im Olympiastadion? Könnt ihr mich vielleicht mal aufklären, was das alles zu bedeuten hat? Oder ist das vielleicht ein ganz geheimes Top-Geheimnis?«

Peter konnte jetzt wieder schmunzeln. »Lass mal Till, du musst nicht alles wissen. Sing´ doch einfach mal ›*Ich weiß nicht was soll es bedeuten*‹. Du wirst es bestimmt später einmal erfahren. Und du, Weißröschen, erzählst auch noch nichts von unserem geheimen Top-Geheimnis, okay? Ich muss jetzt gehen, denn ich will mich um die Muschel kümmern.« Dabei grinste er Till schelmenhaft an und zwinkerte Gu Lap zu. »Sag mal, ich kann dich doch in dieser Angelegenheit ab und zu ansprechen, oder?« Gu Lap nickte lachend. »Natürlich, jederzeit und ich schweige wie ein Grab.«

Peter tippte Gu Lap auf die Schulter und zeigte zum Himmel. »Was meinst du, wo werden wir wohl jetzt mit den Sieben Zwergen, äh - ich meine den Sieben Pygolen sein?« Gu Lap lachte und zuckte nur mit den Schultern.

Till war völlig ratlos. »Sieben Zwerge, Sieben Pygolen? Na, aus eurem geheimen Top-Geheimnis soll noch einer schlau werden. Aber vielleicht begreife ich es eines Tages mal. Nebenbei bemerkt, hast du jetzt ein Aquarium mit Muscheln?«

Peter nickte nur, stand auf und verabschiedete sich: »Na klar. Aber ein Super Top-Geheim-Aquarium. Also dann, bis demnächst.«

Fröhlich tänzelnd und pfeifend verabschiedete er sich und ging nach Hause. Till und Gu Lap sahen ihm nachdenklich hinterher.

Als er in sein Zimmer kam, ging er sofort an den Schrank. Das mit dem Zeitungsartikel war ihm immer noch nicht ganz geheuer und deshalb wollte er sich vergewissern, dass die Muschel nicht auch noch verschwunden war. Erleichtert holte er sie heraus, legte sich auf sein Bett und schloss die Augen. Er konnte ein paar kleine Tränen nicht unterdrücken. Noch einmal hatte er die Bilder von der Hochzeit im Dom vor Augen, als sich Weißröschen und Prinz Pedro die Ringe ansteckten und herzlich küssten. Und immer wieder hörte er, wie Gu Lap ›*Mein Prinz*‹ zu ihm sagte.
Nachdenklich und etwas traurig schaute er die Muschel an. Konnte er Träume und Wirklichkeit nicht mehr voneinander trennen? Plötzlich schüttelte er den Kopf, lachte verhalten und sagte zu sich:
›*Schade eigentlich, aber was soll´s.*‹

Er nahm das Notizheft, in das er seine Story geschrieben hatte, öffnete die Muschel und legte die Tastatur des geheimnisvollen Buches vor sich hin. Noch einmal überdachte er, ob er die Story jetzt schon in den Muschellaptop schreiben sollte oder nicht. Aber seine Neugier, ob sich das Buch von Atlantis öffnen würde, besiegte seine Zweifel. Er atmete noch einmal tief durch und begann, seine Story einzutippen.

NAO saß wieder einmal an seinem Schreibtisch und hatte sein großes Buch vor sich liegen. Er schrieb gerade die letzten Zeilen von Peters Story in sein Buch. Den letzten Punkt setzte er betont schwungvoll.

»So! - Geschafft. Aber das es mit der Liebe zwischen Peter und Gu Lap nicht geklappt hat, tut mir ehrlich leid. Wir haben es ihm doch von ganzem Herzen gewünscht. Doch zwischen einem Wunsch und der Wirklichkeit liegen oft Welten. Trotzdem darf man nicht gleich verzweifeln, denn wie heißt es so schön: ›*Die Hoffnung stirbt zuletzt*‹. Ich habe durch Peters Story und seine tatsächlichen Erlebnisse auch ein kleines bisschen dazugelernt. Sie könnte - bis auf ein paar Kleinigkeiten - auch von mir sein.«

SALI meinte nur lakonisch: »Potztausend! Ach ja, Meister? Ich glaube, wir beide haben einiges dazugelernt!«

NAO schaute verwundert auf. »Na klar mein Lieber. Auch ich mit meinen, äh - ich glaube 7629 Jahren, oder sind es noch mehr? - kann noch etwas dazulernen. Doch jetzt wollen wir uns wünschen, dass sich das Buch von Atlantis demnächst öffnet. Oder wollen wir lieber erst einmal wissen, wie es mit Peter und Gu Lap weitergeht? Ob sie doch noch richtig zusammenkommen? Oder wollen wir Weißröschen und Prinz Pedro auf ihrer Reise zum Planeten Pygmion begleiten? Oder vielleicht beides?«

SALI rief mit erhobener Hand: »Halt, halt, halt Meister! Es gibt nicht nur die beiden. Vielleicht fällt Euch ja mal wieder eine ganz neue Story ein und Ihr erzählt sie jemandem, den Ihr selbst aussucht? Ach so. Eine Frage hätte ich schon noch. Könnt Ihr Euch noch daran erinnern, dass Gu Lap Peter am Anfang der Geschichte fragte, weshalb in seiner Fantasystory von Schneewittchens Retter und späterem Gemahl eigentlich nichts zu sehen und zu hören ist?«

NAO schaute SALI verwundert an. »Stopp, stopp. ›*Nichts*‹ stimmt nicht ganz. Kannst du dich noch an den Typen erinnern, der in Tarantellas Schatzkammer mit einer völlig verklärten und geldgierigen Miene die Münzen zählte und die Edelsteine putzte?«

SALI überlegte kurz. »Stimmt! Ich kann mich schwach erinnern. Er wurde ja auch nur so nebenbei erwähnt. Das war wohl Schneewittchens Ex-Mann und auch Prinz Pedros Vater?«

NAO schmunzelte verschmitzt. »Na, ich habe den Menschen damals die Geschichte von Schneewittchen aber bis zu Ende erzählt. Aber sie dachten eben: Lieber Happy End! - Ende gut Alles gut. - Null Problemo ist bequemo«, lachte er ein wenig sarkastisch und fügte hinzu:

»Die Leser sind dann zufrieden und glücklich und die Geschichtenschreiber auch. Dass das Leben oft ganz andere Geschichten schreibt wie man es erhofft, und die schönen Träume sich zeitweise in bittere Alpträume verwandeln, darüber will man möglichst nichts erzählen.

Ich werde dir später einmal ausführlich erzählen, wie es damals mit Schneewittchen nach ihrer Hochzeit weiterging. Vielleicht schreiben uns die Leser einmal, ob sie das auch interessiert.«

SALI schaute ihn verwundert an. »Und an welche Adresse sollen sie ihre Briefe schreiben?«

NAO lachte. »Na ganz einfach. Das steht im Buch hintendrin. Aber vielleicht wollen manche auch wissen, wie das zum Beispiel mit den Sieben Zwergen oder dem Tapferen Schneiderlein wirklich war. Oder wie es mit Peters Erlebnissen weitergeht. Oder, oder, oder. Okay, das würde jetzt zu weit führen. Auf alle Fälle werden sie noch öfter von uns hören. Vielleicht auch nur dann, wenn sie schlafen und ich oder du ihnen eine neue Story erzählen.«

NAO schrieb noch den Leitspruch von Schneewittchens Projekt in sein Buch.

An Investment In Our Children

Is An Investment – In The Future

Of Us All

Als er fertig war, schlug er das Buch zu. Eine kleine Staubwolke flog auf. Niesend und lachend verabschiedete er sich. SALI setzte sich ganz entspannt an den Computer, legte sich eine CD ein und hörte noch einmal den Song ›*The Dream I Had Today*‹. Er blickte auf den Monitor und zoomte die Erde heran.

»Hallo, ihr Menschenkinder. Schaut mal in den Himmel. Hier oben sind wir. Könnt ihr uns sehen? Natürlich nicht. Aber ihr könnt mir glauben, wir sind schon ganz neugierig darauf, was euch am meisten interessiert. Äh, das Eine noch: Ich bin wahnsinnig gespannt, wann mich NAO das erste Mal zu euch schickt, damit ich jemandem eine Geschichte von mir erzählen kann. Einige Ideen habe ich schon. Aber die verrate ich natürlich nicht. Vielleicht bin ich ja in nächster Zeit einmal bei euch. Wer weiß, wer weiß.«

Schmunzelnd und mit erhobenem Zeigefinger schaltete er den Computer aus und wollte gerade fröhlich vor sich hin pfeifend das Zimmer verlassen, da flog die Tür wieder auf. SALI machte einen Satz zur Seite, sonst wäre ihm die Tür mit voller Wucht an den Kopf geknallt.

»Aber hallo-ballo Meister«, rief er völlig erschrocken. »ist dir etwa Aladdins Geist aus der Flasche begegnet? Oder hast du wieder einmal so ein undefinierbares Grummeln in unserem Burgkeller vernommen, dessen Ursache wir bis heute nicht klären konnten?«

»Nein, sorry mein Lieber«, lachte NAO. »Aber ich habe vergessen, den Menschenkindern da unten etwas Wichtiges mitzuteilen!«

»Deshalb brauchst du aber nicht gleich die Tür aus den Angeln reisen und mich dabei fast zerquetschen! Willst du mich loswerden?«

»Das wollte ich wirklich nicht«, entschuldigte sich NAO noch mal. »Wir müssen nur die Menschenkindern noch mal darauf aufmerksam machen, dass sich das Buch von Atlantis öffnet, wenn der Muschelcomputer die Geschichte von Peter für gut befindet. Dieser bewertet allerdings dabei auch die Meinung der Leser.«

»Okay, das verstehe ich.« SALI klopft NAO auf die Schulter. »Das kann man aber auch in aller Ruhe sagen. Kommt Meister, wir haben uns jetzt eine Geister-Ruhe-Fitness-Pause verdient. Versucht mal ein bisschen zu relaxen.«

»Was haben wir verdient?«, fragte NAO verwundert.

»Eine Geister... - Ach kommen Sie Meister, lasst uns gehen.«

NAO nickte nur, hakte sich bei SALI unter, der fröhlich den Song

›Ich weiß, es wird einmal ein Wunder gescheh´n‹

vor sich hin pfiff und beide verließen das Zimmer. NAO hingegen grummelte nur noch in seinen Bart: »Wenn ich meinen immer gut gelaunten SALI nicht hätte.«

ROMA saß wieder an ihrer Kirchenorgel und spielte total emotional den Schluss von *Ave Maria For Children.* Als das Stück zu Ende war, nahm sie das Mikrophon und sagte ein wenig nachdenklich:

»So, nun kennt ihr Geniemanien und einige Geister ein wenig. Ich hoffe, es hat euch neugierig gemacht und ihr wollt noch mehr über uns erfahren. Es gäbe noch viel zu erzählen. Naja, vielleicht kommt ihr uns einmal besuchen.«

Sie hielt kurz inne und schlug sich mit der Hand an die Stirn.

»Das ist ja völliger Quatsch, was ich da sage. Ihr könnt uns ja gar nicht besuchen. Das hatte ich schon Eingangs dieses Buches völlig übersehen und euch eingeladen. Aber auch wir Geniemanier denken manchmal nicht an alles.«

Sie schüttelte den Kopf und schmunzelte über sich selbst. Doch dann nickte sie und meinte mit erhobenen Zeigefinger:

»Aber wir, wir können euch ja besuchen, wenn auch nur in euren Köpfen. Vielleicht hofft der eine oder andere auf unseren Besuch. Dann soll er sich einfach Gedanken machen, mit welchem Geist von uns er gerne mal in Kontakt treten möchte. Er sollte sich vor dem Schlafengehen Gedanken machen, welche Art Musik er schreiben möchte. Dann kann er sich ja ROCCO oder mich zu sich wünschen. Oder wer eine Story schreiben möchte kann NAO oder SALI zu sich einladen. Übrigens habe ich jetzt erfahren, dass NAO seinen Freund SALI gebeten hat, eigene Geschichten zu erfinden. Ich vermute ganz stark, dass es Geschichten aus dem Orient sein werden. Stellt euch ein Thema vor und ihr werdet erstaunt sein, was für tolle Geschichten ihr schreiben könnt. Ihr dürft natürlich - nein ihr sollt sogar Geniemanien und auch unsere Geisternamen in eure Geschichten mit einbauen.

Naja, auch die Geister der Malerei oder die Technikfreaks können zu euch kommen.«

ROMA schmunzelte:

»Ihr müsst eben fest an uns glauben und noch viel stärker an euch selbst. Also, nur Mut. Wir Geister sind bereit.«

Sie schaltete ihren Musikcomputer aus, pustete auch die Kerzen aus und schwebte wie ein Engel durch ihre große Kathedrale, hinaus in die Menschenwelt.

Vielleicht wollte sie jemanden eine neue Idee zukommen lassen.

Peter saß schon wieder stundenlang an dem Muschelcomputer und gab seine Story Abschnitt für Abschnitt ein. Doch das machte er sehr behutsam und las alles noch mal ganz genau durch. Er war ganz schön angespannt und aufgeregt. Irgendwann konnte er sich nicht mehr richtig konzentrieren und legte sich erschöpft auf sein Bett. Den Computer musste er allerdings eingeschaltet lassen, da sonst seine erst halb fertige Arbeit flöten gehen würde, wenn er ihn ausschaltet und nicht sichert. Das konnte er natürlich nicht, denn wenn er es sichern würde, könnte er nichts mehr an der Story ändern. So war nun mal die Anordnung.

Schlafen konnte er jedoch nicht so richtig, denn seine Gedanken kreisten unaufhörlich in der Geschichte herum. Immer und immer wieder sah er die Bilder von Weißröschens und Prinz Pedros Hochzeit. Er dachte so bei sich: ›*Schade, dass es in Wirklichkeit nicht so ist*‹

Dann stellte er sich vor, was die beiden wohl jetzt im UPSS der Pygolen so erleben könnten. Er, beziehungsweise Prinz Pedro sitzt am Fenster des Raumschiffes und schaut fasziniert in das gigantische Universum. Neben ihm sitzt Gu Lap, beziehungsweise Weißröschen und schmiegt sich an ihn.

Dann stand er auf, schaltete den CD-Player an und hörte sich den Song ›*The Dream I Had Today*‹ an. Als er sich wieder hinlegte, stellte er sich die Reise durchs Universum vor - total romantisch und spannend. Irgendwann war er dann doch eingeschlafen.

Ob er wohl von dieser Reise träumt?

Nao

1. Buch

Peter und die geheimnisvolle Muschel

ENDE

STOPP ???

"Noch nicht ganz" ➽

Nach einer wohlverdienten Ruhepause, saß NAO an seinem Schreibtisch, stöberte wahllos in Peters Story herum und sann so vor sich hin.

»Ob die Leser wohl genauso neugierig - wie ich es bin - sind, wie es weiter geht, und vor allem, ob sich das Buch von Atlantis öffnet? Wer weiß. Der Computer analysiert und beurteilt zwar die Geschichte, aber ich denke, ein bisschen hängt es auch davon ab, was die Leser dazu sagen. Mal sehen.«

NAO begann schon wieder über etwas anderes nachzugrübeln. Als könnte er Peters Gedanken lesen, machte er sich schon wieder Notizen über die nächste Story für Peter. Eigentlich hatte er sich so gut wie nie mit Storys befasst, die Sciencefiction Charakter haben. Damit beschäftigte sich sein Freund PATO. Doch diesmal wollte er es selbst versuchen, denn Peter und seine Geschichte waren ihm doch sehr ans Herz gewachsen.

»Na, woll´n mal seh´n, was dabei rauskommt.«

ENDE

Dieses Buch
habe ich meinen Enkelkindern
Felix, Hanna und Peter gewidmet.
Und auch den Kindern, die sich nach
Liebe, Geborgenheit, Verständnis sehnen
und sich friedliches Miteinander wünschen,
sowie Michael Jackson, dessen Leben und Wirken
hauptsächlich der Zukunft der Kinder galt.

☆ Pro Love ☆ Pro Hope ☆ Pro Interactive ☆

Berlin 2011

Jürgen Kratzenberg

Songtexte

AAAFC

Artists And Athletes For Children

Die Songs sind geschrieben und einen
Ausschnitt davon kann man sich
jetzt schon unter
www.reverbnation.com/naofirstbook
anhören.

I´ve Got A Question •••*(Gu Lap and Choir)*

Dialog	*Child:*	*I need an answer to a question! - er? - What is war good for?*
Man:	*I´ve got no idea!*	
Child:	*Does anyone ever win?*	
Man:	*No! -*	
Child:	*There´s only losers?*	
Man:	*Absolutely! History has proved it!*	
Child:	*Have people ever learned anything?*	
Man:	*No!*	
Child:	*Why not?*	
Man:	*Some calculating predators finance wars, and make a lot money!*	
Child:	*Aha?!?*	
Man:	*Money brings power!*	
Child:	*So what do they do with the money and the power?*	
Man:	*The finance new wars!*	
Child:	*Which means more losers?*	
Man:	*Exactly!*	
Child:	*Then why do they keep on doing it?*	
Man:	*Only they know the answer!*	
Child:	*Aha!?*	

Singing (a capella)

Is peace on earth for all mankind? **No war No more**
It´s time for us to draw the line! **No war No more**

Since time began here´s how it´s been
That countries went to war between
The mighty with the biggest gun
And Children who could barely run.

And all they left was death and pain. **Who won The gun**
And after what was there to gain? **Who won The gun**

The fields of green have changed to red
The warlord sleeps safe in his bed
The enemy won´t fire a gun
He just controls an has his fun.

When will we ever understand. **No war No more**
What Children need is peace not land. **No war No more**

All: **It´s peace just a dream?**
Dialog Child: *I don´t know about you, but - I don´t understand it!*

Music: Jürgen Kratzenberg *Lyrics: Bob Burrows*

Ich sah sie - die Marie ••• *(Peters Vater)*

Ich sah sie - die Marie
einsam steh´n - kurz nach zehn
und sie war - wunderbar
doch allein - muss nicht sein.

> **Da sprach ich trocken**
> **willst du mit mir rocken**
> **nachts in der Disco - weil,**
> **dort ist es cool und geil.**

Sie war cool - wunderfoul
hat geschickt - nur genickt
und es war - sonnenklar
null Problem - angenehm.

> **Da sprach sie trocken**
> **ich will mit dir rocken**
> **nachts in der Disco - weil,**
> **dort ist es cool und geil.**

Music: Peter Wehle *Lyrics: Jürgen Kratzenberg*

Children Of This World *(Peter, Gu Lap and Sunbeam)*

Bridges - Between the present
And the future - Across the current of time
Always an image ahead - Little souls - That carry us

Children of this world
They are the hope that has become
Flesh and blood in you and me.
From the warmth of two
Melted into one - So tenderly.

Children of this world
They are the bridge that carries us
Into all the times to be.
And what we give to them
To make them good and just - Will set them free.

But lots of kids in this world are still not free
Free to grow up strong and tall.
Many still live in dread
Have no homes and no bread
And never get a chance - And just wither and fall

Children of this world
So many still alone and lost
But the ones we call our own
These we have to cherish
Protect them at all cost - To keep them strong.

But lots of kids in this world...

Choir: And never get a chance

But lots of kids in this world are still not free
Free to grow up strong and tall.
Many still live in dread
Have no homes and no bread
And never get a chance - And just wither and fall
Choir: *Let´s reach out to them all*

An investment in our Children - Is an investment in the future of us all.

Music: Jürgen Kratzenberg Lyrics: Jürgen Kratzenberg and Thomas Claviez

Your Friends Will Be There ••• *(Young Old-Fashioned)*

Here where you are that´s where you belong
You need someone, to keep you strong
Don´t be afraid if some things go wrong
Your friends will be there.

Lost in a world you want to live in
All that you need, is to try to begin
If you believe, life is worth living
Your friends will be there.

If you want too
I will show you
We feel it, too

Refrain 1

We don´t care if you´re black or white
We´re all humans, in our own right
We´re united, the world we share
Your friends will be there.

Refrain 2

We don´t care to which god you pray
We will help you, come what may
We´re united, the world we share
Your friends will be there.

Alone, locked away our souls are dying
Open your heart, and let me in
If you are down, ´n´ you feel like crying
Your friends will be there

If you want too
I will show you
We feel it, too

Refrain

1.We don´t care ... **2.We don´t care ...**

Music: Jürgen Kratzenberg Lyrics: Thomas Claviez and Bob Burrows

You Are So Cool ••• *(Crazy Rhythm)*

You're driving through the town in a sportster
Your watch has cost a fortune, I know
Your sneakers look like out of a poster
The chain around your neck - is made of gold you're such a beau!

Your suit is taylor made and expensive
The jewelry that you wear is a blast
Your perfume is a little offensive
You're patient 'cause you're sure – that your charm will be there to last

You are so cool - The truth is that you're just a fool
You play the star - When things get rough you are so far
You are so cool - You're no exception to the rule
You drive me insane - All outfit with out a brain

Some girls are really mad about you
They're waiting for you standing in line
But maybe they can do without you
They need a man to love - and not just to wine and dine

One shouldn't judge a book by its cover,
But what if cover's all there is
The look is not enough for a lover
So stop to jabber, just shut up and let me tell you this

You are so cool - The truth is that you're just a fool
You play the star - When things get rough you are so far
You are so cool - You're no exception to the rule
You drive me insane - All outfit with out brain

Music: Jürgen Kratzenberg *Lyrics: Thomas Claviez*

Gold ••• *(Tarantella)*

Men he considers himself´ clever and smart
That´s what he thinks of himself right from the start
He invents and creates, like nobody else
And once he succeeds, in pride he dwells
He also attempts the most stupid things
to be powerful, and money´s what makes kings
Neither love nor care, to be rich is what counts
Money makes war, and violence abounds
there are still a few morons who feel the need
to kill other people just for their creed
there may be gods, but none that I know of
who created life just to be blown off.

Refrain **GOLD - and I just want your heart**
GOLD - no pain I´ll impart
GOLD - and decide right away
GOLD - and riches pave your way

Have a look at this junk - I´ve got enough of it
I got it with deception, cunning and wit.
I know quite well, it´s nothing but crap
and that´s exactly why I want some hearts to snap
It´s hearts that I exchange for tons of gold
you may be rich then, but cold and dumb
because that metal inside, will make you numb
And I reap the profit, so often I´ve laughed
about you craving riches, but my witchcraft
is something that you´ll never ever see trough
I know you won´t change, go on doing what you do

Refrain **GOLD - and I just want your heart...**
Dialog
Now - how do you like that?
Or is there among you still someone
who believes in love and goodness?
(gehässiges Lachen)
I can´t believe it ... but I have got all the time in the world
And will get you all one of these days
All of you !!!
Chorus: **GOLD - GOLD - GOLD !!!**

Music Jürgen Kratzenberg *Lyrics: Thomas Claviez*

We´re Here Today ••• *(Sunbeam and Guardian Angel Choir)*

Enter inside
An see what we´ve to share
Just open up your hearts - your loving hearts

We´re here today
To take our chosen way
You´re welcome, come on in - just come on in

We took our vows
Let no man put asunder
It´s time to celebrate - come and join us, comejoin us

We´re here today
To take our chosen way
You´re welcome, come on in - just come on in
Welcome, come on in.

Music: Jürgen Kratzenberg *Lyrics: Bob Burrows*

<u>*Congratulations*</u> ••• *(Sunbeam and Guardian Angel Choir)*

Here comes the best bride
And it´s her wedding day
She´s laughing and happy
Let it stay that way

Congratulation we wish all the best
Your future´s beginning
Let it stand the test

No turning back now
No time for regrets
You´ve made your decision
And you answered yes

Congratulation we wish all the best...

Music: Jürgen Kratzenberg *Lyrics: Bob Burrow*

<u>**Hand In Hand**</u> ••• *(Sunbeam and Guardian Angel Choir)*

Together here we are, beneath our guiding star
We´ve left our troubles behind
Safe after all that we´ve been through at last
I can feel our deep joy unwind.

We´ve been through hard times, but we´ve seen it through
And united we stand hand in hand
We took our chances, we were sad and we were blue
But we´ve taken our stand hand in hand.

Rough were the days, stony our ways
But we have never backed down
We held together so let us give praise
Now that we stand on our own.

We stood together, we´ve never lost our hope
And united we stand hand in hand
We´ve tried, and we´ve done it, we knew that we could cope
We have taken our stand hand in hand.

We´re strong, and we´re happy, we´ll make it alright
´cause united we stand hand in hand
We´ve been through the darkness, but now we´ve seen the light
And we´ve taken our stand hand in hand.

We´ve been through hard times, but we´ve seen it through
And united we stand hand in hand
We took our chances, we were sad and we were blue
But we´ve taken our stand hand in hand.
Hand in hand.

Music: Jürgen Kratzenberg *Lyrics: Thomas Claviez*

<u>I´m Oh So Cool</u> ••• *(Rumpelstilzchen alias Prinz Genius)*

I mix a super hottest cool long drink
And now look like the most beautiful prince
I ride the finest and fastest race horse
Snow White will not know
All will sleep a hundred years - so.

I´m oh so cool
The truth is that I'm just a fool
I´m wise and cool
The truth is, I´m really a fool

I´m oh so cool
Just play my game without rules
I´m super cool
I´m foxy, and the others are fools.

My suits are taylor made and expensive
The jewelry that I wear is first class
My perfume is quite strong provocative
And my magic ist so strong
All sleep soon - so deep and long

I´m oh so cool...

Music: Jürgen Kratzenberg *Lyrics: Thomas Claviez - Jürgen Kratzenberg*

Talkin´ ••• *(Till)*

Talkin´ - ´bout security
Talkin´ - ´bout democracy
Talkin´ - ´bout environment
Talkin´ - ´bout the dough they spent
Talk ´bout how they do their best
Talk ´bout east, talk ´bout west
Talk ´bout rain and dyin´ trees
Talking away their mediocrities

Why don´t you just shut up
You´re talkin´ way too much
You´re just a talkin´ club
You talk, but you - don´t touch
Talkin´ may be nice
But talkin´ ain´t enough
And we´ll pay the price
While you stick to - your trough

Talkin´ - ´bout the things to come
Talkin´ - ´bout asylum
Talkin´ - ´bout air pollution
Talkin´ - ´bout revolution
Talkin´ - ´bout love and peace
Talkin´ - ´bout more police
Talkin´ - ´bout a real change
Talkin´ - ´bout missile range
Talk about third world economy
Talk about faith and liberty
Talkin´ about the poor, stayin´ rich
Talk about the poison in the ditch

Why don´t you just shut up...

(spoken) They´re just talkin´ and talkin´ and talkin´ - seems like everybody´s got to say something - running around selling their opinions - on things that they don´t know anything about - I´ve never seen anybody talking weapons away, - or nuclear waste, or acid rain...

Why don´t you just shut up...

Music: Jürgen Kratzenberg *Lyrics: Thomas Claviez*

Lovesong To The Music ••• *(Herr Melah)*

Thus it always starts
A kiss and we love
Will it work out or will we part
Every first moment so sweet
Reality´s not what we see
Feelings so hard to believe
Listen to love´s symphony.

So simple, so fine
A kiss and we love
I see the love light in your eyes
But every tender caress
Fills me with pain and distress
The feelings that once were so strong
All that remains is my song.

Lonely in love, now I leave these dreams behind
Trying to break all our chains
Staying at home, alone by myself
My song is all that remains.

But yet one more time
We kiss and we love
All seems to come back once again
Hope is much stronger that pain
The tainted past fades away
Just for this moment in time
No guarantees, I feel fine

Lonely in love, now I leave these dreams behind
Trying to break all our chains
Staying at home, alone by myself
My song is all that remains.

Music: Jürgen Kratzenberg *Lyrics: Kara Johnstad and Thomas Claviez*

Big Bad Mighty Queen ••• *(Tarantella)*

Choir: **Here comes the queen**
the big bad mighty queen
come, join the scene
come to mighty queen

Here I amTarantella herself
look at the riches I´ve got on my shelf
I can make you anything you want to be
just give me a glimpse into your fantasy
You won´t need it where you go
money and greed is what makes the show
I´ll steel your soul, your innocence
Provide you with an experience

Choir: **Here comes the queen ...**

(spoken) Come here, my sweet lovely child - what´s the use for all this love, it´ll just drive you wild. Love´s what makes you stumble and cry power and money is what you desire. Let me replace it with a heart of gold it will give you no pain, it´s just nice an cold imagine the riches you will have in your hand once your there, I´m sure you´ll undestand.

Choir: **Here comes the queen ...**

Here I am Tarantella, it´s true
I can give you a taste of my treacherous brew
Wherever there´s envy and jealousy
Wherever there´s evil, that´s been me
I take you to places made of gold
I tell you secrets that´ve never been told
I will make you the master of this world
I will give you powers yet unfurled

Chor: **Here comes the queen ...**

(spoken) You will need nobody to help you trough - Imagine all things that you will do. You can do as you like, no considerations you will be king of many nations you can get anything you have always wanted just give me your soul, be ndaunted. I can give you eternal life without struggle and without strife.

Choir: **Here comes the queen ...**

Music Jürgen Kratzenberg *Lyrics: Thomas Claviez*

We Thank You ••• *(Sunbeam & Angelchoir)*

Looking back at days gone by now
Like to take a short review
We´d like to say thanks for a few things
We made a list - it goes like this.

It´s kinda funny to remember
But it´s fun to reminisce
But it can be - to maybe reminisce.

> **We thank you - for loving - and everything**
> **The caring - and the hoping you bring**
> **And thank you forever - and all you gave**
> **We thank you - Yes thank you from way back till when.**
> *(repeat)*

Looking back at days gone by now
Like to take a short review
We´d like to thanks for a few things
We made a list - it goes like this.

Music: Jürgen Kratzenberg *Lyrics: Bob Burrows*

<u>*Guardian Angel*</u> ••• *(Weißröschen and Sunbeam)*

Take a look in-to those small eyes
Can´t you see they´re - full of love
Full of hope at - every sunrise
Can you ever - give them enough

All they want is - your attention
A simple smile to - make them see
It´s so easy - no pretension
You can´t fool - a heart so pristine

Sometimes I wish
I were a guardian angel
(For the) Children out there
You´ll help them if you will
Give them a hand
All over the land
Lord help me to
Carry on to the end ...

See the world that - God created
It used to be a - paradise
It was a world he - dedicated
To us to take care of it all

Sometimes I wish...

Sometimes it takes
Just a smile to relieve them
Don´t be afraid
It´s not hard to believe them
Tell them no lies
Look at those eyes
Show them the way
To reach for the skies

Music: Jürgen Kratzenberg *Lyrics: Thomas Claviez*

Following A Leader ••• *(Till)*

Intro *(Kids) One, Two, Three - Whatcha gonna be - A, B, C - Don´t all act like me*

Following a leader
Can make you kinda dumb in time *(Kids) Oh, oh, oh, oh!*
Right or wrong you´re learning
If you´re not sure don´t toe the line *(Kids) no, no!*

Laugh at life say how it is - Stop running with the crowd
Looking back you´ll gee whizz *(Kids) That´s not where we belong - Alright*
You don´t have to wait to ask - Just say what´s on your mind
Don´t have to hide behind a mask *(Kids) Or wait to ask*

Following a leader...

Put your hands where we can see - You´re playing fair and square
It´s easy come on one two three *(Kids) Come on we wanna see - Okay*
Give or take an order - ´s´up to you now what you do
For a fight it still needs two *(Kids) A T.K.O.*

(3x) Did you understand? *(Kids) Oh yeah!*
Did you understand?

Following a leader...

Keep your eyes directed - On the goals you´ve got in sight
Don´t let people put you down *(Kids) That´s not where we belong - Alright*
State your point of view - And say it loud so we can hear
Moving up and changing gear *(Kids) Come on we´re hear*

Following a leader...

Find a friend or maybe two - When times are getting rough
Until you´ve called the others bluff *(Kids) Now say is that enough - Okay*
You don´t need a leader who - Just tells you what to do
All you really need is you *(Kids) You now! It´s true*

(3x) Did you understand? *(Kids) Oh yeah!*
Did you understand? *(Kids) It´s alright!*
Okay!

Music: Jürgen Kratzenberg *Lyrics: Bob Burrows*

Bronze! Silver! Gold! ••• *(Alle Solisten und Chor)*

Bronze! Silver! Gold!
Hope we can hold
Dreams we believe in
In our hearts we want to win.

We salute you all for coming
From every nation near and far
Choir: *Every nation near and so far*
We're one world and stand together
Let friendship be your guiding star
Choir: *We'll do our best*
We'll face the test
North and South, East and West

Bronze! Silver! Gold! ...

We've all set our minds on winning
With heart and soul it's our hand
Choir: *Heart and soul it's here in our hand*
On your marks the games' beginning
Just do your best we'll understand
Choir: *We'll do our best*
We'll face the test
North and South, East and West

Bronze! Silver! Gold!
Hope we can hold
Dreams we believe in
In our hearts we want to win.

Choir: *Bronze! Silver! Gold!*

Music: Jürgen Kratzenberg *Lyrics: Bob Burrows*

The Dream I Had Today ••• *(Ille)*

Such a dream like the dream I had today - (it) sure touched my heart
it was so beautiful to see - (I) saw people that reached out their hand
United as if through a band - that leave - all their differences behind

So nice and so quiet it was - We were feeling so close
We were some place nobody knows - We entered a world full of peace
Where the craving for money has ceased - A world where all beings lived in ease

Amazing - just dazzling - can such a thing be
Wondering - we stepped in - and what we did see
made us look in our eyes, - and we promised we´d try
to make this new world become reality

This world so strange it seemed - could all this be true?
So we tried to find out what to do - Here life is so precious you feel
It´s not power that counts or cold steel - Just love - is what makes life true and real

There´s one thing - that I´d like - you all to do
Just touch - someone - that is close to you
And remember my dream - We can all be redeemed
all that it takes is for us to see through

The craving - the lying - that makes us all blind
The fighting - the dying - the things so unkind
that we can do without - so just stand up and shout
that we´re all humans and all of a kind

Just touch - someone - who is close to you
Just touching - and find out - what you always knew
There´s just one life to live - There´s so much to give
We´re all flesh and blood and a change´s overdue

Touch me - I´ll touch you - we´ll walk hand in hand
Touch me - I´ll touch you - let´s both put and end
to this world full of war - we all know the score
so reach out and join me and let´s take a stand

(spoken) (put ales - it´s only a dream --- Wake up)

Music: Jürgen Kratzenberg *Lyrics: Thomas Claviez*